新中国文学经典丛书 精选本

中篇小说

卷六

孟繁华 主编

作家出版社

出版说明

中国当代文学经过70多年的探索、创作，逐渐形成了具有中国特色和经验的文学世界。这个世界丰富、绚丽、迷人，不仅从一些方面表达了当代中国的思想、情感和精神面貌，而且已经成为世界文学重要的组成部分。为了展示中国文学的巨大成就，进一步树立文化自信和文学自信，我们特别策划了这套具有一定规模的“新中国文学经典丛书·精选本”。

丛书共计十二卷，包含小说（中短篇）、诗歌、散文、报告文学、戏剧五个文学门类，其中短篇小说两卷、中篇小说六卷、诗歌一卷、散文一卷、报告文学一卷、戏剧一卷。在时间上，所选均是1949年新中国成立之后所发表或出版的优秀文学作品。在版式编排上，统一按照当前规范要求，采用简体字横排方式，字词用法也遵照当前最新标准规范。

丛书邀请著名评论家孟繁华担任主编。入选丛书的作品经过了专家论证委员会的认真评审，专家评审从文学性、思想性、时代性等多方面进行综合考察，选取了各个时期、各个体裁最具代表性的作家作品。正是这些作家作品，构筑了中国当代文学最为坚实和亮丽的文学大厦，在一定意义上，它们就是一部特殊形态的中国当代文学史，代表了新中国文学70多年所取得的不凡成就。

文学是时代的一面镜子，通过这套大型丛书，读者一方面可以了解和领略中国当代文学的发展历程和高端成就，满足精神文化发展的需求；也可以更好地了解新中国成立70多年来我们党和人民所走过的光辉道路，了解我们的祖国所发生的翻天覆地的变化。鉴古知今，面向未来，更好地投身于实现中华民族伟大复兴中国梦的新征程中去。

需要特别说明的是，尽管在篇目的遴选上，我们经过了认真的论证和反复的研究，但关于作品优劣的认定和选择的标准见仁见智，正所谓一千个读者眼中有一千个哈姆雷特，每个人心中都有自己认为优秀的作品。因此，这套书仅仅代表的是面对新中国70多年文学成就的一种眼光、一个角度。同时，由于丛书体量有限，遗珠之憾在所难免，恳请读者朋友理解并谅解，同时更盼批评指正。

作家出版社

2023年1月

目录

青衣

毕飞宇

一

乔炳璋参加这次宴会完全是一笔糊涂账。宴会都进行到一半了，他才知道对面坐着的是烟厂的老板。乔炳璋是一个傲慢的人，而烟厂的老板更傲慢，所以他们的眼睛几乎没有好好对视过。后来有人问“乔团长”，这些年还上不上台了？炳璋摇了摇头，大伙儿才知道“乔团长”原来就是剧团里著名的老生乔炳璋，八十年代初期红过好一阵子的，半导体里头一天到晚都是他的唱腔。大伙儿就向他敬酒，开玩笑说，现在的演员脸蛋比名字出名，名字比嗓子出名，乔团长没赶上。乔团长很动听地笑了笑。这时候对面的胖大个子冲着乔炳璋说话了，说：“你们剧团有个叫筱燕秋的吧？”又高又胖的烟厂老板担心乔炳璋不知道筱燕秋，补充说：“一九七九年在《奔月》中演过嫦娥的。”乔炳璋放下酒杯，闭上眼睛，缓慢地抬起眼皮，说：“有的。”老板不傲慢了，他把乔炳璋身边的客人哄到自己的座位上去，坐到乔炳璋的身边，右手搭到乔炳璋的肩膀上，说：“都快二十年了，怎么没她的动静？”乔炳璋一脸的矜持，解释说：“这些年戏剧不景气，筱燕秋女士主要从事教学工作。”烟厂老板一听这话直着腰杆子反问说：“什么景气？你说说什么景气？关键是钱。”老板向乔炳璋送出他的大下巴，莫名其妙地颁布了他的命令，说：“让她唱。”乔炳璋的脸上带上了狐疑的颜色，试探性地说：“听老板的意思，老板想为我们搭台？”老板的脸上重又傲慢了，他一傲慢脸上就挂上了伟人的神情。老板说：“让她唱。”乔炳璋对小姐招招手，让她给自己换上白酒。炳璋捏着酒杯要站起身，说："老板可是开玩笑？"老板不仅傲慢，还严肃，一严肃就像做报告。老板说："我们厂没别的，钱还有几个——你可不要以为我们光会赚钱，光会危害人民的身体健康，我们也要建设精神文明。干了。"老板没有起立，乔炳璋却弓着腰站起来了。他用酒杯的沿口往老板酒杯的腰部撞了一下，仰起了脖子。酒到杯干。乔炳璋激动了。人一激动就顾不上自己的低三下四。乔炳璋连声说："今天撞上菩萨了，撞上菩萨了。"

《奔月》是剧团身上的一块疤。其实《奔月》的剧本早在一九五八年就写成了，是上级领导作为一项政治任务交代给剧团的。他们打算在一年之后把《奔月》送到北京，献给共和国十周岁的生日。可是，公演之前一位将军看了内部演出，显得很不高兴。他说："江山如此多娇，我们的女青年为什么要往月球上跑？"这句话把剧团领导的眼睛都说绿了，浑身起了鸡皮疙瘩。《奔月》当即下马。

严格地说，后来的《奔月》是被筱燕秋唱红的，当然，《奔月》反过来又照亮了筱燕秋。戏运带动人运，人运带动戏运，戏台本来就是这么回事。不过这已经是一九七九年的事了。一九七九年的筱燕秋年方十九，正是剧团上下一致看好的新秀。十九岁的燕秋天生就是一个古典的怨妇，她的运眼、行腔、吐字、归音和甩动的水袖弥漫着一股先天的悲剧性，对着上下五千年怨天尤人，除了青山隐隐，就是此恨悠悠。说起来十五岁那年筱燕秋还在《红灯记》中客串过一次李铁梅的，她高举着红灯站立在李奶奶的身边，没有一点铮铮铁骨，没有一点"打不尽豺狼决不下战场"的霹雳杀气，反倒秋风秋雨愁煞人了。气得团长冲着导演大骂，谁把这个狐狸精弄来了!?

但到了一九七九年，《奔月》第二次上马了。试妆的时候筱燕秋的第一声导板就赢来了全场肃静。重新回到剧团的老团长远远地打量着筱燕秋，嘟哝说："这孩子，黄连投进了苦胆胎，命中就有两根青衣的水袖。"

老团长是坐过科班的旧艺人，他的话一言九鼎。十九岁的筱燕秋立马变成了A档嫦娥。B档不是别人，正是当红青衣李雪芬。李雪芬在几年前的《杜鹃山》中成功地扮演过女英雄柯湘，称得上红极一时。但是，在A档和B档这个问题上，李雪芬表现出了一位成功演员的得体与大度。

李雪芬在大会上说："为了剧团的明天，我愿意做好传帮带，我愿意把我的舞台经验无私地传授给筱燕秋同志，做一个合格的接力棒。"筱燕秋眼泪汪汪地和同志们一起鼓了掌。《奔月》被筱燕秋唱红了。剧组在各地巡回演出，《奔月》成了全省戏剧舞台上最轰动的话题。所到之处，老戏迷抚今追昔，青年人则大谈古代的服装。全省的文艺舞台"和其他各条战线一样"，迎来了他们的"第二个春天"。《奔月》唱红了，和《奔月》一样蹿红的当然是当代嫦娥筱燕秋。军区著名的将军书法家一看完《奔月》就豪情迸发，他用苍松翠柏般的遒劲魏体改换了叶剑英元帅的伟大诗篇："攻城不怕坚，攻戏莫畏难，梨园有险阻，苦战能过关。"下面是一行行书落款："与燕秋小同志共勉"。将军书法家把筱燕秋叫到了家中，他在抚今追昔之后亲自将一条横幅送到了筱燕秋的手上。

谁能料得到"燕秋小同志"会自毁前程呢。事后有老艺人说，《奔月》这出戏其实不该上。一个人有一个人的命，一出戏有一出戏的命。《奔月》阴气过重，即使上，也得配一个铜锤花脸压一压，这样才守得住。后羿怎么说也应当是花脸戏，须生怎么行？就是到兄弟剧团去借也得借一个。否则剧组怎么会出那么大的乱子，否则筱燕秋怎么会做那样的事？

《奔月》剧组到坦克师慰问演出是一个冰天雪地的日子。这一天李雪芬要求登台。事实上，李雪芬的要求不过分。她毕竟是嫦娥的B档。相反，过分的倒是筱燕秋。《奔月》公演以来，筱燕秋就一直霸着毡毯，一场都没有让过。嫦娥的唱腔那么多，戏那么重，筱燕秋总是说自己"年轻""没问题"，"青衣又不是刀马旦""吃得消的"。其实大伙儿早就看出来了，闷不吭声的筱燕秋心气实在是旺了，有吃独食的意思。这孩子的名利心开始膨胀了，想着法子横在李雪芬的面前。可是谁也没法说，领导一找她，她漂亮的小脸就成了猪肝。筱燕秋没心没肺，就有猪肝，她是做得出来的。领导们只能反过来给李雪芬做工作，让她"多指导指导年轻人""多扶持扶持年轻人"。可是李雪芬这一次的理由很充分。李雪芬说，她演《杜鹃山》的时候就经常下部队，今天下午还有很多战士冲着她喊"柯湘"呢，她在部队有观众基础，她不上台，"战士们不答应"。

李雪芬在这个晚上征服了坦克师的所有官兵，他们从嫦娥的身上看到了当年柯湘的影子。当年的柯湘头戴八角帽，一双草鞋，一把手枪，威风凛凛的。而今夜的柯湘却穿起了古装。李雪芬嗓音高亢，音质脆亮，激情奔放，这种高亢与奔放经过十多年的巩固与发展，业已构成了李雪芬独特的表演风格，即李派唱腔。基于此，李雪芬在舞台上曾经成功地塑造过一连串的巾帼豪杰，透过李雪芬的一招一式，观众们可以看到女战士慷慨赴死，女民兵英姿飒爽，女知青豪情冲天，女支书须眉不让。李雪芬在这个晚上重点展示了她的高亢嗓音，战士们有组织地给她鼓掌，掌声整齐而又有力，使人想起接受检阅的正步方阵。没有人注意到筱燕秋。其实戏演到一半，筱燕秋已经披着军大衣来到舞台了，一个人站立在大幕的内侧，冷冷地注视着舞台上的李雪芬。谁都没有注意到筱燕秋，谁都没有发现筱燕秋的脸色有多难看。厄运在这个时候其实已经降临了，它笼罩着筱燕秋，同时也笼罩着李雪芬。《奔月》演完了。五次谢幕之后，李雪芬来到了后台，脸上洋溢着一股难以掩抑的飞扬神采。李雪芬就是在这个时候和筱燕秋在后台相遇了，面对面，一个热气腾腾，一个寒风飕飕。李雪芬一看见筱燕秋的脸色便主动迎了上去，左手拉着筱燕秋的右手，右手拉着筱燕秋的左手，说："燕秋，都看了？"筱燕秋说："看了。"李雪芬说："还行吧？"筱燕秋却不开口。说话的工夫许多人已经走上来了，围在了她们的四周。李雪芬掀掉肩膀上的军大衣，说："燕秋，我正想和你商量呢，你看看这样，这样，这句唱腔我们这样处理是不是更深刻一些，哎，这样。"李雪芬这么说着，手指已经翘成了兰花状，一挑眉毛，兀自唱了起来。艺人们都是知道的，同行是冤家，即使是师傅传艺，"宁教一声腔，不教一个字，宁教一个字，不教一口气"。可是李雪芬不。她把李派唱腔的一字一气毫无保留地演示给了筱燕秋。筱燕秋不声不响，只是望着李雪芬。人们站立在李雪芬和筱燕秋的四周，默默地看着剧团里的两代青衣，一个德艺双馨，一个谦虚好学，许多人都看到了这令人感慨的一幕，这令人心宽的一幕。但是筱燕秋的眼神很快就出了问题，是那种极为不屑的样子。所有的人都看得出，燕秋这孩子的心气实在是太旺了，心里头不谦虚就算了，连目光都不会谦虚了。李雪芬却浑然不觉，演示完了，李雪芬对着筱燕秋探讨性地说："你看，这样，这才是旧社会的劳动妇女。我们这样处理，是不是好多了？"筱燕秋一直瞅着李雪芬，脸上的表情有些说不上来路。“挺好，”筱燕秋打断了李雪芬，笑着说，“只不过你今天忘了两样行头。”李雪芬一听这话就把双手捂在了身上，又捂到头上去，慌忙说：“我忘了什么了?”筱燕秋停了好大一会儿，说：“一双草鞋，一把手枪。”大伙儿愣了一下，但随即就和李雪芬一起明白过来了。燕秋这孩子真是过分了，眼里不谦虚就不谦虚吧，怎么说嘴上也不该不谦虚的！筱燕秋微笑着望着李雪芬，看着热气腾腾的李雪芬一点一点地凉下去。李雪芬突然大声说：“你呢？你演的嫦娥算什么？丧门星，狐狸精，整个一花痴！关在月亮里头卖不出去的货!”李雪芬的脚尖一踮一踮的，再一次热气腾腾了。这一回一点一点凉下去的却是筱燕秋。筱燕秋似乎被什么东西击中了，鼻孔里吹的是北风，眼睛里飘的却是雪花。这时候一位剧务端过来一杯开水，打算给李雪芬焐焐手。筱燕秋顺手接过剧务手上的搪瓷杯，“呼”地一下浇在了李雪芬的脸上。

后台立即变成了捅开的马蜂窝。筱燕秋愣在原处，看着无序的身影在自己的面前急速穿梭，耳朵里充斥着慌乱的脚步声。脚步声轰隆轰隆的，从后台移向了过道，从过道移向了远处，最后变成了远处汽车的马达声。眨眼的工夫后台就空荡荡的了，而过道更空荡，像通往月亮的路。筱燕秋站立在原处，愣了好大一会儿，沿着寂静的过道拐进了化妆间。筱燕秋站在镜子面前，吃惊地盯着镜子里的自己。直到这个时候筱燕秋才弄明白自己到底干了什么。她失神地望着自己的双手，一屁股坐在了化妆间的凳子上。

保温杯里的水到底有多烫，这个问题已经没有任何意义了。事情的“性质”永远决定着事态的严峻程度。一心扶持筱燕秋的老团长气得晃动了脑袋，他把中指与食指并在一处，对着筱燕秋的鼻尖晃了十来下。老团长说：“你，你，你，你你你你你呀——啊!”老团长急得都不会说话了，就会背戏文，“丧尽天良本不该，名利熏心你毁就毁在妒良才!”

“不是这样的。”筱燕秋说。

“又是哪样?”

“不是这样的。”筱燕秋泪汪汪地说。

老团长一拍桌子，说：“又是哪样?”

筱燕秋说："真的不是这样的。"

筱燕秋离开了舞台。嫦娥的A角调到戏校任教去了，而B角则躺在医院不出来。《奔月》第二次熄火。"初放蕊即遭霜雪摧，二度梅却被冰雹擂。"《奔月》没那个命。

二

谁能想到《奔月》会遇上菩萨呢。

启动资金终于到账了。这些日子炳璋一直心事重重。他在等。没有烟厂的启动资金，《奔月》只能是水中月。其实炳璋只等了十一天，可是就好像熬过了一个漫长的岁月。等钱的日子里炳璋发现，钱不只是数量，还是时光的长度。这年头钱这东西越来越古怪了。

但是，炳璋没有料到反对筱燕秋重新登台的力量如此巨大，预备会在筱燕秋能不能登台这个问题上僵持住了。炳璋把玩着手上的圆珠笔，一直在听。后来他把手上的圆珠笔丢到会议桌的桌面上，上身靠住了椅背。炳璋笑了笑，说："你们还是让步吧，人家可是点了筱燕秋的名的。这年头给钱让步，不丢脸。"会议室里一片沉默。人们不说话。不说话虽说还是反对，但通融的余地肯定就大了。幸亏李雪芬离开剧团开饭店去了，要不然，李派唱腔的高亢嗓音炳璋现在可是招架不住的。大伙儿继续沉默，不说是，也不说否。但无声有时就是默许。炳璋因势利导，很含糊地说："我看就这样了吧。"

然而，谁担纲B档，问题又来了。对一个演员来说，给当红演员做B档，本来就是一个寒碜人的角色，更何况又是筱燕秋的B档呢。还是老高出了一个好主意，B档让筱燕秋自己在学生里挑。筱燕秋嫉妒心再重，再名欲熏心、利欲熏心，总不能和自己的弟子争风。大家都说好。可是老高接下来的一句话让炳璋心里不踏实了。老高说："我看你们都白说，二十年过去了，筱燕秋也四十岁的人了，她的嗓子还能不能扛得住？我看悬。"这句话让炳璋觉得自己真的疏忽了，怎么就没有想到这个？毕竟是二十年呢。二十年，什么样的好钢不给你锈成渣？炳璋偷偷地叹了一口气。会议开来开去，在筱燕秋一个人的身上就纠缠了将近两个小时。

这哪里是筹备？简直是回顾历史。没钱的时候想钱，钱来了却不知道怎么花。钱这东西不只是时光的长度，还有历史的脸色。钱这东西现在实在是太古怪了。

炳璋想听筱燕秋溜溜嗓子，这是必需的。要不然，烟厂的钱再多，还不如拿来卷鞭炮去放响呢。筱燕秋依照约定的时间来到会议室，刚一落座，炳璋发现自己又冒失了。很空的会议室里头只有他们两个，炳璋坐在这头，筱燕秋坐在那头，中间隔了一张长长的椭圆桌，有些公事公办的意味。筱燕秋胖了，人却冷得很，像一台空调，凉飕飕地只会放冷气。炳璋打算先和筱燕秋谈一谈《奔月》的，可《奔月》是筱燕秋永远的痛，炳璋越发不知道从哪儿开口了。

炳璋有几分惧怕筱燕秋。要是细说起来，炳璋比筱燕秋还长出一个辈分，不过筱燕秋的脾气在戏校里头可是有名的。这个女人平时软绵绵的，一举一动都有些逆来顺受的意思，有点像水，但是，你要是一不小心冒犯了她，眨眼的工夫她就有可能结成冰，寒光闪闪的，用一种愚蠢而又突发性的行为冲着你玉碎。所以戏校食堂里的师傅们都说："吃油要吃色拉油，说话别找筱燕秋。"炳璋不知道怎么和筱燕秋挑开话题，就开始和筱燕秋绕。一会儿聊她的生活，一会儿聊她的教学、学生，还扯到了天气，有些前言不搭后语。东扯西拽了几分钟，筱燕秋闷头闷脑地说："你到底想和我说什么?"炳璋被堵住了，心里头一急，脱口说："你亮个相吧。"筱燕秋望着炳璋，把两只胳膊放到桌面上来，抱成了一个半圆，却又看不出任何风吹草动。筱燕秋毫无表情地望着炳璋，突然说："想听什么？是西皮《飞天》还是二黄《广寒宫》?"《飞天》和《广寒宫》是《奔月》里著名的唱腔选段，筱燕秋因为《奔月》倒了二十年的霉，这刻儿主动把话题扯到《奔月》上去，无疑就有了一种挑衅的意思，有了一种子弹上膛的意思。炳璋本能地直了直上身，等着筱燕秋的唇枪舌剑。不过炳璋手里有牌，倒也没有过分担心。炳璋说："那就来一段二黄。"筱燕秋站起身，离开座椅，拽了拽上衣的前下摆，又拽了拽上衣的后下摆，把目光放到窗户外面去，凝神片刻，开始运手，运眼，咿咿呀呀地居然进了戏。她的嗓音还是那样根深叶茂。炳璋还没有来得及诧异，一阵惊喜已经袭上了心头，一个贪婪而又充满悔恨的嫦娥已经站立在他的面前了。炳璋闭上眼睛，把右手插进裤子的口袋，翘起了四只手指头，慢慢地敲了起来，一个板，三个眼，再一个板，再三个眼。

筱燕秋一口气唱了十五分钟，炳璋睁开眼，眯起来，仔细详尽地打量起面前的这个女人。这段二黄慢板转原板转流水转高腔有极为复杂的表现难度，音域又那么宽，一个离开戏台二十年的演员能把它一口气完成下来，答案只有一个：她一直没有丢。炳璋歪在椅子里头，没有动。但是，他在暗中唏嘘感叹了一回。二十年，二十年哪。炳璋有些百感交集，对筱燕秋说："你怎么一直坚持下来了？"

"坚持什么？"筱燕秋说，"我还能坚持什么？"

炳璋说："二十年，不容易。"

"我没有坚持。"筱燕秋听懂炳璋的话了，仰起脸说，"我就是嫦娥。"

筱燕秋从炳璋的办公室里出来，人却恍惚了。这是十月里的一个日子，一个有风有阳光的日子。像春天。风和阳光都有些明媚，都有些荡漾，但是恍惚，像梦寐，萦绕在筱燕秋的周遭。筱燕秋踩着自己的身影，就这么在马路上游走。后来筱燕秋停下了脚步，迷迷糊糊朝四下打量。筱燕秋低下头，失神地看着自己的身影。现在正是午后，筱燕秋的影子很短，胖胖的，像一个侏儒。筱燕秋注视着自己的身影，夸张变形的身影臃肿得不成样子，仿佛泼在地上的一摊水。筱燕秋往前走了几大步，地上的身影像一个巨大的蛤蟆那样也往前爬了几大步。筱燕秋突然凝神了，确信了这样一个事实：地上的身影才是自己，而自己的身体只是影子的附带物。人就是这样，都是在某一个孤独的刹那突然发现并认清了自己的。筱燕秋的眼神再一次茫然了，伤心与绝望成了十月的风，从一个不确切的地方吹来，又飘到一个不确切的地方去了。

筱燕秋突然决定减肥，立即就减。

在命运出现转机的时候，女人们习惯于以减肥开启她们的崭新人生。筱燕秋叫了一辆红色夏利，直奔人民医院而去。人民医院是筱燕秋的伤心之地。这么多年了，即使在肾脏闹得最厉害的日子，筱燕秋也没有到这家医院就诊过一次。她的命运其实就是在人民医院彻底改变的，或者说，她的内心就是在人民医院彻底被击垮的。李雪芬住院的第二天，筱燕秋就被老团长逼到人民医院来了。李雪芬躺在医院里发过话了，只有筱燕秋自我批评的“态度”让她满意，她才可以考虑“是不是放她一马”。老团长一心想保筱燕秋，这一点全团上下都是知道的。老团长亲手给筱燕秋写了一份检查，让她到医院里念。事态是明摆着的，筱燕秋必须在李雪芬的面前走好这个场，剩下来的话才能往下说。筱燕秋看完检查书，合起来，急了。她一急就更加愚蠢。筱燕秋拼命地辩解说：“我没有嫉妒她，我不是故意想毁了她。”老团长盯着筱燕秋，到了这样的光景这孩子的心气还这么旺，老团长的眼睛都气红了，就想抽她一耳光，怔了好半天又下不了手。老团长甩开了胳膊，大声说：“大牢我待过七年，我可不想到那地方去看你！”筱燕秋望着老团长的背影，她从老团长的背影里头看清了自己潜在的厄运。

筱燕秋还是到人民医院去了。李雪芬躺在床上，脸上蒙着一块很长的白纱布。团里的领导都在，《奔月》的主创也在，高高矮矮站了一屋子。筱燕秋把两手叉在小肚子面前，走到李雪芬的床前，耷拉着两只眼皮。她看着自己的脚步，开始骂。她把自己的祖宗八代里里外外都骂了一遍，骂成了一摊屎。骂完了，病房里静悄悄的，没有一个人说话，只有李雪芬在纱布的后面干咳了一声。气氛顿时压抑了。没有人好说什么。李雪芬到现在都没有把筱燕秋告到公安局去，已经算对得起她了。筱燕秋承受不了这样的压抑，泪汪汪地四处找人。老团长站在门框的旁边，对她瞪起了眼睛。筱燕秋没有退路了，她慢腾腾地从口袋里掏出检查书，一层一层地打开来，开始念。筱燕秋像油印打字机那样，一个字一个字地往外蹦。念完了，所有的人都松了一口气。检查书的内容最终肯定了检查者的“态度”。李雪芬把脸上的纱布掀开来，她的脸上紫红了一大块，涂着一层油亮亮的膏。李雪芬接过检查书，拉起筱燕秋的手，笑着说：“燕秋，你还年轻，心胸要宽，可不能再这样了。”筱燕秋看到了李雪芬的笑。还没看清，李雪芬却又把脸盖上了。筱燕秋感到李雪芬的笑容才是一杯水，并不烫，浇在了筱燕秋的心坎上。“吱”的一下，筱燕秋如焰的心气就彻底熄灭了。

筱燕秋走出病房的时候满天都是大太阳。她走到楼梯口，站在扶手旁边停下了脚步，转过头来。她看到了老团长如释重负的叹息。老团长对她点了点头。筱燕秋就那么望着老团长，突然也笑了一下，可是没能收住。她笑出了声来，一阵一阵的，两个肩头一耸一耸的，像戏台上须生或者花脸才有的狂笑。许多人都听到了筱燕秋出格的动静，她们从病房里探出脑袋，一起望着筱燕秋。筱燕秋就知道傻笑，膝盖一软，顺着楼梯的沿口一头栽了下去，从四楼一直滚到了三楼半。大伙儿跟下来，筱燕秋趴在水磨石地板上，听见老团长不停地对众人说："态度还是好的，态度还是深刻的。"

都二十年了。筱燕秋挂的是内分泌科，开过药，筱燕秋特地绕到了后院。二十年了，筱燕秋远远地看见了那座病房楼。一些人在那里进进出出。楼已经不是老样子了，墙面上贴上了马赛克，但是屋顶、窗户和过廊一如过去，这一来又似乎还是老样子。筱燕秋立在那里，发现生活并不像常人所说的那样，在伸向未来，而是直指过去。至少，在框架结构上是这样的。

筱燕秋比平时到家晚了近一个小时，女儿已经趴在餐桌上做作业了。筱燕秋打开门，丈夫正歪在沙发里头看电视，电视只有画面，没有声音。筱燕秋提着人民医院的药袋，懒懒地倚在了门框上，疲惫地看着自己的丈夫。丈夫从筱燕秋的神情里头感到了某些异样，连忙走上来。筱燕秋把药袋递到丈夫的手上，径自往卧室去，进了卧室就把卧室的门反关上了。丈夫把目光从筱燕秋的身上移到药袋里面，疑疑惑惑地掏出药盒子，翻过来复过去地看。药盒子上全是外文，一副看不到底又望不到边的样子，这一来事态就进一步严峻了。丈夫从药盒子上预感到了大难，匆忙跟进卧室。刚一进门筱燕秋便扑在了他的身上，胳膊箍住他的脖子，用力往里收。她的腹部贴在他的腹部，一吸一吸的。他感到了她的努力。她用力忍着，一种强烈而又迅猛的伤恸。丈夫手里的药袋掉在了地上，大祸真的临头了。丈夫的身体向后退了一步，"咚"的一声，卧室的门重又关死了。丈夫就那么拥着自己的妻子，毁灭性的念头在脑袋里蹿来蹿去。筱燕秋终于开口了，她哭着说："面瓜，我又要上台了。"面瓜似乎没听清，拨过筱燕秋的脑袋，用那种侥幸的和将信将疑的目光再一次打量妻子。筱燕秋说："我又能上台了。"面瓜一把把筱燕秋推开了，惊魂未定，脱口说："至于嘛，你！弄成这样！"筱燕秋有些不好意思，瞥了一眼面瓜，笑了笑，却不停地掉泪，自语说："我就是难过。"面瓜拉开门，准备给妻子热晚饭，女儿却怯生生地堵在房门口。面瓜逃出了假想中的劫难，骨头都轻了，故意拉下脸来，粗声恶气地说："做作业去!"

筱燕秋把面瓜拉住了，对女儿招了招手，示意女儿过来。她让女儿坐到自己的身边，端详起自己的女儿。女儿一点都不像自己，骨骼大得要命，方方正正的，全像她老子。但是筱燕秋今天晚上觉得自己的女儿特别耐看，细细地推敲起来还是像自己，只是放大了一号。面瓜又要上厨房，筱燕秋说："你不要做，我要减肥。"面瓜站在卧室的门口，不解地说："肥什么？我什么时候说你肥了？"筱燕秋把巴掌放到女儿的头顶上去，说："你不嫌我肥，观众可不承认嫦娥是个胖婆娘。"

幸运的夫妻最急着要做的事情就是命令孩子上床。等孩子入睡了，他们好回到自己的床上，开始他们的庆典。幸福的夜晚都是宁静似水的，但又是轰轰烈烈的。这个夜晚实在让面瓜喜出望外，他上上下下地忙，里里外外地忙，进进出出地忙，都不知道怎么好了。

面瓜是一个交通警察，从部队上下来的，五大三粗，就是不活络。说起婚姻，面瓜最大的愿望也就是娶上一位国有企业的正式女工。面瓜做梦也没有想到著名的美人嫦娥会成为自己的老婆。真的像一个梦。

面瓜的婚姻算得上一桩老式婚姻，没有一丝一毫的新鲜花样。先是由介绍人在公园的一棵柳树下面介绍他们认识了。接下来便是"谈"。"谈"了一些日子，匆匆便步入了洞房。

那时的筱燕秋绝对是一个冰美人。她在公园鹅卵石的路面上不像一个行人，而更像一个梦游者，一个失魂的行尸。不过女人的落魄不仅没有妨碍女人的美丽，反而让她们炫目起来了。对于年轻而又漂亮的女人来说，落魄会赋予她们额外的魅力，在体貌的姣好之外，附带上一种气息的美——那种让人怦然心动的、招人怜爱的异质。面瓜一见到筱燕秋两只手就凉了，心口也凉了。筱燕秋一身寒气，凛凛的，像一块冰，要不像一块玻璃。面瓜顿时就自惭形秽了。面瓜甚至在暗中抱怨起介绍人来了，再怎么说他面瓜也配不上这样亮晶晶的美人。面瓜小心翼翼地陪着筱燕秋沿着鹅卵石的路面往前走，筱燕秋不说话，面瓜就更不敢说了。最初的那些日子面瓜不是"谈"恋爱，简直是受罪。然而，这份罪受起来又有一份说不出来头的甜蜜。筱燕秋还是那么凛凛的，魂不守舍的，瞳孔里虚散着目光的。面瓜起初以为筱燕秋看不上他，可是又不像。只要面瓜约她，筱燕秋总是会病歪歪地准时到达的。面瓜一点都不知道筱燕秋现在的心思，筱燕秋中了邪了，她铁定了心思一心要把自己嫁出去，越快越好。但是筱燕秋却又不好好“谈”。她不说话，就知道和面瓜一起走。面瓜在筱燕秋的面前自卑得要了命，一点想象力都没有了。他反反复复地把筱燕秋约到公园的那条鹅卵石路上去——既然他们是在那儿认识的，他们的“恋爱”就只能和必须在那儿“谈”了。筱燕秋从来不问心思以外的事，她只是面瓜的影子。面瓜怎么走她怎么走，面瓜往哪儿去她往哪儿去。其实面瓜也不知道往哪儿走，但是第一次既然那么走了，第二次当然也那样走。依此类推。他们每一次都走相同的路，以同样的方向向同样的地方走去，在同一个地方拐弯，在同一个地方休息，走完了，在同一个地方分手。然后，面瓜说同样的话，约好下一次见面的时间。局面的改变起源于一次意外。那一天筱燕秋的鞋后跟意外地在鹅卵石的路面上崴了一下，呼噜一下倒在了地上。在此以前筱燕秋一直斜着头，看着天上的月亮。她的鞋跟一定踩到了鹅卵石路上的罅隙，脚踝迅速地朝外一撇，说倒就倒下去了。面瓜的脸色吓得比月光还要白。面瓜天生的慢性子，是那种火上了头顶也能够不紧不慢地迈动四方步的男人。面瓜乱了。面瓜在手忙脚乱的时候越发不知所措。他慌慌张张地把筱燕秋送进医院，慌慌张张地把筱燕秋送到了家中。筱燕秋的脚踝肿起来了，青紫了一大块，肘部也蹭掉了一块皮。

筱燕秋对自己的受伤一点都没有在意。受伤的似乎是别人，她只不过是一个旁观者，偶然看见的罢了。她那种事不关己的样子使你相信，即使有人把她的脑袋砍下来，放在了桌面上，她也能镇定自若地、不慌不忙地眨巴她的眼睛。

疼的是面瓜。面瓜在疼。面瓜望着筱燕秋的脚脖子，不敢看筱燕秋的眼睛。后来他到底偷看了一眼筱燕秋，目光立即又避开了。面瓜说：“还疼吗?”面瓜的声音很小，但是筱燕秋听见了。筱燕秋不是一块玻璃，而是一块冰。只是一块冰。此时此刻，她可以在冰天雪地之中纹丝不动，然而，最承受不得的恰恰是温暖。即使是巴掌里的那么一丁点余温也足以使她全线崩溃、彻底消融。面瓜木头木脑的，痛心地说：“我们还是别谈了吧，我把你摔成这种样子。”筱燕秋冷冷地望着面瓜，面瓜木头木脑的，扯不上边地胡乱自责。可胡乱的自责不是怜香惜玉又是什么？筱燕秋的心潮突然就是一阵起伏，汹涌起来了，所有的伤心一起汪了开来。坚硬的冰块一点一点地，却又是迅猛无比地崩溃了、融化了。收都来不及收，不能自已，不可挽回。她一把拉住面瓜的手，她想叫面瓜的名字，但是没有能够，筱燕秋已经失声痛哭了。她拼了命地哭，声音那么大，那么响，全然不顾了脸面。面瓜吓得想逃，没能逃掉。筱燕秋死死地拽住了面瓜，面瓜没有能够逃掉。

筱燕秋和面瓜都没有意识到这一次大哭对他们来说意味着什么。在某种时候，女人为谁而哭，她就为谁而生。

戏校的筱燕秋老师匆匆忙忙把自己嫁了出去。筱燕秋置身于大海，面瓜是她唯一的独木舟。在筱燕秋看来，这桩婚姻过了此村就再无此店了。面瓜是令人满意的，是那种典型的过日子的男人，顾家、安稳、体贴、耐苦，还有那么一点自私。筱燕秋还图什么？不就是一个过日子的男人吗？面瓜唯一的缺点就是床上贪了些，有点像贪食的孩子，不吃到弯不下腰是不肯离开餐桌的。不过这又算什么缺点呢？筱燕秋只是有点弄不明白，床上就那么一点事，每次也就是那么几个动作，又有什么意思？面瓜哪里来的那么大兴致，每一次都像吃苦，把自己累成那样。但是面瓜是疼老婆的，他在一次房事过后这样肉麻地对老婆说：“只要没有女儿，你就是我的女儿。”面瓜的这句呆话让筱燕秋足足想了一个多星期。床上的事筱燕秋不太喜欢做，想起来有时候反而倒是蛮好的。

这个晚上是筱燕秋命令女儿上床的。面瓜从妻子垂挂着的睫毛上猜到了这个晚上精彩的压轴戏。结婚这么多年了，每一次做爱都是面瓜巴结着筱燕秋，都是面瓜死皮赖脸的，今天的光景还是头一次。筱燕秋在女儿的床边轻声喊了一声女儿，女儿那边没有了动静。面瓜站在客厅里头就高兴，又是转圈，又是搓手。后来筱燕秋回到了自己的卧室，默默地脱光了，钻进了被窝，再后来筱燕秋从被窝里伸出了一只胳膊，五根手指挂在那儿。筱燕秋对面瓜说：“面瓜，来。”

这个晚上的筱燕秋近乎浪荡。她积极而又努力，甚至还有点奉承。她像盛夏狂风中的芭蕉，舒张开来了，铺展开来了，恣意地翻卷、颠簸。

筱燕秋不停地说话，好些话说得都过分了，又不敢大声，一字一句都通了电。她急促地换气，紧贴着面瓜的耳边，痛苦地请求："要喊，面瓜。我想喊，面瓜。"筱燕秋像换了一个人，陌生了。这是好日子真正开始的征候。面瓜心花怒放，心旌摇荡，忘乎所以。面瓜疯了，而筱燕秋更疯。

三

炳璋算过一笔账，决定从启动资金里拿出一部分来请烟厂老板一次客。要想把这顿饭吃得像个样，费用虽说不会低，这笔费用也许还能从烟厂那边补回来的。现在，关键中的关键是必须让老板开心。他开心了，剧团才能开心。过去的工作重点是把领导哄高兴了，如今呢，光有这一条就不够了。作为一个剧团的当家人，一手挠领导的痒，一手挠老板的痒，这才称得上两手都要抓，把老板请来，再把头头脑脑的请来，顺便叫几个记者，事情就有个开头的样子了。人多了也好，热闹。只要有一盆好底料，七荤八素全可以往火锅里倒。革命不是请客吃饭，对的。炳璋不想革命，就想办事。办事还真的是请客吃饭。

烟厂的老板成了这次宴请的中心。这样的人天生就是中心。炳璋整个晚上都赔着笑，有几次实在是笑累了，炳璋特意到卫生间里头歇了一会儿。他用巴掌把自己的颧骨那么揉了又揉，免得太僵硬，弄得跟假笑似的。卖东西要打假，笑容和表情同样要打假。这可不是闹着玩的。

炳璋原以为启动资金到账之后他能够轻松一点的，相反，炳璋更紧张、更焦虑了。这么多年了，剧团没法上戏，一直干耗着，说过来居然也过来了。剧团不是美术家协会，不是作家协会，那些协会里的人老了，一个人待在家里，写几块招牌，画几根蜡梅、几串葡萄，再不就到晚报上骂骂人，伸胳膊抬腿都有银子跟着来。一句话，那些人都是越来越值钱的。剧团不一样，再好的演员一个人待在家里也唱不来一台戏。当然了，为住房和职称找领导除外，在住房和职称面前，出色的演员一个人就能将生旦净末丑全部反串一遍。演戏这个行当说到底又与别的不同，不论是说唱念打还是吹拉弹奏，扛的是"艺术家"这块招牌，做的终究是体力活，吃的还是身体这碗饭，一到岁数身子骨就破了。他们的破身子骨全是沙漠，一盆水浇下去，不要说看不见水漂，就连“嗞”的一声都没有。他们挣不来一分钱，耗起银子来却是老将出马，一个顶俩。炳璋就愁钱。炳璋感到自己不只是一个剧团的团长，都快成商人了，就等着资金全部到位。炳璋想起了当年在学习班上听来的一句话，是一位领袖的著名格言：资本来到世上，从头到脚都滴着血和肮脏的东西。这话对。资本就是流淌的血，肮脏不肮脏事后再说。剧团等着这滴血，靠着这滴血，生产、生产、再生产、扩大再生产。急命呢。炳璋就等着《奔月》上马，越快越好。夜长了难免梦多。钱哪，钱哪。

宴会在老板和筱燕秋认识的那一刻达到高潮，这就是说，晚宴从头到尾都是高潮。宴会尚未开始，炳璋便把筱燕秋十分隆重地领了出来，十分隆重地叫到了老板的面前。这次见面对老板来说只是一次交际，也可以说，是一次娱乐活动，然而，它是筱燕秋一生中的一件大事。筱燕秋的后半生如何，完全取决于这次见面。筱燕秋得到宴会通知的时候不仅没有开心，相反，她的心中涌上了无边的惶恐，立即想起了前辈青衣、李雪芬的老师柳若冰。柳若冰是五十年代戏剧舞台上最著名的美人，“文革”开始之后第一个倒霉的名角。她去世之前的一段往事曾经在剧团里头广为流传，那是一九七一年的事了，一位已经做到副军长的戏迷终于打听到当年偶像的下落，副军长的警卫战士钻到了戏台的木地板下面，拖出了柳若冰。柳若冰丑得像一个妖怪，裤管上沾满了干结的大便和月经的紫斑。副军长远远地看看柳若冰，只看了一眼，就爬上他的军用吉普车了。副军长上车之前留下了一句千古名言：“不能为了图名气而弄脏了自己。”筱燕秋捏着炳璋的请柬，毫无道理地想起了柳若冰。她坐在美容院的大镜子面前，用她半个月的工资精心地装潢她自己。美容师的手指非常柔和，但她感到了疼。筱燕秋觉得自己不是在美容，而是在对着自己用刑。男人喜欢和男人斗，女人呢，一生要做的事情就是和自己做斗争。

老板在筱燕秋的面前没有傲慢，相反，还有些谦恭。他喊筱燕秋“老师”，用巴掌再三再四地请筱燕秋老师坐上座。老板并不把文化局的头头们放在眼里，但是，他尊重艺术，尊重艺术家。筱燕秋几乎是被劫持到上座上来的。她的左首是局长，右首是老板，对面又坐着自己的团长，都是决定自己命运的大人物，不可避免地有点局促。筱燕秋正减着肥，吃得少，看上去就有点像怯场了，一点都没有二十年前头牌青衣的举止与做派。好在老板并没有要她说什么。老板一个人说。他打着手势，沉着而又热烈地回顾过去。他说自己一直是筱燕秋老师的崇拜者，二十年前就是筱燕秋老师的追星族了。筱燕秋很礼貌地微笑着，不停地用小拇指捋耳后的头发，以示谦虚和不敢当。但是老板回忆起《奔月》巡回演出的许多场次来。老板说，那时候他还在乡下，年轻，无聊，没事干，一天到晚跟在《奔月》的剧组后面，在全省各地四处转悠。他还回忆起了一则花絮，筱燕秋那一回感冒了，演到第三场的时候居然在舞台上连着咳嗽了两声，——台下没有喝倒彩，而是响起了雷鸣般的掌声。老板说到这儿的时候酒席上安静了。老板侧过头，看着筱燕秋，总结："那里头就有我的掌声。"酒席上的人笑了，同时响起了掌声。老板拍了几下巴掌。这掌声是愉快的，鼓舞人心的，还是继往开来的、相见恨晚和同喜同乐的。大伙儿一起干了杯。

老板还在聊。语气是推心置腹的，谈家常的。他聊起了国际态势，WTO，科索沃，车臣，香港，澳门，改革与开放，前途还有坎坷；聊起了戏曲的市场化与产业化；聊起了戏曲与老百姓的喜闻乐见。他聊得很好。在座的人都在严肃地咀嚼，点头。就好像这些问题一直缠绕在他们的心坎上，是他们的衣食住行，油盐酱醋；就好像他们为这些问题曾经伤神再三，就是百思不得其解。现在好了，水落石出、大路通天了。答案终于有了，豁然开朗了，找到出路了。大伙儿又干了杯，为人类、国家以及戏剧的未来一起松了一口气。

炳璋一直望着老板。自从认识老板以来，他对老板一直都心存感激，但在骨子里头，炳璋瞧不起这个人。现在不同。炳璋对老板刮目相看了。老板不仅仅是一个成功的企业家，他还是一个成熟的思想家兼政治家。如果爆发战争，他也许就是一个出色的战略家和军事指挥家。一句话，他是伟人。炳璋有些激动，没头没脑地说："下次人代会改选市长，我投厂长一票！"老板没有接他的话茬儿，点烟，做了一个意义不明的手势，把话题重新转移到筱燕秋的身上来。

话题到了筱燕秋的身上老板更机敏了，更睿智也更有趣了。老板的年纪其实和筱燕秋差不多，然而，他更像一个长者。他的关心、崇敬、亲切都充满了长者的意味，然而又是充满活力的、男人式的、世俗化的、把自己放在民间与平民立场上的，因而也就更亲切、更平等了。这种平等使筱燕秋如沐春风，人也自信、舒展了。筱燕秋对自己开始有了几分把握，开始和老板说一些闲话。几句话下来老板的额头都亮了，眼睛也有了光芒。他看着筱燕秋，说话的语速明显有些快，一边说话一边接受别人的敬酒。从酒席开始到现在，他一杯又一杯，来者不拒，酒到杯干，差不多已经是一斤五粮液下了肚子。老板现在只和筱燕秋一个人说，旁若无人。酒到了这份儿上炳璋不可能没有一点担忧，许多成功的宴席就是坏在最后的两三杯上，就是坏在漂亮女人的一两句话上。炳璋开始担心，害怕老板过了量。成功体面的男人在女演员的面前被酒弄得不可收拾，这样的场面炳璋见得实在是太多了。炳璋就害怕老板冒出了什么唐突的话来，更害怕老板做出什么唐突的举动。他非常担心，许多伟人都是在事态的后期犯了错误，而这样的错误损害的恰恰正是伟人自己。炳璋害怕老板不能善终，开始看表。老板视而不见，却掏出香烟，递到了筱燕秋的面前。这个举动轻薄了。炳璋看在眼里，咽了一口，知道老板喝多了，有些把持不住。炳璋看着面前的酒杯，紧张地思忖着如何收好今晚这个场，如何让老板尽兴而归，同时又能让筱燕秋脱开这个身。许多人都看出了炳璋的心思，连筱燕秋都看出来了。筱燕秋对老板笑笑，说："我不能吸烟的。"老板点点头，自己燃上了，说："可惜了。你不肯给我到月亮上做广告。"大伙儿愣了一下，接下来就是一阵哄笑。这话其实并不好笑，但是，伟人的废话有时候就等于幽默。

哄笑之中老板却起身了，说："今天我很高兴。"这句话是带有总结性的。老板朝远处招招手，叫过司机，说："不早了，你送筱燕秋老师回家。"炳璋吃惊地看了一眼老板，炳璋担心他会在筱燕秋面前纠缠的，但是没有。老板举止恰当，言谈自如，一副与酒无关的样子，就好像一斤五粮液不是被他喝到肚子里去了，而是放在裤子的口袋里面。老板实在是酒席上的大师，酒量过人，见好就收。整个晚宴凤头、猪肚、豹尾，称得上一台好戏。倒是筱燕秋有些始料不及，没想到这么快就结束了。筱燕秋一时不知道说什么，慌忙说："我有自行车。"老板说："哪有大艺术家骑自行车的。”老板一边坚持着“请”的手势，一边关照司机回头来接他。筱燕秋瞥了老板一眼，只好跟着司机往门口去。她在走向门口的时候知道许多眼睛都在看她，便把所有的注意力全部集中到走路的姿势上，感觉有些别扭，甚至都不会走路了。好在没有人看出这一点。人们望着筱燕秋的背影，她的背影给人以身价百倍的印象。这个女人的人气说旺就旺了。

老板转过身来，和局长闲聊，请局长得空的时候到他们厂去转转。炳璋插进来，抢过话茬儿，说：“老板好酒量，好酒量！”他一口气把这句话重复了四五遍。炳璋自己也弄不懂为什么逮着老板的酒量不要命地死奉承，听上去好像心里有什么疙瘩，受了什么惊吓似的。老板莞尔一笑，笑而不答，掐烟的工夫又一次把话题岔开了。

四

老话是对的，好运气想找你，就算你关上大门它也会侧着身子从门缝里钻进来。这年头好运气并不玄乎，说白了，就是钱。只有钱才能够侧着身子从门缝里钻来钻去的。烟厂的老板算什么？这年头大街上的老板比春天的燕子多，比秋天的蚂蚱多，比夏天的蚊子多，比冬天的雪花多。然而，烟厂的老板有钱，又不是他自己的，这就齐了。可是，剧团和戏校里的人们真正羡慕的倒不是筱燕秋，而是春来。春来这个小丫头这一回真的是撞上大运了。

春来十一岁走进戏校，从二年级到七年级一直跟在筱燕秋的身后，知道筱燕秋的人都知道，春来不仅仅是筱燕秋的学生，简直就是筱燕秋的宝贝女儿。春来最初学的并不是青衣，而是花旦，是筱燕秋厚着脸皮硬把她拽到自己的身边的。青衣与花旦其实是两个完全不同的行当，只不过现在喜欢看戏的人少了，许多人都习惯于把戏台上的年轻女性统统称之为“花旦”。这种混淆局面的形成固然是后来的戏迷们功夫不到，但是，要是真的细究起来，这笔账还要记到著名大师梅兰芳的头上。梅老板博大精深，他在长期的舞台实践中把青衣与花旦的唱腔与表演程式杂糅在了一起，创建了一种有别于青衣同时又有别于花旦的新行当，也就是“花衫”。“花衫”行当的出现体现了梅老板的求新与创造的精神，也给后来的人们带来了不必要的麻烦，人们对青衣与花旦的区分也就再也不那么顶真，不那么严格了。比如说，当初所谓的“四大名旦”。这个统称其实就十分马虎，贴切的说法应当是“两大名旦，两大青衣”。好在所有的剧种都一起没落了，分不清青衣花旦也不算什么大事。可是，话还得反过来说，对于学戏和演戏的人来说，这可是一点含混不得的，青衣就是青衣，花旦就是花旦。他们的唱腔、道白、行头、台步、表演程式隔着九九艳阳天，真的是花开两朵，各表一枝的，永远弄不到一起去。

春来想学花旦有她的理由。就说道白，花旦的道白用的是脆亮的京腔，而青衣的韵白则拖声拖气的，在没有翻译、不打字幕的情况下，比看盗版碟片还要吃力，一句话，青衣的韵腔道白说的整个就不是人话。唱腔就更不一样了，花旦唱起来利索、爽朗，接近于捏着嗓子的流行歌曲，还歪着脑袋一蹦三跳，又活泼，又可爱，像一只叽叽喳喳的小麻雀。青衣则不同，就那么一个字，她也要咿咿呀呀地，一步三晃地，一手捂着小肚子，一手比画着，在那儿晃悠着，翘着个小指头，慢慢地哼，等你上完了厕所，把该尿的尿了，该屙的屙了，前前后后擦完了，一回头，那个字还没唱完呢。戏剧如此不景气，喜欢青衣的也就剩下那么几个离休老干部了。许多当红青衣都走下舞台了，不是穿上漆黑的皮夹克站在麦克风前面乱了头发狮吼，就是到电视连续剧里头演一回二奶，演一回小蜜。好歹也能到晚报的文化版上“文化”那么一下子。青衣说到底不能和花旦比，现在的晚会那么多，笑星歌星们再闹腾，民族文化总是要弘扬的，国粹总是要保留的，“爱江山更爱美人”之后，最次也得来个“打不尽豺狼决不下战场”。花旦的出路比青衣多少要好一些，要不然，人们也不会把剧团戏称为“蛋窝”的。

春来是在三年级的下学期改学的青衣。春来这孩子说话的嗓音和筱燕秋并不像。可是，一开腔，春来的唱腔简直就是另一个筱燕秋。戏校的老师们开玩笑说，春来的嗓子天生就是和筱燕秋唱对台戏的料。筱燕秋和春来商量，让她放弃花旦，改学青衣。春来不肯。商量来商量去，春来就是不肯。筱燕秋急了，筱燕秋的那句名言至今还是戏校里的一个笑话，一个笑柄。筱燕秋一急，拉下了脸来，对春来说：“你要是不肯拜我为师，我就拜你，我拜你做我的学生，你答应不答应？”做老师的把话说到了这份儿上，春来还敢说什么？

戏校的人还记得春来刚到戏校时的模样，一口浓重的乡下口音，衣袖和裤腿都短得要命，袜子的上方还留了一截小腿肚。那时的春来一到冬天两只腮帮总是皴的，裂了好几道红颜色的口子。没有人会相信春来能出落成今天的这副模样，什么叫女大十八变？春来就是一个最生动的例子，一个最具感召力的例子。谁能想到筱燕秋能有今天？谁能想到春来能赶上这趟车？

筱燕秋在戏校待了二十年，教了那么多学生，细细排下来，却没有一个能唱出来的。大红大紫就不说了，显一下山露一下水的都没有过。这样的局面给筱燕秋带来了十分强烈的失败感。筱燕秋对自己是彻底死了心了，然而，毕竟又没有死透。一个人可以有多种痛，最大的痛叫作不甘。筱燕秋不甘。三十岁生日那一天筱燕秋就知道自己死了，十年里头筱燕秋每天都站在镜子面前，亲眼看着自己一天一天老下去，亲眼看着著名的“嫦娥”一天一天死去。她无能为力。焦虑的过程加速了这种死亡。用手拽都拽不住，用指甲抠都抠不住。说到底时光对女人太残酷，对女人心太硬、手太狠。三十岁，我的亲爹，我的亲娘。三十岁生日那一天筱燕秋头一回喝了酒，不到二两。筱燕秋醉得不成样子。酒后的筱燕秋握着剪刀把厨房里的围裙剪成了两块。她把两块白布捏在手上，权当了水袖。筱燕秋挥舞着油迹斑斑的围裙，跌跌撞撞，油盐酱醋的罐子倒了一厨房，咣叮咣当的，碎了一厨房。她的手不知道被什么碎片刮破了，鲜红的血液流淌在水袖上，红白相间的围裙在半空中抛上去，又落下来，再抛上去，再落下来。面瓜冲进了厨房，抱住了筱燕秋，筱燕秋愣愣地盯着面瓜，喊面瓜“亲娘”。筱燕秋用纯正的韵腔对着面瓜念起了道白：“亲——娘——啊——啊！”面瓜知道筱燕秋醉了。面瓜担心妻子的叫喊传播出去，他把带血的围裙堵在了筱燕秋的嘴边。筱燕秋的嘴巴给堵紧了，腹部却激荡了起来，一挺一挺的，嗓子里发出母兽的呼噜声。面瓜心疼万分，不住地喊燕秋的名字。筱燕秋侧过头，回望着面瓜，叫不出声。然而，她的腹部还在叫，面瓜看得见。她用她的腹部一遍又一遍地呼喊：“亲、娘、啊、啊、啊、啊！”

“千生万旦，难求一净。”这是旧时的艺人留下来的古话了。其实这话不对。筱燕秋从一开始就不能同意这句话。生、旦、净、末、丑，唱花脸的固然难求一个，然而，没有一个行当的演员可以成千上万地一把抓。自古到今，唱青衣的成百上千，真正把青衣唱出意思来的，真正领悟了青衣的意蕴的，也就那么几个。唱青衣固然要有上好的嗓音、上好的身段，可是好嗓音算得了什么？好身段又算得了什么？出色的青衣最大的本钱是你是一个什么样的女人。哪怕你是一个七尺须眉，只要你投了青衣的胎，你的骨头就再也不能是泥捏的，只能是水做的，飘到任何一个码头你都是一朵雨做的云。戏台上的青衣不是一个又一个女性角色，甚至不是性别，而是一种抽象的意味，一种有意味的形式，一种立意，一种方法，一种生命里的上上根器。女人说到底不是长成的，不是岁月的结果，不是婚姻、生育、哺乳的生理阶段。女人就是女人。她学不来也赶不走。青衣是接近于虚无的女人。或者说，青衣是女人中的女人，是女人的极致境界。青衣还是女人的试金石，是女人，即使你站在戏台上，在唱，在运眼，在运手，所谓的“表演”“做戏”也不过是日常生活里的基本动态，让你觉得生活就是如此这般的——话就是那样说的，路就是那样走的；不是女人，哪怕你坐在自家的沙发上、床头上，你都是一个拙巴的戏子，你都在“演”，演也演不像，越演越不像人。与此相应的是，花脸则是一个绝对的男人，或者说，是绝对男人的绝对侧面。男人就应当是简单的，所有的身心只是一张脸谱，简单到夸张的程度，简单到恒久与一成不变的程度。所以，戏的衰退首先是男人与女人的携手衰退。是种性的一天不如一天。

老天爷创造出一个花脸不容易，老天爷创造出一个青衣同样不容易。筱燕秋是其中的一个，其中的另一个则是春来。

春来的出现让筱燕秋看到了希望。春来是“嫦娥”能够活在这个世上最充分的理由。筱燕秋宛如一个绝望的寡妇，拉扯着唯一的孩子。只要有春来，筱燕秋的香火终究可以续上了，这是老天爷对筱燕秋的最后一点补贴，最后一点安慰。春来刚过了十七岁，严格地说，还是一个女孩子。但是春来从来就不是女孩子，她天生就是一个女人，一个风姿绰约的女人，一个风情万种的女人，一个风月无边的女人，一个她看你一眼就让你百结愁肠的女人。这不是早熟，只能说，它与生俱来。春来在十七岁的这个夏天就此步入了青衣的黄金年段，身段该有的都有，该没的都没。腰肢里头流宕着一股天成的婀娜态、风流态。春来的一双眼睛里头有一种独特而美妙的神采，她看所有的东西都不是看，而是盼顾，左盼盼，右顾顾，有股美目盼兮的意思，有股依依不舍的意思，还有股此怨不知所从何来的意思。春来运动的眼珠就像戏台上的运眼，她有一种将最戏剧化的程式还原到生活中来的禀赋，她同时还有一种将最日常化的动态提升到戏台上的异质。而春来的变声期也格外地顺利，居然没怎么在意说过去就过去了，许多演员过不了变声期这么一个鬼门关，昨晚上洗澡的时候还好好的，一觉醒来，好嗓子已经被鬼偷走了。

春来这孩子命好。所有的一切好像都是给预备好了的。虽说只是嫦娥的B档，但是谁也不能否认，二郎神的灵光已经照亮春来了。

五

一部戏总是从唱腔戏开始。说唱腔俗称说戏，你先得把预设中一部戏打烂了，变成无数的局部、细节，把一部戏中戏剧人物的一恨、一怒、一喜、一悲、一伤、一哀、一枯、一荣，变成一字、一音、一腔、一调、一颦、一笑、一个回眸、一个亮相、一个水袖，一句话，变成一个又一个说、唱、念、打，然后，再把它组装起来，磨合起来，还原成一段念白，一段唱腔。说戏过后，排练阶段才算真正开始。首先是连排。一个人成不了一台戏，“戏”首先是人与人的关系。那么多的演员挤在一个戏台上，演员与演员之间就必须沟通、配合、交流、照应，这样的完善过程也就是连排。连排完了还不行。演员的唱腔、造型还得与乐队、锣鼓家伙形成默契，没有吹、拉、弹、奏、打，那还叫什么戏？把吹、拉、弹、奏、打一同糅合进去，这就是所谓的响排了。响排过了还得排，也就是彩排。彩排接近于实弹演习，是面对着虚拟中的观众进行的一次公演，该包头的得包头，该勾脸的得勾脸，一切都得按实在演出的模样细细地走场。彩排过去了，一出大戏的大幕才能拉得开。

几乎所有的人都注意到了，从说了唱腔的第一天开始，筱燕秋就流露出了过于刻苦、过于卖命的迹象。筱燕秋的戏虽说没有丢，但毕竟是四十岁的人了，毕竟是二十年不登台了，她的那种卖命就和年轻人的莽撞有所不同，仿佛东流的一江春水，在入海口的前沿拼命地迂回、盘旋，巨大的旋涡显示出无力回天的笨拙、凝重。那是一种吃力的挣扎、虚假的反溯，说到底那只是一种身不由己的下滑、流淌。时光的流逝真的像水往低处流，无论你怎样努力，它都会把覆水难收的残败局面呈现给你，让你竭尽全力地拽住牛的尾巴，再缓缓地被牛拖下水去。

截至说戏阶段，筱燕秋已经从自己的身上成功地减去了四点五公斤的体重。筱燕秋不是在“减”肥，说得准确一些，是抠。筱燕秋热切而又痛楚地用自己的指甲一点一点地把体重往外抠，往外挖。这是一场战争，一场掩蔽的、没有硝烟的、只有杀伤的战争。筱燕秋的身体现在就是筱燕秋的敌人，她以一种复仇的疯狂针对着自己的身体进行地毯式轰炸，一边轰炸一边监控，减肥的日子里头筱燕秋不仅仅是一架轰炸机，还是一个出色的狙击手。筱燕秋端着她的狙击步枪，全神贯注，密切注视着自己的身体。身体现在成了她的终极标靶，一有风吹草动筱燕秋就会毫不犹豫地扣动她的扳机。筱燕秋每天晚上都要站到磅秤上去，她对每一天的要求都是具体而又严格的：好好减肥，天天向下。筱燕秋一定要从自己的身上抠去十公斤——那是她二十年前的体重。筱燕秋坚信，只要减去十公斤，生活就会回到二十年前，她就会站在二十年前，二十年前的曙光一定会把她的身影重新投射在大地上，颀长、婀娜、娉婷世无双。

这是一场残酷的持久战。汤、糖、躺、烫是体重的四大忌，也就是说，吃和睡是减肥的两大法门。筱燕秋首先控制的就是自己的睡。她把自己的睡眠时间固定在五个小时，五个小时之外，她不仅不允许自己躺，甚至不允许自己坐。接下来控制的就是自己的嘴了。筱燕秋不允许自己吃饭，不允许自己喝水，更不用说热水了。她每天只进一些瓜果、蔬菜。在瓜果与蔬菜之外，筱燕秋像贪婪的嫦娥那样，就知道大口大口地吞药。

减肥的前期是立竿见影的，她的体重如同股票遭遇熊市一样，一路狂跌。身上的肉少了，然而，皮肤却意外地多了出来。多余的皮肤挂在筱燕秋的身上，宛如捡来的钱包，浑身上下找不到一个存放的地方。多出来的皮肤使筱燕秋对自己产生了这样一种错觉：整个人都是形式大于内容的。这是一个古怪的印象，一个恶劣的印象，这还是一个滑稽和歹毒的印象。最要命的还在脸上，多出来的皮肤使筱燕秋的脸庞活脱脱变成了一张寡妇脸。筱燕秋望着镜子里的自己，寡妇一样沮丧，寡妇一样绝望。

真正的绝望还在后头。减肥见了成效之后筱燕秋整日便有些恍惚，这是营养不良的具体反应。精力越来越不济了。头晕、乏力、心慌、恶心，总是犯困，贪睡，而说话的气息也越来越细。说戏阶段过去了，《奔月》就此进入了艰苦的排练阶段，体力消耗逐渐加大，筱燕秋的声音就不那么有根，不那么稳，有点飘。气息跟不上，筱燕秋只好在嗓子里头发力，声带收紧了，唱腔就越来越不像筱燕秋的了。

筱燕秋再也没有料到自己会出那么大的丑，当着那么多人的面。她在给春来示范一段唱腔的时候居然“刺花儿”了。“刺花儿”俗称“唱破”了，是任何一个靠嗓子吃饭的人最丢脸的事。那声音不像是人的嗓子发出来的，像玻璃剐在了玻璃上，像发情期的公猪趴在了母猪的背脊上。其实“刺花儿”也不是什么大不了的事，每一个演员都会碰上的，然而，筱燕秋到底又不是别人，她不能忍受集中过来的目光。那些目光不是刀子，而是毒药，它不需要你流一滴血，不让你有半点疼痛，活生生地就要了你的命。筱燕秋决定挽回她的体面。她必须在众人的面前捞回这个脸面。筱燕秋强作镇定，示意再来。连续两次，嗓子就是不肯给筱燕秋下这个台。筱燕秋的嗓子痒得要了命，宛如爬上了一万只小虫子，想咳。筱燕秋用力忍住，咬着牙，把满嘴的咳嗽堵在嗓眼里头。坐在一边的炳璋端来了一杯水，递到筱燕秋的面前，故意轻松地对大伙儿说：“歇会儿，歇会儿了，哈。”筱燕秋没有接炳璋的杯子，接杯子这个动作筱燕秋无论如何是不肯做的。筱燕秋看着演后羿的男演员，说：“我们再来一遍。”筱燕秋这一回没有“刺花儿”，她的高音部只爬到了一半，筱燕秋自己就停下来了。筱燕秋重重地吁出一口气，僵在那儿。没有一个人敢上来和筱燕秋搭腔，没有一个人敢看筱燕秋。筱燕秋强忍着，越忍越难忍。人在丢脸的时候不能急着挽回，有时候，你想挽回多少，反过来会再丢出去多少。她开始用目光去扫别人，他们像约好了的，都是一副过路人的样子，似乎什么都没发生过。众人的心照不宣有时候更像一次密谋，其残忍的程度不亚于千夫所指。筱燕秋想再来一遍，到底没有勇气了。炳璋端着茶杯，大声对众人宣布：“筱燕秋老师感冒了，就到这儿，今天就到这儿了，哈。”筱燕秋泪汪汪地盯着炳璋，知道他的好意。可是筱燕秋就想扑上去，揪着炳璋的领口给他两个耳光。

排练厅立即走空了，只留下了筱燕秋与春来。春来同样不敢看她的老师，弓着腰，假装收拾东西。筱燕秋长久地望着春来，她年轻的侧影是多么的美，颧骨和下巴那儿发出瓷器才有的光。筱燕秋失神了，反反复复在心里问：自己怎么就没她那个命？春来直起身来，发现老师的目光一直罩在自己的身上，唬了一大跳。筱燕秋突然说：“春来，你过来。”春来停住了，愣在那儿没有动。筱燕秋说：“春来，你把刚才我唱的那一段重来一遍。”春来咽了一口，她在这样的时候怎么敢做那样的事？春来说：“老师。”筱燕秋没开口，却挪了一张椅子，坐了下来。春来的心里头慌乱了一回，不过看老师的架势，躲是躲不过去了，反倒镇定下来了，站好了，进了戏。筱燕秋坐在椅子上，用心地看着春来，听着春来，几分钟过后筱燕秋却走神了。她瞥了一眼墙上的大镜子，大镜子像戏台，十分残酷地把春来和自己一同端了出来。筱燕秋有意无意地拿自己和春来做起了比较。镜子里的筱燕秋在春来的映照之下显得那样地老，几乎有些丑了。当初的自己就是春来现在的这副样子，她现在到哪儿去了呢？人不能比人，这话真是残忍。人不能比别人，人同样不能和自己的过去比。什么叫青山遮不住，毕竟东流去？镜子会慢慢地告诉你。筱燕秋的自信心在往下滑，像水往低处流，挡都挡不住。她想起了当初复出时的那种喜悦，那样的喜悦说到底也不过是过眼的烟云，刹那之间就荡然无存了。筱燕秋动摇了，甚至产生了打退堂鼓的意思，却又舍弃不下。虽说春来的表演还有许多地方需要打磨，然而，从整体上说，这孩子超过自己也就是眼前的事了。春来如此年轻，未来的岁月实在是不可限量。筱燕秋突然就是一阵难受，内中一阵一阵地酸，一阵一阵地疼。筱燕秋知道自己嫉妒了。细细说起来，筱燕秋就因为嫉妒吃了二十年的苦头，可是，她实在没有嫉妒过李雪芬。从来没有，一天都没有。但是，面对自己的学生，筱燕秋遏制不住。筱燕秋知道自己在嫉妒，她第一次尝到了嫉妒的厉害。她看到了血在流。筱燕秋痛恨自己，她不能允许自己嫉妒。她决定惩罚。她用指甲拼命地掐自己的大腿。越用力越忍，越忍越用力。大腿上尖锐的疼痛让筱燕秋产生了一种古怪的轻松感。她站起身来，决定利用这个空隙帮春来排练，不允许自己有半点保留。筱燕秋站到春来的面前，面对面，手把手，从腰身到眼神，一点一点地解释，一点一点地纠正，她一定要把春来锻造成自己的二十年前。太阳落下去了，梧桐树的巨大阴影落在窗户的玻璃上，抚摸着玻璃，絮絮叨叨的，苦口婆心的。排练大厅里的光线越来越暗，越来越安静了。她们忘记了开灯，师徒两个在昏暗的光线下面反反复复地比画，一遍又一遍，每一个动作都细微到手指的最后一个关节。筱燕秋的脸离春来只有几寸那么远，春来的眼睛忽闪忽闪的，在昏暗的排练大厅里反而显得异样地亮，那样地迷人，那样地美。筱燕秋突然觉得对面站着的就是二十年前的自己，二十年前的筱燕秋就在自己的面前，亭亭玉立。筱燕秋迷惑了，像做梦，像水中观月。眼前的一切都像梦幻那样飘忽起来，充满了不确定性。筱燕秋停下来，侧着看，用那种不聚焦的、近乎烟雾的目光笼罩了春来。春来不知道自己的老师怎么了，也侧过了脑袋，端详着自己的老师。筱燕秋绕到了春来的身后，一手托住春来的肘部，另一只手捏住了春来翘着的小拇指的指尖。筱燕秋望着春来的左耳，下巴几乎贴住春来的腮帮。春来感到了老师的温湿的鼻息。筱燕秋松开手，十分突兀地把春来揽进了怀抱。她的胳膊是神经质的，搂得那样地紧，乳房顶着春来的后背，脸贴在了春来的后颈上。春来猛一惊，却不敢动，僵在了那里，连呼吸都止住了。但只是一会儿，春来的呼吸便澎湃了，大口大口地换气，她喘息一次两只乳房就要在筱燕秋的胳膊里软绵绵地撞击一回。筱燕秋的手指在春来的身上缓缓地抚摸，像一杯水泼在了玻璃台板上，开了叉，困厄地流淌。她的手指流淌到春来腰部的时候春来终于醒悟过来了，春来没敢叫喊，春来小声央求说："老师，别这样。"

筱燕秋突然醒来了。那真是一种大梦初醒的感觉。梦醒之后的筱燕秋无限地羞愧与恓惶，她弄不清自己刚才到底做了些什么。春来捡起包，冲出了排练大厅。筱燕秋被丢在排练大厅的正中央，耳朵里头充满了春来下楼的脚步声，急促得要命。筱燕秋想叫住春来，可她实在不知道还能对春来说什么。筱燕秋就觉得羞愧难当。天已经黑了，却又没有黑透，是梦的颜色。筱燕秋垂着手，呆呆地站住，不知身在何处。

下班的路上筱燕秋就觉得这一天太古怪了，大街是古怪的，路灯的颜色是古怪的，行人走路的样子也是古怪的。筱燕秋一直想哭，但是，实在又不知道要哭什么。不知道要哭什么就不那么容易哭得出来。这一来筱燕秋的胸口反而堵住了。胸口堵住了，肚子却出奇地饿，这阵饿是丧心病狂的，仿佛肚子里长了十五只手，七上八下地拽。筱燕秋走到路边的一家小饭店，决定停下脚步。她怀着一股难言的仇恨走进了小饭店，要过菜单，专门挑大油大腻的点。一上来筱燕秋就恶狠狠地吞下了三只大肉丸。筱燕秋又是嚼，又是咽，一直吃到喘息都困难的程度。

六

春来并没有在筱燕秋的面前流露什么，戏还是和过去一样地排。只是春来再也不肯看筱燕秋的眼睛了。筱燕秋说什么，她听什么，筱燕秋叫她怎么做，她就怎么做，就是不肯再看筱燕秋的眼睛。一次都不肯。筱燕秋与春来都是心照不宣的，不过，这不是母亲与女儿之间才有的心照不宣，是女人与女人之间的那种，致命的那种，难以启齿的那种。

筱燕秋再也没有料到会和春来这样别扭，一个大疙瘩就这样横在了她们的面前。这个疙瘩看不见，也就越发无从下手了。筱燕秋恢复了饮食，可还是累。筱燕秋说不出这种累掩藏在身体的哪个部位，它具有发散性，在身体的内部四处延展，都无所不在了。好几次她都想从剧组退出，就是下不了那个死决心。这样的心态二十年以前曾经有过一次的，她想到过死，后来竟一次又一次犹豫了。筱燕秋责怪自己当初的软弱。二十年前她说什么也应当死去的。一个人的黄金岁月被掐断了，其实比杀死她更让人寒心。力不从心地活着，处处欲罢不能，处处又无能为力，真的是欲哭无泪。

春来那里一点动静都没有。她永远都是那样气定神闲的，没有一点风吹，没有一点草动，远远地，和筱燕秋隔着一两丈的距离。筱燕秋现在怕这孩子，只是说不出。如果春来就这么和自己不冷不热地下去，筱燕秋的这辈子就算彻底了结了，一点讨价还价的余地都没有了。“嫦娥”要是不能在春来的身上复生，筱燕秋站二十年的讲台究竟是为了什么？

筱燕秋终于和老板睡过了。这一步跨出去了，筱燕秋的心思好歹也算了了。这是迟早的事，早一天晚一天罢了。筱燕秋并没有什么特别的感觉，这件事说不上好，也说不上不好，从古到今反正都是这样的。老板是谁？人家可是先有了权后有了钱的人，就算老板是一个令人恶心的男人，就算老板强迫了她，筱燕秋也不会怪老板什么的。更何况还不是。筱燕秋在这个问题上没有半点羞答答的，半推半就还不如一上来就爽快。戏要不就别演，演都演了，就应该让看戏的觉得值。

可是筱燕秋难受。这种难受筱燕秋实在是铭心刻骨。从吃晚饭的那一刻起，到筱燕秋重新穿上衣服，老板从头到尾都扮演着一个伟人，一个救世主。筱燕秋一脱衣服就感觉出来了，老板对她的身体没有一点兴趣。老板是什么？这年头漂亮新鲜的小姑娘就是货架上的日用百货，只要老板喜欢，下巴一指，售货员就会把什么样的现货拿到他们的面前。筱燕秋是自己脱光衣服的，刚一扒光，老板的眼神就不对劲了，它让筱燕秋明白了减肥后的身体是多么不堪入目。老板一点都没有掩饰。在那个刹那里头筱燕秋反而希望老板是一个贪婪的淫棍，一个好色的恶魔，她就是卖给老板一回她也卖了，然而，老板不那样。老板上了床就更是一个伟人了。他十分从容地躺在了席梦思上，用下巴示意筱燕秋骑上去。老板平躺在席梦思上，一动不动，筱燕秋骑上去之后就只剩下筱燕秋一个人忙活了。有一个阶段老板对筱燕秋的工作似乎比较满意，嘴里哼叽了几声，说，“哦，叶儿。哎，叶儿。”筱燕秋不知道老板到底在哼叽什么。几天之后，筱燕秋伺候老板之前老板先让她看了几部外国毛片，看完了毛片筱燕秋才算明白过来，大老板在学洋人叫床呢。老板在床上可是冲出了亚洲走向了世界，一下子就与世界接轨了。这固然不是做爱，可是，这甚至不是性交，筱燕秋只是莫名其妙地巴结着一个男人，伺候着一个男人。筱燕秋就觉得自己贱。她好几次都想停止下来，然而，性是一个歹毒的东西，不是你想停就停得下来的。这样的感觉筱燕秋在和面瓜做爱的时候反而没有过。筱燕秋一边动作一边骂着自己，她这个女人实在是下贱得到了家了。

筱燕秋从老板那儿回来的时候外面下了一点小雨，马路上水亮水亮的，满眼都是汽车尾灯的倒影与反光，猩红猩红，热烈得有些过分，有些无中生有，因而也就平添了许多颓伤的意思。筱燕秋望着路面上的斑驳反光，认定自己今晚是被人嫖了。被嫖的却又不是身体。到底是什么被嫖了，筱燕秋实在又说不上来。她弓在巷子的拐角处，想呕吐出一些什么，终于又没有能够如愿，只是呕出了一些声音。那些声音既难听，又难闻。

女儿已经睡了。面瓜正看着电视，陷在沙发里头等着筱燕秋。筱燕秋进了门就没有看面瓜。她不肯和面瓜打照面，低着头径直往卫生间去。筱燕秋打算先洗个澡的，又有些过于多疑，担心这样匆忙地洗澡面瓜会怀疑什么，只好坐到便池上去了。坐了一会儿，没有拉出什么，也没有尿出什么。只是拽着内衣，正过来看了看，反过来又看了看。筱燕秋把自己的上上下下全都检查了一遍，没有发现任何点点斑斑，放下心来走出了卫生间。筱燕秋困乏得厉害，为了不让面瓜看出来，便故意弄出一副精神饱满的样子。面瓜还坐在那儿，弄不懂筱燕秋为什么这样开心，傻笑起来，说："喝酒啦？脸红红的。"筱燕秋的心口咯噔了一下，轻描淡写地说："哪里红。"面瓜认真起来，说："是红了。"筱燕秋不敢纠缠，立即把话岔开了，说："孩子呢？"面瓜说："早就睡了。"筱燕秋不情愿面瓜老是站在自己的面前，她实在不能承受面瓜的目光。筱燕秋说："你先上床去吧，我冲个澡。"她回避了"睡觉"这两个字，但"上床"的意思其实还是一样的。筱燕秋说这句话的时候迅速地瞥了一眼面瓜，面瓜却开心起来了，不住地搓手。筱燕秋的胸口平白无故地便是一阵痛。

筱燕秋把洗澡水的温度调得很烫，几乎达到了疼痛的程度。筱燕秋就希望自己疼。疼的感觉具体而又实在，甚至还有一点快慰，有一种自虐和自戕的味道。筱燕秋把自己冲了又冲，搓了又搓。她用指头抠向身体的深处，企图抠出一点什么，拽出一点什么。洗完了，筱燕秋坐在了客厅里的沙发上，皮肤上泛起了一层红，有些火烧火燎的。大约在深夜十一点，面瓜裹着毛巾被出来了。面瓜显然没睡，挂着一脸巴结的笑，面瓜说："魂不守舍的，捡到钱包了吧？"筱燕秋没有搭腔。面瓜文不对题地"嗨"了一声，说："今天是周末了。"筱燕秋凛了一下，紧张起来了，不动。面瓜挨着筱燕秋坐下来，嘴唇正对着筱燕秋的右耳垂。面瓜张开嘴巴，顺势把筱燕秋的耳垂衔在了嘴里，手却向常去的地方去了。筱燕秋的反应是她自己都始料不及的，她一把就把面瓜推开了，她的力气用得那样猛，居然把面瓜从沙发上推下去了。筱燕秋尖声叫道：“别碰我！”这一声尖叫划破了宁静的夜，突兀而又歇斯底里。面瓜怔在地上，起先只是尴尬，后来竟有些恼羞成怒了，夜深人静的，又不敢发作。筱燕秋的胸脯一鼓一鼓的，像涨满了风的帆。筱燕秋抬起头来，眼眶里突然沁出了两汪泪，她望着自己的丈夫，说：“面瓜。”

今夜不能入眠。筱燕秋在漆黑的夜里瞪大了眼睛，黑夜里的眼睛最能看清的就是自己的今生今世。筱燕秋的一只眼睛看着自己的过去，一只眼睛看着自己的未来。可筱燕秋的两眼都一样地黑。筱燕秋好几次想伸出手去抚摸面瓜的后背，终于忍住了。她在等天亮。天亮了，昨天就过去了。

除了学戏，春来总是闷不吭声，静得像一杯水。空闲的时刻春来习惯于一个人坐在一边，又长又弯的眉毛挑在那儿，大而亮的眼睛这儿睃睃，那儿瞅瞅，一副妩媚而又自得的模样。春来的身上有一种寂静的美，恬然的美，一举一动都透出弱柳扶风的意味。但是，这样的女孩子说来动静就来了动静。春来无风就是三尺浪。她带来了消息，一个让筱燕秋五雷轰顶的消息。

临近响排的那一天炳璋突然把筱燕秋叫住了。炳璋的脸上很不好看，他闷着头，不声不响地只是把筱燕秋往自己的办公室里带。春来坐在炳璋的办公室里，安安静静地翻着当天的晚报。筱燕秋一看见春来就预感到有什么事发生了。

“她要走。”炳璋一进办公室就这样没头没脑地说。

“谁要走？”筱燕秋蒙在那儿。她看了一眼春来，不解地问：“要到哪里去？”

春来站起身来，依旧不肯看自己的老师。她站在筱燕秋的面前，一言不发，只是望着自己的脚尖。春来的模样再一次使筱燕秋想起了自己的当初，她当初站在李雪芬的病床前面就是这副样子的。但是，自己的心气和春来的现在显然是不可同日而语的。春来磨蹭了半天，开口说话了。春来说："我想走。"春来说："我要到电视台去。"

筱燕秋听清楚了，就是不明白。春来的那两句话前言不搭后语的，筱燕秋弄不清里面的山高水深。筱燕秋说："你要到哪里去？"

春来直接把底牌亮出来了。春来说："我不想演戏了。"

筱燕秋听明白了，每一个字都听清楚了。筱燕秋静静地打量着她的学生，慢慢歪过了脑袋。筱燕秋轻声说："你不想做什么？"

春来又沉默了，接下来的话是炳璋帮她说的。炳璋说："电视台要一个主持人，她报名去了，一个月之前她就报名去了。都已经面试过了，人家要她。"筱燕秋想起来了，说戏的那些日子里头电视台的确是在晚报上面做过广告的，那有一个月了，这孩子不声不响居然把什么都准备好了。筱燕秋傻在了沙发旁边，身体晃了一下，就好像被谁拽了一把。筱燕秋顿时就乱了方寸。她伸出双手，打算搭到春来的肩膀上去的，刚一伸手，又收回了原处。筱燕秋喘息了，突然喊道："你知道你在说什么？"

春来看了看窗外，不说话。

"你休想！"筱燕秋大声说。

"我知道你在我的身上花费了心血，可我走到今天也不容易。你不要拦我。"

"你休想！"

"那我退学。"

筱燕秋抬起了双手，就是不知道要抓什么。她看了看炳璋，又看了看春来。双手抖动起来。她一把拽住了春来的衣襟，心碎了。筱燕秋低声说："你不能，你知道你是谁？"

春来耷拉着眼皮，说："知道。"

"你不知道！"筱燕秋心痛万分地说，"你不知道你是多好的青衣——你知道你是谁？"

春来歪了歪嘴角，好像是笑，但没出声。春来说："嫦娥的B档演员。"

筱燕秋脱口说："我去和他们商量，你演A档，我演B档，你留下来，好不好？"

春来掉过头去，说："我不抢老师的戏。"

春来还是那样生硬，然而，口气上毕竟有所松动了。筱燕秋抓住了春来的手，慌忙说："没的，你没有抢我的戏！你不知道你多出色，可我知道。出一个青衣多不容易，老天爷要报应的——你演A档，你答应我！"她把春来的手捂在自己的掌心里，急切地说，"你答应我。"

春来抬起了头来，望着她的老师。这么些日子春来还是第一次这样正眼看她的老师。筱燕秋仔细地研究着春来的目光，这是一种疑虑的目光，一种打算改弦更张的目光。筱燕秋全神贯注地看着春来，就好像春来的目光一移开立即就会飞走了似的。炳璋一直注视着春来，他从春来细微的变化当中看到了玄机。那绝对是七不离八的。炳璋有底了，知道和春来的谈话从哪儿入手了。炳璋对筱燕秋摆了摆手，示意她先出去。筱燕秋不动，都有些神经质了，直到炳璋把手搭在了她的肩上她才还过了神来。筱燕秋一步一回头。炳璋悄声说："先回去，你先回去。"

筱燕秋回到了排练大厅，远远地打量着炳璋的那扇窗。那扇窗现在是她的命。排练结束了，人去楼空，空荡荡的排练大厅孤零零地吊着筱燕秋的身影。筱燕秋在焦急地等。夕阳残照，大厅里的粉尘悬浮在半空，橙黄橙黄的，弥漫着一股毫无由头的温馨，植物的叶片被残阳放大了，已经看不出植物叶片的轮廓。筱燕秋抱着胳膊，在大厅里来来回回。炳璋的窗户突然打来了，探出了炳璋的脑袋和一条手臂。筱燕秋看不见炳璋的表情，然而，她看到了炳璋挥舞胳膊。炳璋挥得很有力，最后还把指头握成了拳头。筱燕秋明白了。她扶着墙边的练功架，泪水涌了上来。她的身体沿着墙面慢慢滑落了下去。在她坐在地板上的时候，筱燕秋终于哭出了声来。她的一切差一点就付诸东流了，这真的是一场劫后余生。这是多么幸福的泪水，多么令人欣慰的泪水！筱燕秋扶着一把椅子，扶着椅子的靠背坐了上去。她在椅子上慢慢地哭，慢慢地体会这份幸福和欣慰。筱燕秋在抹眼泪的时候认认真真地责备了自己一回，剧组一成立她其实就应该和春来说明白的，春来要是有戏演，她断不至于去找别的出路的。自己都这个年纪了，一个青衣到了这个岁数，还争什么戏？还演什么A档？这样多好！反正春来都已经顶上来了，再怎么说，春来终究是另一个自己，是自己的另一种方式。只要春来唱红了，自己的命脉一样可以在春来的身上流传下来的。这么一想筱燕秋突然轻松了，心中的压力与阴影荡然无存。放弃，彻底放弃。筱燕秋深深地出了一口气，心情为之一振。

减肥真的像一场病。病去如抽丝，病来如山倒。开禁没几天，磅秤的红色指针呼啦一下就把筱燕秋的体重反弹上去了，还捞回了零点五公斤，都有点像有奖销售了。筱燕秋的心情爽朗了一些日子，但是，等体重真的恢复到过去，筱燕秋便又后悔了。刚刚到手的机会说失去就这么失去了，这样的伤心实在是毁灭性的。筱燕秋望着磅秤上的红色指针，指针上去一点筱燕秋的心就沉下去一点。但是筱燕秋不允许自己伤心，不是不允许自己流露出伤心，而是不允许自己产生一点点难受的念头，产生多少就掐死多少。做出放弃的承诺之后，筱燕秋原以为自己从此就能够心静如水的。但是没有。相反，登台的念头甚至比以往更强烈了。可是放弃A档毕竟是筱燕秋在炳璋的面前亲口承诺的，这个承诺是一把剑，筱燕秋亲眼看着自己被这把剑劈成两个，一个站在岸上，另一个则被摁在了水底。当水下的筱燕秋企图浮出水面的时候，岸上的筱燕秋毫不犹豫地就会用鞋底把她踩向水的深处。岸上的筱燕秋感到了水下的窒息，而水下的筱燕秋则亲眼看见了谋杀的冷酷。岸上和水下的两个女人一起红眼了，怒目相向。筱燕秋在水底与岸上两头挣扎，疲惫万分。她选择了拼命进食，宛如溺水的人拼命喝水。她的体重就此一路飙升。捞回来的体重不仅是对春来的一种交代，同样也是对自己最有效的阻拦。筱燕秋第一次发现自己这么能吃，实在是好胃口。

剧组的人从筱燕秋的身上看出了种种反常。这个沉默的女人在减肥初见成效的时刻说放弃就放弃了。没有人听到筱燕秋说起过什么，然而，人们看着筱燕秋的脸色重新红润起来了，而唱腔的气息也再一次落了地，生了根。有人猜测，那次“刺花儿”对筱燕秋的刺激一定太大了，要不然，像筱燕秋这样好强的女人不可能说放弃就放弃了。真正反常的也许还不是筱燕秋放弃了减肥，几乎所有的人都注意到了，《奔月》刚进入响排，筱燕秋其实已经把自己撤下来了。实地排练的差不多全是春来，筱燕秋只是提着一张椅子，坐在春来的对面，这儿点拨一下，那儿纠正一下。筱燕秋显出一副愉快万分的模样，只是愉快得有些过了头，就好像太阳都已经放到她们家冰箱里了。这一来就免不了夸张和表演的意思。筱燕秋把所有的精力全都耗在了春来的身上，看上去再也不像一个演员在排练，更像一个导演，严格地说，像春来一个人的导演。人们不知道筱燕秋到底怎么了，没有人知道这个女人的脑子里栽的是什么果，开的是什么花。

一到家筱燕秋的疲惫就全上来。那种疲惫像秋雨之后马路两侧被点燃的落叶，弥散出呛人的浓烟，缭绕着，纠缠着，盘旋在筱燕秋的体内。筱燕秋甚至连眼睛都有些累了，只要一看住什么东西，一看就是好半天，眼珠子就再也懒得挪动一下了。好几次筱燕秋都直起了腰，大口大口地做深呼吸，想把虚拟的烟雾从自己的胸口呼出去，可是深呼吸总也是吸不到位，努力了几次，筱燕秋只好作罢。

筱燕秋的失神自然没有逃出面瓜的眼睛，她那种半死不活的模样不能不引起面瓜的高度关注。她在床上已经连续两次拒绝面瓜了，一次冷漠，另一次则神经质。她那种模样就好像面瓜不是想和她做爱，而是提了一把匕首，存心想刺刀见红。面瓜已经暗示了几次了，有些话说得都已经相当露骨了，她竟然什么都没有听得进去。这个女人的心一定开叉了，这个女人看来是不为所动了。

七

炳璋在筱燕秋给春来示范亮相的时候找到了筱燕秋。春来在亮相这个问题上老是处理得不那么到位。亮相不仅是戏剧心理的一种总结，还是另一种戏剧心理无言的起始。亮相有它的逻辑性，有它的美。亮相最大的难点就是它的分寸，艺术说到底都是一种恰如其分的分寸。筱燕秋连续示范了好几遍。筱燕秋强打着精神，把说话的声音提到了近乎喧哗的程度。她要让所有的人都看出来，她热情洋溢，她还心平气和，她没有丝毫不甘，没有丝毫委屈，她的心情就像用熨斗熨过了一样平整。她不仅是最成功的演员，她还是这个世上最幸福的女人，最甜蜜的妻子。

炳璋这时候过来了。他没有进门，只在窗户的外面对着筱燕秋招了招手。炳璋这一次没有把筱燕秋叫到办公室里去，而是喊到了会议室。他们的第一次谈话就是在办公室里进行的。那一次谈得很好，炳璋希望这一次同样谈得很好。炳璋先是询问了排练的一些具体情况，和颜悦色的，慢条斯理的。炳璋要说的当然不是排练，可他还是习惯于先绕一个圈子。他这个团长不知道为什么，就是有点害怕面前的这个女人。

筱燕秋坐在炳璋的对面，专心致志。她那种出格的专心致志带上了某种神经质的意味，好像等待什么宣判似的。炳璋瞥了一眼筱燕秋，说话便越发小心翼翼了。

炳璋后来把话题终于扯到春来的身上来了，炳璋倒也是打开窗子说起了亮话。炳璋说，年轻人想走，主要还是担心上不了戏，看不到前途，其实也不是真的想走。筱燕秋突然堆上笑，十分突兀地大声说："我没有意见，真的，我绝对没有意见。"炳璋没有接筱燕秋的话茬儿，顺着自己的思路往下走。炳璋说："照理说我早就该找你交流交流的，市里头开了两个会，耽搁了。"炳璋自我解嘲似的笑了笑，说："你是知道的，没办法。"筱燕秋咽了一口，又抢话了，说："我没意见。"炳璋小心地看了一眼筱燕秋，说："我们还是很慎重的，专门开了两次行政会议，我想再和你商量商量，你看这样好不好——"筱燕秋突然站起来了，她站得如此之快，把她自己都吓了一跳。筱燕秋又笑，说："我没意见。"炳璋紧张得跟着站起了身，疑疑惑惑地说："他们已经和你商量了？"筱燕秋茫然地望着炳璋，不知道"他们"和她"商量了"什么了。炳璋把下嘴唇含在嘴里，不住地眨眼，有些欲言又止。炳璋最后还是鼓起了勇气，磕磕绊绊地说："我们专门开了两次行政会议，我们想呢，——他们还是觉得我来和你商量妥当一些，能够从你的戏量里头拿出一半，当然了，你不同意也是合情合理的，你演一半，春来演一半，你看看是不是——"

下面的话筱燕秋没有听清楚，但是前面的话她可是全听清楚了。筱燕秋突然醒悟过来了，这些日子她完全是自说自话了，完全是自作主张了！领导还没有找她谈话呢！一出戏是多大的事？演什么，谁来演，怎么可能由她说了算呢？最后一定要由组织来拍板的。她筱燕秋实在是拿自己太当人了。一人一半，这才是组织上的决定呢，组织上的决定历来就是各占百分之五十。筱燕秋喜出望外，喜出了一身冷汗，脱口说："我没意见，真的，我绝对没有意见。"

筱燕秋的爽快实在出乎炳璋的意料。他小心地研究着筱燕秋，不像是装出来的。炳璋悄悄地松了一口气。炳璋有些激动，想夸筱燕秋，一时居然没有找到合适的词句。炳璋后来自己也奇怪，怎么说出那样一句话来了，几十年都没人说了。炳璋说："你的觉悟真是提高了。"筱燕秋在返回排练大厅的路上几乎喜极而泣，她想起了春来闹着要走的那个下午，想起了自己为了挽留春来所说的话。筱燕秋突然停下了脚步，回头看会议室的大门。筱燕秋当着炳璋的面说过的，春来演A档，可炳璋并没有拿她的话当回事。显然，炳璋一定只当是筱燕秋放了个屁。筱燕秋对自己说，炳璋是对的，她这个女人所做的誓言顶多是一个屁。不会有人相信她这个女人的，她自己都不相信。

过道里旋起了一阵冬天的风，冬天的风卷起了一张小纸片。孤寂的小纸片是风的形式，当然也就是风的内容。没有什么东西像风这样形式与内容绝对统一的了。这才是风的风格。冬天的风从筱燕秋的眼角膜上一扫而过，给筱燕秋留下了一阵战栗。纸片像风中的青衣，飘忽，却又痴迷，它被风丢在了墙的拐角。又是一阵风飘来了，纸片一颠一颠的，既像躲避，又像渴求。小纸片是风的一声叹息。

天气说冷就冷了，而公演的日子说近也就近了。老板在这样的时刻表现了老板的威力。老板实在是一个操纵媒体的大师，最初的日子媒体上只是零零星星地做一些报道，随着公演一天一天地逼近，媒体逐渐升温了，大大小小的媒体一起喧闹了起来。热闹的舆论营造出这样一种态势，就好像一部《奔月》业已构成了公众的日常生活，成了整个社会倾心关注的焦点。媒体设置了这样一个怪圈：它告诉所有的人，"所有的人都在翘首以待"。舆论以倒计时这种最为撩拨人的方式提醒人们，万事俱备，只欠东风。

响排已经接近尾声。这个上午筱燕秋已经是第五次上卫生间了，一大早起床的时候筱燕秋就发现身上有些不大对路，恶心得要了命。筱燕秋并没有太往心里去。前些日子服用了太多的减肥药，感受好像也是这样的。第五次走进卫生间之后，筱燕秋的脑子里头一直挂牵着一件事，到底是什么事，一时又有点想不起来，反正有一件要紧的事情一直没有做。筱燕秋就觉得自己胀得厉害，不住地要小解。其实也尿不出什么。利用小解的机会筱燕秋又想了想，还是觉得有一件要紧的事情还没有做。就是想不起来。

洗手的时候一阵恶心重又犯上来了，顺带着还涌上来一些酸水。筱燕秋呕了几口，突然愣住了。她想起来了。筱燕秋终于想起来了。她知道这些日子到底是什么事还没做了。她惊出了一身汗，站在水池的面前，一五一十地往前推算。从炳璋第一次找她谈话算起，今天正好是第四十二天。四十二天里头她一直忙着排戏，居然把女人每个月最要紧的事情弄忘了。其实也不是忘了，破东西它根本就没有来！筱燕秋想起了四十二天之前她和面瓜的那个疯狂之夜。那个疯狂的夜晚她实在是太得意忘形了，居然疏忽了任何措施。她这三亩地怎么就那么经不起惹的呢？怎么随便插进一点什么它都能长出果子来的呢？她这样的女人的确不能太得意，只要一忘乎所以，该来的肯定不来，不该来的则一定会叫你现眼。筱燕秋下意识地捂住了自己的小肚子，先是一阵不好意思，接下来便是不能遏制的恼怒。公演就在眼前，她那天晚上怎么就不能把自己的大腿根夹紧呢？筱燕秋望着水池上方的小镜子，盯着镜子中的自己。她像一个最粗鲁的女人用一句最下作的话给自己做了最后总结："×你妈的，夹不住大腿根的贱货！"

肚子成了筱燕秋的当务之急。筱燕秋算了一下日子，这一算一口凉气一直逼到了她的小腿肚子。公演的日子就在眼前，要是在戏台上犯了恶心，呕吐起来，救火都来不及的。首选当然是手术。手术干净、彻底，一了百了。可手术到底是手术，皮肉之苦还在其次，恢复起来可实在是太慢了。上了台，你就等着"刺花儿"吧。筱燕秋五年之前坐过一次小月子，刮完了身子骨便软了，拖拉了二十多天。筱燕秋不能手术，只有吃药。药物流产不声不响的，歇几天或许就过去了。筱燕秋站在水池的前面，愣在那儿，突然走出了卫生间，直接往大门口的方向去。筱燕秋要抢时间，不是和别人抢，而是和自己抢，抢过来一天就是一天。

筱燕秋的手上捏了六粒白色的小药片。医生交代了，早晚各一粒，后天上午两粒，吃完了再去找他。小药片的名字起得实在是抒情，"含珠停"。就好像筱燕秋的肚子里头这刻儿含着的是一粒锃亮的珍珠，正在缓缓地生长，筱燕秋要做的事情是把它停下来。难怪现在写诗的少了，写戏的少了，他们都忙着给大大小小的药丸子起名字去了。筱燕秋望着手里的小药片，心中涌起了一阵酸楚。女人的一生总是由药物相陪伴，嫦娥开了这个头，她筱燕秋也只能步嫦娥的后尘。药物实在是一个古怪的东西，它们像生活当中特别诡异的阴谋。

筱燕秋的家离医院有一段路，筱燕秋还是决定步行回去。一路上她生着自己的气，更多的是生面瓜的气。到家的时候她已经不是在生面瓜的气了，而是对面瓜充满了仇恨。一进家门她就没有给面瓜好脸。筱燕秋没有吃，没有洗，倒下头便睡。

筱燕秋没有请假，说到底流产这样的事情也不是什么了不得的光荣，没必要弄得路人皆知。只不过筱燕秋有点扛不住“含珠亭”的药物反应。她恶心得厉害了，身子骨全轻了，像是从月亮上刚飞回来的。筱燕秋用力支撑着，总算把这一天的排练挺过来了。但是，她的仇恨却与日俱增。筱燕秋这一次总算把面瓜恨到骨子里头了。第二天的夜晚是昨天晚上的翻版，气氛却比昨天更为凌厉。筱燕秋走进家门的时候更加严峻地阴着一张脸，不吃，不喝，不洗，不说，一声不响地上床。家里异样了。冬天的风一起堵在了面瓜的门口，顺着门缝扁扁地劈了进来。面瓜静静地听了一会儿，不知所以，不知所措。

但是筱燕秋并没有睡。面瓜在夜深人静的时候听到了她的沉重叹息。她把气吸得那么深，而呼的时候却故意收住了，静悄悄的，好像故意不让人听见似的，这又瞒得住谁呢？面瓜也轻轻地叹了一口气。生活出了问题了，生活绝对出了问题了。面瓜看到了生活的尽头。

面瓜开始缅怀起过去。一个人学会了缅怀，必然意味着某一种东西走到了尽头。面瓜是在筱燕秋最落魄的时候鸠占鹊巢，两个人原本就不般配的。人家现在又能演戏了，又要做大明星了，做了嫦娥的人除了想往天上飞还往哪儿飞？她迟早总是要飞回到天上去的。这个家离鸡飞狗跳的日子绝对不远了。面瓜记起了筱燕秋这些日子里的诸种反常，面对着夜的颜色，兀自冷笑了一回。

一大早筱燕秋吃掉最后两粒药片，坐在家里静静地等。上午九点，筱燕秋带上擦换的纸巾往医院去。医生没有做别的，还是命令她吃药。这一回医生给她的是三颗六角形的白色片剂，筱燕秋一口吞进了肚子，转了一会儿，在一边的椅子上静静地坐等。腹部的阵痛在她坐下之后慢慢开始了，一阵紧似一阵。筱燕秋弓在那里，不声不响地喘息。后来医生过来了，厉声说：“坐在这儿做什么？要等四个小时呢。出去跑，跳，坐在这儿做什么？”筱燕秋来到了楼下，肚子却疼得咬人了，有些支撑不住，就想找个地方好好躺下来。筱燕秋不敢回到楼上，实在又不愿意待在医院的门口，万一碰上熟人免不了丢人现眼。筱燕秋实在熬不过去，一赌气就回到了家中。家中没有人，整座楼上都没有人。筱燕秋站在客厅里头，突然想起了医生的话。她决定跳，决定在这个无人的时刻弄出一点动静来。筱燕秋脱了鞋，光着脚，“呼”地一下一蹦多高。光着的脚后跟落在了楼板上，楼板“咚”的一下，吓了筱燕秋一跳，听上去却鼓舞人心。筱燕秋倾听了片刻，再跳，楼板“咚”的又一下。楼板的轰隆声激励了筱燕秋，筱燕秋越跳越疼，越疼越跳，颠跳伴随着疼痛，疼痛伴随着颠跳。筱燕秋越跳越高，越跳越来神了。一阵空前的畅快与轻松突然间布满了筱燕秋全身，这真是一次意外的收获、意外的惊喜。筱燕秋扒掉了大衣，在自己的大衣上拼命地跳跃、拼命地扭动。她的头发散开来了，像一万只手，在半空中乱舞乱抓。筱燕秋就想叫，只想叫。不过不叫也没有关系，这样就足够了。筱燕秋都忘记了为什么而跳的了，她现在只是为跳而跳，为“咚咚”作响而跳，为地动山摇而跳。筱燕秋痛快淋漓了，升腾起来了，飞起来了。她竭尽了全力，直至耗尽了最后一丝体力。筱燕秋躺在地板上，眼窝里沁出了幸福的泪。

楼下小卖部的女人听到了楼上的反常动静。她抻出了脖子，自语说：“楼上这是怎么啦？”她的丈夫正在数钱，没有抬头，“嗨”了一声，说：“装修呢。”

中午时分那粒“珍珠”从筱燕秋的体内滑落了出来。血在流，疼痛却终止了。无痛一身轻，从疼痛中解脱出来的时刻多么令人陶醉！筱燕秋疲惫万分。她躺在床上，仔细详尽地体会着这份陶醉、这份轻松、这份疲惫。陶醉是一种境界。轻松是一种领悟。疲惫是一种美。

筱燕秋睡着了。

筱燕秋不知道这一觉睡了有多久，昏睡之中筱燕秋做了许多细碎的梦，连不成片段，像水面上的月光，波光粼粼的，密密匝匝的，闪闪烁烁的，一个都捡不起来。筱燕秋甚至知道自己在做梦，但是醒不来。

“咣当”一声，面瓜下班了。今天下午面瓜下班到家之后显得有点异样，手上没有了轻重，似乎什么都碍他的事。面瓜摔摔打打的，这儿“咚”的一下，那儿“轰”的一下。筱燕秋想支起身子和他说些什么，但是整个人都绵软了，只好罢了。筱燕秋翻了个身，接着睡。

筱燕秋看出了事态的严重性。事实上，当一个人看出了事态的严重性的时候，事态往往已经超出了当事人的认知程度。说起来还是女儿提醒了筱燕秋，那天女儿晚上故意绕到了卫生间里头，问筱燕秋说：“爸爸最近怎么啦？”女儿的脸上是一无所知的样子，孩子的一无所知往往意味着知根知底。这句话把筱燕秋问醒了，她从女儿的目光当中看到了自己的恍惚，看到了家中潜在的危险性。第二天排练一结束筱燕秋就撑着身子拐到了菜场，买了一只老母鸡，顺便还捎了一些洋参片。天这么冷了，面瓜一天到晚站在风口，该给他补一补了。再说自己也该补一补了。等吃完了这顿饭，筱燕秋一定要和面瓜好好聊一聊的。

面瓜回家的时候脸上紫紫的，全是冬天的风。筱燕秋迎了上去。筱燕秋一点都不知道自己热情得有多过分，一点都不像居家过日子的模样。面瓜疑疑惑惑地看了筱燕秋一眼，挪开之后的目光愈加疑云密布了。女儿远远地看了看父母这边，趴在阳台上做作业去了。客厅里头只有筱燕秋和面瓜两个。筱燕秋回头瞄了一下阳台，舀了一碗鸡汤端到了餐桌上。筱燕秋像一个下等酒馆的女老板，热情地劝了，说：“喝点吧，天冷了，补补，鸡汤，还加了洋参片。”

面瓜陷在沙发里头，没动，却点起了一根香烟，面瓜的胸脯笑了一下，脸上的笑容就不那么像笑，看上去有些古怪。面瓜把打火机丢在茶几上，自语说：“补补，鸡汤，还加了洋参片。”面瓜抬起头，说，“补什么补？这么冷的天，让我夜里到大街上去转圆圈？”

这话伤人了。这话一出口面瓜也知道伤人了，听上去还特别地别扭，就好像夫妻两个在一起生活就为了床上那些事似的，这一来又戳到了筱燕秋的痛处。面瓜其实并没有细想，只是心情不好，脱口就出来了。面瓜想缓和一下，又笑，这一回笑得就更不像笑了，看上去一脸的毒。筱燕秋当头遭了一盆凉水，生活中最恶俗、最卑下的一面裸露出来了。筱燕秋重新把脸拉了下来，说：“不喝拉倒。”

说完这话筱燕秋瞄了一眼阳台，目光正好和女儿撞上了。女儿立即把目光避开了。仰起头，做出一副认真思考的样子。

八

彩排极其成功。春来演了大半场，临近尾声的时候筱燕秋演了一小段，算是压轴。师生同台，真的成了一件盛事了。炳璋坐在台下的第二排，控制着自己，尽量平静地注视着戏台上的两代青衣。炳璋太兴奋了，差不多溢于言表了。炳璋跷着二郎腿，五根手指像五个下了山的猴子，开心得一点板眼都没有。几个月之前剧团是一副什么样子，现在说上戏就上戏了。炳璋为剧团高兴，为春来高兴，为筱燕秋高兴，然而，他还是为自己高兴。炳璋有理由相信自己成了最大赢家。

筱燕秋没有看春来的彩排，她一个人坐在化妆间里休息了。她的感觉实在不怎么好。后来筱燕秋上台了，筱燕秋一登台就演唱了《广寒宫》，这是嫦娥奔月之后幽闭于广寒宫中的一段唱腔，即整部《奔月》最大段、最华彩的一段唱，二黄慢板转原板转流水转高腔，历时十五分钟之久。嫦娥置身于仙境，长河既落，晓星将沉，嫦娥遥望着人间，寂寞在嫦娥的胸中无声地翻涌，碧海青天放大了她的寂寞，天恩浩荡，被放大的寂寞滚动起无从追悔的怨恨。悔恨与寂寞相互撕咬，相互激荡，像夜的宇宙，星光闪闪的，浩渺无边的，岁岁年年的。人是自己的敌人，人一心不想做人，人一心就想成仙。人是人的原因，人却不是人的结果。人啊，人哪，你在哪里？你在远方，你在地上，你在低头沉思之间。人总是吃错了药，吃错了药的一生经不起回头一看，低头一看。吃错药是嫦娥的命运，女人的命运，人的命运。人只能如此，命中八尺，你难求一丈。

这段二黄的后面有一段笛子舞，嫦娥手里拿着从人间带过去的一把竹笛，众仙女飘飘然，徐徐而上。嫦娥在众仙女的环抱之中做无助状，做苦痛状，做悔恨状，做无奈状，做盼顾状。嫦娥与众仙女亮相。整部《奔月》就是在这个亮相之中降下大幕的。

照炳璋原来的意思，彩排的戏量筱燕秋与春来一人一半的。筱燕秋没有同意。她对自己的身体没有把握。嫦娥在服药之后有一段快板唱腔，快板下面又是一段水袖舞，水袖舞张狂至极，幅度相当大。不论是快板还是水袖舞，都是力气活儿。放在过去筱燕秋自然是没有问题的，今天却不行。筱燕秋流产毕竟才第五天。虽说是药物流产，可到底失了那么多的血，身子还软，气息还虚，筱燕秋担心自己扛不下来，到底也不是正式演出。筱燕秋的决定的确是明智的，笛子舞过大，大幕刚刚落下，筱燕秋一下子就坍塌在地毯上了，把身边的“仙女们”吓了一大跳。好在筱燕秋并不慌张，她坐在毡毯上，笑着说：“绊了一下，没事的。”筱燕秋没有谢幕，直接到卫生间去了。她感到了不好，下身热热的，热热的东西在往下淌。

筱燕秋从卫生间里出来，一拐弯就被众人围住了。炳璋站在最前面，冲着她无声地微笑，翘着他的大拇指。炳璋在赞美筱燕秋。炳璋的赞美是由衷的，他的眼里噙着泪水。筱燕秋的嫦娥实在是太出色了。炳璋把左手搭在筱燕秋的肩膀上，说：“你真的是嫦娥。”

筱燕秋无力地笑着。她突然看见春来了，还有老板。春来依偎在老板身边，仰着脸，满面春风，一路走一路和老板说着什么。老板步履矫健，神采奕奕，像微服私访的伟人。老板亲切地微笑着，边微笑边点头。筱燕秋从他们的神态上敏锐地捕捉到了异样的征候，心口“咯噔”了一下。筱燕秋笑了笑，迎了上去。

《奔月》公演的这天下起了大雪，一大早就是雪霁之后晴朗的冬日。晴朗的太阳把城市照得亮亮的，白白的，都有些刺眼了。大雪覆盖了城市，城市像一块巨大的蛋糕，铺满了厚厚的奶油，又柔和，又温馨，笼罩着一种特殊的调子，既像童话，又像生日。筱燕秋躺在床上，目光穿过了阳台，静静地看着玻璃外面的巨大蛋糕。筱燕秋没有起床，她就是弄不明白，下身的血怎么还滴滴答答的，一直都不干净。筱燕秋没有力气，她在静养。她要把所有的力气都省下来，留给戏台，留给戏台上的一举一动，一字一句。

临近傍晚时分，厚厚的蛋糕已经被糟蹋得不成样子了，有一种客人散尽、杯盘狼藉的意味。雪化了一部分，积余了一部分，化雪的地方裸露出了大地的乌黑、肮脏、丑陋，甚至狰狞。筱燕秋叫了一辆出租车，早早来到了剧院。化妆师和工作人员早到齐了。今天是一个不一般的日子，是筱燕秋这一生当中最为重要的日子。一下车筱燕秋就在台前与台后都走了一遍，看了一遍，和工作人员招呼了几回，然后，回到化妆间，查看过道具，静静地坐在了化妆台的前面。

筱燕秋望着镜子里的自己，慢慢地调息。她细细地端详着自己，突然觉得自己今天是一个古典的新娘。她要精心地梳妆，精心地打扮，好把自己闪闪亮亮地嫁出去。她不知道新郎是谁，尚未拉开的红色大幕是她头上的红头盖，把她盖住了。一阵慌张十分突兀地涌向了筱燕秋的心房，筱燕秋慌张得厉害。红头盖是一个双重的谜，别人既是你的谜，你同样又构成了别人的谜。你掩藏在红头盖的下面，你与这个世界彻底变成了互猜的关系，由不得你不紧张，不心跳，不神飞意乱。

筱燕秋深吸了一口气，定下心来。她披上了水衣，扎好，然后，筱燕秋伸出了手去。她取过了底彩。她把肉色的底彩挤在了左手的掌心上，均匀地抹在脸上，脖子上，手背上。抹匀了，筱燕秋开始搽凡士林。化妆师递上了面红，筱燕秋用中指一点一点地把自己的眼眶、鼻梁画红了，左右研究了一回，满意了，拍定妆粉。筱燕秋开始上胭脂了。胭脂搽在了面红抹过的部位，面红立即出彩了，鲜亮了起来，镜子里青衣的模样顿时就出来了一个大概。现在轮到眼睛了。筱燕秋用指尖顶住了眼角，把眼角吊向太阳穴的斜上方，画眼，画眉。画好了，筱燕秋松开手，眼角的皮肤一起松垮垮地掉了下来，而眼眶却画在了高处，这一来眼角那一把就有些古怪，妖里妖气的。

化完妆，筱燕秋便把自己交给了化妆师。化妆师湿好了勒头带，开始为筱燕秋吊眉，化妆师把筱燕秋的眼角重新顶上去，筱燕秋感到有点疼。化妆师用潮湿的勒头带把筱燕秋的脑袋裹了一圈又一圈，勒住了眼角的皮，紧绷绷的，吊上去的眼角这一回算是固定住了，筱燕秋的双眼呈倒“八”字状，看上去有点像传说中的狐狸，妩媚起来了，灵动起来了。吊好眉，化妆师为筱燕秋贴上大片，左腮一个，右腮一个，筱燕秋的脸型一下子变了，居然变成了一只剥了壳的鸡蛋。上好齐眉穗，盖好水纱，戴上头套、假发，一个活灵活现的青衣立时就出现在了镜框里。筱燕秋盯着自己，看，她漂亮得自己都认不出自己来了。那绝对是另一个世界里的另一个人。但是，筱燕秋坚信，那个女人才是筱燕秋，才是她自己。筱燕秋挺起了胸，侧过头，意外地发现化妆间里挤了好些人。他们一起愣在那儿，专心地看着她，用一种疑惑的眼光研究着她。筱燕秋看到了春来，春来就在身边。春来一直就站在筱燕秋的身边。春来呆在那儿，她不敢相信面前的女人就是与她朝夕相处的老师筱燕秋。筱燕秋简直就是变魔术，突然变出一个人来了。筱燕秋睃了春来一眼。她知道这个小女人此时此刻的心情，她看得出，这个小女人妒忌了。筱燕秋没有开口，她现在谁也不是。她现在只是自己，是另一个世界里的另一个女人。是嫦娥。

大幕拉开了。红头盖掀起来了。筱燕秋撂开了两片水袖。新娘把自己嫁出去了。没有新郎，这个世界就是新郎，所有的人都是新郎。所有的新郎一起盯住了唯一的新娘。筱燕秋站在入口处，锣鼓响了起来。

筱燕秋没有料到一出戏如此之短，筱燕秋只觉得刚开了一个头，刚刚离开了这个世界，说回来就又回来了。筱燕秋起初还担心自己的身体吃不消的，刚刚登台的时候是有那么一点紧张，很快她就完全放松下来了。她开始了抒发，开始了倾诉，她彻底忘记了自己，甚至，彻底忘记了嫦娥，她把满腔的块垒抽成了一根绵延的细长的丝，一点一点地吐了出来。缠绕了起来，挥洒了起来。她在世界的面前袒露出了她自己，满世界都在为她喝彩。她越来越投入，越来越痴迷，筱燕秋越陷越深。这是喜悦的两个小时，哭泣的两个小时，五味俱全的两个小时，缤纷飞扬的两个小时，酣畅的两个小时，凄艳的两个小时，恣意的两个小时，迷乱的两个小时，这还是类似于床笫之欢的两个小时。筱燕秋的身体连同她的心窍，一起全都打开了，舒张了，延展了，润滑了，柔软了，自在了，饱满了，接近于透明，接近于自溢，处在了亢奋的临界点。筱燕秋就感到自己成了一颗熟透了的葡萄，就差轻轻地、尖锐地一击，然后，所有黏稠的汁液就会了却心愿般流淌出来。可是，戏完了，没戏了，结束了，“那个女人”说走就走了，毫不留情地把筱燕秋留给了筱燕秋。筱燕秋置身于巨大的惯性之中，她停不下来，她的身体不肯停下来。筱燕秋欲罢不能，她还要唱，还要演。筱燕秋不知道自己是怎么谢幕的，可大幕黑了一张脸，拉下了。那感觉就如同高潮临近的时候男人突然收走了他的器具。筱燕秋伤心欲绝。筱燕秋就想对着台下喊：“不要走，我求求你们，你们都回来，你们快回来！”

散场了，一切都结束了。筱燕秋不是不累，而是有劲无处使。她在焦虑之中蠢蠢欲动。她在百般失落之中走向了后台，炳璋站在那儿，似乎在等着她。炳璋张开了双臂，正在出口那边高兴地迎候着她。筱燕秋走到炳璋的面前，委屈得像个孩子。她扑在了炳璋的怀里。她把脸埋进炳璋的胸前，失声痛哭。炳璋拍着她，不停地拍着她。炳璋懂。炳璋一个劲地眨巴他的眼睛。没有人知道筱燕秋的心思，没有人知道筱燕秋此时此刻最想做的是什么。筱燕秋自己也说不上来。嫦娥飞走了，只把筱燕秋一个人留在这个世界上。筱燕秋就觉得自己想找一个男人，不要命地做一次爱。筱燕秋突然抬起了头来，脸上的油彩糊成了一片，三分像人，七分像鬼，炳璋吓了一跳。炳璋再也没有料到筱燕秋会说出这样的话来，炳璋听了筱燕秋的话才知道自己并不懂得这个女人。筱燕秋冷冷地望着炳璋，说：“明天还是我。你答应我。明天我还是要上！”

筱燕秋一口气演了四场。她不让。不要说是自己的学生，就是她亲娘老子来了她也不会让。这不是A档B档的事。她是嫦娥，她才是嫦娥。筱燕秋完全没有在意剧团这几天气氛的变化，完全没有在意别人看她的目光，她管不了这些。只要化妆的时间一到，她就平平静静地坐在了化妆台的前面，把自己弄成别人。

天气晴好了四天，午后的天空又阴沉下来了。昨晚的天气预报说了，今天午后有大风雪的。下午风倒是起了，雪花却没有。午后的筱燕秋又乏了，浑身上下像是被捆住了，两条腿费劲得要命。下午刚过了三点，筱燕秋突然发起了高烧，而下身又见红了，量比以往似乎还多了些，都没完没了了。高烧来得快，上得更快。筱燕秋的后背上一阵一阵地发寒，大腿的前侧似乎也多出了一根筋，拽在那儿，吊在那儿，无缘无故地扯着疼。筱燕秋到底不踏实了，到医院挂了妇科门诊。筱燕秋计划好了的，开上药，吃了，好歹也不会耽搁晚上的演出。可这一回医生倒是没有忙着让她吃药，而是问了又问，开出一大串的检查单子，叫她查了又查。医生一脸的肃穆，既没有吓人的话，也没有宽慰人的话，一副死不了也不怎么好的样子。医生最后开口了。医生说：“怎么拖到现在？内膜都感染成这样了，你看看血象。”医生后来说，“手术还是要做。最好呢，住下来。”筱燕秋没有讨价还价，生硬地说：“我不住。”筱燕秋又追了一句，说，“手术能不能等些时候？”医生的目光从眼镜框的上方看过来，说：“身体不等人哪。”筱燕秋说：“我不住。”医生拿起了处方，龙飞凤舞，说：“先消炎，再忙你也得先消炎。先吊两瓶水再说。”

利用取药的工夫筱燕秋拐到大厅，她看了一眼时钟，时间不算宽裕，毕竟也没到火烧眉毛的程度。吊到五点钟，完了吃点东西，五点半赶到剧场，也耽搁不了什么。这样也好，一边输液，一边养养神，好歹也是住在医院里头。

筱燕秋完全没有料到会在输液室里睡得这样死，简直都睡昏了。筱燕秋起初只是闭上眼睛养养神的，空调的温度打得那么高，养着养着居然就睡着了。筱燕秋那么疲惫，发着那么高的烧，输液室的窗户上又挂着窗帘，人在灯光下面哪能知道时光飞得有多快？筱燕秋一觉醒来，身上像松了绑，舒服多了。醒来之后筱燕秋问了问时间，问完了眼睛便直了。她拔下针管，包都没有来得及提，拔完了针管就往门外跑。

天已经黑了。雪花却纷扬起来。雪花那么大，那么密，远处的霓虹灯在纷飞的雪花中明灭，把雪花都打扮得像无处不入的小婊子了，而大楼却成了器宇轩昂的嫖客，挺在那儿，在错觉之中一晃一晃的。筱燕秋拼命地对着出租车招手，出租车有生意，多得做不过来，傲慢得只会响喇叭。筱燕秋急得没病了，一个劲地对着出租车挥舞胳膊，都精神抖擞了。她一路跑，一路叫，一路挥舞她的胳膊。

筱燕秋冲进化妆间的时候春来已经上好妆了。她们对视了一眼，春来没有开口。筱燕秋上课的时候关照过她的，化上妆这个世界其实就没有了，你不再是你，他也不再是他——你谁都不认识，谁的话你也不要听。筱燕秋一把抓住了化妆师，她想大声告诉化妆师，她想告诉每一个人，“我才是嫦娥，只有我才是嫦娥！”但是筱燕秋没有说。筱燕秋现在只会抖动她的嘴唇，不会说话。此时此刻，筱燕秋就盼望着王母娘娘能从天而降，能给她一粒不死之药，她只要吞下去，她甚至连化妆都不需要，立即就可以变成嫦娥了。王母娘娘没有出现，没有人给筱燕秋不死之药。筱燕秋回望着春来，上了妆的春来比天仙还要美。她才是嫦娥。这个世上没有嫦娥，化妆师给谁上妆谁才是嫦娥。

锣鼓响起来了。筱燕秋目送着春来走向了上场门。大幕拉开了，筱燕秋看见老板坐在了第三排的正中央。他像伟人一样亲切地微笑，伟人一样缓慢地鼓掌。筱燕秋望着老板，反而平静下来了。筱燕秋知道她的嫦娥这一回真的死了。嫦娥在筱燕秋四十岁的那个雪夜停止了悔恨。死因不详，终年四万八千岁。

筱燕秋回到了化妆间，无声地坐在化妆台前。剧场里响起了喝彩声，化妆间里就越发寂静了。她望着自己，目光像秋夜的月光，汪汪地散了一地。筱燕秋一点都不知道她做了些什么，她像一个行尸，拿起水衣给自己披上了，然后取过肉色底彩，挤在左手的掌心，均匀地、一点一点地往脸上抹，往脖子上抹，往手上抹。化完妆，她请化妆师给她吊眉、包头、上齐眉穗、戴头套，最后她拿起了她的笛子。筱燕秋做这一切的时候是镇定自若的，出奇地安静。但是，她的安静让化妆师不寒而栗，后背上一阵一阵地竖毛孔。化妆师怕极了，惊恐地盯着她。筱燕秋并没有做什么，也没有说什么，只是拉开了门，往门外走。

筱燕秋穿着一身薄薄的戏装走进了风雪。她来到剧场的大门口，站在路灯的下面。筱燕秋看了大雪中的马路一眼，自己给自己数起了板眼，同时舞动起手中的竹笛。她开始了唱，她唱的依旧是二黄慢板转原板转流水转高腔。雪花在飞舞，剧场的门口突然围上来许多人，突然堵住了许多车。人越来越多，车越来越挤，但没有一点声音。围上来的人和车就像是被风吹过来的，就像是雪花那样无声地降落下来的。筱燕秋旁若无人。剧场内爆发出又一阵喝彩声。筱燕秋边舞边唱，这时候有人发现了一些异样，他们从筱燕秋的裤管上看到了液滴在往下淌。液滴在灯光下面是黑色的，它们落在了雪地上，变成了一个又一个黑色窟窿。

《花城》2000年3期

喊山

葛水平

一

太行大峡谷走到这里开始瘦了，瘦得只剩下一道细细的梁，从远处望去拖曳着大半个天，绕着几丝儿云，像一头抽干了力气的骡子，肋骨一条条挂出来，挂了几户人家。

这梁上的几户人家，平常说话面对不上面要喊，喊比走要快。一个在对面喊，一个在这边答，隔着一条几十米直陡上下的深沟，声音倒传得很远。

韩冲一大早起来，端了碗吸溜了一口汤，咬了一嘴右手举着的黄米窝头，冲着对面口齿不清地喊："琴花，对面甲寨上的琴花，问问发兴割了麦，是不是要混插豆?"

对面发兴家里的琴花坐在崖边边上端了碗喝汤，听到是岸山坪的韩冲喊，知道韩冲断顿了，想绕着山脊来自己的身上欢快欢快，斜下碗给鸡们泼过去碗底的米渣子，站起来冲着这边喊："发兴不在家，出山去矿上了，恐怕是要混插豆。"

这边厢韩冲一激动又咬了一嘴黄米窝头，喊："你没有让发兴回来给咱弄几个雷管？獾把玉茭糟害得比人掰得还干净，得炸炸了。"

对面发兴家里的喊："矿上的雷管看得比鸡屁眼还紧，休想抠出个蛋来。上一次给你的雷管你用没了?"

韩冲咽下了黄米窝头，口齿清爽地喊："下了套子，收了套就没有下的了。"

对面发兴家的喊：“收了套，给我多拿几斤獾肉来啊！”

韩冲仰头喝了碗里的汤，站起来敲了碗喊：“不给你拿，给谁？你是獾的丈母娘呀。”

韩冲听得对面有笑声浪过来，心里就有了一阵紧一阵的高兴，哼着秧歌调往粉房的院子里走，刚一转身，迎面碰上了岸山坪外地来落户的腊宏。腊宏掮了担子，担子上绕了一团麻绳，麻绳上绑了一把斧子，像是要进后山圪梁上砍柴。韩冲说：“砍柴？”腊宏说：“呵呵，砍柴。”两个人错过身体，韩冲回到屋子里架了驴准备磨粉。

腊宏是从四川到岸山坪来落住的，到了这里，听人说山上有空房子就拖儿带女地上来了。岸山坪的空房子多，主要是山上的人迁走留下来的。以往开山，煤矿拉坑木包了山上的树，砍树的人就发愁没有空房子住，现在有空房子住了，山上的树倒没有了，獾和人一样在山脊上挂不住了就迁到了深沟里，人寻了平坦地儿去，獾寻了人不落脚踪的地儿藏。腊宏来山上时领了哑巴老婆，还有一个闺女一个男孩。腊宏上山时肩上挑着落户的家当，哑巴老婆跟在后面，手里牵着一个，怀里抱着一个，哑巴的脸蛋因攀山通红透亮，平常的蓝衣，干净、平展，走了远路却看不出旅途的尘迹来。山上不见有生人来，惹得岸山坪的人们稀罕得看了好一阵子。腊宏指着老婆告诉岸山坪看热闹的人，说：“哑巴，你们不要逗她，她有羊羔子疯病，疯起来咬人。”岸山坪的人们想：这个哑巴看上去寡脚利索的，要不是有病，要不是哑巴，她肯定不嫁给腊宏这样的人。话说回来，腊宏是个什么样的人——瓦刀脸，干巴精瘦，豆豆眼，干黄锈色的脸皮儿上有害水痘留下来的痘窝窝，远看近看就一个字——“贼”。韩冲领着腊宏转一圈子也没有找下一个合适的屋。转来转去就转到韩冲喂驴的石板屋子前，腊宏停下了。

腊宏说：“这个屋子好。”韩冲说：“这个屋子怎么好？”腊宏说：“发家快致富，人下猪上来。”韩冲看到腊宏指着墙上的标语笑着说。标语是撤乡并镇村干部搞口号让岸山坪人写的，当初是韩冲磨粉的粉房，磨坊主要收入是养猪致富。韩冲说：“就写个养猪致富的口号。”写字的人想了这句话。字写好了，韩冲从嘴里念出来，越念越觉得不得个劲，这句话不能细琢磨，细琢磨就想笑。韩冲不在里磨粉了，反正空房子多，韩冲就换了一个空房子磨粉。韩冲说："我喂着驴呢，你看上了，我就牵走驴，你来住。"韩冲可怜腊宏大老远地来岸山坪住，山上的条件不好，有这么个条件还能说不满足人家？腊宏其实不是看中了那标语，他主要是看中了房子，石头房子离庄上的住户远，抬头低头的能不多碰见人最好。

住下来了，岸山坪的人才知道腊宏长得一副鸡头白脸相不说，人很懒，腿脚也不勤快。其实靠山吃山的庄稼人，只要不懒，哪有山能让人吃尽的！腊宏常常顾不住嘴，要出去讨饭。出去嘛大都是腊月天正月天，或七月十五，八月十五的，赶节不隔夜，大早出去，一到天黑就回来了。腊宏每天回来都背一蛇皮袋从山下讨来的白馍和米团子。山里人实诚，常常顾不上想自己的难老想别人的难，同情眼前事，恓惶落难人。哑巴老婆把白馍切成片，把米团子挖了里边的豆馅，摆放在有阳光的石板上晒，雪白的白馍，金黄的米团子晒在石板地上，走过去的人都要回过头咧开嘴笑，笑哑巴就是聪明，知道米团子是豆馅，容易早坏。

腊宏的闺女没有个正经名字，叫大。腊月天和正月天这几天，岸山坪的人会看到，腊宏闺女大端了豆馅吃，紫红色的豆馅上放着两片儿酸萝卜，韩冲说："大，甜馅儿就着个酸萝卜吃是个什么味道?"大以为韩冲笑话她，就翻韩冲一眼，说："龟儿子。"韩冲也不计较她骂了个啥，往她碗里夹两张粉浆饼子。大扭回身快步搂了碗，进了自己的屋子，一会儿拽着哑巴出来指着韩冲看，哑巴乖巧的脸蛋儿冲韩冲点点头，咧开的嘴里露出了两颗豁牙，吹风漏气地笑，有一点感谢的意思。

韩冲说："没啥，就两张粉浆饼子。"

韩冲给岸山坪的人解释说："哑巴不会说话，心眼儿多，你要不给她说清楚，她还以为害她闺女呢。"

挖了豆馅的米团子，晒干了，春夏煮在锅里吃，米团子的味道就出来了。是什么味道呢？是那种小年的味道。哑巴出门的时候很少，基本上不出门。岸山坪的人觉得哑巴要比腊宏小好多岁，看上去比腊宏的闺女大不了几岁，也拿不准到底小多少岁。哑巴要出门也是在自己的家门口，怀里抱着儿，门墩上坐着闺女，身上衣服不新却看上去很干净，清清爽爽的小样儿还真让青壮汉们回头想多看几眼睛。两年下来，靠门墩的墙被抹得亮汪汪的，太阳一照，还反光，打老远看了就知道是坐门墩儿的人磨出来的。

岸山坪的人不去腊宏家串门，腊宏也不去岸山坪的人家里串门。腊宏有时候打老婆打得狠，边打还边叫着："你敢从嘴里蹦一个字出来，我要你的命！"岸山坪的人说，一个哑巴你倒想让她从嘴里往出蹦一个字？

有一次韩冲听到了走进去，就看到了腊宏指着哆嗦在一边的哑巴喊着："龟儿子，瓜婆娘。"看着韩冲进来，反手捏了两个拳头对着韩冲喊起来："谁敢来管我们家的事情，我们家的事情谁敢来管！"腊宏平常见了人总是笑脸，现在一下板了脸，看上去一双豆豆眼聚焦在鼻中央怪阴气的。韩冲扭头就走，边走边大气不敢出地回头看，怕走不利索身上沾了什么霉事。事情过后腊宏见了韩冲照样笑，韩冲就不大乐意看他那笑，岸山坪的人也就不大愿意管他们家的事了。

韩冲架了驴准备磨粉。他先牵了驴走到院子一角，放松驴吧嗒两粒儿驴粪，后又给驴套上嘴护捂了眼罩驾到石磨上，用漏勺从水缸里捞出泡软的玉茭填到磨眼上。韩冲拍了一下驴屁股，驴很自觉地绕着磨道转开了走。

韩冲在岸山坪磨粉。因为山上穷，三十岁了没有说上媳妇，想出去招女婿，出去几次也没有弄对个合适家户，反复几年下来就这么耽搁了。也不是说韩冲长得不好，总体看上去比例还算匀称，主要问题是山上穷，迁不到山下户，哪个闺女愿意上来？次要问题是他和发兴老婆的事情，张扬得山下一平川风声，这种事情张扬出去就不是落到了尘土里了，而是落入了人嘴里，人嘴里能飞出什么好鸟吗？

头一道粉顺着磨缝挤下来流到槽下的桶里。韩冲提起来倒进浆缸，从墙上摘下箩开始舀了粉罗，韩冲一边罗，一边擦着溅在脸上的粉浆，白糊糊的粉浆像梨花开满了韩冲的衣裳。韩冲想：都说我身上有股老浆气，像裹脚老婆的脚臭味道，女人不喜欢挨，我就闻着这个味道好，琴花也闻着这味道好。一想到琴花，想到黑里的欢快，韩冲就鸟儿一样吹了两声口哨。韩冲罗下来的粉叫第二道粉，也是细粉，要装到一块四方白布上，四角用吊带挽起来吊到半空往外淋水，等水淋干了，一块一块掰下来，用专用的荆条筐子架到火炉上烤。烤干了打碎就成了粉面，和白面豆面搭配着吃，比老吃白面好，也比老吃玉茭面细，可以调换一下口味。

甲寨和沟口附近的村子，都拿玉茭来换粉面。韩冲用剩下来的粉渣喂猪，一窝七八头猪，猪的饭量比人的饭量大，单纯喂粮食喂不起，韩冲磨粉就是为了赚个粉渣喂猪。做完这些活，韩冲打了个哈欠给驴卸了眼罩和嘴护，牵了出来拴到院子里的苹果树上，眯了眼睛望了望对面崖边上，远远地他就看到了他现在最想找的人——发兴老婆琴花。

“韩冲，傍黑里记着给我舀过一盆粉浆来。”

琴花让韩冲舀粉浆过去，韩冲就最明白是咋回事了，心里欢快地跳了一下，他知道这是叫他晚上过去的暗号。没等得韩冲回话，就听得后山圪梁的深沟里下的套子轰地响了一下，韩冲一下子就高兴了起来，对着对面崖头上的琴花喊：“日他娘，前晌等不得后晌，崩了，吃什么粉浆，你就等着吃獾肉吧!”

韩冲扭头往后山跑。后山的山脊越发地瘦，也越发地险，就听得自己家的驴应着那一声儿欢快“哥哦哥，哥哦哥——”地叫。

韩冲抓着山体上长出来的荆条往下溜，溜一下屁股还要往下坐一下。韩冲当时下套的时候，就是冲着山沟里人一般不进去，獾喜欢走一条道，从哪里来到哪里去，一点弯道都不绕。獾拱土豆，拱过去的你找不到一个土豆，拱得干干净净，獾和人一样就喜欢认个死理。韩冲溜下沟走到了下套的地方，发现下套的地方有些不对劲。两边上有两捆散开了的柴，有一个人在那里躺着哼哼。韩冲的头霎时就大了，满目金星出溜出溜往出冒。

炸獾炸了人了！炸了谁了?

韩冲腿软了下来问：“是谁?”

“韩冲，龟儿子，你害死我了。”

听出来了，是腊宏。

韩冲奔过去看，看到套子的铁夹子夹着腊宏的脚丢在一边，腊宏的双腿没有了。人歪在那里，两只眼睛瞪着比血还红。韩冲说：“你来这里干啥来了?”腊宏抬起手指了指前面，前面灌木丛生，有一棵野毛桃树，树上挂了十来个野毛桃果。爆炸声早过去了，有一只小松鼠瞅这边看，实在是瞅不见有什么好景致，小松鼠三跳两跳地抓着树枝跳开了。韩冲回过头，看到腊宏歪了一下头不说话了。韩冲过去把腊宏背起来往山上走，腊宏的手里捏了把斧头，死死地捏着，在韩冲的胸前晃，有几次灌木丛挂住了也没有把它拽落。

韩冲背了腊宏回到岸山坪，山上的男女老少都迎着韩冲看，看背上的腊宏黄锈色的脸上没有一丝儿血色。把他背进了家放到炕上，他的哑巴老婆看了一眼，紧紧地抱了怀中的孩子扭过头去弯下腰呕吐了起来。听得腊宏轻轻地咳嗽了一声，韩冲把他搬过来放到了炕上，哑巴抬起身迎了过来，韩冲要哑巴倒过来一碗水，哑巴端过来水似乎想张了嘴叫，腊宏的斧头照着哑巴就砍了过去。腊宏用了很大的劲，嘴里还叫着：“龟儿子你敢!”韩冲看到哑巴一点也没有想到要躲，要他砍。腊宏的劲儿看见猛，实际上斧头的重量比他的劲儿要冲，斧头“咣当”垂直落地了。哑巴手里的一碗水也垂直落地了。腊宏的劲儿也确实是用猛了，背了一口气，半天那气丝儿没有拽直，张着个嘴歪过了脑袋。韩冲没敢多想，跑出去紧着招呼人绑担架要抬着腊宏下山去镇医院。岸山坪的人围了一院子伸着脖子看，对面甲寨崖边上也站了人看，琴花喊过话来问：“对面？炸了谁了?”

这边上有人喊：“炸了讨吃了!”

他们管腊宏叫讨吃。

对面的人说：“炸了个没用人，说起来也是个人。”

琴花喊：“炸没人了？还是有口气儿?”

这边上的说：“怕已经走到奈何桥上了。”

韩冲他爹扒开众人走进屋子里看，看到满地满炕的血，捏了捏腊宏的手还有几分柔软，拿手背探到鼻子下量了量，半天说了声：“怕是没人了。”

“没人了。”话从屋子里传出来。

外面张罗着的韩冲听了里面传出来的话，一下坐在了地上，驴一样“哥哦哥，哥哦哥——”地号起来。

二

炸獾会炸死了腊宏，韩冲成了岸山坪第二个惹了命案的人。

这两年来，岸山坪这么一块小地方已经出过一桩人命案了。两年前，岸山坪的韩老五外出打工回来，买了本村未出五服的一个汉们的驴，结果驴牵回来没几天，那驴就病死了。两人为这事麻缠了几天，一天韩老五跟这汉们终于打了起来。那韩老五性子烈，三句话不对，手里的镰刀就朝那汉子的身子去了，只几下子，就要了人家的命。山里人出了这样的事都是私下找中间人解决，不报案。他们知道报案太麻缠，把人抓进去就是毙了脑袋，就是两家有了仇恨，最终顶个屁？山里的人最讲个实际，人都死了，还是以赔为重。村里出了任何事，过去是找长辈们出面，说和说和，找个能接受的方案，从此息事宁人。现在有了事，是干部出面，即使出了命案，也是如法炮制。两三年前，韩老五还不是最终赔了两万块钱就拉倒了事？

如今腊宏死了，他老婆是哑巴，孩子又小，这事咋弄？岸山坪的说，人死如灯灭，活着的大小人儿以后日子长着呢，出俩钱买条阳关道，他一个讨吃的又是外来户，价码能高到哪里去？

这天韩冲把山下住的村干部一一都请上来。干部们随了韩冲上了岸山坪，一路上听韩冲汇报事情的来龙去脉，等走上岸山坪时，已经了解得八九不离十了。

看了现场，出门找了一个僻静的地方站下来。商量了一阵子，觉得这个事情不能报案，现在讲的个安定团结，安定不团结不行，团结不安定也不行，咱这沟里多少年来除了上边有指示发动不安定，咱们永远都是安定的。现在报案等于说我们自已给自己找麻烦，看电视动不动有些部门因为腐败就一窝儿端了，咱们不能因为炸獾误炸了一个没用人集体跟着倒霉。认为最好的办法是还按老规矩办。他们责成会计王胖孩来当这件事情处理的主唱：一来他腿脚轻；二来这种事情不是什么好事，一把二把手不便出面；三来他的嘴比脑子翻转得快。

返进屋里坐下，王胖孩用手托着下巴颏和腊宏的老婆哑巴说：“你是个哑巴，是不是？我们也没有把你当会说话的人看。腊宏因为砍柴误踩了韩冲的套子，也就是说，他人是已经死了，死而不能复生。”咳嗽了一声，旁边的一个突然想起了什么，有些摸不着深浅地问：“你是哑巴？都说这哑巴十哑九聋，不知道你是听得见，还是听不见？要是听见了，就点一下头，要是听不见，说也白说，是对牛弹琴。”村干部和韩冲的眼光集体投向哑巴，就看到那哑巴居然慌怵怵地点了一下头。

干部们惊讶得抬直身体“嗷”了一声。王胖孩舔了舔发干的嘴片子尽量摆正态度把话说普通了：“这么说吧，你男人的确是死了……不容置疑。”

说到这里就看到腊宏老婆打了个激灵。王胖孩长叹一声继续说：“真是生死由命，富贵在天啊。你说骂韩冲炸獾炸了人了吧，他已经炸了，你说骂腊宏福薄命贱吧，他都没命了。这事情的不好办处就是活的人活着，死的人他到底死了，活的人咱要活，死的人咱要埋，是吧？这事情的好办处是，你不是一个不讲道理的妇女，你心明眼亮，可惜就是不会说话。我们上山来的目的，就是要活的人更好地活着，死的人还得体面地埋掉。你一个哑巴妇女，带了两个孩子，不容易啊。现在男人走了，难！咱首先解决这个难中之难的问题，就说腊宏的事情。人是死了，先埋人后解决问题，相信我这个村干部，就让韩冲埋人，不相信我这个村干部，你就找人写状子，告。但是，你要是告下来，韩冲不一定会给腊宏抵命，我们这些村干部因为你不是岸山坪的，想管，到时候怕也不好插手了。说来你娘母们还是个黑户嘛！”

腊宏的哑巴老婆惊讶地抬起头瞪了眼睛看。王胖孩故意不看哑巴，扭头和韩冲说：“看见这孤儿寡母了吗？你好好的炸什么獾嘛！炸死人啦！好歹我们干部是遵纪守法爱护百姓一家人的，看你凿头凿脑咋回事儿似的，还敢炸獾！赶快把卖猪的钱从信用社提出来，先埋了人咱再商量后一步赔偿问题！”

哑巴像是丢了魂儿似的听着，回头望望炕上的人，再看看屋外的屋内的人，哑巴有一个间歇似的回想，少顷，抽回眼睛看着王胖孩笑了一下。

这一笑，让有强烈的表现欲望的王胖孩沉默了。哑巴的神情很不合常理，让干部们面面相觑，不知道她到底笑个啥！

干部们做主韩冲把他爹的棺材抬出来装了腊宏。事关重大，他爹也没有说啥。韩冲又和他爹商量用他爹的送老衣装殓腊宏。韩冲爹这下子说话了："你要是下套子炸死我了倒好说，现成的东西都有，你炸了人家，你用你爹的东西埋人家，都说是你爹的东西，你爹的东西，埋的不是你爹，比埋你爹的代价还要大，我×！"

韩冲的脸儿埋在胸前不敢答话。他爹说："找人挖了坟地埋腊宏吧，村干部给你一个台阶还不赶快就着下，等什么？你和甲寨上的你小娘混吧，混得出了人命了吧？还搭进了黄土淹没脖子的你爹。你咋不把脑袋埋进裤裆里！"说完，韩冲爹从木板箱里拽出大闺女给他做好的送老衣，摔在了炕上。

棺材准备起了，四个后生喊："一二，起！"抬棺材的铁链子突然断了。抬棺材的人说："日怪，半大个人能把铁链子拉断，是不是三天家里不见个哭声，伤了过了？"

哑巴因为是哑巴哭不出声，女儿因为小，不知道哭。王胖孩说："锣鼓点儿一敲，大幕儿一拉，弄啥就得像啥！死了人，不见哭声叫死了人吗？还以为村干部的工作没有做到。去甲寨上找几个哭妇来，村里花钱。"

马上就差遣人去甲寨上找哭妇。哭妇不是想找就能找得到，往常有人不在了，论辈分往下排，哭的人不能比死的人辈分大，现在是哭一个外来的讨吃，算啥？

女人们就不想来，韩冲一看只好一溜儿小跑到了甲寨上找琴花。进了琴花家的门，琴花正在做饭。听了韩冲的来意后，琴花坐在炕上说："我哭是替你韩冲哭，看你韩冲的面，不要把事情颠倒了，我领的是你韩冲的情，不是劳什子村干部的情。"

韩冲哭丧着脸说："还是你琴花好啊。"

看到门外有人影儿晃，琴花说："这种事给一头猪不见得有人哭。这不是喜伤，是凶伤。也就是韩冲，要是旁人我的泪布袋还真不想解口绳哩。"

门外站着的人就听清了：韩冲给琴花一头猪让琴花哭。琴花哭一回讨吃赚一头猪，这可是天大的价码。

琴花见韩冲哭丧着个脸，一笑，从箱子里拽了一块枕巾往头上一蒙，就出了门。

走到岸山坪的坡顶上看了一眼黑压压的人群，就扯开了喉咙："死得冤来，死得苦，讨吃送死在了后梁沟——"

村干部一听她这么样的哭，就要人过去叫她停下来。这叫哭吗？硬邦邦的没有一点儿情感。哭妇琴花马上就变了一个腔哭："水流千里归大海，人走万里归土埋，活归活啊，死归死，阳世咋就拽不住个你？呀喂——呵呵呵。"

琴花这么一哭把岸山坪的空气都抽拽得麻怵起来，有人试着想拽了琴花头上的枕巾看她是假哭还是真笑，琴花手里拄着一根干柴棍抡过去敲在那人的屁股蛋上。就有人捂了嘴笑。琴花干哭着走近了哑巴，看到哑巴不仅没有泪蛋子在眼睛里滚，眼睛还望着两边的青山隐隐赏看。琴花哭了两声不哭了，你的汉们你都不哭，我替你哭，好歹也应该装出一副丧妇样来吧。

埋了腊宏，王胖孩要韩冲叫几个年长的坐下来商量后事。一干人围着石磨开始议事，比如，这活人谁来照顾，当然是要韩冲来照顾了，怎么个照顾法？都得有个字据。韩冲说："最好说断了，该出多少钱我一次性出够，要连带着这么个事，我以后还怎么样讨媳妇？"大伙研究下来觉得是个事情，明摆着青皮后生的紧急需要，事儿是不能拖泥带水，得抽刀斩水了。

一个说："事情既出由不得人，也是大事，人命关天，红嘴白牙说出来的就得有个理道！"

一个说："哑巴虽然哑巴，但哑巴也是人。韩冲炸了人家的男人了，毕竟不是韩冲想炸人家男人，既然炸了，要咱来当这个家，咱就不能理偏了哑巴，但也不能亏了韩冲。"

一个说："毕竟和韩老五打架的事情不是一个年头了，怕不怕老公家怪罪下来？"

一个说："现在的大事小事不就是俩钱儿吗？从清光绪年到现在哪一件不是私了！有直道儿不走偏走弯道儿。老公家也是人来主持嘛，要说活人的经验不一定比咱懂多少！舌头没脊梁来回打波浪，他们主持得了这个公道吗！”

王胖孩说：“话不能这么说，咱还是老公家管辖下的良民嘛！”

王胖孩要韩冲把哑巴找来，因为哑巴不说话，和她说话就比较困难。想来想去想了个写字，却也不知道她认识字不。王胖孩找了一本小学生写字本和一根铅笔，在纸上工工整整写了一行字，递过去要哑巴看，哑巴看了看取过笔来也写了一行字递过去。韩冲因为心里着急伸过去脖子看，年长的因为稀罕也伸过脖子看，发现上面的第一行是村干部写的：“我是农村干部，王胖孩，你叫啥？”后一行的字不大工整，歪歪扭扭写了：“知道，我叫红霞。”

所有的人对视了一下，稀罕这个哑巴不简单，居然识得俩字。

“红霞，死的人死了，你计划怎么办？要多少钱？”

“不要。”

“红霞，不能不要钱。社会是出钱的社会，眼下农村里的狗都不吃屎了，为什么？就因为日子过好了啊，钱是啥？是个胆儿，胆气不壮，怕米团子过几天你娘母们也吃不上了。”

“不要。”

“红霞妇女，这钱说啥也得要，只说是要多少钱？你说个数，要高了韩冲压，要少了我们给你抬，叫人来就是为了两头儿取中间主持这个公道。”

“不要。”

小学生写字本上三行字歪歪扭扭看上去很醒目，大伙儿觉得这个红霞是气糊涂了，哪有男人被人搞死了不要钱的道理？要知道这样的结果还叫人来干啥？写好的字条递给韩冲，要他看了拿主意，使了一下眼儿，两个人站起来走了出去。收住脚步，王胖孩说：“她不是个简单的妇女，不敢小看了，她想把你弄进去。”韩冲吓了一跳，脚尖踢着地面上的土，张开嘴看王胖孩。王胖孩歪了一下头很慎重地思忖了一下说：“哪有给钱不要的道理？你说，她不是想把你弄进去是什么？嗯呐，很有可能。”韩冲越发不知道该说什么了。王胖孩指着韩冲的脸说：“要给她热爱，暖化她的心，打消她送你进去的念头，不然你一辈子都得背着个污点，有这么个污点你就甭想说上媳妇。”韩冲闭上嘴，咽下了一口唾沫，唾沫有些划伤了喉咙，火辣辣地疼。

“这几天，你只管给哑巴送米送面。你知道，我也是为你好，让老公家知道了，弄个警车来把你咕嘎咕嘎地带走，你前途毁了事小，我们面子上挂不住事大。趁着对方是个哑巴，咱把这事情就哑巴着办了，省了官办，民办了有民办的好处。明白不？”韩冲点了头说：“我相信领导干部！”

两个人商量了一个暂时的结果，由韩冲来照顾她们娘母仨。返进屋子里，王胖孩撕下一张纸来，边念边写：“合同。甲方韩冲，乙方红霞。韩冲下套炸獾炸了腊宏，鉴于目前腊宏媳妇神志不清的情况，不能够决定自己的赔偿问题，暂时由韩冲来负责养活她们母子仨，一日三餐，吃喝拉撒，不得有半点不耐烦，直到红霞决定了最后的赔偿，由村干部主持，岸山坪年长的有身份的人最后得出结果才能终止合同。合同一方韩冲首先不能毁约，如红霞提出韩冲有不愉快的地方，红霞有权告状，最后责成处理方式加倍罚款。”

合同一式两份，韩冲一份，哑巴一份。立据人互相签了字，本来想着要有一番争吵的事情，就这么说断了，岸山坪人的心里有一点盼太阳出来阴了天的感觉，心里结了个疙瘩，莫名地觉得哑巴真的是傻。互相看着都不再想说话了。

送走王胖孩，韩冲折叠好条子装进上衣口袋，哑巴前脚走，韩冲后脚卸了炉上的粉走进了哑巴家。

进了哑巴家，韩冲看到哑巴的房梁上吊下来两个箩筐，箩筐下有细小的丝线拉拽着一条一条的小虫子。韩冲知道那箩筐里放的是讨来的晒干了的米团子和白馍。哑巴没有停下手里的活。她手里正拿了一捧米团子放在锅台边，一块一块往下磕上面生了的小虫子，磕一块往锅里煮一块，锅台上的小虫子伸展了身子四下里跑，哑巴端下锅，拿了笤帚，两下子就把小虫子扫进了火里，坐上锅，听得噗噗地响。

韩冲眯缝着眼睛歪着脖子说：“这哪是人吃的东西。”提下了它走出去倒进了自己的猪圈里，猪好久没有换口味了，哑巴着嚼着干巴硬的米团子，吐出来吞进去，嘴片子错得吧唧吧唧响。韩冲给哑巴提过来面、米。哑巴拉了闺女和孩子笑着站在墙角看韩冲进进出出。韩冲想，你这个哑巴笑什么，我把你汉们炸了你还和我笑。不敢多说话，光顾了一个人埋头干他的活儿。

这时候就有人陆续走上岸山坪来看哑巴和孩子，有的想收留哑巴的孩子，有的干脆就想收留哑巴。韩冲装作看不见，想，要是有人把哑巴收留走才好。她这么着一走我就啥也不用赔了。哑巴这时候面对来人却很决绝地把门关上了。

王胖孩又来到了岸山坪。要韩冲叫了年长的和有些身份的人走进了哑巴的家。王胖孩坐下来看着哑巴说："可怜的人啊，就是不会说话。"韩冲坐到门墩上琢磨着这个事情该怎么开头，说什么好。就听得王胖孩说："咱打开天窗说亮话，不绕弯子了，这理说到桌面儿上是欠了人家一条命，等于盖屋你把人家的大梁抽了，屋塌了。现在，你一个孤寡妇女，又是哑巴，带着俩孩子，容易吗？要我说就一个字——难。红霞，老话重提，你提出个数字来，要多少？"

哑巴抬起头拿过一根点火的麻秆在石板地上写了俩黑字："不要"。村干部接过麻秆来，大大地在地上写了两个字："两万"。韩冲低下头看。请来的也低下头看。抬起头互相点了点头，大意是有了老龙嘴的事情在前面做样板，这样的处理结果倒也说得过去。韩冲说话了："胖孩哥，两万块暂时拿不出，能不能分期付？定分不行，就得给我政策，让我贷。"

王胖孩想了半天说："上头的政策主要是鼓励农民贷款致富，哪有让你贷款用来买命的？这事要说也没有个啥，摆到桌面上就是个事。你是不是到对面的甲寨上找一找发兴，他儿在矿上，煤炭现如今像烧燃了的旺火一样，他家里想来是有货的，借一借嘛！琴花虽然是出了名的铁公鸡，毕竟是喝过你的粉浆、吃过你的獾肉，还被你压过的女人。脸红什么啊？你炸死的这个人用的雷管还是她提供的，咱嘴上不说，她是脱不了干系的。"

韩冲不好意思地低下了头。

事情说到这里，王胖孩和哑巴红霞说："按我的意思来，你不要，不等于我们不懂，我们不懂就是欺负你这个弱者，这不符合山里人的作风。等韩冲凑够了钱，我再到这山上来亲手递给你。咱这事情就算结束，你也好准备你的退路。一个妇道人家没有汉们帮衬，哪能行啊！韩冲，话说回来大家是为了你办事，光跑腿我就跑了几趟，你小子懂个眼色不懂?”

韩冲大眼儿套小眼儿看着王胖孩，王胖孩举起手里的麻秆说：“这，缩小了像给啥?”韩冲想，像给啥？哑巴看了看从王胖孩手里拿过麻秆来掰下前面点黑了的一小截，叼在嘴上吧嗒了两口，韩冲明白了，胖孩干部是想要烟哩。稀罕得岸山坪的长辈们放下手中的旱烟锅子看哑巴，哑巴被看得不好意思了低下了头，把想要说“不要”的话就忘了。

韩冲赶紧出去到代销点上买了两条烟递给了王胖孩，王胖孩说：“这是啥子意思吗？乡里乡亲的弄这？既然买了，我不拿也说不过去，我要不拿吧，是冷落了你韩冲一片心意，我就只好拿了。”掰开一条烟给坐着的长辈一人发了一包，自己把剩下的夹在腋窝下起身重复了几句前几次说的话走了。

长辈们看着手里的烟，咧开嘴笑着，心里却不是个滋味，啥也没表态走了两步路就赚了一包烟，很是有点不好意思。韩冲说：“算个啥嘛，都是德高望重的人，就是没事我韩冲也应该孝敬你们!”

三

借钱的事情很简单，也很复杂，简单得就像天上的一颗太阳，无际蓝天，没有鸟儿飞翔，看上去空旷、空旷。复杂得突然就乱云飞渡，飞渡的云不是瓦片和挠钩状儿，是黑云压山，风生悲，兜头浇得韩冲凉唰唰的。

韩冲去对面的甲寨上要下了沟绕出山，再转回来上对面，大约要一个半钟点。

这地方的人说吃亏，不叫吃亏，叫吃夹事。韩冲这一回借钱就吃了大夹事。

走到甲寨上人们就说：“韩冲，还敢不敢下套子了，胆子大啊，那讨吃下那深沟做啥去了，活该要他的命。”韩冲挠了挠头发，“呵呵”笑了一下，很不舒展。不断有人问，韩冲就不断地很不舒展地“呵呵”。

走进发兴家的院子，看到发兴坐在小马扎上抽旱烟，烟锅子在地上磕了一下子，说：“韩冲，稀客。有啥事不喊要过沟来说？我可是头一回见你大白天闪亮儿登场。也是的，炸獾咋就炸了人了？坐。”

韩冲说：“话不能这样儿说，大白天不来搭黑来干啥？老哥你就不要瞎猜了，人倒霉了放个屁都砸脚后跟。我也思谋着他下那沟做甚了，两捆柴好好地摔在一边，手里握着一把斧头不丢，看见我眼睛瞪得快要出血了，恨不能把我吃掉，我×。不过话说回来，咱是断了人家哑巴的疼了。”

琴花撩开碎布头拼成的好看的门帘出来，说：“韩冲，以后不要下套子了，那獾又不是光吃你的玉茭，你把人炸了，亏得他是外来的，要是本地的，不让你抵命才怪。”

韩冲低下头看着自己的脚尖，鞋是一双解放球鞋，因为穿得旧了，剪了前边和后边，当凉鞋穿。韩冲看着看着就想把过来的意思挑明。韩冲说：“我过来是有个事情想求你们两口子帮忙。”

琴花返进去从屋子里端出一罐头瓶水来递给韩冲说：“帮啥忙？跑腿找人的事发兴能帮得上就一定帮。这两天架驴磨粉了？你不要因为这事把猪饿了，该做啥还做啥。腊月里我大儿要订婚，还想借你一头猪下酒席呢。你要赶不上喂，赶过来我喂，秋口上卖了咱二一添作五分。”

韩冲抬起头看琴花，琴花脸上挂着笑，嘴角角上的一颗黑土眼（痣）翘起来顶在鼻子边，韩冲想，琴花脸上的这个黑土眼坏了她好几分人才。

发兴说：“事情最后怎么处理了，说了个甚解决办法？听说有人上来说哑巴，女人要是没有了男人，小腰就断了，就拖不动腿了，也怪可怜的。”

琴花说：“傻哑巴不知道哭，看来是真有病，山下有人要她，收拾走算了，省了你来照顾。”

韩冲鼓了鼓勇气说：“不瞒你们两口子说，我今儿过来这甲寨上就是想和你们打凑俩钱，给哑巴。救个急，误不了你娶媳妇，我韩冲是说话算话的。”

一听说是借钱，琴花就示意发兴闭嘴。琴花走到韩冲的面前看着韩冲说：“说起来是应该帮忙，出了这么大的事情，啊呀，我当时就不敢过去看死鬼讨吃，听人说，下半截整个儿都没了？吓死了。事情是出了，有事说事，按道理是得赔人家，是不是？按道理谁能帮上忙就要帮忙，乡里乡亲的，抬头不见低头见，谁家不出个事？古话说了，有啥别有事，没啥别没钱，两件事都让摊上了。可有些事情摊上了，还真是帮不上你这个忙。我给你说吧，腊月里要给大儿订婚，正月里不娶，明年秋口上也得娶，如今说个媳妇容易吗？屁股后捧着人家还要脱落，敢松口气？我要是真有钱我还真舍得借你，不怕你不还，可就是没有钱，活了个人带了个穷命。韩冲，难啊。”

韩冲看着琴花的嘴一张一合的，想自己还亲过这张嘴，嘴里的舌头滑溜溜的，有时候也咬一下韩冲的下嘴片子，到韩冲的高兴处会说，韩冲人家都穿七分裤了，你也给我买一条穿穿，我是二尺四的腰，要小方格子的面料。韩冲会说，穿那干啥，不好看，憋得屁股和两瓣蒜一样。琴花说，你不买，你就下来，我看你哪头难受！韩冲说，买买。韩冲你给我买一盒舒肤佳香胰子，韩冲你给我看看我的肚皮是不是松得厉害了，我也想买条裹腹裤穿。韩冲，我除了不和你住一个屋子，住一个屋子里干的事，咱都干了，也就等于是一家人了，你赚了钱就给我花，我从心里疼你哩……

韩冲看着看着眼睛就花了，琴花身上穿的从里到外哪一样不是我韩冲买的，你琴花疼我了，疼我什么了？关键的时候，琴花你就不和我一起了。

发兴说：“这事情不是帮忙不帮忙的事情，是帮不了这忙，是人命关天。小老弟，都怪你炸什么獾嘛！”

韩冲想，也就是啊，炸什么獾嘛！

韩冲收住自己的思维回到现实里，看到琴花的短腿直着一条，斜着一条，直着的硬邦邦站着，斜着的抖抖地闪，闪得人心中想生气。韩冲说：“看在以往的面子上，你们就帮我一回吧，我炸死人，要不是你给我雷管，我拿什么炸他？”琴花一下把斜着的那条腿收了回来指着韩冲说：“以往怎么啦，以往就吃了你几次粉浆，当是有什么好东西，给猪吃的东西，从崖下吊给我吃，讨你什么便宜了？韩冲，不是说不借给你钱，是没有东西借给你，你当是清明上坟托鬼洋、八月十五打月饼，找个模子就现成？我是给你雷管了，我叫你韩冲炸人了？你炸死人怨我雷管，笑话！既然说到这份儿上了，我哭讨吃的那头猪不要了，落得送你给人情。”

韩冲说：“我多会儿说要送你一头猪了？”

发兴说：“装傻，谁都知道你要给一头猪！要说讨便宜，韩冲你是讨了大便宜了，别说是一头猪，十头猪你也不吃夹事。别人不知道，我是心知肚明。”

琴花打断了发兴的话：“你心知个啥？肚明个啥？不会说不要抢着说。”

韩冲端起罐头瓶一口喝了瓶里的水说：“我也就是到了困难的时候了吧，才找你们来张嘴，张一回嘴容易吗？张开了难合住，给个面子，没多总有个少吧？这沟里就你们还有俩钱，我也是屎憋到屁股门儿上了，我要有二指头奈何也不会张嘴求人，琴花求你了！”

琴花看到大门口有人影儿晃，人影儿一晃，简单的事情就要复杂了。

琴花说：“韩冲，我是真想帮你这个忙，可就是心有余而力不足，十块八块的又不顶个事情办，三千两千的我还真没有见过，要有就借你了。丑话说到头了，你走吧，甲寨上的人在大门外看咱的笑话哩。”

韩冲站了起来要走，琴花又说话了：“你欠我多少，不是一头猪能还得了的，走归你走，但你得记清楚了。”这一句话说得不是时候，琴花的本意是想说，要是还想着我，你就来，来就得带零花儿来。可说这话儿不是个地方，韩冲都快急得火烧眉毛了，他哪里能转得过弯来？

韩冲一下站住了说：“两清了。这钱我不借了，你有本事继续要你的本事，隔着崖，你是甲寨上的，我是岸山坪的，井水不犯河水。发兴，你老婆本事大啊。”

琴花的脸霎时就青了，这叫人话吗？得了便宜卖乖，不借你钱，舌头就长刺了。是你韩冲上甲寨来找我的，现在对了人来揭我疤，别人揭倒好说，你韩冲揭！这就让琴花难咽这口气了。

琴花说：“站住，韩冲！”一下就扑了上来照着韩冲的脸跳起来掴了一个巴掌，韩冲没有防备吓了一跳，看清楚是琴花掴他，他一下就癔症了，回头看着琴花不知道她为啥要来这一手。

韩冲说：“不借钱就算了，你还打我，我打你吧，我不君子，不打你吧你太张狂了，跳起来打，不够三尺高的人就是毒。我拿雷管炸了人，那雷管我有吗，还不是你给的！就是你给的！”

发兴站起来拖住进一步想往前跑的琴花，琴花兜头给了发兴一个巴掌，跳着脚跑出院外，甲寨上看热闹的人自动让了个场地看琴花表演。“你给缺德鬼，你害了死人害活人，你炸獾咋就不炸了你！讨吃哪天说不定就来勾你命了，你等着吧，不在崖下在崖上，不在明天在后天，你死了也要狼拖狗拽了你，五黄六月蛆拱了你！”

韩冲听着身后的叫骂声，踢着地上的石头蛋走，脑子里轰轰响，石头蛋掀了脚指甲盖，也不觉得疼，自己说得好好的，这个傻×就翻了脸，真是人小鬼大难招架。我×！

四

哑巴脑海里像一只悬空的瓦壶，空荡荡的。甲寨上有叫骂声传过来，叫骂声也像经过几重水波传播似的听不大真切。不过对于哑巴来说喧嚣是短暂的，更多的是大片的长久的孤独。倘使没有天光的明晦转暗，几乎难以觉察时间的无声流逝。哑巴想是不是自己就是和以前不一样了呢，她决定出去走走。这是哑巴第一次出门，她把孩子放到院子里，要大看着，她走上了山坡。熏风温软地吹拂，她走到埋着腊宏的地垄头上看了看，坟堆堆有半人多高，她一屁股坐到坟堆堆上。坟堆堆下埋着腊宏，她从心里想知道腊宏到底是不是真的去了。一直以来她觉得腊宏是活着的，阴暗的东西在她的心里根深蒂固得很。她不敢出门，腊宏不要她出门，今儿，她是大着胆子出门的，出了门，她就听到了鸟雀清脆的啼叫声从山上的树林子里传来。

哑巴绕着坟堆堆走了好几圈，用脚踢着坟上的土，嘴里喃喃地说着一串儿话，是谁也听不见的话。然后坐到地垄上哭。岸山坪的人都以为哑巴在哭腊宏，只有哑巴自己知道她到底是在哭啥。哑巴哭够了对着坟堆堆喊，一开始是细腔儿，像唱戏的练声，从喉管里挤出一声“啊”，慢慢就放开了，唢呐的冲天调，把坟堆堆都能撕烂，撕得四下里走动的小生灵像无头的苍蝇一样乱往草丛里钻。哑巴边喊边大把抓了土和石块砸坟头，坟头下的人让她悚然而栗，她要砸出他来问问他，是谁给他权力要让她这么无声无息地活着。

远远地看到哑巴喊够了，像风吹着的不倒翁回到了自己的院子里，人们的心才稍稍放到了肚子里。哑巴取出从不舍得用的香胰子，好好洗了洗头、洗了脸，找了一件干净的衣服换上出了屋门。哑巴走到粉房的门口，没有急着要进去，而是把头探进去看了半天。看到韩冲用棍搅着缸里的粉浆，搅完了，把袖子挽到臂上，拿起一张大箩开始罗浆。手在箩里来回搅拌着，落到缸里的水声哗啦啦、哗啦啦响，哑巴就觉得很温暖、很温暖。哑巴大着胆子走了进去，地上的驴转着磨道，磨眼上的玉茭塌下去了，哑巴用手把周围的玉茭填到磨眼里，她跟着驴转着磨道填，转了一圈才填好了磨顶上的玉茭。哑巴停下来抬起手闻了闻手上的粉浆味儿，是很好闻的味儿，又伸出舌头来舔了舔，是很甜的味道，哑巴咧开嘴笑了。

这时候韩冲才发现身后不对劲，扭回头看，看到了哑巴的笑，水光亮的头发，白净的脸蛋，她还是个小女孩嘛，大大的眼睛，鼓鼓的腮帮，翘翘的嘴巴。韩冲把地里看见的哑巴和现在的哑巴做了比较，觉得自己是在梦幻里，用围裙擦着手上的粉浆说："你到底是不是个傻哑巴？"哑巴惊惊地抬起头看，驴转着磨道过来用嘴顶了她一下，她的腰身呛了一下驴的鼻子，驴打了个喷嚏，她闪了一下腰。哑巴突然就又笑了一下，韩冲不明白这个哑巴的笑到底是羊羔子疯病的前兆，还是她就是一个爱笑的哑巴。

大搂着弟弟在门上看粉房里的事情，看着看着也笑了。

哑巴走过去一下抱起来儿子，用布在身后一绕把儿子裹到了背上走出了粉房。

岸山坪的人来看哑巴，觉得这哑巴的羊羔疯子病犯得日怪。腊宏活着时不见犯病，腊宏死了犯了，犯了病反倒好，倒比腊宏活着时更鲜亮了。韩冲罗粉，哑巴看磨，孩子在背上看着驴转磨咯咯咯笑。来看她的人发现她并没有发病的迹象，慢慢走近了互相说话，说话的声音由小到大，什么事让一些女人笑起来，压腰叠肚地笑。谁也不知道哑巴心里想着的事，是很简单的事，就是想听她们说话。

哑巴的小儿子哼唧唧地要撩她的上衣，哑巴不好意思抱着孩子走了。边走孩子边撩，哑巴打了一下孩子的手，这一下有些重了，孩子哇的一声哭了起来。孩子的哭声挡住了外面的吵闹声音，就有一个人跟着她进了她的屋子，哑巴没有看见，也没有听见。哑巴埋着头在胸脯上抽泣，孩子抓着她的头发一拽一拽地要吃奶，哑巴让他拽，你的小手才有多重，你才能拽妈妈多疼？哑巴把头抬起来时看到了韩冲，韩冲端着摊好的粉浆饼子走过来放到了哑巴面前的桌子上。说："吃吧，断不得营养，断了营养，孩子长得黄寡。"

哑巴指了一下碗，又指了一下嘴，要韩冲吃。韩冲拿着铁勺子"梆梆"磕了两下子鏊盖，指着哑巴说："你过来看看怎么样摊，日子不能像腊宏过去那样儿，要来啥吃啥，要学着会做饭，面有好几种做法，也不能说学会了摊饼子就老澥了水摊饼子。你将来嫁给谁，谁也不会要你坐吃，妇女们有妇女们的事情，汉们种地，妇女做饭，天经地义。"哑巴站起来咬了一口，夹在筷子上吹了吹，又在嘴唇上试了试烫不烫，然后送到了孩子的嘴里。哑巴咬一口喂一口孩子，眼睛里的泪水就不争气地开始往下掉。韩冲把熟了的粉浆饼子铲过来捂到哑巴碗里，就看到了梁上有虫子拽着丝拖下来，落在哑巴的头发上，一粒两粒，虫子在她乌黑的头发上一耸一耸地走。孩子抬起手从她的头上拽下一个虫子来，"噗"地一下捏死了它，一股黄浓一样的汁液涂满了孩子的指头肚，孩子"呵呵"笑了一下抹在了她的脸上。哑巴抹了一下自己的脸搂紧孩子捏着嗓子哭起来。

哑巴一哭，韩冲就没骨头了。眼睛里的泪水打着转说："我把粮食给你划过一些来，你不要怕，如今这山里头缺啥也不缺粮食。我就是炸獾炸死了腊宏，我也不是故意的，我给你种地、收秋，在咱的事情没有了结之前，我还管养活你们。你就是想要老公家弄走我，我思谋着，我也不怪你，人得学会反正想，长短是欠了你一条命啊！你怕什么，我们是通过村干部签了条子的。"

哑巴摇着头像拨浪鼓，嘴里居然还一张一合的，很像两个字："不要！"

岸山坪的人哑巴不认识几个，自打来到这里，她就很少出门，日子过得穷苦不说，一个不会说话的人前后路都是黑啊。她来到山上第一眼看到的是韩冲，韩冲给他们房子住，给他们地种，给大粉浆饼子吃，腊宏打她，韩冲进屋子里来劝，韩冲说：“冲着女人抬手算什么男人！”女人活在世上就怕找不到一个好男人，韩冲这样的好男人，哑巴还没有见过。哑巴不要韩冲钱的另一层意思就是想要韩冲管她们娘母仨。

韩冲背转身出去了，哑巴站起来在门口望，门口望不到影子了，就抱了儿子出来。她这时看到韩冲的粉房门前站了好多人，手里拿着布袋取粉面，看到韩冲走过去一下围住了他。有一会儿，先进去的人扛了粉面出来走了，后边的人嚷嚷着，就看到了一个女人穿着小格子裤也拿着一个布袋从崖下走上来。女人走起路来一摆一摆的，布袋在手里晃着像舞台上的水袖。女人用手扶着一块石头歇下来，一条腿搁在石头上面，一条腿支在地上，长长出了口气，看了看韩冲粉房门前的人，歪了一下脖子撇了一下嘴，一撅屁股双手托了一下膝盖，整个人就举了上来，就跨到了平地上来。哑巴看清楚是甲寨上哭腊宏的琴花，琴花替她哭腊宏了，她应该感谢这个女人。

琴花上来了，韩冲他爹在家门口也看见了。昨天韩冲去和她借钱受了羞辱，今日里她倒舞了个布袋还好意思过来，一个韩冲怎么能对付得了她？我的儿三门亲事黄了，为了啥，就为了她。人家一听说韩冲跟甲寨上的琴花明里暗里地好着，这女人对他还不贴心，只是哄着想花俩钱儿，谁还愿意跟韩冲？名声都搭进去了，还不明白就里，我就这么一个儿，难道要我韩家绝了户！韩冲爹一想到这里火就起来了。他从粉房里把韩冲叫出来，问他：“你欠不欠你小娘的粉面？”韩冲说：“不欠。”韩冲爹说：“那你就别管了，我来对付这娘们儿。”

琴花过来一看有这么多人等着取粉面，她才不管这些，侧着身子挤了进去。琴花看着韩冲爹说：“老叔，韩冲还欠我一百五十斤玉茭的粉面，时间长了，想着不紧着吃，就没有来取，现在他出事了，来取粉面的人多了，总有个前后吧，他是去年就拿了我的玉茭的，一年了，是不是该还了？”

韩冲爹抬头看了一眼琴花就不想再抬头看第二眼了。这个女人嘴上的土眼跳跃得欢，欢得让韩冲爹讨厌。韩冲爹头也不抬地说：“人家来拿粉面是韩冲打了条子的，有收条有欠条，你拿出来，不要说是去年的，前年的大前年的欠了你了照样还。”

琴花一听愣了，韩冲确实是拿了她一百五十斤玉茭，拿玉茭，琴花说不要粉面了，要钱。韩冲给了琴花钱。琴花说：“给了钱不算，还得给粉面。”韩冲说：“发兴在矿上，你一个人在家能吃多少，有我韩冲开粉房的一天，就有你吃的一天。”琴花隔三岔五取粉面，取走的粉面在琴花心里从来不是那一百五十斤里的数，一百五十斤是永远的一百五十斤。孩子马上要订婚了，不存上些粉面到时候吃啥，说不定哪天他要真进去了，我和谁要去？

琴花说：“韩冲和我的事情说不清楚，我大他小，往常我总担待着他，一百五十斤玉茭还想到要打条子？不就是百把斤玉茭，还能说不给就不给了？老叔，你也是奔六十的人了，韩冲现在在哪里，叫他来，他心里清楚。他要是真有个三长两短，你说我这粉面你还真是想要昧了我的呢。”

韩冲爹说：“我是奔六十的人了，奔六十的人，不等于没有七十八十了，我活呢，还要活呢，粉房开呢，还要开呢！”

看着他们俩的话赶得紧了，等着拿粉面的人就说：“不紧着用，老叔，缓缓再说，下好的粉面给紧着用的人拿。”说话的人从粉房里退出来，觉得自己在这个时候来拿也没有个啥，要这女人一点透似乎真有些不大合适，不就是几斗玉茭的粉面嘛。

琴花觉得自己有些丢了面子了，她在东西两道梁上，啥时候有人敢欺负她、给她个难看！她来要这粉面，是因为她觉得韩冲欠她的。不给粉面罢了，还折丑人哩？

琴花说：“没听说还有活千年蛤蟆万年鳖的，要是真那样儿，咱这圪梁上真要出妖精了。”

韩冲爹说：“现在就出了妖精了，还用得等！哭一回腊宏要一头猪，旁人想都不敢想，你却说得出口，今儿是新闻联播接续哩。”

琴花说：“我不和你说，古话说，好人怕遇上个难缠的，你叫韩冲来。我倒要看他这粉面是给还是不给。”

韩冲爹说：“叫韩冲没用。没有条子，不给。”

琴花想，和他爹说不清楚，还不如出去找一找韩冲。

琴花用手兜了一下磨顶上放着粉面的筛子，筛子哗啦一下就掉了下来。琴花没有想那筛子会摔下来，只是想吓唬一下老汉，给他个重音儿听听，谁知道那筛子就掉了下来。满地上的粉面白雪雪地扬了一地。琴花就台阶下坡说："我吃不上，你也休想吃！"

韩冲爹从缸里提起搅粉浆的棍子叫了一声："反了你了！"上去就要打，被人拦住了。

事情的发展常常不是按预想的来，一个小细节突然就转了事情的舵。

琴花此时已经走到院子里，回头一看韩冲爹要打她，马上就坐在了地上喊了起来："打人啦，打人啦，儿子炸死讨吃了，老子要打妇女啦！打人啦，打人啦！岸山坪的人快来看啦，量了人家的玉茭不给粉面还要打人啦，这是共产党的天下吗?!"

韩冲爹一边往出扑一边说："共产党的天下就是打下来的，要不怎么叫打江山，今儿我就打定你了！"

哑巴不明白发生了什么事，端了碗站在院边上看，碗里的粉浆饼子散发出葱香味儿，有几丝儿热气缭绕得哑巴的脸蛋水灵灵的，哑巴看着他们俩吵架，哑巴兴奋了。她爱看吵架，也想吵架，管他谁是谁非哩，如果两个人吵架能互相对骂、互相对打才好。平日里牙齿碰嘴唇的事肯定不少，怎么说也碰不出响儿呀。日子跑掉了多少，又有多少次想和腊宏痛痛快快吵一架，吵过吗？没有，长着嘴却连吵架都不能。妇女们千娇百态为了谁呢？还不是为了个张扬个性。她们笑得前仰后合，那是她们其中有一个人讲了笑话，她们把快乐传递给了哑巴，他们现在吵架，那是因为他们需要吵架来发泄心中的愁苦。哑巴笑了笑，回头看每个人的脸，每个人看他们吵架的表情都不同，有看笑话的，有看稀罕的，有什么也不看就是想听热闹的，只有哑巴知道自己的表情是快乐的。

琴花在韩冲的粉房门前还在号，看的人看她干号，就是没有人上前去拉她。琴花不可能一个人站起来走，她想总有一个人要来拖她起来，谁沾着拖她了，她就让谁来给她说理，来给她证明韩冲该她粉面，该粉面还粉面，天经地义。恰恰就没有人来拖她，她眯着眼睛哭，瞅着周围的人看谁有那个意思来，真真的就看到了一个人过来了。这一下她就很踏实地闭上了眼睛等那个人来拖她。过来的那个人是哑巴。哑巴端了碗，碗里的粉浆饼子不冒热气了。哑巴走到琴花的面前坐下来，两手捧着碗递到埋着头的琴花脸前，哑巴说："吃。"

这一个字谁也没有听见，有点跑风漏气，但是，琴花听见了。

琴花吓了一跳，止住了哭。琴花抬起头来看周围的人群，看谁还发现了哑巴不是哑巴，哑巴会说话。周围的人看着琴花，不知道这个女人为什么突然噤了声！

琴花木然地接过哑巴手里的碗，碗里的粉浆饼子在阳光下透着亮儿，葱花儿绿绿的，粉饼子白白的，琴花的眼睛逐渐瞪大了，像是什么烫了她的手一下，她叫唤了一声："妈呀！"端碗的手很决绝地撒开了。地上有几只闲散的走动的觅食的鸡，发现了地上的粉浆饼子，小心地走过来，快速叼到了嘴里，展开翅膀跑了。琴花站起身，看着哑巴，看了半天，哑巴咧开嘴笑，用手比画着要琴花回她的屋里去。琴花又抬起头看周围的人群，人们发现这琴花就是坏，连哑巴都懂得情分，可她琴花却不领情，把哑巴的碗都摔了，人家哑巴还笑，你琴花到像母鸡叫鸣儿，乱了阵营，不知道自己是啥角儿了。

琴花弯下腰捡起自己的面口袋想，是不是自己听错了？却觉得自己是没有听错，害怕了，一溜儿小跑下了山。岸山坪的人想：这个女人从来不见怕过什么，今儿个怕了，怕的还是一个哑巴。真正是不明白。琴花屁股上的土灰，随着琴花摆动的屁股蛋子，一荡一荡地在阳光下泛着土黄色的亮光，弯弯绕绕地去了。

五

炕上的孩子翻了一下身子蹬开了盖着的被子，哑巴伸手给孩子盖好。就听得大从外面蹦蹦跳跳地进来了。大说："我有名字了，韩冲叔起的，叫小书。他还说要我念书，人要是不念书，就没有出息，就一辈子被人打，和娘一样。"哑巴抬起头望了望窗外，黝黑的天光吊挂下来，她看到大手里拿着一包蜡烛，她知道是韩冲给的。

用麻秆点燃了蜡烛找来一个空酒瓶子把蜡烛套进去，有些松。她想找一块纸，大给她拿过来一张纸，她准备卷蜡烛往里塞时，发现了那张纸是王胖孩给她打的条子，上面有她的签字。她抬起手打了大一下，大扯开嗓子哭，把炕上的孩子也吓醒了，也开始哭。哑巴不管，把卷在蜡烛上的纸小心缠下来，又找了一张纸卷好蜡烛塞进酒瓶里，放到炕头上。拿起那张条子看了半天抚展了，走到破旧的木板箱前，打开找出一个几年前的红色塑料笔记本，很慎重地压进去。哑巴就指望这条子要韩冲养活她娘母仨哩，哑巴什么也不要！哑巴反过来摸了大的头一下，抱起了炕上的孩子。这时候就听得院子里走进来一个人，不可能是其他人，是韩冲。韩冲用篮子提着秋天的玉米棒子放到屋子里的地上，韩冲说："地里的嫩玉米煮熟了好吃，给孩子们解个心焦。"

韩冲说完从怀里又掏出半张纸的蚕种放到哑巴的炕上，韩冲说："这是蚕种，等出了蚕，你就到埋腊宏的地垄上把桑叶摘下来，用剪刀剪成细丝儿喂。"蚕种是韩冲给琴花定下的。琴花说："韩冲，给我定半张秋蚕，听说蚕茧贵了，我心里痒，发兴不在家，你给我定了吧。"韩冲因为和琴花有那码子事情，韩冲就不敢说不定。琴花就是想讨韩冲的便宜，人说讨小便宜吃大亏，琴花不管，讨一个算一个，哪一天韩冲讨了媳妇了，一个子儿也讨不上了，韩冲你还能想到我琴花?！现在秋蚕下来了，韩冲想，给你琴花定的秋蚕，你琴花是怎么样对我的，还不如哑巴，我炸了腊宏，哑巴都不要赔偿，你琴花心眼儿小到想要我猪啦、粉面啦，我见了猪，猪都知道哼两哼，你琴花见了我咋就说翻脸就翻脸了呢?

韩冲说："一半天蚕就出来了，你没有见过，半张蚕能养一屋子，到时候还得搭架子，蚕见不得一点儿脏东西，哑巴，你爱干净，蚕更爱干净，好生伺候着这小东西。"韩冲说完走了。

哑巴想，我哪里还知道什么叫干净呀，我这日子叫爱干净吗?

夜暗下来了，把两个孩子打发睡下，哑巴开始洗刷自己。木盆里的水汽冒上来，哑巴脱干净了坐进去，坐进木盆里的哑巴像个仙女。标标致致的哑巴躬身往自己的身上撩水，蜡烛的光晕在哑巴身体上放出柔辉。哑巴透过窗玻璃看屋外的星星，风踩着星星的肩膀吹下来，天空中白色的月亮照射在玻璃上，和蜡烛融在一起，哑巴就想起了童年的歌谣：

天上落雨又打雷，
一日望郎多少回，
山山岭岭望成路，
路边石头望成灰。

蜡烛的灯捻噼啪爆响，哑巴洗净穿好衣服，找出来一把剪刀剪掉了蜡烛捻上的叉头，灯捻不响了。摇曳的灯光黄黄地满铺了屋子。倒出去木盆里的脏水，看到户外夜色深浓，月亮像一弯眉毛挂在中天上，半明半暗的光影加上阒寂的氛围，让哑巴有点黯然伤心起来，潜沉于被时间流走的世界里，哑巴就打了个颤抖，觉得腊宏是死了，又觉得腊宏还活着，惊惊地四下里看了一遍，她的思维在清明和混沌中半醒半梦着。走回来脱了衣裳，重新看自己的皮肤，发现乌青的黑淡了，有的地方白起来，在灯光下还泛着亮，就觉得过去的日子是真的过去了。哑巴心头亮了一下，有一种新鲜的震惊，像一枚石头蛋子落入了一潭久沤的水池子，泛了一点水纹儿，水纹儿不大，却也总算击破了一点平静。

现在的季节是秋天，刚入秋，天到晚上有点夜凉，白天还是闷热的。摸索着从窗台上找到一块手掌大的镜子来，举起来看，看不清楚，镜子上全部是灰。下地找了块湿布子抹了两下，越发看不清楚了。一着急就用自己的衣裳抹，抹到举起来看能看到眉眼了，走过去举到灯影下仰了看。慢慢地举了镜子往上提，看到了自己的脸，好久了不知道自己长了个啥样，好久了自己长了个啥样并不重要，重要的是挨了上顿打，想着下顿打，眼睛盯着个地方就不敢到处看，哪还敢看镜子吗，那个是要找死哟。

突然听得对面的甲寨上有人筛了铜锣喊山，边敲边喊："呜吃吃吃——呜吃吃吃——"

山脊上的人家因为山中有兽，秋天的时候要下山来糟蹋粮食兼或糟蹋牲畜，古时传下来一个喊山。喊山，一来吓唬山中野兽，二来给静夜里游门的人壮个胆气。当然了，现在的山上兽已经很少了，他们喊山是在吓唬獾，防备獾乘了夜色的掩护偷吃玉茭。

哑巴听着就也想喊了。拿了一双筷子敲着锅沿儿，迎着对面的锣声敲，像唱戏的倚着架子敲鼓板，有板有眼的，却敲得心情慢慢就真的骚动起来了，有些不大过瘾。起身穿好衣服，觉得自己真该狂喊了，冲着那重重叠叠的大山喊！找了半天找不到能敲响的家什，找出一个新洋瓷脸盆。这个脸盆儿是从四川挑过来的，一直不舍得用。脸盆的底儿上画着红鲤鱼戏水，两条鱼儿在脸盆底儿上快活地等待着水。哑巴就给它们倒进了水，灯晕下水里的红鲤鱼扭着腰身开始晃，哑巴弯下腰伸进去手搅啊搅，搅够了掬起一捧来抹了一把脸，把水泼到了门外。哑巴找来一根棍，想了想觉得棍儿敲出来的声音闷，提了火台边上的铁疙瘩火柱出了门。

山间的小路上走着想喊山的哑巴，滚在路面上的石头蛋子偶尔磕她的脚一下；偶尔，会有一个地老鼠从草丛中穿过去；偶尔，恓惶中的疲惫与挣扎，让哑巴想惬意一下，哑巴仰着脸笑了。天上的星星眨巴了一下眼睛，天上的一钩弯月穿过了一片儿云彩，天上的风落下来撩了她的头发一下，这么着哑巴就站在了山圪梁上了。对面的铜锣还在敲，哑巴举起了脸盆，举起了火柱，张开了嘴，她敲响了：

“当！”

新脸盆儿上的碎瓷裂了，哑巴的嘴张着却没有喊出来，“当！”裂了的碎瓷被火柱敲得溅起来，溅到了哑巴的脸上，哑巴嘴里发出了一个字“啊！”接着是一连串的“当当当——”“啊啊啊——”从山圪梁上送出去。哑巴在喊叫中竭力记忆着她的失语，没有一个人清楚她的伤感是抵达心脏的。她的喊叫撕裂了浓黑的夜空，月亮失措地走着、颠着，跌落到云团里，她的喊叫爬上太行大峡谷的山骨把山上的植被毛骨悚然起来。直到脸盆被敲出了一个洞，敲出洞的脸盆儿喑哑下来，一切才喑哑下来。

哑巴往回走，一段一段地走。回到屋子里把门关上，哑巴才安静了下来。哑巴知道了什么叫轻松，轻松是幸福，幸福来自内心，快乐的芽头儿正顶着哑巴的心尖尖。

六

韩冲赶了驴帮哑巴收秋地里的粮食。驴脊上搭了麻绳和布袋，韩冲穿了一件红色球衣，牵了驴往岸山坪的后山走。这一块地是韩冲不种了送给腊宏的，地在庄后的孔雀尾上，腊宏在地里种了谷。齐腰深的黄绿中韩冲一纵一隐地挥舞着镰刀，远远看去风骚得很。看韩冲的也没有别的人，一个是哑巴，一个是对面甲寨上的琴花。琴花自打那天听了哑巴说话，琴花回来几天都没有张嘴。琴花想，哑巴到底不是哑巴，不是哑巴她为啥不说话？琴花和发兴说。

发兴说："你不说没有人说你是哑巴，哑巴要是会说话，她就不叫哑巴了，人最怕说自己的短处，有短处由着人喊，要么她就是个傻子，要么就像我一样由了人睡我自己的老婆，我还不敢吭个声。"

琴花从床上坐起来一下搂了发兴的被子，说："说得好听，谁睡我了？我还不是为了这个家，你少啥了？倒有你张嘴的份儿了！你下，你下！"琴花的小短腿小胖脚三脚两脚就把发兴蹬下了床。发兴光着身子坐在地上说："我在这家里连个带软刺儿的话都不敢说，旁人还知道我是你琴花的汉们，你倒不知道心疼，我多会儿管你了？啥时候不是你说啥就是啥，我就是放个屁，屁眼儿都只敢裂开个小缝，眼睛看着还怕吓了你，你要是心里还认我是你男人你就拽我起来，现在没有别人，就咱俩，我给你胳臂你拽我？"

琴花伸出脚踢了发兴的胳臂一下，发兴赶紧站了起来往床上爬，琴花反倒赌气搂了被子下了床到地上的沙发上睡去。琴花憋屈得慌，就想见韩冲，想和韩冲说哑巴的事情。

琴花有琴花的性格，不记仇。琴花找韩冲说话，一来是想告诉他哑巴会说话，她装着不说话，说不定心里沤着事情呢，要韩冲防着点；二来是秋蚕下来了，该领的都领了，怎么就不见你给我定的那半张？站在崖头上看韩冲粉房一趟、哑巴家一趟，就是不见韩冲下山。现在好不容易看到韩冲牵了驴往后山走了，就盯了看他，看他走进了谷地，想他一时半会儿也割不完，进了院子里挎了个篮子，从甲寨上绕着山脊往对面的凤凰尾上走。

韩冲割了五个谷捆子了，坐下来点了根烟看着五个谷捆子抽了一口。韩冲看谷捆子的时候眼睛里其实根本就看不见谷捆子，看见的是腊宏。腊宏手里的斧子，黄寡样，哑巴，大和他们的小儿子。这些很明确的影像转化成了一沓两沓子钱。韩冲想不清楚自己该到哪里去借。村干部王胖孩说："收了秋，铁板上钉钉。"韩冲盘算着爹的送老衣和棺材也搭里了。给不了人家两万，还不给一万？哑巴夜里的喊山和狼一样，一声声叫在韩冲心间，韩冲心里就想着两个字"亏欠"。哑巴不哭还笑，她不是不想哭，是憋得没有缝儿，昨天夜里她就喊了、就哭了。她真是不会说话，要是会，她就不喊"啊啊啊"，喊啥？喊琴花那句话："炸獾咋不炸了你韩冲！"咱欠人家的，这个"欠"字不是简单的一个欠，是一条命，一辈子还不清，还一辈子也造不出一个腊宏来。韩冲狠狠掐灭烟头站起来开始准备割谷子。站起来的韩冲听到身后有沙沙声传过来，这山上的动物都绝种了，还有人会来给我韩冲帮忙？韩冲挽了挽袖管，不管那些个，往手心里吐了一口唾沫弯下腰开始割谷子。

韩冲割得正欢，琴花坐下来看，风送过来韩冲身上的汗臭味儿。琴花说："韩冲，真是个好劳力啊。"韩冲吓了一跳，抬起身看地垄上坐着的琴花。琴花说："隔了天就认不得我了？"韩冲弯下腰继续割谷子，倒伏在两边的谷子上有蚂蚱蹿起蹿落。琴花揪了几把身边长着的猪草不看韩冲，看着身边五个谷捆子说："哑巴她不是哑巴，会说话。"韩冲又吓了一跳，一镰没有割透，用了劲拽，拽得猛了一屁股闪在了地上。韩冲问："谁说的？"琴花说："我说的。"韩冲抬起屁股来不割谷子了，开始往驴脊上放谷捆。韩冲说："你怎么知道的？"琴花说："你给我定的半张蚕种呢？你给了我，我就告诉你？"韩冲说："胡日鬼我，你不要再扯淡！咱俩现在是两不欠了。"

韩冲捆好谷子，牵了驴往岸山坪走。琴花坐下来等韩冲，五个谷捆子在驴脊上耸得和小山一样，琴花看不见韩冲，看见的是谷捆子和驴屁股。看到地里掉下的谷穗子，捡起来丢进了篮子里。想了什么站起来，走到韩冲割下的谷穗前，用手折下一些谷穗来放进篮子里，篮子满了，看上去不好看，四下里拔了些猪草盖上。琴花想谷穗够自己的六只母鸡吃几天，现在的土鸡蛋比洋鸡蛋值钱，自己两个儿，比不得一儿一女的，两个儿子说一说媳妇，不是个小数目，现在就得一分一厘省。

韩冲牵了驴进到哑巴的院子里，哑巴看着韩冲进来了，赶快从屋子里端出了一碗水，递上来一块湿手巾。韩冲抹了一把脸接过来碗放到窗台上，往下卸驴脊上的谷捆。这么着韩冲就想起了琴花说的话：哑巴会说话。韩冲想试一试哑巴到底会不会说话。韩冲说："我还得去割谷穗，你到院子里用剪刀把谷穗剪下来，你会不会剪？"半天身后没有动静。韩冲扭回头看，看哑巴拿着剪刀比画着要韩冲看是不是这样儿剪。韩冲说："你穿的这件鱼白方格秋衣真好看，是从哪里买来的？"哑巴不好意思地低下头，抬起来时看到韩冲还看着她，脸蛋上就挂上了红晕，低着头进了屋子里半天不见出来。韩冲喝了窗台上的水，牵了驴往凤凰尾上走。韩冲胡乱想着，满脑子就想着一个人，嘴里小声叫着："哑巴，红霞。"就听得对面有人问："看上哑巴啦？"

一下子坏了韩冲的心情。韩冲说："你咋没走？"琴花说："等你给我蚕种。"韩冲说："你要不害丢人败兴，我在这凤凰尾上压你一回，对着驴压你。你敢让我压你，我就敢把猪都给你琴花赶到甲寨上去，管她哑巴不哑巴，半张蚕种又算个啥！"

琴花一下子脸就红了，弯腰提起放猪草的篮子狠狠看了韩冲一眼扭身而去。

韩冲一走，哑巴盘腿裸脚坐在地上剪谷穗，谷穗一嘟噜一嘟噜脱落在她的腿上脚上，哑巴笑着，孩子坐在谷穗上也笑着。哑巴不时用手刮孩子的鼻子一下，哑巴想让孩子叫她妈，首先哑巴得喊"妈"，哑巴张了嘴喊时，怎么也喊不出来这个"妈"。哑巴低下了头嘤嘤哭了起来。哑巴的思想又回到了十年前，或者还要远。

哑巴小的时候，因为家里孩子多，上到五年级，她就辍学了。她记得故乡是在山腰上，村头上有家糕团店，她背着弟弟常常到糕团店的门口看。糕团子刚出蒸笼时的热气罩着掀笼盖的女人，蒸笼里的糕团子因刚出笼，正冒着泡泡，小小的，圆圆的，尖尖的，泡泡从糕团子中间噗地放出来，慢吞吞地鼓圆，正欲朝上满溢时，掀笼盖的女人用竹铲子拍了两下，糕团子一个一个就收紧了，等了人来买。弟弟伸出小手说要吃，她往下咽了一口唾沫，店铺里的女人就用竹铲子铲过一块来给她，糕团子放在她的手掌心，金黄色透亮的糕团子被弟弟一把抓进了嘴里烫得哇哇喊叫，她舔着手掌心甜甜的香味儿，看着卖糕团子的女人笑。女人说："想不想吃糕团子？"她点了一下头。女人说："想吃糕团子，就送弟弟回去，自己过来，我管保你吃个够。”她真的就送回了弟弟，背了娘跑到了桥头上。

桥头上停着一辆红色的小面包车，女人笑着说：“想不想上去看一看?”她点了一下头。女人拿了糕团子递给她，领她上了面包车。面包车上已经坐了三个男人了。女人说：“想不想让车开起来，你坐坐?”她点了一下头。车开起来了，疯一样开，她高兴得笑了。当发现车开下山，开出沟，还继续往前开时，她脸上的笑凝住了，害怕了，她哭，她喊叫。

她被卖到了一座她到现在也不清楚的大山里。月亮升起来时一个男人领着她走进了一座房子里，门上挂着布门帘，门槛很高，一只脚迈进去就像陷进了坑旦。一进门，眼前黑乎乎的，拉亮了灯，红霞望着电灯泡，想尽快叫那少有的光线将她带进透亮和舒畅之中，但是，不能。她看到幽暗的墙壁上有她和那个男人拉长又折断的影子。她寻找窗户，她想逃跑，她被那个男人推着倒退，退到一个低洼处，才看到了几件家具从幽暗处凸显出来，这时，火炉上的水壶响了，她吓了一跳，同时看到了那个男人把幽暗都推到两边去的微笑，那个男人的眼睛抽在一起看着她笑。她哆嗦地抱着双肘缩在墙角角上，那个男人拽过了她，她不从，那个男人就开始动手打她——红霞后来才知道腊宏的老婆死了，留下来一个女孩——大。大生下来刚半年了，小脑袋不及男人的拳头大，红霞看着大想起了自己的弟弟。红霞在这个小村庄被禁锢的屋子里开始了一个女人的生长和怀念。她百般呵护着大，大是她最温暖的落脚地，大唤醒了她的母爱。红霞知道了人是不能按自己的想象来活的，命运把你拽成个啥就只能是个啥，她记忆着大和自己的成长，记忆着腊宏的拳头，她想人的记忆里要是能记起一些美丽的事情多好，然而，没有。后来是一件什么事情让她不说话了呢？她哆嗦了一下。

那是一座深宅老院，高高的院墙，厚重的大门，破落的房屋，一脚踏进这座老房子，红霞就出不来了，她成了比自己大二十岁的腊宏的老婆。她记得是一个晚上，是秋天的一个晚上，她晃悠悠地出来上厕所，看到北屋的窗户亮着。大睡下了，北屋里住着腊宏妈和他的两个弟弟。北屋里传出来哭声，是一个老妇人的哭声，她很好奇地走过去，看不见里面，听得有说话声音传出来。是腊宏和他妈。

腊宏妈说："你不要打她了，一个媳妇已经被你打死了，也就是咱这地方女娃儿不值钱，她给咱看着大，再养下来一个儿子，日子不能说是坏日子，下边还有两个弟弟，你要还是打她，就把她让给你大弟弟算了，娘求你，娘跪下来磕头求你。"果真就听见跪下来的声音。红霞害怕了，哆嗦着往屋子里返，慌乱中碰翻了什么，北屋的房门就开了，腊宏走出来一下揪住了她的头发拖进了屋子里。

腊宏说："龟儿子，你听见什么了？"

红霞说："听见你娘说你打死人了，打死了大的娘。"

腊宏说："你再说一遍！"

红霞说："你打死人了，你打死人了！"

腊宏翻转身想找一件手里要拿的家伙，却什么也没有找到，看到柜子上放着一把老虎钳，顺手够了过来扳倒红霞，用手捏开她的嘴揪下了两颗牙。红霞杀猪似的叫着，腊宏说："你还敢叫？我问你听见什么了？"红霞什么也不说，满嘴里吐着血沫子说不出话来。

还没有等牙床的肿消下去，腊宏又犯事了。日子穷，他合伙和人用洛阳铲盗墓，因为抢一件瓷瓶子，他用洛阳铲铲了人家。怕人逮他，他连夜收拾家当带着红霞跑了。卖了瓷瓶子得了钱，他开始领着她们打一枪换一个地方。腊宏说："你要敢说一个字儿，我要你满口不见牙白。"

从此，她就少言寡语，日子一长，索性便再也不说话了。

哑巴听到院子外面有驴鼻子打"特儿儿"的响声，知道是韩冲割谷穗回来了。站起身抱着睡熟了的孩子卧回炕上，返出来帮韩冲往下卸谷捆。韩冲说："我裤口袋里有一把桑树叶子，你掏出来剪细了喂蚕。"哑巴才想起那半张蚕种怕孩子乱动放进了筛子里没顾上看。掏出叶子返进屋子里端了筛子出来，看到黑得像蚂蚁的蚕蛹一弓一弓的，像电视里运动员劈腿的动作。哑巴把剪碎的桑叶撒到上面，心里就又产生了一种难以割舍的心痒。游走在外，什么时候哑巴才觉得自己是活在地上的一个人儿呢？现在才觉得自己是活在地上的一个人儿！心灵深处汩汩奔涌的热流，与天地相倾、相诉、相容，哑巴想起了小时候娘说过的话：天不知道哪块云彩下雨，人不知道走到哪里才能落脚，地不知道哪一季会填活人儿呀，人不知道遇了什么事情才能懂得热爱。

哑巴看着韩冲心里有了热爱他的感觉。

七

蚕脱了黑，变成棕黄，变成青白，日子因蚕的变化而变化。眼看着一概肉乎乎蠕动的蚕真的发展起来，就不是筛子能放得下了。韩冲拿来了苇席，搭了架子，韩冲有时候会拿起一只身子翻转过来的蚕吓唬哑巴，哑巴看着无数条乱动的腿，心里就麻抓而慌乱，绕着苇席轻巧快乐地跑，笑出来的那个豁着牙的咯咯声一点都不像个哑巴。韩冲就想琴花说过的话："哑巴她不是哑巴。"哑巴要真不是哑巴多好？可不是哑巴她却又不会说话，不是哑巴她是啥！哑巴不看韩冲，看蚕。蚕吃桑叶的声音：沙沙，沙沙，像下雨一样。席子上是一层排泄物，像是黑的雪。

韩冲端了一锅粉浆给哑巴送。送到哑巴屋子里，哑巴正好露了个奶要孩子吃。孩子吃着一个，用手拽着一个，看到韩冲进来了，斜着眼睛看，不肯丢掉奶头，那奶头就拽了多长。哑巴看着韩冲看自己的奶头，不好意思地背了一下身子。韩冲想：我小时候吃奶也是这个样子。韩冲告诉哑巴："大不能叫大，一个女娃家要有个好听的名字，不能像我们这一代的名字一样土气，我琢磨着要起个好听的名字，就和庄上的小学老师商量一下，想了个名字叫'小书'，你看这个名字咋样儿？那天我也和大说了，要她到小学来念书，小孩子家不能不念书。我爹也说了，饿了能当讨吃，没文化了，算是你哭爹叫娘讨不来知识。呵呵，我就是小时候不想念书，看见字稠的书就想起了夏天一团一蛋的蚊子。"

韩冲说："给你的钱，我尽快给你凑够，凑不够也给你凑个半数。不要怕，山沟里的人实诚，不骗你。你以后也要出去和人说说话，哦，我忘了你是不会说话的。琴花她说你会说话，其实你是不会说话。"

哑巴就想告诉韩冲她会说话，她不要赔偿，她就想保存着那个条子，就想要你韩冲。韩冲已经走出了门。看到凌乱的谷草堆了满院，找了一把锄来回搂了几下说："谷草要收拾好了，等几天蚕上架织茧时还要用。"

说完出了大门，韩冲看到大爬在村中央的碾盘上和庄上的一个叫涛的孩子下"鸡毛算批"。这种游戏是在石头上画一个十字，像红十字会的会标，一个人四个子儿，各人摆在自己的长方形横竖线交叉点上。先走的人拿起子儿，嘴里叫着鸡毛算批，那个“批”字正好压在对方的子上，对方的子就批掉了。鸡毛算批完一局，大说：“给？”涛说：“再来，不来不给。”大说：“给？”涛说：“没有，你不下了，不下了就不给。”大说：“给？”涛学着大把眼睛珠子抽在一起说：“给？”说完一溜烟跑了。韩冲走过去问大：“他欠你什么了？我去给你要。”大翻了一眼韩冲说：“野毛桃。”韩冲说：“不要了，想要我去给你摘。”大一下哭了起来说：“你去摘！”韩冲想，我管着你娘母仨的吃喝拉撒，你没有爹了我就是你的临时爹，难道我不应该去摘？韩冲返回粉房揪了个提兜溜达着走进了庄后的一片野桃树林。野桃树上啥也没有，树枝被害得躺了满地。韩冲往回走的路上，脑海里突然就有一棵野毛桃树闪了一下，韩冲不走了，仄了身往后山走。拽了荆条溜下去，溜到下套子的地方，用脚来回扫了一下发现正前方正好是那棵野毛桃树。韩冲坐下来抽了一根烟，明白了腊宏来这深沟里干啥来了。

来给他闺女摘野毛桃来了。

韩冲想：是咱把人家对闺女的疼断送了，咱还想着要山下的人上来收拾走她们娘母仨。韩冲照脸给了自己一巴掌，两万块钱赔得起吗？搭上自己一生都不富余！韩冲抽了有半包烟，最后想出了一个结果：拼我一生的努力来养你娘母仨！就有些兴奋，就想现在就见到哑巴和她说，他不仅要赔偿她两万，甚至十万、二十万，他要她活得比任何女人都舒展。

天快黑的时候，从山下上来几个警察。韩冲没有往自己身上想，抬头看了一眼，觉得不对。韩冲下意识就抬起了腿想跑，其实他不可能跑，往哪里跑？也不计划跑，就是下意识地抬了一下腿。两个警察闪了一下像鹰一样扑过来掀倒了韩冲，听到胳臂上的关节咔叭叭响，韩冲就倒栽葱一样被提了起来。一个警察很利索地抽了他的裤带，韩冲一只手抓了要掉的裤子，一只手就已经戴上了手铐。完了完了，一切都他妈的完蛋了。

审问在韩冲的院子里开始，韩冲的两只手铐在苹果树上，裤子一下子就要掉下来，警察提起来要他肚皮和树挨紧了。韩冲就挨紧了，不挨紧也不行，裤子要往下掉。一个男人要是掉了裤子，这一辈子很可能和媳妇无缘了。苹果树旁还拴了磨粉的驴，驴扭头看着韩冲，驴想：不知道因为什么韩冲会和自己拴在一起。驴嘴里嚼着地上的草，嘴片儿不时还打着很有些意味的响声。

警察问了："你叫腊宏？"

韩冲说："我叫韩冲，不叫腊宏。我炸獾炸死了腊宏。"

警察说："这么说真有个叫腊宏的？他是否是四川过来的？"

韩冲说："是四川过来的。"

警察说："你只要说是，或者不是。你炸獾炸死了人？"

韩冲说："是。"

警察说："为什么不报案？"

韩冲看着警察说："是或者不是，我该怎么说？"

警察说："如实说。"

韩冲说："獾害粮食，我才下套子炸獾。炸獾和网兔不一样，獾有些分量不下炸药不行，我下了深沟里。那天我听到沟里有响声泛上来，以为炸了獾，下去才知道炸了人。把他背上来就死了。人死了就想着埋，埋了人就想着活人，就没有想那么多。况且说了，山里的事情大事小事没有一件见过官，都是私了。"

警察说："这是刑事案件，懂不懂？要是当初报了案，现在也许已经结了案，就因为你没有报案，有可能把你带走。你们这一伙愚蠢的家伙！"

韩冲傻瞪了眼睛看，看到岸山坪的几位长辈和警察在理论。

警察被这一帮"愚蠢的刁民"惹火了，抬起韩冲的裤带照着韩冲的头挥了过去，韩冲把头歪在树侧，弓起肩，牛皮裤带上的铁嘴儿抽在韩冲肩上"当当"响。

韩冲斜眼看到岸山坪的人围了一圈，看到他爹拄了拐棍走过来，韩冲爹看到打韩冲，脸上霎时就挂下了泪水，韩冲一看到他爹哭，他也就哭了，抽泣着，脸上的泪水掉在溅满粉浆的衣裳上。韩冲说："爹，我对不住你，用你的棺材埋了人，用你的送老衣送了葬，临梢末了，还要让老公家带走，我对你尽不了孝了。爹呀，你就当没有我这个儿子算了。"

韩冲爹用拐杖敲着地说："我养了你三十年，看着你长了三十年，你娘死了十年，我眼看着养着个儿，说没有养就没有养，说没有长就没有长了？你个畜生东西！怨不得警察打你！"

韩冲看到王胖孩大步走小步跑地迎过来，边走边大声问："哪个是刑警队长同志，哪个是？"

看到韩冲旁边站着的警察赶快走过来一人递了一根烟，点了点腰说："屋里说，屋里说。"一干人就进了韩冲的粉房。

韩冲搂着苹果树，看身边的驴，耳朵却听着屋子里。屋门口围了好多大人小孩，屋外的警察走过来把他们驱散开，韩冲不敢扭头看，怕一下子扭不对了裤子会掉下来。就听得屋子里的人说："我们是来抓腊宏的，你把腊宏的具体情况说一下。"村干部说："这个腊宏我不大清楚，毕竟他不是我的村民，我给你们找一个人进来说。"村干部王胖孩走出来，踮着脚尖瞅了一圈岸山坪的人，指着韩冲爹很是神秘地说："你，过来。"韩冲爹就走了过来。王胖孩小声说："不是抓韩冲，误会了，是抓腊宏。逃亡在外的大杀人犯，炸死了，韩冲说不定还要立功。你进去反映一下腊宏的情况，如实的基础上不妨带点儿色。"重重拍了拍韩冲爹的脊背。

两人走了进去，接下来的话就有些听不大清楚。隔了一会儿又听得有话传出来："真要是说上边查下来，你这个代表一级政府的村干部也得玩儿完。""是是是！"外面的人吵得乱哄哄的，有说腊宏是在逃犯，有说韩冲炸他炸对了，就把屋里的说话声压了下去。听不见说话声，韩冲就看驴，驴也看他，互看两不厌。

韩冲想：驴就是安分，人就不如驴安分，驴每天就想着转磨道，太阳落了太阳升，太阳拖着时间从窗户上扔进来，驴傻傻地转着磨道想太阳闪过磨眼了，落下磨盘了，驴蹄踩着太阳了，摘了捂眼就能到苹果树下吃料了，青草儿青，青草儿嫩啊。驴也想韩冲，别看他平日里嘘呼我，现在和我一样儿拴在树上了，我的四条蹄子还可以动一动，他连动都不敢动，他一动旁边的那个人就用他的裤带抽他。哈哈，人和驴就是不一样，驴不整治驴，人却整治人，以前你韩冲嘘呼我，可算是有人要嘘呼你了，替我出了恶气。驴这么着想着就想叫，就想喊了。

“哥哦哥，哥哦哥，哥哦哥——”

驴不管不顾不看眼色地喊叫，带动着万山回应，此起彼伏，把人的说话声压了下去，良久方歇。

不大一会儿 粉房里的人都出来了。警察递给村干部韩冲的裤带，村干部王胖孩走过去给韩冲塞到裤襻里，紧了裤，韩冲才离开了紧靠着的苹果树。一个警察过来打开了韩冲的手铐，并没有放韩冲，而是让他从树上脱下手来 又铐上了，要韩冲走。韩冲知道自己是非走不行了。走到爹面前停下来，腿不由自主地跪下了，安顿了几句粉房的事情，最后说：“哑巴的蚕眼看要上架了，上不去的要人帮助往上，她一个妇女家，平常清理蚕屎都害怕，爹，就代替我帮她一把，咱不管他腊宏是个啥东西，咱炸了人家了，咱就有过。”

韩冲爹说：“和爹一样，嘴硬骨头软，一辈子脖子根上就缺个东西，啥东西？软硬骨头。”

韩冲抬了脚要下岸山坪的第一个石板圪台的时候，身后传来一声喊儿：“不要！”

岸山坪的人齐刷刷把小脑袋瓜扭了过来，看到了哑巴抱着孩子，牵着小书往人跟前跑。

警察不管那个女人是什么样的女人，只管带了人走。韩冲任由推着，脑海里就想着一句琴花的话：哑巴她会说话！哑巴她真会说话！

八

哑巴手里拿着那张条子，走过去拽住村干部王胖孩。

哑巴比画着的意思是：你打了条子的，怎么说把人带走就带走了，要你这村干部做啥？

王胖孩说：“说，说！你明明会说话，要我拐着弯子办事，你要是早说话，咱还用打条子？”

哑巴半天憋得脸儿通红了才憋出一个字：“不。”

王胖孩说：“那你现在是哪里在发声儿？”

哑巴就哭了，低着头看着自己的脚尖尖，十年了，哑巴失语了，很难面对一张嘴巴迎出一句话来，她的话被切断了，十年来过的日子可以用两个词来概括：疼痛和绝望。韩冲爹走过去拉了小书的手和王胖孩说：“要她跟着个杀人犯逃命，还要说话，绝了话就好！”

外面传得哑巴会说话，但哑巴还是不说话。

韩冲爹找来村上的一个人要他来看一天粉房，他想进城里去看看韩冲。

韩冲爹说：“你只用把火看好，不要让火灭了，火好粉才好干透，下来的粉面才不怕老浆臭，老浆臭的粉面不出货，还不够筋道，谁也不想要。午后喂一次猪，七八头猪要吃三桶粉渣，你做好这两项就好了，我搭黑就会回来。”

韩冲爹第二天就进了城里。在看守所里见到了韩冲，知道还在调查中。韩冲的雷管从哪里来的？琴花给的。琴花的雷管从哪里来的？发兴从矿上取回来的。发兴从矿上哪里拿的？从他的当保管儿子的仓库里找的。这样下来一件事情就拉长了战线。现如今才调查到了矿上，发兴的儿也被看守起来了。

韩冲问他爹粉房的事情，他爹说：“好好，都好。那哑巴是真会说话。”

韩冲说：“会说话就好。”

韩冲爹瞅了韩冲一眼没吭声。

韩冲觉得有一句话憋在嘴里想说，却又不知道该怎么说，就说了：“回去安顿哑巴，就说我要她说话！”

韩冲爹啥话也没有说，点了一下头扭身走了。

回到岸山坪，看到家户都黑了灯了，唯有粉房亮着灯，村人正把火上烤的粉往下卸，一块一块地打碎。村人的身影映在墙上像个小山包。一伸一缩的，在黑黝黝的山梁上看着这么点儿光亮，这么点儿晃动的影子，心里酸酸的，那个人就是我啊，我在替我儿子还债呢。

韩冲爹掏出两盒烟走进门放到磨顶上，说：“小老弟，舀一锅浆拿两包烟，我搭黑了，你也辛苦了。”村人说：“谁家里不遇个难事，说啥客气话嘛。”

韩冲爹觉得门外有个东西晃，反身走出去，看到是哑巴。韩冲爹看着哑巴半天说了一句：“韩冲要你说话。”

月光下，哑巴的嘴唇嚅动着，她感到了一种前所未有的东西撞击着她的喉管。她做了一个噩梦，突然就被一个人叫醒了，那种生死两茫茫的无情的隔离随即就相通了。

秋天的尾声是悄无声息的。蚕全部上了架，蚕在谷草上织茧，哑巴看蚕吐丝看累了，想到外面走走。因为长年闭门在家，很少到山间野地晃荡，深秋是个什么样子她还真是不怎么知道。山头上的阳光由赤红褪成了淡黄，抱了孩子站在崖头上望，看到所有在地里劳作的农民脸上挂了喜悦色彩。哑巴想，在地里劳动真好啊。四处看去，但见天穹明净高远，少许白云似有若无，望过去显得开阔而清爽。之后山风涌动凉意渐生。她在粉房里看着驴磨着泡软的玉茭从磨眼里碎成浆磨下来，就是看不到韩冲。看到岸山坪的人一挑一挑地往家挑粮食，就是没有韩冲。哑巴的心里颤颤的有说不出来的东西鲠在喉头。哑巴回头教孩子说话，哑巴说："爷爷。"

孩子说："爷爷。"

秋雨开始下了，绵绵密密地下个不停，泥脚、墙根、屋子里淤满霉味和潮气。天晴的时候，屋外有阳光照进来，哑巴不叫哑巴了，叫红霞，现在红霞看到外面的阳光是金色的。

《人民文学》2004年11期

双驴记

王 松

直到若干年后，马杰才告诉我，他终于真正了解了驴这种畜生。他是在大学里学到这些知识的。他读的是农学院。这让我很不理解。我和马杰同是1977年参加高考，而且在同一考点的同一考场。但后来，我去师范大学数学系报到时才听说，他竟然考取了农学院的牧医系。说牧医好听一些，其实就是兽医。那时电话还不普及，农学院又在市郊，交通很闭塞，所以直到上大三时我才给他写了一封信。我在信中对他选择这种专业表示质疑。那时还是计划经济，大学里包分配，这个说法今天的大学生未必能懂，也就是毕业后学校负责分配工作，因此一旦学了什么专业也就如同嫁人，注定一辈子要从事这种工作。我在信中对他说，农学院，又是牧医系，将来的去向可想而知，大城市里的骨科医院或妇产科医院自然不能为牲畜治病，难道你去农村插队几年，在那种地方还没有待够吗？我又在信上说，你对哺乳类动物感兴趣不一定非要学兽医，人也是哺乳动物，你完全可以去读医学院。当时我想，我在信中的言辞可能过激了一些，而且事已至此，再说这些话也没什么意义，当然，马杰也未必会以为然。马杰一向是个很自信的人，无论什么事都有自己的主见。几天以后的一个上午，我刚下课，系办公室的老师来叫我，说有我的电话。我立刻猜到了，应该是马杰，别人找我不会把电话打到系里去。果然是他。他的情绪听上去很好，说话还是那样不紧不慢。我在心里想象着，他这时大概正穿着一件肮脏的白大褂或扎着一条黑皮围裙，刚摆弄完一只什么动物。我似乎已经闻到，从电话的那一端传来一股腥臊气味。果然，他告诉我，他是在解剖教室打来的电话，他们刚刚解剖了一头驴。你能想到吗，这是一头成年雄性亚洲驴，而且还是活体。他并没有提那封信的事，听上去似乎颇为得意。他说，看来我过去真没猜错，驴确实是一种不可思议的动物，从解剖学的意义讲，它还是马的一个亚种呢。他说话的口气已明显跟过去大不一样，似乎有了些学院派的味道。接着，他又说，马的学名叫Equus caballus，而驴的学名则叫Equus asnus，由此可见，它们应该同属哺乳纲，但后者却是马科马属，驴亚属。马杰这样说着，似乎在电话里笑了一下，当然，如果在野生环境里，驴这个亚属应该更适于生存，因为它们的耐力和生命力都要优于马，比如寿命，马是30年，驴却可以活40年甚至更长。而且，他又意味深长地说，它们的智商也的确很高，比你想象的还要高。

我忽然有些伤感。我终于明白了，马杰对过去的事还一直耿耿于怀。

其实我对驴也并不陌生。早在农村插队时，我就知道，驴作为牲畜是分为两种的，一种是草驴，另一种则是叫驴，其中草驴是雌性，而叫驴泛指雄性。当然，这些也都是马杰讲给我的。我和马杰插队并不在一个村。他在北高村，我在南高村。那时他经常去公社粮站拉草料，每次路过我们村都要来集体户里坐一坐。他还告诉我，驴的后代也分为两种，一种是驴，另一种就是骡子。骡子自己是不能生育的，要由驴和马来交配。当然，马也分两种，儿马和骒马，前者雄而后者雌。叫驴与骒马配出的是驴骡子，草驴与儿马配出的则是马骡子。由此可见，马杰说，牲畜之间所形成的关系链与人相似，也是以雄性为主，应该属于父系社会。那时我就搞不懂，马杰也生长在城市，他的这些知识究竟是从哪里来的?

后来因为一件事，竟然连北高村的当地人对他也很服气。

这件事很奇怪，至今想起来仍然令人感到不可思议。当时北高村有一个绰号叫大茄子的女人，由于下体溃烂病死了。据说这女人很放荡，性欲也很旺盛，丈夫死后经常跟村里的男人胡搞，很可能因此才得了这样一种脏病。大茄子的死并没有什么奇怪，奇怪的是她的女儿。她的女儿叫彩凤。彩凤去墓地埋葬了她母亲大茄子，一回来突然就精神失常了。她的这种精神失常极为罕见，虽然神志不清，语言混乱，但说话的口气和腔调却似乎都已不是她自己，而是酷似她的母亲大茄子，一个二十来岁的姑娘竟能说出一些不堪入耳的话来。村里人立刻感到很惊骇，认为她是被大茄子的鬼魂附了体。后来有人说，彩凤很可能是得了壮科。所谓壮科，在中医讲也就是癔症。但当地人对这种病症有另外一种解释，认为是被一种叫黄鼬的野物迷住了。据当时一起去墓地的人回忆，彩凤在回来的路上曾去过田边一间废弃的土屋里小解，如果她真的被黄鼬迷住，应该就在那里。

但尽管大家这样猜测，却并没有人敢去看一看。

马杰听说此事，当即就去了村外的那间土屋。

那间田边的土屋曾是用来浇水的泵房，由于闲置多年早已没有门窗，屋顶和坯墙也都已破败不堪。马杰走进来仔细搜寻了一阵，果然就在墙角的一堆干草里发现了一窝吱吱乱叫的黄鼬。这窝黄鼬还很小，刚长出茸茸的皮毛，看上去就像一堆黄色的棉花球。它们的父母大概是听到动静逃走了或出去觅食还没有回来。马杰蹲下看了一阵，就去端来一杯水，又在水里滴了一些地瓜烧酒，然后喷到这些小黄鼬的身上。当时村里人都感到疑惑，不知马杰这是在干什么。但是当天夜里，人们就都明白了。在那天深夜，两只大黄鼬悄悄地潜回来。它们突然闻到小黄鼬的身上有了一种奇怪的异味，就满腹狐疑地不敢再去接近，只是围着这些嗷嗷待哺的幼仔来回转着不停地叫。就这样，那窝小黄鼬和两只大黄鼬高一声低一声地整整叫了一夜。第二天一早，村里的大队书记就来找马杰。北高村的大队书记姓胡，因为长了一脸络腮胡须，都叫他胡子书记。胡子书记在这个早晨闯进知青集体户，问马杰究竟对那些黄鼬干了什么，说再让它们这样叫下去恐怕村里还要出事。马杰听了并没有说话，立刻又来到那间土屋。他先用铁锨将那窝小黄鼬铲出来，然后浇上柴油，划一根火柴就点燃起来。当时的情形可想而知。黄鼬这种动物的皮毛里积存着很多油脂，被火一烧就滋滋地冒出来，这些小黄鼬立刻被烧得一边惨叫着一边乱爬，如此一来橘黄色的火焰也就越烧越旺。正在这时，突然又发生了一件更令人意想不到的事情。就在那些小黄鼬在火里吱吱惨叫时，突然从田野深处窜来两团黄乎乎的东西，还没等人们反应过来，它们就以快得难以想象的速度钻进火里。火堆的上空立刻腾起两团冒着黑烟的火星。直到这时，人们也才看清楚，竟然是那两只大黄鼬。它们显然想从火里将那些小黄鼬叼出来，但此时的小黄鼬虽然还在吱吱惨叫，身上却都已喷出耀眼的火苗，大黄鼬刚叼到嘴里这团火苗就散落开，变成一摊黏稠的油脂流淌到地上。这时两只大黄鼬的身上也都已着起火来，这火一边燃烧着还发出一种奇怪的声响。接着，它们很快就在火里安静下来。它们先是将身体紧紧靠在一起，然后揽过那几只小黄鼬用力掩在自己的身下，就这样趴在火里不动了。这堆大火足足烧了有一支烟的时间。因为当时胡子书记点燃一支烟，却没有顾上去吸，就那样愣愣地举着，直到他发觉烧了手，这堆大火才渐渐熄灭下去。也就在这个上午，人们发现，彩凤的神志也清醒过来。

其实，马杰初到北高村时并不起眼。包括胡子书记在内，村里人都以为他只是个很普通的知青。但是，这件事以后，人们立刻对他刮目相看了。胡子书记曾经很认真地问过他，为什么一开始没有去烧那窝小黄鼬，而只是往它们的身上喷酒水。马杰说，他原本也不想烧它们，他之所以这样喷酒水，就是想改变一下它们身上的气味。马杰说动物之间都是靠气味交流的，大黄鼬发现它们身上的气味变了，也就不肯再去接近，如此一来它们也就会自己慢慢饿死。但是，他说，他后来发现这种办法不行，倘若让它们一直这样叫下去很可能招来更多的同类，而那就会给村里带来更大的麻烦。所以，他说，他用火烧也是迫不得已。胡子书记直到这时也才发现，马杰在这方面竟然有着特殊的才能。于是当即决定，将他调去村里的牲口棚。

马杰就从这时开始，才真正接触到了驴这种动物。

那时北高村的大牲畜除去马和骡子，只有两头驴，一头叫黑六，另一头叫黑七。马杰觉得这名字有些奇怪，就问胡子书记，黑六黑七是怎么回事。胡子书记告诉他，因为这两头驴的家庭出身都不好，往上追溯几代，它们的曾曾祖父曾是村里大地主高久财家豢养的，整天吃香喝辣，住的牲口棚里都砌了火墙，比咱贫下中农可舒坦多了。胡子书记说，据当年亲眼见过的人说，那是一头白嘴唇大鼻翅的板凳驴，长耳朵长脸小短腿，专门让高久财的小老婆骑着回娘家的，每次都是红缨铜铃紫缎鞍垫，走在街上很是气派。胡子书记忽然嘿嘿一笑，又说，这种驴自然不能算咱无产阶级，该划入“黑五类”，可“黑五类”是“地、富、反、坏、右”，没有驴，村里就给它排个第六，这一头叫黑六，那一头是它兄弟，就叫黑七。

马杰觉得有趣，从此就很注意这头黑六。

马杰很快发现，黑六和黑七的待遇并不一样。黑六虽然出身不好，却被分槽喂养，每天要吃精草细料，而且从不拉车，更不下田参加劳动。当然，黑六也有得天独厚的生理条件。专职为生产队里繁殖后代。据说也曾有贫下中农提出过质疑，说黑六毕竟是这样一种家庭出身，总让它繁殖后代，生产队的牲畜血统是否会受到影响。但黑六的品种也确实很好，它生出的后代从身形到骨架都很匀称，而且有着很强的体力和耐力，不仅可以拉车，也适合田间的各种劳作。但是，马杰对此有着自己的看法。马杰认为，黑六不能只管配种。驴的发情周期每年只有一次，而每次的时间也并不是很长，如此一来，它不发情时也就无事可干。马杰认为这不仅不合理，也是一种资源浪费，生产队里总不能整天用好草好料供养着这样一条骄奢淫逸的寄生虫。

于是，他当即决定，要让这个黑六参加一些力所能及的体力劳动。

马杰第一次是让黑六驾辕，准备去麦场拉一些干草。

一天下午，马杰特意从场上找来一辆很小的木板车。这种车其实是人畜两用，所以装载量很小，拉起来也并不费力。但在这个下午，黑六一被套上绳索立刻就警觉起来。它显然从没受过这样的待遇。当它明白了马杰是要让它驾辕拉车，立刻就像受了侮辱似的一边乱踢乱咬一边呜啊呜啊地拼命狂叫。马杰却不管这一套，不由分说就给它勒上了嚼子，然后用力向后拽着将它塞进车辕搭上扣襻套起来。但是，就在他转身去拿鞭子时，黑六突然将身体往后一蹲，又猛地向前一蹿，就拉着这辆空车朝街上狂奔而去。马杰顿时慌了手脚，连忙上前追赶，一边还在它的后面狠狠甩出一个响鞭。马杰的这根鞭子与众不同。一般车把式的鞭子都很柔韧，鞭杆用几根竹枝拧接而成，鞭绳也是细而短，这样甩起响鞭不仅省力，也便于使用，更重要的是这种响鞭只具有威慑力，打到牲畜的身上却并不疼。马杰的鞭子则是向村里的拖拉机手要来几根机器上的废三角带，用上面拆下的胶皮绳编织而成，而且上粗下细，足足有八尺多长，木柄则是一截粗短的镰刀把，这样掂在手里就像是一根凶悍的霸王鞭，甩起来也震耳欲聋，几乎让所有的牲畜听了都心惊胆战。但这一次，黑六却对马杰的鞭声充耳不闻。它就那样拉着一辆空木板车叮叮哐哐地朝街里绝尘而去。那辆木板车原本只是用一些木条和竹片拼接而成，并不结实，被黑六这样拖着一跑很快就甩掉了两个轱辘。但黑六仍不肯停下来，还一边尥着蹶子、拖着车架子在凸凹不平的街上狂奔。车架子很快就被颠得面目全非，街上到处是散落的木板和竹片，待胡子书记和生产大队长发现时，黑六身后拖的就只剩了两根光秃秃的车辕。北高村的生产大队长是一个很健壮的女人，姓高，叫高大莲，村里人都叫她大莲队长。据说这个大莲队长曾经担任过全公社的妇女突击队长，在农业学大寨大搞水利建设的工程中干出过许多成绩，因此很有些名气。在这个下午，胡子书记和大莲队长刚从外面开会回来，迎面正好看到从街上狂奔而来的黑六。大莲队长走上前去，吆喝一声就将黑六拦住了。这时马杰也拎着鞭子气喘吁吁地从后面赶过来。胡子书记看看黑六，又看了看马杰，皱起眉问，这是怎么回事？马杰并不回答，扑过来就抽了黑六一鞭子。黑六立刻疼得哆嗦了一下。大莲队长已经看明白了，于是对马杰说，你不该让它拉车，它的工作比拉车更重要。黑六似乎听懂了大莲队长的话，连忙将头扎进大莲队长的怀里，像是受了很大的委屈。胡子书记伸手拍了一下黑六，也说，我们对有“黑五类”成分的人还要给出路，让人家改造自己重新做人，更不要说黑六，它毕竟还是一头牲口！事后马杰对我说，当时他简直不敢相信，这头叫黑六的畜生竟然如此虚伪，甚至比人还要阴险。它听了胡子书记和大莲队长的话先是在他们面前温顺地垂下头，接着就又开始哆嗦起来，似乎是由于刚刚挨了鞭子疼痛难忍，后来这哆嗦竟还渐渐地变成了抽搐，好像痛苦得随时都要瘫倒下去。直到胡子书记当即宣布，扣掉马杰这一天的工分，并让他用软毛刷子为黑六刷洗一遍全身，它才好像好了一些。

在这个下午，马杰没再说话就将黑六牵回牲口棚。但是，他刚按大莲队长的要求为它拌好一槽精细的草料，再回头看时，却发现黑六早已若无其事，正一边打着响鼻一边跟邻槽的一匹枣红骒马摇着尾巴调情。马杰盯住它看了一阵，慢慢放下搅料棍，转身又拎起了自己的鞭子。这时黑六也已注意到了。它立刻丢下那匹骒马，两眼一眨一眨地看着马杰。马杰冲它冷笑一声说，你不用看，大莲队长不是让我给你刷毛吗，我现在就给你刷。他一边说着将鞭子在头顶用力甩了一下，鞭绳立刻在空中扭出一个很好看的花结，然后悄无声息地落下来。马杰的鞭技一向很精湛。我曾经亲眼见过，他竟然可以一鞭就将一只落在树上的麻雀抽下来。他得意地告诉我，北高村的牲畜都很怕他，他的鞭子不仅很疼，而且可以不留任何痕迹。一般的车把式用鞭子抽打牲畜都会有一条一条的鞭印，那是因为将鞭绳整个落下去，他则不然，他只用鞭绳的末梢，这样落到牲畜身上就只是一个点，而且想抽哪里就抽哪里。其实马杰抽打别的牲畜时，黑六一定亲眼见过，因此也就应该深知这根鞭子的厉害。但是这时，它看着马杰，脸上的表情却忽然轻松下来。马杰起初有些不解，但接着就明白了，黑六是有恃无恐。刚才胡子书记和大莲队长让他用软毛刷子为它刷毛，过一会儿就肯定要来检查，而倘若他用鞭子抽了它，即使痕迹不明显他们也能一眼就看出来。所以，黑六断定，尽管马杰将那根鞭子在自己面前挥得呼呼生风，却并不敢真落到自己身上。

但黑六毕竟是一头牲畜。它还是想得过于简单了。

马杰看懂了它的心思之后，只是微微一笑，就将它牵到旁边的一片空地上。黑六搞不懂马杰这是要干什么，有些不解地看着他。马杰不紧不慢地弯下身，将它的缰绳拴在一根木桩上，然后倒退几步用力抖了抖手里的鞭子。这时黑六才开始紧张起来，但它仍然紧盯着马杰，似乎想看一看，他今天究竟敢不敢用鞭子抽打自己。马杰先将鞭绳在手里拽着试了试，然后举起木柄，突然用力一甩，啪的一声，那根长长的鞭绳打了一个旋儿就发出一声脆响。黑六的一条后腿猛地颤抖了一下。它这时才感觉到，自己这条腿的腋窝里像被刀子狠狠割了一下。但是，还没等它回过神来，就又是啪的一声。这一次它站不稳了，它感觉到另一条后腿的腋窝里又狠狠地疼了一下，这疼痛就像一股电流立刻通遍全身，接着它的两腿一软就咕隆跪了下去。马杰一手抓住鞭绳，对它说，站起来。黑六又艰难地站起来。黑六直到这时才终于明白了马杰的险恶用心。在牲畜身上，四条腿的腋窝处应该是最隐蔽的地方，如果不钻到肚子底下是绝看不到的，而且和人一样，这也是最敏感的部位，倘若用鞭子抽到这里也就更加疼痛难忍。而就在这时，马杰又做出一个更可怕的举动，他去拎来一桶凉水，将鞭子在里面蘸了一下。黑六起初还不明白马杰这样做的用意。但是，当这根蘸了水的鞭子又抽在它两条前腿的腋窝里时，它立刻意识到，这样的疼痛竟然比刚才更可怕。

在这个下午，马杰就这样用这根湿漉漉的鞭子轮番抽打黑六四条腿的腋窝，每抽一下，黑六的全身都要剧烈地抽搐一下。但是，这根鞭子实在太长了，甩起来要花费很大的气力，而如此一来也就渐渐影响了准确性。这是马杰事先没有想到的。就在他又一次举起鞭子时，突然感觉自己的手臂酸了一下，他原本是想抽打黑六的左后腿，因为他当时是站在它的左前侧，这样就只有将鞭子朝相反的方向甩才能使鞭梢落到它左后腿的腋窝里。而由于他的手臂突然感觉不对劲儿，就稍稍向里偏了一点，于是鞭梢也就落到了不该落的地方。事后马杰对我说，他绝没有想到会是这样，他发现，黑六那根硕大的阳具突然抖动了一下，然后就像一条探出身体的蛇倏地缩了回去。马杰直到这时才意识到，是自己的鞭子出了问题。他立刻蹲下身去观察，发现黑六的那里已完全缩进身体，连两个睾丸都不见了踪影。马杰的心里一下有些慌，他知道这件事意味着什么。但他这时还在安慰自己，他想这东西应该伤得并不太重，否则黑六就不会这样安静了。这时黑六看上去也的确很安静。它似乎还在暗暗庆幸，由于自己的下体出了这样一点意外，才终于躲过了马杰的这一顿鞭子。

但是，马杰和黑六都没有意识到，事情远比他们估计的要严重得多。

接下来的问题是出在第二年春天。

在这个春天，黑六没像往年一样按时发情。北高村与我们南高村一向在繁殖牲畜方面保持着协作关系，这时我们村已让几匹有生产任务的骒马做好各种准备。如此一来也就产生了误会。我们村认为北高村说黑六没有按时发情不过是一个托词，黑六每年的发情期比日历还要准，说它不发情就如同说骡子发情一样令人难以置信。我们南高村认为，北高村一定是出于什么利益的原因为黑六另寻了新欢，而他们这样做不仅不道德，也是一种极不讲操守的行为。北高村的大莲队长听说此事特意来向我们村解释，她说没有别的原因，任何原因都没有，就是黑六不发情。大莲队长无可奈何地说，牲畜不发情是谁都没有办法的，你就是给它们硬来也没用，这跟人是一样的道理。大莲队长说到这里，脸一红就不好再说下去了。

我们南高村很快了解到，大莲队长说的话的确属实。黑六在这个春天不知为什么，竟像是将发情这件事忘记了。往年它早早地就会躁动起来，哪怕碰一碰皮毛或摸一摸脖子，都会立刻张大嘴吐出一些白色的黏液，走在街上遇到外村的骒马或草驴拉车经过，也要追在后面一边打着响鼻一边去向人家献殷勤。但这一次它毫无迹象，就是将再漂亮的红鬃骒马或花背草驴牵到它面前，它的反应也很淡漠，似乎已心如止水、万念俱灰。大莲队长当然不甘心。村里一向待黑六不薄，大莲队长不相信它的身体里好端端的会出什么问题。于是就亲自将它牵去公社的兽医站。但兽医站的兽医也看不出任何问题。兽医很认真地检查了一番，摇摇头说，牲畜的生殖力也是一种能量，既然是能量就总有释放完的时候。兽医拍了一下黑六的屁股，得出结论说，它已经没用了。

大莲队长直到这时也才终于相信，黑六的历史使命是彻底完成了。

黑六从此就失去了一切待遇。它被拴在大槽子上，和干粗活的牲畜一起乱踢乱咬，一起去抢吃掺着粗茬干草的混合饲料。每天的早晨和下午也要被套上绳索去拉车，或被轰赶到田里去干各种农活。但是，直到这时，它身上致命的弱点也才暴露出来。原来它的体力竟然很差，由于长年养尊处优，到田里踩着松软的泥土连站都站不稳，更不要说去拉犁耕地。胡子书记这时就又想起它当年的曾曾祖父，也就是那头白嘴唇大鼻翅长耳朵长脸小短腿的板凳驴。胡子书记突然发现，这头黑六的长相竟与它当年的曾曾祖父极为相像。于是，经过与大莲队长和其他村干部商议，就做出一个新的决定，既然黑六不适合干农活，索性就让它继承祖业也去充当交通工具，专门供村里的干部们骑着去办事。我想，这对于黑六来说应该更是一种奇耻大辱。如果让它自己选择，它肯定宁愿去拉车耕地也不想这样供人驱使。

也许正因为如此，才发生了后来的事。

那是一个初夏的上午，北高村的贫协主任要去公社参加贫协代表联席会。其实这个贫协主任完全可以搭乘村里顺路的拖拉机，即使步行也不过几里路。但他坚持要骑黑六。他说当年大地主高久财的小老婆经常骑着它的祖先回娘家，他看了一直很眼热，所以现在他也要骑它尝试一下，看一看当年的那个女人究竟是一种啥样的感觉。贫协主任这样说着就牵出黑六，然后翻身骑上去。其实贫协主任很瘦，所以骑到黑六的背上，应该不会有太重的分量。但他并没有意识到，这样骑在黑六身上还一边用木棒抽打它的屁股就已不仅是简单的重量问题。当时贫协主任只顾高兴了，他发现这样骑着黑六的确感觉很好，不仅舒服，还有一种高高在上的优越感，再看眼前的一切似乎都变得居高临下起来。所以，他也就并没有注意到黑六脸上的表情。事实上他就是注意到了也无法看到，因为这时的黑六正将脖子直直地向前伸出去，两眼不停地向左右睃寻。事后据目睹的人说，黑六驮着贫协主任就这样走了一段路，突然转身朝着道边的一棵槐树走过去。那是一棵几十年的老槐树，树干已经粗糙皴裂。黑六走过去只是不动声色地把肚子在树上轻轻蹭了一下，又蹭了一下，贫协主任突然惨叫一声就滚落下来。当时正在田里耪地的人们连忙赶过来，将贫协主任抬回到村里。待将他的裤腿撕开，这条腿只是膝盖以下有些发红，除此之外并没有什么伤痕。

但是，人们很快发现，贫协主任的伤势似乎还没有这样简单。

他这条腿已完全失去知觉，而且像充了气似的迅速肿胀起来。

胡子书记意识到事情的严重性，立刻派人将贫协主任送去公社的卫生院。卫生院的几个医生看过之后都面面相觑，摇着头说卫生院没有这样的设备，恐怕要去县医院。送去的人问什么设备。几个医生说，锯腿的设备。大家一听立刻惊得目瞪口呆，有人问，只是让驴在树上蹭了一下，就要锯腿?！一个医生说，锯腿已经是轻的了。另一个医生也摇摇头，说这头驴实在太厉害了，你们不要看这条腿表面没什么，其实它里面已受了严重的挤压，现在皮肉跟腿骨已经完全脱离开，如果不尽快锯掉，恐怕连性命都很难保住。

就这样，贫协主任又被转去县医院，就将这条伤腿从根部锯掉了。

那天直到傍晚，马杰才在村外的一片树林里找到了黑六。

马杰走到黑六跟前，立刻吓了一跳，只见它的嘴里满是鲜血，跟前的许多树干都已被啃掉树皮，乳白色的木茬上沾着黏稠的血迹。马杰立刻明白了，黑六显然知道自己闯了大祸，也意识到这一次是在劫难逃，所以就想尽快一死了之。但它实在想不出什么更好的自杀办法，只能采取这种笨拙徒劳而又只会增加痛苦的原始方式。黑六看到马杰，立刻惊恐地向后退了几步。它自从那一次挨了鞭子，再见到马杰就总是心惊胆战。这时，它已经完全崩溃了，它慢慢退到一棵树的旁边，四条腿不停地打着战，两个耳朵也相互叠着耷拉到一起。它认为马杰一定是来找它算账的。它已经料到，马杰这一次绝不会轻易放过它。但是，它很快发现，马杰的手里并没有拿着那根可怕的鞭子，脸上也没有太多的表情。他只是走过来，从地上捡起缰绳，就牵着它朝村里走来。这时胡子书记和大莲队长已经等在牲口棚。

胡子书记迎过来，掰开黑六的嘴看了看，牙齿已经脱落得所剩无几。

于是，他回过头去，跟大莲队长相视了一下。

大莲队长"嗯"一声说，看来也只能这样了。

胡子书记点点头说，杀了吧。

杀……杀了？

马杰有些意外，看着胡子书记。

大莲队长说，刚才，生产队里已经研究过了，既然它不能干活，骑又不能骑，留着也就没啥用处了。胡子书记说是啊，现在它的嘴又成了这样，以后连草料也不能吃，生产队里总不能用粮食养着这样一个废物，痛痛快快杀了它，大家还能分一些肉吃。

事后马杰对我说，他当时就已预感到，杀黑六这件事肯定会落到他的头上。因为他是饲养员，一向熟悉牲畜的习性，而更重要的是当地农人是轻易不肯自己动手杀牲畜的，他们都很迷信，认为牲畜的一辈子不容易，倘若杀它们会遭报应。果然，在这个傍晚，胡子书记和大莲队长临走时对他说，这件事，就由你来干吧。马杰连忙说不行。他说自己确实不行，他平时杀一只鸡都下不去手，更不要说杀这样大的一头牲畜。胡子书记又跟大莲队长对视一下，就走到马杰的面前说，有些事，还是不要说得太明白了，这头黑六原本好好的，每年都能按时配种，可到你手里还不到一年，怎么就成了废物呢，现在你不杀它还让谁来杀？

大莲队长也说，不要说了，这件事就这样决定了。

一边这样说，又看了马杰一眼说，让它死得痛快些。

当天晚上，村里的胡屠户来到牲口棚找马杰。胡屠户是胡子书记的亲叔伯堂弟，在村里专门负责宰杀猪羊一类家畜。马杰一看见胡屠户就像是见到了救星，连忙对他说，你来得正好，你杀猪有经验，黑六还是由你来杀吧。胡屠户却摇摇头说，你这话就外行了，屠户也并不是啥都能杀的，杀猪跟杀牲口可不是一回事，我来是给你送工具的。胡屠户说着就打开一个麻布包，里面是刀子钩子和一些看不出用途的利刃。胡屠户拿起一把细长的牛角弯刀，这把刀有一尺多长，看上去像一钩弯月，刀刃飞薄，刀尖也很锋利。胡屠户用拇指在刀锋上试了试说，我给你挑了这把长一些的牛角刀，刚才还磨了一下，驴的脖子比猪脖子要长，但杀起来道理是一样的，只要将这把刀从脖子底下插进去，一直插到胸口，然后用刀尖在心脏上划开一个口就行了，记着，放血要用大盆，驴血是大补，可不要糟蹋了。

胡屠户说罢，放下这些刀具就走了。

这时马杰才发现，槽子上的黑六正朝这边看着，一直在很认真地听。

马杰经过反复考虑，最后还是决定不使用胡屠户送来的这些刀具。胡屠户杀猪马杰是见过的，尽管他的技艺很精湛，但猪在死时也很痛苦，总要挣扎半天才会断气。因此，要想让黑六死得痛快些就只有另想办法。在这个晚上，马杰从草垛旁边搬来一口铡刀。这铡刀是专门用来给牲畜铡干草的，钢口还说得过去。马杰从木槽上卸下刀片。这爿刀片已有些生锈，而且由于长期铡草，刃口也很钝。马杰拎着来到牲口棚。在牲口棚的角落里有一眼石井，这是用来饮牲畜的，井台上有一盘很大的青石。马杰将铡刀放到井台上，撩了一点水就用力磨起来。刀片约有四寸宽，三尺多长，磨起来霍霍的声音就很响亮。马杰这样磨一阵，停下来用水冲一冲，然后再磨。黑六始终站在旁边，还不时晃一晃耳朵，伸过头来看一看。马杰一回头，突然发现它也正在看着自己，他跟它的目光碰到一起，心里突地一颤。于是，他将刀片立在旁边，去拎来一桶水，就开始用软毛刷子为它刷洗全身。马杰一边刷着还特意摸了摸它的脖颈。它的脖颈很柔软，隐约可以感觉到里面的颈骨。

就在这时，他又看到了黑六的眼睛。

黑六的眼睛很湿冷，黑得深不见底。

马杰杀黑六是在第二天上午。地点就选在牲口棚。

杀牲畜是一件大事，北高村的全村特意歇了半天工。村里的人们虽然不肯亲自动手杀牲畜，但吃肉的欲望很强烈，早早地就都在家里刷锅烧水做好一切准备，然后端着盆或笸箩来到牲口棚等着分黑六。马杰看一看大灶上的水已经滚开起来，就将黑六从槽子上牵出来，拴到那片空地的木桩上。这时人群里就响起一片唏嘘的声音。马杰朝人群里看一眼，就转身去拎过那把铡刀。铡刀的锋刃已磨得雪亮。马杰为了应手，还特意在铁柄上缠了一些麻绳。他来到黑六面前，掏出一块黑布将它的两眼蒙起来。

但黑六用力一摇头，将黑布甩掉了。

马杰再蒙，又被它甩掉了。

然后，它慢慢回过头，睁大两眼看着马杰。

事后马杰对我说，你能相信吗，驴这种畜生竟然会笑。当时黑六的脸上皱了皱，眼角居然还出现了一些细碎的鱼尾纹。他说他看出来了，它的确是在笑，它是在冲着他微笑，他甚至还听到它的嘴里发出一阵“嘿嘿”的声音。马杰顿时有些心慌意乱，立刻举起铡刀就呼地砍下来。在此之前，马杰已在黑六的脖颈上看好了位置，他发现它稀疏的鬃毛间有一个不大的缺口，这缺口离头颅很近，而且恰好是脖颈最细的地方，他想如果把刀砍在这里，应该会省力一些。但是，由于他的刀举得过高，在挥下来时有些发飘，这就使落刀的位置发生了一点偏离，似乎靠上了一些。马杰感觉到了，这把铡刀的确磨得很快，因此尽管靠上，在落下的一瞬也几乎没遇到什么阻力，只听咔嚓一声，黑六的头颅就从脖子上齐刷刷地滚落下来。这颗头颅如同一只巨大的冬瓜，在地上骨碌碌地滚出很远。直到它停下来，那只冲上的眼睛仍还皱着一些鱼尾纹，它睁得大大的，像在瞪着马杰，又像是瞪着马杰身后的人们。那个失去了头颅的身体并没有立刻倒下去，似乎沉默了一下，突然就有一股黏稠的血水从脖腔里直喷出来。这血水一直喷溅出很远，如同一团猩红的烟雾朝人群里落下去。

人们惊叫一声，立刻朝四处散开了。

失去了头颅的黑六似乎犹豫了一下，又犹豫了一下。

它迟疑着朝前走了两步，然后，才慢慢地瘫倒下去。

马杰没去管清洗黑六的内脏。只是将它的皮剥下来。

这是一张完整的驴皮，非常柔软，看上去栩栩如生。

马杰犯了一个错误。他不该在牲口棚里杀黑六。

在这个上午，马杰并没有注意到，从他用那口铡刀砍下黑六的头颅，直到在血泊里用牛角尖刀一点一点地将它的皮剥下来，始终有一双眼睛在注视着他。这就是黑七。其实马杰在事先已考虑到这个问题。他想，在杀黑六时不应该让其他牲畜看到这个血腥的场面。牲畜的身材虽然高大，心胸却很狭窄，胆量也很小，这样的场面会对它们的情绪产生严重影响，搞不好还有可能发生炸棚。炸棚是指由于某种突发的刺激，使牲畜们同时受到惊吓而狂躁起来，这种情况一旦发生是很难控制的，牲畜也会因为互相踩踏和撞击而受到伤害。但是，马杰将所有的牲畜都牵去了别的院子，却唯独忽略了拴在角落里的黑七。所以，黑七也就目睹了马杰砍杀黑六的整个过程。马杰直到拎着黑六那张血淋淋的驴皮朝牲口棚的外面走去时，才无意中发现了黑七。黑七正站在槽子旁边，目不转睛地盯着他和他手里的那张驴皮，眼睛里似乎有些湿润，尾巴也像一根木棒直挺挺地撅起来。在此之前，马杰并没有注意过这头黑七。黑七的外形与黑六很相像，也是长耳朵长脸四肢短小，但阳具也很小，所以也就没有配种任务。其实严格讲，这种板凳驴是专供人骑的，并不适于田间劳作，因此黑七的主要工作只是拉车。但它的性格与黑六不同，平时沉默寡言，因此也就很少引起人们的注意。

马杰绝没有料到，黑七接下来竟会弄出一场如此之大的事故。

马杰觉得自己在这场事故中很无辜。尽管胡子书记和大莲队长一致认为，这件事的责任完全在他，也就是说，是由于他的疏忽大意造成的。但马杰坚决否认。马杰一口咬定是黑七所为。马杰说，在这件事发生前的最后一瞬，他是亲眼看到的。他说黑七当时干的事简直不可思议，没有人会相信它竟然能这样做。胡子书记当然不能认同马杰的这种说法。胡子书记说，黑七不过是一头哑巴畜生，无法为自己辩解，这就让人怀疑是马杰故意要将责任推给黑七。大莲队长也这样认为。大莲队长说，黑七再怎么说也只是一头驴，而且是一头比黑六还要老实的笨驴，它不会也不可能像马杰说的那样故意做出破坏集体财产的事来。

这起事故是发生在杀黑六几天以后的一个上午。在这个上午，别的牲畜都被牵去下田了，牲口棚里只剩下黑七和一匹怀驹的骒马。马杰在这个上午是故意将黑七留下的，他准备套它去公社粮站拉一些饲料。他在临走时先为那匹骒马饮过水，又在槽子里添了一些草料，然后拿过棕刷为它的全身刷了刷毛。马杰在照料临产牲畜方面很有经验，他知道经常为怀驹的骒马刷一刷毛，会使它的产门肌肉松弛，这样可以有利于将来的生产。但是，就在他为这匹骒马刷毛时，突然听到了一种奇怪的声音。这声音似乎是来自他的身后，又像是在头顶。接着他就感到，好像整个牲口棚都嘎吱嘎吱地响起来。他连忙回过头去，才发现竟然是黑七。黑七正在不动声色地啃咬着牲口棚里的一根立柱。在牲口棚里大约有五六根这样的立柱，但这一根最粗，而且刚好竖在牲口棚的中央，是专门用来支撑整个棚顶的关键部位。事后马杰说，他一直搞不懂，黑七怎么会知道选择这样一个要害的部位。当时黑七发现马杰正在看着自己，于是就停下来，也抬起头看看他。但它接着就又埋下头去，若无其事地继续啃咬那根立柱。它咬得不慌不忙又非常卖力，为使这根立柱尽快松动，它还用头去顶住它的根部用力晃动。于是整个牲口棚立刻也跟着忽忽悠悠地摇晃起来。牲口棚的棚顶虽然只铺了一层秫秸，但由于下雨潮湿就已有了相当的重量，这时这根立柱已被黑七啃咬得拔出地面，再这样一晃动，棚顶就开始渐渐地向一边倾斜。马杰突然明白了黑七的意图，立刻丢下手里的棕刷朝它扑过去。但为时已晚，整个牲口棚随着晃动扭了几扭，突然发出一阵巨大的断裂声就轰然塌落下来。而就在这一瞬，马杰看到黑七朝旁边轻轻地一跳，就跳到了牲口棚的外面。北高村一共有二十几头牲畜，因此牲口棚也就具有相当的规模，这时这样一坍塌情形自然可想而知，顿时尘土飞扬狼藉一片。但是，牲口棚坍塌还只是这场事故的开始。在马杰身后的立柱上，还挂有一盏仍然亮着的马灯。这是马杰给牲口添夜草时拎过来的，后来一忙就忘在了那里。这时棚顶坍塌下来，这盏马灯也就被砸在了里面，煤油流淌出来引燃秫秸，立刻就着起了大火。这场大火烧得很快，火势也很猛，随着迅速蔓延，整个牲口棚里转眼间就成了一片熊熊的火海。闻讯赶来的村人想用水桶救火，但试了试却都无法靠近，只能眼睁睁地看着火焰挟裹着浓烟越烧越旺。也就在这时，人们突然闻到了一股奇怪的气味。这显然是烤肉的香味，非常香，与燃烧的烟气混在一起就似乎更加诱人，很像今天街上卖的烤肉串。这时大家才突然想起那匹怀驹的骒马和黑七，接着就又想到了马杰。但人们很快就发现了黑七。黑七并没有被砸在火里，它正站在不远的地方，面无表情地向火里望着。这就可以断定，仍然在火里的只是那匹骒马和马杰，也就是说，这股烤肉的香味应该是从它或他的身上散发出来的，又或许是同时散发出来的。其实人与牲畜的区别并没有很大，这样用火一烧，竟然分不出谁是谁的气味。人们想象着正在大火里被烧烤的那匹骒马和马杰，立刻都感到不寒而栗。

这场大火烧了一阵才渐渐熄灭下去。牲口棚已变成一片废墟。人们果然在灰烬里发现了那匹骒马的骸骨。它显然被烧得无处躲藏，于是扎到一个角落里，浑身的骨头都已被烧得黑漆漆的，还在冒着淡淡的蓝烟。但是，却没有发现马杰。胡子书记和大莲队长皱着眉对人们说，再找一找，仔细找一找，那样大的一个活人再怎样烧也总会留下一点痕迹的。但是，人们将整个火场都仔细搜寻了一遍，却仍然不见马杰的踪影。就在这时，一个女人突然惊叫了一声。胡子书记和大莲队长连忙走过来。那女人一边向后退着，用手朝地上指着说，那里……就在那里。这时胡子书记和大莲队长才发现，在地上正有一堆黑乎乎的灰烬向上一拱一拱地微微动着。接着猛地一翻，一颗人的脑袋就从里面冒出来。这颗脑袋已经与那些灰烬浑然一色。他用力喘出一口气，然后张开嘴打了一个很响的喷嚏。

人们围过来仔细看了一阵才认出来，竟然是马杰。

马杰虽然已黑得面目全非，身上却毫发无损。原来就在牲口棚坍塌的那一瞬，他不知怎么竟被压进了那眼石井。这一来反而救了他。他先是将身体在井水里浸泡了一下，然后就像一只壁虎似的紧紧贴着井筒，直到上面的大火渐渐熄灭，他才试探着一点一点爬上来。

胡子书记和大莲队长当然不相信马杰所说的话。他们认为这件事与黑七没有任何关系。黑七之所以能在这场大火中幸免于难，是因为它当时刚好站在牲口棚的边上，而这也正说明它不可能做出马杰所说的那种事来。胡子书记对马杰说，黑七从没有啃缰绳的习惯，你是饲养员应该最清楚这一点，既然它连缰绳都不啃，又怎么可能像你说的那样去啃那根立柱呢。大莲队长也说，不管怎样说，这件事也是你的责任，就算这根立柱是被黑七啃倒的，也说明它早已不太结实，好好的一根立柱，怎么可能就这样轻易地让驴给啃倒了呢？你作为牲口棚的饲养员事先就没有发现吗？或者发现了，又为什么没有及时加固呢？大莲队长最后得出结论说，由此可见，这起事故是迟早都要发生的。大莲队长说，幸好当时别的牲畜不在，否则后果就更不堪设想了。胡子书记严肃地说，可那匹怀驹的骒马还是烧死了，一尸两命，这给生产队的集体财产也造成了很大损失。接着，胡子书记就当众宣布了对马杰的处理决定，胡子书记说，首先要扣掉马杰全年的工分，其次，马杰要尽快将火场清理干净，协助村里搭建起新的牲口棚，然后将这里的所有工作移交给新任饲养员。

也就是说，胡子书记对马杰说，你已经被撤职了。

马杰对我说，直到这时，他仍然没把黑七往太深处想。他认为黑七在那个上午啃倒那根牲口棚的立柱并没有什么很明确的目的，也许它只是出于无聊，因为对于这样一头驴，除去无聊他实在想不出它还会有什么别的用意。但是，接下来的事终于让他警觉起来。

他突然发现，这个黑七确实不是一头简单的驴。

马杰用了整整一天，直到傍晚才将牲口棚的废墟清理干净。然后，他就按着大莲队长的要求套了一辆木板车，准备将这些炭灰拉到田里去当肥料。但是，他又犯了一个错误。他不应该让黑七驾辕。在这个傍晚，他刚刚把车装好，正在清扫最后一点灰烬时，黑七突然拉起车就径直朝那眼石井走过去。它走得不紧不慢，而且声音很轻，来到石井跟前还绕了一下，待马杰回头发现时，它已经将屁股用力向上一撅，高高地扬起车辕，然后呼噜一声就将整整一车炭灰都倾倒进了井里。井口立刻腾起一团黑色的烟雾。这眼井是专门饮牲畜的，这样倒进一车炭灰井水显然也就不能再用。大莲队长刚好在这时来到牲口棚。大莲队长立刻走过来，扒着井口朝里看了看，然后抬起头对马杰说，看来，胡子书记真的是看错你了。

看……看错我了？

马杰看看大莲队长，不明白她这话是什么意思。

大莲队长说，这一次是我亲眼看到的，你还怎样解释？

马杰沮丧地说，既然你都看到了，我当然不用再解释。

大莲队长冷笑道，你是不是又要说，是黑七存心搞鬼？

马杰说难道不是吗。

大莲队长立刻反问，你认为是这样吗？

马杰说当然是这样。马杰说，黑七是自己把车拉过来的，又是它自己把车上的灰倒进井里的，不是它在搞鬼又会是谁呢，难道是我吗？可是，大莲队长说，牲口是听人吆喝的，你如果不吆喝它，它又怎么会跑到这里来呢？这时，马杰终于忍耐不住了，他不明白大莲队长为什么一定要将责任强加给自己。于是很生气地说，我根本就没吆喝它！

你没吆喝吗？

我当然没吆喝！

马杰觉得大莲队长这样指责自己简直没任何道理。黑七是擅自把车拉到井边来的，他想问一问大莲队长，这样简单的事她怎么会看不出来。大莲队长点点头说，我当然看出来了，这件事就是你故意做的，你对村里处理你的决定心怀不满，所以才让黑七把这一车炭灰倒进井里，好给下一任饲养员增加一些麻烦。大莲队长摆摆手说，你不要再说了，淘井的事我会安排别人来干的，实话告诉你，现在让你来淘我还真有些不放心呢。大莲队长临走时又说，你尽快把这里收拾干净吧，村西还有一堆人粪肥，从明天开始，你去田里送粪。

大莲队长说罢，又用力看了一眼马杰就转身走了。

马杰看看大莲队长结实的背影，又扭头看一看仍站在井边的黑七。这时，他发现黑七也正在看着自己。它一下一下地眨着眼，眼角忽然皱起一些鱼尾纹，这些鱼尾纹很细，如果不仔细看几乎不易察觉。马杰立刻明白了，它这是在笑，它正在冲着自己笑。黑七的这个笑容立刻让马杰想起当初的黑六。马杰突然有一种感觉，他发现这个黑七竟然比当初的黑六心计更深，也更阴险。好吧……你就笑吧，咱们看一看究竟谁能笑到最后。

马杰冲它点点头，一边这样说着就转身朝不远处的灶屋走去。

马杰来到灶膛跟前，用一根火通条在里面拨了拨，就拨出一块烤白薯。这块白薯是红皮的，几乎有两个拳头大小，由于刚在灶膛里烧过也就非常的烫手。马杰一边吹着气将它在两只手里来回颠倒着，又抬头看了看黑七。这时黑七眯起两眼，正朝这块烤白薯贪婪地看着。马杰就笑了。他知道黑七还在饿着肚子。他从早晨到现在还一直没有给它喂过草料。于是，他又想了一下就朝墙角的水缸走过去。他舀了一瓢凉水，将这块烤白薯在里面泡了一下，然后走到黑七面前，心平气和地对它说吃吧，快吃吧，这东西很好吃呢。他一边说，就把这块散发着香甜气味的烤白薯送到黑七的嘴边。黑七立刻迫不及待地一口就咬到嘴里。由于这块烤白薯刚被凉水泡过，所以吃到嘴里也就很舒适。但是，黑七一嚼就出了问题。它没有想到白薯的里面竟然如此之热，立刻被烫得浑身一激灵。接着它就又做出了一个更错误的判断，它以为只要这样继续嚼就可以将这东西的温度迅速降下去，于是也就更加卖力地嚼起来，一边嚼着嘴里竟还冒出腾腾的热气，连鼻孔也被烫得翻卷起来。黑七很快意识到，这样嚼下去显然是错误的，它应该尽快把这个热得可怕的东西吐出来。但它刚要张嘴，马杰已经看透它的心思，于是一伸手就将它的嘴给捏住了。黑七被烫得呜的一声，两眼用力向上一翻，立刻鼓起两个很大的眼白。马杰开心地看着它，欣赏着它的表情，过了一会才慢慢松开手。

但这时，黑七已将那块滚烫的烤白薯咽了下去。

它用力张大嘴，哈哈地喘着气，肚子里发出一串咕噜咕噜的声音。

黑七一连几天没吃草料。马杰知道，它的嘴里肯定已烫起了水泡。他故意拌了一些精细的饲料倒进黑七面前的食槽子里。饲料散发出一阵阵谷物的香气。但黑七只是用嘴唇一点一点拱着，却并不能吃进去。大莲队长也感觉黑七出了问题，来牲口棚看过几次。她发现黑七一直在槽子里用嘴唇拱着草料，就以为它是在吃，反而还表扬了马杰几句，说他这样做就对了，善始善终，只要一天没将饲养员的工作交出去就得对集体的牲畜负责任。马杰受到表扬往田里送粪也就干得更加卖力，每天让黑七饿着肚子从早晨一直干到天黑，车也越装越满。但是，马杰这时并没有注意到，黑七的眼神也越来越有些异样。

每当它看他时，眼里就会忽地暗下去，似乎闪着幽幽的磷光。

马杰还是把黑七估计过低了。后来的事情是发生在一天傍晚。在这个傍晚，马杰终于完成了大莲队长交给他的任务。他将最后一车粪肥装好时，连自己也感觉有些饿了。他赶着黑七来到村外，无意中摸了摸它的屁股，发现它身上已渗出洇洇的汗水，于是看一看四周没人就对它说，你现在肯定是又饿又累，对不对？黑七似乎没听见，仍然低着头，拉着粪车慢慢地向前走着。马杰笑一笑说，你知足吧，跟黑六比起来你幸福多了，你还没尝过我的鞭子呢，那滋味可比现在难受。马杰一边这样说着，粪车就已来到一座桥上。这是一座很窄的石板桥，刚够一辆粪车通过。桥下是一条水渠，虽然不深，但已积了很多淤泥。

马杰正说得高兴，黑七就已拉着这辆粪车走到石板桥的中间。

就在这时，马杰突然感觉有些不对劲了。他发现黑七回过头来看了自己一眼。在它回头的一瞬，他又从它的眼角看到了鱼尾纹。马杰立刻意识到，这时黑七冲自己笑应该不是好兆。他赶紧冲它大喝了一声：吁——！他这样喊是想让黑七停下。但是，黑七却似乎听而不闻，并没有要停下来的意思。于是马杰连忙又去拉车辕上的手闸。仍然无济于事。黑七的四条短腿突然变得强健有力，就这样拖着车闸硬是朝石板桥的边上走去。马杰慌了手脚，他意识到如果继续坐在车辕上是很危险的，但就在他要往下跳时，只见黑七的身体猛地往下一塌，又用力一缩，竟然就从辕套里钻了出去。装满粪土的木板车顿时失去了平衡，朝旁边一歪就从石板桥上翻了下去。这时马杰仍坐在车辕上，他一边向下坠落着只觉耳边呼呼的风响，渐渐地头已经朝下，接着许多散发着恶臭的粪团就噼噼啪啪地冲他砸过来。这时他的心里还很清醒，他知道倘若一直这样栽下去后果将不堪设想，他的头很可能会插进渠底的淤泥，而那样一来自己也就要像一株植物似的栽在了渠里。所以，他立刻试图让自己的身体正过来。但这座石板桥的高度毕竟有限，还没等他做出努力，他和这辆木板车就已轰然掉进了水渠。幸好他这时已从车辕里挣脱出来，于是被狠狠地抛到了一边。他感觉自己的身体是平着落入水中的，接着那些粪团便铺天盖地砸下来。他用尽全身的气力，好容易才从水里伸出头。

就在这时，他发现，黑七正面无表情地站在岸边看着他。

马杰这一次遇险最先惊动的是我们南高村。因为这条水渠恰好是两村的界河，而就在他出事时，我们南高村的人又正在附近的田里锄地，因此大家立刻赶来搭救他。马杰确实被搞得很惨，险些就丢了性命。大家七手八脚地将他从渠里捞上来时，身上简直臭不可闻，而且从鼻子和嘴里仍然不断地有水流出来，那水的颜色和气味也很可疑。

马杰就这样被送回了北高村。胡子书记和大莲队长当然不相信黑七会做出这种事。胡子书记摇着头说，黑七这样老实的一头驴，况且又不会缩身术，如果将它套牢了怎么可能从辕子里钻出去？不可能，胡子书记十分肯定地说，再怎样说这也是不可能的。大莲队长去村外的水渠边找到黑七，将它牵回来时发现，在它的肩胛处有一道明显的擦伤。大莲队长认为，这显然是因为套车的绳索没有拴牢，滑脱时剐伤的。大莲队长说，黑七的出身虽然有些问题，但在村里一向表现很好，它拉车拉了这样久，还从没有出过这样的事情，如果把缰绳拴牢了它是不可能褪套的。大莲队长还特意将黑七牵来知青集体户，似乎要让它与马杰当面对质。但这时的马杰已说不出话来。他由于肚子里灌进了太多的脏东西，一直在不停地呕吐，先是将前几次吃的饭菜都呕出来，渐渐吐得就只剩了黄绿色的胆汁。

彩凤一直守在马杰身边，只是不停地流泪。

彩凤那一次得了壮科，因为马杰烧死那一窝黄鼬才清醒过来。从此她就经常来集体户帮马杰烧水做饭，或为他洗衣服。北高村的人都有些惧怕大莲队长，彩凤却不怕。彩凤在这个傍晚对大莲队长说，你还是把黑七牵走吧，他已经成了这个样子，你再跟他说这些话还有啥用呢。彩凤说，就算他没把那辕套拴牢，也是为了给生产队拉粪，城里的工人出了事故工厂还要照顾呢是不是？大莲队长看看彩凤，就不再说话了。但是，这时谁都没有注意到黑七。黑七一来到集体户就始终盯着门外的那面墙壁。在那面墙壁上钉着一张黑色的驴皮。它的四肢向两边伸展开，似乎是很舒服地趴在墙上，虽已有些干硬，但那身皮毛仍然闪着黑亮的光泽。旁边还有一小块驴头形状的毛皮，两只眼睛已是两个洞，似乎瞪得大大的。

接着，黑七就做出了一个很奇怪的举动。

它慢慢走过去，伸出舌头在那张驴皮上舔了舔。

马杰直到夜里仍在不停地呕吐，还发起了高烧，嘴里一直嘟嘟囔囔地说着胡话，似乎在跟黑七争论着什么。胡子书记来看了，皱着眉说这样下去不行，还是赶快送医院吧，灌了一肚子大粪，弄不好会死人的。就这样，马杰就直接被送去了县医院。

其实我早就知道马杰和彩凤的事。那时马杰去公社粮站拉草料，经常带彩凤一起出来，偶尔也到我们集体户里坐一坐。彩凤很大方，看上去不像农村女孩，皮肤很白，五官长得也很细，只是稍微胖一些，身上圆圆的很丰满。那时女知青嫁给当地农民的有很多，男知青跟当地女孩子谈恋爱却不多见，因此马杰和彩凤的事也就引起很多人的关注。据说胡子书记曾经找马杰很严肃地谈过一次，问他是不是真想跟彩凤搞对象。胡子书记说，彩凤这孩子不容易，从小死了爹，她妈又是那样一个女人，这些年一直没有人疼，你如果没这心思，可不要害她。但马杰听了胡子书记的话并没有说什么。马杰认为也没必要跟胡子书记说什么。他觉得无论自己有没有这个心思，或者彩凤是否这样想，都只是他们两人之间的事，跟别人没有任何关系。但马杰曾对我说，他的确很喜欢彩凤，他说他喜欢胖一些的女孩，所以彩凤很合他的心意，至于她是不是农村女孩则无关紧要。

马杰很认真地说，彩凤也是读过高中的。

马杰这一次在县医院住了将近一个月。其实医生为他注射了催吐针剂，将胃里的脏东西吐干净也就很快没事了。但他的心理还是有一些问题。马杰在心理上一直摆脱不掉那件事的阴影，他一想起自己的嘴里曾经灌满那些脏东西就感到恶心，接着就又会不停地呕吐，无论医生用什么手段都无法控制。后来县医院的医生只好无可奈何地告诉他，这已是精神卫生方面的事，他们只是内科医生，也无能为力了。医生对他说，要想彻底痊愈只有去做心理治疗，或者自己慢慢调整，平时多想一些干净的美好的事物。

就这样，马杰就只好出院了。

马杰是在一个夏天的上午出的院。彩凤赶着大车来县里接他。马杰已经很长时间没有看到彩凤，见面一高兴竟然连呕吐的事也忘了。但是，在这个上午，马杰拎着东西一走出医院的大门立刻就愣住了。他发现，彩凤赶来的大车竟又是黑七驾辕。黑七这时也已看到马杰。但它只是漫不经心地朝这边瞥一眼，然后晃了晃头就把眼垂下去，似乎继续在想着自己的事情。马杰这时毕竟刚刚见到彩凤，正在兴头上，所以不想让黑七破坏了自己的心情。于是，他将手里的东西扔到车上，又让彩凤坐上去，自己就赶起大车从医院里出来。

夏天的上午已开始热起来，但微风轻轻一吹，还是有些凉爽。马杰的心情很好，刚刚出了县城，看一看前后没人，就迫不及待地将身后的彩凤搂过来。彩凤满脸含羞地推了他一下，说这里人多，再往前走一走吧。于是马杰在黑七的屁股上用力拍了一下就让它跑起来。大车来到瘦龙河边。这里只有一条被树荫遮掩的蜿蜒小道，只要继续往前走就可以直接通向北高村。马杰看一看路边，发现有一片灌木林，就将大车赶进去。接下来的事情自然也就可想而知。那时县级医院的条件还很差，住院病人要自己带被子。马杰没有想到，他带来的被子在这时竟然派上了大用场。他先和彩凤亲热了一阵儿，然后又将大车赶到一片枝叶更茂密的地方，把黑七的缰绳拴在一棵树上，就将车上整理一下，抖开了那床被子。这架大车的宽窄刚好像一张双人床，马杰和彩凤躺上去钻到被子里，这架双人床立刻就像一条小船似的晃晃悠悠摇荡起来。就这样从上午一直摇到中午，又从中午摇到了下午。后来他们摇得实在太累了，困倦了，就不知不觉地相拥着在被子里睡着了。

马杰和彩凤绝没有想到会发生后来的事。

在这个上午，黑七先是看着身后的木板车在一颠一荡地摇着，并没有什么反应，直到耐心地等到了中午，又从中午等到了下午，看一看车上安静下来，渐渐地还传出均匀的鼾声，它才开始伸过头去不慌不忙地啃咬拴在树上的缰绳。其实马杰拴的是一种莲花扣，这种绳结不要说牲畜，就是人也很难解开。但黑七这样啃了一阵，不知怎么竟就将这绳结啃开了。黑七又回头看一眼，就拉起大车悄悄地走出这片灌木林，然后沿着蜿蜒的小道径直朝前走去。它走得很轻，四蹄慢慢地抬起来又慢慢地放下，因此身后的木板车也就平稳得像一条船。下午的阳光透过繁茂的枝叶洒落下来，地上斑斑点点的如同微微泛起的波纹。在这个下午，当黑七拉着车走进北高村时，已是傍晚收工时间，去田里锄地的人们都在陆陆续续地往回走。这一来事情就好看了。马杰和彩凤仍还在车上很舒服地相拥睡着，他们在梦里已完全没有了时间和空间的概念，他们不管自己在哪里，也不管是中午还是下午，只是沐浴在夏日的阳光里恣肆惬意地睡着。他们觉得只要这样相拥在一起也就已拥有了这世界上的一切。但就在这时，他们恍惚中似乎隐约听到了什么声音。于是一起睁开眼。这时，他们才突然发现，这辆大车不知怎么竟然停在村里的十字街口，四周已经围满了人，大家正好奇地伸过头来向他们看着，就像在欣赏什么表演。彩凤立刻尖叫一声就将头缩进被子里去。马杰本想翻身起来，但意识到自己还一丝不挂，又赶紧躺下了。就在这时，车辕上的黑七突然扬起头，将脖子一伸就嘹亮地叫起来。它的叫声直抒胸臆，因此有着很好的共鸣，听上去就像花腔男高音一样地将气韵一直贯到了头顶。人群里不知是谁实在忍不住了，扑哧笑了一声。接着大家就立刻都跟着笑起来。这笑声和着黑七的叫声，如同是在伴唱。

当天晚上，马杰拎着一瓶地瓜烧酒来到牲口棚。牲口棚里的新任饲养员是贫协主任。贫协主任自从失去了一条腿，由于无法再去公社开会，就主动辞去了主任职务。但村里的人们仍然习惯叫他贫协主任。马杰对贫协主任说，他心里不痛快，想跟他一起喝一喝酒。贫协主任一听当然很乐意奉陪。其实贫协主任并没有太大的酒量，但马杰还带来了一盒沙丁鱼罐头，这盒罐头非常地诱人。贫协主任想，自己当然不能只吃人家的罐头而不喝酒，那样会显得过于嘴馋。于是，他为了这盒沙丁鱼罐头也就只好硬着头皮陪马杰喝起来。

就这样喝了一阵，贫协主任很快就醉了。

马杰伸手推一推，见贫协主任已睡过去，就起身来到牲口棚。

黑七这天晚上的食欲很好，一直在悠闲自得地吃着草料。这时，它一抬头看见马杰，先是愣了一下，接着就本能地向后倒退了几步。马杰并没有说话，走过来解下缰绳，就将它从牲口棚里牵出来。马杰一边走着，手里就已拎了自己的那根鞭子。他神不知鬼不觉地将黑七牵到村外，又来到了那条水渠的边上。这时黑七已闻到马杰身上的酒味，立刻就有了一种不祥的预感，它一扬脖颈张嘴想叫，却立刻被马杰用事先准备好的笼头套住嘴。马杰将它牵到石板桥的下面，把缰绳拴在水边的一根木桩上，然后就将手里的鞭子轻轻抖开。马杰事先已将这根鞭子做了处理，在鞭梢上拴了一块一寸左右宽的牛皮。他先在水里把鞭子蘸了一下，然后走到黑七的面前，看着它说，我真不明白，你为什么总跟我过不去？

这时黑七的眼角已经耷拉下去，嘴里紧张得不停地嚼着。

它瞥一眼马杰手里的鞭子，两只耳朵颤抖着扭了几扭。

马杰又说，我知道你害怕了，可现在已经晚了，我对你一直是一忍再忍，可你总以为我好欺负，你现在把我搞到了这步田地，我已经无法再在这村里待下去了，还有彩凤，她怎么惹着你了？你干吗要把她也扯进来？马杰说着哼一声，又用力点点头，你一个畜生能把我折腾成这样，你也够有本事了，好吧，今天咱们就把这笔账好好算一算吧。

他说着突然用力一甩，就把鞭子抽下来。他的鞭子抽得很讲究，只有那块鞭梢的牛皮挂着风声落到黑七的身上，而整条鞭子却没有发出一丝声响。由于这块牛皮很宽，所以落到黑七身上也就只留下一块灰白的印迹，倘若不仔细看几乎看不出来。但疼痛是一样的，黑七的身上立刻抖了一下。马杰的鞭子接着就像雨点般地落下来。他抽打得很有条理，也很均匀，黑七的身上渐渐地就出现了排列整齐的印迹。尽管黑七疼痛难忍，但也大感意外，它没有想到这个马杰竟然有如此厉害的鞭技。马杰在这天夜里就这样往黑七的身上抽打一阵，去水渠里蘸一下鞭子，接着再继续抽打。直到后半夜，他才终于停下手，将鞭子在木柄上缠了缠，然后走到黑七的面前说，我希望今天夜里的事，你能牢牢记住，下一次可就没有这样简单了。他这样说着，又用手拍了拍黑七那颗硕大的头颅说，如果黑六在天有灵，它会告诉你的。但这时，黑七反而平静下来。它盯着马杰，突然眯起眼，又在眼角皱出了一些鱼尾纹。

好吧，你就笑吧，马杰点点头说，只要你有胆量，咱们就走着瞧。

他这样说罢，将鞭子插进身后的腰里，就将黑七悄悄地牵回来。

第二天早晨，贫协主任酒醒之后来牲口棚里添草料，突然发现黑七的身上起了变化。黑七原本是纯黑的，这时却不知怎么变成了灰驴，而且不是正灰，隐约还能看到一些泛红的斑点，似乎一夜之间就成了一头雪花青。贫协主任以为是自己看花了眼，走到近前又仔细观察一阵，就发现了一件更奇怪的事情，黑七的脸上竟然还是本色，而且一头乌黑的皮毛显得更加油亮。贫协主任觉得这件事非同小可。恰在这时，胡子书记和大莲队长来到牲口棚。胡子书记和大莲队长先是很认真地看了看黑七，也没看出究竟是什么问题。但就在这时，胡子书记突然闻到贫协主任的身上有一股酒味，立刻问他，你昨晚喝酒了？

贫协主任点点头，说喝了一点。

大莲队长一听也立刻警觉起来。

于是问，昨晚，还有谁来过这里？

贫协主任吭哧了一下才说，知青马杰。

大莲队长和胡子书记相视一下，当即就奔知青集体户来。

马杰这时还没有起，仍然仰在炕上酣然大睡。胡子书记一走进来就闻到一股浓重的酒气，于是上前一把拽起马杰，沉着脸问，你昨晚去牲口棚，都干了啥好事？

马杰坐起来，揉揉眼，愣了一下才看清是胡子书记和大莲队长。

他懒散地说，我现在，还能干什么好事？

大莲队长问，你去跟贫协主任喝过酒吗？

马杰说喝了，心里烦，喝一点酒散散心。

大莲队长又问，黑七的身上是怎么回事？

马杰说我是跟贫协主任喝酒，又不是跟黑七，它的事我怎么知道？

胡子书记明白了，马杰是无论如何不会承认的。而且，他也实在想不出马杰究竟用了什么手段才使黑七变成这样的。于是说，好吧，你赶快起来，抓紧时间收拾行李吧。

去哪儿？马杰有些奇怪。

去工地。胡子书记说。

胡子书记告诉马杰，公社马上要动工挖一条排灌渠，已经下发通知，让每村至少派一名劳力，还要出一头牲畜，立刻去工地报到。这时大莲队长也缓下口气，对马杰说，你现在的情况，自己心里应该最清楚，这一次闹出的事在村里影响很不好，非常不好，我已经派人把彩凤送去了她姨家，你这一阵儿也不要待在村里了，就先出去挖渠吧。

马杰听了想一想，觉得这对自己倒是一件好事。

胡子书记又说，关于派牲畜的事村里也已研究过了，就让黑七跟你去。胡子书记盯住马杰，又意味深长地说，虽然这一阵，黑七跟你闹出一些事来，可毕竟一直是你用它，你们彼此熟悉，况且它在村里除去拉车也没别的用处。马杰一听是黑七，立刻要说什么。胡子书记却冲他摆一摆手，说别的话就不要再说了，这件事已经决定了。

马杰这次来工地时就已有预感，后面可能还会出事。

但让他没有想到的是，这一次闹出的事竟然不可收拾。

马杰对我说，其实在他出来前，北高村的贫协主任就已提醒过他。贫协主任对他说，他早已看出来，黑六和黑七这两头驴的心计太深，不知是不是它们出身的缘故，好像总跟人民公社不是一条心。贫协主任指着自己的那条断腿告诫马杰，说驴要歹毒起来可比人厉害，尤其这头黑七，表面看着不声不响，心里更比黑六深得没底，带它出去可千万要小心。

马杰对我这样说时，正在工地附近的一个水塘边上给黑七喂树叶。

这一次挖渠任务，我也被南高村派出来。但与我一同出来的还有一个当地农民，所以牲畜的事也就不用我去操心。关于黑七，马杰早已对我说过一些，因此我对它并不陌生。我很认真地观察过这头黑驴，却没看出有什么特别，我甚至觉得它比一般的驴还要猥琐，看上去不仅没精打采，还有些呆头呆脑。按公社规定，各村派出的劳动力工地上是统一管饭的，但牲畜不管，要自己解决。马杰虽然也带来很多饲料，却从不喂黑七，他将这些饲料都拿去跟附近村里的农民换了旱烟和地瓜烧酒。马杰说对黑七这种畜生就要采取虐待的方式，如果让它吃饱喝足，它就又会有精神生出一些事来。所以，他只是将它牵来附近的水塘边，喂一些树枝树叶或塘里的水草。这些东西黑七当然难以下咽。马杰却并不在意，爱吃不吃，渴了就让它喝水塘里的水。这是一个死水塘，青黄色的塘水已有些发臭，上面还漂了一层肮脏的浮萍。有时黑七宁肯伸着头去舔吃那些水面上的浮萍，也不愿吃树叶。

就这样，黑七很快瘦下去，渐渐地连肚子两侧的肋骨也显露出来。

最先发现问题的是工地上的质检员。质检员姓杨，来公社之前也曾在村里喂过牲畜，因此对这方面很在行。杨质检是从黑七的粪便里看出问题的。于是一天傍晚就来找马杰，问他这头驴是怎么回事。马杰有些奇怪，说没什么事啊，很正常。

杨质检摇摇头说，可是看它的粪便，好像不太正常。

杨质检问，你每天给它喂的，是什么饲料？

马杰说牲畜还能喂什么饲料，当然是草料。

杨质检问，哪一种草料？

马杰说就是一般的草料。

杨质检说不对，我怎么看着好像还有树叶。

马杰一听笑着说，可能是它自己从地上拣着吃的。

杨质检点点头，说这样最好，现在工程很紧，上级要求的时间更紧，所以不仅是人，牲畜的任务也很繁重，一定要让它们吃好喝好，还要注意它们的休息，这样才能确保工程正常进行。杨质检临走又特意叮嘱，说你要注意了，要我看，这头黑驴的肚子好像有问题。

黑七的肚子确实有了问题。由于马杰经常给它吃一些树叶水草之类的东西，又喝塘里的脏水，很快就拉起稀来。黑七拉稀也与众不同。它的肚子里似乎胀满了气体，每次拉稀前总要先放一个很响亮的屁，然后东西才随着气体一起喷出来，看上去就像一团米黄色的烟雾。如此一来，也就给马杰增添了许多麻烦。这条排灌渠其实就是一条河道，按设计要求不仅具有相当的宽度，深度也达五米左右，因此岸坡就非常陡峭，从渠底挖了泥，仅凭人的力量根本无法用手推车推上来，必须要用牲畜在前面拉坡。马杰将黑七的绳索拴得很短，这样可以便于他一边推车一边用鞭子抽打。但黑七在拉坡时一用力，往往憋不住肚子里的气体和稀屎，就经常会直接喷向在后面推车的马杰。如此一来马杰就要时时提高警惕，每当听到很粗闷的一声，立刻就要低下头去迅速将自己藏到车后，接着他的头顶上也就会出现一片昏黄的雾气。马杰很快就寻找到一个有效的办法。他再挖泥时，将铲起来的泥条一锨一锨在车里排列整齐，然后再像砌砖一样一层一层地码起来，这样也就形成了一道很高的像墙一样的屏蔽。而如此一来，马杰的表现也就显得格外突出。工地领导当即向马杰提出表扬，号召全工地都来向他学习，为了早日完成挖渠任务“一不怕苦、二不怕死”。上级领导为此还特意奖励了黑七一袋精细饲料。

但是，这袋饲料黑七却并没有吃到。当天晚上，马杰给黑七喂过树叶，就将这袋饲料弄去附近的村里跟当地农民换了一瓶地瓜烧酒和几个老腌儿鸡蛋。我曾经很认真地提醒过马杰。我对他说，最好对黑七不要太过分。我说让牲畜拉坡其实是一件很危险的事，你不为黑七想也要为自己想一想，它的身体一旦被搞垮，爬坡时突然拉不动车，那后果是很难设想的。马杰听了却只是微微一笑。他说没关系，他了解这头畜生。

但是，接下来的事情还是被我说中了。

关于这件事我一直没有搞明白。我觉得这很像是一起普通的事故。原因当然在马杰。由于马杰经常让黑七吃树叶，而黑七又一直拉肚子，体力也就越来越差，因此发生这场意外应该是黑七力不能支造成的。但马杰对我说，你太善良了，也太小看这头畜生了，它可不是一般的驴，你就是给它吃一年的树叶再让它拉坡，只要它肯咬牙也照样能爬上去。马杰很肯定地说，这畜生就是故意的，它这一次的用心更歹毒，它是想要我的命。

但我仍然将信将疑。我很难想象黑七会有这样险恶的用心。

发生这件事是在工程接近尾声的时候。这时水渠已挖到最底层，地下水也渐渐渗出来。因此工程也就更加艰难，大家不再是挖泥，而是用铁锹在水里捞泥。那是一个上午。当时马杰正赶着黑七爬坡。岸坡不仅泥泞，也越来越湿滑。就在黑七快要爬到坡顶的一瞬，它突然站住了，四个蹄子用力在地上刨着不停地打滑。马杰立刻看透了它的心思。以往黑七也曾耍过这样的伎俩，爬坡时故意表现出筋疲力尽，上去卸车后好趁机休息一下。这一次马杰却不想让它休息。就在前一天的晚上，工地刚刚为劳力们加钢。所谓加钢也就是改善伙食的意思，每人一大碗油汪汪的炖肥肉，外加八个浑圆雪白的硬面馒头。因此马杰这时仍然浑身是劲。马杰抡起鞭子就朝黑七抽了一下。他这一下非常狠，正抽在黑七的耳根上。马杰当然知道，牲畜的耳根是轻易不能抽打的，由于这里过于敏感，牲畜往往会因为突然的疼痛而受惊。但是，马杰故意要这样做，他就是想警告一下黑七，让它明白，他已看透了它的小聪明。黑七挨了这一鞭子突然一愣，然后把身体微微地向后顿了一下。这时它的四个蹄子已深深地插进泥里，浑身的骨头也将毛皮用力地绷起来。它慢慢回过头，朝马杰看了看。

马杰突然发现，它的眼角又皱起了一些鱼尾纹。

他原本已经又一次举起鞭子，这时突然停住了。

也就在这时，黑七的屁股慢慢塌下去，接着将身体猛地一缩，又用力向前一蹿。它的用意显而易见，是想故伎重演再一次从辕套里钻出去。但马杰已接受了上一次的教训，事先早有防备，他将黑七牢牢地在辕套里拴死了。如此一来事情也就更加严重。黑七拉着车原本是绷紧气力的，这时稍一松劲，泥车立刻就顺着岸坡开始向下溜去，而且越溜越快。待黑七意识到自己根本无法从辕套里钻出去，再想将车控制住也就为时已晚。于是，这辆装满湿泥的手推车就拖着黑七一直向下冲去，接着又猛地一颠，便裹挟着马杰一起翻下沟底。马杰的两手仍然紧紧抓住手推车的把手。他只觉天旋地转，很快就被一股巨大的力量抛向一边。就在他被泥土埋起来的最后一瞬，看到黑七一直滚下来，被沉重的泥车砸在了下面。

马杰这一次险些丢了性命。他从泥里被挖出来时，耳朵鼻子和嘴里都已塞满了泥浆，憋得几乎透不过气来。杨质检立刻指挥大家拉过一根胶皮管，接到一台抽水泵上用力朝他冲了一阵。直到将他冲出本来面目，又狠狠打出几个喷嚏，吐出一些泥沙，才终于喘过气来。

但是，黑七没有这样走运。它的一条前腿被砸断了。

马杰已有预感，这一次的事还刚刚只是开始。

他对我说，这种预感是回北高村以后才有的。

在那个出事的上午，工地的杨质检亲自用一台拖拉机将马杰和黑七送回村来。北高村的知青集体户是在村口，所以杨质检没有进村，直接就将马杰和黑七拉来集体户。马杰送走杨质检，回到集体户的院子时，突然发现黑七又站在了门口那面墙壁的前面，正冲着墙上的那张驴皮呆呆地发愣。它的两个耳朵软耷耷地垂下来，鼻孔里发出突噜突噜的喘息声。那条伤腿还不时地往上抬一抬，似乎想触摸一下墙上的那张驴皮。但这驴皮实在挂得太高了，它触摸不到。它的眼里似乎蒙了一层雾气，接着就有一些像泪水一样的浑浊液体流淌出来。马杰走到它跟前，抓住缰绳用力拽了拽，想把它从这张驴皮的前面拉开。他觉得它这样看着这张驴皮很不舒服。他使劲拉了几下，却没有拉动。黑七仍然执着地朝墙上看着，四个蹄子像是钉在了地上。马杰用缰绳朝它脸上狠狠地抽打了一下。

黑七突然回过头，盯住马杰一下一下地看着。

马杰与它的眼神碰到一起，不禁也愣了一下。

就在这时，胡子书记和大莲队长带着几个村干部来到集体户。他们正在村里开会，研究秋收的事，听到消息就立刻赶过来。胡子书记先询问了一下马杰和黑七的伤势。马杰说自己倒没有太大问题，只是肺里呛了一些泥水，还有些咳嗽，身上和腿上也被砸了几处，并没有伤到筋骨。但贫协主任很快发现，黑七的问题很严重。贫协主任将它的那条伤腿搬起来看了看，发现已断成三截，于是摇摇头说，这畜生废了，以后没啥用了。

胡子书记还有些不死心，看了看贫协主任。

要不要……再牵去公社兽医站看一看?

大莲队长也说，牲畜的事，最好慎重。

马杰却在一边说，不用看了，没用了。

没用了？大莲队长问。

没用了。马杰说。

胡子书记和大莲队长商议一阵，又跟几个村干部碰了一下。

然后，胡子书记就点点头说，好吧，看来杀是一定要杀了。

大莲队长说，喂一喂也好，秋天正是牲畜上膘的时候。

胡子书记看一眼马杰，等喂得肥一些，还是由你来杀吧。

就在这时，谁都没有注意，站在旁边的黑七慢慢抬起头，朝胡子书记和大莲队长这边看了看，又用力瞥一眼马杰和贫协主任，然后转过身，就一瘸一拐地向门外走去。

接下来的事情就更有了一些传奇色彩。

马杰对我说，这件事确实令人不可思议。

那时已是初冬季节。田里的粮食收到场上，都已用苇席一垛一垛地囤起来。马杰因为身体还没有完全康复，就被派到场上守夜。在那个出事的夜晚，马杰确实感到有些异样。就在这一天的下午村里刚刚做出决定，第二天上午，要由马杰动手杀掉黑七。尽管马杰一再向村里提出，他的身体还很虚弱，杀黑七不是一件简单的事，恐怕自己还没有这样的气力。但胡子书记的理由似乎更加充分。胡子书记说，首先，当初黑六就是由马杰杀的，而且事实证明，他这种砍头的方法也很好，不仅可以使牲畜少受痛苦，浑身的血一下被放出来，肉也更加好吃。再有，胡子书记说，让马杰来杀黑七应该也最合适，黑七这段时间没少给马杰找麻烦，起初大家还怀疑，是不是马杰对村里有什么意见才故意在黑七的身上出气，但现在看来，应该不是这么回事，而且经公社的杨质检证实，这一次在工地上，黑七还差一点就要了马杰的命，所以，胡子书记说，让马杰杀黑七也正好可以出一出心头的闷气。胡子书记最后又说，还有一点也很重要，村里人都不愿动手杀牲口，这马杰应该是知道的，所以让他来杀也算是为村里做了一项工作，大家的心里都有数，自然是很感激的。

马杰听胡子书记这样一说，也就不好再说什么了。

在出事的这天夜里，天很阴，到后半夜时还飘起了细碎的雪花。马杰像往常一样，先去四周巡视了一遭，看一看没有什么事，就在场边点起一堆火，然后掏出一瓶地瓜烧酒独自喝起来。这时四周万籁俱寂，只有远处的田野里偶尔传来土獾或黄鼬的叫声。马杰一边喝着酒，忽然想起彩凤，心里就不免有些伤感。据大莲队长说，彩凤的姨家是在关外，她姨已在那边又给她找了一个对象，而且很快就要结婚了。马杰想，他和彩凤也许今生今世都不会再见面了。于是他就又想到了黑七。他觉得他和彩凤的事弄成今天这样完全是黑七造成的。他怎么也想不明白，这个黑七不过是一头驴，它为什么会对自己怀有如此刻骨的仇恨。

马杰正在这样想着，忽然听到一阵轻微的笃笃声。

这声音时断时续，又非常地清晰，似乎越来越近。

他慢慢回过头，朝黑暗里看了看，就看到了黑七。

黑七显然是啃开缰绳溜出来的。它的一条前腿仍然高高地抬起来，走路的样子有些奇怪，像在跳一种舞蹈。这时，它走到马杰的面前，歪起头很认真地看看他。马杰借着火光突然发现，它的眼角又皱起了一些鱼尾纹。它的脸已明显地胖起来，因此这些鱼尾纹看上去也就更像一种很怪异的笑纹。马杰慢慢站起来，也盯住它看着。就这样对视了一阵，黑七就慢慢转过身，不慌不忙地朝着附近一间堆放工具的土屋走过去。在那间土屋的门口放着两只巨大的油桶，里边装满农机具用的柴油。黑七走到一只油桶跟前，低下头去用力顶了一下，又顶了一下。就在这时，马杰突然有了一种不祥的预感。他立刻朝那边扑过去。但是已经晚了，那只油桶被顶得晃了几晃，咕咚一声就倒在了地上，里边的柴油立刻汹涌地流淌出来。接着，黑七就做出了一个更令人吃惊而且不解的举动，它慢慢躺下去，在那流淌的柴油里滚了几下。它身上的皮毛虽然短却很蓬松，所以这样一滚那些柴油立刻就被吸进去。它又滚了一阵，用力站起来，然后就一瘸一拐地朝马杰走过来。它的那条前腿仍然高高地抬着，似乎在挥舞着一只拳头。马杰突然明白了，立刻转身朝场边跑去。在那边堆放着两垛秫秸，而秫秸垛的旁边就是一囤一囤的粮食。但黑七的动作比马杰更快，尽管它瘸着一条腿，看上去仍然异常地灵活，它只在那堆火上一跃而过，身上就立刻燃烧起来。接着，它一扭头就猛地朝马杰直冲过来。马杰向后倒退了两步，转身朝着粮垛相反的方向跑去。事后他对胡子书记和大莲队长说，他这样跑当然是想将黑七引开，因为他已明白了它的企图，他绝不能让它的阴谋得逞，更不能眼看着贫下中农辛苦一年的劳动果实付之一炬。但是，他却告诉我，他当时这样跑其实已是慌不择路，倘若他再跑慢一点浑身燃烧的黑七就会朝他撞过来，而那样他的后果也就不堪设想。在那天夜里，马杰就这样不顾一切地向前狂奔着。黑七则跟在后面紧追不舍。黑七身上的火焰越烧越旺，几乎将村外的田野映得通亮。直到马杰在村外绕了一圈，又跑回知青集体户，黑七追到门口就终于无法再跑了。这时它的身上已着起了熊熊大火，皮下的油脂嗞嗞流淌着，使耀眼的火焰一直升腾到半空。它就那样站在知青集体户的门外，睁大两眼瞪着惊魂未定的马杰。那条伤腿仍在一下一下地用力挥动着……

天亮时，雪已越下越大。清新的空气里弥漫起一股肉香。但这香味有些奇怪，隐隐地含着一些焦煳，似乎还混有一些柴油的气味。北高村的人们循着这气味来到村外，就赫然看到了黑七。这时的黑七仍站在大雪里，身上只剩了一具灰褐色的骨架。这骨架还在冒着一缕缕坚硬的青烟，看上去如同金属的一般，就那样硬挺挺地站立在雪地里。

《收获》2006年2期

逝者的恩泽

鲁　敏

一

在东坝这样小而旧的镇上，每增加或减少一个人，都会成为一个事件，其中的主角与配角总会在人们的嘴上辗转相传、反复咀嚼，像一种吞下去又可以吐出来、你尝完了他又可以再吃的神秘食物。这食物，让东坝的人们在漫长的日月天光里多了一点稀薄而发自内心的快乐。

因此，当古丽和她幼小的儿子达吾提带着陌生的异域气息出现在小镇上时，几乎所有的人都为之暗中一喜，这喜悦是如此真诚且强烈，以至人们不想虚伪地加以掩饰，他们中的一些急性子和无所事事者甚至尾随着古丽和那个男孩。在古丽的身后，很快出现了一支松散的小型队伍，人们的脚跟和脸颊上共同散发出一股善意的好奇之心，并一直弥漫到冷冰冰的空气中，钻进达吾提的鼻尖，让小男孩的鼻翼像蜂鸟一样地鼓起来。

达吾提拉拉古丽的衣角，他对着妈妈抽抽鼻子，脸颊飞速地皱起，然后又突然拉平。古丽像听到了什么，她回过头。

这样，镇上的人们得以第一次看清古丽的脸。

此时正是冬季，这个苏北小镇，路边铺着枯黄的小草，树枝杂乱地伸向天空，街面的店铺们覆盖着一整年的厚厚灰尘，呈现出黯淡的色调，触目所见，了无生趣。

而古丽回过头，忽然改变了这一切似的——她的面孔着实美丽。她没有微笑，但人们还是感到一种春天般的和煦，宛若草长莺飞，大家不由自主地回报以更加暖和的笑容。

这显然鼓励了她，她迟疑了一下开口问道：请问陈寅冬家往哪里走？

她的口音如此奇怪，像是北方官话，又像是某种侉子方言，有些别别扭扭的，人们听得费劲极了，也兴奋极了，如同刚刚进行了一场智力测验。

不过，陈寅冬！她问的是陈寅冬？这是一个死去男人的名字呀！而且，他死在异乡，死于一场意外！人们几乎无法自持了，这是多么重大的事件！陈寅冬的名字立刻变成了一枚秘制的上等酸梅，他们每个人的嘴巴都因此变得更加湿漉漉了。

惊愕与狂喜使得这一瞬间出现了冷场，人们再次仔细地打量她。她穿着一件长长的外套，色彩鲜艳，或许这是条裙子；她的头发被一条更加艳丽的头巾缠住，只在头巾的下方垂下一个沉甸甸的结，如果她把头发放下来，一定会长得超过镇上所有的姑娘。有人还注意到她耳朵上的银饰，同样是长长的，在空气中逶迤，跟这里妇女们常用的耳钉截然不同。

队伍中比较富有阅历和威信的一位站出来答了，因为小心翼翼，语速有些慢吞吞的，不那么自然了：您不晓得吗？陈寅冬已经过世了，过世都一年多了。您这是……

哦，我知道。我只是找他的家。古丽继续用那难懂的口音答道。

那么，您是……

是啊，她是谁呢？这镇上的每户人家，每户人家的家庭成员，每个成员的每个亲戚，大家都是了如指掌的。可是真的没人听说，陈寅冬竟有这么一位漂亮的……亲戚？

陈寅冬，父母早亡，且无同胞，很早就出门做工，后来在镇上娶了同样失怙的黄姑娘，生了女儿，然后仍是出去做力气活，跟着一个工程队到很远的西北修筑铁路——在镇上人的眼中，他几乎是个完全陌生的邻里，每年只有春节才会在镇上度过，有点孤僻神秘的样子，然后便继续远赴那不可知的西北，直到有一天，从那里传来他突兀的死讯。

他一共活了四十八年，可在镇上人看来，却似乎只活了一个春节，他的生命在人们的记忆中只有几十天——从腊月到正月，他活在镇上，然后，他消失了。在这个世上，他只留下母女两个，其余的便再无枝蔓。

那么，这个女的是从哪里说起呢？并且还带着个七八岁的孩子。

荒诞不经的想象力、五彩缤纷的推测，在人们的头脑中，像爆炸后的碎片般飞散开来，瞳孔慢慢放大，他们目不转睛地盯着古丽，像盯着一幕即将开场的好戏。

唉，这个冬天，也许可以多串几回门子吧，拱着手，在屋檐下窃窃私语，寒风从袖子与领口中穿过，人们无知无觉地沉浸在交谈的乐趣中。

在一个孩子的殷勤带领下，古丽和达吾提被带到了已故的陈寅冬的家，带到了陈寅冬留下的那对母女前。

陈寅冬的太太，即前面说到的黄姑娘，名叫群红，她长得有些老相，从做姑娘时便老相，加之长陈寅冬两岁，镇上的人都称她为红嫂，这一叫，一直叫到五十岁。

女儿呢，已经十九岁了，应当是最娉婷的时候，却生得不太好看，头发稀而黄，又偏瘦，这在东坝镇上，是一种不可原谅的容貌。她上过几年学，名字是陈寅冬起的，叫陈青青，照镇上人们的审美，这青青，连名字也是有些小气了，不那么喜庆。

红嫂站在大门口，青青站在侧门口，她们一起看着古丽和小男孩，注意力很快被分散到古丽的脸及衣饰上，一时间竟忘了盘问她的来意，是啊，谁不会被古丽的模样给迷住呢。但站在不远处的人们有些不耐烦了，有人咳嗽起来，另外有人吐了一口浓痰——这有效提醒了红嫂，红嫂意识到她担负有开口询问并给人们一个说法的责任。

红嫂于是开口问道：您到我们家找谁呢？

古丽把男孩往身边拉了拉，答非所问：我们从新疆来，这是陈寅冬的儿子。

哦！惊呼在人们的胸腔中此起彼伏。陈寅冬的儿子！那位陈寅冬竟然还在外面生了个儿子！这么说，这个又好看又年轻只是话说得不太好懂的女人是他的小老婆！哎呀，这都是新中国了呀！都建国好几年了呀，怎么还会有这么……这么旧社会……的事情呢！男人们在心里翻江倒海了，几乎要把陈寅冬从坟里揪出来细细盘问一番并好好揍上一顿。

青青在侧门口那里闪了一下，把自己关到房里——这是她的一个习惯动作，也是在红嫂多年要求下的一种条件反射，作为一个十九岁的少女，对一切可能出现的丑闻都应当回避，或装着视而不见、无动于衷，最多，最多只可以躲在门缝里偷看。

门缝，顺便说一下青青的门缝，这可是青青张望世界最妥帖的通道，由于长年累月的摩挲与使用，青青的房门后面，门缝的两侧，甚至呈现出一种光滑的手感，像是少女的皮肤，带着玉的微凉……父亲的缺席、寡母的谨慎，这导致了青青与其他少女的显著差异，其敏感与戒备、自闭与孤寂，永远没人能够抵达或触摸。

青青能够躲进小屋，做母亲的却不能够。红嫂的身子晃了一晃，脸上虽还是笑着，却明显没了力气：真的？她轻声地嘀咕一句，像是用嘴巴在问自己的耳朵：刚才听到的是真的吗？陈寅冬真的在外面生了个儿子？

真的。古丽再次把小男孩往前拉拉，那动作让人们联想到她是在出示一个人证或物证。人们在不觉中被引导了，注意地看起那个男孩，这一看，事情好像却更加严重了：这个男孩，里里外外哪里有一丁点儿像陈寅冬呢！他的眼睛明显地凹进去，头发是微黄带卷的，肤色白皙得过分，连血管都要透出来似的。这一看，所有的男人几乎都要笑出声来，哈。哈哈。这个男孩，他的父亲怎么可能是这镇上的任何一个男人呢，他的种子必定来自古丽所在的那片土地。

围观的人们流露出看出破绽的神情，他们明显地放松下来，互相捅捅胳膊，几个妇女甚至叽叽咕咕地笑起来。这些镇上的妇女，一辈子都是贞洁的，乏味的贞洁，廉价的贞洁，但她们自认为永远有理由在那些身份不明的女人面前表现出大大咧咧的骄傲。比如，这个古丽，并且她竟然扯起这么不高明的谎。

红嫂抬起了眼皮，又耷下去眼皮。不知为何，邻里们的神情与笑声让她感到了不快，她不喜欢人们这样对待跟陈寅冬有关的人或事。这对她也是一种间接的冒犯不是吗？

于是，红嫂重新抬起眼皮，轻轻拉过那男孩：既是这样，进家里说吧。古丽自然地也抬起脚跟着进去了。大门在她们身后被缓慢地关上。

人们张开的嘴巴在半空停住，舌头几乎变得寒凉。这是怎么说的？

这是怎么说的！红嫂竟然就信了那女人？她不仅信了，而且还容了那女人，拉着那孩子，让她们进了屋？哎呀，这话是怎么说的？他们感到自己都要变得结巴了，他们在惊愕中彼此对视，同时，感到一种接近高潮般的满足——今天的这个热闹，可真是看得足了、饱了、撑着了，都要打嗝了，都要半夜睡不着觉了。

古丽显然是累了，并且很饿。那个男孩也好不到哪里去。

红嫂一言不发地替她们准备了一些吃的，热气腾腾地端上来，窗户上很快弥漫起雾气，像是黄昏提前降临到这间屋子。

古丽神情自若，真像是回到了自己的家似的，左手抓着包子，右手捧着大碗，发出极为享受的吞咽声。那男孩则像只小狗似的，每吃一样东西，都会极为小心地先凑上去用鼻子闻闻，上下嗅嗅，像在对气味进行鉴别与记忆，然后才慢条斯理地吃起来。

青青倚在侧房的门框上，像在瞧一张画片片，或者像在舔一个棒棒糖，用了那种节俭的、流连的眼光，从细枝末节开始，然后才慢慢地集中到画面中间——对她而言，这是多么奢侈的风景。这么些年，她所能看到的他人，仅仅是母亲，或是一些邻居的侧面与背影。

她首先注意到古丽放在屋角的布包袱，她下意识地进行了猜测，她想象着，那里面一定是更多的衣服和首饰，会把整个镇子都惊呆……接着她把眼光移到桌子下面，古丽的脚与男孩的鞋，这是两双沾满灰尘的鞋，这是哪里的灰尘呢，一定超出青青所能想象到的最远地方吧，比邻镇远，比县城远，比省城远，比天边还远……青青欢喜地看了又看，她甚至愿意自己就是那两双鞋，是鞋帮儿，是鞋底儿。只要，她能够一直那样走啊走啊，走到最远的地方……

古丽吃东西的声音分散了青青的注意力。红嫂曾教过青青，女孩子吃东西一定要无声无息，走路要无声无息，笑起来也要无声无息，睡觉更要无声无息（特别是跟男人睡时，不过，这一点红嫂没有说得那么明确）——红嫂的这种家训在这个小镇上当然显得有些阳春白雪、不合时宜了，但青青并不清楚这种差异所导致的滑稽和荒诞，事实上，她是个没见过任何世面的姑娘，对这个世界的肮脏与荒淫一无所知。红嫂的长年独居生活像是一个沉闷的巨大温室，青青在其中温顺地、不为人知地独自生长，她把母亲的一切教导奉为圭臬。

不过，此刻，她不能不感受到古丽吃东西的声音——一个年轻女人，她咂摸着嘴巴发出模糊的哼唧声——这在想象中，本是多么典型的粗俗之举！可是，不，听听古丽，看看古丽，她所传达和散发出的一切多美呀，如此舒服！自然！那是对简单食物的满足，对热汤热水的感恩，对健康肠胃的呼应……青青简直看得入迷了，呆住了，好像第一次从古丽这里知道：吃饭原来可以变成这么豪放的一件事。

怔忡之中，青青把眼珠流转过去，像是慢慢移动的光线，她打算再好好看看那个小男孩。刚才，在观察古丽的同时，青青用余光注意到，这个男孩对味道有着特殊的爱好。筷子，他会闻闻。菜叶，他会闻闻。红嫂拿来的抹布、红嫂放在桌边的围裙、古丽突然打出的一个饱嗝——他也会飞快而认真地嗅嗅鼻子。多么奇怪的爱好呀。青青正想好好研究一番，小男孩却刚巧吃完，也正抬起眼睛盯着她呢。这让青青有些猝不及防——男孩的眼睛大而亮，并且湿漉漉的，像是家中院子里那专门接天水的一口大缸似的，青青竟能照到自己的身量和影子。青青不由自主地走上前去，摸摸达吾提的脑袋，那黄而微卷的头发毛茸茸的，细腻而伤感。

——青青对古丽及达吾提的好感是没有实际意义的。太多的悬疑与敌意仍在屋子里四处窜动，伴随着红嫂走来走去的身子。红嫂在收拾碗筷，红嫂在抹桌子，红嫂在整理凳子，她的每一个动作都像是一个饱满得快要坠下来的水滴，或是正在发酵的谷物，酝酿着无声的诘问与指责：你跟陈寅冬到底是什么关系？凭什么说这男孩就是他的儿子？今天找到这里来又是什么意思？寻亲么？认门么？闹事么？

古丽仔细地盯着红嫂，像是聋人在读唇语，并且，真像是听懂了每一句潜台词似的，她轻轻地打了个嗝，神色平静地开始回答，口音别扭而吃力，因此显得极为慎重。

大嫂，这儿的地址是陈寅冬给我的。他说过：如果想离开新疆的话，就到这里来找你们。

我认识陈寅冬的时候就知道他是结过婚的，他跟我说起过你们。但我还是跟了他十一年，一直到他去世。

我们那儿有好多女人都这样，十几岁便早早地出来做活，跟着铁路线上的工程队过日子，给工程队的男人们烧饭、洗衣……铁路线从没有人烟的荒地间穿过，我们天天儿只能看到那些男人，男人们也只能看到我们……工程队沿着铁路线从东往西一里一里地变长，我们跟那些男人也开始一对一对地好上了，我们都知道这些男人是结过婚出来的，可是，那有什么关系呢，在那大荒漠里头？

咱们的这种好，就真是跟夫妻一样好的，各门各户的，像过日子一样的，像外面的胡杨树一样的，像外面的风沙一样的，不知道怎么开始的，也不知道最后会怎么样结束。或许，等到铁路修完了，那结局也就自然到来了，要么是散了，要么仍然在一块儿，那谁能说得准呢……

可是我跟寅冬，我们俩的结局却提前到了。那铁路还没修完呢，那工程队还好好地在着呢，那工地上还热火朝天着呢，他却突然死了。您一定知道的，吊机上的一捆轨道枕木，像是瞄准了很久似的，一直等到他路过，才不偏不倚地掉下来……

你是说瞄准！他在瞄准枕木吗？红嫂冷不丁地插了一句，像是早就等着什么似的。

不是！不是！您听错了，怎么可能呢！当然是枕木瞄准他！你想，那条走道宽宽的，那枕木为什么不前不后偏偏就掉下来落到他头上呢！古丽急迫地反驳起来，并且紧紧地盯着红嫂，她怎么会这样想呢？有谁会去找死吗？

你刚才是说，陈寅冬在死之前就把这里的地址给了你，他难道早就知道自己要死？红嫂仍是紧紧地盯着古丽。

这世上，谁都知道自己最后是要死的呀！只是没想到他会那么早，其实，他死后不到一年，那铁路就修好了，现在都开始通车了，他若是没出事，就再也不会出事了……古丽仍是有些混沌的样子，丝毫没有听出红嫂的潜台词。她的简单与迟钝，像是未开口的刀似的，有点可笑，却又带着巨大的善意。

红嫂沉默了一会儿，她想到了工程队寄给她的一笔钱。那可是个大数目，她至今不敢跟镇上的任何人说出真实的数目，就像她至今不愿跟人谈论陈寅冬的死亡，因为，那听上去多么不真实呀！她想象中的死亡应当有病床与药罐，有尸体与寿衣，有守灵夜与坟头草。可是丈夫呢，他这个死可真是别出心裁呀，只有一张薄薄的电报，来自人们从未到过的地方，一张电报把他的死全部概括进去了，随后跟着的是一大笔款子——陈寅冬被枕木砸扁的身体好像并没有被埋进那片荒凉的沙地，而是变成了一张汇款单，变成了汇款单之后的一张张票子，千里迢迢地慢慢地随着魂魄飞回故里。

红嫂想起来，在陈寅冬的最后一个春节里，在床上，他曾经跟红嫂说过一句莫名其妙的话：无论我做什么，你都要体谅我。一切都是为你们几个好，为了你们将来好。

这话听上去有些拗口，而且陈寅冬一贯沉默寡言、不善表达，夫妻二人之间也一向温和平静，这话就令红嫂很是惊异了，她有违妇人之道地主动搂起陈寅冬，钻进他孱弱的胸膛，却突然感到耳根处多了几滴眼水。是陈寅冬流泪了。

当时的情景在陈寅冬死后一再重现，像是陈寅冬以一种特别的方式在对红嫂耳语：一切都是为了你们好，为了你们将来好。红嫂心有所感，疑惑与哀痛之情如惊涛拍岸：他为什么要这样呀？没有那笔抚恤金不也能照样过日子吗？当然这话她从未向任何人提及，或许也是因为缺乏更多的佐证。

可是，现在，此刻，这个女人以及她所带来的讯息，无疑再一次印证了红嫂此前的猜想——不是枕木在瞄准陈寅冬，而是陈寅冬在瞄准枕木。这是一次蓄意的死亡。

一阵复杂的滋味向红嫂袭来——一来，她的某种猜测得到了印证，但与此同时，又有了新的发现，陈寅冬口中所指的“你们”并不仅仅指的是红嫂和青青，还有眼前的这个女人和那个男孩子，而正是这四个人，这矛盾而现实的存在，这无法兼得的两端，以及不可调和的将来，促使丈夫选择了与枕木的拥抱。

在红嫂的沉默之中，古丽又往下接着她的叙说：我没能看到陈寅冬的身体，说是脸被砸得太烂，他们匆匆忙忙地就把寅冬的后事给办了，我连最后一面都没见到……我哭了一个星期，后来就不哭了，日子还要过呀，达吾提还得养活呀……我还是跟在工程队后面替他们缝缝补补、烧烧洗洗，替我和儿子挣些生活费……不过，这样的日子也没过长，还不到一年吧，那条铁路就修好了，工程队就散了，他们一下子就全走了……我怎么办呢？我能到哪里去呢？这样子能再嫁人么？嫁了人达吾提还会有好日子过么？这样的，我便找出他给我的地址了……我想我就来吧，就在他的家里跟你一块儿过日子吧……即使这辈子，人们都会说我是小老婆，说达吾提是个私生子……可是，这是他说过的，叫我们到您这里来……

古丽一口气说完了，这似乎是她所能说出的全部解释，现在她嘴里空空荡荡，再没什么好说的了。天上为什么飘来一朵云，地上为什么少了一只羊，一切不都是清清楚楚的吗？她看看红嫂，等待后者的答复。

红嫂不看她，也不回答，她在看着达吾提。达吾提这孩子累坏了，这会儿正趴在桌上打瞌睡，他的脸被胳膊压得有些变形，薄薄的嘴唇边，一条清亮的口水在渐渐浓重起来的暮色中缓缓拉长，最终滴到地面上，形成一个铜钱大小的水迹。

古丽这次明白了红嫂的潜台词，她顺着红嫂的目光也看着达吾提：是的，这孩子不像陈寅冬，一丁点儿都不像，他甚至都不太像我，真奇怪，他像我二哥……我二哥就是这样，白皮子，卷头发，凹眼睛……

那么，我凭什么相信你呢？相信你是陈寅冬的女人，相信这孩子是陈寅冬的血肉？

古丽想了想，忽然不合时宜地微微一笑，像荒凉山坡中开出的一朵山茶。她走到红嫂身边，把嘴巴凑到红嫂耳边，她轻轻说了一句：他在床上，喜欢用脚……

站在门边的青青尽量地张开耳朵，可是真可惜，她连一个字都没有听到。但这句话显然极为重要，她看到，红嫂突然松弛下来，并轻轻地搂住古丽，两个女人为了一个共同的秘密而同时笑起来，笑得都有些暧昧了，到最后，又变得像哭一样。

凭着这句话，红嫂认定古丽的确是陈寅冬的人，而达吾提，是个长得不太像父亲的孩子。

红嫂真的留下了古丽和达吾提。

清晨稀薄的空气里，镇上的人们在简短地相互招呼过后，互相谈论起事件的这个结果，像是谈论起昨夜的一个共同的梦境，梦里，他们想象着古丽和男孩在这个小镇上今后的日子。古丽进入了小镇的梦，这也许是某种标志：她现在不再是外乡人了。

好奇心继续存在着，宽容却同样在生长，大多数人故意忽略掉男孩可疑的容貌和值得推敲的身世，同时，对红嫂的大度表现出由衷的满意。人心都是肉长的呀，哪能真的就让古丽和那男孩再回到新疆去呢？他们不投奔这小镇，还能投奔哪里呢？

当然，有人想到了经济的问题。原先，红嫂是靠陈寅冬的工资养活的，陈寅冬去世之后，红嫂就出来做起了小营生，主要是走街串巷地卖小吃物，冬天卖元宵汤团，春秋包饺子馄饨，夏天是酸梅汤果子露……靠着这种小买卖，红嫂和青青两个是够吃了，这下，再添出两个人丁来，恐怕就拮据了吧……念及红嫂这么些年的贤德，人们不免又替她感到委屈，她这一辈子，哪里享过什么福呢？小时候没个父母疼爱，成家了基本就是长年守活寡，守到最后，倒成了真正的寡妇，这都五十多岁的人了，临了，却还要替陈寅冬的小老婆私生子操心……

但也有人提出了不同的看法，认为这事对红嫂来说未尝不是件好事。您想啊，那青青终归是要出嫁的，而这红嫂，眼看着也就要衰老的，天上掉下个古丽和男孩，不是给她轻轻松松就旺了人丁、添了子嗣么！再说了，人，生来是吃饭的不错，同样，也是能挣钱的呀，那古丽，哪会真的就来白吃白喝呢，红嫂呀，也算是多年的苦债换来个善终……

这些贴心贴肺的话自然传到了红嫂的耳里——这是镇上人们的美德，人们酷爱窃窃私语，同时也愿意把善意加以放大和传播。

红嫂对此不置一词，也未表现任何伤感、忧虑或沾沾自喜。担着吃食筐子，走在无人的小巷，她会对着虚空露出会心一笑。她是想到了那笔秘密的抚恤款子，到现在，她都还没动过一分一毫呢，她把它们放在那里，放在一个干燥妥帖的角落……只要有了那笔款子在垫底，她也就不怕了，就有退路了，她相信她能带着四个人过得好好的，不动用陈寅冬一分钱；而只要这笔款子没动，红嫂就感到心定神安，好像陈寅冬还在某个地方待着似的，他只是不再回来过春节而已……

红嫂的背影在巷子里被斜照过来的阳光拉长，一直拉到墙上，像是一张变形的面饼或是一片云彩的意象——这个妇人关于陈寅冬的想象也同样具有某些后现代的意味。是啊，谁知道呢，谁见过陈寅冬的尸首呢？连古丽都没见到，谁说他就是真的死了？也许他就是没有死，他只是用这种死的方式，活在某个地方，他希望由于他的消失，能够促成一个家庭的壮大，能够让红嫂与古丽、青青与达吾提在同一个屋顶下吃食与睡眠。他活着的时候，没有父母、兄弟、姐妹；但他死后，他有了一个兴旺的宅子，他有两位太太，有一对儿女，他异乡的坟上将会青草丛生、小鸟啾啾，如果能够这样，谁又能说他是真的死了呢？

二

进入腊月了，镇上的人们喜欢在这种季节吃汤圆，红嫂的生意好像更加好了一点似的。人们在买东西时会跟她搭讪几句，他们主要会询问关于古丽的事情，古丽彩色的头巾在这个镇上总不免令人浮想联翩。同时，对于她与陈寅冬的故事，其开始与结局，情节与细节，他们就像现今的记者一样，总会有着孜孜以求的兴趣。

红嫂称着汤圆，找着零钱，一边笑起来：你们不都看到了嘛，就是那样的呗……

红嫂对这些一再重复的问题极有耐心，但她很少进行详细的解说，她发现，古丽的故事简直像是汤团里的馅，不确定、被包裹、回味弥久的……让人们在想象中垂涎欲滴，而这对一个吃食摊子来说，难道不是一笔挺可爱的财富吗？当然，红嫂其实并没有什么商业头脑，但她有直觉，她几乎是下意识地，富有技巧却又浑然天成地保护着古丽的神秘性；为了不让人们扫兴，她又会善解人意地指指汤团：喏，这可是古丽帮我揉的面，古丽帮我包的馅儿……

哦，真的呀！人们好像因此得到了些许安慰，于是心满意足地提了汤团回去，在晚餐的桌子上，男人会端详着汤匙里白胖的汤团，想象着古丽的手掌正在一遍一遍地搓动，从而感受到一种不可言传的快乐。

是啊，红嫂并没有骗他们。晚上，红嫂总会带着一家人和馅儿、搓团子。她踮起脚把油灯高高地放到灶顶上，这样整个屋子都能亮堂了。

光来自高处，桌椅的阴影因此显得小了，人脸上的阴影却变得大了，古丽的睫毛像刷子似的投在她的脸上，青青的刘海则像帘子，她的眼睛躲在帘子后面，悄悄地盯着古丽，并把古丽与母亲红嫂做着对比。女人与女人之间的巨大差异总让这少女心有所动，继而联想到另一个世界的父亲，在他的眼里，红嫂与古丽又各是怎样的角色与位置？

夜晚有些凉了，屋子里却充满着令人沉醉的香甜气，糯米、豆沙、芝麻，它们像比赛似的各自散发出淳厚的味道。每到这样的时候，达吾提就会像一只蜜蜂似的，在屋子里绕着圈子转来转去，拖着蝙蝠般扁扁的影子。他把头伸到红豆沙的盆子里，他把鼻子凑近芝麻的木臼里，贪婪地无休止地闻着。或者，他会闭着眼睛，拿起一个又一个包好的汤团，凑近鼻子闻一下，然后宣布是豆沙馅还是芝麻馅。他的鼻子花瓣一样紧紧皱起，完全沉迷在这不断重复的简单游戏中。

达吾提的鼻子属狗。古丽仰起头对红嫂说，这是一场聊天的开场白。这样刮着风的夜晚，总是古丽第一个打破沉默，像在夜里划亮第一根火柴。

古丽一开口，红嫂总是突然一怔，她看看对面的古丽，会在一瞬间感到迷茫和不解：这女人是谁呀，怎么坐在我家里呢？这世上，除了女儿青青，怎么还有别的人在这里？到底是五十岁的人了，在一天的走街串巷之后，她是有些困倦了，以致出现了短暂的失忆与幻觉。当然，她很快就清醒了，达吾提的鼻子真是狗鼻子呢！古丽接着往下说。从小就是，别人是用眼睛认路，他好像是用鼻子，到哪儿都会在各处角落各样家什上嗅嗅，木头味儿、丝绸味儿、柴火味儿、轮胎味儿、生瓜与熟瓜的味儿、甜葡萄与生葡萄的味儿……那时在工程队，一大堆男人里面，他就是能闭着眼睛把寅冬给挑出来，他总说，每个人的味儿都不一样，闻一闻就知道了。男人和女人，老人和小孩，好人和坏人，都各有各的味道，他一闻就能闻出来……

红嫂笑起来，困倦都去了一半似的，她看看那孩子，手里握着两个汤团，头却已耷下来，睡着了。青青于是赶紧洗洗手，把达吾提弄到里屋的床上去了。

屋子里现在只剩下红嫂和古丽了。即使是晚上，后者还是穿着齐整的长裙。她从新疆带来的那个包袱，像是个无穷无尽的宝囊似的，腰带与头巾，披肩与下围，总会被她别出心裁地变出令人眼前一亮的装束，像个女魔术师似的……她偶尔会走上街头，左顾右盼地东张西望，婀娜的背影像冬季盛开的桃花。但是，在一个陌生的小镇，在她所投奔和寄居的人家家里，她难道不应该表现得沉郁一些吗？比如，她应当唯唯诺诺，她应当低头而行，她应当谨慎地只穿深色衣衫……当然，议论归议论，人们并不真的希望古丽那样，对于超出常理与常识的事，人们保持着矛盾的心态，一方面，他们指指点点；另一方面，他们有所期盼和鼓励，甚至在暗地里十分激赏。

红嫂看看古丽，再看看自己。她像青青一样，不是用自己的眼睛，而是用陈寅冬的眼睛。难怪呀，年纪、容貌、衣饰、性情，她跟古丽怎堪一比？陈寅冬怎么可能不喜欢上古丽？甚至，红嫂现在都有些不确定了，有了这么一个古丽，陈寅冬后来是否还在喜欢她呢……

红嫂回忆起她跟陈寅冬的婚后生活，是否有过如胶似漆的时光？尽管聚少离多，但每次的团聚并不总是激动人心的，陈寅冬似乎并不特别热衷床帏之事，他身量不高，亦谈不上强壮，他似乎有一种与生俱来的抑郁与忧戚，他经常在半夜突然醒来，然后坐在黑暗中的床头一言不发。

红嫂对他甚为恭敬，即使是夫妻，他对她而言仍有着某种程度上的神秘——他长年在外，过着与镇上人完全不同的日子，对菜肴，他有一些特别的口味，谈话中，他有时会说出那个地方的口头语。有时，红嫂会觉得陈寅冬是个陌生的男人，他们在床上亲热，相互摸索着寻找方位与节奏，全无默契，更谈不上放松与放纵。那么，是否这其实就是一种迹象，是他对古丽心有所绊的迹象？

对这些事情，红嫂从前似乎都没有如此明白地想过，不知为何，在这样的晚上，看着面前这样的古丽，红嫂忽然体味到一种迟来的感悟——她这一辈子，或许真是前所未有地荒凉吧，唯一的男人，即使只是在那些短暂的春节假期里，他也没有真正地在疼爱她。包括他的死，他通过死所换来的抚恤金，或许更多的也只是为了古丽和那个男孩呢。

按理，明白并接受这样一个现实应当是悲痛和委屈的吧，可是真奇怪，红嫂也并没有感到特别地心酸，她只是微微叹口气而已——本来嘛，对她来说，陈寅冬死与不死，不都是一回事儿！他活着，也只活在古丽那里，对红嫂来说，相当于死了；他死了，对她红嫂而言，仍跟从前一样，他活在那里，她活在这里，她并没有特别少掉什么……

红嫂发现自己笑了，在高处灯火的影子下，她在心底笑了：陈寅冬的死，怎么就变成了一件若有若无的事呢？

每个晚上，都是青青把打着盹的达吾提抱上床。小男孩的身体热乎乎、沉甸甸的，血液在皮肤下穿行，眼皮微微半张，有着麻雀般的敏感与软弱。青青的身量和气力足够抱起男孩，却又总觉得使不上力气，反倒显得有些笨手笨脚。

她用脚推开古丽和达吾提的房间门，老式的床宽大而陈旧，发黄的蚊帐如眼帘低垂。她把达吾提一直送到床最里边贴墙的地方，为了防止达吾提着凉，青青又爬上去，细心地在靠墙处放上一块垫子。她的身体从达吾提身上越过去——而每每都是这样的时刻，达吾提突然睁开眼睛，他醒了。他的眼睛正对着青青的上半身。

怎么的？青青连忙缩回来，跪坐在大床的外口。

我闻见你了。

什么？青青有些羞恼，但达吾提的眼睛那么清亮，干干净净的，让她都没法作恼，也不知要说些什么才好。

但她其实并不要说什么，达吾提像在做梦一样地一串串往外说着呢：我闻见你了。你身上有各种各样的味道，木桶，麻绳，竹竿，皂角，水草，豆子，灶火。

青青这下子笑起来，可不是呢，她这一天里，一大早用木桶到河里挑水，然后用皂角洗衣裳，晾到竹竿上。下午，跟红嫂一起搓了会儿麻绳，晚上，又把红豆沙给漂洗了几遍，然后在锅里煨上了……

小东西，瞎说！这哪里是你闻见的？这一天里，我到过什么地方，做了些什么，你不都像个小尾巴似的跟在后面……能说出这些来有什么稀奇！

这是第一层的味道。还有第二层呢……达吾提说着重新闭上眼，像走入了一个梦中的花园。你的头发是芝麻味。你的眼睛是露水味。你的嘴巴是……是……

达吾提皱起眉头，好像迷了路，他慢慢地抬起身，把他的鼻子靠近青青的嘴唇，在那里停了停，蹭了蹭，然后才接着说：你的嘴巴是番茄味儿。

青青被达吾提方才的动作给呆住了，她噤在那里，甚至都没有听清达吾提所说的那些味道……达吾提的鼻子凉凉的，那冷而湿润的感觉仍停留在她的唇上，她几乎感觉到那就是一个吻，一个不成形的小男孩的亲吻，带着某种同情与体谅似的。

青青舔舔自己的嘴唇，不知为什么，泪突然流下来，青青的青春期就这样给达吾提的鼻子给唤醒了，她的胸脯在瞬间鼓胀起来，那是陌生的呼唤与刺激，她感到说不清楚的寂寞与疼痛。

她仍旧跪在床上，而达吾提，似乎又重新睡过去了，均匀的呼吸轻轻拂过黑暗中的空气，有着小野兽般的天真劲儿和热乎劲儿，像是一种闻不见的芳香。

到了黄昏，小街小巷里的寒风就更甚了，刮在人脸上，像是小柳条在抽打似的，担着有些累赘的筐子走在风里，感觉就有些凄苦了，但红嫂并不在意，她认为吃苦是天生的，是必需的。酸胀的腰背、变质的剩饭剩菜、缝补得不像样子的内衣、总是会倒呛烟的灶台，以及冬天寒风的这种刺冷——生活中处处充满不适，这不适反倒让她感到某种安全和踏实。

有时，红嫂在寒风里都一直走到天快黑了，每条巷子都走过两遍了，仍会剩下一些汤团，红嫂倒也不恼，便将计就计带回家去做晚饭吃。

每到这样的时候，古丽总是最高兴的，她会早早地把米桂花、白绵糖一起摆到桌上，又找出配套的瓷碗和瓷勺，然后才掀开热气腾腾的锅盖，给每只碗都盛上六个汤团，摆成梅花的模样。接着，她会第一个捧起碗，舀出一个囫囵着放进嘴中，闭上眼睛慢慢地咬破皮子，用舌头把芝麻和糯米搅在一起，然后重新咀嚼，唇齿间发出轻微的咂摸声，再慢慢地咽下去，体味它们在喉咙中停滞和下滑的滋味……

就像来到镇上的第一天一样，古丽吃东西的模样总是如此沉醉、心无旁骛，让红嫂和青青甚为惊异。不仅仅是这些有馅的汤团，就是用剩下的糯米屑子搓成的实心小元宵，面条锅里的面汤，用咸菜帮子和一些肉杂碎做成的浇头，她都会有滋有味、全心全意地投入享用……

对吃是如此，对睡眠、穿衣亦是有过之而无不及。每个早晨，她都会狠狠地一直睡到日上树梢，在被窝里伸长长的懒腰、把被子都伸得拱起来，然后大声叹息着对一夜无梦表示满足。然后，她精心地把那些裙子摊到床边，对着屋子里那缺了一角的镜子反复比画，一边伸出头去问青青外面的天气，如果太阳很好，她就穿橙色的，如果有些阴，她穿绿色的，如果有小鸟叫了，她就穿戴大花儿的……她对生活的每一刻都特别经心，带着感恩与珍重，一定要别出心裁，让所有的人都高兴似的……

青青，这依然生涩、含苞未放的少女。红嫂，这饱受苦难、几乎不知何为生之乐趣的母亲。古丽的奔放与热烈带给她们的到底是什么呀！

——无疑，青青从不掩饰她对古丽的崇拜，她总是悄没声息地盯着古丽，随时准备替她接接拿拿，随时准备应答她各种各样的感叹或提问，少女依然穿着从前的旧衣裳，梳着从前的独辫子，走起路来微微地有些含胸，可是，青青，真的有什么地方跟从前有些不一样了。就像一个孩子，读过书与没读过书的那种差别。古丽就是青青的启蒙老师，正是在古丽明媚的背影之后，青青的性别意识开始了苏醒，对风月有了一知半解的领会，对神情、体态有了自觉的把握与训练……

至于红嫂，一下子很难说得清楚。她本来以为自己是要生气的，特别是要生陈寅冬的气，他为什么会喜欢上这样的女人呢，简直是自己的反面，她吃没吃相、睡没睡相，缺乏起码的妇道礼数……可是细想想，又说不出古丽具体的什么不好来，后者总是那么欢天喜地的，带着股大大咧咧的孩子气似的……看着她像蜜桃一样的身体，连红嫂都有些愉悦起来，瞧瞧自己，这裂了口子的手指头，眼睛下深褐色的眼袋，在头顶上闪闪烁烁的白发……唉，有些人，就是要像古丽那样活的，享乐、精致、风流；而另一些人，则是像自己这样活的，克己、粗糙、本分。在古丽面前，她一方面有着道德和良心上的优越感，但同时，也有着对另一种风流生活进行张望和入侵的欲望。

这样，等达吾提和青青睡下之后，红嫂会主动跟古丽说起话儿来，寒夜漫漫，她们没有男人，只有时间，可她们又能靠什么来打发时间呢?

红嫂不动声色地聊起一些闲话，周密地一步步把话题往隐秘处推进。不过，红嫂大可不必如此花费心机，古丽哪里需要她引导呢，她几乎是径直地就往红嫂最想听的地方去了。

唉。红嫂，要说起来，陈寅冬更在乎的可能还是您呢！比方说吧，好好地正趴在我身上呢，他会突然就叹起气来，把眼睛往黑乎乎的窗外看，不知要看到哪里似的，整个人都萎下去了……

怎么可能呢！怎么可能呢！红嫂不必要地大声分辩起来。她认为古丽这是在安慰她。况且，就算古丽说的是真的，红嫂意外地发现，她对此也并不感到多少的高兴——奇怪吧，她并不真的在乎陈寅冬更喜欢谁。喜欢人家古丽，那是对的是正常的；喜欢她红嫂，那就叫她不踏实以至不舒服了……

其实吧，我有对不起陈寅冬的地方，谁叫他有两个老婆呢？他能有两个老婆，我就不能有两个男人吗是不是?

这么说，你还有另外一个……红嫂趣味盎然，她很高兴古丽转移了话题。古丽的这个理论显然是经不起推敲的，要在白天，红嫂都会吐唾沫的，可是怪了，现在，红嫂就觉得古丽说得有道理，她做得更有道理。

是啊，每年，我也会离开工程队一阵子，赶几十里路回家里看看父母，一方面是看父母，另一方面当然是看他……他呀，可比咱们陈寅冬厉害多了，每次都让我受不了了呢、撑死了呢，我都全身发抖了呢……不像咱们陈寅冬，他身量小，气又短，到后来就只能用脚了，他就爱把脚指头当家伙使……古丽的用语粗俗而直接，神情却坦诚而大方，像是仅仅在谈论一顿美食或一段面料似的。所以说呀，红嫂，您看看，在这个世上，让人舒服的东西可真多呀，好饭好菜，好衣好裳，好觉好睡，哪一样我都喜欢极了，特别是睡觉的事呀，一个人睡有一个人睡的甜，两个人睡有两个人睡的美，我哪一样都爱死了，爱到骨子里去了……

昏暗的油灯有效地替红嫂遮住了她一再腾起的红晕，她多喜欢听古丽这么说话呀，她还从来没听人这样说过话呢，她还从来没想过这些事儿呢……好像就是从古丽这里，她才肯承认，对呀，原来，那也是件舒服的事儿呢……不过，她在陈寅冬那里感到过舒服了么？难道那过去的几十年，她竟一直是无知无觉的么？就连陈寅冬喜欢用脚的这一习惯，她也没有去多想……那些春节，外面有着呼呼的风，陈寅冬忽然从她身上软下来，然后，像是例行仪式似的，他举起脚来，从上到下地抚摸着她，最后，停在那里……这回忆如此清晰，宛若仍在床榻，最令红嫂沉湎不已的是，她想到，那陈寅冬，对古丽，竟也是这样的呢……一个喜欢用脚的男人、她们的男人……

三

红嫂原以为古丽可以像她一样，满足于每晚的回忆与叙述，并且，她们可以依靠这回忆共同过活，她进入老年，而古丽进入中年。事实上，春天来了之后，红嫂发现：她可能错了。古丽，在骨子里，就是跟她不一样的女人，这不是谁更好谁更坏的问题，只是，彼此不同。

是啊，春天来了，东坝小镇的春天带有明目张胆的鼓动性，互相攀比着似的，这里绿了，那里红了，空气里都燥燥的，让人感到口渴和焦灼，非要干点什么事似的。这跟古丽的家乡是全然不同了，古丽一下子就被打昏了，她再也坐不住了。

她积极地几次三番地向红嫂要求，由她出去卖吃食，再不出门走走，她就要“霉掉了”“烂掉了”。

红嫂看看古丽，后者已经换上春季的衣服了，一方面显得单薄了，另一方面又更加丰满了，红嫂几乎看得欢喜起来，有心要放她出去走走，但又总觉得哪里不大妥当，好像这话一答应下来，就是同时还应承了别的什么似的。

青青在一边看着，想替古丽说情，开了口却又是站在红嫂这边的样子：妈，你都五十多了，再出去跑来跑去，吃不消吧。正好，也让古丽熟悉熟悉，这镇上，她走得还没达吾提多呢！

红嫂扶扶自己的腰，好像突然间就疲惫了起来，这疲惫来得有些违心，又有些存心，总之，她想现在是应当累了，该回到屋子里了，那外面的天地，就给古丽去飘摇吧。

因是春季，这时候，红嫂做的小吃食不再是汤团了，改成炸麻团和咸花卷了，春天日头长，人们走着走着，很容易地就会饿了，如果正好迎面碰上个吃食担子，他们就会买上几个，一路慢慢地走着也就吃光了。

古丽对巷子着实不大熟，走起来有些犹犹豫豫、左顾右盼的，这就跟镇上妇女们大步流星的样子大不同了，人们在后面看了，在侧面看了，在前面看了，都感到一种与众不同的好，他们不免就停下来，喊住古丽，慢慢吞吞地挑上几个包子，慢慢吞吞地掏钱。他们喜欢听古丽说话，因为古丽的话听上去别扭、拗口，他们还注意到古丽鼻尖上的小汗珠，以及她头上随便别上的一朵蔷薇花。她在他们眼中，要比手中的吃食更要耐人寻味。

古丽的生意当然是出奇地好了，比红嫂从前卖出的要多出一倍，还没等红嫂来得及高兴，好好数数那些多出来的钱，古丽就自作主张地开始花钱了。

经过小百货店，她会进去看看，路过布店，停下来东摸西看，经过鞋铺，她又会倚在人家的门前，问这问那。然后，回家的时候，她会一五一十眉飞色舞地重现她所看到听到想到的一切，并且，她的担子里还会多了些别的东西，塑料拖鞋、发亮的发夹，彩色的虾片，能吹出泡泡的糖——不用说，这些新奇玩意儿本身是有着令人激动的魔力的，而且，古丽的行事方式又增加了这种魔力性。比如，她买东西完全没有规律，她并不是每天带，或是隔天带。当大家满心以为她今天是要买什么了，她却空着手回来了；而当大家没指望的时候，她却突然把篮子伸到大家面前。古丽还喜欢把那些新玩意儿藏在篮子的布幔下，然后，让他们摸。让达吾提猜颜色，让青青猜是吃的、用的还是玩儿的，最后让红嫂猜：这礼物是买给谁的？

——对于古丽突然爆发出来的购买欲，红嫂是拦都来不及拦了，也是拦不住了，脚在她身上，钱在她身上，这可真是糟透了！红嫂虚张声势地在心中感叹：她这辈子都没有这样大手大脚花过钱呀，这镇上也没人这样不要命了似的花钱吧！镇上的习惯和风气是这样的：如果能赚上五块钱，一定只能过五毛钱的日子，或者更低，一毛都不花才好，要低于收益，要低于环境，要低于需要，那才是正经过日子的道理，可看古丽这样子，分明是不想过了！

感叹归感叹，生气归生气，红嫂心里却明白得很，她不是真的生气，她不是还有陈寅冬的那笔钱在垫底嘛！就是古丽一分钱都赚不到又怎么样，她们四个人照样可以过得舒舒服服的不是吗……这样想想，红嫂就真的定下心来，她只是假装舍不得、假装懊恼，可其实呢，在她心底里，却跟青青和达吾提一样每天都等着盼着古丽从外面回来……

再说，古丽其实也没有花很多的钱呀，但真的，每样东西都让大家叹为观止，生活好像因此多了无穷无尽的乐趣似的！您说，买回来总不能不用吧！那才是真的作孽呢！红嫂于是起了油锅，炸虾片，眼睁睁看着单薄的虾片突然弯卷着像笑脸一样膨胀开来。她穿上了平生第一件的确良褂子，她还试了试青青的红色塑料拖鞋，并偷偷地把达吾提的泡泡糖揪下一块放到嘴里……

黏黏的泡泡糖让红嫂惊讶得差点吞下肚里，她慌张而笨拙地从嘴里抠出来，笑话起自己这个乡下女人，她弯下腰尽量不出声地笑着，竟笑出了眼泪，她伸出粗得有些糙人的手抹去泪珠，接着，她真的流起泪来——这迟来的乐趣呀，如此细小、真实，可是，却又残酷得让她意识她前面那些年月的孤独与虚度。

当然，从前的日子跟陈寅冬无关，怪不得他，但眼下的日子，也许倒要谢谢陈寅冬，是他在那遥远的地方结识了古丽，是他通过死亡把古丽带到这个镇上，带到她的身边，陪伴她即将开始的老年。

达吾提吃得很多，睡得也很好，他的个子却一直不长，好像就准备永远停在那个高度，也许是因为他走动得太多——从仲春直到初夏，他总像是丢了什么东西似的，逼着青青带着他到外面游游荡荡。他抽着他的鼻子，像一只肩负神秘使命的小狗，在清晨，在正午，在迟暮，一天中的不同时分。在阴沟边，在桃林里，在石灰厂，在屠户的案板边，在织布厂前，在邮筒边，在小镇的不同地点，他都会流连忘返，逗留不去，一边专注、努力地抽动鼻子，像人们深情地凝视某处即将永别的地方。

青青有时会走在他的身后，不过，她跟达吾提的趣味全然不同。这个春天，青青是完全地发育了，心理上的发育。她开始懂得轻轻垂下眼皮，开始晓得自己胸脯的美，开始知道微微提起臀部——大多数时候，她是在不自觉地模仿古丽，因此她需要走到巷子里，在没有人看见的地方好好练习，她满心期望着，不久以后，她会成为一个跟古丽一样漂亮的女人，有着一个跟达吾提一样的孩子……

达吾提，你看我好看吗？青青想起古丽头上的花来，她摘下一朵那种同样粉红的蔷薇，同样地别在头上同一个位置，她偏过头去问达吾提。

达吾提从某种专注中勉强地拉回自己，他眯着眼看青青，眼睛越眯越小，像有阳光钻进去了似的。最终，他还是走近过来，把鼻子凑到青青身上，他闻了闻，然后才说：好看，香。

那比你妈妈呢？青青这是有些贪心了。

达吾提严肃地看看青青，他虽睁大眼睛，却视若无物，然后不置可否地又转回身研究他的味道去了。

青青把花取下来在手里握住，她忽然想起方才达吾提的眼睛，他为什么要眯那么小呢，并且，她想起来，这段时间，他总是这样，当他无所事事时，他会睁大双眼，却有些空洞。但当他想看看什么时，却会越来越小地眯起，脑袋向一边歪过去，吃力而别扭……这里面，有什么问题吗？

在这家新开张的裁缝店前，古丽迷路了。因为迷路，她认识了张玉才。

事实上，这段时间，这镇上的巷子她来来回回已走了不知多少遍了，但古丽不记路，因为她每天走的路线都不太一样，她不是根据居民区的分布来决定路线，而是看哪里好玩了、没见过、没来过，她就停下了，看一看，张一张，然后歪打正着地，摸索着找到回去的路。

让古丽迷路的这家裁缝店，大得超出镇上所有人的想象，缝纫机是一溜排开的，“咔嚓咔嚓”，声音此起彼伏，好听得很。厅堂上方的绳子上挂着有女人的春秋衫、格子裙，男人的中山装、列宁装，甚至还有一套白色的西装，气派极了。就连两个小伙计，都穿着一式一样的对襟褂，脖子里搭根软尺，看人喜欢从下到上，打量一圈，像用眼睛在掐尺寸似的。古丽把担子放在门口，走进去摸摸那些料子，看看那些样式，简直喜欢死这家店铺了。

她磨磨蹭蹭地看了又看，终于想到放在门口的吃食担子，这才不得不提脚走了出去。这一出门，发现天色已经不早了，看看担子里还有不少花卷呢，有些急了，见路就走，东拐西拐，这样走了一大圈，发现自己竟又回到了裁缝店前。古丽倒也不慌，她想了想，换个方向继续走，可是事情真是怪了，好像注定她今天就得结识上张玉才似的。她走了第二圈，似乎走得很远，都要到镇子边上了，可一抬头，瞧，这不还是那家新开的裁缝店嘛！

天色真是一层层暗下来了，古丽看看担子里的花卷，虽说没剩几个，可这于她，可还是没有过的事哩，竟然会卖不完！而且还找不着路了，天天走的个小镇，连问人都不好意思开口！

古丽有些恼了，恼自己，恼这些花卷，还恼那家裁缝店，她四处看看，正不知怎么开口问人呢，张玉才却主动走上来了。

古丽，我都跟你走了两大圈了，你兜来兜去到底是要到哪里去？张玉才身量不算高，却挺干净，棉毛衫外面翻出白衬衫的领子。

这镇上的人，在称呼上一直让古丽很不习惯。如是很熟悉的人，他们会喊成亲戚似的：什么婶，什么叔，什么姑，什么爷。如果是不认识的呢，他们一律喊：嗳！对于古丽，他们把她划归到后者。

嗳，买四只豆沙麻团。嗳，你帮我换个零钱吧。嗳，你家那小男孩几岁了？

可是，“古丽”！这个小青年竟这样喊自己。像一个男同学在喊一个女同学，像是认识了很长时间似的。再看看他的干净模样，想想他竟然不声不响地跟了自己两圈。古丽忽然觉得自己整个人都活泛起来，松动起来。

你管我想到哪里去呢，你跟着做什么？古丽有心想让他带个路，嘴上却是不饶人。要说跟男人耍嘴逗趣，她一向是擅长的，从前在工程队，那些姑娘个个泼辣、能说会道，要不然也不敢到男人堆里讨生活，她在其中也算是个佼佼者。只是自从陈寅冬死了，自从来到这个小镇，因为背景与环境的变化，她竟有些疏于此道了，这会儿见了张玉才，那本领倒一下子复活了。

那么，是我搞错了，以为你迷了方向。再说我看天色晚了，也怕你一个人不太安全。张玉才话虽说得体己，神情却是不卑不亢。

这一来一往，就知道对方的深浅了。想不到这个年纪轻轻的一个小伙子，竟也有这样的胆识。到这个镇上以来，还从来没有人跟古丽这样说过话呢——有趣味，有分寸，有想头！

两个人说着话，一边就往前走了，自然，是张玉才略略走在前面带路。

走了一程，张玉才忽地想起什么似的，侧过身掀开古丽筐子上的布，看到里面还有几个花卷，于是，伸手在身上摸摸，掏出一毛钱来：正好，我全买了吧。

古丽这下是真的触动了，这个张玉才，何止是有趣，心思还这样细巧！这样贴心！

送到红嫂家，青青跟达吾提早就站在屋檐下心神不宁地张望了，古丽一到，他们全都如获至宝地叫起来，连红嫂都从屋子里搓着手出来，毕竟，古丽还从没回来过这么晚。

古丽顾不上理会红嫂的询问，又把扑到怀里的达吾提拉开，她忙不迭地要招待她在这镇上的第一个客人。喝茶，请坐，请进来。噢，这是红嫂，你认识的吧？她的招待明显有些失了秩序。

张玉才却还是那么定定心心地，站在那里，他听着古丽把红嫂、青青和达吾提一一介绍完，笑吟吟地点点头，才不急不忙地招呼一声告辞走了，竟是连门都没有进的，他举举手中的花卷：我也要回去吃晚饭呢！

一家人就这样被丢在门口，眼睁睁地看着他走了。张玉才的背影在暮色中一会儿就看不清了，只有达吾提还在嗅鼻子，并显出若有所思的样子。

这以后，古丽跟张玉才就算是熟人、算是朋友了。说也好玩，不认识的时候，大街上所有的脸都一样，古丽好像从没有在巷子里见过他。认识之后，他的脸总是老远就会从人群中浮出来，几乎天天都要碰面了。

古丽慢慢知道，张玉才可是正经的初中毕业生，因为读过书，家里人又有些脸面，正托人找了个老会计在学打算盘、做账，看样子，以后是要做会计了。会计，这在小镇上，跟老师和医生一样，最是受人尊敬的行当。张玉才想来也是知道这一点的，他的神情之中因此比一般的人又多了几分自信，更添了他与众不同的一点气魄。

认识张玉才之后，古丽倒好像是天天都要迷路了，反正她心里有底，到了黄昏，总会碰上他——或者是他在找她呢！古丽只当不知道，她好像习以为常般地一边说说闲话儿，一边跟着他走，从小巷走，从人家的屋子后面走，从河道边走，从小桃林里走，也不知是抄了近路还是绕得更远。

张玉才经常一边说话，一边回过头频频地看古丽，带着突如其来的激动凝视她微凹的眼睛。这样的时候——走在张玉才身后，走在这样僻静的小道上，感受张玉才的频频回头，古丽总是很快活的。她想，这便是日子里的好滋味呀，跟吃好东西、睡好觉是一样的……至于今后跟张玉才如何如何，她从来不想，一秒钟都不想，想了又有什么用？她结过婚，她有个儿子，她比张玉才大上十二岁，想这些干什么，不是白白让自己过不好日子么……

可是，有个姑娘，她却开始想了，她想得具体极了、美好极了，一直想到了结婚，想到了生孩子。是啊，这姑娘是青青。那天，她在门口第一次看到张玉才，她看到他笑吟吟地冲她点头。

在一秒钟前，什么处对象、谈恋爱呀这些事，离青青还有十万八千里呢，可是，等到这张玉才对她点了点头，一秒钟的样子，她突然就感到，一下子就来了，她的事情、她的命就这样定下来了，就逼到眼跟前了。她只愿意让这个小伙子娶她，她只愿意嫁给他。

青青的想法有些太过突飞猛进了，就像一个还不会走路的孩子，一下子却跑起来，还飞起来。因此，青青是完全把持不住了，她的内向、拘谨、生涩好像都给挤到一边去了，只要是跟张玉才有关的事情或细节，她都会像个不会吃东西的人一样囫囵吞枣地一口吞下去，不分青红皂白，不分酸甜苦辣。然后，等到夜深了，她才会一个人缩在被窝里，慢慢地一小块儿一小块儿地重新咀嚼回味。

自然，她所能得到的任何有关张玉才的信息，来源者只可能是古丽，青青一向对古丽是信服的、崇拜的，而古丽，想想吧，每当她说起张玉才来，用的又是什么样的语气和角度呢？这对青青来说，更加顺风吹火、火上浇油了！

可光是这样听听又怎能满足？可怜的姑娘，她的胆子真是大得都要发了狂了，她开始悄悄地跑到街上，寻找张玉才的身影……

好在她是在这镇子上从小泡大的，在张玉才跟古丽碰面之前，她会先一步找到张玉才的踪迹。她看见他把手插在兜里走路。停在路边跟人说话。别人给他散烟，他客气地摆摆手。走过一家玩具摊，他孩子气地蹲下去，拿起一只会叫的塑料鸭挤出响亮的声音……青青着迷地盯着看，觉得他的每一个动作、每一个姿势都再好不过了！

这少女的相思之情啊，太过猛烈，太过茂盛，她完全沉浸在自以为是的想象中，她以为这便是处对象了，她以为这样便是可以结婚了！青青闪在拐角口，按着像青蛙一样乱跳的心……一直要等到张玉才跟古丽正好“碰”上后，她才仓促地结束她的追寻之旅。因为，有古丽跟张玉才在一块儿，她就放心了，她知道古丽回家后会重述她跟张玉才之间的对话，她什么都不会漏过……

青青以为她正在浇灌着一个秘密，这秘密是她的，也是张玉才的，这世上切切不可有第三者知道。可是，这世上怎么可能有不泄露的秘密呢。秘密是什么？是空气，是风，是水，是沙子，只要有一点点可能的空间，它们就泄了，悄悄地弥漫开来，众所周知，满城风雨。到最后，只有制造与守护秘密的那个人，还像守着风中之烛般地，在小心翼翼地用两只手围着、罩着，死命地护着。

最先识破青青秘密的是达吾提，这个小小的气味收集者。还是在睡觉之前的那一小段时间，当青青把熟睡的他抱到床上，他睁开眼睛，这次他没有看青青，只是看着前面的黑。

青青刮刮他的鼻子：又醒了？

达吾提短促地呼了口气：你的味道不对了。

嗯？青青笑起来，说实话，对于达吾提关于气味的各种说法，她从来都不当真，他不过是在玩游戏罢了。一个七八岁的孩子，不正是游戏的年纪吗？就像别的孩子喜欢木手枪喜欢弹弓，而他，则喜欢玩玩味道。这样想着，她便会装出认真的样子，陪着他玩。

怎么就不对了呢，你从前不是说过的？我的头发是芝麻味，眼睛是露水味，嘴巴是番茄味儿。

现在不对了。你身上满是大街的味儿。

大街的味儿又怎么了？

你的味儿乱乱的，糊里糊涂、傻里傻气的……嗳，我问你，你为什么整天到外面转悠？

小东西，你倒管起我来了……青青有一点慌乱，但想想达吾提毕竟是个孩子，应当是无妨的，他哪里就能看破她的心思？

我不管你，谁会管你呢？达吾提的声音里忽然流露出一种深深的忧戚与同情，好像只有他才能真正替青青着想似的。

青青被达吾提的情绪噤住了，这八岁的孩子，像是最柔弱的，却又像是最犀利的。他为什么会流露出那种发自内心的悲伤？

青青，你不要出去了，不要再跟着他了。他来的那天，我闻过了，我就知道，他不会喜欢你……这个人与那个人，他们的味道，就像这个人对那个人的脾气一样，有的是天生合得来的，有的是永远都凑不到一块儿的……

你瞎说什么呢。青青小声地回应道。隔了一会儿，她终于忍不住问道：那你说他喜欢什么样的味道呢，我能变成那种味道吗？

你难道真的没看出来？他喜欢的，是我妈妈的味道。达吾提把他温热的小手伸到青青的胳膊上，他轻轻地抚摸着青青，隔着皮肤，传递出单薄而纯粹的亲爱。

少女却在突然之间枯萎了下去，软软地跌到达吾提一侧，她的头落到古丽的枕上，古丽的味道像无知的蛇一样钻进她的鼻孔。

青青的萎靡与消瘦带着少女期的苍白，她因此变得好看了起来。晚饭桌上，古丽一边美美地吃着，一边飞快地看了她两眼，这对餐中的古丽而言，是难得的分心。

红嫂，看见没，青青长成大姑娘了，身量长长的，眼色水汪汪的。她兴高采烈，嘴里包得满满的，说得有些口齿不清。

哼。做母亲的有一点点得意，却还是压下去。红嫂知道，再平常的女人，在做姑娘时，总有那么三四年，看上去是相当迷人的。

青青低着头，她不敢抬头，也不敢开口，生怕会招出眼里的一泡泪。听到古丽夸她漂亮，她自然是高兴的。就是到现在，她依然还是那么崇拜古丽，后者说的每一句话，她都会毫无保留地喜欢。

这几天，她慢慢地有些想通了，不那么绝望了，不那么怨怪张玉才了……他喜欢古丽，这哪里就能怪他？更不能怪古丽，要怪，只能怪自己，长得不好、味道不对……

等下了饭桌，用茶水冲过了嘴，又呆坐着舒舒服服地消化了一会儿，古丽的注意力才算完全地清醒过来。她暗暗地瞧着正在洗碗的青青，后者的动作有气无力，动作慢吞吞的……即使只是个侧影，也能感觉到青青被克制着的某种情绪。

那是什么？她在忍受什么痛苦呢？

古丽想了想，转到房间里去，达吾提正瞪着两只眼待在黑地里。

古丽正想点灯，孩子却喃喃地说：不要点，看到灯，我眼睛就会疼……

古丽于是也待在了黑暗里，她仍在想方才的问题。一个十九岁的姑娘，会为什么伤心？自然，应当是年轻人的心事。那么，又会是谁呢？在这个镇上，青青会为了谁？她都认识些谁？

这么稍稍推理了一两步，答案就水落石出了。古丽为自己的聪明高兴起来……可是，等一等，这么说，事情的结局要提前到了，在她与张玉才之间？

张玉才现在已经不再假装是偶然碰到古丽了。他与古丽之间，实际上已经有了默契。他们会在那家裁缝店前碰面，然后一起漫无目的地东走西走。

古丽喜欢向张玉才回忆她从前在铁路工程队的事情，她那时，比现在更年轻、泼辣，敢当着一大群男人的面就跳起舞来；头上的纱巾从来都跟别人不重样，走在荒地里，人们老远就会认出她……张玉才笑微微地听着，一半是折服于古丽的塞外风情，一半是沉醉在双方的爱慕中——他们没有拉过手，好像也不曾想过要拉手，更不要谈别的。他们好像真的只是简简单单的爱慕与喜欢，这爱慕，真实、轻松，而不必担心来路与去程，因为结果是明摆着的，他们都一清二楚：他以后会娶一个别的姑娘，而她，则会继续像阳光一样明媚地活着……

可是，古丽现在明白，结果要提前到来了——她必须让张玉才对青青有所反应。这事情虽不是她的乐趣和愿望，但她怎么能不帮青青一把呢？她和她可是一家人，都是陈寅冬的家里人呢。

张玉才对古丽的话表示了巨大的诧异，乃至愤怒。他看着古丽的唇，像是头一次注意到她有两片这样的唇似的，她的唇，竟然也能说出违心的话？这还是他天天陪着走的那个古丽吗，百无禁忌、由着自己性子的？

她的唇说：你该成个家了吧！先成家后立业么，成了家再好好把会计工作做好。

接着说：我替你说个姑娘，保证是最适合你的。因为我最了解你，也了解她。她一定会是世上对你最好的人。

又说：你可能见过她的。就在红嫂家，她女儿。也是……我女儿。你要相信我，我帮你看的，肯定没错。我不会害青青，更不会害你。

还说：你不要不好意思。这种事情，男的总归要主动一点对不对？我帮你，你写张纸条，或者说个口信，我一定帮你好好带到，约她出来，你们见面。

张玉才把目光移开，他不能不感受到古丽的心肠，那种像天一样大的善，以及不假思索的傻，这其实还是率性了——所以，这还是他的古丽，那两片唇还是她的唇。他的心一开始还气得发红呢，这会儿却软下来了，疼起来了，都不能碰呢。

青青，自己应当是见过的，但模样记不清了，这说明她长得可能很普通，并且相当内向。不，也不是说他张玉才就一定要将来的新娘能像古丽这样，但是，他，怎么能平白无故地就去约一个几乎还是陌生的姑娘？

但是，这是古丽对他的要求，是古丽的决定，是古丽的性情所在，也是古丽对他的情谊所在，她把他都当成自己的人了，她能做到的，她想他一定也会做到——对某事的放弃，对某人的慈悲。这是她代表他们二人所做的决定。

张玉才看着古丽的眼，他点点头：那我听你的。

然后，他就哭起来，很失体面、很没出息了，往日的镇定与自信一下子没了。他把手紧紧地缩在口袋里，防止自己一下子失控了，会走上前搂住心爱的古丽。

四

现在，红嫂是完全闲下来了，从来没有过的闲。这一闲，日头似乎就显得无限地长了。家里面的那种空空荡荡，都能听见灰尘在往下落了。红嫂坐着，几乎要瞌睡了，却又不敢睡，生怕夜里睡不着。现在，她经常地就在夜里突然地醒了，特别是凌晨四五点的样子，醒了便只好想东想西，想从前的许多事情，想得心里空落落的，什么事情都不踏实似的。

是因为青青吗？要说起来，红嫂倒是家里最后一个注意到青青的消瘦的，像张薄薄的纸片，总待在屋里不出来。注意到之后，红嫂却又连忙装作毫不在意。

自然，红嫂并不知道这里面有张玉才的缘故，但她自有她的逻辑——毫无疑问，女大当嫁，女孩子家十六岁就可以说合婚事了，而青青，眼看着就二十出头了，可到现在，连个上门提亲的都还没有，这在东坝，已算有些迟疑和困难了……

这镇上，男女的姻缘还是要靠媒婆来牵线搭桥的，而那媒婆，也像生意人似的，自然也要找出色些的男男女女，一来路子轻巧，二来容易成交，说出来更加响当些。而从一个媒婆的专业角度看来，青青这样的条件可能是有些尴尬的吧：模样长得平常，父亲亡故，家中人丁又多，关系可疑，唯一的男丁只是个才八岁的孩子……不过，红嫂几乎是骄傲地微微笑起来，不过，她们知道她红嫂有一笔款子么？那要是拿出来，都能吓她们一大跳！吓完了之后，她们准会一个接一个地上门来，给青青说合这镇上最有出息的小伙子。

是啊，红嫂曾经跟自己说过，不到万不得已，她决不动那笔钱，只是不知道青青的这事算不算万不得已呢？再说，陈寅冬当初的意思又是如何，这笔钱，红嫂要是拿出来用作青青的嫁妆，对古丽和达吾提来说就太不过意了，看看，达吾提，才那么小，保不定以后会有什么吃紧的事急着要花钱呢。

红嫂想了一会儿，没个头绪，浑身却开始燥热起来，头皮痒，后背痒，胳肢窝痒，脚趾丫也痒，毕竟一个冬天都没有洗澡了。看看日头还早，红嫂决定洗把澡。她到灶间烧了满满四瓶开水，又把房间的厚帘子放下，她这里开始洗了，又叮嘱青青继续在厨房烧水。

氤氲的热气顺着木桶的边缘升上来，红嫂脱了衣服，坐了进去。这还是今春的第一把澡呢。红嫂往身上撩了些热水，她低下头看看自己的身子，有些陌生似的，这是从没人细看过的身体，就是陈寅冬，每年他回来，总是冬季，他只在被窝中默默地摸索……也许，这木桶，这热气，便已是对红嫂最亲密的抚摸了，她这辈子，不会再有别的了……

而古丽，她倒是未必的，她的身体，或许还会遇上新的目光吧……

这段时间，红嫂注意到张玉才跟古丽的交往，自然，他们并没有什么。但红嫂能够看出古丽从中得到的愉悦，这也许是到目前为止，她在这个小镇上所能得到的最大乐趣吧，她的生活里，如果没有一个相当的异性，那也是太不公平了……

镇上有一些人也注意到了古丽与张玉才，他们看了一会儿热闹，对古丽的大胆感到瞠目结舌，不可思议。这样看了一阵，又有些不安了，觉得如果再看下去就对不起道德良心了。于是，他们做出串门的样子，来到红嫂这里，寒暄几句，接着直奔主题，有些不好意思般地，提起古丽跟张玉才的事：张玉才还是个小伙子，他不懂事也就罢了，可古丽！陈寅冬死了，您这里好心收留下她，她怎么能这样？她这个样子，别人不好说，你红嫂可是要出来讲一讲的，要按老理儿说，她算是小的，是偏房，您是大娘，该服你管的……

红嫂带着些笑，点着头听他们说完，再寒暄几句别的，最后客客气气地送了他们出门。然后，她便把他们的话给忘了。

在这件事上，红嫂打算好了，主意定了，她永远都不会讲古丽半句……没有人会相信，她其实是希望古丽这样的，她在暗中瞧着，高兴着，并朦胧地分享到一些新鲜的气息……古丽是红嫂不可能的生活，是她下辈子的理想，一个人为什么要阻止她下辈子的理想呢？

快要洗完了，红嫂才马马虎虎地洗起了她的胸部。一向以来，对胸部及私处，她总是有着很强的羞耻感，几乎不喜正视。这会儿，她偶然地低下头，吃惊起来——明显地，她的胸部比从前大了许多……而实际上，自从生下青青，她这里便基本是软塌塌的了……红嫂涨红着脸，骂起自己，这种岁数，这里怎么就能大了呢……一边勉强地隔着毛巾摸摸，哎呀，竟摸到些硬硬的肿块，像是没烧烂的肉坨坨似的，怪不得，这些日子总感到胸前有些坠坠地胀，总以为是冬天衣服穿得多，她又往胳肢窝方向移了移，真是蹊跷，连腋下都有块块肉了，而且还疼起来……红嫂感到一阵恶心，对反常肉体的恶心……当然，还有淡淡的疑惑，这难道也算是病么？要瞧医生么？要撩起衣服给别人瞧？

嗨，哪能做那种事呢！红嫂飞快地想了一下，立即把这想法给拍死了。同时很快地开始擦干身子，她不想在这方面再作任何的纠缠，一个五十多岁的老寡妇了，竟还要为了胸脯里多了些块块肉而大惊小怪，那不要把全镇的人都要笑话死了，她以后还要不要出门了？反正，平常要是不碰到，也并不感觉怎样地疼痛，而一个正经女人，哪里会想到碰这种地方呢？

青青隔着门问还要不要烧水，红嫂也就一下子忘了她的胸部了，坚决而彻底地忘了。是啊，青青，她现当应该集中精力去想的是青青。她回到洗澡之前的思路上，为了青青的终身大事：是否，该把那笔钱跟古丽说出来？看她能不能同意，先让青青占个肥嫁妆的好听名声……

青青在厨房烧水。对着灶里熊熊的火焰，她发起了呆。从昨天晚上到现在，不论看见什么，她都会发呆。

就在昨天晚上，她刚刚把达吾提放到床上，替孩子整理好被角，正准备下床，古丽突然进来了。青青正准备张口，她“嘘”的一声，把食指放到了唇边，似乎不想让红嫂听到她将要说的什么。她手上的戒指在夜色中一闪，带着不可思议的迷人。

青青，有小伙子喜欢上你啦！你猜猜是谁？古丽压低嗓子，神秘地凑近青青，她的夸张像热气一样地朝着青青的脸颊扑来。她为什么这么激动？青青回头看看达吾提：他今天怎么真的睡着了？要不然，他也许可以嗅出，古丽的这股热气，是否意味着别的什么。

……

你猜不出？不敢猜？古丽咻咻地喘起气，显得有些焦急起来。

……

张，玉，才，他，喜，欢，你。古丽一字一顿地，并把青青的脸扳过来一点，使她正对着门缝里透过来的灯光。古丽想看到青青对“张玉才”名字的反应。

青青却垂下眼去，像一个人拉上了窗帘。在这短短的几个月里，青青的身子单薄了，心却丰厚起来。就在听到“张玉才”名字的一瞬间，她就宛若天助地得出一个判断：古丽说的不是实话。

真的，这种事怎么可能骗你？就在今天下午，张玉才，他，托我捎口信给你，约你出去。古丽开始加重分量，她误读了青青拉下的眼帘，以为那仅仅是少女的害羞。

……

你不信？傻姑娘，你想想，要不是因为你，这么些天，他怎么会一直盯着我呢！我都跟过陈寅冬了，我都是达吾提的妈妈了，你说，他没事跟着我干什么呢？他呀，花费着心思呢，就是想从我这儿打听打听你的情况，问问你都平常喜欢吃什么，什么时辰起来，晚上睡得好不好，喜欢什么样儿的人。

古丽沉浸在一种自我牺牲的情境中，以致出口成章地进行了突发奇想的虚构。她把张玉才问过她的那些话统统回忆起来，并一股脑儿换到青青身上。甚至，像生怕青青不乐意似的，她还煞有介事地夸起张玉才来。

要我说，青青，找对象也不要太挑。要说这个小伙子呢，还真是要长相有长相，要工作有工作，要人品有人品，绝对是这镇上数一数二的，你跟他呀，我看挺般配……

你们呀，先到裁缝店后面的固桥那里见个面，边走边说说话，你要觉得还行呢，人家张玉才可就要正儿八经地托了媒上门了……

这种牵线搭桥的话儿，一旦起了头，往下说起来就有些滔滔不绝了，夜色之中，古丽的眼睛闪烁起光芒，她几乎说服了她自己，她几乎相信她说的就是真的。

青青终于抬起眼睛，看着古丽，专注而冷静，后者因此不安地停下叙述。

你实在对我太好了……青青有些慢吞吞地说。

没什么，也是受人之托嘛，也是顺水人情嘛。青青神色中的黯然让古丽感觉些什么，她突然感到一阵气短和懊恼，她想她刚才也许说得有些过了。有些时候，就是这样，用力不当，用力过猛，都会中途坏事。那头，好不容易才说服了张玉才，总不能在青青这头给断了吧。这一想，古丽更加急了，却不得不忍着性子欲扬先抑，把方才的热烈猛地削去一半。

当然了，青青，这终身大事，主要还是看你自己。所以你看，我特地先跟你悄悄儿地说，还瞒着红嫂呢，你这两天好好想想。想定了，把回话儿给我，我再给你捎给他，好不好？

然后古丽就急急忙忙地出去了。她不想让青青现在就把话给说死了。她相信青青只要睡一个晚上，只要做一个短短的梦，只要稍微想一下张玉才的背影和走路的样子，她就会克服害羞与不自信，她就鼓起勇气来，会吞吞吐吐地找到自己，答应那个在裁缝店后固桥边上的约会。

当晚的青青没有梦到张玉才，因为她根本没有真正睡着。从夜里到白天，她一直都在紧张而低效地思考：那个固桥边的约会，去，还是不去？

古丽所说的一切，她知道，是不真实的，这一定是古丽，为了帮助

（同情？）自己，而硬生生地把张玉才给拉过来的。可是，情感怎么就打不过理智呢？青青同时又在想：万一，万一！古丽说的就是真的！那人就是真的喜欢上自己呢……而且，就算真的假的都不管，为什么自己就不能跑去跟张玉才见上一面呢！只要跟他一起站上那么一小会儿，看看固河里的水草，看看他的鞋子和裤脚，哪怕一句话不说，那不就够了嘛，这辈子难道还指望别的什么吗？

青青默不作声地坐在厨房，一动不动，只看着灶膛里的火，左摇右摆，忽上忽下，她想，那火里烧的哪里是柴？分别就是自己的心了。

忽然，外面传来达吾提的脚步声，青青微笑起来，想到一个好办法，她的心终于可以不必再这样被焚烧下去了。

青青几乎是轻松地站起来，问东厢房里正在洗澡的红嫂：还要再加烧一锅水吗？

达吾提蹲在院子的墙角下。院子外各色各样的气味像一大群顽皮的伙伴似的，在竭力地呼唤他引诱他，可是没办法，他没法出门。他真的没法再忍受外面的阳光了。

不过才是暮春，阳光为什么就这样刺眼呢，像嗡嗡叫的蜜蜂似的，像浓得让人头晕的油菜花似的，达吾提蹲在墙脚下，他小小的身子蜷成了一个拳头。他紧闭起眼睛，并用手掌遮住阳光，这样，他才稍微感到舒服一些。

达吾提一直在想着，他得跟谁说说他的眼睛。他的眼睛，让他很吃力。白天，远的东西他压根儿看不见，近的东西又总是模糊的。而过分强烈的光线，都会让他的眼睛不由自主地发痛，像有针在刺，他揉一揉，眼泪就成串地掉下来，但达吾提知道：他是个男子汉，这不是在哭。而到了晚上，情况就更为奇特了，所有发亮的东西，油灯，瓷碗的边缘，古丽的耳环，青青眼里的水，这些亮闪闪的东西就全都被放大成一团团的光晕，到处朦朦胧胧、影影绰绰……

好在，他有鼻子，他的鼻子就是他的眼睛，红嫂给他端热汤了，青青给他穿衣服了，路上有小狗来了，前面有条木桥了，旁边来了辆自行车了，他的鼻子都会提前告诉他……

但是，但是，达吾提真的很想找个人说说他的眼睛，他感到他快要失去它们了。可是跟谁说呢？红嫂，不。青青，不能。古丽，更不能——在达吾提看来，家里那三个女人，某些地方，总让他觉得可怜，是不能依靠的，他不能把他的问题再加给她们……

因此，当青青向达吾提提出一个请求——代替她到固桥边去跟张玉才见面——达吾提几乎要跳起来了，是啊，怎么没想到，其实可以跟一个外人说说，说说他的眼睛。

达吾提答应下来，同时，他嗅出青青嘴中的腥气，根据他的经验，这种气味往往源自那样一些人：情绪紧张或者身体不够舒服。

去见他……嗯，做什么呢？达吾提问，事实上他愿意帮青青做任何事，以报答她每天晚上抱他上床、帮他掖被子。

不做什么……我想，就是见一面，跟他站一会儿。反正，你只管去就行了，千万不要乱说话……青青沉吟着胡乱地答道。显然，她仅仅才想到了第一步，事情的下一步她胸中无数，也无能为力。再说，一个八岁的孩子，她能指望什么呢？

奇怪的是，达吾提发现，当妈妈古丽发现是自己代替青青去见张玉才时，她突然显得很失措，一会儿钻到青青的房间低声嘀咕，几乎在哀求着什么，一会儿又脸色不定地跑出来发愣。看到事情的无可挽回，终于有些怒气冲冲的样子：你这孩子，真不懂事，怎么就当真要去了呢？你这回是帮青青倒忙了！同时，达吾提闻到：妈妈的嘴巴同样带着焦灼的腥气。

她们都在因为着什么而如此异常呢？

达吾提带着两个女人的不安赴约了。

固桥下面的河就叫作固河，河水看上去并不那么清澈，这是下游，穿过整个小镇之后，在这里，河面聚集着菜帮子、竹竿、木片以及一些泡沫。河水并不深，但仍然拍打着桥墩，有哗哗的声音，并散发出混浊的气味。

固桥上的两个人，都还没有说话。

达吾提脸俯向河面，像一个小酒鬼似的，深深地嗅着发酵的河水。

而张玉才，则跟他相反，他把脸冲着街面，路上基本没人。固桥这里，其实是很适合男女第一次私下约会的——古丽所选的地点倒是很不错的。

想到古丽，又看看旁边的达吾提。张玉才感到了一丝惆怅，其中又夹杂着庆幸与疑惑。无疑，那个叫青青的女孩子是不来了。从表面上看，他是被拒绝了。不过，对这结果，他感到亲切，并隐约体味到那个姑娘的聪明与骄傲，她是个好姑娘，他钦佩她，不过，这跟其他情感没什么关系。

张玉才现在搞不懂的是：面前这个男孩子，古丽的儿子，他到底是谁的使者？

张玉才犹豫着，决定还是先等这个孩子开口。

其实，我看不清你长什么样儿。所以，我也不知道她们到底喜欢你什么？达吾提突然回过头说。

你说什么？张玉才往前走了一步，这孩子的口音跟古丽一样，带着异乡的底子。她们？

达吾提答非所问：不仅是你，我现在谁都看不清啦。我眼睛坏了。现在我只能看见一点点光了……达吾提说着又把头冲向河面儿了，好像他是在跟河里的那些脏东西说话似的。看样子他今天只想跟人谈谈他的眼睛。

张玉才听出孩子声音中的痛苦。这痛苦真实、细小，富有感染力。于是他把他的疑惑丢到一边。你……是说，你眼睛不舒服了？那，跟她们说了没有？

这是治不好的。我从小就不好，她们都没发现。我甚至可以继续这样睁大眼睛装下去，只要我有鼻子，她们可能永远都发现不了……

你还小呢！哪里就治不好了！我估计是近视吧，一种假性近视，可以治的……张玉才想起他仅有的一点关于眼睛的常识。

达吾提似乎根本就不听张玉才的话，他只是需要说。跟一个人说出来。

……从前，在工程队，那是我从小长大的地方，我们小孩玩瞎子游戏，把布条往脸上一蒙，不管是比赛摸人，还是摸东西，我总是最快、最准……从小到大，那是我最喜欢的游戏了……到了这镇上，一开始我还有些害怕呢，什么都看不清楚，但没关系，幸好我有个好鼻子，那就行了……我花了两个月的时间跟着青青，走遍这里的每个地方，我用鼻子记下每个路口的味道，这样，以后我就会认路了，你知道吗？我从不会迷路，这点，我妈妈不如我……

达吾提对着河水，在谈论他眼睛与鼻子的过程中，他提到了青青，又提到古丽。每说到一个，都会让张玉才有点分神，他想，也许接下来这孩子就会谈谈她们当中的一个，这样，他或许就能听出：古丽所操纵的这次约会，真正的背景到底是什么？当然，这并不重要，只是，作为一个年轻的男子，他在情感深处的一点点虚荣。

可是，达吾提不说，眼睛的伤痛使他淡忘了他的角色，他完全忘了他所肩负的重托，忘了在他出门之前，青青左一遍右一遍帮他梳头、整理衣服，而古丽，则在一边焦躁地转着，欲言又止，等他一切准备停当，准备走出院子，青青终于飞快地在他耳边轻轻地说了一句：记着帮我拉拉他的手。

可怜的小达吾提，他都忘了拉张玉才的手了，倒是张玉才，慢慢地蹲下来，捧起达吾提的小脸，看他脸上凹进去的眼睛，湿漉漉的，像清晨起了大雾的水面——多像古丽的眼睛呀，只是，他从来没有机会这么近地靠近古丽的眼睛……达吾提也在看着他，两个人对视着，固河的水在旁哗哗着。

达吾提突然笑起来，慢慢闭上眼睛，皱起鼻子：你瞧，这么近，我都没法看清你，不过，我现在知道她们为什么喜欢你了……你闻起来就像秋天的麦草垛，干干的，厚厚的，很暖和……

听着孩子突如其来、莫名其妙的比喻，张玉才不知为什么特别地难过起来，可能他还没有习惯达吾提的这种表达方式，也可能是他想到了别的什么，总之，他突然把达吾提搂到怀里，把他像麦草垛一样干燥火热的嘴唇贴到达吾提的眼睛上，这双跟古丽一模一样的眼睛。

半个小时之后，当达吾提回到家中，当青青悄悄拉起他的小手准备放到嘴上时，达吾提却抽出手来，把自己的眼睛送上去：对不起，我忘了拉他的手了，不过，他亲过我这里。

于是，青青冰凉的唇像张玉才一样再次贴到达吾提的眼睛上。这两个吻啊，这么相像，这么接近，却又如此遥远，相隔万里。他和她都没有吻到他们的心上人，永远吻不到。只有达吾提，他感觉到那极为陌生的颤抖，像火与冰在瞬间的拥抱，这是他无法记忆和保存的气味。

张玉才还想再见古丽一次，跟她说说达吾提的眼睛。可是，他发现要见上古丽一面现在有些难了。

她不再出现在裁缝店一带，不再出现在他们从前有过默契的任何地点，显然，她在有意地躲避他。有时，在一个巷子里，他走进去，恰好看见古丽挑着吃食担子的身影，他加快步子走上前，古丽却更加快速地往前走，因为挑着担子，她有些吃力，但仍不肯放弃，鞋子危险地拍打着石板路面。张玉才只得停下来，他害怕古丽跌倒。

张玉才不知道，古丽把上次那个约会的失败归罪于己。为了给自己一个惩罚，古丽决定：不再见张玉才，永远告别跟张玉才在一起的那种快乐与放松。这其中，有对青青心思的难以理解，也有对张玉才不够热络的失望，更有对自己的怨恨与自责。她想：如果没有她古丽，如果她从头到尾都没有跟张玉才说过话、走过路、谈过心，说不定，那张玉才，就会顺利地喜欢上青青，他们会按部就班地请媒、相亲、订婚……是她毁了青青可能的美满婚姻。

张玉才决定停止对古丽的追寻——真要追到她，哪里会难？这个小镇，她怎么也不会熟过他的。但是，张玉才停下了，他想，或许他该遂了古丽的愿，不再见面。

——在骨子里，张玉才其实还是悲观的，从迷上古丽的第一天起，他就在等这个结果，只不过，这结果来得早了些、突然了些。从热络到分手，这里面的必然性，不是情感浓度的问题，不是忠贞与否的问题，而是这小镇的道德，是这小镇的风尚。他，张玉才，二十三了，从现在开始，他得正经准备他的婚姻了。此前的一切，在人们的眼里，都算是花絮与练习，是不作数的，是可以原谅同时也是要被故意忽略的……张玉才本非纵情之人，他并不想去突破和违背这些，他只是希望，能够再跟古丽说几句，他想告诉她，这些天，他跟她一起走过的那些路，他会一直记得，记一辈子……当然，还有达吾提的眼睛。

张玉才只得去找红嫂去了。

这是他第二次到红嫂的家。上一次，是第一次结识古丽的那天，也是看到青青的那天。张玉才感到这次上门是有些尴尬的，这个时机也是非常不当的。但他还是逼着自己敲起了门。他一定得让大家一起来替达吾提的眼睛想办法。

红嫂正坐在厅堂里拣红豆，看见张玉才，她想站起来，不知为何，她僵在那里，整个人都不能动弹的样子。于是她大声喊起来：青青，来扶我一下。

青青出来了。她扶起红嫂。自然，她看见了张玉才，但她就有这个本事，脸都没红一下，眼皮都没抬一下，像是根本没有这个人似的，像是根本没看见一样，又进了里屋。倒是张玉才，脸皮明显地红了，像是心虚起来。

红嫂身子是有些不便，眼睛却还是灵的。青青，可从来没有这么无礼过呀！她在心里拍着大腿恍然大悟，原来青青还有这番心思。只是，唉，红嫂看看张玉才俊俏而坦荡的眉眼，想起了古丽，她在心里叹口气，风月之事，她虽不精，但这样一个青年，结识过古丽之后，要让他再跟青青好上，是有些难了，就是有那笔钱拿出来做嫁妆，都是不妥当、不厚道的，都是要委屈人的，既委屈青青，也委屈这小青年。

红嫂正在心里徘徊着，张玉才急急忙忙地开了口：红嫂，跟您说个事，达吾提，他眼睛得病了，怕是很严重呢，我昨天问过我一个城里的亲戚了，他这种情况，像是弱视，虽然现在有些迟了，但也不是没的治，不过要抓紧，要到城里去开刀矫正……我……因为见不到古丽，所以就来找您了……

我说呢……这孩子，不论什么东西，都不是用眼睛看，却是用鼻子在闻……红嫂喃喃自语。她现在觉得她胸脯那里是一点不痛了，或者说，这痛，跟达吾提的眼睛比，算什么呀，达吾提，才八岁呢，又是个男孩子，是陈寅冬脉里唯一留下的个苗苗了……

你问过了，开了刀，还能有治？红嫂现在只担心那笔钱够不够用了，以前总觉得那钱是永远也花不完的，现在倒担心了，眼睛呢，那肯定是要花大价钱的。

有治，肯定有治。张玉才斩钉截铁地说。其实他也并没有那么大的把握，但他愿意给人以好的念想。再说，他看到，青青忽然从门里冲出来，眼睛里一下涨满沉甸甸的泪珠，那样急迫而信赖地看着他……

现在，红嫂甚至连转身都有些困难了。特别是左边半个，那种钝钝的疼，带着无限的重量似的，拉着她的胳膊，她的后背，她的腰。她从凳子上站起，她挂个篮子，她铺床被子，都是一次比一次更艰难的挣扎，她终于不得不呻吟起来。

达吾提站在红嫂的身后，红嫂走到哪儿，他就跟到哪儿。终于，他把古丽和青青都拖到红嫂跟前，他声音有些发尖：红嫂病了，很重。真的，我闻到她身上病的味儿了。

达吾提的样子还跟从前一样，他以为他还装得像一个健康的人，像那许多有着明亮双眼的孩子。他看不见青青在他的后面掉眼泪，看不见古丽像桃子一样肿起来的眼。当然，他曾经闻到过空气中泪水的味道，但他像大人一样不以为然地摇了摇头，以为那是女人们又在为了张玉才在烦恼……

家里人不跟达吾提谈论他的眼睛，好像那只是他的一个小秘密似的。而现在，在达吾提的秘密边上，又长出了红嫂的另一个秘密，像并蒂莲似的，雪白雪白，从黑亮的污泥中生长起来。

保密。你们谁也不准往外说。这是丑事，一说出去，就等于脱光我的衣服……古丽，你知道的，我们家青青还没办事呢，咱们达吾提还小呢，别让这种事在外面传来传去的……记住，不要找医生瞧，不要搭理别人的问长问短……你们就让我慢慢地这样病着好了，到最后，该怎么样就怎么样，我不会怕的……红嫂以一个别扭的姿势坐在床边，她逐个地把家里人一个个地看过去，寻找她们眼中的承诺。

古丽让青青带着达吾提离开。她关上门，拉上厚窗帘子，她含泪解开红嫂的衣衫，她要看看并且摸摸红嫂……一个老年妇人的身体，松弛而迟钝……但在胸部，那女人身上本该最柔软的地方，却古怪地坚实起来，一坨一坨的，像打结了，像结冰了……

古丽看看红嫂，脸色突然涨得通红，憋了很久才说出来：红嫂，您还是去看看吧，人都这样了，还留着那钱做什么……您就把那……把陈寅冬的那笔钱拿出来去瞧病！您放心，我跟达吾提保证不会要其中的一分钱，达吾提的眼睛，那是没有救了，他没有眼睛也照样能过活……等您身体瞧好了，我们一起多做些吃食卖，夏天，我还要批发冰棍儿卖，我好好儿地卖，不再跟任何人在外面瞎逛，我保证一天能卖两天卖三天的钱，咱们几个好好地赚，钱呼呼地不就来了……古丽滴下热泪，像要把红嫂胸前的硬块块儿给化了似的。

红嫂先是愣住了，愣了好一会儿，上上下下地看了古丽一会儿，然后，快活地张开嘴巴大笑，可是这一笑，她的肋骨又给拽得吃不消了，痛得她泪都涌出来：好个古丽，原来你知道有那笔钱，可你从来没提过，你真是个坏家伙……看你出的什么主意！那钱要用在我身上，就等于拿钱去打水漂了，你看看我的脸，看看我这身子，再多花一分都是作践呢……不过，好妹妹，有你这句话，我就感到好受多了……哪天呀，你吃食卖得快了，得空了，你就早点回来，我们要好好合计合计，咱们朝着西北方向敬炷香，也远远地跟陈寅冬说说，他那笔钱呀，咱们要用在达吾提身上，带他到城里去开刀，让他的眼睛比你的还要亮还要好……我们还要用在青青身上，给她置份好嫁妆，让她找个好婆家，要她将来的对象呀，最起码，跟张玉才差不多……

她们一齐轻轻地笑起来，像不知名的花儿，散发出淡而哀伤的香气。

《芳草》2007年2期

刘万福案件

邵 丽

一

如果告诉你作家是这个世界上自杀率最高的职业之一，恐怕你会相当惊讶。我再告诉你，这是真的，连加西亚·马尔克斯都认为“写作是自杀的职业”。一个作家比一般人更容易被故事所诱惑，最可怕的是他久久地不能从故事里走出来。他被故事绑架了，他被故事撕票了，就是这么回事儿。

实际上一个时期以来，我对选择作家这个职业追悔不已。这样的情绪缘起我那次北京之行。我去北京前刚做了一场新书签售仪式——在那个仪式上，我签到手软。我写的故事越来越被市场所认可。毕竟啊，美女作家，官场小说，漫不经意的表达方式，似是而非地针砭时弊，样样都能出彩，想不让读者喜欢都不容易。签完之后，我去看我文学院的老师，还没说几句话，他就从书架上拿出一本我刚出的小说集不满地说：“你作为一个作家应该明白，虽然小说是讲故事，但故事不一定就是小说。”他把小说集嘭的一声扔在我面前的茶几上：“从原始人那个时代起，人们就会讲故事了。编一个故事，把各种小元素掺进去爆炒一下，这就算小说了？那种低级的故事说来说去，隔靴搔痒，都是些盗版的生活。”我从幸福的峰顶一跤摔下来，心里真是瓦凉瓦凉的。老师一向对人说话不好听，但是这么严肃地对我还是第一次。看来他对我的不满已经远远地越过了边界，泛滥成一股洪流了。我诺诺而退，站在北四环那条从老师家出来的路上，禁不住悲从中来。谁不想要正版的生活呢？这个可恨的浮躁的世界……可是话又说回来，这世界不是我写好故事的必要条件，但却是我写坏故事的充分条件。作家应该走在时代前面——不过这也难说，如果碰巧活在当下，你走远了那你不是比时代还浮躁了？如果你走在了时代后面，就只有复制人家的生活，毕竟没有几个作家是伟大的先知嘛。

老师让我学我们那些先辈，下去体验生活，或者是去找生活。在这样的背景下，我来到鄂豫皖交界处的一个县挂职当副县长，并在这里“找到”了很多故事，包括刘万福的故事。

其实后来在我被刘万福的故事弄得进退维谷的时候，我想，我干吗一定非要去关注刘万福的生活呢？那种关注已经超出了一个小说家的边界，让他与我的生活在某些方面重叠。说实话，我被这个故事俘虏了，“我体会了和他的悲哀同样的悲哀”这句话，恰如其分地表达了我那时难以言表的心情。当然，当你读完刘万福三死三生的故事之后，相信你也会有这样的心情。

先说说我的家庭吧。我到这个县挂职之后，我的家庭就与这个县挂钩了。我老公是一个经济学家，师从经济学界京城三大才子之一、著名的经济学家梁晋先生。他和他的老师都是哈耶克的忠实信徒，信奉绝对的自由主义经济政策。我到这个县不久，他就把这里作为他们的信息采集点——这是他们构建庞大的县域经济模型计划的一个组成部分。他们雄心勃勃的计划是找一百个县作为研究标本，在特殊性中寻找一般性，以期从底层突破中国经济发展的瓶颈，创造新的路径和模式。

我女儿是学艺术的，先是学钢琴，十岁那年考上中央音乐学院附小，因为受不了每天像打铁般地在黑白键上至少敲击八小时，她要求改学作曲，写过几首被我们盛赞为新世纪噪音的曲子后，再也没有跟我们交流过音乐方面的话题。她是后现代的中坚力量，冷漠地解析着这个充满乱象的世界，任何我们津津乐道的所谓有意义的事情，往往被她拆解成一地鸡毛——从举世瞩目的奥运会到某个企业家信誓旦旦的裸捐。某年某月的某一天，她来到我挂职的这个县，在某个地方与某个群体的某些生活不期而遇，因而从某些方面改变了她曾经自以为是的看法，决意要去最贫困的地区当志愿者（这是她博客里的原话）。

总而言之，这就是我们这个家庭。我是一个现实主义者，我的所有的作品，双脚都插在黏糊糊的现实里不能自拔。如果再加上老公的自由主义和女儿的后现代主义，我们这个家永远同时拥有三双不同的眼睛观察、体味和评说世界，而且在我接下来的叙述中，这样的家庭色彩使这个故事充满着历史的隐喻和现实的嘲讽。

该说说刘万福的故事了。

故事的开始，照例是平常的一天。那天我在群众信访接待室值班。在我来之前，这个县就制定了这么一个制度，每天由县委或者县政府的一名领导干部到信访接待室接待上访群众。那天我在接待室里接待了两拨上访群众。一拨是淮河岸边老船民公社的一帮村民，因为一九四七年八月刘邓大军千里跃进大别山强渡淮河时，征集他们的船作为渡河工具，到现在还没给报酬，他们一直向上级反映也没人管。我问那个牵头的老人，当时借船的那些人你见过没有？他说："咋没见过？是个侉子，说话还带把儿，为这俺爹还跟他戗了几句，后来还是刘伯承出面亲自摆平哩！"我说："看来你还见过大世面。"他说："那世面大不大，村里老少爷们儿知道。"说着就把烟袋从腰里掏出来，在腿上磕了一下，把一根烟扯去过滤嘴插在烟嘴里，然后才噙在嘴上。这个动作让我忍俊不禁，它几乎是一个暗示，而且还是一种文化。他后面有个瘦点儿的小孩说："邓小平睡过他家的炕，还给他爹敬过烟。"信访局长老刘插话道："不是加长熊猫的吧？""不是，"老者说，"那个时候天下还是老蒋坐着哩，共产党的头头们哪有熊猫烟抽啊。有一次我那在北京打工的孙子回来，给我带了两盒熊猫烟，说邓小平吸的就是这个。我吸了两口就熄火了，捻开一看都是烟梗子，可能邓小平觉得这烟劲大，想必有人在旁边跟着点烟吧？"信访局长说："有。我老家俺老婆她娘家舅的媳妇的外甥，就在北京跟着他专门点烟。"这个玩笑把大伙儿都逗笑了，这一笑就把气氛笑松了。我说："老伯，你把条子留这里吧，回头我们研究个意见再去跟你们见面，好不好？"老人说："研究完了你县长去找我们？"我郑重地点了点头。他说："我也不喊你县长了，你这闺女咋说咋好。虽然你穿裙子，我看比那些穿裤子的都干脆，你说咱老百姓，啥时候不相信政府？不过你们要好好算算账，虽然条子上没有写给多少钱，就是一块钱，再乘以六十二年零一个月又七天的利息，有多少算多少，这要求不高吧？”我说，不高不高。说了之后，我出了一身冷汗。虽然我的数学不好，但是这一块钱利滚利算起来，估计会让政府的钱袋子瘪下去不少。

另一拨上访的是一批下岗职工，情况比较复杂。他们的企业原来是生产文化用纸的，老厂长是个退伍军人，管理比较严，愣是把一个不死不活的企业发展成了亚洲最大的麦草浆造纸企业。但是，他只会管理不会拉关系，在企业内部，退下来的那些人组织一些工人拼命告他；而企业外部，党委政府的各个主管部门的招呼他也不怎么听。这些内外力共同作用，今天纪检委查，明天检察院查，后天审计局查，查来查去虽然没有大问题，但磨道里找个驴蹄印子还是不难的，而且人收拾人的内战游戏中国人历来是行家里手。很快上级就以一个正当的理由把他免了，任命那个牵头告状的人当厂长。那人刚当上厂长有些工人就说，新厂长胃口大，估计这个厂子吃不了两年。果然，两年下来，这个厂就被他搞垮了，工厂停产，职工下岗。这一拨上访者坚持认为，党委政府在这个过程中有过错。错了就错了，他们也不是来纠缠领导们该负的责任，但是工人的饭碗政府要端着。

关于这个事情，县政府常务会上曾经议过，只是由于所需资金过大而搁浅了。我不顾信访局长和办公室主任的反对，坚持把政府常务会研究的情况告诉他们。

他俩反复提醒我说：“这样可不好，他们会越闹越大。先稳住他们把他们弄回去，再慢慢化解。”

“那不是糊弄人吗？”我说。

他俩互相对了一下眼神，好像我这句话问得太幼稚了。信访局长说：“眼下只能这么办了，基层情况不是一句话能够说明白的，赵县长。”

我说：“我们已经犯了一个错误了，如果再欺骗他们，等于是犯了俩错误；对这俩错误再心安理得，那就是三个错误了。这样对老百姓，我们还有一点政治伦理没有？”

信访局长说：“赵县长，政治伦理是什么我不懂，可我知道捂住不让他们闹事是最大的政治!”

政治伦理他听不懂不能怪他，但我还是坚持给他们解释政治伦理是官员的良心和脸，最起码是遮羞的衣服。

不过最终我发现不是他们错了，错的是我。当我向群众说明县政府常务会研究的结果时，领头的人质问我：“你是说县政府管不了是吧?”

“不是管不了，而是目前还没有这么大的能力解决大家的问题。”我这样说，连自己都觉得这话绵软无力。不过宁愿这样，我也不想骗他们。

“你们把这个企业交给一个无赖的时候，怎么没考虑能力?”另一个领头的说。他的话音还没落，其他人喊起来：“算了！哪里能管得了我们就去哪里!”

这时信访局长站了起来，走过去给几个领头的人每个人散了一根烟说：“赵县长刚到咱们县里，情况还不是很熟悉，”他回头意味深长地看了我一眼，“这样吧，你们要是觉得我老刘的脸还是人脸，就相信我的话，你们先回去。过几天我亲自去找你们，我拿几瓶存放了多年的好酒，你们添几个小菜，不过可记住了，那菜得对得起我这酒啊！边喝咱们哥几个边聊，好不好?”他说着给他们几个人使着眼色，估计意思是让他们给个面子。那几个人合计一下说，咱们再信他一回，走吧。

面对这样的交易，我哭笑不得。人走了之后，信访局长对我说：“赵县长，您一直在大机关工作，咱们下面的情况您还不是很熟悉。接待群众上访都是有套路的，一般情况下我先说个意见，然后再让您拍板，免得领导被动。”都说领导干部好干，主要是下面有人给你找退路，让你左右逢源啊。我看着他油腻腻的脸，觉得也找不出来合适的话回他，就嗯了一声，算是回答，也算是不屑。

今天的接待就算结束了，我出了接待大厅，心里憋闷得慌，但还是长出了一口气。不过我刚刚走下台阶，从广场入口呼啦啦围过来一群人，他们在我面前排列好，为首的一个年长者说，给县长跪下了！

一群人全部跪到了信访局门口的广场上，他们举在头上的横幅写着：“一心一意永牢记，三死三生报党恩。”这样的场面我还是头一次遇到，一时手足无措。我求援似的回头看看信访局长，本来送我出了门口他已经回去了，不过很快我就发现他面带着另一副笑容走了出来。他不紧不慢地走过我面前，又不慌不忙地迎着人群走了过去，前后过程真像一出大戏的一个桥段。

基层干部应付突发事件的能力，那真是没说的。

二

这帮人不是来上访的，他们跑了三十多公里，目的是来给县委县政府送锦旗。按道理说这锦旗不应该送到这里，我想可能他们知道县委县政府的大院进不去，而信访接待室每天都有县领导值班，又在一个人比较多的广场边上，所以就直接来了这里。我让信访局长把他们带到接待室去，他们不愿意去，说在外面要排排场场地把锦旗送给县委县政府。办公室主任说，我代表县委县政府把锦旗接下了。他们说，那不行，我们想让电视台来录个像，要让全县人民都知道知道这事儿。办公室主任征求我的意见，我看了一下信访局长，说："按规定办。"信访局长说："没规定。"我说："没规定按套路办。"他们两个赶紧打电话，还没打完，就看见宣传部副部长带着电视台的一帮人赶了过来。录像的时候副部长让我讲几句。我说："到现在我还不知道什么事儿，怎么讲?""哎哟！你看这只顾高兴，把这头儿给忘了。"信访局长大笑起来，他放松笑的时候显得很单纯，人也年轻了些。我小声问他："宣传部这么快就知道这事儿了?"他忽然认真起来，说："这就叫新闻的敏感性嘛！赵县长您想想，这年头见个给县委县政府送锦旗的，比钓个老鳖都难，这是多大的卖点嘛。"然后他问带头的那个年长者，说："你这三死三生是啥意思?"那人从口袋里掏出来一沓纸递给他，说："这个您拿去看看。"

信访局长把它展开递给了我。我看见那稿子是用褚体毛笔小楷写的，很有功力。稿子最上面的右上角这样写着：为县电视台代拟新闻稿。我抬头看了看那帮人，发现他们也正目不转睛地盯着我看。稿子的标题是"三死三生报党恩"，下面是正文：

正值全县人民以极大的政治热情热烈欢庆新中国成立六十周年之际，我县半山羊村刘万福全家族老少七十三口人一起到

县委县政府来送锦旗，共同感谢共产党的三次救命之恩。

事情的经过是这样的：

刘万福一九六〇年初生于一个叫半山羊的贫穷乡村，他是家里的老大，下面还有五个弟弟妹妹。上个世纪八十年代初期，为了维持全家生计，他开始外出打工。辗转多地之后，经亲戚介绍来到了山西山阴县的一个煤矿当挖煤工。一次，他们这个施工班刚进入井下不久，就遇到了矿井塌方。面对危情，共产党员、班长阎涛说，大家不要慌张，跟着我走，只要我们齐心协力，就有生还的希望！刘万福没经历过这些，吓得哭起来。他就安慰他说，哭没有用，坚持下去就是胜利，共产党不会不管我们的！他领着大家靠吃煤泥维持生命，六天六夜眼都没合过。到第七天头上，他们听到了头顶上风钻的声音。他说，有救了，共产党来救我们了！十几分钟后，煤层被打透，部队的战士跳了进来。刘万福记得，他们用微弱的声音喊出的唯一一句话就是：共产党万岁！

后来，刘万福买了一辆旧车带着老婆到全国各地跑运输。一九九八年十月，他们去湖北贩运水果，走到夜里十一点多，他又困又饿，想着抽根烟，可是手里没有火儿。这时刚好一辆轿车超车时扔下一个烟头，他踩下刹车，跳下去捡那个烟头，一辆车从后面过来把他撞到了路旁的沟里，然后逃逸了。恰好湖北某市公安局党委书记、局长杨子龙夜里巡查路过此地，二话不说就把他送进了市医院，并帮他垫上三千多元的医疗费，然后就不声不响地走了。由于得到了及时抢救治疗，他不但保住了一条命，而且很快就康复出院。可让他想不到的是，出了院他再去找杨子龙，杨子龙根本不承认是自己救了他。实在没办法，他就回到医院找到杨子龙签字的押金条和当时接诊的护士一起来到杨家。杨子龙说，这事儿是一个共产党员应该做的。刘万福说，通过这件事我才知道了什么是真正的共产党员！

经过这两次大的波折，刘万福又回到了生他养他的村庄，靠着短途贩运蔬菜维持全家的生活。他们村有个叫刘七的，是个横行乡里的地痞，一九八三年因为调戏刘万福的媳妇，被刘万福扭送到派出所，双方就此结下了仇怨。二〇〇八年，刘七带着一帮黑社会分子到刘万福家果园里寻衅滋事。刘母胆小怕事，刘的小女儿与他们讲理也被他们侮辱。这时刘万福义愤填膺地从家里赶了过来，看见刘七就不管不顾地砍了一刀，致使他当场毙命。然后他又追上刘七的另外一个同伙，也把他一刀毙命。刘万福相信党和政府的有关政策，立即去派出所投案自首了。法庭根据他犯罪的性质和投案自首的情节，判了他死缓。在接到判决书的那一刻，他在法院的回执上还是签下了那句话：共产党万岁！

看完了他们代拟的新闻稿，我已经知道了他们的来意。我执意让他们到接待室里仔细谈谈事情的经过，那时候我仿佛有直觉，这不就是我要寻找的生活吗？矿难、交通肇事、故意杀人，各种要素都有，缺少的就是细节了。看来我的老师说得没错，真正的生活果真是在基层。

那帮人又站了一会儿，才推荐领头的那个年长者代表他们全家跟着我来到接待室。他是刘万福的二姑父，叫张和平，是个中学教师。我问他："感谢信是你写的吧？"他脸红了，搓着手说："字写得丢人了，请县长批评。"我笑了笑说："敢批评你的人不多，临褚遂良字体的人不少，成功的凤毛麟角。"他突然严肃地说："县长，我看您是个好人，能不能让我单独跟你说几句话呢？"我看了看信访局长和办公室主任，他们马上就走了出去。门刚刚带上，他又喊了一声赵县长，扑通就跪下了。我吓了一跳，但并没有去拉他。我说："我不喜欢你们这样，哪能轻易给人下跪？你起来吧，有什么需要单独跟我说的你就随便说。"他并没有起来，说："赵县长，刘万福太亏了。"我说："他亏什么？杀了两个人，法院也没杀他，你还认为他亏？"他说："我不是说他冤枉，是说他亏！"我大为吃惊："那么，冤枉和亏的区别在哪里？""区别就是，判他的刑合法不合理；不判他的刑合理不合法。"我说："法律是这个社会的天平，绝对不能被感情所俘获，否则……"这时，外面有人敲门，我说："你站起来吧，我哪天专门去找你聊聊。"他站了起来，这时门也开了，办公室主任过来说："赵县长，县政府值班室通知说您家人打电话找您，您手机没人接。"我把张和平送到门外，让他们先回去，然后才从包里把电话拿出来，一看吓一跳。电话是我老公打来的，四十七个未接电话。我把电话回过去，老公在那边说："你怎么不接电话？"我告诉他今天接访，电话在静音上，这是对老百姓的尊重，然后问他有什么急事。他说："什么急事？你昨天烧那么厉害，今天怎么样了也不告我一声！”这个大男人，真拿他没办法，难道非得把人幸福到腻歪不可吗？我说：“老公，你这样好的男人，不找个情人连我都过意不去；或者说，你已经找到了，只是为了补偿我才对我这么好吧？”他笑了笑，岔开话题说：“我下周去县里蹲一段时间，你先向周书记报告一下。”我边答应边说：“既然是蹲一段时间，那就把你的情人带来我也开开眼。”他说：“我很踌躇，不知道带哪一个好。”我说：“就带不会写小说的那个。”他说好吧就这么定了，然后挂了电话。

第三天是个周日，我带着秘书去了乡下。车子开到半山羊村的村头，看见一老一少两个人站在路口，我让秘书下去问路。秘书还没走到两人跟前，那两人就开始往后面退。秘书摆了摆手他们才站住，秘书说：“请问刘万福家住哪里？”老者看了看那个小的，又看了看秘书，摇了摇头。秘书问小的：“你知道不知道？”小的也摇头，然后歪着头想了一会儿，说：“我们村没有叫刘万福的啊！”我在车里说：“就是那个杀人的，法院留他一条命。”“哦，”小的赶紧说，“你说的是刘大眼吧？他家前天不是去县里送锦旗了吗？”我赶紧下车说：“是啊！是啊！”“他啊，真是条好汉，你们判他真亏！”我已经知道了亏不是冤枉的意思，所以就着这个话题问他：“你了解情况吗？”“我？”他看了看老者，翻了一下眼，“我和我爷爷天天站在这里等人家来买果子，那天他杀人就在我们俩眼皮子底下，那才真是叫赞！”“怎么个赞法，说来听听。”“这话说起来可就长了，还是从那天开始说吧。”我拿出笔记本来准备记，他一看急了，问：“原来你不是领导，是记者吧？”秘书说：“这是咱们的赵县长。”我说：“副的。”他脸红了起来，说：“想不到县长是个女的。要是记者我就不说了，来了那么多记者，吃了喝了，最后也没把大眼从监狱里捞出来。全村都给他凑钱保他，最后还是人财两空。”我说：“你还是说说那天的情况吧！”他说：“要是我说了你能给他减刑，现在我们爷俩就给你跪下磕三个响头！”我说：“我不能，这事儿归法院管。”他说：“你要不管就算了，我不相信县长管不了法院！”我说：“我真管不了，信不信由你。”他的脸又红了起来，说：“算了算了，我看你是个好人，还是给你说说吧！”听了他这话，我有了更大的惊奇，想起来自从我下到县里之后，很多老百姓都跟我这样说，我就问他：“你是怎么看出来我是好人的？”“切！那还用咋看，对你们当官的，好坏人我们一眼就能看出来。”

我催他赶紧讲讲那天的事情。“好吧，我就拣我看到的说吧。那天我跟爷爷就站在这里。开始是大眼他娘和他小女儿在果园里干活，一会儿，刘七带着一帮人开着车过来，走到大眼他们家果园里停下了。一个小喽啰下来说，弄几筐桃子放车上。大眼的娘赶紧说，这是给人家准备好的，马上人家就来拉了。小喽啰说，谁吃不是吃？干吗非得等那些王八蛋过来？让爷烦了，腿给他们卸下来！说着一脚把桃篮子踢倒了，桃子撒得到处都是。大眼的女儿冲过来跟他们讲理，刘七从车上跳下来说，你是不是想让我先吃你啊？我看你比桃子鲜多了，肯定蜜水儿比桃子多了去了。大眼女儿一句流氓还没骂完，就被刘七一脚踹老远。她娘过去扑在孙女身上，哭着骂道，真是丧尽天良，这么小的孩子你也欺负。还没骂完就被刘七一脚踢开。不知道是谁告诉了大眼，他掂着大砍刀从家里奔了出来。一眨眼工夫，刘七的人也开着车来了四五十个。大眼还没跑到跟前，刘七就迎了上去，说，刘大眼，今天给你说实话吧，老子就是引蛇出洞，专门来修理你个王八蛋来了！大眼说，是啊，是到了该跟王八蛋算账的时候了！刘七说，别看我带这么多兄弟，一个都不需要他们上，咱俩玩个你死我活。大眼说，你说颠倒了，是你死我活。刘七从车里抽出两把刀扑了上去，还没到跟前，就看见大眼手起刀落，一刀砍在刘七脖子上，呼呼地往上喷血。”

“他们带的那么多人，都没上吗？”我的秘书问。“他们的人别看多，那还不是树倒猢狲散？但是大眼不会饶他们，他走到开始找事儿的那个喽啰面前，那个人也是个无赖，都传说他手里有几起人命。大眼说，你认识你爷吗？那个人吓得浑身筛糠，跪在地下给他磕头。大眼也不理他那么多，又是手起刀落，可惜头没砍下来，还剩一层皮挂在脖子上，像个葫芦耷拉着。埋他的时候是用纳鞋底子的针线缝上去的。等大眼再站起来的时候，人都跑完了。”“那么，我想问一下，既然你们都看见刘七欺负大眼的母亲和女儿了，怎么没一个人上去拦一下？”“上去拦一下？您说得容易，谁敢啊？他说卸谁的胳膊腿儿那可不是说着玩的。村上有个老头儿刘全柱，儿子媳妇一家三口出车祸死完了，他就靠几只羊养活自己，后来一夜之间羊全没了。老人气得骂大街，晚上麦秸垛就被人点了。他还骂，大白天房子又被人点了。他跟刘七还没出五服哩，要不是这，人早给烧成灰了。”我又问：“当地的派出所就不管？”他说：“怎么管？小打小闹的他们才管，凡是大闹的都跟他们有关系，除非上面直接下来抓才行。”正在说着，他突然指着远处说：“好了，来了来了。他能说清楚，前前后后的上诉材料都是他写的，让他给你说吧。”我抬头一看，原来是张和平骑着自行车过来了。

三

从张和平零零碎碎的叙述中，我基本弄清楚了刘万福在近三十年的时间里三死三生的来龙去脉。刘万福是家中的老大，出生时正赶上三年自然灾害，全家人都没有饭吃。他们这个村子由于村干部胆子大，让群众私下里种点水果什么的，情况比别的村子好一些，但还是有人饿死。刘万福的父母挖树根熬水喂他，他得了肠炎，拖拖拉拉一个多月，眼看着皮包骨头没命了，父母把他扔在院子里等死。谁知道他命大，又慢慢活了过来。到了七岁上，他又得了脑膜炎，幸亏山里水库边上有个二炮的基地，送到部队的医院里，解放军给他治好了。

半山羊村是个穷得连羊都喂不活的地方，改革开放之前，村子里的生活比原始社会好不到哪去。很多家庭穷得家徒四壁，冬天冷得受不了，就在自家屋子里挖地窖，人天天躺在地窖里，只有一套冬天的衣服，谁出去谁穿。由于长年累月在地窖里生活，半山羊村的很多人都是骨节粗大，罗圈腿，驼背，几乎所有的人都有关节炎。那个时候，村子里有几家日子多少好过点的人家，每到春节会做上一碗“看菜”。这个菜是专门看不能吃的，实际上就是一碗肥肉片，总共有九片肥肉。谁家有客人了就把这一碗菜借过来，吃饭的时候摆上。在整个吃饭的过程中，主人要向客人热情地让三次这个菜，开始的时候一次，中间一次，结束的时候还有一次。主人用筷子点着菜说，吃吧吃吧，咱家还多着哩！客人一边往肚子里咽着口水一边说，吃着哩！吃着哩！如果客人真的控制不住了，拿筷子去夹这个菜，主人就会连忙用筷子挡住，说，你真不想吃就算了，这东西腻歪得很，谁吃了都拿不住。回头还人家菜的时候，要给人家拿两个馍。这是一桩生意。

在出去打工之前，刘万福连饼干都没见过。他第一次拿到工资，就跑商店买了一包饼干，站在柜台前一口气吃完了。当时他想，人要是能经常吃到饼干，该是多大的福分啊。看他吃得这么过瘾，营业员说，我们这还有几盒过期的饼干，便宜点处理给你算了。这天上掉馅饼的好事他哪能不干？把兜里的钱全都掏出来，营业员看了看说，就这么多？他说，就这么多，一个月的工钱都在这了。营业员看着油腻得发绿的毛票说，把钱收起来吧，饼干拿走，盒子留着我们卖废品。他脱了褂子把碎饼干包上，出了门直奔半山羊而去，徒步走了一百多公里，就是想让爹娘和弟弟妹妹尝尝啥叫饼干。

一九八二年，经他的一个表兄弟介绍，他来到山西省山阴县的一个煤矿挖煤。这个地方的煤层浅，煤质好，报酬也高。刚来的时候，他跟着班长阎涛打下手。他们这个班一共有八个人，数他年龄最小，才刚刚满二十岁。班长阎涛四十多岁，是从工程兵退伍的，在部队入的党。他的主要任务是放炮，这是一个技术活，据说他在部队就干这个。他腰里挎一个包，里面装着炸药。把炸药堆在作业面上，上面插一根雷管，点着后人再跑还来得及。这个地方的煤矿里面没有瓦斯，所以放过炮后他就坐在一边抽烟，其他人过去挖煤，装在一个小车上。刘万福负责把车子拉到巷道口，然后再吊上去。每车煤可以挣两块钱，一个月下来每个人可以分一百来块钱。在上个世纪八十年代，也是很大一个数目了。他有眼色，又勤快，白天跟着他们下井，晚上帮班长洗洗衣服，打扫打扫房间的卫生，混得人缘不错。班长有点什么好吃好喝的也都没忘记他。他们的工作时间是两班倒，每班下去十一个小时。

出事的那天是阴历初一。按照当地的习惯，初一十五下井前都要拜拜井口，仪式挺隆重的，矿长亲自出面，在井口摆上三牲六畜，各色时鲜水果，蒸馍糕点，还要插上高香。矿长在前面先跪下给井王爷土地爷以及祖宗八代磕三个头，嘴里念念有词地说上一大堆好话，然后矿工们依次一批一批地跪下叩头。那天好像有什么预感似的，刘万福的头刚刚叩下去，突然清清楚楚地听见他娘说，大眼啊，你回头看看。他激灵一下，回头一看，莫名其妙地一股旋风吹起来，卷起地下的煤末，遮蔽了阳光明媚的天空。他脊背上冒起一股凉气，心里有点发怵，本来想请假不去了，可是班长阎涛走过来说："大眼，昨天给你出的那个谜语猜出来没有？"他说："我忘了，没猜。"阎涛说："那今天下去好好猜猜，我给你再说几个精彩的。"他说："今天我不想下去了，头疼。""没事儿，"阎涛拉着他往吊车那边走去，"下去师傅给你按两下，保证手到病除。"他又回头看了一下，旋风还在那儿打旋，只是煤灰没那么多了，阳光照着地面上的黑金一片闪烁，他的心忽然一松，就跟着师傅下了井。

吊车落到了井下，他们嘻嘻哈哈地说笑着往里面走。边走班长边跟王延辉开着玩笑，他说："老辉啊，昨天跑了几次马？"王延辉说："日他娘，我这一段时间见鬼了，天天跑马，我这床可成跑马场了。可惜养马的人不在，要不然说不定里面还会有个少将什么的。"孙刚插话说："老辉，你真得去医院看看，不管啥时候掀开你的被窝，你身上都跟水洗过似的，虚得太狠了。"马新喜也嬉皮笑脸地插进来："我说你还是别去，万一碰见的医生是那个万人迷小孙的话，估计你这法力当场就会井喷。"王延辉说："要是我那媳妇不跟人家跑，要是我能活着回去……"他话还没说完，突然听到身后井口方向哗啦啦响声一片，声音像下瓢泼大雨似的。大伙儿一下愣住了，回头去看班长。班长的脸色唰地变得雪白，但他很快就镇定下来，说："你们跟我来，我们别往外面跑，那是去送死。"孙刚说："大哥，你再想想，上一次那几个人的结局你忘了？说不定我们往里跑是等死。""我不用想，等死还有机会活，送死死就在那边等着你哩。赶紧跟上我，一个都不能落下！"他们往巷道里面跑着，身后因为塌方形成的烟雾已经追了上来。约莫着跑了有一千米，位置相对较高的连接巷处有个空旷的地方，阎涛说："大伙儿都坐下，全部背靠背，往头上看着岩石注意有没有松动。尽量少挪动身体节省体力。你们别想着三五天就能出去，出去出不去就看老天爷想不想灭咱们了。"

刚刚安置好，刘万福觉得松了口气，他看着班长说："涛叔，刚才孙刚说的那几个人是咋回事儿？"阎涛看着他说："你真想知道？"他说："想，你说说呗。"阎涛一巴掌扇到他脸上，骂道："煤埋住半个身子了，你他妈的还不长心眼！"说完又吼了一句："只留一盏灯，其他全部关了！

睡觉轮流来，头顶上一定不能大意，时刻盯紧了！”

气氛这时才真正紧张起来，刘万福想起家里说的一门亲事，妹妹来信说女方人不错，又贤惠又会做女活，就只等着过年回家见面了。再一个，他爹老了以后，风湿性关节炎越来越严重，大部分时间只能卧在床上。弟弟妹妹们又小，全家里里外外的活计基本上只能靠母亲一个人操持。他万一再有个三长两短，这个家就算彻底完了。想到这些，禁不住哭了起来。阎涛过来坐在他跟前，抚摸着他的头顶，半天才说：“大眼，你想不想死？”他止住了哭说：“没谁想死。”“你怕不怕死？”“没谁不怕死。”“那你还哭什么？”大眼不解地看着他。他扭头看了一下那几个人说：“这些人都跟你一样，不想死，怕死，可是你看谁哭了？如果老天爷看着你哭就放你一马，那你就使劲儿哭吧！就是死也要死得像个汉子，就你这熊样子，到了阎王爷那边还得让你挖煤。”

这时，马新喜说想屙屎。阎涛站了起来说：“对了，我忘了说了，”他往前边走了走，在靠近巷道边的一个地方用脚划拉了一下，“屎都屙在这里，谁屙了之后自己拿手给它拍成饼子，糊在旁边那根柱子上。”王延辉说：“头儿，糊屎干什么啊？”阎涛走了回来，站在他们面前说：“孙刚，给他们说说糊屎干什么。”孙刚说：“干什么？吃！”

刘万福把这事儿在心里想了一回，觉得胃里一阵恶心，差点吐了出来。孙刚说：“你恶心什么，自己屙出来的东西自己吃，说不定还是一种食疗方法哩。”马新喜说：“好像你吃过一样。”孙刚没理他，接着对刘万福说：“这屎啊你没吃过，第一口你把鼻子捏住吃，第二口就没什么味儿了，到了第三口啊，就有一种奶味了。”刘万福问：“不是可以吃煤泥吗？”“可以，短时间行，吃多了就在肠胃里结块了，饿不死你胀死你。”

到了第三天，上面还没有一点动静，大家的情绪明显低落了起来。阎涛先是在周围巡视了一圈，回来安排把大灯调成小灯，隔半个小时开一次，安排停当以后，他问刘万福：“前几天我给你出的谜语还没猜出来？”刘万福说：“啥时候了你还说这个？”阎涛说：“啥时候？趁着还能说，不说白不说不是？”“你出的啥谜语我都忘了。”“咦呀，这点事儿就把你吓成这了啊？延辉，你给他说说。”王延辉说：“谜面是‘新婚之夜’，打一个历史名人。”刘万福摇了摇头说：“我不想，也没啥球意思，肯定你是在书上看的。”“是在书上看的，没错儿。”“我又不是不认识字，还让你给我说啥？不想猜。”“算了，我还是告诉你吧，谜底是查理一世。”“查理一世是谁？我不认识他，这谜语也没啥意思，尽是瞎转文，没劲。”王延辉嘻嘻笑了起来，说：“没劲？咋没劲，没劲还办不成哩。你再想想查理一世是什么意思。”刘万福说：“我再想也没啥意思，到底谁是查理一世？”阎涛边用手指头比画着边骂道：“日你亲娘，你就是个榆木脑袋，查理一世不就是‘插里一试’吗？”大伙都笑了起来，气氛缓和了不少。马新喜屙了屎回来也来凑热闹，刚想开口说话，阎涛问他：“糊好了没有？”他说：“好了，保证跟烧饼一样，又薄又脆。”大伙都说你先把手擦净再说。他说：“我在煤水里已经洗过了。我还是讲个屙屎的故事吧。话说有个老大爷，也是大眼他们老家的，他正在地里锄地，一只乌鸦飞过，拉了泡屎在老大爷头上。老大爷抬头大骂，我日你祖宗八代！你出门也不知道穿条裤衩！乌鸦说，你神经病啊，你个老不死的屙屎穿裤衩吗？”

到了第六天，大家基本上都动不了了。这天晚上，阎涛过来坐在刘万福跟前说：“大眼，明天咱们吃屎吧？”刘万福瞪着眼看着拱形的巷道顶，动都没动一下。这时阎涛把手伸过来拉住他的手，他感到手心里多了一块硬硬的东西，不用看也知道是吃的。他心里梗了一下，想到怪不得大家都动不了，就他还能来回地走，再想想他已经有十几年的井龄，出生入死习惯了，也就没再往深处想。阎涛让刘万福站起来，刘万福试了试，连坐都无法坐起来。阎涛又递给他一块东西，比刚才那个小，拍了拍他的脸就走了。饿得奄奄一息的刘万福先把那个小块放嘴里，是一块糖，还没品出味儿来，已经化完了。他又去吃那个大块，是一块压缩饼干，过去加班矿上发过。吃着吃着，他的眼泪就下来了，他知道阎涛跟孙刚是表兄弟，但他却没有去照顾他。过了一会儿，阎涛又过来了，问他能不能站起来。他试了试还是不行，阎涛叹口气也坐下了。刘万福迷迷糊糊地睡了过去，他在梦里逛了许久，还回了一趟家。家里空无一人，他在厨房里找到一块凉馒头，正准备吃，看见爹回来了。爹的两条腿像裤腿一样搭在肩膀上，是用手撑着地走回来的。刘万福说，爹，这么多吃的你咋不吃？爹说就是等着让你回来吃的，我吃饱了。你快吃吧，新媳妇还等着你哩。他正想往嘴里塞，忽然有人一把夺走了，还使劲用胳膊推搡他。他睁眼一看还是阎涛。阎涛说：“快七点了，起来我们办点事儿去。”估计是那些吃下去的东西起了作用，他一下子就站了起来，只是走着腿脚还有点发飘。他跟着阎涛往巷道口方向走。阎涛说：“今天不吃屎就得吃人了，不然谁都活不下去。”刘万福愣了一下，说：“吃人？吃谁啊？”“实在不行就先吃我，我家里也没啥牵挂的，上无老，下无小。”刘万福知道他说的是实话，他没亲人，就一个守在矿上的老寡妇是他的相好。刘万福没再理他，只管看着脚下的路。又往前走了一段，已经看不见他们的人了。在拐过一个弯的时候，刘万福突然觉得后脑勺有一阵凉气，像一条蛇一样从脖子一直顺着后脊梁骨碌了下去。他激灵一下，想起了母亲那句话：大眼啊，你回头看看！他回头一看，矿灯正照在阎涛的手上。阎涛手里掂着一大块煤矸石，俩人猛一下打了个照面，都愣住了。这时，头顶上轰的一声巨响。阎涛喊了起来，有救了！有救了！他边拿煤矸石砸井壁边喊道：“日他妈，我就算着他们该来救我们了！”

十分钟后，钻头打了进来。阎涛又把石头砸在钻头上，钻头退了出去，一缕强光射了进来，刺得他们俩睁不开眼。上面喊道，有人吗？他俩扯着嗓子喊救命啊救命啊！上面的人说，你们赶紧往回撤，撤得越远越好。他俩沿着原路退了回去。刚刚回到大伙那里，又一声炮响，随后一群解放军跳了进来。他们还没来得及说什么，头就被一个黑袋子套住了。刘万福眼前一黑便失去了知觉。

等刘万福醒过来已经躺在医院里了。睁开眼睛，他看见母亲和妹妹都守在床前。“大眼，你睡了三天三夜，”母亲擦着眼睛，“你睡着就跟你爹一模一样。”妹妹也过来说：“开始咱娘哭得快背过气去了，寻死觅活的，可把我吓坏了。后来知道死的不是你，她才止住哭，多少吃点东西。”刘万福说：“开始你们还以为是我死了？”“那可不？拉上来一大片死尸，面目都看不清了。咱娘看见一个人穿的鞋是她做的，抱着一边哭一边拿头往地上撞。后来她去摸他的身子，在他胸口上没摸到那个黑痣，一下就傻了，说，这不是俺的儿！这不是俺的儿！喊着喊着又笑开了，弄得人家领导哭笑不得。”刘万福说：“你做的鞋我穿着小，给咱们一个河南老乡了。”

妹妹说："哥，经过这个事儿你还不回家？"

刘万福说："回！"

"人家闺女还等着你哩，跟人家见面吧？"

"见！"

"你要同意的话，咱爹说马上把房子盖了，你说盖不盖？"

"盖！"

他们正说着，阎涛推门过来了。俩人的目光对视了一下，既有惊奇，也有尴尬。刘万福的母亲看见阎涛，亲热地过去拉着他的手说："他就像你亲兄弟一样，一天跑几趟，真是操心了。"阎涛说："老嫂子，我把大眼看成自己的孩子了。"刘万福看了看阎涛，又看了看娘说："娘，就是他救了我们几个人的命。"阎涛的脸红了一下，说："那个就不说了，我来跟你商量商量，咱们这一次矿难，死的赔一万，伤的赔三千到七千不等。像我们这不死不伤的，补偿一千块。其他几个兄弟都愿意在这干下去，你看你是拿着钱回家，还是跟着我在这里继续下井？"

刘万福推开身上的被子，从床上坐起来，看着阎涛的眼睛一字一顿地说："我就是回家吃屎，也不会再跟着你下井了！"

四

老公来的那天晚上，本来我想和他讨论讨论刘万福的故事以及把它写成小说的初步构思，可是他又和周书记喝大了，还是一如既往地被抬着回我的住室。他每次来都是这样，屡战屡败，屡败屡战。

周书记是学法律出身，中国政法大学毕业后本来要留校，家里的女朋友一封血书把他召了回来。他们俩从中学起就是同学，高考的时候他考到了北京，而她则考上本省的大学。她是他老师的女儿，老师待他不薄，总是给他们俩一起吃小灶。高三的时候他先给她递的纸条，一来二去俩人就私下里定了终身。现在俩人过了半辈子了，她还是喊他哥，夫妻过成了兄妹；或者像他自己说的那样，俩人从兄妹开始，也一定会以兄妹结束。

从北京回来后，他先是在省政府下面的一个厅局任职，后来作为后备干部被派到贫困县挂职，挂了一年就落地生根了。老公第一次来，我报告了周书记，他问道："你老公喝酒怎么样?"我实话实说："能喝点儿。""多少?""不知道，反正没见他醉过。"周书记笑了一下说："我知道了。"那天我老公是晚上到的，因为修路堵车，到地方已经零点了，我没惊动周书记。第二天早上起来我带着他去政府小食堂吃早餐，正碰着周书记。周书记说："是妹夫吧?"我说："正儿八经防伪的。"周书记扭头向里面喊道："老四，拿我的好酒来!"老四是我们的炊事员，赶忙拿出来一瓶红星二锅头，铁盖的没有外包装的那种。周书记接过来，用牙把盖子咬开，咕咕咚咚一人倒了一大茶杯，说："喝吧!"然后一仰脖子灌了下去，边喝边用手指着喉结，喝完了才说："看见了吧，一口干，喉结不能动，直接进高家庄的地道。"老公看了看我，又看了看酒杯，也端起来喝了。不过我看他喉结动了好几次，估计周书记也看到了，但他没吭气，又喊道："老四，酒!"又一瓶上来，俩人又干了。我看见老公的脸都白了，说："别喝了吧，哪有大早上喝酒的?"周书记说："一边是娘家哥，一边是老公，你看着办。"老公大着舌头说："谁不让喝我跟谁急。"俩人就那样一口气灌了三瓶。倒下去之前，老公说的最后一句话是："该上热菜了吧?"从此这句话就留下了话柄，每次喝酒之前周书记都要说一句："妹夫，咱不急，一会儿才上热菜呢。"

据说周书记刚下来的时候滴酒不沾，规规矩矩的像个大姑娘。他的前任书记告诉他说，不会喝酒就当不了县委书记。他苦练了一个月，胆汁都吐出来了，功夫才练得差不多了。

他们俩的好不仅体现在酒上，更多的是在思想上的交锋。前面说过，我老公是一个自由主义经济学家，认为市场这只看不见的手就是万能的，世界经济史一直走在这条道上，顺之者昌逆之者亡。而周书记则认为，中国的经济之所以创造了奇迹，是选择了一条政府管制和市场经济相结合的第三条道路。"邓小平的政治智慧在于，始终在斯密和凯恩斯之间摸着石头过河，既避免了大起大落，又让经济在可预期的河道里顺流而下。"

这次老公来主要是考察职业技术培训对外出务工农民所起的作用。吃饭前，他跟周书记说明了来意。周书记说："我先问你一个问题，为什么一定要把这些人喊作农民工呢?"老公说："这很重要吗?"周书记说：

“重要，非常重要！我一听你们喊农民工这三个字，头都是大的，哪有什么农民工？一个人，他去种地就是农民，去做鞋子就是工人，怎么还有农民工?”

老公说：“这是约定俗成的说法，也不一定有什么特别的意义。”

“你想过这个问题没有？一个城里的工人下岗之后来我县里种地，不管种多少年，他的身份还是工人，还是市民；而一个农民在城市里不管做了多大的老板，他还是农民工。好像农民身份就是他们的‘红字’，这跟过去喊地主的儿子地主崽子有什么区别?”

眼看着俩人又要展开争论，这时我开始插话，我说：“我始终不同意你们把农民‘赶进城市’的观点，而且非常反感。”我简单地讲了讲刘万福的故事，最后的结论是，简单地把农民赶进城市会害了他们，如果刘万福一直待在农村，也许就没有后来那些事儿。现在中国很多社会问题，是农民盲目进城引起的。所以我想把刘万福这个故事写成小说，小说名字就要把三死三生体现出来。

周书记说，为什么是三死三生呢？我觉得这是拼凑，中国人什么事都往三上靠，太俗气。我老公则觉得这个故事写成小说肯定有意思，但是他认为即使写成小说，也不能与农民进城联系在一起，农民进城可以说是生命不息进城不止，因为城市让他们觉得还有很多种活法，在城市里一切皆有可能，放谁身上都是如此。

这时恰好周书记的电话响了，是市里有个领导来了，让他过去敬个酒。他看了看我们，摇着头苦笑了一下。到下面之后我才知道县委书记有多苦，有一次他一个晚上陪了十七个饭局，用他自己的话说，喝得都找不到自己的嘴了。

周书记走后老公问我，他最近听说了一些传闻，对周书记很不利，问我知道不知道。我说，你是指哪一方面？他说，你没看网上把他涂黑成什么了，什么与开发商勾结霸占农民土地了，什么养女大学生了，什么对现行政策不满了。我说，你信这个吗？老公笑了笑说，肯定不信，但是人言可畏啊。老公知道妥协，知道取舍，他最大的特点是不激进，中庸，受他老师的影响很深。我不能说他俗，他也要有生存的空间，我也一样。我说，这些事情周书记都知道。但他不信邪，很自信，所以我们也都没怎么当回事儿。老公说，越大意越容易出问题，你还是要提醒提醒他，他要是出事了，你想想谁还敢说真话干实事？

说实话，我比老公还担心。周书记的改革触及了很大一部分人的既得利益，私下里干部议论纷纷，但是没人敢告诉他。我曾经说过他几次，根本不能改变他。他坚持就做他自己。“全国不是有三千二百个县委书记，是三千二百零一个，那一个就是我。”他说。

说着说着周书记已经敬完酒过来了，说：“还接着刚才的话题说吧，才刚刚开始个话头嘛。”我说：“农民待在农村有什么不好，什么税费都免了，种的东西都是自己的，干吗要‘赶’他们？”

周书记说：“真实的农村什么样你知道吗？中国社会的跨度太大了，一边是你老公这栏的，背着笔记本电脑满世界飞，一边是老百姓拿鸡蛋去换盐；一边是喝腻了可口可乐的小皇帝，一边是老天爷下多少雨才能喝到多少水、一辈子可能都不洗澡的农民的孩子。”

“那按你们俩的逻辑，把农民赶到城里去还是最大的道德，而且功德无量了？”

看见我脸色突然变了，老公说：“你看人家作家，就是比我们有正义感是吧？不过像你说的刘万福这件事情，并没有统计学上的意义，”他把酒杯端了起来，“经济学家不考虑单个人的感受和结果，也许经济政策对某个人是不道德的，但如果对大多数人是道德的，就是良策。”

“那么，亲爱的，请你告诉我，为什么不道德的事儿总是轮到刘万福他们？”我对他的口气也刻薄起来。我需要一次爆发。

“从理论上讲是这样的：只要改善某些人的境况，就会使其他人受损，那就不要轻易变动，这个社会就是最合理的，最合理的也就是最道德的。这就叫作帕累托最优，也是我们追求的目标。”

“我不管什么最优不最优，看着这些活生生的人活得没有一点尊严，如果我们再熟视无睹，不管他是经济学家也好，县委书记也好，我觉得都不是一件多么体面的事情！”

周书记愣了一下，然后笑着问我：“你说我们都错了是吧？”

“你想呢？希望你从头到尾都仔细想想，有多少地方是对的？你以为你能改变这个世界是吧？你以为这么多人都愿意跟着你坐过山车是吧？”

五

从山西回来之后，刘万福在家待了十多年，娶妻生子，为父母养老送终。孩子上学之后，对城市的渴望像毒瘾一样始终折磨着他。有一年春节，他的一个在广东打工的表弟回来看他，说起了城市的生活。他再也控制不住自己了，第二天就打起铺盖跟着表弟去了广东中山市。走的头天晚上他呼呼大睡，老婆一夜辗转反侧没有合眼，看着不到四十岁的男人枯树皮一样的脸，禁不住悲从中来。但她忍住没哭，送他走的时候老婆还笑了，说："实在不行了你还有个家，该回头时得回头。"他看了看老婆和她手里抱着的最小的孩子，说："你放心吧，第一不会去偷去抢；第二不会去挖煤了；要是让车碰死了，那是我的寿限小。"妻子的泪水再也止不住了，把丈夫的背影泡得像一块破布。车子已经开动了，她只会反反复复地说："可要记住家啊，小三还认不得你哩！"

到了地方收拾东西的时候刘万福才发现，老婆把家里所有的钱都偷偷给他打在行李里面了。她知道他的腿有关节炎，用狗皮缝了两副护膝。刚到中山，因为手里没有几个钱，他就摆地摊卖菜，慢慢地有了些积累后，他千方百计把弟弟妹妹们都弄了过来。干了一段时间积累了经验和资金，他就不再卖菜了，开始给工厂供应盒饭，在这个过程中认识了一个台湾老板萧先生。萧先生是时任台湾"行政院长"萧万长的堂弟，他先是在河南开了一个药厂，主要生产治疗肺结核的特效药利福平的原料药，大部分产品都出口东南亚。后来因为企业合资双方的内斗和国际市场行情的变化，他的药厂遭到重创，虽然当地政府极力保护这个企业，但毕竟气数已尽回天无力。他卖了药厂到中山开了一家鞋厂，贴牌生产世界三大休闲鞋之一的"ECCO"牌便鞋。有一次，刘万福因为结算问题与厂方主管争论起来，刚好萧先生路过，听见他满口的河南话，就折过来问他是哪里人。他回答之后，萧先生笑了起来说："真是有缘哪，河南可是个好地方，主要是人好，讲义气，每次去都把我喝趴下。可惜我的挖金命不在那里，但我跟那里缘分还没尽；要是你不嫌弃我们厂，今后盒饭都由你供应吧！"

捡了个这么大的便宜，他高兴得什么似的。回来专门开了个家庭会，他要求家人说，赚钱不赚钱是次要的，关键是要对得起萧先生的信任。一年下来，萧先生非常满意。年底公司做尾牙，还请他作为特邀嘉宾，萧先生发给他一个大大的红包。他想想已经三年没有回去过春节了，就带着一家人衣锦还乡了。春节过得喜喜庆庆，所有的亲戚都走了一遍。谁知道过了节最小的孩子因为吃了太多的好东西开始犯病，他让弟弟妹妹们先走，自己在家陪孩子几天。走时还反复交代，工厂的盒饭一定不能马虎。听的人都拍着胸脯打保票，他想着都是自己的家人，了解他们的品性，也并没有太在意。谁知道他在家待了不到十天，就被一辆警车接走了。警车进村的时候，全村人像过节似的围过来看热闹。当他戴着手铐被按进车里的时候，妻子在后面哭着喊道："你不是说不偷不抢吗？还不如挖煤砸死你哩！"坐在警车上，他被妻子的那句话逗笑了，想，老天爷的心不会那么软，不把你折腾到筋疲力尽怎么会让你死？

到了中山他才知道，临时顶替他当采买的妹夫买肉的时候贪图便宜，买到了死猪肉，致使萧先生工厂二百多人食物中毒。"食物中毒？不就是吃了死猪肉吗，咋会中毒啊？过去俺村子里人经常吃瘟死的鸡猪狗猫啥的，也没见过一个中毒的。"当公安讯问他时，他吃惊地说道。不过公安人员的回答就更让他惊奇了："那可不中毒咋地？二百多人拉肚子，卫生间都不够用，临时买了一百多个便盆。""拉个肚子也叫中毒？这城里人也太娇气了吧？"

从看守所出来后他去找萧先生道歉，去了三次萧先生都不见他。后来萧先生传出话来说："让他先学会做人，再来见我吧。"他不相信这是那个笑嘻嘻像弥勒佛一样慈祥的萧先生说的话，站在工厂门口不走，后来还是一个保安的一句话把他说走了。保安说："老乡，咱河南人的脸够黑的了，您老可别再作孽了！"他扭头回去了，把全家人召集起来，只说了一句话："这事儿已经过去了，咱们没有挣钱的命。"他没法责怪他们，他知道他们穷怕了，没见过钱。他们都没错，即使错了，他也不忍心责难他们。

回家待了不到半年，他的城市毒瘾再次发作。他发现在家根本没法活，在这个生他养他的村庄里他会窒息而死。现在的他像一条鱼那样，需要不断地从一个水域游到另一个水域，才有足够的氧气让他活命。不久后，他通过熟人包了一辆车，带着老婆在全国各地跑起了运输。

那一天，他和老婆从湖北贩了一车橘子和大米回来，路过一个服务区，他们想过去吃点饭休息一下。刚刚把车停在车位上，两个戴大盖帽的走了过来。他们是工商局的，其中的一个问："车上装的什么？"他说："水果，大米。""大米？"一个工商跳上车，把袋子用脚踢开，米漏了出来。"你不知道不能贩运粮食吗？""不知道，报纸上不是说现在全国什么都放开了吗？""哪家的报纸说的？其他可以，粮食不能贩运，罚款五百。"他腾地扭过头瞪着他们，心跳加速，血往上涌："报纸上还说，工商不能上路查车吧？""睁开你的眼看看，这是不是路上？那仨字是什么，服、务、区！看清楚了吧？"那人跳下车，把车钥匙从车里拔了出来，扭头就走。他正要冲上去，老婆抱住了他说："你也不想想孩子还眼巴巴地在家里等咱们？"然后她跑过去追上他们，好说歹说缴了三百元罚款。

饭没吃成，连水都没有喝一口，他们又上路了。一路上他们再也不敢找服务区停车。走到夜里十一点多，他又饿又困，想抽根烟，手里又没有火。他正在着急，一辆小车超过他，从车窗里扔出来一个烟头。他赶紧踩刹车，想让老婆捡起来，看看老婆睡得正香，他就自己拉开门从车上跳下来。双脚还没着地，又一辆车从后面冲过来。随着一声瘆人的喊叫，他像一只鸟那样飞了出去。

等他醒过来已经躺在医院雪白的床单上了，他极力想睁开眼睛，可是头上的绷带只给他留了一个小缝。他看见妻子像烟油子一样焦黄的脸，说实话，如果不是这次车祸，很久他都没有这么近地看妻子的脸了。妻子看他醒来，脱口而出的第一句话竟然是："想不到你的命这么苦，可命还真大！"他不知道妻子这句话是夸奖还是心疼，但对于他来说都差不多。他记得小时候常常做梦梦见爹娘死了，他在梦里痛哭失声。那不是对失去父母的伤心，而是他实在不知道怎么打发这件事儿。后来爹娘相继去了，他反而淡定了很多，觉得死亡无非就是睡个长觉不再醒来，只是一个第二天早上起来穿不穿床头那双鞋的问题。他想跟妻子说点什么，可是嘴根本张不开，急得满头大汗。妻子说："我知道你着急的是啥，橘子和大米都卖了，是交警帮助处理的，车也没啥事儿。”他闭上了眼睛，还想睡，可是脑子里乱糟糟的，过去的经历一个一个排着队在脑子里等着他，这个还没打发完那个就跟过来了，脑仁子疼得像要裂开。

到了第二天，脑子不疼了，思维也比昨天清楚了很多，可身上的疼痛感明显增强了。他能开口说话了，问起那天晚上的事情。妻子说，她是被他的叫喊吓醒的，她往车下一看，什么也看不见，车灯照着他丢在路上的一只鞋子。妻子吓得腿都软了，赶忙下车去找，最后在路边沟里发现了他。他身上也没有出血，就像喝醉了一样趴在沟里一动不动。妻子过去摸了摸，他还有脉搏，想拼命把他往上拖，但拖不动，就坐在路边放声大哭。这时一辆警车闪着警灯开过来，从车上下来一个警察，问了问情况，然后又下来一个警察，把他抬上了警车，直接拉到医院去了。妻子坐在后面卡车上，帮助开卡车的警察说，前面开警车的是他们的局长杨子龙。妻子说，这名字好记，跟他们的孩子差一个字儿，儿子叫小龙。那个警察说，你真行，到这个时候了还这么镇静。妻子说，不是镇静，是习惯了，开着这么个破车天天在路上跑，我总想着说不定哪一天跟人家碰头就没命了，真想不到是这一天。警察说，这一天怎么了？妻子说，今天是他的生日，今年是他的本命年，这一劫到底没躲过去。

妻子还说，到医院以后，他们俩交了押金就开着车走了，一直没再露面。刘万福叹了口气说：“你还当人家是你亲戚啊？”妻子说，那押金可是三千多，要不是这，人家医院会抢救他？这倒让他大感意外，说，那得赶紧想办法通知家里来人送钱来，再一个家里的孩子也得有人照顾。妻子说，他的弟弟已经往这里赶了，孩子的姑姑也搬他们家住去了。刘万福又叹了一口气，想到他们这一家子人只能共患难而不能同富贵，心里觉得更是悲凉得无边无际。虚无了一会儿，他想去拉妻子的手，却发现胳膊抬不起来，两条胳膊都骨折了。

在医院住了一个多月，他已经能四处活动了。他让妻子赶回去陪孩子，让弟弟在这里照顾他。出院前有一天他跟弟弟说，一定要去公安局找找杨局长，得把人家交的钱送还人家，还要特意去感谢人家的救命之恩。弟弟去买了些礼品，兄弟俩打了个车去了公安局。开始他想着那么大个局长肯定不好见，所以心里想好了主意，就说是局长的亲戚。结果到了公安局门外，听他们说是找局长的，门卫根本没有盘问就让他们过去了。但当看见他们掂着礼物，又喊住他们说道：“群众来见我们局长随时都可以，但是带礼物不行。”他说：“我们是他的亲戚，专门来看他的。”“谁也不行，规定东西不能带进办公楼，放在这里吧！”放下东西，他们按照门卫指点的楼层和门牌号敲了敲门，里面应了一声。他们推门进去了，看见杨局长正在一堆文件上写字，对他们点了一下头。他们也不敢坐，站在那里等着。局长依然没抬头：“坐吧，我这里有个急件等着发走。”等局长写完安排人拿走，才问道：“你们找我有什么事儿吗？”刘万福对弟弟说：“黑蛋，你替我给杨局长跪下。”杨局长站了起来，说：“你们这是干什么？找我有什么事？”刘万福眼泪涌了出来，哽咽着说：“杨局长，我是你一个月前救过命的刘万福。”杨局长愣了一下，然后很快就平静了下来，说：“你找错人了，我从来没有救过人。”杨局长的这句话差点没把刘万福惊得跳起来，他说：“杨局长你忘了，十月三号的夜里十一点左右，我在一〇七国道上被车撞了，是你把我送到医院，还是你垫的医药费。”杨局长说：“十月三号我还在市里开会，怎么可能在路上救你？肯定是搞错了。你们如果没其他事情就出去吧，我还有个会。”兄弟俩出来，站在院子里百思不得其解。后来看见杨局长下楼坐着车走了，看见他们连招呼都没打一个。俩人回到医院，把那天晚上值班的护士找过来，问送他来的是不是杨局长。护士说：“是公安局的杨局长，我跟他弟弟是大学同学，还去他家吃过饭。那天晚上是他和司机一块儿送你来的。”刘万福更加迷惑了，就把自己今天的遭遇给护士说了。护士说：“咦？真看不出来，现在还有人想做无名英雄？肯定是做了好事不愿意留名。”他问护士：“你说我该怎么办呢？是找记者写个稿子，还是再去找找他？”护士说：“你别着急，我去财务上找找他交押金时签的单子，拿着单子我陪你一起去，看他还怎么说！”

第二天，护士拿了押金单子，带着刘万福又去了公安局。杨局长一看见护士过来了，就笑着打招呼说：“什么风把三妹给吹来了？”护士说：

“你说什么风？局长哥，是舍己救人的春风。”杨局长看了看刘万福说：“你先出去一下，我们说几句话。”刘万福站在门外，心里七上八下地打着鼓，不知道他们这葫芦里卖的是啥药。一会儿护士开开门，让刘万福把还局长的钱交给她，然后又把门关上了。又等了半个多小时，护士才走了出来，拉着刘万福就走。刘万福说：“我们就这样回去？这算哪门子事儿啊？”护士说：“好了好了，我们回去再说。”回到医院，护士说：“这事儿到此为止，你的命人家也救了，人家的钱你也还了，现在两清，你知我知天知地知就行了。”刘万福说：“哪有你说的这么简单？这又不是做生意，结完账就拉倒了。要不是杨局长，我拿这么多钱连一个脚趾头也买不到。”护士说：“你真是个榆木脑袋，还看不明白是咋回事儿？人家不想张扬！”刘万福说：“我们就事论事，张扬什么了？”护士气得点着刘万福的脑袋说：“反正官场上的事儿给你三句两句话也说不清楚，你就别问了，赶紧治好病走人。”刘万福说：“这比让我死还难受，实在不行我就去报社找记者，不这样我会亏欠人家一辈子。”听见他这样说，护士的脸都变色了，说：“看你是个外省人，我还是给你说实话吧。刚才你出去后，杨局长很认真地跟我说，三妹，你要觉得我还是你哥，你就饶了我别再说这档子事了。我问他咋回事，他说，也没法给你细说，大致你明白就行了。这里的公安局长派谁来没一个人愿意，我也是无法推托才过来的。前三任局长都给告到监狱里去了。我刚刚到这里来，工作还不到一年，据说告状信可以用麻袋装了，我正在给上面打报告说身体不行准备调走，你们这一搅和非黄了不可。我说，你和他们不一样，口碑非常好，大家都说你敬业能干有魄力，对待老百姓也非常好。他说，这样更糟，真是天天拉关系找门子不干活的没人找事，只要干事就有人找你的碴儿，所以我现在就想着赶紧走，一天都不想在这里待，你一定要帮帮哥。”

刘万福听了半天也没听太明白，但是知道人家不愿意跟他拉扯，这事儿说出去对人家没好处，也就只好作罢了。只是走的时候又带着弟弟去了一趟公安局。他远远地看着杨局长，心里想，光知道自己的命苦日子不好过，不知道这命好的人日子也这么难过。看来这公家的车子坐着扎屁股，饭碗端着也烫手哩！

六

就农民工进城这件事，后来我又跟周启生书记争吵了一次。我之所以用争吵这个词，就是每次跟他谈起这些问题，他都没有足够的耐心。他的意思是，农村的事儿你连皮毛都还不懂，一句话也给你说不清楚。这也正是他激怒我的地方，其实在我看来，我只是就事论事，并不像他对我的印象那样，好像我总是站在道德的制高点上，好为人师。

“你们这些知识分子所谓的农民，不是一个人，只是一个拼贴的镜像，是你们凭空想象出来的。”那次我们在他办公室谈完工作，他主动跟我说起这个话题，“你们这些整天口口声声爱农民、怜悯农民的人，在你们想象里的那个农民勤劳、善良、隐忍、宽厚，总之，中华民族的一切传统美德都集合在他身上。可是真正有一个满身汗味的农民走到你们跟前，你们马上会捂着鼻子躲开；如果你握一下他们的手，心里想的只有一件事，那就是找洗手液洗手。可是，我天天要跟他们待在一起，是你们了解农民还是我了解他们？是你们爱他们还是我爱他们？”

我告诉他，这完全是两码事，正如热爱正义事业的人不一定非要冲到浴血奋战的前线。可能某个具体的农民并不值得同情，但是对他们的关心依然是大家共同的情感，而且不管怎么说这也是一种高尚的情感。他同意我这种说法，但还是坚持认为，他主张把农民“赶进”城是目前最好的“选择”。“你知道吗，每个月即使他们只有一千块钱的收入，也几乎是每亩地一年的收入，这不仅仅能解决脱贫的问题，上学就医都能解决了。所以这样的选择是理性的，你回去可以和你老公继续探讨这个话题。经济学家认为，一个理性的人每时每刻都面临着选择。就像目前，我可以选择结束争论，也可以选择不。”

这年的寒假，老公把女儿带到了这个县一起搞调研。对老公的这份热情，女儿一直嗤之以鼻，包括我的挂职锻炼她也作如是观。在一个后现代主义者眼里，我们所做的这一切简直就是一场闹剧。“不，”她说，“把这些说成是闹剧算是夸你们了，说是一厢情愿的意淫更贴切。”其实，我喜欢她辛辣的语言和尖锐的思想，这常常使我的写作掉转方向。

不过在看了几个困难户之后，她喋喋不休的讽刺终于画上了一个句号。我们到的第一家是个三口之家。男主人过去在城里帮人家开货车，一次车祸致使他高位截瘫，屎尿都拉在床上。女主人的手由于长期泡在水里洗刷，患上了风湿性关节炎和严重的腰肌劳损，骨节粗大得吓人，腰都直不起来。家里只有女儿还算个正常人。当我先生问他们需要什么帮助时，他们的回答是："没有不需要的！"

第二家是一对捡破烂的老人，收养了四个残疾儿童：两个侏儒，一个兔唇，一个肺结核患者。两个老人靠每天捡破烂的收入养活他们。我们去的时候，那个患肺病的孩子正躺在床上咳嗽，离很远就听见他拉风箱一样的哮喘声。这个孩子面部潮红，头上汗津津的。我们站在他面前看着他，他也用眼窝深陷的眼睛看着我们，黑眼仁有一种死亡的光芒，亮得让人心疼。老人说，他每天下午都发烧，吃了药也没多大用。我说，好像政府有个专项救助，就是专门针对结核病的。老人说，知道，不过政府规定得拿到市里的证明才作数。如果到市里去，光花费就得成百上千，他们拿不起。这时女儿从包里掏出一千块钱给他们，让他们抓紧时间去检查。

第三家的生活状况更是惨不忍睹。这家的男主人跟着人家上山打板栗，回来的时候车翻进了沟里，十三个人到现在都没找到尸首。女人也撇下五个孩子扬长而去。孩子们跟着风烛残年的爷爷生活。屋子里几乎没一样像样的东西，室外的光线透过残缺不全的窗口照着阴暗的室内，看着就像好莱坞的劫难后剩下一堆废墟的片场。两个大点儿的女孩子上学去了，剩下的三个孩子木呆呆地看着我们。就是在那里，女儿被深深地震撼了："真想不到……怪不得……"我觉得她肯定在心里试图把自己和她生活圈子里的人与这个残破的家庭拼接起来，但她的努力显然失败了，这巨大的反差使她陷在一种矛盾的虚无里。她主动把汗湿的手放在我的手心里，一直到往回走了很久也没说一句话。

快到县城的时候她提出来要去西部当志愿者。我和她爸爸都没有说什么。

晚上周书记陪我们吃饭。女儿突然提出了一个想法，她建议电视台搞一个栏目，叫《一百个人的过年梦想》，把这些人的生活困境和他们过年的愿望通过电视反映出来，让更多的人关注他们，从而帮助他们过一个充满爱心的春节，然后在县里举办的春节晚会上把其中的经典节目植入进去，以达到“在欢乐中抒写悲苦”的强烈艺术效果。

我对她这个想法在心里还是首肯的，她的想法也得到了电视台的一致赞成。过了没几天，电视台“大爱汝东——圆你过年的梦”的大型公益节目如期推出，并引起强烈的社会反响。当我在电视上看到那个患关节炎的母亲说“我需要一台洗衣机”的声音刚落地，下面飞播字幕打出来的手机互动，竟然有一百多个人愿意帮助她圆这个梦。那个捡破烂的老人带着四个残疾孩子出现在屏幕上，我相信所有观众的心都被震撼了，他过年的愿望是：“吃一顿大肉饺子，给每个孩子买双鞋。”手机信息应接不暇，电视台打出了这样的字幕：“因观众所发信息过多，致使信息平台出现拥堵故障。”

到了春节晚会上，又把这个活动推向了高潮。那个因车祸而高位截瘫的病人被推到了舞台上，他们一家三口在聚光灯下泪流满面。这个病人说：“谢谢你们的关爱能让我们度过一个温暖的春节，我的心给你们跪下了！”他的女人真的在镜头前跪下了。这个朴素的动作，让台下热泪横飞，掌声雷动。一个企业家走上台动情地说：“你这一辈子的轮椅我都包下来了。”

捡破烂的老人带着四个孩子出现在人们的视野里，背景音乐《爱的奉献》如梦幻般响起。四个孩子都穿上了新鞋新衣服。那个患肺病的孩子依然瞪着漆黑的眼珠看着这个喧闹的世界。在他们转身走下去的时候，县里从北京请来的两名歌星走上台来，捐出了她们当晚的全部所得。

让我遗憾的是，那个爷爷领着五个孩子的家庭始终没有露面，电视台的节目没有他们，春节晚会也没有。大年三十的上午，和女儿离开县里回家之前我专门去了一趟。五个孩子都在家，围着爷爷包饺子。这个家虽然困苦不堪，可是依然有着幸福家庭的其乐融融。看到我进来，老人赶忙站了起来，孩子们坐着都没动。我让司机把我带来的东西拿下来放进屋里，孩子们依然坐在那里一动不动。

站了几分钟，我走了出来，站在院子里跟老人拉家常，一个声音突然从屋子里飘了出来：“阿姨，你们走吧，让我们安静地过年！”声音有点激动，也有点胆怯，甚至还有点愤怒。我重新走到屋子里，看着这几个手上沾满面粉的孩子，我说："我来没别的事儿，也不是公事，只是想趁过年看看你们。"那个大点的女孩站了起来，她有十六七岁的样子，跟我的女儿差不多大，冻得红通通的小脸上挂着泪痕，胸脯一鼓一鼓的。她说："我们不需要。"我走到她面前，试图去拉她的手，被她躲开了。"为什么呢，孩子？""不为什么，"她扭头看着墙壁，"我们只想过一个有尊严的春节。"我大为惊奇，说："孩子，这跟尊严无关，每个人都可能遇到需要别人帮助的时候，包括我在内。"这姑娘依然没回头："我们也需要帮助，可不是这时候。""那是什么时候呢？"我问。"我弟弟没钱交学费而被逐出校门，我爸爸失踪没人管，你们都在哪里？我妈妈为什么出走？她到政府跑了上百趟，没一个人管我们。"

这时我女儿过来插话说："小妹，关心别人是不分时候的。"那个女孩停了一会儿说："是这样子吗？既然是这样，为什么只有到了春节才能看到你们的笑脸，摸到你们温暖的手？可是你们知道吗，当你们在电视上拉着我们的手笑的时候，我和妹妹却在底下看着你们哭。你们从来没想过，把我们一家人的痛苦拿去展览我们会是什么心情？我爸爸每年都要在电视上死一次，妈妈每年都要在电视上跑一次，"她用手指了一下我女儿，"换你你能承受得了吗？"

这样的话不仅仅是愤怒，简直算是仇恨了。现在小孩子们的早熟，着实让我吃惊。我以为女儿会跳起来，但她却默默地拉着我的手往外走。老爷爷跟着把我们送出门外。我坐上车，看他站在寒风中目送着我，那一刻我突然想起了我的父母，也一下子明白了他们的心情。我又跳下车，把过年给双方老人准备的红包掏出来给了他。他紧紧地握住我的手，语无伦次地说："孩子不懂事，您别生气……过了年她就该去打工了。"

在他的语境里，出去打工就是长大了，成人了，懂事了。

在路上，女儿手脚不停地发着过年短信。我说："孩子，别发了，我心里堵得难受。"她说："我比你还难受。""我们的难受不一样，你难受是受了刺激，我难受是感到无助。"女儿停止了动作，说："不是的妈，我觉得你们彻头彻尾地错了。其实，拿人家的苦难作为你们爱民如子的表演道具，让人家每年都陪绑，并不是最大的悲哀。最大的悲哀是，你们凭什么不经人家的允许就可以随便推开人家的门怜悯人家？就因为你们是领导，就因为人家是穷人吗？”

七

张和平所叙述的刘万福杀人事件，远比那天我在半山羊村听来的沉重。这不是一个简单的复仇故事，它缓慢的生长过程，充满着远远比故事大得多的张力。

刘万福与刘七的恩怨从上一代就结下了，那时刘七的爹是大队支部书记。已经做了爷爷的刘七爹，看上了刘万福的一个小姑，就在一次村里组织的冬季兴修水利工程的工地上，把她给强奸了。但是这事儿到底是不是强奸，刘万福一直很迷惑。因为那时候在村子里，小姑可以莫名其妙地不参加集体生产。她待在家里，一会儿刘七爹就踱过来了，叼着一根烟，胳肢窝里夹着一本记工本。刘万福知道，只要他拿笔在这本子上画一道，你就可以得到一天的工分，价值一毛多钱。

后来小姑远嫁到山那边的安徽省去了，据说小姑夫曾经给刘七爹写过一封信，这封信的内容到现在也没人知道，小姑夫肯定不会说，刘七爹也因为患睾丸癌被耗得皮包骨头后一命归阴（他死的时候，村子里的人都说，死在这上头真是报应）。只是有一次小姑夫来走亲戚的时候，一家子人正在吃饭，刘七爹忽然窜了进来，进门就把桌子掀翻了，然后冲上去扇小姑夫一个耳光，骂道：“你他妈的不是告我强奸你老婆吗？告去啊，我就是强奸了，我看你能把我咋地？”刘万福记得他爹赔着笑脸把骂骂咧咧的刘七爹劝走了。小姑夫捂着肿胀的脸，半天没说话。

作为小孩子的刘万福的疑惑是，如果是强奸，小姑干吗在家里等他？如果不是强奸，那么她干吗要告诉小姑夫？长大了他才咂摸出这里面的道理，估计是新婚之夜那一关小姑没过去，被小姑夫审了出来。小姑夫一气之下写了封信给刘七爹，才出现后来的那一幕。

等刘万福能想明白这个事儿的时候，恩怨已经移植到他们这一代了。

从煤矿回来后他结了婚，婚礼的第二天他就领着新媳妇到田里干活，也算是冤家路窄，在路上正碰上刘七。他跟刘七还是小学同学，小学毕了业他就辍学了。刘七一直上到高中，毕业后凭他爹的关系跟着公社书记当通讯员，后来因为跟打字员乱搞被清退了回来，在家里不务正业游手好闲。看见刘万福两口儿，刘七踅了过来，说："大眼，都说新媳妇长得漂亮，这一看才知道嫂子长得果真不错啊！"说着就动手动脚起来。刘万福说："刘七，咱俩可是从来没开过玩笑，这儿也不是开玩笑的地方。"刘七听这话并没恼怒，还是笑嘻嘻地说："我没赶上闹你的洞房，今天刚好在这里找补一下。"他眼睛看着刘万福，趁他媳妇不注意，忽然扭头猛地一下把她的裤子褪了下来。新媳妇里面没穿内裤，羞得尖叫起来。刘万福说："刘七，你不能……"话还没说完，刘七又去扯她的上衣。老婆哭着喊道："大眼，你还是个男人吗？"刘万福赶紧过去推刘七，刘七一个趔趄倒在稻田里。他从水里爬起来，指着刘万福的鼻子骂道："你他妈找个破货还跟捡个宝贝似的，你看她屁股这么大，像个处女吗？戴个球绿帽子还这么嚣张！"刘万福说："你再瞎扯我撕碎你的嘴！"刘七没敢再过来，只是点着刘万福说："有本事你过来撕撕看看！"还没等刘万福冲过去，就被他媳妇拦住了，媳妇说："别跟小人一般见识。"刘万福咽不下这口气，拉着媳妇去了派出所。

结果可想而知，他们在派出所遭到了一顿奚落。人家警察说："你们怎么这么经不起闹腾？新婚三天，天地闹翻。如果都不跟你们闹，你们这婚结得多没面子？"刘万福说："要是只有我自己遇见这事儿也就拉倒了，算我倒霉。你们知道他在村子里祸害多少人吗？现在正赶上严打，你们不打这样的坏蛋，光抓那些小偷小摸的算什么啊！"警察立马严肃起来："你说话得负法律责任，他犯了什么罪你现在就可以举报，但是诬告是要反坐的。"刘万福想了想，说了几件事，警察说："这些都是鸡毛蒜皮的事儿，够不着犯法。"他也实在想不起来有什么大事，只好垂头丧气地回了家。

从湖北车祸出院之后回了家，刘万福彻底断了进城的念头。在弟弟妹妹们的帮助下，他买了辆农用三轮车给人家运建材。有一次他拉了一车石子正跑着，看见一辆越野车横在路上。他下了车走过去，看见刘七带着一群人坐在车里。大热的天，刘七头上还歪戴着一顶帽子。刘七说："老同学，你在大城市待习惯了，咱乡下的规矩你还不知道吧？"刘万福说："该知道的都知道了，不该知道的确实不知道。"刘七的一个小喽啰拉开车门跳了下来，走到刘万福的车子前面举起手里的一把锥子，把刘万福的三轮车的轮胎全捅破了，然后用锥子点着刘万福说："这个规矩你不知道吧？你以为咱们这么大个半山羊都是你们家的一亩三分地啊？"说完这帮人扬长而去。

后来刘万福才弄明白，这附近所有的建筑材料都被刘七他们垄断了，只能从他们手里高价买才可以。他知道斗不过人家，就不干这个了，承包了几亩果园，水果下来的季节就卖点水果，平日里往城里贩运蔬菜，以此维持全家的生活。有一天他进城贩菜回来已经很晚了，进家看见屋子里黑灯瞎火的，大冷的天，孩子们都坐在院子里。他觉得气氛不对，就问孩子，你们妈去哪里了？孩子们都不吭气，拿眼看着紧紧关着的屋门。他推开门，看见老婆和大女儿一个坐在炕沿上，一个坐在凳子上相对垂泪，知道肯定出了什么事，而且不是小事。他实在被出其不意的打击弄怕了，那一刻他的嗓子眼发干，头涨得嗡嗡响。他问老婆："出什么事儿了？"老婆只是哭，头也没抬。他问女儿，女儿也不答话，扑在床上拿被子蒙住头大放悲声。他又问老婆："到底怎么了？"老婆抽咽着说："刘七这个挨千刀的，真不是人，连个畜生都不如啊……"他觉得脚底下忽然裂开了，像一个无底深渊，一眼看不到底，心像被一只大手揪住，有人拿一把钝刀子一下一下地锯着。他过去双手抓住老婆的肩膀，低声喝道："你给我说清楚，到底这个畜生怎么了？"老婆哭得更凶了，边哭边说："我就是给你说了，你能怎么他？不是平白把你搭上受侮辱吗？"他听着老婆的话，心里更加疼痛了，疼痛到麻木。"老婆，"他觉得自己的声音从很远的地方飘过来，好像是另一张嘴说出来的，"就是一只猪，逼急了也会咬死人；我们忍到时候了！"老婆说："忍到时候了？要么是他死了，要么是咱们俩眼一闭死了才算到时候。"老婆这话让他在复仇和无奈的情绪间飘游，这种复杂的情绪拍打着他，前胸后背都汗津津的。尽管他知道这次事件肯定非常恶劣，但还是抱着希望不是他恐惧的那件事，再次请求老婆告诉他怎么回事儿。老婆看了一眼在床上哭泣的女儿，抽抽搭搭地把事情经过给他说了一遍。

刘万福的大女儿初中毕业就辍学了，开始帮母亲在家干农活，后来经她的一个同学介绍，在镇上一家超市打工。那天下午下班她骑车回家，出了镇子不远，就发现有一辆车在后面跟着她。在一个陡坡前她下来推着车子往前走，那辆车在她面前停了下来。刘七从车子上跳下来拦住她，说："你爹是大眼吧?"她拿眼睛瞪着他没吭声。他又说："这样吧，明天我请你吃饭唱歌，我们交个朋友。"她说："你也不看看你的年龄，我都该喊你大爷了。"刘七说："最好喊我个爷爷，咱们隔辈亲。"她不再理他，推着车子就走。刘七在后面喊道："别忘了，明天，不见不散。"她知道刘七不好缠，所以第二天不到下班时间就请假回了家。走到半路上，刘七的车从后面追了上来。她还没停住自行车，就看见从刘七的车上下来两个人，其中的一个她认识，是她同学的哥哥。那俩人也不说话，拉着她就往汽车上塞。她向同学的哥哥喊道："哥，你也害我吗?"那人也不答话，只管往车上推她。刘七在车里说："这里没有你哥，只有你爷爷我。你识相点，你敢喊立马把你的嘴封住!"她还是不管不顾地喊了起来，但车子的门已经关上了。车子往山上开去，她的胳膊被人紧紧地抓着，一下也动不了。接下来的故事就像演电影一样：她被扒光了，被扔在一个超大的床上，被那个跟她爹一样年龄的人压在下面……

听完老婆的叙述，刘万福觉得浑身像被掏空了一样。他呆呆地坐了半天，屋子里沉闷得简直像要爆炸。老婆说了这些以后，就像放下了一副重担，拿空洞的眼睛一会儿看看他，一会儿看看女儿，好像这事儿已经跟她无关了。后来，刘万福说："我要不把这个王八蛋碎尸万段，我就真不是个人了!"女儿忽然停止了哭泣，坐了起来，咬牙切齿地说："砍碎他也得拿他喂狗!"说完愣了半天，又捂住脸哭了起来，然后看着刘万福说："爹，我求你了，吃个哑巴亏算了！这事儿要闹腾出去，你想想你们还怎么活？我还怎么活?"

刘万福还没答话，老婆已经站了起来，拉开屋门召集孩子们说："吃饭吧。"

八

我试图在刘万福的故事里寻找背面的东西，也就是说，为什么会发生这样的故事？这是比故事本身更耐人寻味的东西，也是张和平反复向我询问的问题。每次讲一段刘万福的故事，他总是要加上这样的设问：要是他不去挖煤能会咋样？要是他不去贩运能会咋样？要是派出所把刘七严打了能会咋样？我告诉他，生活是不能假设的，不是应该咋样，而是就是这样。他说："你说这就是他的命？"我说："你是个老师，怎么还信这个？"他的回答让我啼笑皆非，他说："我是教语文的。"我说："是不是教哲学的就不信了？"他愣了一下也笑了："现在还有谁不信这个呢？"这个非常简单的结论真的把我给镇住了。我想，如果真是一个国家的老百姓都信这个，那这个国家还有救吗？

当然，这不是我应该考虑的问题，毕竟尚有"肉食者谋之"，我"又何间焉"？我需要考虑的是，在这个故事里，怎样找到老师说的"真正的小说"——看清楚它的人物，琢磨透它的细节，从而对他们的生命进行评价。在别人的生命里穿越，其风险自不待言，而我更大的苦恼来自在没有看清楚自己之前，如何能够看清楚别人？

只要一安静下来，刘万福杀人的那把刀子就明晃晃地出现在我的脑海里。同时，我总是把它和一个作家的小说《清水里的刀子》联系起来。曾有一家杂志让我点评过这部作品，我在评语里说，这是二十年来我读到的最好的小说。在这篇小说里，一头牛能在自己作为牺牲奉献给真主的时候，看见宰杀自己的那把刀子。因为牛是大牲，它能看见群星后面的天庭，那是它的尊严所在。而作为杀人者的刘万福，又是在什么时候看到了自己生命里的那把刀子？我相信，他的尊严不是由灿烂的星空做底子的，而是在生活的烂泥里一点一点刨出来的，即使到了天庭他寻找的肯定不是灿烂的星空，而是一个能让自己喘口气的角落（如果天庭有角落的话）。作为当时的看客和后来的读者，也许看到的只是他一刀索命的快意恩仇，看到的只是他把刀举起又落下的物理过程，可支撑这个物理过程的心理过程有多长？是一个世纪，一辈子还是一刻？

可以肯定地说，不是一刻。有一次，刘万福见到了刘七，刘万福说："刘七，你的头晃荡得太久了！"这话从刘万福嘴里说出来，着实让刘七吃了一惊。"岳父大人，"刘七剔着牙说，"是太久了！是太久了！"等刘万福走过去，刘七呸地吐了一口痰，好像那口痰就是刘万福，他用脚踩着那口痰，狠狠地说："这话也配你说！"

那天杀了人之后，刘万福掂着刀先去了自家的坟地。他把刀插在坟前，扑通一声跪下，磕了三个响头，说："爹！娘！儿子这边的事儿已经一了百了了，就要跟你们见面了。我很快就躺在你们二老脚头，再也不分开了！"说罢，拔腿去了派出所投案自首。

先后开了两次庭，他对自己的犯罪过程供认不讳。法庭的判决下来了，死刑。第一次就是判死刑，法庭问他上不上诉，他说不上诉。第二次开庭法官还是这个问题。"不上诉，"他坚决地说，"我只想着快点死，等死比找死还难受。"

关在死牢里的一共有三个人，一个是黑社会犯罪的主犯张科大，一个是因为妻子有外遇而愤然杀妻的中学教师王思成，他们三个人都戴着脚镣手铐。刘万福进来已经是晚上了，还没看清楚屋子里的人，就听见一个低沉浑厚的声音在头顶上响起："又来客人了！"等警察锁了门出去，这个声音又问了一句："做了几个？"刘万福这才看清楚他，戴着一副黑框眼镜，面皮白净，像个老师，只是胡子有点长。"我杀人了，俩。"刘万福回答他，估计他问的"做"就是杀的意思。那人说："还赶不上我的零头。那个老师，"他用头点了一下另外一个墙角的人，"他最窝囊了，自己老婆被人家睡了，临了被杀头的却是他。"刘万福没答话，他又接着说："我这一辈子赚大发了，该吃的吃了，该喝的喝了，该睡的睡了，该杀的杀了。"

刘万福转过头去看那个老师，他皮肤黢黑，满脸胡须，倒像个杀手。后来他想，这个世界真是颠倒了，老师像杀手，而杀手像个老师。有一次他问起老师的杀人经过，那黑脸汉子半天没理他。张科大对着老师说："你还想要出场费咋地？这是你这一辈子最后一个人听你讲你的故事了。"他还是不说话，后来张科大三句话就把这件杀人故事说完了："他跟他老婆是大学同学，他老婆爱的那个男人跟他们的另外一个女同学结婚了。

他老婆在人家的婚宴上喝醉酒后宣布要跟他结婚。结婚没多久，他晚上回家发现那个男人跟老婆睡在一起，就宰了他们俩。”说完又找补一句：“真窝囊！”刘万福想，你只知道他窝囊，不知道我比他还窝囊。所以等张科大让他讲他杀人的故事的时候，他就把前面的大部分内容省略了，只是从果园讲起。讲到手起刀落那一段，张科大哈哈大笑，痛快痛快！这才像个大哥。从那个时候起，他就喊他大哥。

进来没几天，家里送来了一套西装，还有秋衣、衬衣和鞋子袜子，都是崭崭新的。张科大说：“这是家里给你送行的。大哥你先走，给我们打个前站，到时候我俩也有个依靠。”刘万福把那些衣服翻过来抚摸着，在里面找到了两封信。一封是弟弟写来的，弟弟在信中说：“哥，我们都尽力了，你别怪弟弟妹妹们没能耐，没把你捞出来。我们几个常常抱头痛哭，都想替你去挨这一枪，可是国法不容啊！现在我想跟你说，我们唯一的遗憾就是你不能回到爹娘的脚头了。咱们的坟院已经没地方了，就是那个地方能挤下你，也挤不下我和三弟。你怎么忍心咱们兄弟到那边再分手啊？我们的意见是再新开一块坟地，咱们弟兄三个还住在一起，我们跟你还没过够。哥，你一定答应和原谅我们。”老婆的信是女儿代写的：“你的苦终于熬到头了，我不知道该高兴还是该悲伤。你安心地走吧，在那里等着我，我们下辈子还做夫妻！”在妻子的话下面是女儿自己的：“爹，我们爱你，我们为有你这样的父亲而骄傲和自豪。”看完信，泪水无声地从他脸上落下来。张科大说：“大哥，这时候哭足哭够，上路的时候得像个汉子！”

晚上看守所送来了几个菜，还有酒。过来了几个干警，把他们三个的脚镣手铐全打开了，监视着让他们洗洗手脸开始吃喝。张科大说：“大哥，给你送行还要我们俩作陪，人家警察真够意思！”他没说话，都知道这顿晚餐对他意味着什么。当天夜里他睡得很踏实，只是到后半夜，他被王思成的梦话惊醒了。王思成喊道：“鸟！那么大的红鸟！”这是他听见他说的唯一的一句话。

第二天相当平静，并没有人来带他。第三天的早上，牢门哗啦啦地打开了，过来一群戴墨镜的法警，把张科大和王思成带出去后，又哗啦啦地把门锁上了。他用头撞着门喊道：“法官，法官，还有我！”一个法警把瞭望口打开，骂了一句："你他妈的死也这么着急啊！"他心里想，我咋不着急啊，已经着急两个多月了。

当天上午，法院又来了两个干警，向他宣布最高人民法院的裁定，根据他的犯罪性质和自首情节，改判为死缓。

听完判决，他愣愣地站了半天，最后说："怎么你们不办个人事儿，把我杀了啊！"

九

有几件事情还需要做一个补记。

关于刘万福这个故事还远远没有结束。那天张和平到我办公室来，异常高兴地告诉我说，到监狱不久刘万福就被改判了，由死缓改判为无期徒刑。我也替他高兴，问张和平："他怎么表现这么好？看来是真的悔罪了。"他说："这事儿你可帮了大忙了。"我诧异："我？帮忙？""是啊，那天在信访局门口的广场，你讲了话。那个三死三生的新闻在网上被一百多家媒体转载，所以监狱研究给他减了刑。不过还得感谢县委宣传部，那个活动是他们事先安排好的。"我想起来了，那天是由宣传部副部长带着电视台过去录的像。这个桥段让我有点意外，但也觉得完全在情理之中，当然也在套路之中。

临走，张和平嘱咐我说："赵县长，这事儿你要是写成小说的话，也不能把刘七写得那么坏。我前天去监狱看看大眼，他也是这个意思。""为什么呢？"我很吃惊。"其实刘七这个人也办了不少好事，进村的路都是他修的，村里建校没钱也都是他捐的。"嗯，我想起毛主席他老人家说的，最懂辩证法的是人民群众，这话没错儿。"刘七的爹也没那么坏，三年自然灾害那些年，他私自让老百姓在山上偷偷地种果树养家禽家畜，也冒着杀头的危险哩！"

他还说："赵县长，你得多往乡下走走。咱这地方有写头儿，您想想，鄂豫皖三省交界，解放前出红军，解放后出将军，人的胆子大得很！"

关于县委书记周启生我还想说几句。我挂职结束回省里不久，他就被调到市政协工作了，明升暗降，这已是公开的秘密。我和老公去看过他几次。他已经没有了先前的激情和锐气，豪气干云的喝酒气派也没有了。“你这次喉结动了。”我笑话他，他也一脸无奈，说：“术不及道，道不及势啊！”

其实，他哪里去研究过什么术道势？只不过是自己解嘲罢了。

喝完酒后，我们又找了个地方喝茶，好像有很多话要说，但是又实在找不到话头。月明星稀，乌鹊南飞，离开他往回赶的时候，已经是夜里一点多了。在路上，老公收到他发来的一条短信，是一首诗。诗的名字是《兄弟》：

我不想在一首诗里翻身
不想在被反复歌吟的长句里苏醒
除非碰着那些人
他的骨头硌着我的痛处
眼里的光掺着时间的沙砾和无助的悲哀
而即使坐在动辄得咎的明处
语言的剑鞘
仍然包裹不住思想的锋芒
他是我的兄弟
我们不该让思想劈面相遇
在静夜里电闪雷鸣
不该在风雨如磐的时节里
把日子拼贴得风生水起
兄弟，记得有一次我们谈起了王小波的散文
仿佛站在楚襄王的快舟上
“一点浩然气，
千里快哉风”
我们在这个时代里鼓腹而游
也在这个时代里百病丛生
不管是在庙堂之高

还是江湖之远
左手家国天下
右手儿女柔情
如今，何处是长亭更短亭
天涯望断
高楼休倚
只是读到“理想主义火焰生生不息”时
鼻腔发酸

《人民文学》2011年12期

漫水

王跃文

一

漫水是个村子，村子在田野中央，田野四周远远近近围着山。村前有栋精致的木房子，六封五间的平房，两头拖着偏厦，壁板刷过桐油，远看黑黑的，走近黑里透红。桐油隔几年刷一次，结着薄薄的壳，炸开细纹，有些像琥珀。

俗话说，木匠看凳脚，瓦匠看瓦角。说的是木匠从凳脚上看手艺，瓦匠从瓦角上看手艺。外乡人从漫水过路，必经这栋大木屋，望见屋上的瓦角，里手的必要赞叹：好瓦角，定是一户好人家！

木屋的瓦檐微微翘起，像老鹰刚落地的样子。屋脊两头像鸟嘴朝天的尖儿，就是漫水人说的瓦角。瓦角扳得这么好看，那瓦匠必是个灵空人。乡下人看匠人手艺，有整套的顺口溜，又比如：泥匠看墙角，裁缝看针脚。

扳得这么好瓦角的瓦匠，就是这屋子的主人，余公公。漫水这地方，公公就是爷爷。余公公的辈分大，村里半数人叫他公公。余公公大名叫有余，漫水人只喊他余公公。余公公是木匠，也会瓦匠，还是画儿匠。木匠有粗料木匠，有细料木匠。粗料木匠修房子，细料木匠做家具。平常木匠粗料、细料只会一样，余公公两样都在行。漫水人说话没有儿化音，唯独把画匠师傅叫成画儿匠。兴许晓得画画儿更需心灵手巧，说起这类匠人把话都说得软和些。画儿匠就是在家具或老屋上画画的，多画吉祥鸟兽和花卉。不只是画，还得会雕。老屋就是棺材，也是漫水的叫法。还叫千年屋，也叫老木，或寿木。如今家具请木匠做的少了，多是去城里买现成的，亦用不上画儿匠。余公公的画儿匠手艺，只好专门画老屋。

漫水的规矩，寿衣寿被要女儿预备，老屋要儿子预备。不叫做老屋，也不叫置老屋，叫割老屋。余公公的老屋是自己割的，他六十岁那年就把两老的老屋割好了。不是儿女不孝顺，只是儿女太出息。两个儿子都出国了，一个在美国，一个在德国。女儿离得最近，随女婿住在香港。美国那个叫旺坨，德国那个叫发坨。两兄弟在外面必有大号，漫水人只叫他俩旺坨和发坨。女儿名叫巧珍，漫水人叫她巧儿。儿女不当官，不发财，余公公竟很有面子。逢年过节儿女回不来，县里坐小车的会到漫水来，都说是他儿女的朋友。漫水做大人的见着眼红，拿自家儿女开玩笑，说："我屋儿女真孝顺，天天守着爹娘。不像余公公儿女，读书读到外国去了，爹娘都不认了！"做儿女的也会自嘲："有我们这儿女，算您老有福气！要不啊，老屋都得自己割！"

余公公的老屋是樟木料的。他有一偏厦屋的樟木筒子，原来预备给儿女们做家具。儿女们都出去了，余公公就选了粗壮的割老屋。漫水这地方，奶奶，叫作娘娘。余娘娘还没打算自己做寿衣寿被，一场大病下来人就去了。隔壁慧娘娘把自己的寿衣寿被拿出来，先叫余娘娘用了。第二年，慧娘娘的男人家有慧公公死了。有余和有慧，出了五服的同房兄弟。慧娘娘虽把自己两老的寿衣寿被做了，老屋还没有割好。慧娘娘没有女儿，只有个独儿子强坨。她就自己做了寿衣寿被，等着儿子强坨割老屋。强坨说："我自己新屋都还没修好，哪有钱割老屋？就这么急着等死？"话传出去，漫水人都说强坨是个畜生。乡里人修屋，就像燕子垒窝，一口泥，一口草。强坨新修的砖屋只有个空壳，门窗家具还得慢慢来。儿子只有这个本事，慧娘娘也不怪他。怪只怪强坨嘴巴说话没人味，叫她做娘的没有脸面。慧公公没有老屋，余公公把强坨叫来："你把我的老木抬去！"慧公公睡了余公公的樟木老屋，漫水人都说他有福气。

二

漫水地名怎么来的，村里没人说得清。要是去城里查县志，地名肯定是有来历的。漫水人不会去想这些没用的事，只把日子过得像闲云。心思细的，只有余公公。他儿女们都说：老爹要是多读些书，必定是了不起的人物。漫水只有余公公跟旁人不太像，他不光是样样在行的匠人，农活也是无所不精。漫水这么多人家，只有余公公栽各色花木，芍药、海棠、栀子、茉莉、玉兰、菊花，屋前屋后，一年四季，花事不断。有人笑话说：“余公公怪哩，菜种得老远，花种在屋前屋后！”

余公公的菜地在屋对门的山坡上，吃菜须得上山去摘。一大早，余公公担着箢箕，箢箕里是些猪粪或鸡屎，晃晃悠悠地往山上去。一条大黑狗，欢快地跟在身边跳。黑狗风一样地蹦到前面，忽然停下来，回头望着余公公。黑狗又想等人，又想飞跑，回过头的身子弯得像弓，随时会弹出去。余公公喊道：“你只顾自己疯，你疯啊，你疯啊，不要管我！”黑狗肯定是听懂了，摇摇尾巴，身子一弹，又飞到前面去了。

山上有茂密的枞树，春秋两季树林里会长枞菌。离山脚三丈多的地方，枞树有些稀疏，那里就是余公公的菜地。余公公爬坡时，脚步有些慢。黑狗早上去了，又蹦下来，屁股一撅一撅，往后退着走。黑狗那吃力的样子，就像替余公公使劲。余公公说：“不中用的东西，你还拉得我动？”黑狗肯定又听懂了，摇摇尾巴，脑袋一偏一偏，眼珠子亮亮的。

余公公施肥或锄草的时候，同黑狗说话：“你要是变个人，肯定是个狐狸精！”黑狗是条母狗，身子长长的，像刀豆角，毛色水亮水亮，暗红色的嘴好比女人涂了口红。村里别人的狗都是黄狗、灰狗或麻狗，只有余公公屋里是条黑狗。那些黄狗、灰狗或麻狗，又多是黑狗的子女，总有四五十条。前年开始，黑狗不再生了。过去八九年，黑狗每年都要做一回娘。不再做娘的黑狗，仍活得像年轻女人，喜欢蹦跳，喜欢撒娇。余公公逗它：“崽都生不出了，还这么疯，不怕丑啊！”

这时节，正是栽白菜的时候。余公公的白菜已栽下半个月，嫩嫩的叶子起着细细的皱。蒜已长得半根筷子高，秆子粗粗的包着红皮。辣子即将过季，改天得把辣子树拔掉，再栽一块白菜。快过季的辣子拌豆豉炒，或做爆辣子，都是很好的菜。村里人叫这扯树辣子，余公公叫它罢园辣子。秋后快过季的西瓜，余公公也叫它罢园瓜。罢园二字，余公公在画儿书上看到的。年轻时学画儿匠，余公公读过几本画儿书。

余公公慢慢收拾着菜地，突然想起好久没同黑狗说话了。一回头，见黑狗蹲在菜地边上，一动不动望着山下的村子。二十多年前，县里来人画地图，贴出来一看，漫水人才晓得自己村子的形状像条船。余公公的木屋正在船头上。船头朝北，船的东边是溆水。

村子东边的山很远，隔着溆水河，望过去是青灰色的轮廓；南边的山越往南越高，某个山洞流出一股清泉，那是溆水的正源；北边看得见的山很平缓，溆水流过那里大片的橘园，橘园边上就是县城；西边的山离村子近，山里埋着漫水人的祖宗。坟包都在山的深处，那地方叫太平垴。漫水人都很认命，遇着争强斗气的，有人会劝："你争赢了又算老几？都要到太平垴去的！"人想想太平垴，有气也没气了。

溆水河边有宽宽的沙地，长着成片成片的柳树。柳树林又连着橘园，河边长年乌青乌青的，沙地好种西瓜和甘蔗。哪个季节都是伢儿子的天堂，从深秋到冬天，河边橘子红了，甘蔗甜了，伢儿子三五成群，偷甘蔗和橘子吃。偷甘蔗也有手艺，用脚踩着甘蔗蔸子，闷在土里扳断，不会有清脆的响声。一望无际的甘蔗地，风吹得沙沙地响，伢儿子在里头神出鬼没。偷橘子吃的，手上易留下橘子皮的香味。伢儿子也自有办法，扯地里枯草包着橘子剥皮，手上不再有气味。有人发现自家甘蔗或橘子被偷了，多会叫骂几句，哪个也不会当真。哪家都是养儿养女的，哪有不调皮的！

溆水要流到东海去，东海在日头出来的地方。溆水流到沅江，沅江流到洞庭，洞庭流到长江，长江流到东海。山千重，水百渡，很远很远。说近也很近，溆水边有座鹿鸣山，山下有个蛤蟆潭，潭底有个无底洞，无底洞直通东海龙宫，钻个猛子就到了。蛤蟆潭在溆水东岸，西岸是平缓沙滩，河水由浅而深。水至最深处，就是蛤蟆潭。很久以前，东岸有个姑娘，很孝顺，很漂亮。有一天，姑娘蹲在蛤蟆潭边的青石板上洗衣服，青石板突然变成乌龟，驮着姑娘沉到水里去了。姑娘被带到东海龙宫，做了千年不老的龙王娘娘。青石板原是乌龟变的，乌龟原是龙王老儿打发来的。

余公公还是伢儿子的时候，常在蛤蟆潭西岸游泳，打死也不敢游到东岸的潭中间去。余公公没听人说过南海、北海或西海，只听说有东海，也只听说过有东海龙王。东海龙宫遍地珍珠玛瑙，有美丽的龙女。漫水人望见太阳雨，总会念那句民谣：边出日头边落雨，东海龙王过满女！漫水人说过女，就是嫁女。遇上件好东西须得夸赞，必会说：龙王老儿的轿杠！

漫水没有人见过海，日子里却离不开海。天干久旱，依旧俗就得求雨，行祭龙王的法事。男女老少，黑色法衣，结成长龙阵，持香往寺庙去。一路且歌且拜，喊声直震龙宫。人过世了，得用龙头杠抬到山上去。孝男孝女们身着白色丧服，又拿连绵十几丈的白布围成船形，拉起十六人抬着的灵棺慢慢前行。已行过了水陆道场，孝子们拉着龙船把亡人超度到极乐世界去。余公公画过很多老屋，年轻时雕过很多人家的窗格子，就是没有雕过龙头杠。漫水这副龙头杠传过很多代了，龙的眼珠子像要喷出火来，龙尾像随时在甩动。余公公常想：这龙头杠怎么不是我雕的呢？那龙头杠是楠木的，不要油，不要漆，千年不腐。

前几年，有个城里人想买这副龙头杠，价钱出到几万块。强坨动了心，想把龙头杠卖掉。龙头杠是全村人的，世世代代都放在强坨屋。他公公，他爹爹，都是保管龙头杠的。漫水很多事都说不清来龙去脉，人人只知守着种种规款就是了。听说强坨要卖掉龙头杠，余公公把强坨屋门拍得山响：“强坨，你出来！你要好多钱？我给你！”强坨说：“那个城里人是傻子，一个龙头杠他出好几万！信我，由我卖了，我做十副龙头杠赔给大家！”余公公扬起手就要打人，说：“放你的屁！如今是不信迷信了，不然要把你关到祠堂去整家法！”过去祠堂有个木笼子，男人若不孝不义，会被族人绑在里面，屁股露在外头，任人用竹条子抽打。这叫整家法。一个村里只准有一副龙头杠，强坨说赔十副龙头杠，这话很不吉利。强坨这话很多人听见了，都骂他说的不是人话。几个年轻人一声喊，就把龙头杠抬到余公公屋后去了。

龙头杠搭在两个木马上，平时用厚厚的棕蓑衣包着。木马脚上绑了猫儿刺，不怕老鼠爬到龙头杠上去咬。猫儿刺形状像猫，刺头子又多又锋利，老鼠不敢往上面爬，漫水人又叫它老鼠刺。有个大晴天，余公公解开棕蓑衣，细心擦着龙头杠上的灰。心想：楠木真是好料，这龙头杠也不晓得传好多代了，虫不咬，水不腐，随便擦擦，亮堂堂的。慧娘娘望见了，过来说："余哥，龙头杠祖祖辈辈在我屋的，只怪强坨不争气。我想，龙头杠要不要漆一漆？漆钱还是我出，功夫出在你手上。"余公公还是很好的漆匠。余公公摇摇头，笑眯眯地说："老弟母，我们漫水龙头杠不要漆，永远都不要漆。漆了，可惜了！"慧娘娘不明白，问："余哥，你是说……我听不懂了！"余公公嘿嘿一笑，说："前年过年旺坨和发坨回来，我告诉他两兄弟，有个城里人要花几万块钱买我漫水的龙头杠。旺坨和发坨跑到屋后看了半天，说这龙头杠是个宝贝文物，肯定不止这个价钱。两兄弟都说，千万不要去油，去漆，文物越旧越值钱！"慧娘娘听着，吓住了："你也想把它卖掉？"余公公笑了起来，说："老弟母，强坨说这话不稀奇，你也这么说我就稀奇了。我是不想弄坏文物！你想想，你我哪天阎王老儿请去了，用几十万块钱的龙头杠抬去，面子天大！"

三

余公公喊了黑狗，说："你望傻了啊！莫望了，我们回去！"余公公扯掉几株辣子树，摘下上面的辣子，差不多有一餐菜了，就说："回去吃早饭去！"刚想下山，余公公回头望望身后的林子，想：干脆捡几朵枞菌去。人家捡枞菌要满山钻，余公公只去几个地方。每回余公公提着枞菌出来，碰见的都要说："这山是你屋菜园啊，你捡枞菌就像去菜园掐蒜！"余公公只是笑，也不告诉他的枞菌是哪里来的。这会儿余公公对黑狗说："你莫要跟脚，我就回来！"黑狗偏一偏脑袋，望着余公公的背影到林子里去了。

余公公径直去了一个山窝堂，那里有个大刺篷，枞茅铺得满地。针一样的枞树叶，漫水人叫它枞茅。回去二十年，漫水人会把枞茅扒去当柴烧，现在开始烧藕煤。扒枞茅的扒叉，过去家家户户都有好几把，如今看不见了。余公公熟悉山上的每一棵树，每一块石头，晓得哪个山窝堂好长枞菌，哪个山坎坎好长蕨菜。别人扒枞茅也是满山钻，却摸不出捡枞菌的窍门。余公公一路上就想着：那个刺篷里肯定生了一窝好枞菌！他走到刺篷前面，拿棍子扒开刺篷，果然就望见里面生了好多枞菌。大的有半个手掌大，伞一样撑着；小的像扣子，圆溜溜的闪着蓝光。捡大菌子过瘾，吃还是小菌子好吃。就像捉泥鳅，捉喜欢捉大的，吃喜欢吃小的。余公公把一窝枞菌一朵一朵捡好，回头却见黑狗远远地立在那里，就说："叫你莫跟脚！你想去告诉人家啊！这是我的菜园，不准说！"

下山时，余公公望望田垄中的村子，通通都是两三层的砖屋。白白的墙，黑黑的瓦。只有自家是木屋，远看很不起眼儿。记得从前，家家都是木屋，高低都差不多，可望见炊烟慢慢升到天上去。旺坨和发坨都说过，想把旧木屋拆了，改修砖房子。余公公不肯，说："你们人都不回来了，我修新屋做什么？"两兄弟就安慰老爹："我们也会回来养老的！"余公公不作声，心上想：哪个稀罕砖屋？哪有住木屋舒服！木屋是余公公自己修的，每根柱子，每块椽木，一钉一瓦，都经过他的手。哪怕有人竖一幢金屋，他也舍不得换。

余公公屋同慧娘娘屋只隔着菜园子。一边是慧娘娘屋的菜园，一边是余公公屋的菜园。慧娘娘屋菜园一年四季种各色菜蔬，余公公屋菜园子一年四季栽各色花木。屋场前后的菜园土很肥，慧娘娘屋的菜却没有余公公屋山上的长得好。慧娘娘自己动不得手了，就总骂强坨："人勤地不懒！你看看余伯爷，人家菜园还是黄土坡上，辣子驼断了树！"强坨说："我又不是菜农，又不靠卖菜赚钱，有吃就够了！"余公公不会去说强坨，人家毕竟不是他亲侄子。若是他亲侄子，他会说：种地是种脸面，地种得不好，见不得人！余公公是个要脸面的人，他的事就样样做得好。

慧娘娘屋有条黄狗，是余公公那黑狗的儿子。黄狗望见娘回来了，又是蹦跳，又是打转转。黑狗很有母仪，立在地场坪望一望黄狗，慢慢走到自家檐前，抖一抖皮毛，趴下。余公公进屋做早饭，自言自语："一人吃饱，全家不饿！"每次说过这话，他都会在心上问自己：是不是真的老了？老喜欢说这句话！人开始说冗话，就是老了。余公公的日子过得很慢，家家户户都吃过早饭了，他才开始慢慢地淘米下锅。有回巧儿回家，见老爹慢慢地淘米，就说：“爹，现在城里人都不兴淘米了，工厂出来的大米是不用淘的。您老还是淘米，其实很好。”巧儿是想说，老爹很讲卫生。这年月在城里，吃的用的都不放心。余公公并不晓得城里人的恐惧，他只是把日子过成了习惯。

枞菌很不容易洗干净，粗手粗脚吃着必定有泥沙。余公公细心地洗着枞菌，听见黑狗突然汪汪地叫，同时也听见有人喊着：“收烂铜、烂铁、鸭毛、鹅毛……”他赶紧跑出去看，怕黑狗惹事。他出门晚了一步，黑狗已经惹事了。慧娘娘屋的黄狗已咬了收破烂的外乡人。慧娘娘也跑出来了，嘴里不停地喊道：“怎么得了，怎么得了，咬得重不重？”外乡人卷上裤子，哎哟哎哟的，说：“你看你看，牙齿印这么深！你看你看，开始出血了。”慧娘娘作揖打拱的，说：“真是对不住，我跑都跑不及，就出事了！你是年轻人，多原谅！”外乡人也不算很蛮，只说：“原谅？您老人家是要我原谅人，还是原谅狗？”慧娘娘说：“原谅人，也原谅狗。我养的儿子蠢，养的狗也蠢！只要听见人家的狗叫，它就扑上去咬人！”余公公笑了起来，说：“老弟母，你是说这狗娘聪明呢？还是说狗儿子蠢？这个蠢儿子，可是聪明娘养的！”外乡人听着怪怪的，说：“我痛得要死，您两老还在说笑话。我死是死不了，就怕狂犬病。”慧娘娘忙往屋里走，走几步又慌慌地回头，说：“年轻人，我进屋取钱，你去打疫苗，钱我出。”余公公忙喊住慧娘娘，说：“老弟母，钱我出，你莫管。祸是我黑狗惹的，它不叫，黄狗不会咬。”慧娘娘不理余公公，进屋去了。没多时，两个老人都从自己屋里出来，手里都拿着钱。余公公笑着说：“老弟母，你莫和我争，养不教，母之过。黑狗到底是做娘的，哪个喊它乱叫！”慧娘娘不开脸，也不答话，径直把钱放在外乡人手里，说：“价钱我晓得，多几块零星钱你不用找了。”余公公把外乡人手里的钱抢过来，又把自己的钱塞过去，说：“年轻人，你不能拿她的钱。”慧娘娘开腔了，冲着余公公说：“你钱多，那是你的钱！”外乡人看不明白，瞪大眼睛看热闹，说：“今天我碰着两个怪老人了！我该要哪个的钱呢？算了算了，我都不要了，莫耽搁我的生意！”余公公把外乡人一推，说：“你快拿了钱走，我不留你吃早饭！”

外乡人推着推车走了，黄狗开始朝天狂叫。慧娘娘骂道：“你现在晓得叫了？你叫有人听吗？有人替你咬人吗？”这时候，围过来几个看西洋景的村里人，开始说笑话：“慧娘娘，人哪会替狗去咬人？只有狗替人去咬人！”余公公说：“你们慧娘娘正在生气，你们还在挑拨！你是说黄狗替我去咬人？我同那个外乡人有仇？”有人又开玩笑，说：“黄狗真是个孝子，最听娘的话。娘一声招呼，儿子就扑上去了。”“真是这样的娘，那就不是个好娘。”“儿子也不是好儿子，哪有好事坏事都听娘的？”慧娘娘听得脸上发青，转身进屋去了。余公公朝那些开玩笑的人歪嘴作脸的，压着嗓子说：“你们莫像逗小伢儿！慧娘娘真生气了！幸好强坨不在屋，不然更不得了！”

余公公拖住一个小伢儿，说：“你把慧娘娘的钱送去！告诉你，不要放在她手里，放在她枕头底下。”小伢儿不肯，他娘作声道：“去不去？余公公叫你做事，你听话！”小伢儿接过钱，晓得这任务神秘，诡里诡气一笑，故意放慢了脚步，悄悄溜进慧娘娘屋去了。大人们都笑了，只道如今小伢儿都是精怪！

余公公回到屋里，又慢慢地做饭吃。心想，今天早饭和点心饭一餐吃了。漫水人不像城里人说吃中饭，他们说吃点心饭。做饭炒菜的时候，余公公老想着自己得罪慧娘娘了。狗惹的祸，你同人计较什么呢？难怪都说老怪物，人是越老越怪了。余公公的菜是罢园辣子烧枞菌，满屋子枞菌的香味。菜里还放了些菊花瓣，漫水只有他老人家把菊花当香料。他的菜园里栽了很多菊花，小的有拳头大，大的有饭碗大。饭快吃完的时候，余公公嚼了一粒沙子，嘴里很不舒服。必定是枞菌洗得不干净。余公公做事最细心，今天是心上有事。

四

慧娘娘屋后也是菜地，菜地里打了一口摇井，摇井四周铺着青石板。慧娘娘洗衣、洗菜，都在摇井边的青石板上。有时强坨惹她生气了，也独自搬了小凳坐到这里来。今天她是生余公公的气。那老的说，蠢儿子，也是聪明娘养的。不是骂我吗？想着强坨不争气，慧娘娘眼泪就出来了。揩干眼泪再想想，强坨也只有这个本事。他书不肯读，只有卖苦力的命。漫水把老婆叫阿娘，强坨阿娘嫌家里穷，走了好多年了。强坨在窑上替人做砖，挣几个辛苦钱。一个孙儿，一个孙女，也都不是读书的料，十五六岁就打工去了。强坨早出晚归，日里只有慧娘娘在屋。

听着菜园里的吱吱虫声，慧娘娘心想：今年是听不见几回虫叫了。她想起前几天余哥说的话：虫老一日，人老一年。人一世，虫一生，都是一回事。日晒雨淋，生儿养女，老了病了，闭眼去了。漫水人都不在意慧娘娘的名字，只依她男人家有慧的辈分，叫她慧娘娘、慧伯娘、慧叔母、慧嫂嫂。慧娘娘年轻时很怕虫子，望见棉花树上肥肥的绿虫，全身皮肉发麻。有一回，慧娘娘望见灶头死去的虫子，问她男人家有慧："夜里吱吱叫的就是它吗？"有慧说："不是它，还有谁？蛐蛐！"有余正好在她屋说话，听见了，说："我看都不要看，就晓得不是蛐蛐，是灶虮子！"有慧是个犟人，说："余哥，你做功夫手巧，我承认！蛐蛐，灶虮子，一回事，我都不晓得？"有余笑着说："有慧，你的眼睛，看马同驴子，都差不多。你说的话，只有你阿娘信！"有余这话惹了有慧的心病，两人都不说话了，埋头抽旱烟。有余自己找梯子落地，说："不信，我去捉个蛐蛐来！"蛐蛐叫声四处听得见，想捉个蛐蛐却不是件容易事。

天上好大的日头，有余出门捉蛐蛐。他耳旁尽是蛐蛐叫，就是找不到蛐蛐洞眼。伢儿时，他跪在地上，趴在地上，看各色虫蚁。长到做爹了，再不能趴在地上。他在地头到处翻，心上就在算账。一年有三个月听见蛐蛐叫，人要是活到七八十岁，二十来年都在听蛐蛐叫。听了二十来年蛐蛐叫，一世就过去了。望见过蛐蛐的，又没有几个人。不是望不见，望见了，等于没望见。人活在世上有那么多大事，哪有心思在乎蛐蛐呢？有余小伢儿时捉过蛐蛐，他认得蛐蛐。伢儿时捉蛐蛐很里手，多年没捉就手生了。

有余捉了个蛐蛐回去，有慧早把这事忘记了。有慧说："认得蛐蛐算个卵本事！"有余弄得没脸，望望有慧阿娘。蛐蛐停在他手心，一蹦，逃走了。有慧阿娘脸都热了，忙说："余哥，你慧老弟的脾气你是晓得的，莫把他的话当数！"有余笑笑，说："又不是伢儿了！"有慧也笑笑，把烟袋递给有余，叫他自己卷喇叭筒。有余抽着喇叭筒烟，说起小时候抓早禾郎的事。漫水人说的早禾郎就是蝉，抓早禾郎是伢儿子夏天必要玩的。听得早禾郎“吱——”地叫，伢儿子躬着腰，循声往树上望。望见了，偷偷爬上去，拿手掌猛捂上去，就抓住了。有余说：“我做伢儿子时，才不去爬树哩！我拿长长的竹竿，竹竿头上绑个篾皮圈圈，圈圈上缠满蜘蛛网。望见早禾郎了，把竹竿伸过去一扒，就到手了。”有慧笑得被烟呛了，说：“余哥，又不是你一个人玩过！”有余说：“那我问你，叫的是公早禾郎呢？还是母早禾郎？”有慧并不感兴趣，只说：“你抓早禾郎也要分公母！”有余说：“你就不晓得！动物跟人是个反的！人是女人漂亮，动物是公的漂亮。雄鸡比母鸡漂亮，雄孔雀比母孔雀漂亮。早禾郎也是公的会叫，母的不会叫。蛐蛐也是的，公的会叫，母的不会叫。夜里叫的都是公蛐蛐，它在喊母蛐蛐。”有慧嘿嘿一笑，说：“余哥，你夜里吹笛子，也是喊母蛐蛐？”有慧阿娘白了男人家一眼，说：“你嘴巴不上路！”

从那个下午开始，有慧阿娘会留心地里每一个虫子，哪怕是蚂蚁、蜘蛛、蝴蝶。它们也分公母，有家室，养儿女。一生一世，日晒雨淋，好不辛苦！那时候，有余阿娘生了旺坨和发坨，巧儿还没有生。有慧阿娘还没有生强坨，她心想：地上的虫都会生养，自己就不生个一男半女！有余说有慧：“你说的话，只有你阿娘信。”有慧听着不舒服。他阿娘的来路，漫水人是当故事讲的。有日清早，有慧没事到城里去，天没黑就带了个女人回来。女人十七八岁，穿着缎子旗袍，手里挽个包袱。女人跟在有慧背后，头埋得很低。有人问：“有慧，哪个啊！”有慧说：“关你卵事！”女人进了有慧屋，没有做酒，没有拜堂。有慧爹娘早不在了，就他孤身一人。懒人自有懒人福，有慧是出名的懒人。他不要人保媒拉纤，就把阿娘带进屋了，还是漫水最漂亮的阿娘。好多年过去，漫水老辈人还会记得那天的事。有人记得有慧阿娘的旗袍，过去是财主人家小姐穿的。有人记得她的头发，梳了个油光水亮的髻子，髻子上别了个白亮亮的银簪。有人记得她的脸皮，白白的不像乡里人。过了几天，听见她开腔了，讲的是远路话。

漫水人老少都晓得，有慧的漂亮阿娘是他骗来的。世上哪有蠢女人会上有慧的当呢？有慧并不聪明，他阿娘并不蠢。漫水人最觉稀罕的，是有慧阿娘还认得字！有慧阿娘来的时候，漫水认得字的没几个人。有一天，北方干部念报纸，鸭绿江的“绿”字，念成“绿色”的“绿”，有慧阿娘抿了嘴巴，忍住不笑。干部看见了，问：“你笑什么?”有慧阿娘说：“我没有笑。”干部说：“你抿着嘴巴笑!”有慧阿娘只得说：“念鸭‘录’江，不念鸭‘律’江。”干部嘿嘿一笑，说：“绿帽子的绿，我不认得吗?”有慧阿娘脸红了，眼睛在干部脸上瞪了半天，说：“你现在穿的军装是绿色的，你投诚以前是‘绿林中人’，不读作‘律林好汉’。你讲志愿军的意思也是错的，志愿不是支援的意思。”曾为绿林的干部并不生气，很傲慢地问：“你说不是支援，那是什么呢？中国人民志愿军，不是去支援朝鲜打美帝国主义吗?”有慧阿娘说：“志愿，就是自觉自愿。”那位干部在漫水就有了个外号：绿干部。漫水人背后叫他绿干部，当面还是叫他的职务。

有慧阿娘平日不太作声，那天当着众人讲了好多话。漫水人像遇了大仙，只道有慧阿娘嘴巴这么会讲！漫水没有女人认得字，她认的字比绿干部还要多！绿干部的兴趣比漫水人更大，散会后就问人：“她是谁的婆姨?”这话漫水人听不明白，他们不晓得“谁”是什么，也不晓得“婆姨”是什么。有慧阿娘告诉漫水人：“谁”，就是漫水人讲的“哪个”，“婆姨”就是“阿娘”。绿干部晓得她是有慧阿娘了，就动员有慧参加志愿军。有慧说：“我阿娘告诉我，志愿就是自觉自愿。我不晓得自觉是什么，只晓得自愿是什么。我不自愿!”

有慧不愿意当志愿军，漫水好几个人也不愿意了。鼓动有慧参军的人很多，他们都在绿干部面前讲烂话。绿干部就对有慧说：“你拖了大家的后腿!”有慧听不懂他的话，说：“人只有手和脚，哪有后腿？又不是猪，又不是牛!”绿干部说：“根子在你阿娘那里，她拖你的后腿!”有慧偏了脑袋，样子像个斗鸡，说：“不准你说我阿娘！她晓得人只有手和脚，没有后腿！人和畜生她是分得清的!”绿干部的手朝有慧一点一点的，说：“你今天要讲清楚，你说谁是畜生?”有慧吼了起来：“巴不得我去参军的人，都是畜生!”有慧的话哪个都听明白了，只是没有人往那上头点破。绿干部却抓住他的辫子不放，硬要他说清楚谁是畜生。有余上来劝架，说：“莫为一句话争了。有慧听不懂你北方干部的话，我也听不懂！漫水人自古就没听哪个讲人有后腿，又不是故意和你摆龙门阵！”

有人在背后说：有慧阿娘是堂板行出来的！她认的几个字都是逛堂板行的公子哥儿教的！有一日，绿干部同人摆龙门阵，说：“堂板行，我们北方叫窑子，大城市叫妓院。里边的女人，我们老家叫窑姐儿，大城市里叫妓女。你们南方叫啥来着？叫婊子！婊子见过的男人太多了，生不出的。不信你们看吧，生不出的！”绿干部正说得口水直喷，有余过来听见了，锄头往地上一杵，说：“哪个畜生在放屁？”围坐在绿干部身边的人忙立了起来，只有绿干部一个人还坐在地上。有余说：“你是个男人，讲话就要像个男人！你那天问人家，哪个是畜生。我今日告诉你，背后讲人家妻室儿女，就是畜生！难怪人家背后喊你绿干部！”众人围成一圈，绿干部坐在地上，样子有些狼狈。他只好立起来，拍拍屁股，说：“你发啥火？又不是讲你阿娘！”绿干部这话说坏了，有余扛起锄头就要打人。众人忙抱住有余劝架，说：“算了算了，莫和北方佬一般见识！”有余推开众人，说：“你们都是漫水男人，漫水没有嘴巴像女人的男人！”众人脸有愧色，抓的抓耳朵，摸的摸脑壳。有余指着绿干部，说：“不要以为你屁股上挎把枪哪个就怕你了！我们不犯王法，你那家伙就是坨烂铁！告诉你，漫水没有不干不净的女人！你要是乱说，我把你嘴巴撕齐耳朵边！”

事情过去好久，有慧请有余去屋里喝酒。有余说：“又不是过年过节的，喝什么酒？”有慧说：“余哥，我想请你，你老弟母也想请你。”有余听了这话，不好再推脱。进了有慧屋，饭菜已经摆在桌上，只不见有慧阿娘。有余问：“老弟母呢？”有慧说：“她在灶屋吃，我两弟兄喝酒。”有余说：“那不行，又不是过去了，哪有女人家不上桌的？”有慧说：“你老弟母说了，今天让我两弟兄好好说话。”

不晓得有慧要说什么话，有余也不问他。两人只是喝酒，东扯葫芦西扯叶。酒喝得差不多了，有慧说：“昨天夜里，老子打了绿干部一餐！”有余愒着了，问：“听说绿干部被人扑了黑，你搞的？”有慧嘿嘿笑着，说：“他妈妈的，哪个喊他嘴巴上长了块牛麻牝？”有余说：“我就要说你几句了！老弟，男子汉，明人不做暗事。他嘴巴不干净，你堂堂正正找他。夜里扑黑，不算本事！”有慧说：“他屁股上有枪！”有余把筷子一放，鼓着眼睛说：“我当着他面说过，只要我们不犯王法，你那家伙是坨烂铁！我当面骂他畜生，他屁都不敢放！”听有余说了这话，有慧眼皮都抬不起了，端了酒杯说：“好，不讲这事了。”有余说：“慧老弟，这话到这里止。听说，县里来人查案子，说漫水有坏人，想杀害干部。抓到了，要坐牢的！你千万莫到外头去吹牛！”

有慧说：“余哥，你夜里吹笛子，你老弟母听着，手忍不住打拍子。”

有余说：“慧老弟，你马尿喝多了。”

有慧说：“我还没有醉！余哥，我阿娘是我从堂板行领回来的。”

有余把筷子往桌上一板，说：“有慧，你放什么屁！”

有慧摇摇手，说：“余哥，你莫发火。我过去不争气，放排，拉纤，担脚，几个辛苦钱，都花在堂板行了。我阿娘，早几年我就认得了。世道变了，不准有堂板行了。那年我上街，街上碰到她。我喊她，问她到哪里去。她就哭，不晓得到哪里去。我说，我屋就我一个人，你愿意，跟我回去。”

有余猛喝一口酒，说：“老弟，你一世只做对一桩事，就是把老弟母引进屋了。她是个好女人家！你样样听她的，跟她学，你会家业兴旺！”

有慧摇头叹气：“我人蠢，没有她心上灵空。听你吹笛子，我是个木的，她听得有味道，手不听话就轻轻拍起来了。”

有余说：“老弟，你莫讲了，我再不吹笛子了，好吗？”

有慧说：“余哥，哪个不要你吹笛子了？她喜欢听你吹笛子，又不犯王法。她认得字，写得出，晓得好多事。她的世界比我大，古人的事，远处的事，她都晓得。我不晓得哪辈子修来的，有她做阿娘。”

有余这回笑了，说：“漫水人老少都说，你是懒人自有懒人福。慧老弟，几辈子修来的福，你就好好珍惜吧。漫水有句老话，从良的婊子赛仙女。老弟母自己今后心正人正，没人敢说她半个不字。听我的，今后漫水哪个再敢说那两个字，我打死他！”

从那以后，有余多年没有吹过笛子。夜里没事，他是想吹笛子的。怕有慧阿娘听见，就忍了好多年。有慧说他喊母蛐蛐的那个夏天，他夜里在地场坪歇凉吹过几回笛子。有慧一说，他又不吹了。他把笛子藏了起来，慢慢就忘记笛子在哪里了。发坨三岁那年，翻箱倒柜找玩的，把笛子翻了出来。发坨把笛子当竹棒棒敲，妈妈看见了，忙抢了过来，说：“你爹的笛子，敲炸了不得了！”发坨惕哭了，半天哄不回。有余拿过笛子，逗发坨玩，就吹了起来。发坨听见笛子声，就不哭了。哄好了发坨，有余就不吹了。发坨不依，缠着他爹，叫他不停地吹。有余心上是没有谱的，他不爱吹现成的歌，自己爱怎么吹就怎么吹。吹着吹着，眼睛就闭上了。他就像进了对门的山林，很多的鸟叫，风吹得两耳清凉，溪水流过脚背，鱼虾在脚趾上轻轻地舔。第二日，有余去有慧屋摆龙门阵，有慧把烟袋递过去，说：“余哥，你夜里吹笛子，又是喊母蛐蛐吧？”有余脸红得像门神，心想哪个再吹笛子就不是人。

五

慧娘娘眼睛有些不好了，耳朵很清楚。蛐蛐的叫声，她听得见。余公公的菜园一片金黄，菊花开得热热闹闹。慧公公在的时候，总会笑话：“余哥，菊花是炒着吃呢？还是打汤喝？”

有回，余公公请慧公公去喝酒，慧公公问：“今日是什么日子？”

余公公说：“好日子。你叫老弟母也来。”

也是这个季节，菊花开得金黄，山上长着枞菌。余娘娘也还在世，她做了四个菜，一碗枞菌炒肉，一碗黄焖鲤鱼，一碗葱煎豆腐，一碗清炒白菜。

四个老人坐上来，慧公公又问：“什么好日子？”

余娘娘说：“问你余哥。”

余公公搓脚摸手的，对他阿娘说：“还是你说吧。”

余娘娘说：“今日是阴历九月初十，你余哥记得，慧老弟把老弟母引进屋，五十年了。”

余公公没有抬眼，望着桌上的菜，说：“你两老没有拜堂，没有做酒。按电视里说的，五十年，算是金婚。金子不得烂，不得锈，好。”

慧娘娘忙把筷子放下，撩起衣襟揩眼泪，说：“这日子，你慧老弟是记不得的，我自己也忘记了。余哥，你哪里记得呢？”

余公公说：“人老了，年轻时的事记牢了，就忘不了，老了眼前的事，都记不住。那年粮子过路，阴历九月初八到的，在漫水歇了一夜，初九走的。我想参军吃粮去，我娘不准。娘病着，说，余坨，你敢走！你初九走，我初十死！我就没有去。娘这句话我一世都记得。初十，慧老弟把老弟母引回来了。听说慧老弟引了个阿娘回来，我娘说，粮子的衣服变了，世界也变了。娘的话，我都记得。”漫水老辈人，军人就叫粮子。

慧娘娘揩干眼泪，说：“我搭帮你慧老弟人好，要不我不晓得在哪里落难。”

余娘娘就笑，说：“老弟母，好日子，敞口喝酒！”

慧娘娘说：“我一世跟着他，值得！他人是生得蠢，手脚也不勤快。他不打我，不骂我，不嫌我。跟他五十年，手指头都没有在我头上动过。”

慧公公笑道：“我把你当菩萨供着，还嫌没有天天烧香哩！”

余公公端了酒杯，说：“我们四个老的，今天都要喝酒！慧老弟总问我，菊花是炒着吃还是打汤吃，今日菜里都放了菊花！”果然，四碗菜里都有黄黄的菊花瓣。

慧公公问：“余哥，吃得吗？”

慧娘娘不等余公公回答，自己先夹了几片，说：“菊花入中药，怎么吃不得？”

余娘娘说：“你余哥犟，硬要把菊花当香料放。我晓得，他就是要同慧老弟争，看菊花能吃不能吃。”

慧娘娘望望自己男人家，又望望余公公，说：“他两兄弟，一世都在争。不争大事，尽争些小伢儿的事。年轻时为个蛐蛐，两个也要争。”两兄弟你望望我，我望望你，碰碰杯子，笑了起来。

慧娘娘喜欢吃菊花，说：“菊花当香料放在菜里是好吃，不晓得净炒菊花好不好吃？”

日头开始偏西，井边的石板地到了阴处，开始变得清冷。慧娘娘仍坐在那里，想起死去的男人，眼泪又出来了。她望着菜园过季的辣子树，说："你是好啊，两脚一伸去了好地方了，留我在世上受苦！你养的儿子蠢，养的孙儿、孙女也蠢。一屋都是不读书的！我是个蠢的，我也认了！我哪样事不会做？我要是再多读几句书，再大的世界都去闯！漫水的伢儿女儿，几个不是我接生的？漫水的人老了，不都是我去妆尸？"

慧娘娘年轻时是漫水的赤脚医生，哪家有人头痛脑热，她背着药箱就跑去。药箱是余公公做的，用的是好樟木料，漆成白色，锁扣下面画了个红十字。哪个的阿娘要生了，慧娘娘更加跑得飞快。背着木箱跑快了，箱子里的药瓶会碰碎。年轻男人只要看见慧娘娘跑，就晓得哪家要生了，会接过她的箱子，跟在她后面跑。年轻人手上有劲，悬空提着箱子跑，不会碰碎药瓶。日子久了，都成了规矩。年轻男人碰上慧娘娘飞跑，他不接过药箱，会落得人家去说。漫水四十岁以上人的生辰八字，慧娘娘个个都记得。糊涂的爹娘，收亲过女对八字，记不准儿女落地的时辰了，就说："问问慧娘娘就晓得了。"慢慢地后来不兴接生婆了，女人都去城里医院生。比慧娘娘老一辈的人讲，从前漫水哪家女人要生了，一边预备着喝喜酒，一边预备着打丧火。自从慧娘娘做了接生婆，漫水没有一个难产死的女人。

慧娘娘进男人家十二年，才生了强坨。巧儿也是那年生的，比强坨小三个月。那年，漫水的接生娘死了，村里几个大肚子，都愁着没人接生。大肚婆都掐着手指算日子，猜哪个先出窑。不晓得哪来的说法，漫水人开玩笑，把女人生产喊作出窑。哪个女人胆子大，帮人家把毛毛接下来了，她就一世都是接生婆。女人肚子越来越大，离生死关越来越近。她们嘴上只把这事当笑话，找信得过的女人说："你来帮我接啊，生死都放在你手里。你要是平日恨我呢，那天就手打发我回去了。"漫水已没有接生婆，没人敢答应人家。有慧阿娘没有同人说，天天挺着大肚子，该做什么照做什么。有日深更半夜，有慧门前突然响起了炮仗声。有余两口子离得最近，惊得在床上坐了起来。有余对阿娘说："你快去看看！"有余很担心，不晓得这炮仗是凶是吉。毛毛落地，马上要放炮仗；人死落气，也要马上放炮仗。炮仗祛邪，生与死都要祛邪。只是死人的时候，又放炮仗，又烧落气纸。

有余阿娘挺着大肚子，一步一挪跑了回来，惊喜得喘气都粗重了，说："老弟母生了，生了，生了个儿子！"有余问："哪个接的生？"有余阿娘说："神仙哩，老弟母自己接的生！"有余听得嘴巴都合不上，半天才说："我是不方便去，你快去招呼，有慧是什么都不晓得的。"有余阿娘说："我就去，就去。我是怕你担心，先回来说声。告诉你，我刚才出门，生怕看见落气纸。"有余长叹一声，说："天保佑啊！"

三个月之后，巧儿落地了。巧儿是慧娘娘接的生。漫水过去的接生婆，剪脐带的剪刀就是灶屋的菜剪刀，放在火上燂几下就用了。慧娘娘自己出了月子，就去街上买了医生用的剪刀和纱布，替有余嫂嫂预备着。巧儿要生那天，慧娘娘把接生要用的剪刀放在锅里煮着，把纱布放在蒸笼里蒸着。巧儿是下午生的，帮忙和看热闹的女人多，慧娘娘有条有理地忙着，她们就像看西洋景。

巧儿生下之后，有余屋招呼大家喝甜酒。有女人问："慧嫂嫂，你哪里晓得身下要贴一块大纱布呢？你哪里晓得纱布要放在蒸笼里蒸过呢？"

慧嫂嫂笑笑，说："想都想得到。"

有女人问："慧叔母，往日接生婆都把菜剪刀放在火上燂，你哪里晓得剪刀要放在开水里煮呢？"

慧叔母又笑笑，说："想都想得到。"

又有女人问："慧伯娘，脐带留好长，你哪里学的呢？"

慧伯娘还是笑笑，说："留短了怕伤了毛毛肚子，留长了不方便。我是这样想的。"

有一年，漫水要派人上去学赤脚医生。村里人想都没多想，都说这事只有慧娘娘做得了。她认得字，人又聪明，又肯帮忙。接生，她天生就会。女人都是要生的，没有哪个给自己接过生。

强坨同巧儿只隔三个月，一起滚大的。有余做木交椅，做两把，强坨一把，巧儿一把。有余做木车，做两架，强坨一架，巧儿一架。旺坨和发坨穿过的衣服分作两份，强坨一份，巧儿一份。有天夜里，有余阿娘对男人家说："有人背后讲，原先以为他阿娘是不会生的，哪晓得十多年后又生了。不晓得是有慧不能生，还是他阿娘原先生不了？"有余说："生不生，观音娘娘管的，你问我，我问哪个？"有余阿娘说："你还不明白我的话吗?”有余说:“我听明白了,只是不想听!告诉你,人家说什么,你不要插嘴。说得过分的,你就说他几句。吃自家饭,管人家事,我最看不得这种人!”有余阿娘说:“我是说,强坨算是算你侄儿,到底还是隔房的。我们平日对他好,有这样子就行了。”有余听出些名堂来,问阿娘:“你到底听到什么了?”有余阿娘说:“有人说,强坨只怕不是有慧的,说有慧是个王八脑壳。”有余问老婆:“我这回才听明白。你是信了?”有余阿娘问:“我信了什么?”有余说:“你问自己,有话就说。”有余阿娘说:“我相信有什么用呢?嘴巴长在人家身上!”有余说:“嘴巴长在人家身上,不怕。手脚长在自己身上,最要紧!人正不怕影子歪。”

有年,漫水替人妆尸的人也死了。一个八十多岁的老太太,身子很硬朗的,说去就去了。漫水的接生婆有时会有几个,妆尸的人永远不会有第二个。老的妆尸人死了,总有接脚的顶上来。老辈人想想这事,都觉得很怪。可是这回,妆尸人自己死了,替她的人不晓得在哪里。慧娘娘是赤脚医生,守着老人落气的。没有人给妆尸的老人妆尸,她说:“我来吧。”丧家哭得天昏地暗,她招呼村里人赶快烧水,问丧家寿衣寿被在哪里。她得趁老人身子还软和,快把澡洗了,穿上寿衣。慧娘娘已接生过很多毛毛了,但活到三十几岁还没有碰过死人。她是看着老人落气的,心上并不害怕。她替老人妆尸的时候,口罩始终没有取下来。口罩是抢救老人时戴上去的。

老人干干净净躺在案板上了,漫水人才回过神来,朝慧娘娘满口阿弥陀佛,只道她必定好人好报。慧娘娘取下口罩,说:“老人家做了一世善事,去得无病无痛。”

从那天起,漫水人不论来到这世上,还是离开这世上,都从慧娘娘手上过。

妆尸虽是积善积德,到底让人有些怕。怕鬼,怕脏,怕邪。往日妆尸的每送走一个亡人,总有几天人家不敢接近她。她的手是刚摸过死人的,人家不敢吃她拿过的东西,不敢同她挨得太近,不敢叫她进屋里去坐。

慧娘娘妆尸,没人怕她脏。只是觉得有些怪,慧娘娘那么爱漂亮,爱干净,怎么敢碰死人呢?她的头发总是梳得那么水亮,她的衣服总是那么干净整齐。哪怕是身上的补巴，她也比人家补得漂亮。

也有那嘴巴讨嫌的，逗有慧说："你那么漂亮的阿娘，去给死人洗澡，不论男女都洗，不论老少都洗，你不怕吗？她做的饭菜，你敢吃？"

有慧在外护阿娘，同人家吵架。回到屋里，也同阿娘吵架，怪她不该学妆尸，又不是讨饭吃的手艺。"你看病有工分，接生还有碗甜酒喝，妆尸得什么呢？"

有慧阿娘说："人都要死的，死人就得有人妆尸。"

有慧说："我只问你，你有什么好处呢？"

有慧阿娘说："做事都要有好处吗？日头照在地上，日头有什么好处呢？雨落在地上，雨有什么好处呢？余哥你是晓得的，他给人家修屋收工钱，做家具收工钱，捡瓦收工钱，只是给人家割老屋不收工钱。他得什么好处呢？"

有慧说："余哥这规矩是他自己定的，别处木匠割老屋也收工钱。漫水又不是他一个木匠，他不收工钱，人家也不好收，都恨他哩！"

有慧阿娘说："你是说，我替人家妆尸，也问人家要钱？人都死了，这钱还能要？你想得出啊！"

有慧忙说："阿娘，你莫冤枉我！我没说这话！我只是不想你去妆尸，不想人家开我的玩笑。"

"哪个开你的玩笑，告诉我！哪天他死了，我不给他妆尸就是了！"说过这话，有慧阿娘很后悔。这话太毒了。

六

有慧阿娘有件医生穿的白褂子，一年四季都白得刺眼睛。平日，白褂子叠得整整齐齐，拿干净布另外包着，放在药箱子上面。有事了，她一手拿着白褂子，一手背着药箱子，飞跑着出门。到了病人屋里，麻利地穿上白褂子，戴上口罩。病人就只看得见她的眼睛和眉毛。她的眼睛很大很亮，眉毛细长细长的像柳叶。她把脉的时候就低着头，病人又看见她的耳朵。她的耳朵粉粉的，像冬瓜上结着薄薄一层绒毛。看完病，打完针，她取下口罩，撩一撩并没弄乱的头发，笑眯眯地说几句安慰的话。这时候，若是夜里，幽暗的灯光下，有慧阿娘就像传说中的夜明珠。若是白天，日头从窗户照进来，她的脸上好像散发着奶白色的光。

白褂子慢慢发黄，强坨就有十岁多了。这年春上，有一日，有慧阿娘背着药箱子刚要出门，公社干部跟在大队书记后面进屋了。有慧阿娘招呼说："稀客啊，有事？"大队书记说："你急吗？不急就说个事。"原来，县里有个女干部，犯了错误，放到漫水来改造。想来想去，住在有慧屋合适。公社干部说："我们晓得你，你有文化，人又好，教育女同志，你很合适。"有慧阿娘说："安排了，我就服从。"大队书记说："你要不要同有慧商量？"有慧阿娘说："他是个直人，没事的。"有余屋前堆了很多杉木，公社干部问："修新屋吗？"有慧阿娘说："隔壁余哥屋的，他屋要竖新屋了。"

第二天，漫水来了个女干部。引女干部来的还是那个公社干部，他像领贵客进屋似的，望着有慧阿娘说："慧大姐，人我给你引来了。她姓刘，你叫她小刘就是了。麻烦你啊。"公社干部中饭都没吃，说完话就走了。

小刘立不是，坐不是的。有慧阿娘说："小刘同志，我屋随便，只有我男人家，儿子强坨。你随便啊。"

有慧阿娘早给小刘预备了房间，领她进去，说："乡里条件不比你城里，屋里到处稀烂的。也还算干净，你将就着住吧。"

小刘放下行李，跑到厨房取了水桶，问："慧大姐，井在哪里？我去担水。"

有慧阿娘去抢水桶，说："不要你担水，屋里有男人，哪要你担水！"

小刘死活要去担水，有慧阿娘抢了半天，只得由她去了。乡下人看城里女人，头一个就是白不白。小刘担水从村子里走过，路上就净是看热闹的人。

"长得白哩，像个白冬瓜！"

"白是白，比不上有慧阿娘白。"

"好看是好看，也比不上有慧阿娘。"

"她犯什么错误？"

"听说是男女关系。"

有个叫秋玉婆的女人说："搞网绊！"

漫水人说男女私通，叫作搞网绊。谁和谁私通了，就说他们网起了。有慧阿娘见小刘后面有人指指点点，她耳朵根子就发热。好像人家说的不是小刘，说的是她自己。夜里，有慧阿娘去有余屋。有余正在中堂做木匠，晓得有慧阿娘有话说，就放下手里的斧头。有慧阿娘说："余哥，小刘住在我屋，我就要管她。她哪怕犯天大错误，也是来改造的。有人背后说她，不好。"有余阿娘也在中堂忙着，把劈下的木片打成捆，旺坨和发坨给妈妈做帮手。有余阿娘听见是讲大人的事，就说："你两弟兄进去，早把作业做了。"

强坨喜欢在巧儿屋做作业，他俩同班同学，都上小学三年级。强坨在隔壁偷听到了大人的话，跑出来问："什么是搞男女关系呀？"

有余扬手轻轻拍了强坨屁股，说："大人说话，不准听！"

有余阿娘笑笑，说："一个女的，听男的说，我想去睡觉。女的也说，我也去睡觉。他们俩，就是搞男女关系。"

巧儿也跑了出来，说："妈妈，我刚才说，作业做完了，我要睡觉了。强坨说，我也要睡觉了。我俩也是搞男女关系呀？"

有余笑得眼泪水都出来了，一把拉过巧儿，说："你乱讲，爸爸打烂你的屁股！快去睡觉了！"

强坨缠着要跟妈妈一起回去，叫他妈妈赶走了。有余说："我明天去说说。最喜欢嚼舌的是秋玉婆，她不起头说，人家不会说的。"

有余阿娘说："秋玉婆嘴巴最烂，你是不好说她的，我去说。"

有慧阿娘走了，有余对自己阿娘说："你嘴巴笨，说不过秋玉婆。我不怕，我去说。"

有余阿娘说："我要你不要去说！"

有余听着有些怪，说："我还怕她？"

有余阿娘把头偏向一边，说："你不怕，我怕！"

有余说："你怕，那你还争着去说？"

有余阿娘说："她要乱说让她说去，说出麻烦了有干部管！"

有余生气了，说："你说的什么话？一个女人家，到漫水来改造，已经是落难的人了。听人家在背后乱说，我们不管？我说，你就没有慧老弟母晓得事!”

有余阿娘也来了气，高着嗓子说：“我是没有她晓得事！有她晓得事，也不用秋玉婆在背后说她了!”

“秋玉婆说什么了？慧老弟母有她说的地方吗？那年她自己害病害成那样，不是慧老弟母救她，她早到阎王爷那里去了!”有余嗓子也高了。

有余阿娘说：“你朝我叫什么？秋玉婆哪个跟她有仇？她哪个的烂话不说?”

两口子吵半天，有余阿娘就是没点破那层纸。原来，秋玉婆在外头说，强坨是有余的种。有余也听出来了，只是装糊涂。他晓得话说穿了，不好收场。又怕两口子为这事吵起来，传到慧老弟母耳朵里就不好了。

有余不作声了，闷头想了会儿，说：“放心，我不会无缘无故找她去说，我自有办法。”

有慧阿娘睡觉前，先去小刘房里看看。小刘正摊开本子写字，望见有慧阿娘进屋了，忙招呼道：“慧大姐，你坐啊。”

有慧阿娘说：“日子是春上了，夜里还是有些冷。你被子太薄了。”

小刘说：“我盖惯了，不冷。慧姐姐，我其实比你大。”

有慧阿娘望望小刘，说：“你城里人，天晴在阴处，落雨在干处，就是年轻些。乡里人看城里人，个个都漂亮!”

小刘笑笑，说：“慧姐姐其实比城里人还漂亮！城里人漂亮是穿衣服穿出来的，乡里人漂亮是天生的。慧姐姐是天生的漂亮女人。”

有慧阿娘红了脸，说：“小刘你说到哪里去了，乡里人哪敢同城里人比!”

小刘问：“慧姐姐，听口音，你不是本地人啊!”

有慧阿娘说：“我也不晓得自己到底是哪里人。我很小就流落在外，就像水上的浮萍，不晓得哪股风把我吹到漫水来了。”

“你说的也是漫水土话，你的腔调是外地人的，有些字音还是北方话。”小刘好像要从有慧阿娘的口音里替人家找到故乡。她一声不响看了有慧阿娘一会儿，长长地叹了一口气，“慧姐姐也是个苦命人!”

有慧阿娘也跟着她叹了一口气，反过来安慰小刘似的笑笑。有慧阿娘不经意瞟了一眼桌上的本子，赶忙把目光移开了。

小刘问："慧姐姐，你认得字？"

有慧阿娘说："哪敢在你们干部面前说认得字！我认得报纸上的字，晓得不讲反动话。我认得药瓶子上的字，晓得不用错了药。"

小刘合上本子，说："慧姐姐，你晓得我犯的什么错误吗？"

有慧阿娘倒不好意思了，眼睛朝旁边向着，说："不管什么错误，改造就行了。"

小刘叹气说："明天要出工，我哪有面子见人！"

有慧阿娘说："世上哪个人敢保证自己是干净的！你相信，乡里人多半老实，不敢当面不给人面子。你做事做人好好的，日久见人心，没人敢欺负你！"

"我是自己这关过不了。"小刘说着就哭起来了。

有慧阿娘拉了小刘的手，说："你莫哭，哪个敢保自己一世百事都顺？你是一时不顺，改造好了回去，照旧是我们的领导。你明天跟着我去出工，你只贴身跟在我后面，我替你给人家打招呼，告诉你认识人。人都熟了，你就晓得乡里人蛮好的。"

小刘揩揩眼泪，说："慧姐姐，你去睡吧，我还要写认识。"

有慧阿娘立起来，笑笑说："有什么好认识的！人和人，不就是相处得热了，一时管不住自己！吃过亏，今后管住自己就好了！"

第二天清早，生产队长吹了哨子，高声叫喊："十队全体社员扯秧！"

有慧阿娘担了箩箕，喊小刘："走，出工去。"

小刘问："还有箩箕吗？"

有慧阿娘说："你不要担箩箕，我和我男人家担就行了。"

社员们从各自屋里出门，有担箩箕的，有空手空脚的。走到村外田埂上，前面的人不断地回头，他们都晓得后面有个城里来的女干部。小刘空着手，走路就更不自在。有慧阿娘看出来了，悄悄地说："小刘，你担着箩箕，显得积极些。"小刘接过箩箕担着，走路的样子果然自在多了。路上有正面碰上的，有慧阿娘就大声招呼，说这是哪个，那是哪个。有的是喊名字，有的是喊外号。有慧阿娘指着秋玉婆的儿子说："他叫铁炮！"小刘朝那人点头笑笑，说："铁炮你好。"听见的人都笑了，铁炮很不好意思。小刘问："慧姐姐，他们笑什么呀？"有慧阿娘说："他喜欢打屁，屁又很响，就像放铁炮。他是个猛子，胆子大，村里红白喜，放铁炮都是他的事。"说笑着，前面就有人学放炮的样子，喊着："砰！砰！砰！"

早工是扯秧苗，早饭后再去插秧。来到秧田边上，有慧阿娘一边挽裤脚，一边轻声问小刘："下过田吗？"

"年年要支农，下过田。"小刘答道。

有慧阿娘就笑了，说："又不是大姑娘上轿头一回，那就不怕。"

小刘把声音放得很低，说："我还是怕，怕蚂蟥！"

有慧阿娘说："不怕，我帮你看着。"

早上田里很冷，社员们下田时，一片哎哟哎哟的笑闹声。今天大家叫得更加欢快，更加放肆。男人叫得癫，女人叫得疯。只有小刘没有叫，咬紧牙齿忍着泥巴里渗骨的冷。有慧阿娘也笑着，她晓得大家都有些人来疯。田里多了一个城里来的女人，一个搞网绊的女干部。

有慧阿娘见小刘扯秧很熟练，也就很放心了。她说："小刘，要是评工分，你可以评七分！我也是七分。"

小刘说："我是耐力不行，太累了还会发晕。"

有慧阿娘说："多半是低血糖，莫要饿着就是了。"

小刘吃惊地望着有慧阿娘，说："慧姐姐，你当得县医院医生哩！我过去在乡里发过晕，一般赤脚医生只晓得笼统说这是晕病。我就是低血糖。"

"我哪里敢算个医生，半瓶醋都说不上。"有慧阿娘说，"你要是太累了，放心大胆歇歇，没有人会说你偷懒。"

有余一向讨厌秋玉婆，出工时能离她多远就多远。平日碰着，也不太同她打招呼。今天他故意挨着秋玉，只是不理睬她。秋玉婆年纪比有余长二十岁，辈分比有余低两辈。有余辈分高，不太理秋玉婆，她也不好见怪。倒是秋玉婆总有些巴结的样子，老远就会眼巴巴望着有余。今天秋玉婆同有余挨得近，她总是无话找话："余公公，你快修新屋了吧？"有余说："少买瓦的钱，秋玉婆给我借一点啊？"秋玉婆说："余公公笑我啊！我穷得锅子当锣敲！"有余说："都是一双手，一张嘴，哪个比哪个富？”秋玉婆说：“余公公莫说了，你是手艺样样会，有工分，有活钱。你屋没有钱，河里没有沙！”有余说：“老话说，百艺百穷！我就是会得太多了，哪样都不精，哪样都混不到饭。”旁人都听见了有余同秋玉婆的话，有人就插嘴：“余叔叔，你这话就太过了。你手艺样样都精，人又好，众人服。”

这时，突然听见小刘哇地叫了起来。众人都直了腰，朝小刘望去。原来，她腿上爬了蚂蟥。有慧阿娘忙说：“莫怕莫怕，你立着莫动。”有慧阿娘怕世上所有软软的虫，她扯掉小刘腿上的蚂蟥，用劲往远处摔。蚂蟥被摔到铁炮脚边，铁炮笑道：“慧叔母你来害我啊！”铁炮把蚂蟥捉起来，爬到田埂上，找一根小柴棍，把蚂蟥翻了过来。里外翻了个的蚂蟥全是红红的血，看着叫人手脚发麻。铁炮却像缴获了战利品的士兵，高高举着那红红的东西，说：“蚂蟥切成好多段，就会变得好多条。只有把它翻过来，晒干了才会死。”铁炮说的不是新鲜话，乡里人都以为蚂蟥是这样的。

铁炮落了田，众人看完把戏，又躬腰开始扯秧。听得秋玉婆说：“一个蚂蟥，也叫成那个样子！听她那叫声，就像个搞网绊的！”

有余立了起来，冷冷瞟着秋玉婆。旁边几个人也立起来了，望望有余，又望望秋玉婆。秋玉婆感觉有些不太对劲，也立起来了。有余见她立起来了，也不望她的脸，只瞟着她的腿脚，轻声道：“好锣不要重敲，好鼓不经重捶！高人莫攀，矮人莫踩！”

秋玉婆自知理亏，红了脸，说：“我又没说什么。”

有余说：“没说什么就好，说了等于放屁！好了，做事！”

有余躬下腰，众人都躬下腰了。秧田很大，田的那头在说什么，有慧阿娘不晓得，小刘更不晓得。

铁炮隐隐感觉到他娘又在那边讲烂话，他猜到肯定是在讲城里来的女干部。铁炮是个老实人，娘的嘴巴常弄得他没有面子。

听得呜的汽笛声，有人喊道：“放喂子了，吃早饭了。”漫水三公里之外有座火电厂，每天定时放两次汽笛，一次是上午八点半，一次是下午两点。漫水人叫它放喂子。漫水没有一个钟，没有一块表，喂子就是大家的时间。

吃过早饭，落雨了。雨越落越大，檐水成瀑。春上雨多，雨只要不太大，仍是要出工的，垄上便尽是蓑笠农人。这会儿风卷暴雨，滚雷不断。天都黑了下来，闪电扯得天地白一阵，黑一阵。听到雷声，有余想到了秋玉婆。漫水人把说人坏话，造谣生事，都叫讲冤枉话。讲冤枉话，会遭雷打的。有余活到快四十岁，从来没见哪个被雷打过。雷打死人的事常有，都是听来的远处的事。

有余不出工的时候，就在屋里做木匠。晚上也做，鸡叫半夜才去睡觉。他在盘算修新屋，屋前屋后堆满了杉树。杉树是南边山里买的，从溆水放排下来，放到村前西边山脚的千工坝，乡里乡亲帮着扛回来。漫水南上几十里，先人在溆水筑了一道坝，分出一支水，顺着山脚流过漫水，又从北边那片橘园流入溆水。这条水渠，叫作千工坝。千工坝流过之后，漫水南北自流灌溉，良田连绵万顷。河里那道坝很平缓，鱼可上下，船帆畅通。

平时别人家修屋，必是请木匠先竖起屋架子，再慢慢装壁板和门窗。有余心上有谱，先把壁板和门窗做好，统统堆放在屋前屋后，拿油毛毡和稻草盖着。万事齐备了，只要把屋架子竖起来，一声喊就有新屋住了。锯板子要帮手，只要喊一声，有慧就来了。有慧手上有蛮劲，拉半天锯不用歇气。有余过意不去，时常停下来抽烟。弟兄俩卷着喇叭筒，说话天上一句，地上一句。有回，有慧说：“余哥，我阿娘说，人是猴子变的，你相信吗？”有余说：“老弟母书读得多，她说是的，肯定就是的。”有慧说：“山上还有猴子，怎么不变人呢？”有余笑笑，说：“那我就搞不清了。”

今天不用锯板子，有慧就蹲在有余前面哑看。有余在做门板，拿刨子刨着。正好是星期日，伢儿们都没有上学。强坨同巧儿捡起地上的刨花，抠了两个洞，当眼镜戴着玩。旺坨初中了，发坨上五年级。他两兄弟年纪不大，却不能光顾着玩了，得帮大人做事。两兄弟把父亲做好的方料，先搬到屋檐下码着。炸雷打得屋子发震，一屋人默默地做事。

有余开玩笑，说：“慧老弟，眼睛是师傅，我要是你，看了这么多年，肯定是半个木匠了。”有慧在有余面前从来认输，说：“我有你这么灵空，也修新屋了。”有余说：“修屋是燕子垒窝，一口泥，一口草，你莫急。你哪年修屋，我工钱都不要，饭都不要你屋供！”有慧嘿嘿地笑，说：“等我修屋，等到胡子白！我是没本事了，只看强坨长大了有本事不。”

雨越落越猛了，看样子歇不住。有余递过烟袋，叫有慧卷喇叭筒。抽烟的时候，有余望望对面田垄，雨水漫过田坎，满眼尽是小瀑布。千工坝的水也漫出来了，流成几个更大的瀑布。山上必定也有水流下来，只是叫枞树挡住了，又罩着很浓的雾，看不见。有余想，漫水这地名，就是这么来的吗？

七

樟木动了刀斧，香气散得老远。慧娘娘夜里睡在床上，仿佛都听得见樟木香。漫水人割老屋，没有哪个用过樟木，人家都羡慕得不得了。过去财主人家用楠木和梓木，那也只是听说，没有哪个见过。余公公用樟木割老屋，抵得过去的财主了。

慧娘娘看见余公公下了两副老屋的料，问：“余哥，怎么是两副呢？”余公公削着樟木皮，不停手，只说：“你把眼睛看，不就晓得了？”慧娘娘早就猜到了，只是不好开口。自己养着儿子，却让人家割老屋，不是件有面子的事。儿子面上也没有光。话既然点破了，她就说：“余哥，钱我还是要强坨出。他爹睡了你的老屋，你又帮我割老屋，我哪受得起！两副老木料，钱都要强坨出。”有余就笑了，说：“老弟母，我们四个老的活着在一起，到那边去了还要在一起的，你就莫分你我了。”

强坨也晓得了，心上过意不去。做儿子的，爹娘老屋都不割，大不孝。爹睡了余伯爷的老屋，强坨也说要出钱的，好多年了都还是一句话。他修新屋亏了账，这几年手头紧。强坨有点儿见不得人，每日大早就跑到余公公家去，想帮着做点事情。木匠的事都是他帮不上手的，余公公晓得他的心思，就故意喊他搬进搬出的。强坨说：“余伯爷，功夫出在您老手上，料钱我是要出的。”余公公说：“料钱你娘出了，你把钱给你娘吧。”

慧娘娘事后问余公公：“余哥，我哪里给你钱了？你怎么告诉强坨，讲我出了钱呢?”余公公说:“强坨是个孝儿,他也是要面子的。他刚修新屋,莫逼他。”

不光强坨要面子,慧娘娘也要面子。割老屋的话讲穿了,她面子就没地方放。那老的走得忙,没来得及预备老木,睡了余哥的,还说得过去。晃眼这么多年,借人家的老木没还上,又要人家割老木,橙皮狗脸不算人了!慧娘娘不论在屋里哪个角落,都听见樟木香。她的鼻孔好,耳朵好,只是眼睛有些花。樟木的香气叫她坐立不安,嘭嗵嘭嗵的刀斧声就像敲在她的背上。不去陪余公公讲话,她过意不去。要去,心上又不自在。她一世都是余公公照顾着,死了还欠他的!慧娘娘闭眼一想,自已从没替余公公做过半点事。往年她当赤脚医生,余公公壮得像一头牛,喷嚏都没听他打一声。漫水四十岁以上的人,都吃过她捡的药,都叫她打过针。只有余公公,她连脉都没给他把过一回。

慧娘娘每日早起,先在屋后井边浆洗,再去做早饭吃。她早想喊余公公不要再开火,两个老的一起吃算了。话总讲不出口,一直放在心上。慧娘娘吃过早饭,没事又到屋后磨蹭。她鼻孔里尽是樟木香。往年她每日背着樟木药箱,每日听着樟木香味。别人的药箱都是人造革的,慧娘娘不喜欢听那股怪味道。有个省里来的专家,看见了慧娘娘的药箱,打开看了看,问:“用樟木做药箱,很科学!天然樟脑,可以杀菌,防虫。谁做的?”慧娘娘只是笑,脸红到了脖子上。

余公公手脚比原先慢了,嘭嗵嘭嗵忙了半个月,终于割好两副老屋。慧娘娘在井边再听不见蛐蛐叫了,她想:真是余哥说的,人老一年,虫老一日。两副白木放在余公公屋檐下,只等着上漆了。慧娘娘从屋里出来,往余公公地场坪去。她走路双脚硬硬的,双手没地方放。很像年轻时走在街上,晓得很多年轻男人望着她。余公公拿砂纸把两副白木打得光光的,老屋两头可看见樟木的年轮。两副老屋一大一小,就像人分男女,鸟分公母。慧娘娘突然觉得那不是两副老屋,而是躺着的两个人,一个男的,一个女的。她心上就有说不出的味道,不好意思再往前走。

余公公怕慧娘娘哪里不舒服了,老远就喊:“老弟母,你没事吧?”

慧娘娘眼皮都不好抬起来,说:“没有事,没有事。”

慧娘娘走近了，余公公就摸着老木，说：“要是楠木，漆都不要漆了。”

慧娘娘晓得余公公的心思，就是要她夸夸手艺。她从头到尾摸着老屋，光得就像打了滑石粉。当年做赤脚医生，用过那种奶白色橡胶手套，上面就是打了滑石粉的。那个卫生箱还在她床底下，白色油漆早变成黄色的了。慧娘娘把两副老屋都摸了，说：“余哥的手艺世上找不出第二个。我过去那个卫生箱，背到县里开会最有面子。别人都喜欢打开看看。一打开，就是一股樟木香。有个省里的专家说，用樟木做药箱，很科学。”

余公公就开玩笑，说：“老弟母，这话你讲过三百遍了！你喜欢，我再给你做个卫生箱，你背到那边去，还给人家打针，还给人家接生。我有一偏厦屋的樟木料，原先预备着给旺坨、发坨和巧儿做家具的，都用不上了。”

慧娘娘笑得像个小女孩，说：“我们这边变了，那边只怕也变了。不再要赤脚医生，也不再要接生婆。余哥，你说我讲冗话，你不也讲？一偏厦屋的樟木料，你也讲过三百遍了。”

今天开始做漆工，头道功夫是刮底子灰。慧娘娘问：“打得这么光了，还要刮底子灰？”

余公公说：“哪道工都不能省。刮过底子灰，还要拿砂纸打光。”

慧娘娘坐在旁边晒日头，说：“人一世，好像做梦，晃眼就过去了。我这几日老想起那个小刘。那个女人家是个善人，叫人家欺负了，还说她男女关系。”

余公公说：“我老想起她男人家。他也是个善人，就是有些傻。上面说什么，他就听什么，不是傻吗？天气老是变，能相信天吗？”

慧娘娘说：“记得那年吗，绿干部又来漫水蹲点。队长开会回来，隆夜传达。会没开始，绿干部坐在那里就打瞌睡。那么多人，那么吵，他也睡得着。队长说，金不如锡，哪个相信？金子跟锡哪个贵，我们不晓得？”

余公公想了想，说：“我记起来了。绿干部那是最后一次蹲点，后来再也没有来过。”

慧娘娘说："后来再也没有干部到漫水蹲点了。绿干部在漫水蹲了一世的点，蹲得自己都不想蹲了。那年，旺坨和发坨高中都毕业了，巧儿和强坨还在读高中。旺坨和发坨都在会上，听说金不如锡，他两兄弟就笑了。"

余公公说："你一讲，我全想起来了。绿干部醒了，不晓得出了什么事。队长告诉绿干部，说，我讲金子不如锡子，这是屁话，旺坨和发坨就笑！"

"是的，是的！"慧娘娘说，"绿干部不生气，也不笑，又闭着眼睛。旺坨说，不是金不如锡，是今不如昔。旺坨边说，发坨就拿土坨在墙上写了四个字，抢着说，今，讲的是现在；昔，讲的是过去。今不如昔，就是现在不如过去。"

刮完了底子灰，第二日才可打砂纸。余公公和慧娘娘就坐在地场坪晒日头。村子不像往日热闹，青壮年都出远门挣活钱，老人守在屋里打瞌睡，小伢儿都在学校里。偶尔听得鸡叫，就晓得是什么时辰了。

慧娘娘突然想起余公公的笛子，问："余哥，你的笛子还在吗？好多年不听你吹笛子了。"

余公公笑笑，说："你不说，我也忘记了。好多年了，不晓得还会吹吗？"

余公公进屋去，半天才把笛子找了出来，说："我记性越来越差了，笛子放在箱子底下，我硬记成柜子里了。"

"吹什么呢？"余公公抬头想了想，就呜呜吹了起来。他不再像年轻时由着性子吹，吹的是电视里常听到的曲子。可他吹着吹着，就会从这个曲子吹到那个曲子去，吹到最后自己就笑了起来。慧娘娘也听出名堂来了，嘴上却说："吹得好，你老了气势还这么长，你要千岁不老。"

慧娘娘早替余公公做好了寿衣寿被，一直想着哪天方便时拿出来。等到余公公替她割了老屋，她就拿不出手了。两套寿衣寿被，抵不上两副老屋。慧娘娘想了半日，说："余哥，你的寿衣寿被，我去年就做好了。想等你八十岁生日，送你做贺礼。"

余公公嘿嘿一笑，说："我就晓得你要做的。拿来，我想看看。"

慧娘娘进屋去，取了两人的寿衣寿被，说："你的，我的。"

余公公接过自己的寿衣寿被，一双寿鞋从包里滚出来，就问：“老弟母，你哪里晓得我的鞋码子？”

慧娘娘说：“我帮你纳过鞋底，鞋样一直压在我床板底下。你和我那老的、旺坨、发坨、强坨、巧儿，几个人的鞋，都是我跟嫂嫂打伙做的。”

余公公就笑，说：“我只管穿，我哪里晓得！”

黑狗突然叫了起来，余公公忙看看屋前，是不是来了生人。没有看见生人。黄狗早窜到地场坪了，脑袋昂得高高的。黄狗也没看见生人。

余公公就骂黑狗：“黄天白日，见鬼了？”

余公公随意的话，却叫慧娘娘不安起来。漫水人相信，阴人来到阳间，人看不见，狗看得见。阴人晚上会出来，听见公鸡叫就飘然上山。夜里，狗若冲着门外叫，又不见门外有人，狗的主人就会害怕，私下检点自己做错什么事了。白日里见鬼，就更是不好的事。

慧娘娘抱了自己的寿衣寿被，回到屋里去。她点了三支香，插在神龛前的香炉里，作了三个揖，说：“老的，你要保佑余哥。你伸脚就去了，你到好地方，留我在世上。不是余哥，我老屋都没有睡的。你也要保佑强坨，不是儿不孝，他只有这个力量。他年纪轻轻，阿娘跟人家去了，他养一双儿女，不容易。”

慧娘娘祭完了男人，回头吓得双手打战。原来余公公站在门口，不声不响望着她。余公公晓得慧娘娘吓着了，就笑道：“老弟母，你年轻时不信迷信的，怎么越老越信了？你替那么多人妆尸，人家说怕鬼，你说你不怕。”

慧娘娘摸摸胸前，又反手捶捶腰背，说：“余哥你愒得我心跳到喉咙里了！我是不怕鬼！我替人妆尸，那是行善。我活到如今无病无灾，都搭帮过去了的人在保佑。我要我老的保佑你，保佑我。他是个善人，在阎王老儿面前说话算数。”

这几日落雨，砖厂做不了事。强坨不去上工，守在余公公家打下手。老木开始上漆，慧娘娘说：“不得信就落雨了！再多晴几日就好了。”

余公公笑得很得意，说：“老弟母，你这就是外行了！老木上漆，落雨还好些！天晴有灰，漆就怕灰。落雨天只是干得慢些，没有灰。干得慢不怕，反正慢工出细活。你的福气好，老天才照顾！”

慧娘娘听了，忙说：“哪是我的福气？我是享余哥的福！”

老木漆过三遍，天上还在落雨。余公公说：“我上了天，要朝玉皇老儿叩九个头！他老人家太照顾我了！”天空飘着细雨，青黑中似乎映着黄色的光。余公公望着天上，似乎他真看见玉皇老儿了。漫水人对于死后的光景，想象得有些逻辑模糊。有说死后见玉皇老儿的，有说死后见阎王老儿的。似乎天上和地下原是连在一起，玉皇老儿和阎王老儿是隔壁邻舍。

余公公在老屋两头画了松柏仙鹤之类，又在两侧画上福禄寿喜和暗八仙。画到何仙姑的荷花，余公公想起强坨跑掉了的阿娘，问：“你阿娘走了好多年了？”

强坨说：“八年了。”

余公公问：“晓得她在哪里吗？”

强坨说：“哪个晓得！”

“你访过吗？”余公公问。

强坨说：“她心野了，访她做什么呢？不要我也就算了，儿女也不要了？”

慧娘娘说：“强坨，莫怪人家，只怪自己过去穷。她有心出去，就保佑她遇好人，过好日子。”

“前几年听说在浙江，又生了两个儿女。”强坨那语气，像说别人家的事。

余公公说：“儿女都这么大了，你新屋也修好了。我说，哪日她有心回来，你还得让她进门。”

慧娘娘也说：“我常日劝强坨，人家走了不要怨，她有心回来就让她回来。吵啊，闹啊，爱啊，恨啊，都是年轻时候的事。老来一想，跟哪个不是过一世？”

强坨说：“我是这样想的，人家是这样想的吗？人家说不定在享清福哩！”

“人家享福，那是她的好事！退万步讲，她也是你儿女的娘，就让她享福去。”慧娘娘不想再说这事了，就问余公公，“余哥，你不声不响，漆啊，金粉啊，都预备着。老话讲得好，吃不穷，用不穷，盘算不到一世穷。你家日子从来过得比人家好，就是你会盘算。”

余公公说：“你不也是不声不响，就把我的寿衣寿被做好了吗？”

老屋里面要漆红的。余公公调好红漆，说：“老弟母，人家用的是红洋漆，我用的是朱砂漆。如今朱砂不好找，有钱都买不到。你不晓得，我这朱砂藏了六十多年了！”慧娘娘听得满心欢喜。

老屋漆好之后，放置在余公公的偏厦屋。四对木马架起四根柱子，两副老屋并排放在架子上，拿棕垫严严实实盖着。余公公说：“樟木有香味，老鼠是最喜欢咬的。”强坨听了这话，飞快上山砍猫儿刺去了。

八

慧娘娘受了寒，病了。自己捡了药，睡在床上不想动。清早，听伢儿在外头喊：“二十五，推豆腐；二十六，熏腊肉；二十七，献雄鸡；二十八，打糍粑；二十九，样样有；三十夜，炮仗射！”

快过年了。慧娘娘躺在床上不动，难免就会想些烦躁事。强坨阿娘走了八年，半点音信都没有。听人说她在浙江嫁了人，又生了儿女。那只是听说。这边的儿女就不要了？孙儿孙女在南方打工，晓得他俩过得怎样？说是要回来过年的，又打电话说买不到火车票，不回来了。真买不到票，还是没赚到钱？

腊月间，漫水天天听得杀猪叫。村里只有两三个屠夫，忙得双脚不沾灰。哪家杀了猪，必要拿新鲜猪血、肠油、里脊肉做汤，叫作血汤肉。讲客气的人家，会请亲戚朋友喝血汤。余公公有面子，村里人杀了猪，都会上门来请。余公公总是说：“你请慧娘娘，她去我就去。”人家就说：“慧娘娘病没好，不肯出门。”余公公就说：“大家多请几次，她的病就会好的。”果然，慧娘娘的病就好起来了。余公公去别人家喝血汤，总会说：“只有你请我的，没有我请你的，我这老脸没地方放！”余公公好多年没养猪了，年底就买百把斤肉，熏得蜡黄的等儿女们回来。可儿女们难得回漫水过个年。他家的腊肉就老吃不完，每年过了立夏节，就把腊肉送人。请他喝血汤的人家，都是吃过他腊肉的人家。漫水人的礼尚往来，心里都是有数的。

早早就有人家上门来请："余公公，你一个人难得弄，年就在我家过吧。"余公公总是一句话："年还是在自家过。俗话说，叫花子都有个年。"强坨来请，余公公就改了口。强坨说："余伯爷，老娘说，我两家一起过年算了。"余公公问："你娘的主意，还是你的主意？"强坨从没这么灵泛过，居然问道："是我娘的主意又如何呢？是我的主意又如何呢？"余公公笑道："你娘的主意，我乐意去。我同你爹娘做了一世兄弟，就是一屋人。你的主意，我也乐意去，算是你有孝心。我一世待你，不比旺坨、发坨差。"强坨就说："伯爷，是我和娘两个人的主意！"余公公就答应了，又说："给我做道菜。"强坨问："什么菜？"余公公说："你娘喜欢吃枞菌，做道枞菌炒腊肉。"强坨笑得颤，说："余伯爷，寒冬腊月，哪里来的枞菌？"余公公笑道："我说有，就有！"余公公起身，从里屋提了个袋子出来，说："我备了干枞菌，专门留着过年的，你拿去泡了。你先不告诉娘，等泡香了，看她还听得到枞菌香不。"

年三十是个大晴天，日头晒得屋前屋后的橘树叶闪闪发亮。漫水人的年饭弄得早，中午边上就听得家家腊肉香了。余公公的黑狗，慧娘娘的黄狗，叫日头一晒，叫腊肉一熏，变得无比慵懒，长长地打着哈欠。

慧娘娘说："余哥，今天我不动手，你也不动手，信强坨弄去。弄得再好，就是龙肉，你我也只吃得那多了。"

余公公就信慧娘娘的，两个老人坐在地场坪晒日头。闲坐没事，余公公就吹笛子。他新学了几首曲子，不再串来串去了。慧娘娘听得享受，脚在地上轻轻地点着。黑狗和黄狗趴在地上，好像也在听笛子。

若依漫水风俗，过年必要炖财头肉。猪头熏得蜡黄，年三十炖着吃，叫作吃财头肉。财头煮好之后，先拿供盘托着敬家神。所谓家神，就是逝去的先人。虔诚的人家还会扛着供盘上山，依着先人的辈分挨个儿上坟。不太讲究的，就在中堂屋摆上供桌，燃上香蜡纸钱，望山遥祭。

余公公和慧娘娘年纪都大了，不再上山敬家神。强坨是要煮财头肉的，余公公不让他煮，说："两个老的，一个少的，吃不完。你只选一块好猪腿肉煮了，一样的过年。"强坨煮好了猪腿肉，过来说："老娘，余伯爷，烧年纸了。”慧娘娘说：“一副祭肉，余伯爷屋先烧年纸。”强坨听了，端着供盘就往余公公屋去。余公公喊住强坨，说：“莫烦琐了！你屋和我屋，一个祖宗的。就放在你屋中堂烧，我来作个揖就是了。”慧娘娘忙说：“端到余伯爷屋里去，我娘儿俩去余伯爷屋里作揖。”

敬过家神回来，慧娘娘突然站住，说：“余哥，你说怪不怪？我怎么听到枞菌香呢？我怕是有毛病了！”

强坨望望余公公，笑了起来。余公公也望着强坨笑，说：“你娘是个老怪物，鼻孔还这么尖！我是鼻孔不行了，香臭都听不见。”

慧娘娘问：“真是枞菌呀？寒冬腊月哪来枞菌呢？”

余公公笑着不作声，强坨说：“余伯爷晓得你喜欢吃枞菌，专门干了留着过年。刚泡开，我看了，乌的，下半年的枞菌！”

漫水山上每年长两届枞菌，阴历四五月间长红枞菌，九十月间长乌枞菌。乌枞菌比红枞菌更好吃。慧娘娘笑出了眼泪水，说：“你余伯爷像土地公公，哪里长什么只有他清楚。年轻时，我们都上山捡枞菌，哪个都捡不赢他。”

吃团年饭时，日头还在西边山上。余公公拿来一瓶茅台，说：“强坨，再好的酒，我都不敢喝了。你喝老酒，我和你娘喝糟酒酿。”两条狗站在门口，偏着脑袋望着。余公公说：“哦，忘记它们俩了！”强坨就去取了狗钵子，往钵子里放了饭和肉。黑狗和黄狗虽是母子，平日吃食是要打架的。今日它俩好像晓得是过年了，也相安无事地吃着团年饭。

正月初一，余公公早早地醒来，细心听外面的鸟叫。他听到喜鹊叫，心上就宽了。今年是个好年成。他怕听到麻雀叫，麻雀叫就是灾年。起了床，推开门，就望见慧娘娘在她自家门口，朝他拱手作揖：“余老大，拜年拜年！你早上听到什么鸟叫？”余公公说：“喜鹊叫，风调雨顺！”慧娘娘笑眯眯的，说：“我也听到喜鹊叫了，大丰年。今年要是还落场雪，那就圆满了。”

余公公刚吃过早饭，他儿女的朋友上门来拜年。昨天夜里，儿女们都打了电话拜年，又告诉老爹哪个会到屋里来。他们都是儿女们的朋友，一年只见一次面，余公公记不住。那些年轻人也有糊涂的，记不清余娘娘早已过世，会把慧娘娘误作余娘娘，往她手里塞红包。慧娘娘丢了红包，忙往自家屋里跑。正月初那几日，慧娘娘听见汽车喇叭叫，就赶忙从余公公屋出去。村里人不晓得来的是什么人，只暗暗数着上门的小车，十分羡慕地议论：“来了十几辆车，比去年还多！”

正月初三，余公公醒来，看见窗户纸亮晃晃的。心上想，未必落雪了？起床推门一看，果然是落雪了。地上厚厚地铺了一层雪，天上的雪还是棉絮样地飞。他出门就喊慧娘娘：“老弟母，你是神仙啊！”慧娘娘听见了，站在门口说：“余哥吃早饭了吗？没吃就莫自己弄了，到我屋来吃算了。”余公公爽快地答应了，说：“我洗了脸就来。”

漫水正月初三开始舞龙灯，叫作出灯。今天落了雪，男女老少都莫名地兴奋。舞龙灯的人格外起劲，说话都高声大气。他们白天要先试试锣鼓，敲得家家户户门窗发颤。伢儿们踩高脚，放炮仗，满村子疯。女儿家踢毽子，小辫子在后脑壳上一跳一跳的。村里都是同宗，祖上分五房发脉。龙灯必定从大房舞起，依次二房、三房、四房、满房。千百年的规矩，从来没有变过。先舞过自己村里，再舞到外村去。可以外村来请，也可以自己下帖子去。不论外村来请，还是下帖子去，礼数都极是周到。外村会有头人挨户报信，晚上家家都得留人。龙灯来时，全村热闹喧天。过去接龙灯，只需打发糍粑，如今需奉上红包礼金。也都不太过分，只是图个吉庆。家有喜事的，龙灯会在你地场坪多闹几下，多打发几个礼钱就是了。

龙灯越舞得远，村子的名声越大，村里人越有面子。余公公年轻时是村里舞龙灯的头人，远近十乡八里都会来漫水接龙灯。过了六十岁，余公公不再舞龙灯了。他说：“人都要老的，不要讨人嫌。年轻人本事大，龙灯会舞得更好。”余公公看龙灯的兴趣却不减，村里舞龙灯他会跟着看，十三收灯他会去河边送。

正月十三，晃眼就到了。雪早融得干干净净，天也晴了好几日，地上很干爽。龙灯舞得再远，正月十三必要回到村里。吃晚饭时，余公公问慧娘娘：“去蛤蟆潭收灯，你去吗？”慧娘娘说：“我夜里眼睛不好，身上也不太自在，不去。你也莫去，路不好走。”

余公公嘿嘿笑着，夜里仍是去了。正月十三更有趣俗，即是家家户户的菜园子，你都可以去偷他的菜吃。遭偷的人家绝不会叫骂。小伢儿喜欢这个游戏，偷人家的白菜、萝卜煮糍粑吃。小伢儿在地里偷菜，大人们在河边送龙。村里人敲锣打鼓，把龙灯送到蛤蟆潭边。点上香，烧上纸，放起炮仗，一把火把龙灯点燃。众人齐声高喊："好的！好的！好的！"火光冲天，龙入东海了。望着最后一串火苗熄灭，总会有人说："唉，又要等明年了！"

回村的路上，年轻人也有童心未改的，就顺路偷菜去了。路上的人越来越少，有人过来问："余公公，看得见吗？"余公公说："看得见，你莫管我。今夜月亮好，地上尽是银子。"余公公故意落在后面，耳旁慢慢就清静了。耳旁越清静，地上越明亮。慧娘娘鼻孔、耳朵都好，就是眼睛有些花。余公公眼睛、耳朵都好，就是鼻孔听不清味道了。小气的怕人家夜里偷菜，白天会往菜地泼大粪。今晚清冷澄明的夜气中，必弥散着一股臭味。余公公心想，鼻子不行了也有好处，只看得见月光，听不见臭气。

强坨在半路上接了余公公，说："老娘打发我到你屋里看了几次，怕你出事了。"余公公笑道："我哪那么容易出事？你娘就爱操心！"回到屋门口，两条狗蹿得老高。慧娘娘站在自家门口，说："我听得狗都叫清寂了，晓得人都回来了，你还没有回来。我怕你是偷菜去了哩！"余公公哈哈笑了起来，说："我还偷得菜，那就好了。"

余公公进屋，门咿呀关上了。整个漫水村，只有余公公屋的门咿呀响，别人屋的门都没有咿呀声了。余公公洗了把脸，上床睡下。想起从前，鸡叫三遍过后，家家户户的门就咿呀地响起来。心细的人听得出哪个屋里的门先响，那是户勤快人家。又想栀子花、茉莉花的气味慧娘娘不爱听，明年剁掉算了。多栽些樱花和石榴，好看。石榴多子，吉祥。又想起屋后的龙头杠，明天得抹抹灰了。

第二天一早，余公公不忙着做早饭吃，想先去屋后抹龙头杠。他才走到屋东头，就望见棕蓑衣掉在地上。心想昨夜没刮大风呀？未必是小伢儿顽皮？走到屋后一看，余公公双眼发黑。

龙头杠不见了！

两个空空的木马，棕蓑衣丢得乱七八糟。余公公瘫软在地上，耳朵里嗡嗡地叫。地上很凉，余公公全身发寒，慢慢爬了起来。他使劲敲着慧娘娘的门，喊道："老弟母，快开门。"慧娘娘开了门，吓得眼睛睁得箩筐大，问："余哥，出什么事了？"余公公眼泪猛地滚了出来，说："不得了，不得了，龙头杠不见了！"慧娘娘脸色傻了，一屁股坐在地上。

慧娘娘气都出不了，拿手摸着胸脯，也哭了起来，说："强坨，肯定是强坨！"余公公说："怎么就说是强坨呢？他有这么大的胆子？败掉村里的龙头杠，剥皮抽筋都不能叫村里人顺气！我的老天！我怎么向村里人交代！"

没多时，余公公家地场坪就立满了人。有人说："肯定不是生人，是生人，黑狗要叫，黄狗要咬人！"

强坨就跳脚骂娘，赌咒发誓："我再不是人，敢偷龙头杠？又不是放在我屋了，我不害了余伯爷？"

"肯定是下半夜的事，上半夜外面还有人偷菜，抬龙头杠出去必定有人看见。"

"未必！我好像看见有影子！"

"那你是猪？不晓得喊，只晓得偷菜？"

"他讲鬼话！十三大月亮，哪里只看见影子？"

一地场坪的人，没有哪个说余公公。余公公自己老脸没地方放，低头坐在门槛上。大家说不出个所以然，就各自散去。余公公就说："东西是在我屋偷的，我赔。我赔不起楠木的，我赔个樟木的。"没有人回头搭理余公公，他对着大家的背影说话。

余公公一气，倒床不起了。慧娘娘上年腊月起身子就不好，这回也病了。强坨又要上砖厂做事，又要照顾两个老人，起早摸黑两头跑。余公公说："你只照顾你娘，我睡几日就好了。"

余公公睡了几日，身上硬朗些了。他出门碰到强坨，问："你娘好些吗？"

强坨说："娘不肯吃东西，不想落床。"

"不吃东西，哪有劲落床？"

强坨说："我每日在床前劝，她只是摇手。"

余公公自己也不想吃饭，胸口有个东西塞得紧紧的。又过了几日，仍不看见慧娘娘出门。余公公喊强坨：“我去看看你娘。”

余公公在慧娘娘床前坐下，说：“老弟母，人是铁，饭是钢。你胃口再怎么不好，霸蛮米汤都要喝几口。龙头杠，你莫着急。我会雕，我雕出来的不会比祖上的差。我再歇几日，手上稍微有劲了，我就去雕。”

慧娘娘不出声，手不抬，头也不摇。余公公又喊：“老弟母，你莫怪强坨。他说不是他，肯定就不是他。我相信，他没有这个胆。”

喊了半日，余公公感觉不对数，拿手摸摸慧娘娘的额头，再摸摸她的鼻孔。“老弟母，你莫惕我啊！”余公公“呼”地站起来，反手朝强坨扇了一耳光过去，“你娘都冰冷了，你这个畜生！”

强坨忙伏到娘身上去听听，哇哇大哭起来。余公公身子摇晃着，又坐下来，喊着：“老弟母啊，你话都没有一句，就去了啊！”余公公喊了几声，回头朝强坨喊道：“你哭个死！快去烧落气纸！”

听到强坨哭号着烧落气纸，村里人都赶了过来。害怕的就站在地场坪，理事的就进屋去了。进来的都是年长女人，只问哪个时辰走的。没有哪个晓得。余公公说：“拜托你们，快快烧水。慧娘娘一世替人家妆尸，村里如今还有人会妆尸吗？”有人开始编排，你做哪样，他做哪样，就是没人会妆尸。

余公公没听见人答话，就说：“你们怕鬼，怕脏。我不怕。你们慧娘娘一世善人，她上去以后不是鬼，是仙。她一世干干净净，不脏。你们烧水，我给慧娘娘洗澡。水要热，要洗得她舒服。”余公公吩咐完了，又说：“预备烧碱水，慧娘娘一世只用烧碱水洗头。”

木澡盆里倒好了热水，余公公把慧娘娘抱进去。余公公说：“老弟母，你身上还流软的，哪像过去了的人？你是惕我吧？你是要走，你就放心去，慧老弟在那边等你。你要是不想走，你就说句话。你哪像要走的人？看你还是个笑样子，你是闷着一口气，故意逗我们的吧？

“老弟母，你是个好人，你是个善人，你到那边去说话算数。你要保佑强坨，他是个孝儿。你要保佑漫水的人，他们都来送你来了。”

听余公公这么说，屋里帮忙的人都哭起来。余公公眼泪也止不住，说：“老弟母，你是个苦命人啊！是人都有娘屋，你没有；是人都有外婆，强坨没有。不是碰到慧老弟，晓得你要落到哪里啊！”

有人就说：“慧娘娘有福气哩！老了，事事有余公公照顾，有余公公割樟木老屋，还让余公公妆尸。哪个老了有这个福气！”

有女人说：“你看慧娘娘，干干净净的！你看她肉皮，又白又细，哪像个老人！”

热腾腾的烧碱水端来了，余公公说：“老弟母，给你洗头啊！你洗了一世烧碱水，头发乌青的，水亮的。”

洗完了头，余公公又说：“来点茶油。”余公公在手心点了点茶油，双手抹匀了，轻轻地揉着慧娘娘的头发。余公公不会梳头，请女人帮慧娘娘梳了个光溜溜的发髻。慧娘娘仍用那个白亮亮的银簪子，别在乌黑的发髻上。

梳洗完了，余公公给慧娘娘穿寿衣，说：“老弟母，你抬手，寿衣是你自己做的，很漂亮。你伸伸脚，给你穿裤子。你的鞋也好看，绣着龙凤。”

熟悉礼数的女人已端着盘子候着，盘子里放着茶杯，茶杯里放着米和茶叶。老了的人嘴里含着米和茶叶去阴间，旧时还会含碎银子。如今银子不好找，有省掉的，也有含硬币的。余公公把米和茶叶放进慧娘娘嘴里，又从口袋里掏出一个细细的银链子，放进慧娘娘嘴里含着，说：“老弟母，银链子是巧儿的，你带去吧。”

老屋早已安放在中堂，慧娘娘穿戴好了，抬进去躺着。老屋睡了人，就喊灵棺了。灵棺四壁是红红的朱砂漆，寿被面子也是红的，映得慧娘娘脸如桃花。余公公伏在灵棺头上看着，心上说：“脸红得这么好看，哪像去了的人？”眼泪就吧嗒吧嗒，滴在慧娘娘的脸上。

黑狗和黄狗晓得出事了，低声哀号着，在地场坪乱窜。地场坪的人越来越多，两条狗怕碍事，趴在余公公屋檐下。母子俩趴在一起，望着对门的太平垴，黄狗的脑袋耷在黑狗背上。

余公公叫人抬出一根又粗又长的樟木，他要去雕龙头杠。前几日，余公公害病躺在床上，脑子里尽是雕龙头杠的事。老楠木龙头杠他琢磨过千百回了，闭着眼睛都雕得出来。他还数过龙头杠上的龙鳞，一共九十九片。

慧娘娘屋炮仗声声，念经不断。放铁炮的仍是铁炮，他没事蹲在地场坪吸烟，隔会儿又去点几炮。放铁炮别人怕挨边，只有他是个猛子。铁炮也是快六十岁的人了，哪家死人都是他去放铁炮。他同人家扯闲谈：“慧太婆是个大善人。我娘那嘴巴不好，讲过慧太婆好多坏话，我是晓得的。慧太婆不计较，照样给她治病，死了还给她妆尸。慧太婆这样的善人，世上少有！”

丧事越热闹越吉祥，不光要炮火喧天，还要有人哭丧。余公公最担心没人哭，慧娘娘没有女儿，儿媳妇又走了，又没有几门亲戚。强坨是个男人，不会哭丧。没想到哭丧的人还很多，围着慧娘娘哭的都是受过她恩的女人。

余公公就放心了，安心雕着龙头杠。村里老了人，吊丧的，帮忙的，混饭的，看热闹的，都有。很多人围着余公公，看他雕龙头杠。有人看不明白，问：“余公公，龙头杠是个整的，你怎么分三节呢？”余公公懒得回答，只说：“你把眼睛看吧。”心想，脑子不晓得想事！龙头是翘起的，龙尾往左边摆着，哪有那么粗的木头？樟木都难得那么粗，莫说是楠木了。老楠木龙头杠，也是三节对榫的，没哪个细心看。

做佛事道场的是三道士的儿子，名叫金坨。三道士死了，金坨接了他爹的衣钵。金坨自小顽皮，漫水人不怎么信他的法术。只是找不出别的道士，老人了还得请他。金坨念经念得口渴了，就过来看余公公雕龙头杠，说：“余公公，你慢慢雕，时辰依你的。你哪天把龙头杠雕好了，哪天就是好日子。”

余公公拿凿子指着金坨，说：“放你娘的狗屁！你好好给慧娘娘看个日子！这是开得玩笑的事？不信，我阉了你！你选了哪天是好日子，我的龙头杠保证误不了事。”

金坨忙双手作揖求饶，说：“余公公莫生气，我逗你老人家的。日子早看好了，没人告诉你？阴历二十八，正午时入土为安。”

余公公勾勾手指，说：“够了，足够了。”

金坨见余公公不再理他，又敲钵子去了。这时，过来几个女人，说：“余公公，你真是神哩，两天工夫，龙样子就出来了。”

有个女人摸着龙嘴里的珠子转了几下，怎么也弄不明白，问：“余公公，这么大个珠子，怎么放进去的呢？”

余公公说："不是说我神吗？我有法术。"

龙头龙尾都雕好了，对榫结在直杠子上。立时围过来很多人，说："啊呀呀，比老龙头杠还威武！"余公公心想，他们真的说对了。老龙头杠的头虽然也是翘起的，那姿势只是往前冲去。新龙头杠的龙头昂得更高，龙颈好像往上拉得长长的，活灵活现一条腾空而起的飞龙。

割老屋正好还剩了朱砂，余公公调好一碗朱砂漆，把龙头杠漆得红红的。龙嘴里的珠子漆成白色，龙的眼珠黑漆点白。漫水人心上想着的龙正是这个样子。老楠木龙头杠过去就是红色的，隔几年都要漆一遍，只是听说成了文物，才没有再上红漆。

余公公雕好了龙头杠，又把慧娘娘的旧卫生箱拿出来，重新漆白了，画上红十字。有人不晓得，余公公就说："慧娘娘说过，她要把卫生箱带到那边去。"

余公公放卫生箱时，他对慧娘娘说："老弟母，我答应过给你做个新的，我做不了啦。做箱子榫太细，我眼睛不尖了。"

余公公又把笛子放在慧娘娘头边，说："老弟母，你再听不见我吹笛子，我也吹不动了。你带去，陪着你。"

出殡那日，天上挂着日头。丧伕们早早地来了，头上围着白布，脚上穿着草鞋。待丧伕的饭要格外加菜，这是漫水的礼数。余公公过去说："我拜托各位孙侄，你们慧娘娘、慧伯娘说过，她怕吵怕闹，你们好好把她抬上山，莫在路上乱来。强坨很孝顺，你们也不要整他。"

"晓得，晓得！"丧伕们埋头吃饭，嘴上含混着答应。

余公公心上却是明白，他们必定是要整强坨的。强坨平时不会做人，嘴巴说话不过脑子。他待娘心上很好，嘴巴上话难听。人家不晓得的，都当他不孝。

时辰到了，金坨端了一碗酒祭天祭地，又斥退各路野鬼野神，把碗往地上啪地摔碎，只听得"噢"的一声，灵棺就起来了。哭声震天，旁人听着也要落泪。两条狗跳得老高，汪汪地叫。

余公公拄着棍子，追在灵棺背后作揖，哭喊道："老弟母，你好走啊！飞龙拉着你腾云驾雾，你一路莲花上瑶池！"

十几丈白布围着灵棺，强坨和乡亲们圈在白布里面，就像众人拉着老大老大的龙船。黄狗围着灵棺跳上跳下，又像是引路，又像在催人。黑狗跟着余公公，左右不离身。

扶杠的丧伕喊着号子："八抬八拉啊！"

众丧伕齐和："噢！"

"五子登科啊！"

"噢！"

灵棺到了塘边，前后丧伕们开始推棺。前面的往后推，后面的往前送。强坨忙跪到水塘里作揖："拜托叔叔、老弟、侄儿，求你们做桩好事啊，把我娘安心送上山！我有一万个不孝，一万个不好，都做错了！求求你们啊！"阴历二月天气，强坨落到塘里嘴巴就紫了。

余公公也在后面喊道："莫推了，莫推了，出不得事啊！"

推棺再怎么乱来，灵棺不得碰地，落井时辰不得耽搁。余公公喊几声，灵棺又慢慢前行，一路喊着号子，尽是些吉祥的话。

灵棺到了冬水田边，丧伕们又开始推棺。强坨哭喊着，跳到冬水田里，跪在烂泥里作揖："乡庭叔侄啊，你们做桩好事啊！我平日不是人，往后给你们当牛做马都要得啊！"

灵棺抬过田垄，开始往太平垴去。上山的路很陡，空手走路都怕摔着。丧家最担心丧伕们在这条路上推棺，害怕灵棺落地。灵棺行到半山上，前面突然大喊一声，掉转身子就往后面推。后面丧伕们敌不住，飞快地往后退。黑狗和黄狗冲到前面去，咬住扶杠丧伕的裤子往山上拉。强坨吓得魂都没了，爬到灵棺下面趴着，生怕灵棺碰到地上。他嘶哑着声音哀号："求求你们了，你们莫整我了！晓得你们凭什么整我。我承认了，龙头杠是我跟外面人打伙偷的！我保证把龙头杠找回来，你们把我娘安心送上山啊！"

丧伕们不再推棺，抬着灵棺往上去。强坨满身是泥，趴在地上哭，半天没有爬起来。余公公拿棍子打了他的屁股，说："你这个不孝的东西，娘死了还叫你丢脸！"

强坨哭道："余伯爷，我没有办法，我屋欠你两副老木，我哪有钱？"

余公公骂道："你这个傻儿啊！我白疼你几十年！哪个要你还钱？你还趴在地上装死？快去！"

强坨爬起来，哭号着追上娘的灵棺。余公公腿脚酸酸的发软，人落在了灵棺的后面。他抬头望去，山顶飘起了七彩祥云，火红的飞龙驾起慧娘娘，好像慢慢地升上天。笔陡的山路翻上去，那里就是漫水人老了都要去的太平垴。

《文学界·湖南文学》2012年1期

所有路的尽头

弋　舟

突然间黄昏变得明亮
因为此刻正有细雨在落下

——博尔赫斯

一

四十岁生日是邢志平陪我一起过的。我们俩的生日相差无几，几乎可以算作是同一天。这样也可以说成是我陪他过的生日。四十一岁的生日，还是我们俩一起过的。今年我四十二了，邢志平却再也不能和我一起喝杯酒，继续接着往下长。他死了。

接到这个消息后，我独自出了门。天已经黑下来了，空气滞重，有股沉甸甸的分量。遁入夜色，我有种挤进什么里面去的感觉。步行十多分钟，我走进了那家小酒馆。

酒馆的老板以前是位拳击手，不过，这并不妨碍他给自己的酒馆取名叫“咸亨”。他可能是得了什么人的指点。混熟后，有次喝酒的时候我告诉他：不如叫“泰森”。这家小酒馆卖散装的白酒，下酒菜除了驴肉板肠，就只是些花生米、拌黄瓜之类的小菜。酒才是这里的主题。现在兰城这种馆子不少，在我眼里，算是中式的酒吧。我出国十多年了，几年前加入了新西兰国籍，但国内的身份一直还在。这肯定不合法，好在暂时没人追究。我是位画家，以前还做过大学教师，但这几年回到国内，却喜欢和小酒馆老板这样的人结交，个中缘由，连我自己也难以说明。

酒馆老板总是说我看上去一点儿都不像个搞艺术的，上辈子可能也开了家小酒馆。这说法有些宿命的味道，我乐于接受。

进门后酒馆的老板娘朝我点点头。我知道她叫小戴——老板总这么喊她。她并不小了，实际年龄可能比我还大些。但她被叫作“小戴”，却也不显得勉强。她还算是风韵犹存吧。这么说有点儿庸俗，但我没有其他更恰当的说法。

老板坐在老位子上。小酒馆里没有吧台，他有把自己的专座，放在墙角最昏暗的角落里。稀奇的是，这把椅子你永远无法搬动，在装修的时候，它的四条腿就被水泥固定住了。酒馆老板说，这样做，不过是为了给他自己强调出一种“稳固感”，坐在上面，他就会打消出门鬼混的念头。我觉得这个说法挺有意思的。

看到我他显得很高兴，向我摆手说：“先别急着喝酒，我们来喝会儿茶。”

我就手拉了把椅子，到他对面坐下。

我们之间隔着一张松木方凳，上面有电磁炉。炉子上，是一把日式的铁壶——这个黝黑的家伙现在值点儿钱，好像是明治时期的。据说如今中国人已经买光了日本人的老铁壶。

“外面儿还能吸气吗？说是已经启动雾霾红色预警了。”他说。

“不知道。”我说，“天黑了，眼不见心不烦。好像我们是用眼睛呼吸，而不是用鼻子。”

“说得好，对空气这种玩意儿，人其实都是用眼睛来估量的。我还可以靠手感，外面儿这空气，我都不知道是该呼吸，还是该当沙袋练几拳。怎么样，你看起来不大好。”

“你记得我那位朋友吗？就是跟我来喝过几次酒的那位。”

“记得，就他跟你来过。”

“他今天下午死了。”我说。但口气不对。除非死了的这个人真算得上是我的朋友，否则说到他的死，我的口气不可能对。邢志平真的不能算是我的朋友吗？这事儿以前我没琢磨过，现在说到他的死，口气暴露了我的真实感受。但我又的确觉得有点儿不对，实际上此刻我绝非是无动于衷的。“听说是跳楼了。”我说，“我跟他也好久没联系了，正巧今天突然想起点儿事，找别人问他的下落，结果就得到个死讯。”

“真是巧。”他说，“算了，咱们别喝茶了，我陪你喝酒吧。”

我们移坐到一间隔档里。酒馆一共不过六间这样的隔档，敞开式，里面顶多能对坐四个人，是火车车厢那样的格局。此刻没有其他客人。小戴给我们端来了小菜和酒。酒是二两一壶的散装高度酒，我们聊了几个小时，喝了大约有“无数”壶。当然，我喝得多一些。我忘了和对面这位前拳击手究竟说了些什么，但气氛不错，聊的时间长，沉默的时间更长。我肯定说起了邢志平，这毫无疑问，因为他死了，不过是几个小时前的事儿，在我的感觉里，此刻说不定余温尚存。

“为什么？”他问我，“干吗要跳楼？”

“不知道。”我说，“只能是活够了吧，觉得走到头儿了。”

“没错。”他赞同这个答案，“知道我为什么将那把椅子固定住吗？还有个原因，我把它当成个拴马桩了，我让它拴住我。我害怕一旦没了束缚，我也会一头扎到路的尽头去。”

有时候我们会彻夜长谈。我觉得我喜欢这个前拳击手。一望而知，他那张伤痕累累的脸，就让他显得是个有故事的人。我并不热衷别人的故事，也不热衷一张伤痕累累的脸，我只是喜欢有故事的人。我觉得，作为偶尔的聊天对象，这样的人通常都很可靠——彼此之间不用过多的说明，依靠岁月给予的经验，就能达到某种心领神会的默契。在国内的日子，有些夜晚我就是在这儿度过的。打烊之后仍然不肯离去，那时候，所有的灯都熄灭了，就剩下我们头顶的那盏灯在明明灭灭。有的时候，太阳都已经升起，我们还没散，酒馆老板就穿上曾经的拳击短裤，我们沿着黎明的街道默默地跑上几公里。酒后长跑，在他，可能是出于常年养成的习惯，在我，却完全是拼死一搏的心情。那样的时刻，肉体的能量被压榨到了极致，就像一个极限跑，尽头若隐若现，而我，不过是沉溺于这种“尽头”的滋味。

今晚他不在状态，早早趴在了酒桌上。最后两个客人在半夜两点多钟互相搀扶着走了。小戴锁了门，把椅子一张张放到桌子上，方便第二天打扫。然后她过来坐在自己丈夫身边，用他的酒杯和我干了一杯。我依然亢奋，觉得还能喝下“无数”壶酒。

“我的一个朋友死了。”我说。

“我知道，”她说，“你们聊天儿我听到了。”

“我们俩同岁，差不多生日都是在同一天，他陪我过了两个生日。”我几乎是脱口而出了连自己都觉得有些惊讶的话，“他死了，我就觉得跟自己死了差不多。”

这话很矫情，算是酒话。我和邢志平之间，毫无这种生死之谊。但此刻我也并不觉得是在夸大其词。我只是有些吃惊，惊讶于一个人的死，会在这种程度上波及我的情绪。“他是跳楼的吗?”小戴为我斟上酒，“你觉得你也会跳楼吗?”

我还真是认真想了一下，如实说：“不会。”

我是个酒鬼，在最消极的时候动过死念，但跳楼这种方式，似乎不在我的选择之内。

“那你们没有可比性，不要硬和自己联系在一起。你不要给自己这样的暗示。”小戴点起了一支烟。在我眼里，她也是个有故事的人。“可能的话，你该去了解一下他为什么要去死，这样你就知道了，死和死可能并不一样。”她说。

“会不一样吗?”我固执起来，闷头喝下自己的酒，“死都是一样的，不一样的只是死法儿。就好像，路都是不一样的，但所有路的尽头都一样。”

小戴凝眉思考，过了一会儿她认可了我的固执。“好像也是。”她说，“以前我是个唱戏的，戏里所有的角儿，死法儿各不相同，但在台上表演，我从来都用一种方式。”

于是我们干了一杯。

酒壶空了，小戴去灌酒。我隔着窗子看外面的夜色。路灯下的夜晚，像塞满了破旧的棉絮。我手腕上有表，但我懒得看，我根本不想知道现在几点了。我想可能快凌晨四点了。那么此刻，是新西兰的清晨，儿子该去上学了。

“听首歌吧。”小戴拿着酒壶回来，“郝蕾唱的。你听过她唱的歌没?”

“没有。”

“是个演员，不怎么唱歌，这首歌是她主演的电影里的插曲。”

“听听吧。”

“是电影原声，我看片子时候用手机录的。网上有单曲下载，可我还是愿意自己录下来听。”

“这有什么差别?”

“不知道，反正我喜欢这么干。你会喜欢这首歌的。”

“听了才知道吧。”

“可能我是喜欢自己录制出的那种毛毛糙糙的声音吧，听的时候，就能想起当时看片子的感觉，那个时间段，算是我自己的，不像下载的，是公共资源。烟缸呢?”

我们找了找烟缸，刚才它还在桌面上。原来在老板的怀里，他趴在桌上睡觉，不知道什么时候把烟缸划拉进了臂弯里。桌面上有很多烟头烫下的疤痕，酒鬼们喝到最后，从来就不会去找什么烟缸。

“你还喝得下去吗？今天晚上你喝得不少了。”她摸出自己的手机，在上面翻找那首歌。

应该是喝得不少了，但我觉得自己还行。在这里喝酒，我从来不计算斤两，只用自己的酒意来估量，每次结账，都是固定的三百元，这是个衡量我酒意达到饱和度的指标。我觉得这很便宜，用三百块钱就可以获得一个夜晚的安慰。“喝着看吧。”我说。

“我只能再陪你喝一壶了，前面陪其他客人喝了点儿。好了，找到了。”

对我笑吧笑吧
就像你我初次见面
对我说吧说吧
即使誓言明天就变
享用我吧现在
人生如此漂泊不定
想起我吧将来
在你变老的那一年

手机录制的效果不尽如人意，歌手的发音也是含混的风格，节奏很快，里面夹杂着隐约的喘息，不知道是电影的原声还是录制的环境使然。

过去岁月总会过去
有你最后的爱情
过去岁月总会过去
有你最后的温情

“真好听。”小戴说。

所有的光芒都向我涌来
所有的氧气都被我吸光
所有的物体都失去重量
我都快已经走到了所有路的尽头

我给自己斟酒，酒水漫出酒杯。最后总是这样，喝一半洒一半。我把酒杯举在嘴边仰头喝下，又有一半倒在自己的下巴上。

“所有的氧气都被我吸光。外面儿现在就缺氧。这段你能听清吗？——我都快已经走到了所有路的尽头。”小戴给我提词儿。

“你一说我就听清了。”我果然听清了，最后那一句的发声，像一个悠长的叹息，以一个类似“啊——唉”的气声休止。“再放一遍。”我说。

小戴又放了一遍。

她说：“如何？”

我和她干杯，说：“我还想听一遍。”

“想起我吧将来，在你变老的那一年。这句我也喜欢。”

“再放一遍，我慢慢听得懂词儿了。”

于是小戴按下了循环播放的模式。她独自喝下一杯，问我懂不懂她干吗要放这首歌给我听。我只得点点头，我觉得我好像是懂。

“我都快已经走到了所有路的尽头——这就是你那位朋友的问题，他走到头儿了。”

“为什么?”

“所有的氧气都被人吸光了嘛！不过他可能死得并不痛苦，喏，他一定也有过跟谁的初次见面，有过跟谁的最后的温情。”小戴说，“妈的，就是这么回事儿。”

我吃了一惊，不知道是因为她给出的答案，还是因为“妈的”。

“喂，”她说，“如果你困了，就拼张桌子睡，这儿挺暖和的，暖气不错。”

“我想还是回去睡吧。”今天有些特殊，前拳击手先趴下了，还死了个人。我想我不能通宵留在这里了。

“你没问题吧？外面儿现在的空气你得花双倍的力气才能挤回去。”她朝窗外看了看，“像是有群看不见的胖子横在路上。”

“没事儿。我觉得这回天亮的时候，我最好在自己的床上醒来。”

“为什么？这回有什么不同吗？哦，你刚死了位朋友。”

“可能是的。嗯，就是，没错。人有的时候，完全被某些看似无关的事儿决定。你有过这样的时候吗？——突然发抖，原因却只是，也只是：黄昏突然变得明亮，因为正有细雨落下。”我感到了自己的酒意，它突然达到了“三百块”的那个强度。而神奇的是，此刻窗外似乎真的也突然随之一亮。但是，没有细雨落下。我在饱和的酒意中，依然格外清醒地意识到，这个有关明亮与细雨的说法，是邢志平曾经说给我的。邢志平曾经告诉我：当年他去大学报到，第一次出门远行，孤身一人坐在火车的车厢里，向车下送行的父母挥手作别，火车启动的一刹那，昏暗的车厢突然变得明亮，因为车外正有细雨落下。于是随着细雨的降落，随着火车的启动，他开始瑟瑟发抖……他把突然的明亮和突然的细雨，看作是自己突然发抖的原因。“可这能成为突然跳楼的原因吗?”我喃喃地说。“如果真想知道，你就去找一下答案。”小戴说，“不过你真的不会也从楼上跳下去吧？嗯？不会吧?”

“不会。”

“那就好，千万别！觉得难过，就来喝杯酒。喝酒就是有这点儿好处，它能让你觉得路还没到头儿。”

“说得真好。”我由衷地说。我酗酒，这是我如今一切困境的总和。

对此我无法给出一个说得过去的理由，但小戴的这句话，我觉得充分极了，她响亮地给出了一个理由。这就是和有故事的人一起喝一杯的意义所在。

“我再给你灌一壶，再给你装点儿花生吧。不过拎着上路，人家没准会把你当成个送外卖的。”

“不用了，我喝够了。”

“说不定回去你酒瘾又上来了呢。”

“不会，谢谢你。”

我摸出三百块钱递给小戴。走出去的时候似乎真的是迎面和一个隐身胖子撞在了一起。小戴隔着窗子向我摆手。往家走的时候，我脑袋里飘荡着那首歌的旋律和零星的歌词。“我都快已经走到了所有路的尽头。”啊——唉！

我回到家里，并没有直接上床。家里还有半瓶紫轩葡萄酒，我对着瓶子喝了一口，觉得是喝了口糖水。然后我还画了会儿画，最后不知不觉地昏睡过去。

二

醒来的时候，我发现自己躺在房间的地板上，颜料蹭得全身都是。这一刻，是我生命中那些最宁静的时刻。我静静地躺着，心神澄明。渐渐地，意识在恢复。房间渐渐变得明亮。我举目看向窗子。果然，窗外有冬雨正在落下。雨水混浊，但依然将窗玻璃冲刷出了细密的水痕。

我觉得自己现在就是一个对世界毫无概念的儿童。没有恐惧，没有热望。有的，也许只是一点点的好奇。

我躺在这难得的时刻里，脑子里渐渐全是死去的邢志平。这谈不上回忆，没有回忆之时那种应有的情感温度。我只是不自觉地被一些意识填满。

在我们其实并不多的交谈中，邢志平最多对我提及的是他的童年。第一次我们一同过生日时，他对我说，在很多时刻，他都觉得自己是个期望不被世界惊扰的儿童。但不被这个世界惊扰，绝对是个奢望。他说他从小就是个好孩子，比如说考大学这件事，母亲让他报考生物专业，父亲让他报考历史专业，为了讨好他们两个人，邢志平就两个专业一起报，结果却录取到中文系。那一年，周围邻居的孩子们被大学录取的寥寥无几，而邢志平家，却可以像在菜市场买青菜一样地挑拣专业，他的父母根本不用担心自己的儿子是否会落榜。

可能这对父母也认识到他们的儿子真的太令人省心了，如今离家求学，反倒要令人担忧。最后他们决定让儿子只身一人去学校报到。他们的逻辑是：该让邢志平自己去广阔天地中经历风雨了，作为第一次历练，就让从未出过远门的儿子，一个人跨越上千里的路程，走进大学，走进风雨。

父母的决定让邢志平惶恐。他给我回顾了自己的成长经历，说他真是一株温室里的花朵——居然从来没有一个人离家超过三十公里。而且，唯一的那次三十公里的“远行”，还给他留下了灾难性的记忆。十岁那年的暑假，他被送到三十公里以外的外婆家住。外婆的一位邻居，一个中年女人，每次见到邢志平，都会像一只老母鸡似的，张开翅膀，咯咯咯地扑过来，不是在他脸上拧一把，就是在屁股上拍一下。邢志平幼小的心灵对这种骚扰非常憎恶。他天生是一个内向的孩子，排斥开玩笑，更排斥恶作剧，他很羞涩，过分的亲昵比过分的冷淡更能令他不安。那一天，这个母鸡般的女人又一次袭击了邢志平。她用一只粗糙无比的手按住邢志平的肩膀，控制住他，另一只粗糙无比的手闪电般地直插邢志平的短裤，挤进去，在他的小鸡鸡上凶狠地揪了一把。这太令邢志平震惊啦，一颗幼小的心几乎滴下血来。邢志平认为自己蒙受了奇耻大辱，在十岁的年纪上就痛不欲生。于是，他采取了激烈的报复——把鼻子里的鼻涕吸进口腔，充满仇恨地吐出去，飞向那张咯咯大笑着的嘴里。这口鼻涕是儿童所有的勇气，随着它的离去，邢志平一下子丧失了全部斗志。他飞快地跑掉。他需要远离魔鬼的视线。于是邢志平挤上了返城的长途客车，擅自离开了外婆家。三十公里的路，对于一个十岁的儿童意味着什么？一路上邢志平恐惧万分，诸多邪恶的童话和传说在脑袋里此起彼伏，让他对自己的行为后悔莫及。他说他宁愿没有那么豪情万丈地反击过魔鬼，甚至觉得那个女人也没有那么令人厌恶，被她揪了一下小鸡鸡又如何呢？如果可以让一切都像没发生过一样，他甚至宁愿被她再揪一次。一进家门，父亲在惊愕之余，却爆发出了令邢志平终生难忘的愤怒。他满以为回到家里就会得到安慰，就会成为父母的甜心宝贝，就会重新去做回一个无辜的儿童，未曾想到，得到的却是一顿疾风骤雨般的痛打。那个父亲的确是被吓坏了，儿子的自行其是让他后怕不已，他不得不用痛打儿子一顿来舒缓自己的情绪。

邢志平对我说，儿童时代的他做下这样鲁莽的事情，有理由吗？没有。他怎么能够说出理由呢？那是多么令人难以启齿，他该怎么去给父母形容那个女人？怎么去诉说她卑鄙无耻的行径？怎么形容这个世界所能给予人的那种惊扰？他说不出口，只好被痛打一顿。当天夜里邢志平就大病了一场，患上了严重的肺炎，高烧不退，在高烧里噩梦不断。从此，就落下了病根——每当面对重大的心理危机，他心理的负担就会转化为生理的疾患。

如何去大学报到，邢志平只能接受了父母的决定。乖孩子无法违抗父母的安排，只有怀揣一颗惶恐的心，踏上未知的远方。

邢志平说，他永远记得自己孤身一人坐在车厢里，苦着脸，向车下的父母挥手作别的情景。火车启动的一刹那，昏暗的车厢突然间变得明亮。因为黄昏中的车外落下了细雨。随着细雨的降落，随着火车的启动，他开始瑟瑟发抖。他发抖，首先是基于恐惧，然而除了恐惧，还有其他明确的原因。他说他可以感觉到心里面确凿地存在着某样东西，它让他颤抖不已。邢志平不知道那是什么，但这个家伙根深蒂固，不以人的意志为转移。

我听到一种“嗒嗒”的声音。过了很久，我才意识到这是自己在轻微地发抖——我的右胳膊肘压着一支画笔，随着我的颤抖，它一下一下地和地板撞出“嗒嗒”之声。我知道我的颤抖是由于酒后身体的失控，但此刻我也分明地感觉到了，有一个莫须有的家伙，瑟缩在我的体内，和酒精的余威一起，共同使我觳觫不已。看了看时间，已经是下午两点了。我爬起来，脱下身上被油彩搞脏的衣裤，统统扔进垃圾袋里。我依然在发抖。进了卫生间，打开淋浴喷头，咬咬牙，将赤身裸体的自己置身在冷水的冲刷中。很奇怪，被如此严厉地折磨，我却不抖了，只是激烈地打着冷战。这完全只是生理上的反应了。冷水像刀刃切割着皮肤，我紧紧闭上眼睛，体会着那种濒临绝境的“尽头”的滋味。

冲完冷水澡，刮了胡子，我给自己冲了杯咖啡喝下，然后穿起衣服出门。在楼下的银行，我向新西兰转了三万美金。这是我最近卖画的收入。现在应该是新西兰黄昏的时候了。我想打个电话给妻子，但想一想还是算了，好像我此刻浑身散发出的那种宿醉的气息，都能被她从越洋的电话里闻到。我不愿意让她知道我依然酗酒。我回到国内最大的借口就是，我想让她相信，只有在中国，我才有可能戒掉酒。我的妻子是白种人，她不会理解一个中国酒鬼的悲伤。这不能苛求她，她无法分辨一个中国酗酒者与盎格鲁-撒克逊酗酒者之间那种巨大的不同。她的同胞也有这样的麻烦，在新西兰，有专门为酗酒者组织的团体，通过彼此交流，通过专门辅导，甚至通过神父，来帮助这些倒霉的家伙。但这些对我都无效。我试过，曾经成功戒酒一年多的时间，但是，后来又喝上了。没有什么诱因，如果非要说有，那么，就是“突然间黄昏变得明亮，因为此刻正有细雨落下”这样的一些理由。

我知道有个家伙蛰伏在我的身体里，它会在任何这样的“突然”时刻，爬出来，荼毒我的生活。

我进到一家卖砂锅的小餐馆，为自己要了份什锦砂锅，一边吃，一边把电话打给了褚乔。褚乔是我的校友，在国内，是不多几个和我保持着联系的人。昨天就是他告诉了我邢志平的死讯。我在电话里问他在哪儿，方便的话我想去和他见一面。他说在学校。

吃完砂锅我动身去自己的母校。老褚毕业后留校了，现在已经是副校长。

雨停了，但空气像是混了沙子的水泥，更加显得沉甸甸的。出租车司机一边诅咒着，一边拉低自己脑袋上的棒球帽，我不由自主也摸了摸自己的脑袋。但是一无所获，出门时我忘了戴一顶帽子。

我的母校是一所师范大学。如今这里只是研究生院了，本科生都迁到了新的校区，里面早已不复从前，但校门依然是从前的样子。幸亏如此，否则我将很难再给自己找到一些情感上的依据。我对母校有情感吗？不知道，但有个依稀相识的校门，总比没有强。有个老旧的校门，对我一点儿伤害都没有，而钟情与否是另一回事。这个国度如今我都难以辨认了。这个世界，越来越不由分说地将人变成一个寄居者。

老褚的办公室在一栋老楼里。进去的时候他刚送走一位来访者。

“又死一个。”他倒了杯茶给我，“不过是位老先生，刚才就是家属来报丧。这空气，一到冬天就得死很多老人。”

“这些事儿都得你管？”我盯着眼前的老褚，他是学国画的，当年便才华横溢，是学生中的翘楚。我是说，他原本能成为一个杰出的画家。

“做行政了，就是这些鸡毛蒜皮的事儿。”

“邢志平的事你是怎么知道的？”问完我才恍悟，原来老褚还当着校友会的主席。“谁跟你汇报的呢？”

“尚可，你可能不知道这个人，文学院的教授，当年是邢志平的班主任。”

“怎么校友死了也要给你汇报吗？”

“怎么会。”他说，“可能是想让我通知一下大家吧，看看有没有人愿意出席葬礼。”

“葬礼是什么时候？”

“明天。怎么？你要去参加？”他狐疑地看着我，“你们没那么熟吧，他是中文系毕业的，连我都不太熟。”

“不熟。可他生日跟我差不了几天，我们一起过了几个生日。”

“过生日？”老褚眼睛亮了一下，“你们这是唱的哪出？”

“他可能是从同学录上看到了我的生日和联系方式。于是某一天，突然给我打来了电话，约我一同过生日。”

“真有意思，这个人真他妈有意思。”

我点点头表示认可。“昨天给你打电话问他的下落，就是因为我生日又快到了，却没了他的消息。他的手机无人接听。”

“你什么时候打给他的？”

“打给你之前。”

“那当然无人接听了。有人接听才叫吓人。”他说，“你们俩还真是心有灵犀。没准他就是挑了这么个日子去死呢。”

“也许是。可他干吗非要去死？”

“路走到头儿了呗。”他的这句话让我一怔。“没什么好奇怪的，所有自杀的，都是路走到头儿了。当然，各有各的路数，但殊途同归，不管你的来路是什么，归途都是一样。这些年咱们同学中又不是死了一个两个，每年都有几个走到头儿的。”他可能意识到了自己口气的不妥，顿了下，继续说，“不过邢志平这事儿还是让我有些惊讶，我想可能他的确是不堪病痛了。”

“他有病?”

“你不知道吗?我以为你比我更了解他一些呢——毕竟你俩还一起过生日嘛。”他坏笑起来，“我也是偶然知道的。我老婆是个大夫，有一次咱们校友聚会，邢志平摸出张化验单让我老婆看。原来是张‘乙肝’检测单，其他项目都盖着‘阴性’的戳，只有‘表面抗体’一项，被敲上了‘弱阳性’。邢志平就是针对这个‘弱阳性’向我老婆求教的。我老婆很专业地告诉邢志平，没事的，一点问题都没有，放心吧，以前注射过乙肝疫苗吧?这个结果只是说明体内抗体的数量不够了，接着再注射一次疫苗，那样就恢复常态了。”

“就这点儿病?他会为这个去死?”

“当然不是。当时我也不知道他正面临更大的麻烦。这次聚会，邢志平亮出的那张化验单，就是手术前常规检查的一项结果，可能那时候，他已经知道了自己身有重症，可能他接下去，还很想跟大伙说说他的恶疾，但却让我给堵回去了。”

“堵回去了?”

“邢志平这个人我并不熟，读大学的时候大家不是一个专业，只是这些年在类似这种聚会中见过几面，才彼此有了些印象。”他做了个没什么意义的手势。“说实话，我对此人的感觉一般，究其原因，无外乎他看起来比我们大家都要混得好一些。当天他在得到我老婆的点拨后，神色并没有释然。他这个人总是这样子，每次聚会都是一副落落寡合的模样。对此，大家只能这样理解：富人嘛。这样说起来，做一个富人也委实有些难，愉快了不对，忧郁了也不对，反正大家多少都会觉得一个富人不怎么顺眼。基于这种心理，我就认为邢志平不太地道了，喏，我老婆给他的起码算是个好消息吧?就算他是个富人，对于一个好消息也该有所表示吧？笑一下，或者起码把锁着的眉头舒展一下，不过分吧？何况，我老婆在给他解答的时候，的确是称得上热情啦。所以当时我拍了拍邢志平的后背，张口便来了一句，我说，老邢你现在就是个‘弱阳性’男人。”“‘弱阳性’男人？”我重复了一遍这个称谓，眼前浮现出邢志平的样子。的确，记忆中这个毛发柔软、脸色白净的男人，实在是，太“弱阳性”了。

“这句话当然算是个玩笑，一出口，我自己觉得堪称神来之笔。用‘弱阳性’来定义邢志平这个人，实在是很恰当的。”老褚叹了口气，“当时其他人都夸张地笑起来，笑得是有些离谱了，超出了一个玩笑所限定的那种程度。没办法，谁让邢志平看起来比大家都要混得好一些呢？”

“他跟我说过，他从小就是个排斥玩笑和恶作剧的人。”

“是吗？可你看，外面儿现在这空气，里边除了有害颗粒物，大概就是玩笑和恶作剧了，有什么超级仪器的话，肯定能检测出来。除非他不呼吸，否则只能接受。”

“有点儿道理。当时他是什么反应？”

“还好吧。他也笑了。原来他一笑，居然会显得那么温顺。”我觉得老褚不知不觉严肃起来了，神情似乎有些伤感。

我的身后挂着一幅油画，应该是毛焰的作品。这位画家的画风我很喜欢，作品中极端的技巧主义倾向彰显了画家卓越的感受力，我觉得这种家伙，从某种意义上讲，和我、和邢志平都是同类，都是那种会为“天空突然变得明亮”而颤抖不已的家伙。顺着老褚的目光，我回头看了一眼，一看之下，不由得大吃一惊。身后这幅油画中的人物，像极了我们正在谈论的邢志平——毛发柔软，脸色白净，两条宛如鹭鸶一般的长腿，有点儿像个谨慎的吸血鬼。我不自觉将坐姿调整了一下角度，让我显得像是介于某个三人对话的格局里。我难以忍受自己的背后还站着个人。

“我发现，把邢志平放在戏谑的气氛中，他一下子变得比较让人顺眼了。如果我们把一个看起来混得好一些的人调侃一番，我们与这个人相处就会和睦不少。大家都觉得自己的腰杆在邢志平面前硬了一些，贬损了他作为一个富人的优势。”老褚继续说，“但是，在对邢志平实施了这种比喻意义上的暴力后，我突然感到了一阵内疚。邢志平一边温顺地笑着，一边抖动那张化验单，那样子，挺让人不忍心的。”他闭了会儿眼睛，仿佛难以面对我身后的那一位。“但是，我也没办法跟他太亲呢，一来大家并不熟，二来跟一个富人亲昵是要冒舆论风险的。”他说。

我再次回忆邢志平。的确，第一次见到这个人，我也是在校友的聚会上。他出现在大家面前，这个白白净净的商人让大家感到陌生，没人知道是谁邀请了他。后来总算有人想起来了，拉着人小声嘀咕：邢志平，他是邢志平，八九级的，现在牛逼了，是个书商。这样邢志平无形中就成了聚会中的异类。在一群“不牛逼”的人当中，一个“牛逼”的人有什么好果子吃呢？况且，他还是个书商。师范毕业，这帮留在国内的同学，大多是吃书本饭的，饱受出书之苦，如今一个书商混了进来，他们没理由不冷眼相看。邢志平坐在角落里，安静地听着昔日同窗们对时代发牢骚。有时候他也会主动和人交流一下，比如摸出张化验单向老褚的老婆请教。

“这类聚会上有一个重要的内容，就是老同学们扎个堆，互相收集笑话，在要解闷的时候不至于张口结舌。所以大家普遍地言辞轻佻。”老褚像是在自责，“我就是在这样的气氛之中把邢志平说成是一个‘弱阳性’男人的。但是邢志平的温顺让我内疚了。也许对于一个‘牛逼’的人心生恻隐，是一件能令我沾沾自喜的事？谁知道呢。”

“他究竟得了什么病?”

“乳腺癌。”老褚说出了一个令我匪夷所思的病。“吓了一跳吧？我也被吓了一跳。是我老婆告诉我的。后来有一天我老婆回来对我说：你们那个‘弱阳性’同学生病了，就住在我们医院。我想了一阵，才明白我老婆说的是邢志平。我老婆说邢志平刚刚切除了一只乳房。据说，这种手术每实施两万起，才有一起是落在男人头上的。真背，这样的彩票也能被邢志平中上。”

我感到自己又抖起来。我想到了自己曾经的某个手感。我的手，曾经被邢志平拉到他的胸口……

不错，一个男人的胸口，空空如也，还会怎样呢？可我当时极度震惊。现在我知道了原因——原来，那手感是太空空如也了，超过了一个男人胸口的空旷，我觉得，我是直接摸到了荒芜。

“知道了实情，我就不免自责了，捉弄一个身有疾患的人，算个什么事呢？我多少有些不安，都觉着是自己那个‘弱阳性’的比喻诅咒了邢志平。要知道，男人的乳房虽然比起女人来，风险小得多，可一旦发作，恶化的速度和程度都要比女人高得多。我老婆告诉我，倒霉的邢志平住在医院里却并不悲观，起码没有怨天尤人的意思，证据是，邢志平替一名素不相识的农村妇女承担了高昂的手术费用。那个贫穷的妇女，生命就像发生病变的乳房一样岌岌可危。是邢志平拯救了她。后来我买了个花篮去医院看望邢志平，这是我能对他表现出的最大的善意了。”老褚摊开手说，“没办法，我只能做到这一步了。谁能想到，最终他还是没挺过去，干脆在昨天一死了之了。”

“这可能就是他的死因了。”

“也不一定，他出院后还参加过校友的聚会。何况一个男人没了乳房，在我看来也不是什么要命的事儿。谁知道呢，我只是这么猜测。”

“明天你去参加葬礼吗？”我问。

“去吧。本来明天我还有其他事儿，不打算去了。可是跟你这么说了说，我还是决定去送一下吧。”老褚突然感慨道，“我们这代人挺不容易的……”

他说到了“这代人”，突然就赋予了邢志平之死某种普世的况味。我觉得没什么好说的，问了下葬礼的具体地点，起来和他握手告别。出门的时候，他叮嘱我快些送他幅画儿，说我答应他好久了。

三

时间还早，我不知道该怎么打发自己，在路上独自走了一会儿，还是打车回了家。本来我打算画会儿画。画架上的那幅作品已经到了收尾的阶段，我想画到天黑前，没准我能完成它。但是我无法沉浸到绘画中去。我感到有些焦灼，在房间里四下走动。

这套房子是我回国后租下的，一百多平方米，足够安顿下我的一张床和我的画架，搬进去几箱子酒，也不在话下。房子估计有二十多年的历史了，当初那个年代，一百多平方米的房子，绝对算是奢侈。但如今却很是破旧。主要是环境不好，周边的治安、交通都很差，更像是被城市遗弃的一块废地。不是我租不起更好的画室，我的画儿卖得还不错，是这种“废地”的气息，更加符合我归国时的预期。否则我可以去北京或者上海，而不是回到这大县城般的兰城。在房子里转了许久，我终于出门在楼下的小超市里买了瓶酒，半斤装的小糊涂仙。重新上来后，我觉得自己踏实多了。这会儿我并不是特别迫切地需要酒精，但有瓶酒放在手边，就令我安心了不少。我打开了电脑，有几封电子邮件，妻子告诉我已经收到了转去的钱，我的画商催促我早些完成预售出去的作品。我觉得他们就像一对均衡的括弧，完整地括定了我如今活着的价值。

有人敲门，是速递员。我开门接了包裹，是一些画廊寄来的画册。对这些画册我毫无兴趣，倒是包裹上贴着的纸条令我瞩目：亲爱的速递员，您辛苦啦！不是吗？很人性化。

这让我倏忽想起了邢志平。我想，邢志平走进我的世界，就像一件突如其来的速递包裹，本来我对里面的内容并无兴趣，但是他却披着件很人性化的外衣。他在一个黄昏拨通了我的手机，开口便祝我生日快乐。我花了些时间才隐约想起，电话那头的人，是我的一位校友。他说他第二天愿意来和我一同过生日——“提前一下也无妨，我们一起过吧，我只比你小两天。”他说，“你一个人在国内，肯定很寂寞。我们可以一起喝杯酒。”我不能确定自己是否需要有个人来陪着我过生日，当然，我很寂寞，可是，这寂寞还用不着以这种方式来排遣。是他最后那句“喝杯酒”的倡议打动了我。当时我自己正在独饮。那么，干吗不呢？

于是，第二天邢志平便出现了。我们约在那家咸亨酒馆见面。地点当然是我定的，见面之前我不能确定他是否找得到，我想，十有八九，他会被我栖身的这块废地复杂的地理环境搞晕的。这像是在考验他的诚意，也说明对于他的赴约，我并不抱多大期望。孰料他却如期推开了小酒馆的门。那时我已经在里面落座了。他推门进来，在我心里居然唤起了某种久违了的温暖。这可能的确是有些出乎我的意料，也可能的确是我太寂寞了，这种凭空而来的陪伴，一下子打动了我。

我们并不熟，甚至可以说是陌生，但正是因此，和他相对而饮，却令我感到非常舒服。我们之间流动着一种完全透明的熟稔，不用废话，就是一杯浊酒尽余欢，相逢何必曾相识。我想，这可能也是邢志平所需要的状态。那么，他也很寂寞吗？我想是的，这毫无疑问。他的酒量很一般，几杯酒下去，便已经满脸猩红。我让他不必勉强，他也很听劝，举杯郑重地和我碰了最后一下，再次祝我们生日快乐，一饮而尽后，就再也不喝了。他只是热烈地注视着我，仿佛专注的态度也是烈酒，聚精会神，也能让他酣醉。没人会觉得我们这两个中年男人是在一同过生日，那很滑稽，在别人眼里，我们不过是一对儿酒鬼。这很好，也足够了。

我喝着酒，邢志平跟我讲起了他的童年，讲起了他当初离家踏上求学之路时的心情。我在酒意中感到他的叙述似乎能够和我的某些经验重叠。和他一样，我也是个从小内向的人，很羞涩，过分的亲昵比过分的冷淡更能令我不安。他十岁那年的逃离之路，堪比十几年前我的出国之路。那时候，我也一路上恐惧万分，脑袋里此起彼伏着诸多与邪恶的童话、传说相仿佛的想象，在飞机上，我也曾对自己的行为后悔莫及，甚至宁愿没有那么豪情万丈地反抗过什么，甚至觉得过去的一切也没有那么令人厌恶，“被揪一下小鸡鸡又如何呢？”如果可以让一切都像没发生过一样，我也甚至宁愿回去被揪一辈子。同样，当我落地异国的时刻，世界迎接我的，也不是那种我所期待的安慰，毋宁说，迎接我们的，都是一顿疾风骤雨般的痛打……

这听起来有些伤感。可我并不想唏嘘喟叹。好在邢志平的情绪也很矜重，完全符合我喝酒时需要的气氛。我们只是有一句没一句地陈述，就像酒的主要化学成分，高级醇，甲醇，多元醇，醛类，羧酸，酯类，酸类……除此之外，它并不含有什么诗意或者悲喜。

分手的时候，邢志平塞给我一块石头，说是他自己从新疆捡来的和田仔玉，品相不错，可能不值几个钱，但觉得用来给我做生日礼物挺不错。这让我有些不知所措，我想不到还会有生日礼物这个环节。我收下了这块石头，然后告诉他，对不起，我没给他准备什么，但是下个生日我会补上。这样就算是预定了我们第二个生日的相聚。

其后一年我们彼此再无联系。邢志平在来年的生日之际，如期而至，在电话里向我说：我来要我的礼物了。

我觉得这很好玩。我们再一次相聚在咸亨酒馆，这一回，我送了他一幅小画儿。这幅画儿有些色情，尽管绘画语言含混，但谁都看得出我是画了一只大猩猩和女人交媾的场景。邢志平看到的那一瞬间脸色突然变得不自在。我想，如果不是脸上已经有了猩红的酒色，他的脸一定会变得煞白。他的反应令我不解。我觉得，即便不喜欢这样的作品风格，他也不至于要勃然变色。他呆愣了很久，镇定下来后，对我说，他此生目睹到的第一个性爱场景，和我的这幅画如出一辙。这时候他已经平静如初，而我，也无意探究他的成长史。我说，如果不喜欢，我可以换一幅给他。他却断然否定说，不，他很喜欢。

有来有往，我和邢志平之间，这样就似乎达成了某种约定俗成的交情。

接下来我们又见过一面。他在一个深夜突然敲响了我的房门。他从未来过我的画室，记忆中我也不曾跟他提及过具体的位置。那么，他是如何找到的呢？这个答案现在只能永远未知了。那时我已经烂醉如泥，我都记不得是怎样开门放他进来的。我只记得，在间歇性清醒的那些短暂时刻，我发现身边有个人怡然地和我并排躺在满是油彩的地板上。我觉得我是出现了幻觉，因为那时我在天花板上看到了高峰之下的村寨和蓝色的天空，耳朵里也听到了时远时近的鸽哨。我的内心里，涌动的那一种情感，苍老而遥远。在半醉半醒的昏沉中，我恍惚看到邢志平俯在我的头顶，目光充满柔情，令人心旌摇动。我有一种即将被人亲吻下来的预期，我甚至已经能够预知那样的亲吻——嘴唇冰凉而柔软，多情而缠绵。有一只手在一寸一寸地抚摸我，腋下，胸膛，肚脐，直到腹股。我的欲望逐渐被唤起，浓稠到不能自已。在欲望决堤的最后时刻，我的一只手被拉在了一个胸口上。这令我瞬间惊厥般地抽回了自己的手，强烈地表达出了拒绝的姿态。我觉得自己陡然触摸到了无尽的荒芜。那种手感太惊人了，仿佛一下子摸到了死亡本身。然后，我就听到有人踉跄着逃离了我的画室。那个人衣衫不整地冲出我的世界，也许我们的泪水，还在一刹那各自汹涌。这更像是一个梦。不是吗？它终究是发生在我的醉酒时刻。迄今，我依然怀疑它的真实性。我对自己的性取向从来没含糊过。可我，也不能将此仅仅视为一个性梦。第二天清醒后，我想过要给邢志平打个电话，但最终还是放弃了。某种不是隔阂又胜似隔阂的情绪控制了我。我开始疑虑，这个邢志平，还会再次出现吗？今年的生日眼看到了，我不由得主动联系起他。但是，他却死了。

今天，老褚告诉我，邢志平割除了乳房。于是，我的那个记忆中的手感被鉴定了。

天色暗下来了，房间里松节油的气味格外浓烈。不知为什么，每天这个时候，我都会觉得松节油在拼命地挥发着它的气味。我有些怔忡地看着自己手里的空酒瓶，原来在不知不觉中，我已经喝光了那瓶小糊涂仙。

我本来不打算多喝，明天一大早要去参加葬礼，我想我不该带着一身的酒意。但是此刻我只能站起来出门。一路上，我反复对自己说，一壶，就一壶。

这会儿还有些早。酒馆老板不在，小戴告诉我他去买菜了。

我说："就一壶，明早我要参加一个葬礼。"

小戴为我端来了酒。"是那个跳楼的朋友吗？"她问。

"是的，是他的。"

"搞清楚他跳楼的原因了？"

"没有。可能是因为得了重病吧，谁知道呢。其实也都无所谓了，反正人死了。"

"什么重病？"

"乳腺癌。"

"乳腺癌？"小戴咯咯笑起来，她可能把这当成了个玩笑。"我看你其实并不觉得无所谓，你心里想知道他为什么要去死。"她说。

"是吗？"我喝了杯酒，居然被呛住了。那么好吧，是的，我想知道他为什么去死，想知道他的路是怎么走到头儿的。莫非，对于他的死的追究，就是对于我的结局的预先眺望？谁知道呢。"再给我放放那首歌。"我要求小戴。

"好。"小戴说着坐到了我的对面。

音乐响起来了。对我笑吧笑吧，就像你我初次见面。

“我有过一个前妻。”我说。

“哦？没听你说过。”

她当然没听我说过，我很少跟谁说我的私生活。而除了私生活，我们的公共生活也没什么好说的。毋宁说，我不跟人说生活。

“我们初次见面是在丽江，嗯，在束河。她也很爱对我笑。”我说，“那时候的束河，还不是什么旅游胜地。”

“艳遇圣地。”她纠正我。

“如今束河是艳遇圣地了吗？这个我倒不知道。”我使劲想了想，白云和鸽哨在脑子里回旋。“当时可不是这样，就是个保留完好的古村落。这呻吟的声音是电影里的吗？”

她一怔，想不到我换了话题。“不是吧，好像是我的声音。”她笑起来，“当时可能我们边看片儿边做运动了。”

“好听。”

“歌还是呻吟？”

“都好听。”

说完我起身离开。我已经飞快地喝完了一壶酒，那首歌播放了不到两遍。我怕逗留下去，又会是一个宿醉的夜晚。

四

兰城的殡仪馆在山上。葬礼时间是早晨八点钟——据说这样能烧第一炉。我到得早了些。昨晚我睡得并不好，没有醉意，我反而辗转反侧。后半夜我干脆爬起来又画了会儿画。

天还没有亮透。山上的风格外大。有几个也到早了的，和我站在殡仪馆院子里的晨曦中彼此打量。也许都是校友，但大家对于自己的角色都拿不准。他们谨慎地看着我，好像那个即将被烧第一炉的人应该是我。看来真是来早了，大清早的山上，谁能对什么事情有把握？

老褚到了的时候，那间告别厅的大门正缓缓打开。他冲我点了点头，和我并肩向里面走。这时候我才发现前来参加葬礼的人并不少，可能有二十几个人。当然，算不得盛况空前，但也超过了我的估计。一些躲在晨雾里的人簇拥着浮现，面目模糊，鱼贯而至。人群进去后自动地分成了三排，我和老褚站在了队列的最后面。

邢志平的照片挂在灵堂的中央。如果我不是来参加他的葬礼，我可能不会看出这张照片和邢志平的关系。在我眼里，这张照片说成是任何人的，似乎都交代得过去。照片是黑白的，上面的人很年轻，也许就是一张曾经用在学生证上的照片。上面的那个年轻人，穿着白衬衫，扣子一直系到最上面的一颗。这就是一个二十世纪八十年代所有学生的概括，羞涩，单纯，你还可以说眼睛里“闪耀着理想主义的光芒”。这种感观，当然也许还是因为我和邢志平的确不算很熟，毕竟，我们有限的几次相聚，都是在光线昏暗的酒馆里，都是在酒意的朦胧中。

没有亲友主持这个葬礼。一个殡仪馆的工作人员扮演了主持者的角色。他穿着黑西装，戴着白手套，手里有张事先打印好的稿子。开始之前，他先低头预习了几遍手里的作业，看得出也是才拿到手的。然后，他用并不很标准的普通话读起来。他太年轻了，声音的稚嫩，实在不能匹配一场葬礼所需要的那种庄重感。他像是在晨风中朗读课文。这篇课文简略陈述了逝者的生平，将其称为“邢志平同志”。

我在他的朗读声中放眼打量。老褚碰碰我的胳膊，对我低声说：“那就是尚可，可能这个葬礼就是她安排的。”顺着他目光示意的方向，我看到了前排那个女人的背影，一头大波浪的长发，给人发质很好的感觉，穿一件浅驼色的羊绒大衣。

哀乐响起，人们开始在主持者的指挥下逐个向死者的遗像鞠躬。我本来以为会有遗体，但是看来没有，不知道是不是因为摔得太烂了。第一个上前鞠躬的，是一对母子。老褚一边和我缓慢地随着队列移动，一边介绍：“邢志平的前妻和儿子。”我有些惊讶。似乎邢志平其人，在我的概念里，并不应该具有这些尘世的关系。这当然没什么道理。谁会在这个世上是真的独来独往呢？“她叫丁瞳，也是我们的校友。”老褚低声说。

丁瞳很漂亮，裹在鼻子上的围巾无法掩盖她的美貌。她露出的那双眼睛，一目了然，混合着异族的血统。她身边的儿子，我更加看不出和死者的关系，我觉得说成是谁的儿子都说得过去。这对母子并没有伤痛的情绪，他们默默地在遗像前鞠躬，默默地离开。轮到我们了。老褚和我并肩鞠躬。这一刻，我的心里没有丝毫感触。不，也许有，我想我是在向照片上的那个八十年代致哀与告别。

其后大家重新回到了院子里。还要等死者的遗体化为灰烬。有些人不知道这个程序，匆匆走了。老褚跟那位尚可老师打了声招呼，问她："骨灰怎么办？"

"先寄存在这里吧，已经通知他家人了。他母亲还活着，过几天会来带它回老家。"尚可说。

这个女人同样漂亮，作为邢志平大学时的班主任，年龄与我们相差无几。这并不奇怪，当年我们读大学的时候，有些老师正是刚刚留校。她很优雅，也性感，有种知识女性那种独特的魅力。我想，她与邢志平之间一定不仅仅限于师生之谊，没有几个老师会操心学生的葬礼。

老褚说："回去坐我的车吧，我开车上来的。"

她点点头，目光却望向了天边。我们随之仰望。不远处有几根高耸的烟囱，其中的一根正冒出一缕轻薄的烟。我想，这可能就是邢志平在这个尘世最后的那缕痕迹了。果然，殡仪馆的工作人员不久便来告知："烧了。谁跟着去抱骨灰？"

大家面面相觑，不约而同，都把目光投向了那对母子。但是丁瞳面无表情，脸上的围巾裹得更严实了，几乎已经遮住了她的眼睛。尚可吸了口气，上前跟着工作人员去了。不一会儿，她捧来了那只骨灰盒。气氛一下子肃穆了不少，大家跟在她的身后，默默地将骨灰送往寄存处。在这个队列中，我和老褚比较靠前，我俩差不多是紧随在尚可的身后，这让我们似乎和死者的关系拉近了不少。而我此刻想着的是，那只骨灰盒，会因为主人少了一只乳房而变得轻盈了一些吗？

最后，邢志平的骨灰被安顿在了一面墙的寄存柜里。它换回来了一张写有编号的卡片。尚可将这张卡片接下，她犹豫了一下，用目光去寻找丁瞳，但最后还是放进了自己大衣的口袋里。

葬礼到此结束。我和尚可跟着老褚，准备乘他的车回去。停车场还有段距离，走过去的时候，已经有人开起了什么玩笑。上车时，我看到丁瞳母子正在上另外一辆车。他们上去了，也许是倒车有些难度，车上的司机将车窗降下来了一半，观察着外面的路况。这是个留着一脸大胡子的男人。这样的男人平时并不多见，我不免留意了一下。

我坐在副驾驶的位置上，尚可坐在后排。

老褚向她介绍我："刘晓东，也是八九级的，和我是同班同学。"

我转身向尚可示意，她冲我轻微地点了下头。

然后他们就说起了学校里评职称的事，两人有着共同的苦恼，都为出版学术著作而犯难，这是评定高级职称必须满足的条件之一。老褚说："我们留在高校的这些人，如今最狼狈。你看晓东，做着自由艺术家，日子不知道比我们舒服多少倍。"

我没有接他的话。以我来看，要说舒服，此刻挤在寄存柜里的那一位，才是真舒服。

从兰城的山上驱车而下，就是一个不断坠入尘埃的过程。能见度的变化格外分明。回到市内后，老褚不得不打开了车灯。他问我在哪里下车。

我却做出了一个决定，回身向尚可说道："尚老师，方便的话，我想跟你找个地方聊一聊。"

这个请求让大家都是一愣。连我自己都有些不解。

"聊一聊？"尚可显然不明白我的意图是什么。

"是，可以的话，我想和你聊聊邢志平。"我觉得这个理由说得过去，我们刚刚参加完这个人的葬礼，他，才是这个上午的主题，而不该是什么评职称的事。

老褚很善解人意，给我帮腔道："对了，晓东和邢志平是好朋友，他俩生日差不了几天，这几年都是一起过的生日。"

尚可和我对视着，终于点了头。"好吧，正好今天请了全天的假。"她说。然后她提议老褚就在前面靠边停车，说这附近正好有一家她熟悉的咖啡馆。

我们从车上下来，今天的空气特别糟糕，路灯在这个时候依然亮着，为的是给昏暗的街道增添些亮光。老褚启动车子前，隔着车窗向我暧昧地挤了挤眼睛。

我跟在尚可身边，我们湮没在雾里。我从网上的新闻得知，今年国内已经历了两次大规模的雾霾，但尴尬的是，目前空气污染的来源尚是一个谜，国家环境监测总站表示，预计明年下半年才能完成各地污染物来源的分析。不是吗？挺神秘的。

这家咖啡馆不远。我们进去的时候里面空无一人。坐定后，才有一个服务生匆匆忙忙出现在面前，给人戛然跃出的感觉。尚可为自己要了咖啡，问我想喝什么。我也要了咖啡。其实不用说，我想喝的只是酒。

咖啡馆里暖气充足。尚可脱下了她的大衣，她的身材保持得不错。我也脱了外套，身材没有发福，但就像个裹了布罩的鸟笼。窗外的雾霾映衬出了这个空间的明亮，给我一种内外颠倒的错觉，仿佛我们此刻是坐在明亮的室外，而窗子的那一边，才是昏暗的斗室。

“你和邢志平是好朋友？”她问我。

“嗯，是的。”此刻我不能再强调我和邢志平之间“萍水相逢”的那种关系。“我们在一起过了两个生日，他送过我一块玉石，我送过他一幅画。”我如实相告，有种不由自主的诚恳。尽管这看起来也并不特别，不过是两个成年男人之间的互相馈赠，一块石头，一幅画。但此刻我陈述出来，突然觉得自己就是在说着一段友谊。这本来是件说不清楚的事，两个陌生校友，无端地共同过起了生日，这种关系你很难界定，如果不是身临其境，谁都无法感同身受那种古怪的缘由。现在，我觉得我似乎让一件复杂的事情清晰起来了，我过滤掉了里面含混的部分，就像过滤掉了空气中的有害颗粒物，还有老褚所说的玩笑与恶作剧，让空气净化得只是空气本身。那么，不错，我和邢志平是好朋友。

“一幅画？”她盯着我看。

“嗯，我是个画画的，送画给人是我最大的诚意。”

“画了只猩猩？”

“是。”我有些吃惊。

“这画我见过，挂在邢志平的床头。”说完她立刻就意识到自己失言了。一个男人的床头，她是如何得见的呢？

我不动声色，为了减缓她的尴尬，我低下头喝着嘴边的咖啡，并不去看她。过了半晌，她喃喃说道：“他是个孤独的人。”

这还用说吗？我当然知道他是个孤独的人。否则他不会靠着翻看校友录来寻找到我这个可以和他共度生日的人。我还想起了那个似真似幻的夜晚，想起了我摸到的那一手的荒芜。我说：“是的，所以他才偶尔来找我做伴儿。”我想，我肯定也是一个让邢志平满意的排遣对象，和我在一起，他不过只是需要面对一个酒鬼，并没有其他的麻烦。

“那么你也是一个孤独的人？”

“是吧。”我抬起头，不再回避她的眼睛。“谁又不孤独呢？”这句话有些挑衅，像是在反驳她。

她低下头，头顶的波浪翻滚了一下。出其不意，她说出一句话：“我有丈夫，也是同事，就在文学院做教授，讲古代汉语。”

这句话是什么意思呢？我不置可否地“哦”一声，问她：“你从哪儿得到邢志平的死讯的？”

“当时我在场。”

“在场？”

“也可以这么说。”她用两只手捂在咖啡杯上，像一个暖手的动作。“当时我刚刚从他家里出来。我走到楼下，没走出几步，就听到了身后的响声……”

“他摔下来了。能确定不是一个事故吗？”

“不会，他是自己跳下来的。十七楼，他不可能是爬出去擦玻璃。”

“为什么？”

“不知道。这也是我愿意和你聊聊的原因，我也想知道为什么。”

“你曾经是他的班主任。他最后一刻也是和你一起度过的，可能你比我掌握的情况要多一些。”

“老实说，对他，我并不是特别了解……”她的表达开始变得有些艰难，“甚至一度我都忘记了有过这么一个学生。我只隐约记得，当年上学的时候，他很腼腆，在我的记忆里，就是一个孩子。”

可这个孩子的床头，如今你去过。这句话我没说出口。“说说当天的情形吧，你们在一起发生什么了吗？”

“我们谈了一部书稿。”她抬头看我，神情平静，“是我的一部著作，就是为了出这本书，我才联系上他的。你知道，他是一个成功的书商。出书对我们是千辛万苦的事，对他却很容易。”

"你是说，就是为了出这本书，你才联系上了他这个学生？然后他突然跳楼了，你又负责为他料理后事？"

"最初的确是这样的。"

"最初？"我听出了她的破绽。

"好吧，"她吸了口气，眼睛望向窗外的雾霾，"我和他上床了。"说出后她显然是松弛了下来，看得出，这个秘密也压在她的心头。如今对我这样一个没有利害关系的人说出来，在她，可能也是一种释放。同时，她的态度在我看来，还有种"反正现在人已经死了"的解脱感。"但这里面没有交易的成分。我不会为了出本书和人上床，他也不会那样为难自己曾经的老师。邢志平绝对不是一个邪恶的人。我找到他的时候，他大病初愈，整个人弱不禁风，毫无侵略性。对于我的请求，他很爽快地答应了下来。"她用指尖划着桌布。"我们在一起，不免会提及往事，说说当年的大学生活。那时候他极度脆弱，我想可能并不完全是身体的缘故。这些年他生活得很不愉快。大学毕业后，他被分配到了新闻出版局，这个机构，正是新闻出版行业的管理者。接下来时代发生了根本性的变化，他的上司辞职经商，鼓励他一起去奋斗。他从小就习惯于对权威者言听计从，这次也不例外，谁知道，就此却让他成为新阶层的一员。他们做书商，公司得天独厚，运作得相当顺利，在很短的时间里就积累了惊人的财富。但是这些，都没有给他带来快乐。"

我有些走神。她说的这些内容，不免让我比照起了自己的往事。在世俗意义上，邢志平的确是一个幸运儿。我们同一年从大学毕业，而那一年的夏天，我却只能流离失所，孤身一人逃难般地潜入了遥远的云贵高原。"他很幸运。"我说。

"是吧。那一年许多人都走上了人生的颠簸之路，反倒是他这样与生俱来的温和者，不会卷进那样的飓风当中。他顺利地从大学毕业，分配到了相当不错的工作单位。可这些，都不是他自觉的选择。他不过是天性使然，不会去呼啸街头。"

"那么，他的生活还有什么不幸呢？"

"我想是因为他的婚姻。他的妻子，也是我的学生。他们绝对不是一个恰当的组合。"

“丁曈吗？他的妻子是叫丁曈吧？”我这么说，让自己显得和邢志平很熟。

“是她。丁曈在大学时期就是热衷于风尚的女生。你知道，二十世纪八十年代是属于青年的。那个年代，一个诗人所享有的优待无与伦比。尤其还是一位青年诗人，那就更了不得了，大学里的师长都得对他们刮目相看。在这种风尚之下，丁曈热烈追求的对象，是一位学生中的诗人。她很漂亮，有一部分俄罗斯的血统，这使得她能够在追求诗人的诸多对手中胜出。当年丁曈的恋情，是中文系人人皆知的事情。可是最后，她却成了邢志平的妻子。”

她沉默下来，我不知道该怎样回应她。此刻我说什么，都会使她像是一个在数落情敌的女人。

“我这么说，不是在诋毁丁曈。”她好像看出了我的心思。“她没有过错。对于一个年轻的女孩子来说，追逐风尚，又会有什么错呢？我只是想说，我觉得邢志平和丁曈成为夫妻，是一个错误的选择。他从来就是置身于风尚之外的人，不小心成了新时代的得益者，也完全是阴差阳错。而丁曈选择他，无外乎是因为如今的风尚是以金钱来衡量一切了吧。他们之间的差异太大，注定不会幸福。”

差异太大？我想起了自己的跨国婚姻。我想，还会有比我这样差异更大的婚姻吗？那么，我幸福吗？不可避免，我的前妻此刻从记忆深处向我走来。她是我胸口永远的隐疾。“你认为仅仅因为婚姻的不幸，便可以促使他走上自杀的路？”我必须回到当下的对话里，我不能被自己的回忆掠走。

“当然不。这可能只是一个背景。对于他的死，我的确没有一个答案。你知道，他们已经离婚了。是的，这是因为我，我们被丁曈撞到了。他们婚姻的后期，实际上已经分居多年，丁曈带着孩子住在她父母家。但是那一天她突然回来，撞到了我们。是的，很尴尬。有些情绪我很难对人说明，我不是一个无耻的女人，在邢志平这件事上，我并不觉得自己如何败坏。”我点点头，认可她的说法，“对于邢志平，我有种无法形容的怜惜，我觉得他太孤独了。他那么虚弱，我们在一起时，他常常会把头埋在我的怀里放声痛哭。他就像一个溺水的人，而我，恰恰握住了他挣扎的手，我没有理由不把他打捞出来。”“我想我能理解。”这只挣扎的手，似乎我也一度握住过，可我试图打捞过他吗？没有，我自己在很大程度上，也是个呼救者。我是个酒鬼，我求助的那个对象，不过是酒精。“但是，有了你的帮助，他最终还是死了。”我说。这有些残忍。

“是啊——”她的眼眶盈上了泪水。这让我对她顿生好感。她说：“我们就是这样无能为力。我不知道自己忽略了什么，我是那么想要帮助他。他离了婚，财产和儿子都给了丁瞳，我以为他已经得到了解脱。”

“现在他得到了。”我说，“也许是病痛的折磨让他不堪忍受？”

“不是，对于肉体的疾病，他从来没有觉得是难以克服的。他这个人内心的负荷实在是太多了，转嫁在肉体上，曾经弄坏过他的肺，弄漏过他的胃，最后居然向他的乳房下了手。但这些都不足以彻底击垮他。实际上，他对身体疾患的态度反倒是乐观的，在医院里，他还积极去帮助经济困难的病友。”

“那么，他的死，还有其他的隐情？”

“一定是这样的。也许，丁瞳掌握着这个秘密，但是也许她永远不会说出来。今天的葬礼是我通知她的，她的反应你也看到了，很冷漠。”她显出了倦意，抬腕看看她的表。

我意识到时间不早了，提议和她一同吃午餐。她拒绝了，说还要回学校处理其他事情。于是我们告别，我留了她的电话号码。我打算继续在这里坐一坐。她对我说，咖啡馆提供简餐，我的午餐可以在这里吃。

她起身穿上大衣，把头发从大衣的领口翻出来。这个动作很美。走之前她突然问我：“你给邢志平送的那幅画，是什么意思？”

我一时反应不过来，问她：“怎么？”

她吸了口气，说句“没什么”，然后转身离开了。

我一个人坐在这家咖啡馆里，开始想那幅画。我画了一只大猩猩和女人交媾的场景。女人翘臀而立，大猩猩在身后耀武扬威。邢志平说画面上是他此生目睹到的第一个性爱场景。这幅画挂在他的床头。有什么问题吗？我说过，如果不喜欢，我可以换一幅给他。他却断然否定说，不，他很喜欢。也许，这幅画对于死去的邢志平，具有某种谶语般的性质？我只能如此不着边际地猜测。

事到如今，我知道我已经陷入了这个死亡巨大的谜面之中。我想知道谜底。

我并不想吃饭，一点也不感到饥饿。我喊来了服务生，问这里有什么酒水。这里不是星巴克，但这个服务生却有着一种星巴克式的大牌劲儿。她几乎是用傲慢的口气对我说，他们这里是咖啡馆。

五

咸亨酒馆的门锁着。它不会在这个时候开门的，我只是心存侥幸。

我只有回家去。在楼下，我照例又买了一瓶小糊涂仙，不过这次换成了一斤装的。我还买了两袋速冻饺子，打算饿了的时候煮着吃。回到家里，我打开了电脑，也打开了酒瓶。电脑里有一堆新邮件，乏善可陈，我选择性地回复了几封。就着瓶口喝酒，反而不是件容易的事，我找了只大号的马克杯，将酒全部倒了进去。我一边喝，一边在网上搜索束河的词条。

地理坐标：北纬26度55分，东经100度12分……

是的，那个时候，我叫它“绍坞”。这是纳西语，意为“高峰之下的村寨”。它是纳西先民在丽江坝子中最早的聚居地之一，是茶马古道上保存完好的重要集镇，也是纳西先民从农耕文明向商业文明过渡的活标本，是马帮活动形成的集镇建设的典范。——而那一年，它还是收留我这样一个逃亡者的庇护所。大学毕业的那个夏天，我在这里遇到了我的纳西族妻子。当时的我犹如丧家之犬。她和她的族人接纳了我。我们结婚了，一度过着平静的生活。其后时风骤变，我无法再忍受这“被人揪一把鸡鸡”的生活。我想离开，非但想离开高原，我还想走得更远。千辛万苦，我终于登上了飞越太平洋的航班。在飞机上，我感到了恐惧。我想反悔，宁愿回到“被人揪一把鸡鸡”的日子里去。但我终究还是没有回头。

是真的没有回头。此后我去过欧洲，去过非洲，最后停留在了太平洋西南部的那个岛国。在那里，我取得了国籍，隐瞒了曾经的婚姻，娶妻生子。

我刻意终止了和国内妻子的联系。也许，她认为我已经死在了异国。

她最初是位小学教师。我走的时候，她去了县里的图书馆做管理员。

这几年我回到国内，在国内卖画，用的都是假名。我从不出席画展开幕式这样的活动，只是怕会被拍下来，照片散布到网上去。印刷画册，我也从不配上照片。人们觉得这是一个艺术家的怪癖。不是的，这是阴暗，是罪。

我酗酒，在新西兰安定下来后就开始了。我知道，这是因为什么。我曾经将内心的秘密向神父坦白过。那是在戒酒者的团契里。从神父那里，我没有听到以前没听过的话，也没有听到什么自己觉得特别的道理。他说这是罪。我知道这是罪。他说当我向神坦白的那一刻起，我就获得了赦免。但是我没有找到这样的感觉。丝毫没有。于是我继续酗酒，喝得比以前更凶了。新西兰的妻子在最绝望的时刻，骂我是一头猪。于是我回国。我对她说，这是一头中国猪唯一能拯救自己的途径。我回来了，画儿卖得出奇地顺利，酒却一点儿也没少喝，还是一头猪。

我想过回束河去寻找自己的纳西族妻子。想过，但只是想过。我没有那种巨大的勇气。就像小戴给我听的那首歌里唱的一样，我曾经享用那位女子，被她庇护，在我最仓皇的时刻，是她拯救了我。而我对她，却是誓言说变就变。如今的束河，也不复当年。时代变了。这不仅仅是它已经不再被称为“绍坞”，不仅仅因为它如今成为“艳遇圣地”。

我走了太多的路，如今好像走到了所有路的尽头。

这就是我现在想知道邢志平死因的根本动力。我想让这个人的死亡，给我提供出一个最终解决的参考。是的，在老褚的嘴里，我们是“这代人”。我们都曾经被迫逃离，后来我们也都貌似活得不错。可他成功地死了，我还没有。

我觉得有什么东西在我肚子里化开了。这种滋味我再熟悉不过，一般会在我喝下一斤左右的白酒后发生。然后我几乎是平滑地过渡到了咸亨酒馆的小包厢里。这个过程顺畅极了。我的脑子里没有从家中走到酒馆的记忆，就好像我从电脑前一转身，看到的就是酒馆老板那张满是旧伤疤的脸。他看着我，少见地奉劝起我来。“不要再喝了，要不，顶多再喝一壶?”看到我摇头，他和我商量道，“两壶?”

我伸手将他在我眼前竖起的手指从两根扳成了三根。

这是我记忆中最后的三根指头。

六

“我不认识你。”她对我说。

“昨天在葬礼上我们见过。”我补充说，“我们还是校友。”

“你和邢志平很熟？”她扇动着很长的睫毛。

此刻我们坐在咖啡馆里，还是昨天的那一家。对于如今的兰城，我并不熟悉，所以，在电话里我脱口说出了这家咖啡馆的名字。她还是来了。对此我很欣慰。本来我并无把握。我想是我在电话中的语气敦促了她。我说：我必须和你谈谈。我如此蛮横，其实是由于酒精的缘故。今天早晨我突然醒来，意识如骤然扯开的幕布。我发现自己躺在小酒馆里。我的身下是几张拼起来的桌子，我的身上盖着一条薄毯。这对于我是个打击。无论如何，喝得不省人事，终究是如此地可耻。我感到彻骨的沮丧。摸出手机打给了老褚，用几乎是乖张的态度向他索要了丁瞳的电话。然后我打给了她。和她约定好见面的地点后，我起身离开了酒馆。已经是早晨十点了，我将酒馆的卷闸门拉好，这需要我蹲下去。再次站立起来的时候，我感到自己的信心突然流失殆尽。我几乎想要放弃下面的这个约会。这一切与我何干？不过是死了一个家伙。可这又能如何？空气依然阴霾，冬天依然寒冷，我依然被酒精撂倒，世界依然运转。

但我还是来了。回家换下一塌糊涂的衣服，我还是出门上了辆出租车。我的意识依然不能完全自主，心里有个声音喊左，行动却偏偏向右。

“是的，我们很熟。”我恍惚着回答她，“你知道吗？我和邢志平的生日是同一天。”

“哦？我不知道。没听他说起过。你想和我谈些什么？”她的态度有些生硬，这是难免的。此刻她眼前的这个陌生人，神情委顿，眉骨上还有一道结痂的新疤。这是昨晚留下的，具体的情景，我当然毫无记忆。

“我想知道邢志平为什么会跳楼。”迟钝的意识让我像一个儿童般地坦率。

“我也不知道。你也许该去问问尚可。你们应该认识，昨天我看到你们上了同一辆车。”

“你恨她?”

“谁?”

“尚可。你撞到过他们在一起。”

“不只是‘在一起’，我还看到了他们赤裸的睡姿。说实话，光着的尚可，睡姿可是不雅。”

“你很愤怒?”

“没有。我从卧室退出来了，坐在客厅的沙发里。后来邢志平光着身子出来，对他我没有任何过火的语言。”现在她也坐在我对面的沙发里，有着部分俄罗斯血统的那张脸上是种虚无的空洞。“有什么好说的呢？假如生活欺骗了你。”她说。

“这是句诗。”

“是的，普希金的。”

“你不恨自己的丈夫吗?”

“不恨。第三天下午，我们就去办理了离婚手续。他很诚恳，财产的百分之八十给我，儿子给我。他的态度不错。”

“爱他吗？或者，爱过他吗?”

“没有。”她犹豫了一下，改口说，“不知道，说不清。”

“大学时代，你爱过一位诗人。”

她看着我的那种目光，我要承认，美极了。那是一种天生的单纯和无辜，像传说中的小红帽。尽管，我知道，她也已经是一个四十多岁的女人了。“是的，这不是什么秘密。”她说，“当年读过师大中文系的人都知道，尹或是学生中的诗歌领袖。”

我在心里默念了一遍“尹或”这个名字。我努力搜寻自己的记忆，却找不到相关的痕迹。但是看得出，当这个名字从嘴里说出的时候，她的脸色在一瞬间明媚，就像天空突然一亮。

“嗯，是的，很有名。”我只能如此说，我不想打乱谈话的节奏。

“邢志平也知道，当年我们三个人在校园里形影不离。”

“居然会是这样……”

"这不奇怪。尹或当年被众星捧月，围着他转的人太多了，不分男女。邢志平对他最是崇拜，他甚至觉得自己的名字和尹或相比都万分逊色。尹或天生就该是个诗人的名字，而他，只能叫邢志平。"

"你瞧不起邢志平？"

"没有，他做过我的丈夫。我只是认为我们从本质上不是一类人。"

"那么为什么还要嫁给他？"

"命运使然吧。"她怅然地凝视着窗外。而窗外，不过是灰蒙蒙的粉尘与废气，对了，还有老褚所说的玩笑和恶作剧。

"我想听一听。"我对她提出儿童般的请求。

她看看我。这是个有着异族血统的中年女人。她身上有种我们鲜见的大方。"真的想听吗？"她问。

"是的，非常想。"

"好吧。"她喝了口咖啡。"人已经成了灰，说一说，对他也许是一个祭奠。"她不看我，看着窗外。"当年我们三个很要好，我和尹或是公开的情侣，邢志平是尹或的崇拜者。当时尹或已经有相当数量的作品发表在各类文学杂志上。那个时代，一个青年诗人所受到的尊崇，顶得上十个教授。我没有想到，其实邢志平还暗恋着我。他可能自己也不能自察。尹或的光芒太强大了，他不敢在内心里承认自己居然会觊觎尹或的恋人。他所表现出的，在我看来，反倒是一种对于尹或的恋人般的迷恋。有时候他看尹或的眼神，都有种怀春般的光。"

我想起了那个夜晚自己在醉意之中领受过的抚摸。我当然知道人类一些非异性间的爱恋关系，这样的事情在世界艺术史中屡见不鲜，似乎许多伟大的天才都有这方面的倾向。但我想，卑微的邢志平，他哪里敢以天才自居？他从小就是循规蹈矩的乖孩子，那么，当他发现了自己的这种取向时，内心必然经历着常人难以想象的折磨。"邢志平不是个很勇敢的人。"我说。

"岂止是不勇敢。他很懦弱。那时我们都是诗人羽翼下的幼雏。"她用手势做了个比画，可能是想形容羽翼，但我没看出什么关联。"大学二年级暑假时，尹或带着我们去考察黄河。徒步沿着黄河走一遭，对于尹或是重温，他不仅具有文明的精神，更具有野蛮的体魄，而对我们，当然就成了考验。说是徒步，实际大多数路程是利用交通工具完成的。我们时而汽车，时而火车，颠簸着，途中选择一些不甚荒凉的地段步行。之所以采取了这种相对轻松的走法，尹或是出于对我俩的照顾，他考虑到了我们的实际能力，如果是他只身行走，一定是完全靠两只脚来丈量大地。”我回忆起自己的当年。在那个夏天，我就几乎是徒步踏上了那条逃亡之路。“黄河远没有我们想象的宏大，然而，那个时候的邢志平，整个人的状态是趋于卑下的，能够这样走一遭，已经足以让他获得一份成就感了，甚至心里面还有了一股流离失所的诗意。”她说着，神情完全回到了过往的岁月。“那个年代，旅馆的管理还是比较严格的。每次投宿，都是他们俩登记在一起，我独自住在另外的房间。这对我和尹或来说，当然是个干扰。我们是恋人，有在一起的需要。在这个意义上讲，邢志平是个多余的人。他可能自己也有意识，时常会有种愧疚的情绪。”

“一个多余的人。”我重复了一遍她的这句话。

“是吧。这只是个事实。走到郑州时，邢志平目睹了我们两个人做爱的情景。”她咳嗽起来，用手捂着嘴。但我觉得这不是想掩饰什么，只是她的喉咙的确需要咳嗽。“那是一家条件还算不错的招待所。住下后，邢志平决定打个电话给他的父母。楼下的服务台有电话。一路上他没有和家里联系过。我想，那天他突然决定问候一下他的父母，可能是因为路程过半，他想向父母炫耀一下，也可能是他有意想给我们些时间。但是他却回来得飞快，不知道是出于什么心态，让我们猝不及防。”

这就是邢志平此生目睹到的第一个性爱场景。我能够对此展开想象。因为我在不经意中，让这个场景重现在我的画布上了。我描绘了一只体毛葳蕤的大猩猩。这可能的确让当年的那个诗人栩栩如生了。画布上的女人翘臀而立，内裤掉在脚面上。这可能也符合当年丁瞳为了抢时间的情景。这一切，都被邢志平撞到了。于是成为他生命中的图腾。他把这个场景悬挂在自己的床头。画面中的两个角色，一个是他男性的仰慕者，一个是他女性的眷恋者。作为一个双性恋，他的内心，该如何地分裂？

“我尖叫了一声。邢志平连门都忘了替我们关上，像匹马似的撒腿就跑。后来他对我说，他在楼下撞翻了一个服务员，冲出了招待所，不遗余力地奔跑在烈日炎炎的郑州街头。他说有些东西脱离了身体，跑在了他的前面。他说，那个跑出了他身体的，可能就是他的灵魂。邢志平并不是一个善于奔跑的人，体育课上跑一千五百米，每次下来他整个人都会瘫掉。但这一次，他说他跑得轻松无比，驭风而行，甚至有了滑翔的快感，直到最后泪水呛进嗓子里，剧烈的咳嗽让他不得不停下，扶住路边的一棵树干哕起来。他对我说，他不知道泪水因何而来。他愿意把这看作是自己的成长。他已经二十岁了，他还是处男，但已经在被窝里偷偷地自慰过。那天，他看到了真实的性交，于是，就流出了眼泪。他说，这滑稽，但也庄严。”她转动着手中喝空了的咖啡杯，“是的，我并不讨厌邢志平，在许多时候，他都是一个值得同情的人。”

我又替她要了杯咖啡。服务生送来搁在桌上后，我还向她手边推了推。

“就这样，怀着成长的心情，我们走到了甘肃。”她继续诉说，“我还记得，那是一个叫作‘什川乡’的地方。我们走在黄河边的石头上，身边是烈日下炫目的河水。空气亮得让人受不了。脚下的石头滚烫坚硬，对于我们的脚来说，如同刀刃。在被太阳晒得打战的空气中，出现了两个当地的汉子。他们几乎是全裸着身体迎面而来。距离还十分遥远的时候，他们就打起了口哨，用方言凶巴巴地吆喝着。不祥的预感从我们的心里升起。我和邢志平都眼巴巴地去看尹彧。尹彧显然也感觉到了危险，脸阴沉着，不动声色地从裤兜里掏出一样东西，塞在邢志平手里。那是把匕首，阳光在刀刃上一闪，我立刻觉出了寒冷，皮肤在夏日凶狠的阳光下泛起一层鸡皮疙瘩。我想邢志平比我也好不到哪里去。我害怕地挤在他们中间，裙摆缠绕着他们的腿，好像成为两个男人的牵绊，让大家走得跌跌撞撞。危险终于近在咫尺了。对方在我们的鼻子尖前面站住，完全没有绕开的可能。我们三个大学生，像《水浒传》里卖刀的杨志，遇到了躲避不开的麻烦。挑衅者中的一个响亮地说了句什么。我都没听明白意思，尹彧上去就是一拳。邢志平太紧张啦，之前的每一步行走，我想对他而言，都像是在拉着一张弓，弓弦已经满到了要绷裂的边缘。尹彧的这一拳，仿佛拉弓的那只手瞬间松开。邢志平神经质地猛然挥出了手中的匕首。我没有看到血，直到今天，我们都无法确定刺在了对方的什么部位，那个人只是哞的一声，像牛的低鸣。然后就是无尽的奔逃。我有一段时间失忆了，大脑一片空白。直到被阳光刺醒，我在突然之间恢复了意识。阳光迎面而来，像一把光芒四射的刀砍中了我的头。身边是已经跑到虚脱了的邢志平，他的脸比纸还白，两只眼睛像濒死的鱼一样向上翻着。我整个人都挂在他的胳膊上，轻如鸿毛。我们已经跑在了公路上，毫不犹豫地拦下了一辆长途客车，跳上去后，才发现尹或不见了。”

“不见了？”

“是，我们只顾着自己跑了。但是我们别无选择。客车的终点是兰州，到达时，天一下子就黑了。那是我经历过的最黑暗的夜晚。也许是我们的心情太沉重。我们怎么能够不沉重呢？我们行了凶，魂飞魄散地逃遁，身在异乡，并且囊空如洗。邢志平出门前是带着钱的，他母亲还在电话里告诫他要把钱藏好，让他卷成卷，塞在内裤里。但是他把钱全交给了尹或，这总比内裤安全得多吧？现在他母亲的警告应验了，他没有丢掉钱，却丢掉了尹或——那个怀揣着我们所有钞票的人。更为严峻的是，这又岂是钱的问题？丢掉了尹或，我们就丢掉了灵魂。我们蜷缩着走在陌生的城市里，谁也无力说出一句话。我们不知道自己从哪里来，不知道自己往哪里去，说得尖锐些，甚至不知道自己是谁。夜晚的天空下起了小雨。雨水加剧了我们的迷惘，并且很快就下大了。后来，我们像两个真正的乞丐一样，摸进了路边一根庞大的水泥管道里。”

我的酒意渐渐在散去。此刻的我，也已经回到了过往的那个年代里。我觉得她所说的，我一点都不陌生。那几乎也是我的青春。

“在管道里人是无法直立的，我们也无力直立，一进去就自然地躺下去。”她出神地盯着自己的咖啡，仿佛在凝视当年那根建筑材料的入口。“管道的弧度致使我们的身体必须部分地叠加在一起，缠缠绕绕。这都是宿命。后面发生的事情，我很难梳理出什么头绪，我甚至为此憎恨邢志平，我觉得他是假以命运的名义，和命运一道强暴了我。但当时的情形却截然相反，我没有丝毫被动的感觉，甚至我还是主动的。这只能让我在事后更加憎恨自己。我们窸窸窣窣地拥抱在一起。他似乎还很委屈。他没有任何经验，是我引导了他。在一个陌生的城市，在一个落荒而逃的夜晚，在一根宿命的水泥管道里，我趴在他的身上，却喃喃自语地发问：尹或在哪里？”

“挺让人伤感的。”我开始为那种青春的憔悴而伤怀。

“那个时候，雨停了。管道外面漆黑的天际蹦出一颗很大很亮的星星。是啊，尹或在哪里？我想那个时候，邢志平刚刚迈出了他人生重要的一步，暂时摆脱了尹或对他的精神控制，所以他幡然醒悟，原来自己很早之前就爱上了我，只是这份爱，被尹或的光辉硬邦邦地覆盖了。邢志平看看天上那颗钻石般的星星，再看看我，竟然背诵出当时一首流行歌曲的歌词：你的大眼睛，明亮又闪烁，仿佛天上星，最亮的一颗！这是我对邢志平青春时代唯一清晰的抒情记忆，他不是一个诗人，但此刻他也有了讴歌的愿望。可是，这却令我更加无端地仇视他。我知道这没有道理，但我真的是百感交集。”

“他是无辜的。我觉得。”

“是的，但我无法自已。第二天，凭着我身上仅有的几块钱，邢志平和家里取得了联系。打电话时他哭出了声，这让我再也无法忍受，不禁勃然大怒，向他训斥道，哭什么哭？笨蛋！他受了惊吓，止住了哭声。可他越是这样，我对他，对我自己，越是厌弃。”

对于眼前的这个女人，我的认识开始改观，我想，她并非如尚可所说的那样，只是一个从大学时代起就追逐风尚的女人。

“他父亲一位在兰州的老友救济了我们，使我们得以返校。开学后不久，尹或也安然无恙地回来了。他用平淡的口气交代了他的遭遇：被暴打了一顿，搜去了所有的财物，但他仍然坚持完成了既定的行程，然后就回来了。至于身无分文的他是如何克服困难的，个中细节，他不说，我们也不敢问。我们无法正视尹或。我鄙视自己，也痛恨一切，认为自己是被一个诡诈的阴谋绑架了，是被命运拽着笔直地奔向了那根水泥管道。我遗弃了尹或，背叛了爱情。这个想法让我痛苦万分。邢志平的状况更糟，他内心的挣扎干脆作用到了胃上，造成胃出血，几乎要了他的命。他被同学们七手八脚地抬进医院，送上手术台去开膛破肚。但大夫们的刀下错了地方，他们修补了邢志平的胃，却忽略了他的心，那里才是邢志平真正的病灶。这期间我怀上了尹或的孩子，去医院堕胎，顺便到病房看邢志平，我们相对无言，彼此几乎是绝望地仇视着，但却又有种绝望的相濡以沫的滋味。”

看到我点烟，她也伸手要了一支，我俯身为她点上火。

“我们三个人仍然常常聚在一起。邢志平连我的手指都再也没有碰过。”

“他一定备受妒忌之苦。”

“会吗？我想不会。妒忌这种事情，是两个基本上对等的人之间才能发生的，而邢志平，对尹或有的只是仰望，他没有资格去妒忌尹或。他只是无法从脑子里根除可耻的念头。我们结婚后，他告诉过我，那段时候，他一闭上眼睛，就会不可逆转地想起我。有时候他臆想自己和我做爱，有时候臆想尹或和我做爱，他在被窝里幻想着这一切，内心的负罪感让他窒息。他无地自容，不敢将自己弄脏的被褥晾晒在光天化日之下，只有半干不干地睡在里面，用自己的体温来烘烤。不断地剽窃着一个诗人的情人，如此的罪恶，怎么能是他那颗羸弱的心可以承受的呢？”

“他真孤独。”我想象着这一切。它几乎有种专属二十世纪八十年代的气息。我不知道，今天的年轻人，是否还会有着如此的煎熬。

“是啊，真孤独。可是，谁又是不孤独的呢？”她说。我想起来，昨天我和尚可也有过类似的对话。“接下去，就是那个夏天了。尹或这样的人必定深陷那场事件。当尘埃落定，他便消失了。他离开得干净利落，没有和任何人打招呼，没有缠绵悱恻，他像一条真正的汉子，在一夜之间，连同他的行李一起消失得无影无踪。也许这是他刻意谋求的，在庸常之外游走，流浪，似乎就应当是一个诗人的义务与本分。”

我战栗起来。我想对她说，不，这不是一个诗人的义务与本分，我可以负责任地告诉她，逃亡之路，不是游走，不是流浪。那毫无诗意。但是我没有开口。

“尹或像传说一样地消失了，我嫁给了邢志平。这些都是宿命。可是我憎恨这样的宿命！它太不由分说，几乎是连同着一整个时代在扭曲着我。我当然可以拒绝，但是我当然也没有拒绝。这一点恰恰是最令我痛恨的。我们言不由衷，身不由己，就是这样莫名其妙地被重塑着。我当然不甘心，我不恨邢志平，也没有轻视过他，实际上，在很多时候，还觉得我们同病相怜。我只是把说不出的无奈和怨愤，投射在了他的身上。尹或消失后，我们谈了将近三年的恋爱，但都无法做爱，他照旧靠着手淫来安抚自己。我们结婚了，新婚夜里，邢志平依然不得要领。完事后，他嘴唇无声地嚅动了一下，说了一句他一时并不明白的话。过了一会儿，我也才意识到他嘀咕的大概是句什么话，必然是句什么话。这话当然是：尹或在哪里?”

我想象他们的婚姻。想象他们每次做完爱，彼此的心中都会来上一句：尹或在哪里？这句话，更像是对于一个暌违了的年代的盘问。他们是在喊自己的魂。这可能会成为一个规律，类似生理步骤，像前戏、高潮、平台期一样。而这，都是一个时代对于他们的馈赠。那是理想主义彻底终结后的余波。

“婚后邢志平并不愉快。他甚至变得有些暴躁。有一次，他母亲在电话里问他，我和他在一起时，是不是处女？当时我就在旁边，并不知道他被问到了这样的一个问题。他的反应令我震惊，他完全失控了，有生以来第一次做下了忤逆的事，居然向他的母亲反问道，你和我爸第一次性交时，是不是处女？从此以后，他母亲再也没有和他说过话。”她向后仰起头。“我分在一所中学做语文老师，他对我没有任何要求，虽然我完全称不上是一个合格的妻子。他能够容忍我的一切，因为，我曾经是一个诗人的情人。这一点，如今不会有人理解了。邢志平承担了所有的家务，做饭，洗衣服，打扫房间，还学会了缝被子。这样的生活没法不平静，因为邢志平从不制造麻烦。可是，婚后三年左右，他顺应了新潮流的方向，居然成为一个富人。这不是他的错，我知道。但是，就是这么鬼使神差。他成为一个富人，而我，却只能和整个时代、和他背道而驰。”

她再一次喝完了咖啡，放下时，杯子和小碟碰撞出空荡荡的声响。她睁大了眼睛，似乎被这意外的声音微微地惊吓住了。对于此刻的一切，对于正在进行的诉说，她显得费解极了。“我并不排斥金钱，甚至，我还有着极度的物欲。”她像是在自言自语，“我想过得体面，但我无法说服自己，让自己忘掉，我曾经是一位诗人的情人。我的确很分裂，很不幸，邢志平只能成为我这种分裂迁怒的对象。有钱了，他不免会显得阔绰，买大房子，买好车，为了讨好我，他常常给我买回来一些奢侈品，帽子都是几万块钱一顶的，他还替我出了一本诗集，但越是这样，我越是疯狂。我无法自控地越来越鄙视他，在一次盛怒中，高声骂他是一个麻木、庸俗的家伙，是一头在泥泞中快活地打着滚的猪，正是因为他这些猪的存在，挤占了这个世界，才使得诗意的栖居成为泡影。这个罪名当然是太大了，他无论如何承担不起，我也知道他实在是太委屈，但他只能在我这里成为肮脏世界的代言人。”

“一头猪，我妻子也这样骂过我。”我说，“也许你们骂得并不过分……”

她看看我，不置可否。“后来，儿子出生了。邢志平是一个好父亲。但我无能为力，我无法配合他，直到我目睹了他和尚可睡在一起。”

她停止了诉说。时间立刻显得冗长。我一时也不知道该说些什么，只能在心里想象离婚后邢志平的独居生活：一个人躲在自己巨大的豪宅里，宛如又回到了大学时代，臆想着丁瞳，臆想着尹彧，忧伤地抚慰着自己。如今社会上遍地都可以寻到色情交易的场所，以他优渥的条件，更是不会缺乏靓丽并且安全的性伴侣，但是他宁肯活在潮湿里。他一天天地苍白，日复一日地走向腐烂和霉变，像个谨慎的吸血鬼。他被自己彻底地戕害了。在最为难熬的日子里，他甚至冲动地跑到我的画室里来，动情地抚摸另一个同样孤独的肉体。他终究解放不了自己，他这个无辜而软弱的人，这个“弱阳性”的人，这个多余的人，替一个时代背负着谴责。在他的心里，尹彧和丁瞳的分量毫无缺损，像阴暗墙壁上发霉的水渍，历久弥新，他们是雌雄合体的偶像，他长久地降服在他们所代表着的那个时代的权柄里。

“尹彧呢？再也没有他的消息了吗？”我问。

丁瞳看着我，以一种决然的态度向我说道：“他回来了，现在我们就在一起。”

尽管对此我似乎早有心理准备，但此刻被她果断地承认，还是令我大吃一惊。

“我想和他也谈一谈。”我尽量让自己的语气显得平和一些。

“他一会儿来接我。这要看他是否愿意。”

七

我改了主意。不，我并不想喝酒，一点儿这样的欲望都没有。我只是突然间疲惫不堪。我站起来向她告别。她笔直地坐着，看来还要在这里坐下去，就像要永远坐在岁月里，等待那位诗人来接她。我喊来了服务生结账，问她需不需要再喝点儿什么。她说不需要了，平静地注视着我结完了账。我转身离开，她突然说道："你的生日快到了。"

我回头对她说："是的。那也是邢志平的生日。"

我走进街头的雾霾里。空气真的糟糕透了，让我想起在某本小说里读到过的句子：古往今来一直有人生活在烟尘之外，有人甚至可以穿过烟云或在烟云中停留以后走出烟云，丝毫不受烟尘味道或煤炭粉尘的影响，保持原来的生活节奏，保持他们那不属于这个世界的样子。但重要的不是生活在烟尘之外，而是生活在烟尘之中。因为只有生活在烟尘之中，呼吸像今天早晨这种雾蒙蒙的空气，才能认识问题的实质，才有可能去解决问题。大致就是这么个意思。古往今来，烟尘之中，不属于这个世界的样子，认识问题，解决问题。

我觉得我很脏，是那种真的很脏，从里到外都蒙着一层油脂般的污垢，那是煤烟与粉尘、玩笑与恶作剧的混合物。我钻进了街边一家很大的洗浴中心。现在快中午一点，这种地方此刻很冷清。大池子里的水应该是刚刚注满的，蒸腾着热气。我把自己扔进水里，像是一只渴望被煮熟的饺子。我在水里泡了很久，然后上来淋浴。洗浴中心提供自助餐，我穿着浴袍去吃了点东西。居然还有啤酒，但我一口都没喝。

随后我去了幽暗的休息大厅。出乎意料，这里睡着不少人。谁又能是不孤独的呢？外面是漫天的雾霾，孤独的人睡在幽暗的洗浴中心里。我找了一张空床躺下。服务生过来问我需不需要按摩。我说不需要。我很快就睡着了。

我做梦了，从梦中直挺挺地弹起来，充满疑惑地看着身边的环境，仿佛醒不过来似的，僵直在一片茫然中。在我的梦里，丁瞳和邢志平裸露着下身向我走来，他们的身后是高峰之下的村寨，炙热的阳光颤动着，在我的周围挤来挤去，波光一样地潋滟。他们一步步地向我走来，就像那个被否定了的逝去的年代，经过了非常漫长的岁月才站到了我的面前。我的眼中充盈着泪水，忘情地敞开胸怀去拥抱他们——我的兄弟，我的爱人。倏然，有一只手扬起，匕首像一道酷热的阳光向我劈来。

我看看表，已经是黄昏了。

手机响起来。我举在耳边接听。

一个男人对我说："我是尹或。"我并不感到特别诧异。这不完全是因为我刚从梦中醒来。好像一切都在我的直觉里。"丁瞳说你想和人聊聊邢志平。"他说。

"是的。"

"我也想和人聊聊邢志平。"他说，"我们见一面吧。"

我跟他说了咸亨酒馆，又大致说了说地理位置。

我向服务生要了杯热茶，喝下去后，我感觉自己好多了。

室外依然昏暗。洒水车徒劳地向天空喷洒着水雾，这改变不了什么。我打算走着回去。一路上，我揣测着这天下的雾霾那个神秘的来源，保持着不变的步幅，保持着不属于这个世界的样子。

我走了大约有一个小时，我到了的时候，他还没到。

酒馆老板坐在他千年不变的老位子里，招呼我和他一起喝茶。

"没事吧，昨晚你突然就倒下了，我都以为你这就算是走到头儿了。"他用那把铁壶熬砖茶，替我倒了一杯。

"你看到了，我还没到头儿。"我把茶接过来，烫烫地喝了一口。

他笑出了声。"知道吗，我做拳击手的时候最喜欢什么？"他问我。

"一拳把人打飞。"

"不，不是。当然，那也很美妙。可我喜欢的，恰恰相反，反倒是一拳被人打飞时的滋味。"他的身子猛然向后一仰，"砰！就这样，眼前一亮，真的是一亮，然后什么都不知道了。人可能倒是没飞，把人打飞可没那么容易。但那滋味，就是飞了的意思，咔嚓一下，路就到头儿了，你一点儿预感都没有，说到头儿，就到头儿了。"

我打量他。他并不彪悍，以前是个轻量级的选手。他说我一点儿也不像个艺术家，我认为他也一点儿不像泰森。我想象着他在拳击台上一刹那被人揍晕时的样子。“真美妙啊。”我感慨。

“你别听他胡扯。”小戴过来了，“你还想听那首歌吗？”她问我。

“现在还不想。”我说。

“什么歌？”老板说，“你们还背着我听歌？”

小戴得意地眨眨眼，对我说：“也是，这歌最好是喝了几杯后再听。我是说，有些歌，只能喝醉了听。”这时候尹或进来了。他在外面停车的时候，我已经隔着玻璃看到了他。我知道这就是那位诗人，没错的。他有一米八五那么高，体重可能在一百公斤左右，行动迟缓，留着蓬勃的连鬓胡子，脱光了，一定体毛葳蕤，宛如一只大猩猩。

“我朋友。”我对老板说了一声，起身坐进旁边的隔档里，向走来的诗人招了招手。

他在我的对面坐下，一下子让空间显得逼仄起来。

“尹或。”他向我介绍自己，同时伸出一只手来。

“刘晓东。”我们的手握在一起。我感觉是被什么包裹住了。

“我们是校友？”

“是的，我读的是美术系。”我的确想不起眼前的这个诗人，在尚可和丁瞳的嘴里，他是当年校园里的风云人物，是舍我其谁的主角，但是现在，我一点儿也想不起他了。时间真的如此威力巨大吗？真的可以让曾经的风起云涌不留一丝痕迹吗？我不知道。我问他喝酒吗，他说不喝，他早已经戒酒了。这有些让我惊讶。而让我更惊讶的是，此刻我自己居然也毫无喝酒的愿望。我让小戴先帮我们沏一壶茶来。我不确定过一会儿自己会不会想喝酒。

“昨天我看到你了，在邢志平的葬礼上。你开着车。”我说。

他怔一怔，舔舔嘴唇上翘起的皮。“我很想跟他告个别，但你知道，我并不适合出现在那个场面里。”

“为什么？因为现在你和他的前妻在一起吗？”

“这当然是个原因。可也不全是。我和丁瞳在一起不是一天两天了，真要算起来，有二十多年了。我不是说因此我就有什么优先权，不是这种意思。”他的手攥成拳头，一下一下轻捶着桌面。手背上全是毛。“是我已经不习惯站在昔日师友的面前了。没人记得我了，我也不记得谁。”

“不习惯从主角变成了配角?”

他看我一眼，眼神是与体格不相称的软弱。“不是吧，我也不知道。”

“你对邢志平可能很重要。”我说，“当然，这是我的猜测。我猜邢志平活着的时候，你是他生命里一个重要的存在。也许，说成是偶像与禁忌都不为过。你在他心里代表着一个时代和一种价值观。”

“我不知道。”他用一只巴掌捂住桌面上的那只拳头。在我看来，既像是在按兵不动，又像是在蠢蠢欲动。“大学时期，我们的关系是很密切。我们彼此应当算是对方结识的第一位大学同学。”

我默默地听着，知道他要开始回忆了。

“我们去大学报到，恰巧乘坐的是同一辆火车。上车后我就注意到他了。他的父母在站台上给他送行，火车启动的一刹那，他突然抖起来。他抖得太凶了，隔着几排座位我都看得一清二楚。他就一直这样抖着，到了深夜都毫无睡意，像是发疟疾。他的身边坐了个很猥琐的男人，这个家伙在夜里蜷成一团，毫不客气地把脑袋枕在他的腿上睡觉。这成为邢志平的负担。因为他在发抖，尤其是两条腿，跳动着，膝盖撞着膝盖，好似在给某支曲子打着铿锵的节拍。可以看出来，他不愿意被人发现自己的颤抖，我觉得他对自己发抖的厌恶甚过对于那个男人肮脏的脑袋。他在竭力抑制，和自己做着绝望的搏斗，期望自己的腿稳如磐石，成为那颗肮脏脑袋舒适的枕头。但是这太艰苦了。好像跑了一个马拉松那么长的路，他的腿终于不再属于自己，它们脱离了他的约束，像是被弹弓发射出去一样的，骤然弹了起来。酣睡的男人受到了莫大的惊吓，嗷的一声蹦起来，惊魂甫定，指着邢志平便破口大骂，全是些令人咋舌的下流话。邢志平哭起来了，他无助极了。”

我能够想象那个男人的心情，在梦中被一只巨大的弹弓射中脑袋，发生这样的事，谁都会有点魂飞魄散。我也能够想象邢志平的委屈。他是温室里的花朵，第一次出门远行，世界便开始了对他的践踏与蹂躏。

“我实在看不下去了，过去一把推开了那个男人，喝问他欺负一个孩子算何本事。”他闷头闷脑地说，“可能是我当时的样子比较吓人吧，报到前我刚刚徒步沿着黄河浪迹了一圈，像是个野人。那个男人完全被我镇住了，狼狈地换到了另外的座位，这样我就和邢志平坐在了一起。”

一个彪形大汉，头发凌乱，胡子拉碴，身上还残留着一股浓烈的羁旅气息，仿佛电影里从前线溃败下来的国民党大兵。我想象着彼时的情景：他威猛地把一只脚踩在座位上，摆出一个非常够劲儿的姿势，像一个真正打抱不平的好汉那样。的确比较吓人。邢志平一定想不到，这条吓人的大汉，会是自己大学时代里的一位学友，并且，还将影响他的一生。我想，看到这条好汉的第一眼，邢志平的内心一定就萌生出了无边的好感。换了谁都会这样。这是救人于水火的英雄，给人以温暖的大哥。邢志平身体里那个唆使他发抖的家伙，也一定会奇迹般地在一瞬间烟消云散，仿佛咣的一声，被关在了黑屋子里。直到若干年后，经历了更多的纷乱与挫败，这条大汉永远地从邢志平的世界消失，那个在他身体里作祟的家伙，才像一朵邪恶的花儿那样，重新绽放，使邢志平不得不相信，只有这条大汉，才可以将其囚禁。

“我问他，没事儿吧小兄弟？他又哭了起来。我只有揽住他的肩膀，把他抱在怀里。”他的拳头和巴掌上下互换了一下，现在是拳头压住巴掌。“在其后的旅途中，我们相互认识了对方。得知大家居然有着一个共同的目标——都是那所师范大学中文系的新生。他对此兴奋极了。我也很高兴，一路上给他背诵诗歌：啊，那个睡眠者没有任何谨慎的痕迹，睡着，然而却是在梦着，却是在发烧，他怎样沉浸其中，现在他是个胆怯的新人，他怎样被纠缠在内心活动那不断蔓延的鬈须里……”

你见过一个生病的李逵背诵诗歌的样子吗？眼前的这条大汉这么做的时候，一下子焕发出某种光彩，变得有些让人不能抗拒。我不知道这是邢志平的幸运还是邢志平的不幸。他生命中第一次远行，就遭遇了一位诗人。在那个时候，这不啻是和一整个时代正面相遇。这完全出乎父母们的意料吧，他们的乖儿子，刚刚脱离了家庭的呵护，就钻进了另外一双翅膀之下，得到的是诗意的庇护，足以抵挡糟糕、恶劣的生活。当然，也足以在其后令自己的一生被毁掉。“你写的诗吗？”我问。

“不是，邢志平也以为是我的诗，其实不是，我跟他解释说是里尔克的。”“但这已经无法动摇他对你的崇拜了。”毫无疑问，邢志平是一个单纯的少年，虚荣，怯懦，但也像所有的男孩子一样，渴望刚毅和力量。我想他太愿意去亲近一个像尹彧这样有男子汉气概的诗人，似乎这样就能够使自己也变得高大热烈。

“也许吧。总之随后的日子他就和我形影不离了。他总是躲在我的身后，以致有人说我是他的老爹。”

“他一直暗恋着丁瞳你知道吗?”

“知道，我看出了点儿迹象。但是那个时候的我，目光并不在这些儿女情长上，我有更大的视野。”他谨慎地笑了笑，“当然，现在看来，挺滑稽的。”

我看着眼前的这个人，努力将他与曾经的青年骄子联系在一起。但这几无可能，像是天方夜谭。眼前的男人，体格依然硕大无朋，但说老实话，更像是一个被气吹起来的草包。从前的一切，都消失了，精，气，神。这是必然的。比如，现在的我。我想，在对方的眼里，如今的我，也不过是一张被酒精浸泡得发馊了的纸片儿。回不去了，我们都再也回不去了。“后来你又开始了漂泊。”我说，垂下头望着茶杯里的热气，不去看他。

“是的。那很难。”

真不错。他没有喋喋不休。他只是说“那很难”。这就足够了。我知道漂泊之路是怎么回事。我们都曾站在时代与时代交替的那个关口，世界骤然折叠，而我们，都不幸漂泊在了对折之下那道最尖锐的折口之中。是的，那很难。他没有更多的形容。更多的形容只会拉低我们曾经的那些艰难。我不可抑制地想起了我的纳西族妻子：我们遇到的那一刻，我觉得我已经走到了所有路的尽头……

小戴过来给我们添水，冲我鼓励般地笑笑。

“后来你又回来了。”我说。

“是的，回来了。我在南方做过生意，在新疆打过工，但是，都很难。”

“如果你成功了，还会回来吗?”

“没有这种假设。这一生，我注定失败。”

我觉得我一瞬间垮掉了。这种滋味我很久都没有过了。所以我也不能确定。我只是喉头被什么狠狠地梗住。没有这种假设。这一生，我注定失败。这几乎是对一代人的宣判和指认。是的，我也回来了，在欧洲打过工，在非洲做过生意，但是，都很难。我回来了，画儿卖得不错。可我是个酒鬼。

“你回来了，对邢志平却是个干扰。”

“我不知道。也许是。可我无能为力。这个世界能够收留我的，似乎只有丁瞳了。”

“邢志平并不知道你的归来？”

“他可能不知道。其实我回来很久了，藏在不为人知的角落里。我和丁瞳在外面租了一间房子。”

这样就很清楚了。丁瞳对于邢志平那些激烈的否定，都有了具体的理由。“如今你们可以堂而皇之地在一起了。”我的口气并无调侃，我无法调侃眼前的这个人，调侃他，无疑就是对于我自己的贬斥。尽管，我们毫无荣耀可言，尽管，空气中都是玩笑和恶作剧。“邢志平几乎把所有财产都给了丁瞳，在经济上，你们也不会再有什么压力。”我只是陈述事实。我甚至期待着，他感到了羞辱，然后跳起来劈面给我一拳，砰地将我打飞，让我体验突然“到头”了的滋味。那也许真的很美妙。

但是他没有。“我们并不幸福。丁瞳也不幸福。”他说。

“为什么？”

“因为我们都已经不再有羞耻感。知道吗？邢志平曾经为丁瞳出过一本诗集。那本集子，其实是我的。现在看，它毫无意义。可对于这本肮脏的诗集，对于我们几乎是被施舍着的生活，我们已经毫无羞耻之感。”

是的，眼前的这条大汉，已经不会因为羞辱而对什么拔拳相向了。一切都呈现在眼前。我在两天之内，重温了一个时代，那些沸腾的往事。当然，我也重温了自己。那是一个大浪淘沙的图景。但无论是在风口浪尖上的尹彧，还是被裹挟着拍岸的邢志平，最终都被摔在了海之深处。我不想喝酒。一点儿也不想。

我和他作别。我们站起来的时候，他眉宇之间开朗了很多。也许这么说一说，对他也是件好事。

他开车离去。我独自回家。

回到家里我开始四处翻找。找了半天，我才意识到我是在找一块石头。那是块和田仔玉，是邢志平送我的生日礼物。但一无所获。我找不到了。

没有找到这块石头，我也并不感到格外沮丧。我打开了电脑。里面都是垃圾邮件。只有一封，是老褚发来的。他发来了一张照片。我用打印机打印下来。居然是那天葬礼时的情景，我当时并没发现有人在拍照。照片上送葬的一群人面容憔悴，可能是因为起得太早，空气太糟。大家分列几排，有种群像的味道。前排的丁瞳和尚可算是抹亮色。我的目光却落在那个孩子的身上。他是邢志平的儿子。在一种莫名的情绪下，我从桌上抓过一杆签字笔，在照片上这个孩子的脸上涂抹起来。

那张小脸渐渐地被我涂满了胡子楂。诗人的面孔渐渐显露，逐步惟妙惟肖地清晰起来，仿佛大猩猩，仿佛电影里从前线溃败下来的国民党大兵，仿佛幼年李逵。原来他就是这样一直潜伏在邢志平的生活里。一目了然，孩子不是邢志平的。当然，这是确凿无疑的罪。

那么，这是促使邢志平去死的根本动因吗？我想不是。邢志平是敏感至极的人，他不会很晚才发现这个事实。也许，他知道尹彧的归来，也许，那本诗集，他知道出自谁手。他就是这样在默默地忍受。也许，当知晓了这些不堪的事实后，这个失去了乳房、失去了财产、失去了老婆、失去了儿子的富人，只是开始瑟瑟发抖。他也许还会终于知道：那一年，自己第一次离家远行时无法遏制地颤抖的原因——那个家伙长久以来柔韧地蛰伏在他的心里，确凿无疑，不以人的主观意志为转移，它觊觎着，无时无刻不在伺机荼毒他的生活——那就是，一个人一无所有的，孤独。

也许，那一刻，突然间黄昏变得明亮，因为此刻正有细雨在落下。

我下楼去，买一瓶一斤装的小糊涂仙。

八

今天是我的生日。

早晨醒来后我冲了凉水澡，很认真地刮了胡子，将房间里所有的垃圾收拾到一个硕大的垃圾袋里。我在电话中约了尚可，她让我去学校和她见面。还有最后的那个谜底——我想知道，什么才是压垮邢志平的最后那根稻草。校园里的空气似乎好一些。有些学生依偎在冬天的枯树下。他们拥抱，他们接吻。

我们见面的地点是在一面湖的旁边。这面人工湖我上学的时候就有。尚可穿着一件咖啡色的羽绒服，显得有些臃肿。见面后，她问我："你还有什么想知道的？"

我没有回答她。我说："今天是邢志平的生日。"

她盯着我看了半天，一言不发。

"说说你们最后一次见面时的情景吧。"

"有问题吗？"

"没有。我只是想知道。"我说，"今天是邢志平的生日。"当然，这不是一个理由，可把它当成个理由，也说得过去。

"我们主要是讨论那部书稿。"

"做爱了？"

她深深地看我一眼。"你送他的那幅画儿，有魔力。"

"怎么说？"

"每次他都需要看着那幅画才能做爱。他的身体很差，几乎是一个完全丧失了欲望的人。但那幅画，是他的春药。"

我点点头。我知道那幅画对邢志平意味着什么。那是他生命中启蒙的一刻。看着那幅画，他会想起那一年，他们流浪，他们奔逃，他们热衷于"流浪""游走"这样的历险行为，将之视为地理和精神意义上的双重突围，在对这幅画的注视下，他可以做回一个男人，可以判自己做一个卑下者的徒刑已经服满了。

"你们讨论的是部什么书稿？书名是什么？"我换了话题。

"《新时期中国诗歌回顾》。"她说，"他对这部书很感兴趣。按理说他只需要帮我出版了就行，但他拿到手后，却表示自己先要认真看一看。"

"他看了吗？"

"看了，很认真。"

"为什么？他依然迷恋诗歌？"

"我想不是。他只是迷恋那个时代。他想从这部书里找到尹或的名字，但是我并没有把尹或的诗收进来。"

“为什么不收？”

“没有个人情绪的因素。这是部学术著作，我懂得保持自己的客观。现在看来，尹或当年的诗，的确不足以进入文学史。”

我有些呆愣，在心里体会着这个事实对于邢志平意味着什么。他的偶像，他的禁忌，居然被“新时期”摒弃在了回顾之外，无影无踪。

“那天我们主要也是讨论的这个问题。他有些烦躁。他说他为此查阅了手头所有能够找到的关于那一时期的诗歌资料，居然无一例外地找不到尹或。他说一定是我们搞错了，这个世界搞错了，尹或不该消失在关于那个时代的所有记录里。”她从衣兜里摸出张卡片，下意识地在手里翻弄着。看了半天，我才认出这是那只骨灰盒的寄存卡。一只骨灰盒都有一份确据，而一个人却可以被记忆匿名。那么，谁来证明那些没有墓碑的过往和生命？“我不是很理解他的态度，在他眼里，似乎只有一个诗人，那就是尹或。但是，他错了。”她说。

“你告诉邢志平他错了？”

“是，我觉得这是个常识。”

“他信任你，会承认你的判断。”

“也许是。”

“他是什么反应？”

“他笑了。”她眺望着结了一层薄冰的湖面。“当时我觉得他可能是接受了我的意见。我觉得没什么问题，我想不到几分钟后他就会从楼上跳下来。我一点预感都没有。那些天，天一直阴着，我走的时候，太阳出来了，房间里突然变得明亮。这一切，都让我感觉不到死亡的阴影。他为什么要这样？”

“因为他的世界破碎了，变得空空如也，就像他被剜除了的胸口。因为偶像与禁忌都已坍塌。因为，天空突然变得明亮。”我可能显得有些不知所云，但我只能如此了。

告别了尚可，我独自穿过自己的母校离去。我的身旁是如今的大学生。他们拥抱，他们接吻。校园里的人工湖还在，树还在，就像能永恒不灭似的。但天下雾霾，曾经的年轻人不在了。路也变得陌生。我不知道是否能顺利地走出去。但我并不想惊扰身边的情侣们，让他们给我指明一个方向。

我想，所有的路，总会有个尽头。

今天算是我和邢志平共同的生日。我们差不多是前后脚来到了这个世界。我们都赶上了一个大时代。我们是两个陌生人，但我们是一代人。现在，他死了，我的路却还没走到头儿。当然没有。起码，对于这个世界，邢志平走到尽头的时候一无所欠。而我，还欠着一个巨大的交代。这不是双重国籍这样的事，没人追究，你就可以当自己是个良民。我时刻面临着审判。我跟神父告解过，但没用。我很羡慕那些异国的酒鬼，他们只消把内心的脏水泼给他们的神就万事大吉。我却不行。我并没有得到赦免，我还没有权利去死。

我要去喝一杯，但愿小酒馆今天会破例在白天开门。

《十月》2014年2期

世间已无陈金芳

石一枫

1

那年夏天，小提琴大师伊扎克-帕尔曼第三次来华演出，我的买办朋友b哥囤积了一批贵宾票，打算用以贿赂附庸风雅的官员。没想到演出前两天，中央突然办了个学习班，官儿们都去受训了。他的票砸在手里，便随意甩给我一张：

“都是民膏民脂，不听也可惜。”

演出当天，我穿着一身体面衣服，独自乘地铁来到大会堂西路。正是一个夕阳艳丽的傍晚，一圈水系的中央，那个著名的蛋形建筑物熠熠闪光。苍穹之上，飘动着鸟形或虫形的风筝。穿过遛弯儿的闲人拾级而上时，我身边涌动着的就是清一色的高雅人士了，个个儿后脖颈子雪白，女士镶金戴银，一些老人家甚至打上了领结。检票进入大厅的过程中，我忽然有点儿不自在，感到有道目光一直跟着自己，若即若离，不时像蚊子似的叮一下就跑。

这让我稍有些心神不宁，频频四下张望，却没在周围发现熟面孔。走到室内咖啡厅的时候，忽然有人扬手叫我，是媒体圈儿的几个朋友。他们凭借采访证先进来，正凑在一起喝茶、讲八卦。我坐过去喝了杯苏打水，和他们敷衍了一会儿，但目光仍在鱼贯而入的观众中徘徊。

“瞎寻摸什么呢？这儿没你熟人。”一个言语刻薄的秃子调笑道，“你那些‘情儿’都在城乡接合部的小发廊里创汇呢。”

这帮人哈哈大笑，我也笑了。片刻，演出开始，我来到前排坐下，专心聆听。琴声一起，我就心无旁骛了。

大师与一位斯里兰卡钢琴家合作，演奏了贝多芬和圣桑的奏鸣曲，然后又独奏了几段帮他真正享誉全球、获得过格莱美奖的电影音乐。压轴曲目当然是如泣如诉的《辛德勒的名单》。一曲终了，掌声雷动，连那些装模作样的外行也被感染了。前排的观众纷纷起立，后排的像人浪一样跟进，当帕尔曼坐着电动轮椅绕台一周，举起琴弓致意时，许多人干脆喊了起来。

在一片叫好声中，有一个声音格外凸显。那是个颤抖的女声，比别人高了起码一个八度。连哭腔都拖出来了。她用纯正的“欧式装逼范儿”尖叫着：

“bravo！ bravo！”

那声音就来自我的正后方，引得旁边的几个人回头张望。我也不由得扭过身去，便看见了一张因为激动而扭曲的脸。那是个三十上下的年轻女人，妆化得相当浓艳，耳朵上挂着亮闪闪的耳坠，围着一条色泽斑斓的卡蒂亚丝巾。再加上她的下巴和两腮棱角分明，乍一看让人想起凯迪拉克汽车那奢华的商标。

初看之下，我并没有反应过来她是谁。直到她目光炯炯地盯着我时，我才蓦然回过神来。这不是陈金芳吗？

音乐会散场的时候，陈金芳已经在出口处等着我了。此时的她神色平复了下来，两手交叉在浅色西服套装的前襟，胳膊肘上挂着一只小号古驰坤包，显得端庄极了。虽然时隔多年不见，但她并未露出久别重逢的惊喜，只是浅笑着打量了我两眼。

“你也在这儿。”

“够巧的……”

说话间，她已经做了个“请”的手势，往大剧院正门外走去。我也只好挺胸抬头，尽量以“配得上她”的姿态跟上。出门以后她问我去哪儿，我说过会儿我老婆来接我。她看看表，表示接她的人也还没到，刚好可以找个地方聊聊。聊聊就聊聊吧，尽管我实在不确定能跟她聊点儿什么。

大剧院附近的茶室和咖啡馆都被刚散场的观众们挤满了，我们步行了半站地铁的路程，才在劳动人民文化宫对面找到一家云南餐厅。走路的时候，她一直没跟我说话，高跟鞋坚定地踩着地面，回声从长安街一侧的红墙上反射回来。落座之后，她重新看了看我，然后才开口：

“你也变样了。”

“那肯定，都十来年了，没变的那是妖精。”

“不过你还真不显老。”她抿嘴笑了，“一看就挺有福气，没操过什么心。”

“还真是，我一直吃着软饭呢。”

“别逗了。”

“你不信？那就权当我在逗吧。”我略微放松下来，恢复了固有的口气，同时点上支烟。

她又问我：“现在还拉琴么？”

“武功早废了。”

“过去那帮熟人呢，还有联系么？”

“也没了。他们看不起我我也看不起他们。”

“这倒像你的风格。”她沉吟着说。

“我什么风格？”

“表面赖不叽叽的，其实骨子里傲着呢。”

这话说得我一激灵。类似的评价，只有我老婆茉莉和几个至亲对我说过，没想到陈金芳对我也是这个印象。要知道，我自打上大学以后就再没见过她呀。我不禁认真地观察起这位初中同学来，而她则毫不避讳地与我对视，两条小臂横搭在桌子上，那架势简直像外交部的女发言人。

很明显，陈金芳在等着我向她发问，比如问问她这些年过得怎么样，曾经干过什么事儿，眼下又在忙什么之类的。然而对于那些曾经生活在窘迫的境遇里，如今则彻头彻尾地改头换面的故人，我一贯不想给他们抒情言志的机会。倒不是嫉妒这些人终于“混好了”，而是因为他们热衷表达的东西实在太过重复。无非是“忆往昔峥嵘岁月稠”的顾影自怜，外加点儿“敢教日月换新天”的豪情，就算把自己“煽”得一把鼻涕一把泪，也藏不住他们眉眼间那恶狠狠的扬眉吐气。只要看看《艺术人生》

或者《致富经》之类的节目，你就会发现电视里全是这些玩意儿。

于是，我故意说："你现在不拿烙铁烫头了吧？"

她愕然了一下："你说的是什么时候的事儿了？"

"上学的时候呀。那可是个技术活儿，我记得你在很长时间里只剩一条眉毛了。"

出乎我的意料，陈金芳既宽厚又爽朗地笑了："你还记得呢？现在我也想起来了。后来我只好往眼眶上贴了块纱布，骗老师说是骑自行车摔的。"

她的反应让我很不好意思。那种失态的挑衅更印证了我的肤浅和狭隘，而此时的陈金芳则显得比我通达得多。接下来，我便不由得说出了自己原本不愿意说的话：

"你可真是大变样了……刚才我都不敢认你。"

"也就表面变了，其实还挺土的。"

"这你就是谦虚了，不知道自己在别人眼里已然惊为天人了吗？"我舔舔嘴唇，几乎在阿谀她了，"你究竟是怎么做到的？"

更加令我意外，陈金芳反而对自己避而不谈了。她简短地告诉我这两年"刚回北京"，正在做点儿"艺术投资方面"的事儿，然后就又把话题引回了我身上。她问我住在哪儿，具体在什么地方上班，又感叹我把小提琴扔了"实在是太可惜了"。我则被弄得越来越恍惚，也越来越没法把对面这个女人和多年前的那个陈金芳对上号。

我们有一搭无一搭地聊了许久，普洱茶第二次续水的时候，陈金芳的电话响了一声。她看了看短信说："我得走了。"

我也欠身站起来："那回头再聊。"

我给她留了自己的电话，而她则递给我一张头衔相当繁复的名片。我陪着她走到街上，看到路边停着一辆英菲尼迪越野车。这两年有点儿钱的文化人或者有点儿文化的有钱人都喜欢买这种车，前不久还有一位大脸长发的音乐人因为醉驾被抓了典型，出事儿时开的就是这一款。陈金芳走向副驾驶座的时候，已经有一个身材高挑、二十出头的男人下来为她打开了车门。那小伙子穿着一件带网眼的紧绷T恤衫，遭受过膑刑的牛仔裤里露出两个瘦弱的膝盖，看上去倒像某个高级发廊的理发师傅。

他对陈金芳颔首，压根儿就没看我，重新发动汽车之后绝尘而去，气流搅得路边的落叶旋转着纷飞了起来。夜风渐凉，再下两场雨，就要入秋了吧。

过了十几分钟，茉莉恰好也加完班，从国贸那边过来接我了。回家的路上，她问我晚上的音乐会怎么样，我随口说“还成”。我又问她今天忙不忙，她说：“这不明摆着么?”然后车里就陷入了沉默。已经有很长时间了，我们之间没什么话可说。

借着立交桥上彩灯的光芒，我偷偷把陈金芳的名片拿出来看了一眼。刚才没有看清，现在才发现，她的名字也变了。陈金芳已经不叫陈金芳，而叫作陈予倩了。她的变化真可谓是内外兼修呀。

2

我第一次见到陈金芳或云陈予倩，还是在上初二的时候。

那天刚下最后一节课，教室里乱糟糟的。大伙儿正准备回家，班主任忽然进来，宣布来了一位新同学。但我们往她身后张望，看到的却是空无一人。老师也有点儿诧异，又探头朝门外寻摸了一圈儿，喊道：

“你进来呀。在外面哨着干吗。”

这才从门外走进一个女孩来，个子很矮，踮着脚尖也到不了一米六，穿件老气横秋的格子夹克，脸上一边一块农村红。老师让她进行一下自我介绍，她只是发愣，三缄其口。老师只好亲自告诉大家她叫陈金芳，从湖南来，希望同学们对她多多帮助，搞好团结。

学生们随即一哄而散。在我们那所部队子弟学校，像陈金芳这样的转校生，基本上每年都能碰上个两三位。他们跟随家人进京，初来乍到时与这里的一切格格不入，好不容易熟悉了环境，跟周围人能说上话了，但却往往又要离开。日子久了，我们这些“坐地虎”就学会了对这些学生视而不见。反正他们随时会从教室里消失，与其深交又有什么意义呢?交朋友也是要讲究成本的。

更何况这女孩一眼而知是从农村来的，长得又挺寒碜，不管从哪个方面说都非我族类。我们咋咋呼呼地从她身边涌过，就像绕开了一张桌子或一条板凳。班上的几个男生跑到操场打篮球，我则倚着篮球架子跟他们臭贫。自从一次打球戳伤手指，造成半个月不能练琴以后，我母亲就严禁我进行这种活动了。就这么消磨到夕阳开始下坠，半边操场都被染红了，我才拎上书包，跟朋友们打个招呼，往校门走去。

这时背后忽然传来一阵哄笑。我循着笑声回过头去，看见了陈金芳。她手上攥着一只印有“钾肥”字样的尼龙口袋，跟在我身后几米开外。当我前行的时候，她便迈着小碎步跟上来，当我站住，她也站住，支棱着肩膀，紧张地看着我。

面对陈金芳的亦步亦趋，我也有点儿不知所措。我本想呵斥她两声，让她离我远点儿，但又一想，那样可能会招来男生们更加夸张的起哄。于是我尽量让自己眼不见心不烦，加快速度回家。

九十年代的北京，天空还相当通透，路上也没什么车。大部分机关职工都骑自行车上下班，前车筐里放着装满萝卜青菜的网兜，透着一股过小日子的家常味儿。我穿过当时的铁道兵大院儿，到长安街的延长线乘上4路公共汽车，经五棵松到达西翠路，下车后再往南步行十分钟，就能看见从小居住的那个家属院了。一路上，共有三尊毛主席塑像扬着手跟我打招呼。这天我的步伐格外快，还像个没规矩的坏小子似的挤到排队乘客的前面。看见院门口那几栋红砖板楼的时候，我的身上微微冒出了汗，而一回头，陈金芳仍跟在我身后。

我有点儿气急败坏地站住，等着她走近。陈金芳面无表情地朝我挪了几步，像直立的豚鼠似的两手捏着“钾肥”袋子，置于胸前。她突然对我开口：“我们家也住这里。”

我“哦”了一声，她又补充道：“我姐夫是许福龙。”

好一会儿，我才想起许福龙就是食堂里那个特会和面的胖子。他是山东人，靠着一手做面食的手艺，志愿兵期满之后又留在了我们院儿，而且还结了婚，把老婆也弄了过来。这么说来，陈金芳她姐我也见过，就是在窗口负责盛菜那位。那是个丰满的少妇，长着一对相当霸道的胸部，夏天不爱穿胸罩，两个乳头很显眼地从迷彩短袖衫里面凸出来。打饭的时候，我总听到后勤系统的人逗她：

“你的奶都要喷到饭盆里啦。”

遭受调戏的陈金芳她姐也混不吝，抡着勺子笑嘻嘻地和人打闹。由此可见许福龙两口子人缘不错。院儿里还有个段子，就是许福龙家里人口多，吃饭挑费高，许福龙便每天蒸出包子、花卷，先往肥大的军裤裤裆里塞上两斤，然后像鸭子一样火急火燎地跑回家里。天长日久，许福龙的生殖器相当于每天蒸一次桑拿，便被烫坏了，失灵了。这个段子的指向自然是陈金芳她姐，众人都认为她那对胸部“可惜了”。而我面对陈金芳，却很想问问她，假如这个故事是真的，那么从裤裆里掏出来的热气腾腾的面食，他们又怎么能够吃得下去呢？

但这时候，陈金芳就转头离开了。我家住在东边某栋红砖板楼的一层，她则要前往西围墙边上的那排平房。后勤系统雇用的临时工都被安置在了那里。

走之前，她还仿佛格外用力地盯了我一眼。

没想到，就在当天晚上，我又见到了陈金芳。那是在吃完晚饭之后，我父亲穿上军装去应付一个突然性的检查，母亲照例把我轰进自己的房间拉琴。到了初二时，我练习小提琴已经达到八年之久，因为技艺进展飞快，在乐团工作的母亲已经不能再指导我了。为了不“耽误”我，她领着我满北京地遍寻名师，并且替我做出了明确的规划，那就是先拿下几个重要的青少年比赛奖项，然后考进中央音乐学院。这个目标无疑需要旷日持久的苦练，我关上包了一圈隔音海绵的房门，站在窗前，将琴托架在磨出了一层薄薄的茧子的下巴上。

那天我练习的是柴可夫斯基《D大调小提琴协奏曲》。1994年，大师帕尔曼首次来华，他热情地称赞过北京烤鸭之后，便在人民大会堂演奏了这首曲目，而那场演出的现场录音唱片已经被我听坏了好几张。此刻，头顶着被飞蛾搅乱的路灯灯光，我幻想自己就是坐在轮椅上的帕尔曼，而草坪上黝黑一片的颜色，则是如潮的观众们的头发和黑礼服。只不过一转眼，这种意淫就被隔壁老太太跟儿媳妇吵架的声音打断了。

也就是这时，我在窗外一株杨树下看到了一个人影。那人背手靠在树干上，因为身材单薄，在黑夜里好像贴上去的一层胶皮。但我仍然辨别出那是陈金芳。借着一辆顿挫着驶过的汽车灯光，我甚至能看清她脸上的“农村红”。她静立着，纹丝不动，下巴上扬，用貌似倔强的姿势听我拉琴。

也不知是怎么想的，我推开了紧闭的窗子，也没跟她说话，继续拉起琴来。地上的青草味儿迎面扑了进来，给我的幻觉，那味道就像从陈金芳的身上飘散出来的一样。在此后的一个多小时中，她始终一动不动。

当我的演奏终于告一段落，思索着是不是向她隔窗喊话时，一个女人近乎凄厉的喊叫声从远处的夜色中直刺过来。那是她姐在叫她呢。陈金芳嗖地一晃，人就不见了。

3

同学们是什么时候开始集体排斥陈金芳的？

她默默无闻地在我们班上耗一年，尽管没交上任何朋友，但却没像前两位借读生一样陡然消失，这已经算是个小小的奇迹了。有一度，她的座位曾经空了半个月之久，大家都认为再也不会见到她了，不过也没人觉得遗憾；但某一堂课开始时，她又赫然出现在了那里，仍旧沉默无语，老师一开讲，她就趴到桌子上睡觉。

学校里的课程，她从来就没跟上过。但学习差并不是陈金芳成为众矢之的的原因。大家另有理由。

理由之一，是她们家什么都吃。说这个问题之前，得先介绍一下这家人的人口构成。除了陈金芳及其姐姐姐夫这三个固定成员，那两间小平房里还不定期地住过陈金芳的妈、舅舅、叔叔婶子、表哥表嫂等人。暂居者的面孔虽然常变常新，但总的来说有一条规律，就是许福龙一直生活在外戚当道的局面里。那些亲戚有的是来看病，有的是来找工作，还有的号称什么也不为，就是见到别人“进了北京”，自己也想来“看一看”。有那么一阵，我每天早晨上学的路上，都能看见一辆平板三轮从西平房的拐角驶出来。蹬车的是陈金芳的表哥，一个梨形脑袋，此人的前额被产钳夹得极其窄，窄得不到巴掌宽，头顶还被挤出了一个妙不可言的尖儿。车后坐着陈金芳的妈，她患有股骨头坏死，走路画圈儿；一旁跟着陈金芳的表嫂，作为梨形脑袋的妻子，此人脑袋的质量自然也不会太高，尽管形状无异，但却有轻度痴呆的症状，爱流口水。这一支浩浩荡荡的队伍披星戴月，干的是收废品的营生。而这也是陈金芳家族在北京唯一能够立足的领域了。她的舅舅，一个仅有的看似聪明的亲戚，曾经雄心壮志地企图挺进代订火车票的市场，后来被一伙安徽人揍了一顿，连裤子都扒了，寒冬腊月里只穿一条秋裤，满脸是血地蜷在马路牙子上哆嗦。

关于陈金芳家人口之多、之杂乱，还有一个很直观的说法，是我们班的班主任提供的。她装模作样地去家访过一次，回来感叹说："窗台上只有一只刷牙杯，里面插着七八柄牙刷。"

同学们诧异：这样一来，怎么能分清哪支牙刷是属于哪个人呢？如果她们家人不介意混用，又何必七八把？一把足矣。但陈金芳一家所要迫切解决的问题还不是刷牙，而是吃饭。在春夏之交，我们看见陈金芳她妈沿着院儿里干道上那排杨树走到头，再走到尾，一边画圈儿，一边往塑料袋里捡嫩杨花。院儿东头那棵半死不活的槐树，也被她们家人薅得够呛。那些年的八一湖还不是封闭公园，水势也大，夏天男生常常下湖游泳，这时却看见陈金芳和她姐、她表哥赤脚站在滩涂上捞小鱼、摸螺蛳，甚至用竹签子扎青蛙。

客观地说，以当时北京的生活条件，再怎么困难的家庭，大米白面总还是吃得饱的，再说他们家还背靠着食堂，还有许福龙的裤裆这个秘密武器呢。他们的自力更生，主要是为了丰富副食。再也许，他们在老家就有这个习惯，只不过带到北京来就显得突兀了。

院儿里上了岁数的人感叹说："三年自然灾害的时候，也就这个吃法儿了。"

更骇人听闻的一件事，是我们学校门口总游荡着一只交配过度、乳头耷拉到地上的野狗，这狗忽然有一天就不见了，而陈金芳家里却飘出了少有的肉香。

排斥陈金芳的理由之二，就直指她个人了。班上的女生恍然发现，原来她还是一个爱慕虚荣的人。这个迹象是逐渐显现出来的。最初，陈金芳一年四季的换洗衣服不超过三套，一件洗了另一件可能还没干，必须得穿着湿的来上学。后来衣服就多了起来，基本上来自于她姐，因此不是红配绿就是粉配紫，"怯"得要命。有一次，她居然穿了一件带垫肩的双排扣西服来上学，那衣服的下摆直垂到运动裤的膝盖上，简直像个唱戏的。这衣服还没穿够半天，她姐就风风火火地追到了学校，劈头给了陈金芳一个嘴巴，然后夺过西服出门办事。而陈金芳脸上印着几道红印，还若无其事地对旁边人解释说，她姐也准备“下海”了，准备开一个酒店。过了两个月，“酒店”还真开起来了，是菜市场旁边的一个小门脸，主营包子馄饨，一群菜贩子坐在露天条凳上吃。

陈金芳还是班上女生里第一个抹口红的，第一个打粉底的，第一个到批发市场小摊儿上穿耳孔的。后来我揶揄过她的烙铁烫头事件，也发生在初三那一年。那段时间，她简直把自己的脸当成了一片试验田，什么新鲜事物都敢往上招呼。她还穿过几天高跟鞋，那鞋不知是从谁家楼道里捡来的，一只鞋跟高，一只鞋跟矮，这导致她走路的时候也深一脚浅一脚的，好像被遗传了股骨头坏死。

在同学们之前，老师已经看不惯她了。“陈金芳啊陈金芳，”我们班主任说，“你们家那么个条件，还穷嘚瑟什么呀？”

孩子的态度更要比大人极端得多，那几乎可以称得上是一场逐渐升级的斗争运动。刚开始是班干部公然用“品质恶劣”“忘本”之类的词汇斥责她，后来是女生对她翻白眼儿，喝来斥去，再往后居然发展到了动手的地步。一些男生用跳绳抽她，用粉笔头掷她，还用扫帚把儿捅她的后脑勺。干这些事儿的时候，大家都义正词严的，但作为旁观者，我必须得证明，陈金芳并没有招过谁惹过谁。时至今日，她每天在学校里说过的话都不超过十句。而说起虚荣，谁又没这个毛病呢？哭着喊着胁迫父母用半个月的工资给自己买一双“耐克”球鞋的大有人在。

对于一个天生被视为低人一等的人，我们可以接受她的任何毛病，但就是不能接受她妄图变得和自己一样。

“你们院儿的陈金芳”，这是别人对我提起她时常用的称呼。这么说的时候，他们挤眉弄眼，话里有话。有两个跟我关系不错的女孩儿遗憾地表示：“你呀你，怎么跟那人住一个院儿啊？”听她们的口气，陈金芳就是一块时时作痒的烂疮，谁要是跟她扯上关系，那可真是人生的大不幸。

我暗自庆幸，别人没有发现我和陈金芳之间的隐秘联系。自从见面的第一天，我们就把“演奏者”和“听众”的身份固定了下来。她会在晚上八点钟左右出现在我窗前的树下，我在拿起小提琴试音之前，也会望一望外面有没有那个痴痴愣愣的人影。随着我的手上功夫变得越发纯熟，陈金芳的面目不清的身影也在发生着渐进的变化。她的个头长高了，轮廓的弧线也有了明显的凸出和凹陷。如果仅看剪影，任谁都会认为那是一个美好的、皎洁如月光的少女。不知何时开始，我的演奏开始有了倾诉的意味，而那也是我拉琴拉得最有“人味儿”的一个时期。

试想一下，假如不是因为这点儿交情，我会不会也像其他学生一样欺负陈金芳，甚至因为她“是我们院儿的”而欺负得更狠呢？我可从来没在道德品质方面过高地信任过自己。

对于我的演奏，陈金芳当然无法做到每场必到。她们家人多活儿多，下了学，她还得到食堂帮助许福龙扛面粉，或者把她妈收来的垃圾分门别类装进蛇皮袋。最长的一次缺席，发生在初三的第二学期，当时陈金芳家里发生了一个挺大的变故：她在老家的父亲正在从鸡屁股里面往外掏鸡蛋，突然就一头扎在鸡窝里，没气儿了。按照城里人的知识推测，可能是突发性脑溢血什么的，但是村里人不计较死因，只在乎结果。他们描述，将死者拖出来时，脑袋上糊着厚厚的一层鸡屎，连头发都变成绿的了。陈金芳的父亲去世以后，她母亲也只好放弃了对股骨头坏死的治疗，打算回家侍弄那几亩水田，而她们家的其他亲戚也深感京城的居不易，决定集体还乡。就在这个时候，陈金芳却拒绝回去。她坚决要求留在北京。

这个要求不仅遭到了她妈的反对，连她姐也不同意。家里的田不能不要，活儿不能没人干，而眼下，陈金芳已经成了唯一的健康劳动力。从长远打算，母亲一定还指望着她结婚招婿，充当顶梁柱呢。况且，在姐姐姐夫这里寄人篱下，她又能有什么出路呢？留下来总不能马上到社会上去漂着，总得上学。但初中阶段属于义务教育，所以我们学校才不情不愿地接收了她这个借读生，而到了高中，别说学校不收她了，就是收，她也考不上呀。一个初中毕业生，在北京就和文盲一样的。

但是陈金芳听不进去。她像是吞了秤砣，铁了心了。家里人便开始围攻她，逼迫她，那些天里，西平房频频传来打、骂和砸东西的声音，那是一个人对抗一家人的战斗。也实在想象不出来，在学校里不吭不响的陈金芳，居然有着如此坚韧而泼辣的劲头。有一天我正打算练琴，邻居家的老太太过来还毛衣针，顺便拉着我母亲扯点儿闲话，三言两语就扯到了陈金芳身上。

“没见过那么狠的孩子。”消息灵通的老太太感慨说，“都闹腾了多少天了？他们家把她轰出去，她就窝在院儿里墙角睡觉……说是宁死不走。说来也是，外地人来了北京谁愿意走呀？在这儿受苦也比回家强……现在又打上了，窗户都砸了。”

我母亲假客气着敷衍几句，就关上了门，但我却不知为何坐不住了。那天白天，我还在学校看见了陈金芳，这时回想起来，她的脸和身上的确都格外脏，后背上还粘着黑乎乎的一块煤灰。这大概就是露天睡墙角的结果吧。

我随意拉了一段练习曲，便独自开门出去。母亲问我干吗去，我说擦琴弓的松香用完了，想到另一栋楼里一个练中提琴的孩子家借一块。出了门，我沿着白杨树的林荫道一路向西，很快就看见了陈金芳一家人租住的那两间平房。果然有块玻璃被打碎了，屋里的灯光像橘子汽水一样泼出来，同时还有她们家人七嘴八舌的喊叫。因为激动，所有人说的都是湖南土话，我只能听懂个大意。她妈说陈金芳“翅膀没硬就想飞”，还说她“忘本”；她姐的话更实际一点儿，表示已经供她吃供她穿好几年了，以后不想再供下去，“不养吃闲饭的”。

陈金芳针锋相对地反击，指出自己一直都在干活儿，何来吃闲饭一说？又表示留在北京，她也不住姐姐家了，“死就让我死到街上，反正你们也不是没把我轰出去过”。她越说越激动，同样的意思颠来倒去地重复了好几遍，最后干脆变成了尖厉的叫喊。那简直是泣血的哀号，虽然站在远处，我只能看见她颤抖不休的身影，但我猜想，她的表情一定是目眦欲裂的，甚至仿佛从嘴里长出了獠牙。

她喊得最响的一句话，是用普通话说的：“你们把我领到北京，为什么又让我走？为什么又让我走？”

这么喊的时候，她好像把体内所有的气一口喷出，随时都会晕倒在地。而没过两秒钟，陈金芳就真的倒了。她姐姐抄起了一支擀面杖，像在食堂抡勺子一样抡起来，画了个完整的弧线，落到陈金芳的天灵盖上。

打完之后，她姐也傻了，擀面杖扑棱掉到地上。门外两个看热闹的邻居叫起来：“出人命啦！”而这时候，还是默不作声的许福龙比较冷静，他弯腰抱起陈金芳，撞开门，往医务室跑去。一大群人沸反盈天地经过时，我不由自主地往旁边让了两步，同时看见陈金芳在她姐夫胳膊上起伏的身体弧线，看见她的胸脯大幅度地隆起、下降。我还看见黑红色的黏稠的液体顺着她的脖子流下来，稀稀拉拉地洒在地上。

此后的两天，在上学的路上，我都能看到陈金芳洒在水泥路面上的血迹。那些血滴还算新鲜的时候，被清晨的阳光照耀得颇为灿烂，远看像是开了一串星星点点的花，是迎国庆时大院儿门口摆放的“串儿红”。没过多久，血就干涸污浊了，被蚂蚁啃掉了，被车轮带走了。而那起家庭暴力事件的后果，则是陈金芳付出了惨痛的代价，终于留在了北京。她继续沉默着出现在学校里，被同学们排挤、欺负，也继续在暗夜里来到我窗下，听我拉琴。

但自始至终，我也没有隔窗与她说过一句话。

4

再后来，我们就毕业了。凭借小提琴这个特长，我被圆明园那边的一所重点中学招收，开始了平时住校、假期才回家的生活。作为“金帆乐团”的首席小提琴，我有了许多相当正式的演出机会，参加过和国外学校合办的音乐夏令营，还跟不少“科教文卫”系统的头头脑脑握过手。我与陈金芳那拉琴和听琴的关系自然就此终止。那就像一个无关紧要的秘密，转眼就被当事人忘得干干净净。

在此后的日子里，我们仅仅见过屈指可数的几面。

记得有一次见她，是在高一结束，快上高二的时候。当时我刚参加完暑期的“全国青少年音乐联展”，带着一身海腥味儿从青岛回来。连着游了几天泳，再加上刚下火车，我疲倦得很，经过大院儿斜对面那一排小卖部的时候，一不留神踢倒了两个立在马路牙子上的啤酒瓶。啤酒是半满的，洒了一地白沫，我赶紧弯腰把它们摆正，但为时已晚。两个穿着灯笼般的大肥裤子、脖子上挂着大串金属链子的野小子追了上来，他们骂骂咧咧地推搡我，问我“这事儿怎么办吧”。

那些孩子大都是从丰台来的，有的是职高的学生，还有的干脆辍学在家。很多次，我看见过他们把老实巴交的中学生堵在墙角，一边抽嘴巴一边搜兜儿，连人家脚上的球鞋也抢。对于我们这些“大院儿”里的孩子，他们仿佛怀有先天的仇恨，只要碰上落单的决不手软。我话也不敢说，只是一味心惊胆战地后退，而这时，一只刺满了文身、龙飞凤舞的胳膊已经搭到了我的小提琴琴匣上。

“拿来我看看。”那人笑着对我说，嘴里露出一颗缺了一半的门牙。

这人我见过，是个赫赫有名的痞子，因为门牙的原因，外号叫“豁子”。那几年里，附近的恶性案件似乎都跟这人有关。更让我害怕的是，他对我的琴产生了兴趣。那是一把德国仿制的“斯科拉迪瓦里”，是我母亲托了不少人才买到的。

琴匣被粗暴地从肩膀上拽下来，我赶紧把它抱在怀里，同时弯腰蹲了下去。这是宁可挨揍也不撒手的姿势，痞子们果然被我的态度激怒了。他们骂着脏话，揪着我的头发，过不了几秒钟，拳脚就会准确有力地落在我的脸上、肋骨上。

就在这个时候，头顶上有个女声响起来：“你们丫撑的吧？”我保持着大便的姿势曲颈看去，望到了陈金芳的脸。

陈金芳穿着一双明黄色的塑料拖鞋，脚指甲都被涂成了艳红，它们星星点点地晃动，不知为何又让我想起了当初洒在水泥地上的血迹。再往上，是牛仔短裤下毕露无遗的大腿。她推开那两个小子，又把豁子拉开：

“算了算了。”

豁子似笑非笑地问她：“你认识这孩子？”

“说不上认识。”陈金芳干脆地说，然后加上了一句，“不过他是我们院儿的。”

听到她这么说，豁子不知为何露出了乏味的表情。他点上一颗烟，鄙夷地踢了我屁股一脚：“滚蛋。”

我落荒而逃，连头都不敢回。跑到家里，心情渐渐平稳下来，我才开始诧异于陈金芳的巨大变化。让我诧异的倒不是陈金芳突然变得漂亮了，而是我当初从来没意识到她也是有可能漂亮的。她涂了透明唇膏，打了眼影，还染了一头耀眼的黄发，这样的装扮令她的脸棱角分明，甚至具备了西方人的立体感。她大面积暴露的肢体散发着蓬勃、咄咄逼人的肉感。更大的变化发生在她的眼神和表情上，过去那种食草动物一般怯弱、忍辱负重的神态早已无影无踪，取而代之的是肆无忌惮的泼辣与轻佻。再想起是这样一个陈金芳保护了我，我的耻辱感就更强烈了，那感觉比在音乐比赛上被技法更加纯熟的高手“盖”过去更加难以忍受。

当天晚上，院儿里的朋友在食堂的小灶为我接风。听说了我的遭遇后，两个虚张声势的小“顽主”先是号称要“灭了丫豁子”，但没几句话就把话题转到陈金芳身上了。在他们的描述中，陈金芳已经变成了一个著名的“圈子”，和公主坟往西一带大大小小的流氓都有过一腿。那些人中年纪小的和我们同龄，年纪大的足有四十多岁，是“文革”时期遗留下来的“老炮儿”。她被豁子“带着”，也就是近两个月的事儿。与这次转手相伴的，自然又是一场血案，豁子曾经趁夜奇袭过陈金芳上一个“傍尖儿”，用一头裹着布条的钢筋把人家的脚踝打碎了。

此时的陈金芳被塑造成了妖娆、轻浮的红颜祸水，同时还具有了莫大的传奇色彩。朋友们眉飞色舞地议论她的时候，已经忘了就在一年前，他们还把她当成一个土包子踹来踹去。她也早就不住在我们院儿的西平房了，而是被谁“带着”，就大大方方地跟谁住到一起。这倒也实现了她当初对她姐姐说过的，“留在北京也不住你们家”的誓言。对于这个臭名昭著的妹妹，也不知她姐姐姐夫作何感想，也许他们管过陈金芳，但管不了，更也许，他们连管都懒得管。她姐的包子馄饨摊儿已经发展壮大，开始兼营给附近的小商铺送盒饭的业务，本来就忙得团团转了。

在青岛那个啤酒之乡，我都没有偷偷从宿舍溜出去喝一杯，那天晚上却不知怎么就喝高了。朋友们还以为我遭到了欺负，还在闷头生气，便纷纷劝慰我说“君子报仇，十年不晚”。我没接他们的话茬儿，独自默默地回了家，坐在自己的床上，垂头看着窗外泻进来的斑驳的月光。

出了会儿神，我突然站起来，拿出琴来。我仍然有点儿晕眩，但竭力站稳双脚，让腰杆笔直，演奏了圣桑的《天鹅》。这是作曲家在1886

年完成的《动物狂欢节》组曲中的一个段落，旋律凄美哀婉，叫人心碎。

如今想来，我颇为当时的自己感到不好意思：哪儿来的那一股子泛滥的纯情劲儿啊，简直像怡红公子一样，逮着个女的就能觍着脸对人家感时伤怀。我一边拉琴，一边抬眼望着窗外白杨树肃然的黑影，忧伤地寻觅着。我期待自己能像当初一样，发现陈金芳背手靠在树干上。如果这一幕出现的话，我会直视她早已大变的容貌，真诚地感受她浑身上下散发出来的少女的光彩。我还臆想着听我拉琴的时候，她那女流氓式的、满脸混不吝的表情也消失了，取而代之的则是一派沉静与专注……她的脸上甚至还会带着和我一样的忧伤。

可是很遗憾，那天晚上，陈金芳压根儿就没在我的窗外出现过。理性地想一想，她再也没必要来了啊。以豁子为首的那帮人刚刚向她拉开了新舞台的大幕，她不仅留在了北京，而且陡然意识到自己成了红人儿，晚上正是她忙得不亦乐乎的时候。我的朋友们声称在很多“上档次”的地方看见她，比如说“民族饭店”旁边新开的那家韩国烤肉，再比如首体南路上的滚轴溜冰场，甚至还有崇文门外久负盛名的“马克西姆”餐厅。“带上”她之后，豁子还买了一辆二手的菲亚特“乌诺”轿车，这在当时的年轻人中，绝对称得上是石破天惊之举了。要知道，在九十年代中后期，司局级干部才能坐上国家配备的老款“丰田”或者“尼桑”，而拥有一辆私家汽车，无论大小，都已经是典型的“成功人士”的标志了。

也就是说，变成了“圈子”的陈金芳再也不需要到我这儿来解闷了。我们演奏者和听众的关系就此宣告结束。想明白这一点之后，我终于停止了拉琴。我的心里突然涌上了被人抛弃的感觉，假如再矫情一点儿，我几乎要吟出一句“从此萧郎是路人”之类的屁话了。可是不得不承认，在此以前，我是从来没打心眼儿里看得起过陈金芳啊。如今人家不来了，我倒一厢情愿地煽起情来……我他妈什么玩意儿啊。

那也是我第一次意识到自己身上充满了虚伪的、专属于知识分子的恶劣脾性。也怪了，从这个角度认清自己之后，先前的羞耻感反而消失了。我几乎是如释重负地躺到床上，转眼就睡着了。

在那之后，我还见过几次陈金芳，都是在暑假或者寒假期间。朋友们对于她的传言，有一些在我这儿得到了证实，有一些则存在出入。比如说，豁子的确开了一辆“乌诺”轿车，带着她穿街过巷，但那车并不只是为了兜风而买的，他们还用它来拉货。万寿路南边有一个小商品批发市场，豁子使出泼大粪、扔砖头等一系列青皮手段赶走了几个浙江人，接管了人家的摊位，陈金芳顺势又摇身一变，成了一个老板娘，专卖广东生产的便宜服装。我到那市场去给谱架配螺丝时，曾看见她着装艳丽地端坐在摊位后面，豁子则满头大汗地跑进跑出，从停在门外的车里将鼓鼓囊囊的蛇皮袋扛进来。此时此刻，他们的形象就不是流氓和“圈子”了，而是像极了一对勤勤恳恳的小买卖人。尤其是陈金芳，她与顾客讨价还价时那副熟练、老到的口气，让人很难相信她连十八岁都不到。只是在有人问起她本人身上穿的、质地明显精致得多的衣服“有没有货”时，轻佻傲慢的表情才会回到她脸上。

“想买这个呀？那得奔‘燕莎’。”陈金芳翻了个小白眼说，同时对豁子扑哧一乐。

看起来，陈金芳对眼下的生活状态充满了死心塌地的热情。按照这种趋势，她在此后几年、十几年中的轨迹几乎是可以想见的。比起现如今，当年的经济环境明显要宽松、公平得多，更关键的是机会遍地都有，只要能吃苦会算计，没有什么“背景”的人也能混得丰衣足食，甚至还能发笔小财，一跃进入暴发户的行列。陈金芳和豁子算不算得上情投意合谁也说不好，但起码，这俩人应该有一个共同点，就是都对金钱有着强烈的攫取欲；而在“兄妹开荒”的生涯里，他们的性格也会逐渐被磨砺得踏实、安稳。尤其是豁子，不大不小地吃几次亏，就能让他学会收敛自己的流氓习性和暴脾气。等到他们“姘”累了，会自然而然地结婚，繁殖后代，那时的豁子多半会梳上一个大背头，胳肢窝底下夹着真皮手包，整天忙活的事儿不是满嘴跑火车地谈生意，就是通宵达旦地打麻将；陈金芳呢，她的身体会发胖，她的皮肤和头发会一起变得干黄，她的手上脖子上还会戴个半斤八两的金首饰，她会满嘴脏话地骂丈夫骂孩子，但又随时随地琢磨着能为自家人占点儿什么便宜……

千万别认为我的这番形容有讽刺之嫌，告诉你，这就是那年头的男女“顽主”们浪子回头之后的典型形象。这也是我作为一个同学，对陈金芳报以的相当务实的祝福了。

可是无须展望多年以后，仅仅才过了不到两年，陈金芳就证明了我对她的预期是错误的。与此同时，我还让我母亲对我的预期也落了空。高中毕业后，我没有进入音乐学院，而是被迫改投了一所综合大学。尽管我从小到大拿过厚厚的一摞获奖证书，但却在最关键的“艺考”环节中被淘汰了。主持考试的教授对我的评价是：技巧有余但缺乏灵感，如同一座过早发掘殆尽的贫矿，提升空间极其有限。他们断定我无论再怎么苦练，也不可能成为一个真正的演奏家，顶多作为一个娴熟的匠人在音乐圈儿里混日子。平心而论，这样的认识不可谓不客观，连我自己都心服口服。

也许是不忍心看到我那么多年的琴白练了，两个好心的老师还把我推荐给了普通高校的管弦乐团，为我换来了几十分的特长生加分。尽管最终拿到了烫金的录取通知书，但我的心情仍然颓丧极了，整个儿人沉浸在漫无边际的失败主义情绪之中。我对小提琴也迸发出了一种近乎生理性的厌恶，几乎一看见那玩意儿就想吐——这也是许多专业琴手改行之后的普遍反应。上大学之前的那个暑假，家人不爱搭理我，我也不想跟他们说话，整天不是把自己闷在屋里，就是骑着自行车在街上闲逛。我黑了一圈儿也瘦了一圈儿，骑车的时候也不抬头看路，而是低头盯着柏油路面上的斑点如蚂蚁迁徙般涌向身后。我还会恶狠狠地诅咒自己：让车撞死才好呢。

有那么一次，我骑着骑着，便真的撞上了什么东西。很遗憾也很庆幸，不是迎面而来的大卡车，而是前方的一辆三轮车。骑车那老头儿也没有嗔怪我，而是像掏自个儿裤裆那样按着车闸，伸着脖子朝马路对面看热闹。

那里围了一圈儿人，尖厉的叫声不时响起。因为正在垂头丧气，我没心思看热闹，便想绕过那辆三轮车，继续漫无目的地游荡。但又一声女人的叫喊传过来，令我像听到熟人的召唤一样，不由自主地扭头。我果然在人堆里看见了陈金芳。

她斜坐在地上，背对着一家门脸崭新的服装店，店面的两扇玻璃门上分别印着血红的大字，一边是“精品”，一边是“时尚”。阳光滑过红字照在她脸上，仿佛流得一头一脸都是血。而她脸上确实还附着许多汁液，大概是眼泪、鼻涕和口水混合而成的。陈金芳捂着她的腰，大口地喘气，旁边的豁子却揪起她的头发，令她像某种水鸟一样伸着脖子仰面朝天，同时用脚狠狠地踩向她的小腹与胯骨，发出了噗噗的声音，很像在踩一只暖水袋。男人打女人本来就很刺激，何况是打一个蜜桃般的年轻姑娘，群众发出哄然的感慨，有人不凉不热地劝架，却没人真上来阻拦一下。而在挨打的过程中，陈金芳始终是一言不发的，她只是尖叫，嗷一声，又嗷一声。我突然想起来，过去遭到班上同学欺负时，她也是这个反应。她就像个一捏就响的橡胶娃娃，当疼痛转瞬即逝，她便会归于平静。

也不知是怎么了，血腾地充满了我的脑袋。我头晕眼花，四肢却几乎自主地运转了起来：下车，过马路，冲进人堆，照着豁子的肚子踹了一脚。我从来没有真正与人打过架，因此那一脚踹得很没威力，豁子条件反射地侧了下身，就轻易躲开了。但他还是不得不退开一步，与我对峙。我的表情一定是咬牙切齿的，心里却绝无英雄救美的豪迈气概，而是一片百草荒芜的颓丧。学琴不成、苦功尽废，对自己深深的失望在这一刻膨胀发酵，演变成了破罐子破摔的寻死欲望。陈金芳被打成什么样我才不管呢，我的真实念头，竟然是想借助豁子的手，让他一刀把自己捅了。

我的出现登时让旁观者们“哦”了一声，我猜，他们中的许多人一定把思路往情感纠纷上引了：俩小伙子为了个“圈子”当街动手，多么俗套又多么让人激动。而豁子果然挺配合我的想法，他嘟囔了一句“你丫作死吧”，眼眶里流出空洞的、狼一般的光来。他的右手则缓缓地向牛仔短裤的屁兜儿摸过去。这种人出门都是随身带刀的。从他的眼里，我仿佛已经看到了自己的下场：血溅五步，像狗一样趴在水泥地上，四肢间或抽一下筋。这副耻辱的样子是多么适合给虚无的、没有意义的人生画上句号啊，十八岁的我盖棺论定地想。我的两腿开始打战，括约肌几乎失灵，费了好大劲儿才没让自己当众尿出来。这不是因为我怕死，而是我正在准备受死。

但只一转眼的工夫，那让人血脉沸腾、灵魂出窍的时刻就结束了。豁子插在屁兜儿里的手刚掏出来，便被一个匆匆赶来的警察攥住。警察熟练地使了个绊儿，把他按倒在地，手反剪在背后上了铐子，然后一边擦汗，一边公事公办地询问怎么回事儿。

群众七嘴八舌，半天也没讲出个头绪。而此时，豁子却一反常态，露出近乎委屈的表情来。他撅着屁股，脸被按在水泥地上，斜着眼睛看向陈金芳，缺了个口儿的门牙发出嗞嗞的哨音来。

“你是不是不想过了……”他挣扎着对她说，口气与其说是质问，倒不如说像是哀求，“你还有什么不知足的？”

陈金芳呢，她仍沉默不语。她的手还捂在小腹与胯骨的交界处，但表情是淡漠的，近乎凛然。面对豁子被挤得变形的脸，她的眼神如同在看一个陌生人。无论是警察还是围观的人，都竖着耳朵等她说点儿什么，但陈金芳始终没开口。她就那么坐着，仿佛出神入定了。

“你还有什么不知足的？”豁子又叫唤了一声。

警察倒是一副见多识广的样子，他嗤笑一声，拽起豁子，塞进微型面包车改装成的110巡逻车：“甭跟这儿散德性了，有话到所里交代去吧——那女的，你也得去。”

陈金芳便顺从着站起来，却没走向巡逻车，而是一瘸一拐地往店门里走进去。这时警察又把注意力转向了我：“有你事儿没有？”

我还没说话，陈金芳头也不回地甩过来一句：“没他事儿。”

“哦，那你算见义勇为的？见义勇为也得讲究方式方法是不是？”警察晃了晃从豁子那儿缴获的三棱匕首，换了种推心置腹的口气对我说，“听我一句话，国家少了你照转，你们家少了你——不行。”

然后他拍拍我的肩膀，让我哪儿来的回哪儿去，“就没工夫给你写表扬信了”。在众人的注视下，我仍浑浑噩噩，却没离开，而是跟在陈金芳的身后，拐进了店面。这是个新开的服装店，刚装修好，地砖的缝隙还勾着白边儿，不锈钢衣架上空空荡荡的，尚未来得及罗列任何商品。店面后面，有个简易的卫生间，陈金芳缓缓走到带镜子的洗手池前，仔细地梳洗。她拿毛巾把脸上的各种汁液擦拭干净，又长久地凝视镜子里的自己。站在她背后，我看见她眼眶和颧骨上泛起的大块瘀青，也看见她正透过镜子看着我。

毫无预料地，陈金芳转过身来，像鸟一样张开双臂。我便如同受到了什么神秘的召唤，一头扎过去和她拥抱。论个头儿，我已经比她高出不少，但身体却不知不觉地越陷越低，直到单腿跪着，脸埋在她的胸前。在摩挲的过程中，我感到她已经膨胀得相当可观的胸脯反复蹭着我的面颊、耳朵。我把它们挤得变形，它们则让我险些窒息。这还是我有生以来头一次与女性如此密切地肌肤相亲呢，那种气息和质感只在我的春梦里出现过。但是此时此刻，我却毫无邪念，就连少男下意识的血脉偾张也没有发生。我心里很清楚，这是一个失意人和另一个失意人的拥抱。陈金芳散发着近乎母性的慈爱，而我则想要从她那儿得到安慰。我希望有一个人和声细语地对我说：没关系，你所经历的都是小事儿，不妨碍世界照转生活照过……然而没人说话。我只能箍起臂膀，把陈金芳的腰越勒越紧。

和她相拥的时候，我是不是没出息地哭了，蹭了她一前襟的鼻涕眼泪？这个细节我是真忘了。但陈金芳的气味和触感却像嗞嗞冒烟的烙铁，在我的感官中留下了真切、不可磨灭的记号。

过了些日子，我顺理成章地到大学报了到。我父母大概认可了我这辈子必将沦为一个庸人的前景，从此对我的事儿不闻不问，我呢，更是年纪轻轻便开始学习着用混吃等死的心态应对生活，并且成效斐然。因为脾气出奇地随和，谈吐又不令人生厌，我在脂粉堆里相当如鱼得水，很快就交上了固定的和不固定的女朋友。记得第一次和女孩在路灯底下拥吻时，那姑娘突然推开我，认真地问：

“你以前没和别人这样过吧？”

我居然无言以对。这让她失望极了，那副表情简直像美国宇航员阿姆斯特朗跨出“人类的一大步”后，蓦然看到月球上插着苏联国旗。再往后我就学精了。当外语系的系花茉莉问出类似的话时，我先考虑了一下自己是否真的爱上了她，得到肯定的答案后，我笃定地说：

“当然没有，一直守身如玉地等着你呐。”

“骗人吧你？”茉莉既欣喜又羞涩地埋下了头。啊，原来她们在乎的只是一个态度。

在此情此景中，我会不可遏制地想到陈金芳。这使我陡然意识到，以前把她视为无关紧要的陌路人，这是在骗自己呢。陈金芳变成了我记忆中诡异的存在，她不是我的初恋，却又恍若初恋，她没跟我说过几句完整的话，却又是我绝无仅有的倾诉对象。这样的关系，从她第一次站在我窗外听琴的时候，就埋下了种子。然而现在琴已经被我束之高阁，陈金芳也不知去向了。

周末从大学回家的时候，我曾经专门去过最后一次见到陈金芳的那条街。街道没怎么变样，但服装店的店门已经紧闭，挂着小孩儿手腕粗的链子锁，张贴着转租广告。许福龙倒是又在我们院儿的食堂干了两年，陈金芳她姐的馄饨摊儿则因为卫生不达标被取缔了。后来，这对夫妻也离开了北京，据说是回老家继续开饭馆了。至此，陈金芳和她的家人像是电线杆子上贴的小广告，拿高压水枪一冲，转眼就不留痕迹。对于北京这座城市而言，这也是大多数外来者的命运吧。

曾经"带着"陈金芳的豁子，倒是与我有过一次不期而遇。那是在我大学刚刚毕业的2002年，帕尔曼第二次来华，他先在上海音乐学院开设了为期三周的"音乐大师班"，然后在北京举办名为"贝多芬之夜"的专场演出。因为小提琴已经成了我的心病，那次演出我本来不想去听，但又恰恰因为心病，开演当天，我便开始坐卧不安。踌躇良久，我最终还是坐车赶往人民大会堂。这时票已售罄，各路神仙正飘然入场，一队蛮横又神秘的豪华汽车直接堵住了会场入口，穿黑西服的警卫簇拥着一个打扮得像绣球似的胖老太太走出来，并厉声呵斥记者：

"别瞎拍。"

我在台阶下的小广场上晃悠着，想等黄牛上来搭讪。几分钟以后，果然有一个男人凑近过来，像电影里的特务接头一般掀开夹克衫的一角："要票么?"

"多少钱?"

"八百。"

"没那么多钱。"我说。这是实话，那时候我刚到一家国有事业单位上班，工资少得可怜，几乎每个月底都得到父母那儿蹭吃蹭喝。

那人转身就走，同时轻蔑地骂了一句："操，没钱到这儿干吗来了?"

正是这个"操"，让我留意起这个在黑暗中面目不清的票贩子来。他的上舌音发得很不标准，听起来好像是漏气了。我跟上两步，借着一辆汽车的灯光，果然看清了豁子门牙上的那个洞。

他也认出了我，愣了一下："你还好这口儿呢？"

我点点头，同时恍惚感到自己和他之间还有什么事儿没"了"。他不会再续前缘地捅上我一刀吧？豁子却咧开嘴，近乎灿然地笑了，然后以亲热的口气跟我谈起生意来。他表示，看在"过去在一片儿混"的情分上，可以给五百块钱把票转给我。

"这票我弄来也费劲，还得到'中央院'找人去。"

但这个价格也超过了我的承受能力。我拒绝了他，索然地点上颗烟，望着远处影影绰绰的人民英雄纪念碑发呆。

又过了一会儿，演出正式开始了，广场上的人群稀落了许多。豁子兜售了一圈儿，票仍没出手，便又绕回到我面前：

"一口价，二百。你还能听上上半场。"

我兜里的钱恰好还剩二百多。但这时我却改了主意："算了。"

"别再往下砍了，这票进价就得二百。"他抬手看了看表，焦急地说。

我还没有答复他，却望见大会堂的工作人员已经在关闭正门了。十五分钟的最后入场期限到了，豁子的票彻底砸手里了。他的两个嘴角滑稽地撇了下去，既像哭又像笑，但却什么也没说，垂头丧气地转身离开。

我却追上去，邀请他找地儿喝一杯。豁子诧异了一下，随后和我乘公交车来到西单电报大楼侧面的一家酒吧。两杯啤酒下肚，他的情绪好了起来，话又碎又密。我们聊到了过去"那一片儿"的几桩神人神事儿，发现共同认识的人还真不少。显而易见，豁子如今混得不怎么样，掏出来的烟已经不是"万宝路"而是两块五的"都宝"了。他在追溯自己当年是如何挥斥方遒时，透出一种滑稽的英雄迟暮的气息。随着生活越发光怪陆离，那一代"顽主"的好日子终于过去了。而我则看准时机，把话题引到陈金芳身上。

"当初为了个'婆子'差点儿跟你翻脸……用你们的话说，这就叫老鼠操猫×吧？"

"你跟她很熟？"

"真就是同学，在班上几乎不说话。你掏刀子的时候我差点儿都尿了。"

豁子爽朗地摆了摆手："没必要害怕，其实我也是外强中干，就想吓唬吓唬你……再说后来警察不是来了么？"

说到陈金芳的时候，豁子倒是心态平和。他歪着脑袋思考了半天，最后下了这样一个结论："这女的，最大的优点就是——活儿好。"

"我没体验过……"

"那挺遗憾的。我前面'带'过她的那几个人也这么说。"

至于其他方面，豁子对陈金芳其人的评价基本是负面的。他认为她没见识，上不了台面儿，脑子也笨，甚至还不讲卫生，"为了把丫身上的泥儿搓干净，那阵儿没少买老丝瓜"。他还后悔拿出本金来让陈金芳做服装生意，那买卖看似红火兴旺，实则由于经营不善，很快就赔了个底儿掉。而陈金芳呢，丝毫没为俩人的生计考虑过，手头已经很紧了，却还一个劲儿地逛商场、吃西餐，每逢北京有小剧场话剧、音乐会之类的演出，都会死磨硬泡地让豁子给她买票。他如今干的这生计，就是当年蹚出来的路子。

"她整个儿一傻逼。刚进城的山炮儿我见多了，但就是没见过这么急吼吼地想要变成贵族的。"豁子越说越激动，索性既厌恶又懊恼地骂起街来，"我那时候真是色迷心窍，为了她跟老家儿都闹掰了，我妈干脆搬到我舅舅家住着去了……就这样丫还不知足呢，后来居然偷偷把店里所有的钱都拿出去，说是想买钢琴。我实在寒了心了，索性抽了她一顿，让她滚蛋……你那时候也够没眼力见儿的，上来就跟我奓翅子，现在你评评理，那事儿换你你不跟她急？"

我莫名其妙地一激灵："你说她要买什么？"

"操，钢琴。"豁子门牙漏气儿地说，"她也不知在哪儿认识了个乐团退下来的辅导老师，人家说她手长适合学乐器，她就死活非要买那玩意儿。当时我们刚刚把摊儿盘出去，租了个门脸房，手里就剩两万多块钱准备到广东上货呢。我刚开始也好好劝她来着，我说就算你真喜欢'音药'你能保证自己变成钢琴家靠它吃饭么？顶多是一业余爱好，想买也得等挣了钱再说呀。可她就是不听，跟疯了似的，我把钱锁抽屉里她愣拿改锥撬开了……说实话，我到现在都不明白这人脑子里想的到底是什么……"

至此，我总算知道了豁子当街暴打陈金芳的前因后果。实话实说，仅论这桩事情，大部分人都能体会到豁子的委屈和苦衷。他浪子回头，对陈金芳仁至义尽，这样的故事简直像是从九十年代的香港烂片儿里扒出来的——可惜遇人不淑，满腔热血奉献给了一条欲壑难填的白眼儿狼。但再想到陈金芳，我固然不能否认虚荣、肤浅这些基于公序良俗的判断，但仍然感到了一股难以言明的悲凉。她曾经像孤魂野鬼一样站在我窗外听琴，好不容易留在了北京，却又因为一架钢琴重新变成了孤魂野鬼。滑稽的是，力劝陈金芳买钢琴的那位“辅导老师”，我也是认识的。那人水平其实还算可以，给不少小有名气的美声歌手当过伴奏，只不过说话办事完全像个神棍。他有个副业，是充当一家日本琴行的“顾问”，说白了就是推销雅马哈钢琴，为了那点儿提成，每当遇上傻乎乎的妇女儿童，他都会摩挲着人家的手惊叹：

“这跨度，这力度，不弹钢琴就是暴殄天物。”

我自然还联想到了自己学习音乐的经历。与陈金芳相反，我自打懂事儿伊始，就被家人往脖子上按了一把昂贵的小提琴。我没有过选择爱好的权利，因此感受到了和陈金芳相同的、孤魂野鬼一般的寂寥。最戏剧性的，莫过于我们两人的结局：无论幸运与否，到头来都与音乐无缘。这么想来，当年我们那演奏者和听众的关系，又是多么地虚妄啊，虚妄得根本就不应该发生才好。

我那天晚上喝得酩酊大醉，自己的钱花光了，又揪着豁子的脖领子，抢了他的钱包继续买酒。豁子也喝高了，他嘴里吹着哨儿，把作废的帕尔曼音乐会门票掏出来，用打火机点着，和我对火儿抽了颗烟。火苗把酒吧老板吓了一跳，他果断地把我们轰了出去。出了门，豁子犹在搂着我的肩膀抒情，含混不清地说“你这个朋友我交晚了”，我则把他甩在马路牙子上，头也不回地走了。

自从那次见过豁子，陈金芳在我的生活中便彻底断了音信。我到底没弄清她去了哪儿，也不再关心她去了哪儿。没想到，当我把她遗忘之后，陈金芳却又回来了。

5

在帕尔曼第三次来华的音乐会上偶遇后，我和陈金芳并没有马上建立起联系来。原因很简单，我本人陷入了前所未有的意志消沉。我离婚了。

离婚的责任当然在我，对于这一点，我从不讳言。经过多年的自我培养，我终于变成了一个彻头彻尾的混子。大学凑合着毕业以后，我父母最后对我尽了一次心，把我塞进了一家旱涝保收的国家单位，但只干了一年多，我就辞了职。打着“献身艺术”的旗号，我一边写着电影评论，一边做起了小剧场戏剧策划。在文化产业虚假繁荣的大背景下，我的几个创意还真被搬上了舞台，但很快，我就发现自己不是那块料。更要命的是，我跟几个编剧导演合股创办的那家皮包公司转眼就真的只剩了一只皮包，包里装着几部胎死腹中的剧本，此外还有一把欠条和两张法院传票。吃完散伙饭，我回到家，醉眼蒙眬地问我老婆茉莉：

“你在那个外企到底混得怎么样?”

结婚以后，这是我第一次打听她的收入，听到的数字差点儿把我鼻子气歪了——早知道守着这么个金矿，我还出去瞎折腾什么呀。进而，我潇洒地宣布：

“那我可开始吃软饭了啊。”

茉莉真是个侠骨柔肠的好姑娘。当初要跟我结婚的时候，她们家人就不同意，可她被猪油蒙了心，愣是谎称怀孕跟我把证儿领了。我辞职“搞文化”那阵，整天跟她云山雾罩地吹牛，而她却从来没跟我说过她早已经被提到了高级职员的位置。这是在照顾我那脆弱的自尊心呢。再后来，我连自尊都不要了，索性赖在家里吃她的喝她的，她也没表示过什么怨言。

“你这个人唯一的缺点，就是太不催人奋进了。”我曾经厚颜无耻地这样评价她。

她给我的回答则是：“那你呢，如果说还剩一个优点的话，那就是特别惹人心疼。”

我一想，她说得还真对。在我们那不长的婚姻生活中，她一直充当着半个老婆半个妈的角色，从身体到心灵全方位地呵护着我。不过人的忍耐能力终究是有限度的，有一天，她犹豫地告诉我，那家跨国公司把她送进了美国的商学院，毕业之后将转到洛杉矶去工作。

我叹了口气，对她说："那我就不拖你的后腿了。"

茉莉哭了，执意把存款都留给我。她的钱我本来没脸再要了，可她却说："如果你不要，那就是你甩了我而不是我甩了你了。我是女的，我更需要自尊。"

我只好顺坡下驴："嗯，那我就让你甩一次吧。"

我那早已像破抹布一样的自尊，居然卖出了如此丰厚的"包圆价"。离婚的事宜处理得非常快，我把茉莉送到机场，心平气和地勉励她："祖国人民盼着你争光呢。"而把这事儿通知我父母后，他们的态度居然是基于恨铁不成钢的幸灾乐祸。

"活该，"我父亲痛快地说，"谁跟你过谁受罪，我坚决支持茉莉休了你。要搁三十年前，我还到居委会把你当盲流举报了呢。"

然后他们就把海南的房子装修好，到那边老有所乐去了。所幸，在一片众叛亲离中，和我臭味相投的大学同学b哥收留了我，将我聘为他控股的一份画报的"文化版副主任"。凭借这个施舍来的闲职和前老婆留下的积蓄，我的生计总算有了着落，而因为无人约束，我索性过上了昼夜颠倒的放纵生活。那一阵子，我成了好几个糜烂圈子里的"常委"，哪怕不是圈儿内的饭局，只要能拐弯抹角扯上点儿关系我也踊跃参加——坐下就开始灌自己，喝好了便天南海北地插科打诨。久而久之，我落下了个"散仙儿"的称号，半熟不熟的酒肉朋友如同过江之鲫。付出了酒精肝和大脑轻度缺氧的代价后，我终于成功地克服了那如影随形、让人几乎想要自杀的抑郁。

2012年刚入冬，一位小有名气的画家在"798艺术区"开办个人展览，凑了大批闲人前去捧场，也给我打了电话。这人的画风就像他的经历一样复杂多变：最早是宏大题材油画，入选过好几个省宣传部的"重点扶持名单"；后来山东那边的官场盛行拿国画送礼，他就现学了半年"大写意"，牡丹花倒也画得雍容富贵；这两年大量游资涌向当代艺术领域，他又笔锋一转，创立了“立体现实主义的政治波普”这个流派——代表作是发廊小姐光着屁股学“毛选”，点睛之笔在于画中人的阴毛不是画的，而是不知从哪儿找了一撮真毛粘上去的。

“芬兰伏特加管够，糊弄完那帮人傻钱多的老帽儿，咱们在院子里铜锅涮鲍鱼。”画家热诚地撺掇我。

我打了个哈哈：“就怕喝高了被你雁过拔毛。”

“放心，有女眷就不会用臭男人的毛。我可是如假包换的现实主义画家。”

我粗野地与其对笑，挂了电话出门。天色阴沉，太阳在鸡蛋壳似的云层后面透出些微光来，半空中飘洒着零零星星的雪花。车开到东四环上，恰好碰上某国主子携娘娘访华，警察封路造成了大范围拥堵，当我好容易蹭到画展现场，那个废弃厂房里已经挤满了秃子、大胡子和冷天里混不吝地穿着旗袍的女人，众人像反刍的偶蹄科动物一样来回踱步，煞有介事地交头接耳。

“盛况空前吧？”画家踌躇满志地搂着我的肩膀，给了我一个俄罗斯式的熊抱。

“嗯，大家装×都装得很在状态，就不需要我再煽风点火了。”

“报道也不用你写，美院俩学生会把通稿发给你。”他塞给我一只酒杯，把我引到休息区，“留点儿量别喝高了，一会儿还有几位有分量的人要来呢。”

我靠在沙发上，和几个点头之交的“画评家”聊着天，不知不觉混到了天黑。这时，展区的普通观众已经基本散去，画家也接受完了采访，却仍庄重地站在门口，片刻从外面迎进一小队人来。

这就是所谓“有分量的人”了。领头那个我在新闻里见过，是个什么协会的副主席，他身后跟着的，则是几个艺术品投资商和画廊老板。在队尾，我赫然看见了陈金芳。她今天穿着一件纯白的雪貂短大衣，头发像宋氏三姐妹似的在脑后绾了个鬏儿，正热络地和一个核桃般满脸皱纹的男人聊天。上次开车接她那个小伙子侍立在陈金芳身后，眼馋似的东张西望。

我站起来，对她扬扬手。陈金芳却对再次偶遇并不吃惊，她对我笑笑，继续与人说话。画家忙前忙后地招呼这群人，又开了两瓶“正宗的波尔多”。看画的过程中，一旦谁提出什么问题，他立刻会出现在那人身旁，详尽地解释自己的“创作动机”。一时间倒好像在七仙女中使了分身法的猢狲。

要客并不久留，副主席祝贺完画展圆满成功，就带着秘书翩然离去了。投资商们预订了几幅并不贵的作品，也集体告辞。只有陈金芳没走，她说自己公司恰好没事儿，回去路又堵，索性留下来蹭饭。

画家豪迈地挥手招呼工作人员：“摆桌，支锅子。”

晚宴是在厂房一侧搭建的玻璃棚子里召开的，四面都是一片飘飘荡荡的雪景，大马力的空调暖风却让女客们脱了外衣，露出白晃晃的膀子，视觉效果相当奇异。有个风雅之士掉书袋，说《儒林外史》里也有异曲同工的赏雪亭。我端着酒杯坐在一只铜锅对面，陈金芳也凑了过来。她从包里拿出化妆镜，审视了一下自己的容貌，我给她倒了小半杯红酒。

这时她才跟我说话，上来就是嗔怪：“你怎么也不跟我联系呀?”

“知道你现在是忙人。”

陈金芳嘟着嘴，攥起拳头打了我一下：“你这人最没劲了，不就是不爱理我么。”

看到她跟我一派烂熟的模样，旁人不免对我有了几分艳羡。画家来到我们身后，搂着我们的肩膀往一块儿挤：“你们以前认识啊？怎么也不告诉我?”

“……多少年的交情了。”我含糊着搪塞。陈金芳则面无表情地给自己夹着醋拌裙带菜。

“那我就省事儿了。”画家用力拍着我说，“替我照顾好她。要是人家有什么不满意，我拿你是问。”

话虽这么说，吃起来之后，画家还是殷勤得紧，屡次三番绕回来向陈金芳敬酒，并要求她一定要尝尝听音乐长大的雪花肥牛：“嚼没嚼出勃拉姆斯的味儿?”他的举动很好理解：即使不是作为席间仅存的“要客”，陈金芳也称得上在场女性中最出彩的一个了。她不疏不密地笑着，坦然接受主人的恭维，显得仪态万方。

我有点儿坐不住了，站起来要给画家腾地儿：“要不咱俩换换，你坐我这儿?”

陈金芳马上拽了拽我的袖子:“咱们还有好多话没说呢。”

对面的两个人挤对画家“不识趣儿”,弄得他有点儿尴尬。陈金芳便主动跟画家碰了下杯,宣布自己已经跟柏林的一个基金会达成了合作意向,准备把中国“有创造性的”艺术家集体打包,推出去一批,名单上一定会有他的名字;假以时日,海外画展也是水到渠成的了。画家正忙不迭地表示自己“也不是那么在乎虚名”,陈金芳又随意指了指那个跟着她来的小伙子:

“这是胡马尼,虽然没上过美院,但是一个挺有才华的民间画家。现在他在我那儿帮点儿忙,以后还请你多提携。”

“名字挺有意思,”画家跟小伙子握手,“异族?”

“不不,艺名。”胡马尼双手递上名片。

他们寒暄的时候,陈金芳又扯着我嘀咕起来:“这人你觉得怎么样?”

我瞥了瞥画家:“你说的是人还是作品?”

“假如把人当成作品包装一下呢,唬不唬得住人?”

“没准儿吧……不过像这样的,宋庄那边一抓一大把,价钱都比他低。你要真签了他,最好让他再多说点儿过激言论,外国人喜欢这个调调。”

“那自然,在国内被禁了才好呢。”陈金芳很内行地与我相视而笑,再往下聊开去,口气就真像是贴心贴肺的“自己人”了。她说她刚转行做“艺术品”这个行当,虽然颇受几个半官方行会头目的赏识,但毕竟在圈子内人脉还不够熟。我说可以帮她介绍一些人,提了几个名字,果然让她大感兴趣。然后她又拉着我去给桌面上的其他人敬酒,倒把胡马尼撂在了一边。几杯下肚,我也孟浪起来,说了几个半荤不素的笑话,逗得那群人直拍桌子。

一顿饭吃完,已经近夜。雪下得越发大了,外面路灯下的空地亮如白昼。我果然喝多了,不能开车回去。打电话叫代驾,人家嫌天气不好不愿意来。画家劝我索性在展厅楼上的办公室凑合一夜算了,陈金芳却有个提议:她开我的车送我回去,胡马尼再开着她的车到我家门口接她。我说太麻烦了没必要,她却不由分说地从我手里抓过了车钥匙。

一行人出门上车。胡马尼钻进那辆“英菲尼迪”时，我分明看到他向我投来气鼓鼓的眼神。这让我有点儿惴惴的：谁知道那小伙子跟陈金芳是什么关系呢？每次都看见他们出双入对的。于是我对陈金芳说：

“不合适吧？那么使唤人家。”

“你说谁？那孩子？”陈金芳说，“不使唤他使唤谁呀——他以为他是谁呀，一天到晚的不知天高地厚。”

我倒不知道胡马尼到底怎么“不知天高地厚”了，但却明白，就像陈金芳过去的生活我不便再提，她如今的状况我也没必要多问。但是不问过去也不问现在，我和陈金芳眼下的这种熟稔，就像是无凭无据的空中楼阁了。我有点儿索然，把车窗打开条缝，呼吸了两口新鲜、刺激的空气。她的技术显然不大应付得了雪地，再加上我那辆咯吱乱响的雪佛兰很不好开，因此刚开始并没什么话，只是瞪着眼谨慎驾车。但没过一会儿，车驶上紧急撒了一层化雪剂的环路，陈金芳便开始喋喋不休地独白起来了。

我很难抓住陈金芳的谈话思路，那几乎就是杂乱无章的呓语，跳跃得堪比风行一时的“意识流写作”：上一句还在抒发她在事业上的雄心壮志，下一句就开始说她喜欢某家餐厅的装潢。对我的态度呢，也一会儿是孩子气的亲热，一会儿又变成混杂着傲慢的满不在乎了。总之颇让人有错乱感。但比之过去，她已经不再是一个内向的人了，而是变得很热衷于自我表达，并且对自己的生活相当满意。

就这么她说我听，车子开到了公主坟西边那个大院门口。离婚以后，我就搬回了父母的旧房子。陈金芳说：“你还住这儿？”

“对，没怎么离开过。”

她忽然沉默了，门岗放行后缓缓开了进去。老家属院早已车满为患，连便道上都停得密密麻麻，我指挥她把车子横在了一块斑秃的草地上，然后立起领子，将她送出院门。

走过尚未拆建翻新的食堂时，陈金芳凝望了两眼，感叹道：“都多久没回来了。”这自然让我想起了她姐和许福龙。然后，她又扭头往西望去，找了找过去那片衰败、杂乱的平房，可惜未果——“西平房”在几年前就被拆除了，如今变成了一栋租给保龄球馆和歌舞厅的综合性建筑。

“你可真是锦衣夜行了。”走回院门口，我低头看着她那亮得夺目的雪貂皮大衣，一半恭维一半取笑地说。

陈金芳一笑：“说得跟我多想显摆什么似的。”这时胡马尼已经把车停在路边候着了，他正敞着窗子抽烟，也不嫌冷。陈金芳上了车，突然又探出头来，向我做了个打电话的手势：“你要不愿意找我，我可找你了啊。”

我挥手和她作别，慢慢往回走去。晚上喝的酒有点儿上头，我的太阳穴一跳一跳地疼，脚踩在积雪上也深一步浅一步的，有两次险些滑倒。拐到某条岔道上，我猛然看见雪地表面上散落着稀稀拉拉的一串红色，第一反应居然是血，而且错乱地以为是陈金芳当年洒在地上的血。这个想法让我心惊肉跳，幸亏走近了，才看清是一只被扯得稀烂的超市购物袋。谁家狗又撒欢儿了。

6

那次以后，陈金芳果然主动约了我两次，一次是在东四十条的“大董”烤鸭店设宴为某个刚从国外回来的摄影家接风，另一次则是她公司开办的新年聚会。在第二个场合上，我说到做到地为她引见了几个文化口的记者和在绘画圈子里“相当有分量”的研究者，也见识了她的公司：地点在北五环外一个区政府开设的“创业产业园”里，三层小楼的一层和二层分租给了咖啡馆和书店，第三层是通透敞亮的办公场所。陈金芳在自己房间的墙上挂满了与各路头面人物的合影，不知是买来还是别人奉送的画作与雕像则杂乱无章地摆在外面的大厅里。一眼就可看出，她的公司还没有正式运转开来，地毯和墙面还散发着化学材料的味道。而在这个园子里，如此这般大大小小的公司不下二十家。

她那儿干活的人很少，除了永远在场的胡马尼，其余就是两三个大学还没毕业的实习生。不过这也符合这种公司的特点：人手并不必多，只要路子够宽，手头的现金充裕，便可以游刃有余地低买高卖。事实上，这也正是陈金芳给人们留下的印象。她与任何人都能自来熟，盘旋之间挥洒自如，俨然“摆开八仙桌，招待十六方”的社交名媛。三言两语涉及“业务”的时候，她嘴里蹦出来的不是百八十万的数目，就是那些如雷贯耳的名号。

“这位女士是什么来头，你清楚么？”端着高脚杯分头闲聊时，一个报纸副刊的编辑问我。

“其实真说不上熟，是她非想认识你们，我才招呼你们来的。”我说。

“像她这样的人，基本上逃不出两种可能性。”那位编辑沉吟片刻，一副见多识广的样子，“一是外地哪个土财主的外室，再不就是领导干部的家人。这种买卖投资未必小，赚钱却不见得有保障，有这些资金，开个饭馆要稳妥多了，所以一门心思钻进来的，不少人都是阔小姐开窑子——纯图一乐儿。”

我望了望大厅中央穿着小礼服的陈金芳，饶有兴致地问：“那你看她是哪一种呢？”

“都像，也许两者都是吧。”

我笑了笑，不再多嘴，独自走向大厅角落里的那台“山水”音响。音箱上的实木架子里，竖插着好几排古典音乐CD，种类相当之全：莫扎特、贝多芬、门德尔松、西贝柳斯……我挑了张帕尔曼演奏的柴可夫斯基《a小调钢琴三重奏》放进唱机。在这个版本中，与他合作的钢琴家是同样声名赫赫的阿什肯纳齐。但乐声刚一传出来，我便意识到自己的选择很不妥。那旋律太凄凉了，尤其是小提琴部分，简直是在眼泪汪汪地哭诉。事实上，这首乐曲是柴可夫斯基为悼念鲁宾斯坦而写的，是一首不遮不掩的挽歌。《日瓦戈医生》里也提到了这部三重奏，一曲未了，女主人公拉拉就得知了母亲死去的噩耗。

而眼下的场合可是新年聚会呀。满堂的红男绿女都被笼罩在一层古怪的气息里，两个敏感的人狐疑地朝我看过来。我慌了下神，赶紧把那张CD拿出来，随便换了张维瓦尔第的《四季》。直起腰来，我的眼前炸开一片繁花似锦的视觉效果，陈金芳笑盈盈地站在我面前。

因为兴奋，她的脸上直泛红光：“谢谢你啊。”

我知道，她指的是我带来的那几位“有用的人”。方才她与他们应酬得很成功，没准儿已经预约下好几个版面的专访了。对于一个名大于实的行业而言，“牛逼能吹多大，舞台就有多大”，这是早年成功者的经验之谈。我不好意思地笑笑，谦虚道："真别客气，具体哪块云彩能下雨，还得看你善不善于挖掘了。"

"没看出来你成天无所用心的，其实能量还挺大。"陈金芳举起喝香槟用的郁金香形杯子，跟我碰了一下，"真是朋友多了路好走，我要是早点儿碰见你就好了。"

我意识到，我们之间的谈话正在向特别没劲的方向发展，便没接她的茬儿，掏出烟来点上。她却伸出两个指头，轻巧地从我的烟盒里捏出一颗叼在嘴上，等着我为她点火。

不远处的胡马尼又在不满地盯着我们了，此时他的眼神简直是凛然而愤怒的，让人想起刚撒尿划完地盘就被主人轰出去的小狗。这副模样反倒激起了我挑衅的欲望，我故作温存地笑着，响亮地拨开金属打火机的盖儿，欠身为陈金芳把烟点上。她轻轻吸了一口，在过滤嘴上留下了鲜红的唇印。我敢说，她夹着烟横置于脸颊一侧的姿态，多半是从奥黛丽·赫本在《蒂凡尼的早餐》里那张著名的海报上模仿来的。

"跟你说真的呢，我挺想感谢你一下的。"陈金芳重又开腔，"你眼下缺点儿什么，不妨告诉我……"

"第一缺德，第二缺性伴侣——忘了告诉你我前一阵刚离婚。"我条件反射似的打断她，"头一样你帮不上忙，第二样我不大好意思找你帮忙。咱们毕竟小时候就认识，杀熟的事儿我不爱干。"

她仿佛被我的流氓口吻小小地惊着了，半张着嘴一愣，但眼里涌出更多的笑意。随后，她斟酌着措辞道："你这是跟我客气呢吧？我看得出来。虽然我知道跟你说这些挺俗的，但眼下我并不缺钱，而你呢，看起来手头又不那么宽裕……"

"真不是客气。"我索性直抒胸臆，"比起你我肯定是一穷人，可我也没觉得自己过得有多凄惨。用崔健的话说，'反正不愁吃反正我也不愁穿，反正实在没地儿住就跟我父母一起住'，比起那些狠捞人间造业钱的主儿，我宁可把自个儿的欲望尽量降得低一点儿，当个无伤大雅的寄生虫，这也是一个混子、一个犬儒主义者最起码的道德标准了——我的普通话你听懂了么？"

"你这话有点儿偏激。"

“就算是吧……难道你认为我活成这样儿是通达的结果吗?”

陈金芳晃了晃手里的烟，表示不想与我争辩。但没过两秒钟，她又换上了一副真诚而又单纯的表情，对我说：“我真觉得你不再拉琴特别遗憾。”

“没什么遗憾的。我在那方面其实没什么过人之才，成不了真正的演奏家，顶多就是一‘伤仲永’……”

“你又在钻牛角尖了。”这次，陈金芳打断了我说，“拉琴就是为了成为演奏家么？你这么自诩脱俗的人，怎么考虑起这件事情又那么功利？你现在不还是喜欢音乐的吗？音乐完全可以成为你的爱好呀。”

我居然被陈金芳说得哑口无言。这是她头一次对我使用尖刻的语气，而说实话，她句句捅在了我的软肋上。气氛登时有点儿僵。我捏着行将熄灭的烟头，佯装四下找着烟灰缸。她舔了舔嘴唇，往回找补了一句：

“再说了，别人觉得怎么样我不管，对于我来说，你已经拉得美极了。”

这话让我再次恍惚，仿佛回到了从前，她站在窗外听我拉琴的那个年代。记忆中树下瘦小的人影，竟然与眼前这个仪态万方的丽人重合了起来。这时，前几天宴请过我们的那位画家凑了过来，热情地揽住陈金芳的肩膀，说有一件“神秘的礼物”要送给她。

“你猜是什么?”画家挤眉弄眼地问陈金芳。

“你还能拿出什么，无非是一幅画——她的画像。”我随口说。

“跟聪明人混在一块儿就这点不好。”画家哈哈大笑，“想卖个关子都那么难。”

我近乎恶毒地打趣：“也不知道你给她粘了一撮什么样的毛。”

那幅画倒不是画家独创的“立体现实主义”，而是传统的人物静态油画——文学杂志“封二”上常见的那种风格。画里的陈金芳穿了件纯白的连衣裙，侧坐在带靠背的木椅子上，背后是一扇阳光倾泻的落地窗，表情相当恬静。我认出那背景就是画家在小汤山附近的画室。看来这段时间里，他们也打得火热。

在众人的簇拥与恭维下，陈金芳直面画里的自己，夸张地拿手捂住两颊：“你把我画得太漂亮了。”

“你是批评我画得不像喽？”画家说。

“那怎么可能？”

“这么说，你就是承认自己漂亮了。”

其他人也不遑多让，我带来的那几个朋友纷纷发表见解，主题无一例外，都是借画捧人。最初陈金芳还有点儿不好意思，但听得多了，便开始两眼熠熠闪光，浑身上下的每个毛孔都焕发着能量，使她的真人比画像更加璀璨。

“胡马尼，你看看人家——还说自己也是画画的呢，你画什么了？翻来覆去就是你们村儿那两头牛。”她还不忘对远处的胡马尼撇过去一句。

这时我发现，我和胡马尼都被甩在人圈儿外面了，我们一个守着音响，一个斜靠吧台，像棋盘上不尴不尬的两枚孤子。我又观察了一下那小伙子的脸，居然读出了类似于忍辱负重的意味。我并不是那种在哪儿都要充当焦点，受不了半点儿冷落的人，但还是对眼下的气氛感到不舒服。于是我趁没人留意，到门廊找到自己的大衣，匆匆溜走了。

新年聚会以后，陈金芳有两个多月没联系我。我想，可能是她觉得我的不辞而别很失礼，或者是对我那天谈话时的话里带刺儿感到不舒服了吧。如果是前者，我固然承认自己不够周全，但要是因为后者，我却不觉得有什么需要反省的。说真的，身处如今这样一个环境、这样一群人中间，我还认为不能随时随地破口大骂是压抑了自己呢。而这样的心态，也可被视为自己“仍然年轻”的表现吧。在那个千年极寒的冬季里，我照常到单位点卯，照常被拉去赴各种各样的饭局，照常往海南打长途电话“问阿玛、额娘的安”。我逐渐适应了有序但却杂乱、热闹但却孤单的离婚生活。

在一些有艺术圈儿朋友到场的饭局，我越来越多地听到人们提起陈金芳。当然，他们说的那个人名是“陈予倩”。关于她的传闻正在向离谱的方向发展，有人说她是某个国学兼房中术大师新收的入室女弟子，还有人说她靠和“异见分子”同居，从国外反华组织那儿骗来了大笔经费。根据我和陈金芳的接触判断，这些当然都是谣言，但也说明她混得越来越风生水起了。要是再有机会见面，我真应该恭喜她才对。

到了春节临近时，场面上的事儿就少了下来。我的狐朋狗友不是回了老家，就是陪着亲戚准备过年了，只有我因为懒得到海南听我父母训话，继续孤零零地晃荡着。各个单位还没正式放假，但北京已成空城，大街上的汽车少得让人发瘆，天空中零星绽放着急不可待的焰火。全球性的经济衰退已经持续了两年多，各国股市哀鸿遍野，国内许多产业举步维艰，尽管政府狠狠地给基建领域打了几次鸡血，但却不敢再觍着脸显摆“这边风景独好”了。赵本山和他的弟子也宣布不再参加今年的春晚，四面八方的气氛倒显得消停了不少。

大年二十八那天晚上，我正给一家报纸赶稿写着“贺岁档”的电影评论，突然接到了陈金芳的电话。她问我过年怎么打算，我说预备了一些速冻饺子。她扑哧一笑，让我赶紧到民族饭店旁边的一家老牌韩式料理来：“说得这么可怜，给你补补油水吧。”

我三笔两笔敷衍完稿子，开车沿复兴路向东，很快找到了那家餐馆。让人意外，陈金芳并不在包间里，而是一个人坐在大厅中的一张散台后面。她穿了件领口开得很低的洋红毛衣，薄呢子短大衣搭在旁边的座椅靠背上，脸似乎瘦了一圈儿，眼睛都被撑大了。

我向她招了招手走过去，问她：“别人还没到？”

她说：“没别人，就咱俩。”

我更意外了：“连胡马尼也不来了？”

“回老家了。”陈金芳不以为然地瞥瞥眼睛，“再说他又不是我什么人，干吗到哪儿都带着他啊？”

听这口气，她和胡马尼之间或许有了点儿龃龉。但我知道，这是我没必要感兴趣的事情，就是感兴趣也不合适问。于是我坐下来，呷起了大麦茶，陈金芳让服务员上菜。尽管饭就俩人吃，但她仍然安排得很丰盛，点了大块牛排、腌牛舌、羊纽约克、鳕鱼和肥瘦参半的五花肉。我还多要了两盘餐前小菜里的辣椒烧牛肉，并评价说：“跟过去大院儿食堂做的一个味儿。”

我眼花缭乱地看着服务员操练各种兵刃对付炉火上的肉，间或抬头和陈金芳对视一眼。我发现自己看她时，她也总在看着我。我问她前一阵忙什么去了，她说就在北京“处理点儿事”，另外还到香港参加了一个规模不大不小的艺术展。“总之忙得马不停蹄的，刚回来就找你来了。”

假如她说的是真的，那么可以判断，我上次的不辞而别并没有得罪她。

“在香港又有不少斩获吧？”我说。

她仿佛强打起精神，说自己又见到了哪些人：香港电视台一个新闻评论员，说话时假牙总有喷出来的风险；九十年代流窜出去的一个气功大师，现在还在给人看风水；几个艺术策展人，其中有一位正忙活着往维多利亚湾里放一只巨大的吹气儿鸭子。她还说自己住的地方就是当年“哥哥”跳楼的那家酒店，时至今日还有不少矫情男女前来烧纸。

随后，她立刻露出乏味的表情：“也没什么大意思。”

她已经下了定论，我也就不好再品头论足了。我们一边吃饭，一边转而说起家常话题。我问她过年怎么也不回家，她说没有回去的必要了，反正家里也没人了。我说你姐和你姐夫呢，她随口说了句“也做买卖呢”，便扯回我的身上，问我为什么离婚。

“人的忍耐都是有限的，没跟你说我一直吃着软饭呢么？她能坚持这么久已经难能可贵了。”

“作为朋友，我真替你们可惜。”陈金芳像电视剧里的女配角那样贴心而诚恳地说，“而且我觉得错儿主要在你。人家当初跟你结婚，肯定既不是图你的财又不是图你的色，而是真喜欢你这个人——你们是有感情的。”

我说：“你就别往我的伤口上撒盐啦，我已经对所有熟人都承认自个儿是一混蛋了。”

“你这样的男的呀，”她说，“优点在于敢于贬低自己，这显得很有自知之明，缺点则在于你总是觉得贬低完自己，就有资格去伤害别人了。”

“你让我无话可说。”我对她的判断心服口服，并再次惊诧于陈金芳对我这个人的认识程度。那感觉，就好像她跟我共同生活了许多年，而且一直在观察我，琢磨我。这不由得又让我想起了当年。难道那隔窗而奏的琴声在我们之间建立了心有灵犀的默契，使得我本性中的懦弱、卑琐在这个女人面前暴露无遗？这近乎玄而又玄了，也说明所谓“知音”并非仅限于那些高山流水的典雅情操。

沉默半晌之后，陈金芳又对我提起了那个老话题：“你现在真的不碰琴了么……哪怕一个人的时候？”

"嗯。"

"听我一句劝，没必要跟自己较劲。假如你想通过这种方式来否定自己以前的生活，那么也只能说明你还没长大。哪怕没机会当一个真正的演奏家，那也没什么呀，换个角度想，你毕竟掌握了一项特别的手艺，这已经让你比别人活得丰富多了……我挺羡慕你的。"

这一次谈到小提琴的事儿，陈金芳的话没有激起我的逆反情绪。我掩饰性地笑了笑，但自己明白脸上的效果一定是皮笑肉不笑。好在陈金芳也没有再接着说下去，而是又把话题转到了别人身上。她说起那个"立体现实主义"画家，毫不避讳地痛斥那人"太功利，太庸俗了"，但说到具体的事儿，却又语焉不详。据我的猜测，好像是画家想从她那儿预支一笔钱来租一处更好的画室，还催她赶紧把国外画展的场租费交了，然后安排他跑一趟欧洲。

"可是做这些投入之前，我总得先做个评估，搞清楚他有没有被国外那些人认可的潜质呀。这么火急火燎的，反而让我觉得他把我当成冤大头，只想从我这儿捞一票。"陈金芳皱着眉头抱怨说。

我跟那画家也不熟，便和了句稀泥："你得理解那个岁数人的心态，他们总觉得自己错失了许多机会，因此想要在各个领域拽住青春的尾巴。"同时，我忽然有点儿纳闷：难道陈金芳专门把我约出来，就是为了跟我闲聊天，扯这些不咸不淡的话题吗？

这个疑惑在晚饭结束后才被解开。炉火渐渐冷下来，铁板上嗞嗞冒泡的油脂凝结成了白色斑块。我和陈金芳起身出门，来到昏暗高耸的前厅，几个穿得像韩国电视剧人物的服务员双手护裆，向我们鞠躬告别口称"斯米达"。我正不熟练地往脖子上捆着围巾，陈金芳半踮起脚尖帮我系好，又用戴小羊皮手套的手抚了抚我肩膀上的皱褶，突然道：

"还有个事儿想向你打听一下……具体说是想找你帮忙。"

"你说。"

"你是不是认识一个叫龚绍烽的商人？"

龚绍烽也就是我大学时期挚友b哥的本名，此人堪称我们这个时代特有的奇人，身上同时具有猥琐与超脱、唯利是图与理想主义等等诸多相互矛盾的品质。上大学的时候，他就一边眼泪汪汪地给女同学抄录

“妹妹你是水，静静地整日流”之类的滥情诗歌，一边为了每天中午多吃二两排骨把食堂的胖大婶给搞了；毕业以后他没找工作，依次干过书商、倒卖狂犬病疫苗、冒充领导亲戚等等勾当，最终靠经营一家把发廊妹包装成“性感女主播”的准黄色网站发家致富，而在他穷得到处蹭饭的日子里，也仍然负担着河南老家一窝儿穷孩子的学费；现在他的公司养着一群三流女演员和平面模特，但比起跟那些女孩睡觉，他更热衷于把她们集中到自己的会所里高唱《国际歌》……而这个名字突然从陈金芳的嘴里问出来，不免令我猝不及防。

我问她：“你怎么知道我认识这人的？”

“你上班的那家画报，幕后的大股东不就是他么？”陈金芳意味颇深地淡淡一笑。我猜她已经知道了我和b哥的交情，更联想到她已经把我的“人脉”摸了个底儿掉，不免稍感心慌。

“你找他有事儿？”我说。

“我手里有笔闲钱，跟他达成了合作的意向，不过还没最后敲定。”陈金芳说，“你要是跟他说得上话，帮我打探一下他怎么想的。”

对于她的要求，我的第一反应是畏难和犹豫。在和有钱的朋友们打交道时，我一向有个原则，就是只当帮闲，不做掮客，也即把关系限定在吃吃喝喝、清谈务虚的层面，绝不靠给他们搭桥牵线来牟利。这么做，一来有利于维系自己那点儿虚幻的尊严，二来也是明哲保身——真出了什么娄子，我可担不起责任。尤其是b哥，据我所知，他近年来从事的都是些本大利高、游走于灰色地带的投机生意，比如充当“标头”组织人合股买矿之类。而陈金芳能跟他这样的人搭上，也证实了我先前隐隐的预感：她所涉的“水”相当之深，绝不仅仅是一个在文化圈儿打转的小富婆。

但也不知怎么搞的，在陈金芳的注视下，我没能拒绝她。她的眼里透出一股不容置疑、勾魂摄魄的光芒来。我不由自主地点点头。

我的郑重神态倒逗得陈金芳咯咯一乐。她立刻轻松得像没事儿人似的，打开“英菲尼迪”的后备厢，从里面拿出两瓶洋酒给我：“最好的苏格兰单一麦芽，三十年陈酿，我从香港带回来的。”

“贿赂我？”

“这还叫贿赂啊？我跟你那朋友的事儿要是能成，肯定还会重谢你——我说真的。”

我耸耸肩和她告别。开车回到家之后，我把那两瓶酒开了一瓶，端着方杯坐在沙发上出神。酒的味道的确醇厚、清澈，但度数也高，不知不觉间就让我醺醺然了。我漂浮在麻木的潜意识中，产生了不知今夕是何夕之感，并抬头看向衣柜顶上那早已束之高阁的小提琴。有多少年没摸过它了？伴随着这个想法，我站起来，踉跄着走过去，踮起脚尖摸向乌黑的木制琴匣。但刚碰到琴匣的把手，我就像挨了烫一样把手缩了回来，一声叹息地把自己拍到床上。

第二天醒来时，我看见几只手指上沾满了灰，连床单都蹭脏了。

7

过了半个多月，春节假期结束，北京重新热闹了起来。一些朋友过完年就突然消失了，把以前的债主和“情儿”们坑得叫苦不迭，另一些人则像闷热天气的蘑菇一样冒了出来，精神百倍地四处蹚路子。对于我来说，生活基本照旧，只是心态越来越疲沓了。机票便宜下来之后，我到海口看了一下父母，顺便弯到三亚会了会仍在猫冬度假的b哥。他弄了辆敞篷车，又叫上俩野模，带我去大东海下了两天馆子，然后去牛岭隧道以北的一个镇上吃“肥得把壳儿都撑裂了”的和乐蟹。在此期间，他还用电话遥控着北京和南方两个城市的生意，时而与人称兄道弟，时而破口大骂，尽说些我不懂的黑话。

折腾了两天，我们都因为摄取了过多的蛋白质而消化不良，便又回到了海滩上，臭屁滚滚地晒太阳。附近有出租四轮沙滩摩托车的，两个野模跨上一辆，叫嚣豪突地驰骋，浑身的蒜瓣肉波光粼粼。b哥躺在长椅上，以极度猥亵的眼神打量她们，一只手伸到裤裆里挠痒痒。

总算有了单独聊天的机会，我便跟他提起了陈金芳的事儿。

b哥坏笑着打岔：“你跟她很熟？又找到新的软饭了？”但还不容我辩解，他突然显露出商人特有的狡黠和谨慎，反而向我盘问起陈金芳的底细来。

他这一问，我倒含糊了。虽然圈子里都把我和陈金芳看成交情深厚的“自己人”，但我知道，自己对她远谈不上知根知底。举个最简单的例子，我一直搞不清楚她的钱是从哪儿来的——她不像正经做过买卖的人，也没有傍上了哪个财大气粗的“瘟生”的迹象。假如以前不认识她也就罢了，但恰恰见证过陈金芳那寒酸窘迫的少年时代，她的发迹对我来说越发成了一个谜。

我只好向b哥粗略介绍了陈金芳目前的状态——当然是我了解的那部分。听到她是做艺术投资的时，b哥眉毛一扬，眼里透出两点贼光。像他这样的人，自然不会对艺术真有什么兴趣，不过开画廊、办展览倒是个洗钱的好渠道。我说完以后，b哥也和我交换了一下对陈金芳的印象：

“这女的我以前根本没听说过，是两个做‘老鼠仓’的操盘手引见过来的。说实话刚一见面，我还真被她的风韵小迷惑了一下，只不过咱们是什么人啊？平日圈养着那些莺莺燕燕，为的就是修炼定力，别在正事儿上被荷尔蒙给害了……当然这是题外话了。那些操盘手说她很有道行，一旦看准机会就特别敢下手，建议我让她在手头的项目里加一磅，毕竟现金越多，和政府那边谈判时就越有话语权。我当然不能光听那些人的，自己也要对合作伙伴进行评估，不过也确实有点儿拿不准她。她在大多数情况下都显得底气十足，甚至还有点儿深藏不露的劲儿，但不经意间，又会暴露出新手的弱点来——最主要的表现就是着急。她托你来找我打听，这就是典型的沉不住气，甚至让人猜测她根本没有宣称的那么大财力和门路，只想靠着虚张声势在大买卖里掺和一把，搭个投机取巧的顺风车。”

我向来佩服b哥的识人之术。他在那些冷酷的、尔虞我诈的行当里搏杀多年，眼光自然要比我毒辣得多。不过也得指出，我和他看待人的标准是不一样的。除了对我这样的旧故，他对所有人的判断都是基于“经济人”的利益标准，我则保持着孩子气的任性，仅以“有劲”或者“没劲”来决定是否与人深交。也就是说，即使以同一个人作为话题，我们也说不到一块儿去。我完成了陈金芳的托付，这就算仁至义尽了。

“总之你看着办吧。”我站起来抖抖沙子，对野模们挥手，“我就管传个话儿，你们之间那些具体的勾当，我可管不着。”

我向海滩走去时，b哥在我身后沉吟了一句：“先耗她一阵儿。我过些日子要跑一趟江苏，回北京再接着跟她往下谈。”

又盘桓了两天，我独自先回了北京，陈金芳到机场接我。天气还是料峭的倒春寒，她却早早穿上了羊绒筒裙，靴子上方露出小巧圆润的膝盖。一见面，她就撩开我的外套往里看，嗔怪我“一点儿也不知冷知热”，然后从大号坤包里掏出一件新买的“杰尼亚”毛衣，不由分说地让我穿上。

回去的路上，她和我挤在后座上不停地说笑，聊着北京这边朋友们新的趣事儿。透过后视镜，我看见开车的胡马尼脸色铁青，面部肌肉不时神经质地抽搐，简直让人想起北野武扮演的那些即将被剁手指的黑帮打手。

接下来的一段日子，陈金芳又开始约我参加各种饭局和聚会，频率比以前还要高，几乎是三日一小宴，五日一大宴。如今不仅是我，就连那些真正八面玲珑的货色都承认她“的确挺能混的”：同时和好几条脉络上的人打得火热，许多圈子之间原本互相排斥，但提起她却都颇为认可；不管在哪儿，她一出场就能成为核心人物，几乎不用抢，风头就自然而然地转向她了；在她有意无意搭建的“平台”上，不少素不相识的人成了朋友，甚至原本有罅隙的人也能尽释前嫌。而这时距离我与陈金芳重逢，也就是半年多的时间呀。能够开创大好局面，究其原因，除了作为一个单身女人同时具备漂亮、热情、大方等等优点之外，还有一个关键之处，就是她切实地做到了“喜新不厌旧”，不会因为攀了高枝而忽略先前的朋友。哪怕是一直充当“碎催”的胡马尼和那个见风使舵的画家，也一直享受着元老级别的优待，虽然心有怨言，但又总能通过显示和她“关系不一般”而在另一些人眼里抬高身价。总而言之，陈金芳仿佛是在由衷地享受着人的社会属性，很多时候简直像个刚爱上幼儿园的孩子——和她相反的则是一些老资格“社会活动家”，那种人貌似人缘很好，但只要一不在场，就会有人将其鄙夷为“势利眼”。

“小陈这个人交朋友，如同韩信将兵——多多益善。”这是某个上过《百家讲坛》的三流大学教授对她的评价。

既让我虚荣也让我别扭的是，她如今对我更亲热了。不光是一同出现时常要挽着我的胳膊，而且还要在大庭广众之下和我咬耳朵——明明说的就是不咸不淡的套话，但非得摆出一副秘而不宣的表情。难道她看不出来，胡马尼宰了我的心都有了么？而那个画家倒相当“现实主义”地承认了争宠失败，许多阿谀的媚态转而投向了我，并总拐弯抹角地打听陈金芳准备什么时候资助他去欧洲办个展。

“时间不等人，谁知道‘政治波普’能流行几天啊，等到风向一转，我这几年的工夫不又白搭了么。”画家焦虑地说，“她这人怎么这样，老放空枪也不动真格的……这话我也就跟你说说，别让她知道啊。”

画家的悄悄话揭示着这样一个真理：没有真金白银的利益链条作为支撑，那些鲜花似锦、烈火烹油的繁华都是他妈的扯淡。他在抓耳挠腮地等着陈金芳表态时，陈金芳一定也在等着b哥那边的消息呢。谁都有被拿在别人手里的地方。从海南回来没两天，陈金芳曾经包了她公司楼下那个咖啡馆，叫了一群人来品尝“不多见的葡萄牙红酒”，我在席间偷偷把她叫到窗边的角落，将b哥的态度转告了她。

“跟那种生意场上的老油条打交道，越急越没用。”我说，“他既然说了让你等着，那就说明相当有戏。”

听了我的话，陈金芳面无表情，甚至连头也没点一下，只是抬起手来，抓住我的手腕摇了摇。这样的举动她常对我做，但这一次我有明显的感觉，她格外地用劲儿，细瘦而坚硬的指骨硌得我都疼了。

在此以后，她就再没跟我提过投资方面的事儿。时间转眼而过，当那些老单位破败的大门口挂出“欢度五一”的横幅时，在南方兜了一大圈儿的b哥回来了。陈金芳不知从哪儿得到了消息，打电话让我再牵一次线。我正在单位跟电脑下五子棋，顺手抓过座机，拨通了b哥的私用手机，把陈金芳的意思说了。

这次b哥没再多说什么，只回答了一句“我让底下人约她”。我立刻又给陈金芳打了过去。这个传声筒的任务搞得我挺烦躁，鼠标点错了地方，转眼通盘皆输。

陈金芳那边显然很兴奋，连呼吸都重了。她又对我说：“这几天别安排别的事儿了，等他找我的时候，你也一块儿去吧。”

我一边退出游戏一边说：“你们俩资本家共商大事，非拽着我一流氓无产者干吗呀?”

“帮忙帮到底嘛。”陈金芳坚持说，“再说，你也是我们共同的朋友呀。”

我犹豫了一下，但还是拒绝：“还是算了吧……西门庆和潘金莲搭上以后，王婆就别跟着裹乱了。这点儿眼力见儿我还是有的。”

陈金芳笑了：“再胡吣，看我不撕了你的嘴。”

她说完就挂了电话。照我的理解，无论是她先前说的“一定要重谢我”，还是刚才非要让我作陪，都是嘴上的客气话而已。她不想造成把我用完就甩的印象，但事实上，我本来也没想通过帮她的忙而得到些什么。出于本能，我甚至不愿在这种事情里搅得太深。

又过了两天，我刚下班，正打算一个人去随便吃点儿什么，陈金芳的电话又打过来了。她让我火速赶往b哥在东四的四合院。我再次推托，她却说：

“叫你来，纯粹就是为了吃饭。你放心，事儿我们都谈完了，再不会麻烦你了。”

一旁的b哥也接过电话帮腔：“谈事儿你不来，吃喝玩乐你也不来，这就太不像一个称职的帮闲了。”没有办法，我只好掉转车头前去赴宴。b哥那个地方很好找，就在团中央下属的一家出版社附近，是整条胡同里最具地主老财气质的宅院：朱门之上常悬着张艺谋风格的大红灯笼，左右两边各立一只汉白玉狮子。只可惜家里没人的时候太多，狮子上已被贴了不少“一针见效，三针痊愈”的小广告，还有不知谁家孩子稚嫩的书法作品“×××我操你妈”。穿堂过院，随处可见雕梁画栋，整套鸡翅木圈儿椅散落在树下任它日晒雨淋，不知从古代哪位显贵坟上偷来的石碑旁，趴着好几只没屁眼儿的蛤蟆。对于这些荒谬的摆设，b哥自有他的解释：

“蛤蟆是招财的，这个大家都知道。至于那个碑，我也不嫌它不吉利——雍和宫那边一瞎子说这宅子过去是一贝勒府，而我祖上贫寒，恐怕镇不住它，得请进一位有身份的帮忙压压场面。”

来到正厅，我看见b哥的某位姨太太正穿着大红苏绣旗袍，指挥丫头老妈子摆酒上菜。陈金芳和b哥也从厢房里踱了出来，脸上都挂着不甚自然的笑。我故意不提他们买卖上的事儿，见面就说起了废话，而他们也会了意，笑嘻嘻地东扯西扯。不过从陈金芳那如释重负的表情看来，她对这次约谈的结果很满意。

她又没带胡马尼一起来，所以偌大的八仙桌旁只坐了四个人。席间，b哥携其姨太太频频举杯，刚开始还是分别敬我和陈金芳，后来就是同时敬我们两个人了。那位姨太太脑袋有点儿糊涂，甚至说出了“两口子敬两口子”这样的话，弄得我好不尴尬。后来她到卧房去“补补妆”时，我忍不住刻薄了一句：“没一对儿是明媒正娶的。”

“我就喜欢你这张缺德的嘴。”b哥已经高了，哈哈大笑地再次举杯，“那就狗男女敬狗男女好了。”

陈金芳居然面不改色，端起仿古鸡缸杯跟我们碰了，优雅地一吸而尽。随即，我感到自己的胳膊被她狠狠地掐了一下。再往后，她和b哥又不自觉地谈起了生意细节，我也被迫听懂了他们那桩合作的来龙去脉：近些年来，欧洲各国对清洁能源投入很大，造成了我国的地方政府迫切地上马相关工程，从而也给一些闻风而动的投机分子留下了运作空间；b哥在北京聚拢了一些人的游资（陈金芳也是其中之一），到江苏控股了一个中等规模的市属企业，并放出风声，号称将其从塑料制品转型为太阳能光伏产业；他们真实的目的当然不是投产之后出口创汇，而是利用这个噱头拉到更多的银行贷款和风险投资，从金融领域套取暴利。听到这里，我不由得偷偷瞥了陈金芳一眼。b哥从事的勾当我早有耳闻，而眼看着陈金芳也“玩儿”到了这般境界，还是忍不住让人瞠目结舌。我对我们民族妇女的判断，也在她这个活生生的例子身上得到了印证：她们除了特别能吃苦特别能战斗这些传统美德，而且在每个时代、每个环境中都有着极强的适应能力和进取心，只要一有机会，她们必定会勇敢、果断地站到浪尖儿上。比起她们，大多数男人都应该感到汗颜。再说句不恰当的话，要是恢复母系社会，由妇联代行国务院的职责，没准儿中华民族的伟大复兴早就实现了。

而看着陈金芳那“花媚玉堂人”的样子，我也不知不觉地陷入了恍惚。在社会上混迹了这么些年，我曾经见过很多改头换面的成功者，但他们无论身份、相貌乃至举止发生了多么彻底的变化，终归无法将最初的模样完全抹掉。举个最近的例子，就是我对面的b哥。他如今已经贵为生意场上的“大鳄”，但我每次看见他，都会清晰地回忆起当年在大学宿舍里，他靠玩牌作弊骗我香烟的猥琐模样。而陈金芳不同。面对着现在的她，我已经无法想起十来年前站在我窗外听琴的那个女孩了。当年的她仍然在我的记忆里存在，但现在的她却获得了某种决绝的能力，把自己生命中的两个阶段完全割裂了——那类似于动物界的“变态发育”，人们都知道蝴蝶是毛毛虫破茧而出的结果，但有谁看到花蝴蝶时，第一反应是毛毛虫带来的恶心呢？在我的潜意识中，“过去的她”和“如今的她”已经变成了毫无瓜葛的两个人。当着外人的面，我会叫她的新名字陈予倩，并且叫得越来越自然，根本无须通过“陈金芳”这个旧代号转译了。

因为无须和不相干的人敷衍，那天的晚饭大家兴致都挺高，喝完一瓶白酒，b哥又叫人开了两瓶红酒。不知不觉到了晚上九点多钟，忽然发生了一个意外事件。院儿外发出一声闷响，好像有什么东西碎裂了，接着，一个中年妇女操着字正腔圆的京腔骂起街来。

b哥问是怎么回事儿，片刻保姆进来回话，说是“咱们的客人”停车时把隔壁大杂院儿门口的咸菜坛子给撞了。大家跟着b哥踱出门去，只见陈金芳的英菲尼迪斜着停在胡同里，前保险杠底下散落着一摊乱瓦。在浓郁的咸菜味儿里，胡马尼正笨嘴拙舌地向那妇女解释着。看起来，他是为了躲避那俩石狮子，才制造了这起小事故。

那中年妇女倒很有不惧权贵的气节，看到b哥来了，益发跳脚儿乱骂。直到姨太太给她塞了几百块钱，她才心满意足地凯旋。而这时，陈金芳则不好意思地向b哥道了个歉，然后把胡马尼叫到几丈开外的墙根说起话来。

俩人都压抑着嗓门，因此声音里带了一种紧张感。陈金芳好像在责怪胡马尼不请自来，胡马尼却一反常态地跟她争辩起来，说的是一嘴湖南土话。话赶话地戗戗了几个来回，陈金芳的声调高了起来，她指着胡马尼的鼻子说：“你管得着我么？也不看看自己是谁。”

受了呵斥，胡马尼僵着脸回到车上，咀嚼肌被咬得凸起来一块。陈金芳则吁了口气，笑盈盈地回到我们面前，对b哥解释：“真不好意思，给你们添麻烦……这孩子一直跟着我，怕我喝多了回不去，就自作主张接我来了。”

“人家也是好意，精神可嘉。”我在一旁打了个圆场。

b哥就势宣布晚餐结束：“反正正事儿也谈完了，往下咱们都上着点儿心就行了。”

陈金芳郑重地和b哥握了握手，忽然又凑近我，低声说了句“我肯定得好好儿谢你”，然后便娉婷地转身回去，上了胡马尼的车。他们驶走以后，b哥让姨太太赶紧泡上茶，要留我再坐一会儿。从正厅转移到一蓬郁郁葱葱的葡萄架子底下，我忽然察觉到b哥的脸上变了颜色，不再是一派虚伪的随和，而是三角眼里带着几分货真价实的关切了。在这般年纪看到他这副表情，我都有点儿不适应。

他拿出烟来递给我时，开门见山地来了这么一句：“你跟那女的什么打算？”

我一激灵：“你什么意思？觉得我们俩合伙儿骗你钱吗？”

“不不不，我说的是你们俩之间的关系。”

我像受了冤枉似的扬声道：“没关系呀。你是不是看谁都有奸情啊？”

“我看你对她也挺有感觉的，眼神儿都迷离了。”

“我迷离的时候多了。”我顿了顿，低声说，“不过眼下的自在来之不易，我才不愿意再跟谁‘绑定’呢。”

b哥的脸色缓和了一点儿，笑了：“那就好。我就是提醒一下你，哪怕她对你有意思，也别轻易上套，她跟一般人可不一样。”

我不想问，但又忍不住：“你从她身上看出什么来了？”

“那当然。下午谈生意的时候，我已经把她的道儿给盘出来了。她对我说以前在广东办过服装厂，现在转到北京做艺术品投资，那些一听就是假的。她虽然说得天花乱坠，但关键性的地方全都含糊其词，骗骗外行或许可以，在我面前可要不了花枪……不过这也不妨碍我允许她入股手头儿的这个项目，反正坐庄的是我，想跟进的必须得拿出现钱来。让我有点儿拿不准的，恰恰是她在这桩买卖上的态度——她的赌性太大了。我已经看出她没什么钱了，东拼西凑能拿出来的，统共也就那么一千来万，而她竟然想要把这些老本儿全都押进去。你知道，这种投机生意的风险很大，从坐庄的到跟庄的，没人把身家性命全扔里面，大家用的都是闲钱。亏了就伤元气的人，说白了根本不配跟着我们玩儿。我已经提醒过她了，可她坚持要参与进来，这几乎可以称为疯狂了……”

b哥的话让我倒吸一口凉气，但我没再说什么，醒了醒酒就告辞了。此后的几天，陈金芳没再联系我，我也尽量不去想她。她是一个突然冒出来的旧相识，跟我谈不上什么真正的交情，我帮过她一点儿忙，但帮过了也就算了。这是我和她之间关系的理性总结。哪怕她一意孤行，我也没有规劝她的义务，更没有干涉她的权利。

然而某天在办公室划拉着手机玩儿，我却又鬼使神差地拨通了陈金芳的电话。对方接了之后，首先传出来的是沸腾一般的嘈杂之声，远处还有大喇叭播放着雄壮的音乐。

陈金芳拐到一个安静点儿的地方，才对着手机喊话：“有事儿吗？”

“也没什么事儿，”我的嗓门也随之高了起来，“就是问问你和b哥那个事儿进展得怎么样了。”

“非常顺利，”陈金芳喜气洋洋地说，“合同早就定下来了。”

她接着告诉我，看在我的面儿上，b哥许诺给她相当高的回报率。眼下，他们这些股东正在江苏出席和政府的签约仪式，她刚和一位副省级干部握过手。我没想到他们的行动有这么快，此时再劝她什么也是白搭的了。于是我简短地说了些祝贺的话，就要挂电话。

“你放心，该谢的人我一定要谢到。”她叮嘱似的说。这话突然让我觉得非常不舒服。她不会认为我是在讨赏吧？

8

后来陈金芳的确“谢”了我。

她是在即将入夏的时候回的北京，此前据说和一起“做项目”的人又跑了趟广东，还乘着某个低调富豪的游艇到海上钓了几天鱼。再次见到陈金芳时，她果然黑了一些，肩膀和胳膊被晒成了小麦色。画家叫上我和另外两个熟人，在什刹海那边的一家越南菜馆给她接了个风，然后以陈金芳为中心的各种聚会便重新展开了。

假如说新一轮的声色犬马比之过去有什么不同，那就是越来越奢华了。无论是酒的档次还是菜的品类，都有了大幅度的提升。她曾经把新侨饭店的大厨请到公司里，现场为大家制作法式铁板烧，有两次在“天伦王朝”顶楼餐厅请客的豪阔之举，更是让我们这些耍笔杆子的人咋舌。作为聚会的主人，陈金芳依然挥洒自如，在不经意之间，又流露出了比原先更坚实的底气。和报社领导、画廊经理这些她本该奉承的人谈话时，她依然客气，不过骨子里已经有了隐隐的傲慢意味。这些变化都说明b哥那边的项目进展顺利，并且很可能已经让雪球滚动了起来，股东们开始坐地分赃了。人人都看出陈金芳发了一注横财。

以前对她颇有怨言的画家早就转了口风，即使私下与我聊天时，对陈金芳的溢美之词也令人肉麻。我听说他的欧洲画展已经正式排上了日程，陈金芳还付给他一笔定金，预订了他此后五年的全部作品。至于对我，陈金芳仍然是带着几分表演性的亲昵，倒也看不出和过去有什么不同。这倒让我揶揄着猜测：她屡次三番说要“谢我”，该不会也是我们这个圈子里通行的空头支票吧？

一个偶然的发现让我知道自己想错了。随着天气越来越热，我那辆老旧雪佛兰频频报警，终于在马路上开了锅。汽修厂的人告诉我得更换好几套元件，我只好回家找出工资卡，到附近的自助提款机上取钱。

因为日常开销靠零七八碎的外快就能应付，那张卡我很少用到，也知道每个月卡里都不会有多少进项。然而一查余额，吓了我一跳：陡然多了一个整数，足顶得上我几年的工资了。单位的会计自然不会抽风，我不由自主地想到了陈金芳。既然她认识了b哥和给我开过稿费的几个编辑，弄到我的账号当然很容易。我又到柜台对了下明细，那笔钱果然是在她从广东回来的第二天打进来的。

在这段时间里，我们见了好几次面，她不仅没跟我提过，就连一点儿暗示也没有。这份“感谢”来得既慷慨又得体。然而我没怎么思想斗争，就做了一个决定。我把那笔钱转存到另一个折子里，前往她公司还给了她。

之所以这么干，当然不是因为我有多么高风亮节。还是我常年坚守的那个原则起了作用，也即：宁当帮闲，不做掮客。我理想中的人生状态是活得身轻如燕，因而不愿与任何人发生实质性的利害关系；我知道我们这个时代的“辉煌事业”是通过怎样的巧取豪夺来实现的，而自己纵然无耻，却也还有迈不过去的坎儿。此前帮助陈金芳在她和b哥之间传话，已经将将突破我的底线了，我不想因为这笔钱彻底改变我这个人。人呐，活了三十多年，得知道点儿好歹。

假如还有其他原因的话，那就要具体到陈金芳这个人了。我尤其无法接受自己和她之间发生现钱交易的勾当。那么，我究竟想和她成为哪种关系呢……这我倒还没想好。

当我站在陈金芳面前，把折子放在办公桌上时，她抬着头，直勾勾地凝视着我。我没说话，她也没说话，我们大概都在等对方先开口。但这时候胡马尼突然进来了。自从陈金芳的项目敲定，这小伙子的打扮也越发光鲜了，此刻穿的是新款的迪奥卡腰小西装，头上的发胶抹得狗舔过似的。他没有好声气地跟我打了个招呼，装模作样地拿着一份材料，请陈金芳审阅。我手指一滑，将存折塞到一本画册底下，转身走了出去。

在这以后，陈金芳照常会给我打电话闲聊，我呢，继续参加她召集的聚会。关于那笔钱，我们都没再提起过。按照我的想法，她已经尽到了“感谢”之心，可惜我不识抬举，这事儿也就可以作罢了。然而没过多久，她便有了新举动，这个举动才真正刺激了我。

那是六月中旬的一天，我中午就接到了她的电话，让我下班后换身正式点儿的衣服，到她公司去吃晚饭。我问她又有什么装×盛事，她笑着说自己过生日。

“哟，你今年三十几了……咱俩是同岁么?”

她娇嗔着抗议：“别说这么扫兴的话行么？弄得我都不敢过了。”

“你也不早点儿通知，我都没时间给你准备礼物。”我说，“只好两袖清风带张嘴过去了。”

下班以后，我先回家换了件干净衬衫，又想到以陈金芳如今的风格，过生日一定也会搞得煞有介事的，便从柜子里找出条西裤穿上。走到复兴路上打车之前，我还在大院儿门口的花店买了束花。很快赶到了她公司的楼下，我抬头望望，却看见三层的办公室黑着灯。

一楼咖啡馆的落地玻璃窗里传出轻轻的敲击声，我扭过头，看见陈金芳正坐在靠窗的座位上呢。她一个人，穿一条很显身材的黑色长款连衣裙，髋部以下的曲线被包裹得很像一条美人鱼。夕阳的光辉以几乎平行地面的角度投射进去，将她的脸与长长的脖子照得金光璀璨。我拐进咖啡馆，把花递到她手里。

陈金芳眯着眼睛端详了我几秒钟，随后扬手向服务员打了个招呼。两个小姑娘推着辆餐车过来，将沙拉、蔬菜汤、鹅肝酱配面包端上桌，冰桶里还斜插着一瓶香槟酒。

我诧异地环顾四周："其他人呢？"

"叫其他人干吗？就咱俩。"陈金芳说，"平常尽应酬了，这日子口儿还不能图个清静？"

"我受宠若惊。"

"别跟我玩儿虚的了。我知道你最不把我当回事儿了，所以我过生日还得讨好你。"

我打哈哈地笑了笑，没再说什么，开始吃饭。起初的气氛倒也颇为融洽，我主动举杯，说了些祝贺的话，她也回敬了我。片刻，主菜端了上来，我们挥舞刀叉，专心致志地对付起了牛排。在这两厢无话的空当，我忽然感到陈金芳一直在看着我。当然，桌上只有我们两个人，她也没别的人可看，但我明显感到落在自己身上的目光与平日不同。她既像饶有兴致地揣摩我，又像暗藏着什么机锋。

她在卖着什么关子？随后，在我头脑里冒出来的居然是一个自作多情的想法：她不会打算向我示爱吧？但我却并不紧张，只是静观其变。而事后想起来，假如那天陈金芳真的如我所想，把我们已然近乎暧昧的关系再向前推进一步，那么我也不会有后来那些失措的反应。我们都是没有法定伴侣的成年人，男欢女爱一下没什么大不了的。尽管b哥曾经告诫过我"她和一般人不一样"，但我也并不担心。这倒不是我自恃聪明，而是因为我预感到，自己即使和陈金芳真发生点儿什么，充其量也是即兴而发的露水姻缘。在那种游戏里，谁又能真伤得了谁呢？

但我又一次错估了陈金芳。直到饭吃完了，她仍然没什么话，我只得茫然地抽起了烟。等我把烟掐了，她抬起手腕看看表，说："咱们上去吧。"

"还有节目？"我心里又生出隐隐的遐想来。

陈金芳颔首一笑，翩然走在前面。我跟着她上了三楼，却发现她公司的灯已经亮了，柔和的橘色的光从磨砂玻璃门里渗出来。陈金芳拉开门，对我做了个请的手势。

大厅已被清理干净，家具以及那些雕塑画框都被挪到了墙角。一览无余的空间里站着十几号红男绿女，画家、胡马尼和我常见的一些人都在场。他们中间围着的，是六位身穿黑西装、坐在木椅子上的男人。他们都是洋面孔，两人手持小提琴，另外四位则是中提琴和大提琴。标准的弦乐六重奏的配备。居中那位四十多岁、稍有些秃顶的看起来很面熟，我忽然想起他是一位法国演奏家，前几天的报纸还报道过他带队在国内几个音乐院校巡回演出的消息。

“这是马泽尔-法克先生。”陈金芳介绍说，“刚到北京，我就把他约来了。”

“一听这名字就有贵族血统。”我恭维着和演奏家握手，有点儿惶然地退到一边。

陈金芳对室内乐团点点头，演出正式开始。曲目是柴可夫斯基的《佛罗伦萨回忆》，旋律奔放而缠绵，各声部之间配合得极其默契，马泽尔-法克先生的手法更是堪称精湛。尽管学过十几年的琴，但我还是第一次在如此近的距离欣赏这么高水准的演奏。看着人家的运弓和指法，我又一次为当年自惭形秽。与此同时，我的左手指尖也不可遏制地颤抖了起来。

那首曲子很短，不到二十分钟就结束了。余音未了，观众们便爆发出热烈的掌声。比起大剧院里只能远观的交响乐，室内乐虽然单薄，但却更有现宰现吃的生鲜味儿。画家尤为激动，一边鼓掌一边凑到陈金芳身边，赞赏她这个点子“太有腔调了”。陈金芳却没理会他，径直从背后绕过室内乐团，对一个翻译模样的人耳语了几句。

翻译把她的话转述给了演奏家们。马泽尔-法克先生忽然看向我，腼腆地笑笑，他身边那位年轻点儿、一头卷曲的金发的演奏家则把手里的小提琴递给了我。我下意识地接过琴，愣在当地，疑惑地看向陈金芳。

她熠熠生辉地笑着，对我说：“你不是还没送我礼物呢么？”说完抱起胳膊肘，做出预备聆听的姿态。

旁边那些闲人弄懂了她的意思，惊喜地掀起新一轮掌声。大部分人都不知道我还会拉琴，交头接耳地议论着，早有两个人搂着我的肩膀，把我架到室内乐团的成员当中。马泽尔-法克先生叽里咕噜地对我说了句什么。

翻译问我："还是柴可夫斯基，《d大调弦乐四重奏》?"

大提琴和中提琴演奏者里，已经各有一人将乐器放到了一边，他们和那位将琴给了我的小提琴手一起走到观众群里。演奏席上只剩下了两把小提琴，大提琴和中提琴各一把。而马泽尔-法克先生所提议演奏的那首曲目，几乎是所有专业学过琴的人都烂熟于心的，它的旋律柔美之至，难度又不大，特别适合即兴演奏。当年在金帆乐团的时候，我与人合作演出过这曲子不下十次。

马泽尔-法克先生对我扬了扬眉毛，率先拿起琴，奏出"如歌的行板"里的几个小节。那是柴可夫斯基这首曲子里最脍炙人口的段落。然后，他用对待孩子的目光启发性地看着我。

然而我却仍在发愣。脑子里乱成一团糟，耳中嗡嗡作响，心脏在胸膛里咚咚跳动。那一刻，我简直不知自己身在何方。我感觉到自己正在出冷汗，新换上的衬衫都被浸湿了。

观众们又开始议论，他们大概是认为我太久没拉琴，因为技艺生疏而怯场了吧。陈金芳仿佛也有了一丝紧张，但眼神仍是期待的。

"你过去不是常拉这首……"我听见她对我说。她唇红齿白，嘴部动作如同慢镜头，一个字一个字地把话钉到了我的耳朵里。我突然感到意识深处有什么地方在疼，在流血。我确凿无疑地受伤了。

接下来，我的举动在众人眼里一定显得非常决然——把琴放在木椅子上，将他们甩在身后，走出了大厅。一楼的咖啡馆里空无一人，服务员们正靠在吧台上聊天。夜风清凉，从楼梯口直灌进来，但却没能让我醒过神来。我的头脑就像锅盖下的滚水，正在反复沸腾，但又处在巨大的压抑之下。背后有人在叫我，当然是陈金芳了。

她的高跟鞋发出咯噔咯噔的回响，转眼间把我拦在建筑物外的林荫道上。因为跑得急，陈金芳半张着嘴喘气，眼神竟然是含情脉脉的。

"你怎么了?"她问我，同时把手搭在我的胳膊上划拉着，"我还以为这么安排会让你高兴呢……我是真心想谢谢你，那不是空话。”

我没出声，木然地打量眼前这女人。天上难得有轮大月亮，她在银光下闪闪发亮，妙相庄严，简直像某种贵金属雕成的塑像。

见我没说话，陈金芳便锲而不舍地安慰着我，语调已经接近呢喃了：“我知道你常年不拉琴，手生了，但这没什么要紧的，又没人会笑话你……再说就算别人不爱听，我也爱听，真的。现在也不知怎么搞的，岁数越大，我就越觉得小时候特别美好。我多想让过去的情景重来一遍呀，那样才算这么多年的辛苦没白受……我一直也特别替你可惜……”

她说着，手便慢慢地攀上来，揽住了我的脖子。我不由自主地把头低下去，再低下去，像寻求保护一般往她怀里扎过去。我几乎被她搂在怀里了，她身上的气味像潮水一样涌上来，上面一层是香水味儿和昂贵服装的布料味儿，下面一层就是陈金芳特有的气息了。那味道我曾经狠狠地嗅过，历经岁月竟然没变。就像她说的，我们多想让过去的情景再重来一遍啊……

但转眼之间，我心里那迷乱的柔情便灰飞烟灭了。我像奋力游水的虾米一样直起躯干，将她的手弹开——这还不够，我的手也伸了出去，推了她一个踉跄。

“你有什么了不起的？”我咬牙切齿地说。

“你说什么？”陈金芳瞪大眼睛，惶然又委屈地看着我。

“我说——”我心里充满把什么东西碾碎的快意，“你有什么了不起的？”

她如遭电击，不认识似的看着我。而这正是我想要的效果。我冷笑了一声，头也不回地走了。

对于那天晚上的事情，我毫无悔意。我觉得自己做了一件特别不情愿，但又必须去干的事情。权且抱着自我剖析的态度分析一下失态的原因吧：我感觉受到了莫大的屈辱，与之伴随的，还有古怪的自我厌恶。把名气很大的国外乐团请来“唱堂会”，还让他们给我充当陪练，这样的手笔不可谓不豪迈。而陈金芳一掷千金，想要制造出怎样的效果呢？无非是：她以她汪洋恣肆的爱和善良拯救了我——一个消沉的半吊子琴手。这个模式像好莱坞电影一样俗套，她扮演的简直是他妈的圣母。她哪里知道，小提琴演奏对于现在的我来说，已经成了一段发炎的盲肠，只能凭空增加痛感。在我看来，她让“过去的情景重来一遍”的愿望也代表了某一类中国人特有的狂妄：他们自以为吃过苦中苦成了人上人，就有资格操控身边的一切，甚至敢于让时间倒流。

不能让他们如愿！我既恶意又理直气壮地想。与此同时，我突然又想到了我的前老婆茉莉。她当初心甘情愿地给我提供软饭，会不会也是出于某种自我奉献的表演欲呢？只不过后来她演腻歪了。而我同意跟她离婚，是否并非出于爱，而是出于某种自己当时都没意识到的恨呢？

这个发现让我悲哀极了。对于生活，我只剩下了一项权利，那就是破罐子破摔。

从那以后，我就没有再联系过陈金芳，陈金芳也没有找过我。我们闹掰了的消息一定很快就在圈子里传开了，各路人马都主动与我疏远，就连我介绍给她的那些朋友也开始假装不认识我了。趁此机会，我重新整理了生活，每天准时上班，下班回家自己做饭，有了空暇就用于锻炼身体和闭门读书。从华而不实的应酬中脱身之后，我迅速瘦了一圈儿，但人却变得紧实了，精神也安稳下来。活像个洗尽铅华的从良妓女。

日子就那么过去。再次听到陈金芳的消息，又是半年以后了。

那天晚上十一点多，我已经洗完澡上床，正锲而不舍地啃着一本艰深晦涩的外国小说，手机突然响了。是那个“立体现实主义”画家。

“我都睡了。”听到那个久违的声音，我有些不知道该怎么和对方打招呼。

画家则明显喝多了，连舌头都大了一圈。他口齿不清地重复：“就是想跟你聊聊……我就在你家附近呢。”

又威胁我：“你要不出来，我就钻车轮子底下去。”

我只好披上衣服出门。又是一个冬天来了，长安街沿线路旁那些白杨树都落尽了叶子，树梢上却沉甸甸地耸动着大片黑影，原来是晚上来此栖息的乌鸦。夜风像飞溅而来的冰碴，吹在脸上，似有什么东西融化。我在翠微商场附近的十字路口找到画家时，他正抖擞着朝一根电线杆子撒尿。

看到我来，画家一边提裤子，一边凄然地说：“兄弟，我他妈让人骗了。”

我把他拽商场一楼夜间营业的麦当劳，要了杯咖啡让他醒酒。画家的确没少喝，屡次三番拿脑袋往塑料桌子上撞，毛衣前襟上挂满了亮晶晶的口水。旁边两个谈恋爱的中学生像看戏一样打量着我们。我有点儿不耐烦，打着哈欠威胁画家：

“消停点儿，要不我也管不了你了，只能打电话叫收容所的人。”

“别走别走。”画家挥舞着双臂拉住我，适时地停止了借酒撒疯，然后朝我倒起苦水来。他所说的上当受骗，指的还是陈金芳替他到德国办画展的事儿。她吊了画家一年的胃口，不仅没有兑现，而且还以“缴纳策展担保费用”为由，把以前付给他的定金都拿了回去。画家心里越来越虚，终于忍不住向陈金芳摊了牌，得到的答复却是德国那个基金会倒闭了，合同只能作废。画家一气之下想打官司，却被工商部门告知那个“艺术品投资公司”的法人不是陈金芳而是胡马尼，现在胡马尼已经不知道跑到哪儿去了。

说起来，画家在这桩买卖里并没有吃什么实质性的亏，他只是感到自己偌大年纪还被人耍得团团转，很丢面子。而作为一个艺术工作者，这人也挺有自省精神：

“其实也怪我自己，太想在国外折腾出点儿名堂来了，艺术这个行当又没什么理性可言……结果糊涂油蒙了心，一点儿也没防备……”

我心里疑窦丛生，但嘴上也只能敷衍着劝他：“也没什么，您还可以继续画，机会别处也有。”

画家捂住脸：“要是别的地方看得上我，我也不至于被那娘们儿牵着鼻子走……我都这么大岁数了，估计也不会有什么起色了。”

然后，他又把手张开，好像对小孩儿做了个“变脸”的游戏：“还是你聪明。你早就看出她是在招摇撞骗了吧?”

“那倒真没有……”

“她有没有管你借钱？听说她找不少人借过。”

“有人借她么?”

“那当然不会了。那帮孙子都比猴儿还精。”

我忽然想到：如果当初没跟陈金芳断绝联系，画家会不会把我也看成她的同伙呢？如果是那样，现在的局面就不是他找我诉苦，而是跟我玩儿命了。我的心里忽然充满厌烦，冷冷地对画家说：

“那你往后也学精点儿呗。”

画家向我转述的那些情况，自然让我联想到了陈金芳与b哥的合作项目。回到家后，我本想给b哥打个电话，但想了想，还是作罢。没过两天，报纸上的新闻就证实了我的猜测。欧盟突然启动了对我国太阳能产业的“双返”调查，他们认为中国政府大量补贴某些光伏厂商，以超低价格垄断市场。欧方扬言对中国产品征收高额的惩罚性关税，而在这个消息正式公布之前，走漏出来的风声已经掀起了轩然大波。主要的影响是在金融方面。银行和风险投资纷纷逃离，许多在建项目所在地的政府也打起了退堂鼓，不久前蜂拥而入的投机分子变成了退潮后晾在沙滩上的鱼。

几天之后，我突然接到了b哥的电话。他嗓音干哑，说话出乎意料地简短，只是让我赶紧到四合院来一趟。一进正厅，我便看到红木家具都蒙上了厚厚的棉布罩子，b哥正在给保姆和厨子分发遣散费。他的脚下立着一只巨大的旅行箱。

“看见没有？哥哥我要跑路了。”b哥不动声色地说。

“我会帮你照顾姨太太的。”为了缓解压抑的气氛，我开了个无聊的玩笑，“回来等着抱儿子吧。”

“丫跑得比我还快呢，早不知道哪儿去了，临走还顺走我好几样古玩。”b哥坏笑了一下，“这帮女的就是这样，平常办事儿磨磨叽叽，大难临头各自飞的时候比谁都利索。她哪儿知道，我也想趁机甩了她——我告诉她这次玩儿砸了，倾家荡产了，没准儿还得坐牢，其实远到不了那个地步。江苏那个项目我只是牵头，自己根本没往里投入多少，玩儿的基本上都是别人的钱，等到风头过去之后，照样是一条好汉……”

“那你跑什么路啊？”

“那帮人玩儿不起啊。我给他们分钱的时候都美着呢，现在亏本儿了，一个个跟死了亲妈似的，堵着家门口管我要钱，还有号称要找人卸我一条腿的……有这么不讲理的人么？投资有风险入市须谨慎，这话我当初不是没提醒过他们，是他们非追着我要参股的，这时候翻脸不认人了……”

我木讷地听他骂着街，明白自己再说什么都是废话了。b哥拽起箱子，扔给我两副钥匙：“这是我这院子的钥匙，车你也先开着。隔三岔五过来给花儿浇浇水，不怕麻烦就找人保养保养家具——碰上要债的就说我死了。”

我开着b哥的“捷豹”，把他送到了机场。临下车，他拿出烟来，跟我凑了个火儿，歪着脖子吧嗒吧嗒地抽。

“对了，还没说你要去哪儿呢。”我问他。

“恕我不能明言——这是原则。跑路就得有个跑路的样子嘛。”

我迟疑了片刻，终于又开口问：“陈金……哦不……陈予倩，她找没找过你？”

“没有。项目出事儿以后，她就再没露过面。”b哥突然叹了口气，语调也低沉下来，“假如我没看错人的话，她要承担的后果是最惨痛的。别人拿出来的都是闲钱，只有她，很可能把什么都押上了……还是那句话，我们这样的买卖，本来就不是她能玩儿的。”

我默默地把烟头扔了，没接他的话。b哥又说了几句“等我南霸天回来”之类的豪言壮语，然后就戴上墨镜，缩头哈腰地蹿下车，很像那么回事儿地跑路去了。自从机场高速改为单向收费，回城的那个方向总是很堵。还没到五元桥，车流干脆就停止不动了，前面的司机纷纷下车，伸着脖子张望着是不是出了事故。我溜了个边儿，开着“捷豹”从应急车道拐上了一座高架桥。

出了收费站前行几公里，便看见了熟悉的景色。那片地方恰好是五环外的“文化创意产业园”附近，陈金芳的公司就在不远处。我恍惚了一下，把车拐进了产业园正门。那栋三层小楼像没事儿人似的伫立在树荫里，楼上的灯却全灭了。我停车上楼，不出意料地看见了玻璃门上挂着的链子锁，还有一张简短的封条。物业公司声称，因为陈金芳的公司拖欠租金长达数月，已经收回了房屋的使用权。而就在几乎一眨眼以前的日子里，我们曾经在那扇门里觥筹交错、装疯卖傻、口吐莲花。那里面似乎永远有酒，有音乐，有不知忧愁为何物的红男绿女。在和陈金芳重逢的一年多里，我看着她起高楼，看着她宴宾客，看着她楼塌了。

凝视着封条和链子锁，我突然又回忆起了她在豁子的资助下，开过的那间服装店。虽然陈金芳早已改头换面，但最近的经历，只不过是把她的当年重复了一遍而已。在那个服装店里，我曾经狠狠地拥抱过她；在眼前这个公司楼下，我又像混蛋一样把她推开了。我曾经从她身上找到过安慰，也曾经把郁积在心里的怨气没头没脑地撒在了她身上。如今，我只能躲着楼下咖啡馆服务员狐疑的眼神，在暮色的掩护下匆匆离开。

我最后一次见到陈金芳，是在大约两个月以后。

那时天已经彻底转冷，但离过节还有段日子。中国与西方的多项贸易谈判还在胶着地进行，毫无进展。受此影响，很多原先呼风唤雨的大人物都破了产。加入跑路队伍的商人越来越多，b哥仍然不见踪影。面对经济领域的困局，国家高层发出了“共渡时艰”的号召。

那天我正在办公室写稿，手机忽然响了。是个从来没见过的号码。我以为是推销房产或者保险的，便不耐烦地拒接。过了几分钟，电话又打了过来。我没好气地问：“谁呀？”

“是我。”陈金芳的声音传了出来。

我的心往上吊了几寸：“你……还好吧？”

“不好。”陈金芳停顿了一下，接着说，“我可能快死了。”

“别开玩笑了。”我说。

“真的……我以前骗过你么？”陈金芳说，“我现在实在找不着别人了……”

她的口气让我不由得恐惧起来。我迅速问了她在哪儿，然后请了个假，开车出门。

陈金芳所说的那个地址，在东四环麦子店附近的一栋筒子楼里。那儿的房子十分老旧，租住的都是刚来北京不久的年轻人。逼仄的土路两旁摆满了小摊，生锈的自行车横七竖八地堆放着。离楼门洞还有半里路，b哥那辆“捷豹”车就再也过不去了，我只好步行。上楼梯的时候，我差点儿和两个香喷喷的姑娘撞了个满怀，她们翻开二两重的人造睫毛，用东北话问我“大哥咋不看着点儿呢”。

陈金芳所说的房间在三楼走廊尽头。我推了推门，门没锁，四十瓦灯泡的光亮稀薄地渗透出来。屋里除了一桌、一床、一张塌陷的沙发，就再也没有其他家具了。家具上端坐着陈金芳，她腰背挺直，在昏暗的背景中，脖子的曲线像某种水禽般宛转。

我叫了她一声，她像睡着了一样没吭气。这时，我才看见她的脸上有大片的青瘀，明显是被人打的，嘴唇都肿了起来。我还看见了沙发腿之间的那摊积血。血是顺着她的左手流下来的，把长筒袜都浸透了，并且还在以肉眼不易察觉的速度蔓延着。

我随即看见了她腕子上的伤口——半寸来长，下刀想必非常果决，皮肉都被豁开了。而陈金芳这时才意识到我来了，她睁开眼，歉意地对我笑笑。

“本来想自杀来着，不过我没有自己想象中那么胆儿大，一看见血就害怕了，不敢死了。”她说，“只好再麻烦你一趟了。”

我心里翻涌着，说不出话，弯腰一把揽起她。抱着她往外跑的时候，我感到她的体温比正常人低了许多，但搂在我脖子上的那条胳膊却还是那么有劲儿，手隔着外衣，抓得我的肩膀都疼了。跑过楼外那条小道时，熙攘的人群自动散开，人们瞠目结舌地围观着。在余光里，我看见陈金芳的血不间断地滴到地上，在坚硬的土路上绽开成一串串微小的红花。这么多年过去了，陈金芳仍在用这种方式描绘着这个城市，然而新的痕迹和旧的一样，转眼之间就会消失。

我把她送到了最近的一所医院。过了晚饭时间，医生终于结束了工作，出来告诉我“抢救基本成功”。又有一个工作人员催促我去补办住院手续。

等到一切忙完，天已经黑了。我踱进陈金芳的病房。她的临床是一位在小诊所刮宫造成大出血的女中学生，一直在满嘴脏话地喊疼；而陈金芳则紧闭着双眼，咬着嘴唇一声不吭，脸白得几近透明，连皮肤底下的筋络都浮现了出来。

但她的听觉却变得灵敏多了，迅速从女中学生的叫骂声中分辨出了我的脚步声。她睁大眼睛，侧头朝向我，眼神像锥子一样。

“谢谢你啊。”

“没什么。”我舔了舔嘴唇，忽然脱口而出，“上次那么对你……实在是对不起。我太不识抬举了。”

陈金芳笑了一笑，也许是失血过多的缘故，她的脸上出现了许多纵横发散的皱纹：“你又没说错，我是没什么了不起的。”

“不不，比起我你已经……”

“当然你也不怎么样。咱们半斤八两吧。”她又接上一句。

我们有气无力地相视一笑。旁边那个女中学生的声音又高亢了起来：

“我操你妈的。

“我操你妈的。

“我操你妈的。”

我在医院的走廊守了一夜。第二天，医生说陈金芳的情况已经稳定了下来，我才回到单位去上班。这以后的两天，我每天晚上会到病房看看她，但她大部分时间都在昏睡，醒了也闭着眼睛，仿佛仍在虚弱地苦挨。我自然也不好跟她说什么。

到了第三天，我才走进病房走廊，就看见长椅上并排坐着两团人——的确是“团”，一男一女，身量都矮而肥胖，穿着鼓鼓囊囊的棉大衣。尽管多年不见，但我立刻反应过来，他们是陈金芳的姐姐和姐夫。

他们的模样也大变了。许福龙不再是那条精壮有力的汉子，他佝偻着腰，缺了几颗牙，连嘴唇都瘪了进去。陈金芳她姐呢，那对引以为傲的大乳房早就垂到肚皮的位置上去了。他们面无表情，脸上笼罩着脏兮兮的沧桑，一看就是常年都在干体力活儿。

我在他们面前站住脚，陈金芳她姐半张着嘴，打量了我半天，也没认出我来。我只好自我介绍是陈金芳的“朋友”。

陈金芳她姐的第一句话就是：“她没欠你钱吧？”

得到否定的回答后，她的表情却变得恶狠狠的了：“她坑的全是自己人。”

接着，这两口子便围住我，倒好像我是个能解决问题的大人物，东一嘴西一嘴地痛陈起来。他们的讲述解开了我长时间里对陈金芳的疑惑。

她从来就没正经八百地有钱过。十多年前离开北京后，陈金芳便南下广东，先是在服装厂里做工，后来又到了深圳。在那几年里，她先后和好几个男人姘居过，一直在尝试着做买卖，又一直在亏本。每次经营失败，她都要靠男人去还债或者积累下一轮本钱。“这和卖没什么不一样。”村里人说。她让她的家人长期抬不起头来。但不知从什么时候开始，陈金芳的形象就变了。她开始开着轿车回老家，有时还带着一两个西装革履的合伙人来“考察”。她翻修了老房子，给姐姐姐夫家添置了全套家电，母亲过世后还举办过十里八乡最辉煌的葬礼。花出去的可都是真金白银啊，亲戚朋友们又顺理成章地对她刮目相看，大家都觉得她如今是一个“能人”了。

几乎是凑巧，没过两年，她的老家掀起了一场浩大的造城运动。经历了反复的说服、恐吓、群殴、威胁自焚，村里的土地终于被一个工业开发园占用，乡民们被搬迁上楼，拿到了或多或少的补偿款。那些钱却成了乡亲们新的难题。本地民风勤勉，大家自知不能坐吃山空，但想要做点小买卖，又往往不得要领。有年轻一些的到县里去开过杂货店和录像厅，很快就铩羽而归，还染上了吃喝嫖赌的劣习。这个当口，陈金芳又回来了。她宣称自己和人在深圳那边搞项目，大家可以把钱交给她去投资，十五分的高额利息，不出几年就能翻番。刚开始，人们将信将疑，入股的人不多，只有她姐姐和几个堂兄弟，交给陈金芳的钱也很有限。但不出半年，返回来的“分红”就让越来越多的人动了心。又有人到陈金芳在深圳的公司去打探过，传回来的信息是她真成了大老板，办公室比镇长的还要大。

“那时候哪知道她是非法集资……现在又被警察定性成诈骗。”陈金芳她姐痴愣愣地陈述道，“她给我们的分红都是拿自己那份拆迁款垫付的，办公室也是临时租的。”接下来，村里人争先恐后地到陈金芳那儿去“入股”，连村干部都加入了进来。有个民办教师还要求陈金芳把自己的儿子招进公司里，“学着做点儿事”——这么做，当然是有监视她的成分在里面。有文化的人心眼儿是要多一些。但一个刚从大专毕业的愣头青又怎么是陈金芳的对手？没过两个月，这个叫胡马尼的小伙子就被她收拢了过去，成了她的同伙兼新一任姘头。

陈金芳带着胡马尼，又在广东晃荡了两年。他们过得花天酒地，用乡亲们的钱投资过工厂，也炒过股票，但始终没有折腾出大名堂来，还被更“聪明”的人骗了不少。寄回村里的红利不能减少，募集来的本金则日益捉襟见肘。眼看着就要走到绝路，陈金芳决定最后一搏。她改了身份，离开深圳来到北京，一心开拓更“高端”的人脉，做些一本万利的大买卖。在此之后，她的生活就是我亲眼见证的了。她混进了天花乱坠的艺术圈子，又搭上了b哥那样的专业投机客，貌似有了逆转局面的机会，但最终彻底崩盘。

陈金芳把事情“搞砸了”以后，胡马尼突然悔恨万分，正义感也冒了出来。在藏身的筒子楼里，他代表全村人民怒斥了这个女骗子，将陈金芳推到沙发上，狠狠地揍了她一顿，然后就浪子回头地回村报信去了。

陈金芳她姐把话说完，便站起来走到病房门外，透过窗子呆滞地往里望着。因为身量矮，她需要轮番踮起脚尖，重心一会儿压在左脚上，一会儿压在右脚上，好像在跳芭蕾舞。我不知道陈金芳是否也在从里面看着她。又过了一会儿，警察就来了。两个老家市局的，一个北京派出所的协办人员。他们向医院的人出示文件，说明情况，一个老警察对许福龙吆喝了一声。然后，陈金芳的姐姐姐夫便走进去，把陈金芳的移动病床推出来，走到走廊门口。那里停着一辆外地牌照的依维柯警车，还放了一副担架。

陈金芳被抬上担架的时候，我意识到告别的时刻到来了，便默默地走了过去，从上往下看着她。陈金芳眯着眼，仿佛被太阳晃到了。

我局促了一下，说：“再见。”

“再见。”她的声音出人意料地清脆，还有种一切都安顿好了的踏实的感觉。

这样的道别倒也平和，甚至还称得上有几分洒脱。然而被抬进依维柯的后备厢时，陈金芳突然欠起身来，直勾勾地盯着我。

“我只是想活得有点儿人样。”这是她对我说的最后一句话。这话让我震颤了一下，连车子开走都没有意识到。等我醒过神来，眼前已经空无一人。我的灵魂仿佛出窍，越升越高，透过重重雾霾俯瞰着我出生、长大、长年混迹的城市。这座城里，我看到无数豪杰归于落寞，也看到无数作女变成怨妇。我看到美梦惊醒，也看到青春老去。人们焕发出来的能量无穷无尽，在半空中盘旋，合奏成周而复始的乐章。

《十月》2014年3期

敬告作者

为了保护有关作者的合法权益，我社曾多方联系本套书所涉及作者以便洽谈版权事宜。但遗憾的是，由于种种原因，截至本书付梓，仍未能与少数作者取得联系。现谨对尚未取得联系的作者表示歉意，并请有关作者或著作权人见书后，尽快致函作家出版社，以便及时奉寄样书和稿酬。

通信单位：作家出版社有限公司

通信地址：北京市朝阳区农展馆南里10号

邮政编码：100125

联系电话（传真）：010-65925260

图书在版编目（CIP）数据

新中国文学经典丛书·精选本　中篇小说（卷六）/
孟繁华主编.-- 北京：作家出版社，2023.3
ISBN 978-7-5212-2181-7

Ⅰ.①新…　Ⅱ.①孟…　Ⅲ.①中国文学 - 当代文学 - 作品综合集 ②中篇小说 - 小说集 - 中国 - 当代 Ⅳ.①I217.1 ②I247.5

中国国家版本馆CIP数据核字（2023）第020045号

新中国文学经典丛书·精选本　中篇小说（卷六）

总 策 划：吴义勤　路英勇
主　　编：孟繁华
出版统筹：汉　睿
责任编辑：翟婧婧
装帧设计：天行云翼·宋晓亮
出版发行：作家出版社有限公司
社　　址：北京农展馆南里10号　　**邮　　编：**100125
电话传真：86-10-65067186（发行中心及邮购部）
86-10-65004079（总编室）
E-mail:zuojia@zuojia.net.cn
http://www.zuojiachubanshe.com
印　　刷：唐山嘉德印刷有限公司
成品尺寸：152×230
字　　数：346千
印　　张：23.25
版　　次：2023年3月第1版
印　　次：2023年3月第1次印刷
ISBN 978-7-5212-2181-7
定　　价：60.00元